蘇州全書

甲編

《蘇州全書》編纂出版委員會 編

·海虞文苑

蘇州大學出版社
古吳軒出版社

圖書在版編目（CIP）數據

海虞文苑 /（明）張應遴輯．-- 蘇州：蘇州大學出版社：古吳軒出版社，2024.6
（蘇州全書）
ISBN 978-7-5672-4796-3

Ⅰ．①海… Ⅱ．①張… Ⅲ．①中國文學—古典文學—作品綜合集—明代 Ⅳ．①I214.81

中國國家版本館CIP數據核字（2024）第089270號

責任編輯 劉 冉
助理編輯 朱雪斐
裝幀設計 周 晨 李 璇
責任校對 汝碩碩

書　　名 海虞文苑
輯　　者 〔明〕張應遴
出版發行 蘇州大學出版社
地址：蘇州市十梓街1號　電話：0512-67480030
古吳軒出版社
地址：蘇州市八達街118號蘇州新聞大厦30F　電話：0512-65233679
印　　刷 常州市金壇古籍印刷廠有限公司
開　　本 889×1194 1/16
印　　張 116
版　　次 2024年6月第1版
印　　次 2024年6月第1次印刷
書　　號 ISBN 978-7-5672-4796-3
定　　價 820.00元（全三册）

《蘇州全書》編纂工程

總主編

劉小濤　吳慶文

學術顧問（按姓名筆畫爲序）

王　芳　王　宏　王　堯　王　鍔　王紅蕾　王華寶　王爲松　王衛平
王餘光　王鍾陵　朱棟霖　朱誠如　任　平　全　勤　江慶柏　江澄波
汝　信　阮儀三　杜澤遜　李　捷　吳　格　吳永發　何建明　言恭達
沈坤榮　沈燮元　武秀成　范小青　范金民　茅家琦　周　秦　周少川
周國林　周勛初　周新國　胡可先　胡曉明　姜　濤　姜小青　韋　力
姚伯岳　馬亞中　袁行霈　華人德　莫礪鋒　徐　俊　徐　海　徐　雁
徐惠泉　徐興無　唐力行　陸振嶽　陸儉明　陳子善　陳正宏　陳尚君
陳紅彥　陳廣宏　黃愛平　黃顯功　崔之清　張乃格　張志清　張伯偉
張海鵬　葉繼元　葛劍雄　單霽翔　程章燦　程毅中　喬治忠　鄔書林
賀雲翱　詹福瑞　趙生群　廖可斌　熊月之　樊和平　劉　石　劉躍進
閻曉宏　錢小萍　戴　逸　韓天衡　嚴佐之　顧　薌

《蘇州全書》編纂出版委員會

前言

中華文明源遠流長，文獻典籍浩如烟海。這些世代累積傳承的文獻典籍，是中華民族生生不息的文脉和根基。蘇州作爲首批國家歷史文化名城，素有『人間天堂』之美譽。自古以來，這裏的人民憑藉勤勞和才智，創造了極爲豐厚的物質財富和精神文化財富，使蘇州不僅成爲令人嚮往的『魚米之鄉』，更是實至名歸的『文獻之邦』，爲中華文明的傳承和發展作出了重要貢獻。

蘇州被稱爲『文獻之邦』由來已久，早在南宋時期，就有『吴門文獻之邦』的記載。宋代朱熹云：『文，典籍也；獻，賢也。』蘇州文獻之邦的地位，是歷代先賢積學修養、劬勤著述的結果。明人歸有光《送王汝康會試序》云：『吴爲人材淵藪，文字之盛，甲於天下。』朱希周《長洲縣重修儒學記》亦云：『吴中素稱文獻之邦，蓋子游之遺風在焉，士之嚮學，固其所也。』《江蘇藝文志·蘇州卷》收録自先秦至民國蘇州作者一萬餘人，著述達三萬二千餘種，均占江蘇全省三分之一强。古往今來，蘇州曾引來無數文人墨客駐足流連，留下了大量與蘇州相關的文獻。時至今日，蘇州仍有約百萬册的古籍留存，入選『國家珍貴古籍名録』的善本已達三百一十九種，位居全國同類城市前列。其中的蘇州鄉邦文獻，歷宋元明清，涵經史子集，寫本刻本，交相輝映。此外，散見於海内外公私藏家的蘇州文獻更是不可勝數。它們載録了數千年傳統文化的精華，也見證了蘇州曾經作爲中國文化中心城市的輝煌。

蘇州文獻之盛得益於崇文重教的社會風尚。春秋時代，常熟人言偃就北上問學，成爲孔子唯一的南方弟子。歸來之後，言偃講學授道，文開吴會，道啓東南，被後人尊爲『南方夫子』。西漢時期，蘇州人朱買臣負薪讀書，穹窿山中至今留有其『讀書臺』遺迹。兩晉六朝，以『顧陸朱張』爲代表的吴郡四姓涌現出大批文士，在不少學科領域都貢獻卓著。及至隋唐，蘇州大儒輩出，《隋書·儒林傳》十四人入傳，其中籍貫吴郡者二人；《舊唐書·儒學傳》三十四人入正傳，其中籍貫吴郡（蘇州）者五人。文風之盛可見一斑。北宋時期，范仲淹在家鄉蘇州首創州學，並延名師胡瑗等人教授生徒，此後縣學、書院、社學、義學等不斷興建，蘇州文化教育日益發展。故明人徐有貞云：『論者謂吾蘇也，郡甲天下之郡，學甲天下之學，人才甲天下之人才，偉哉！』在科舉考試方面，蘇州以鼎甲萃集爲世人矚目，清初汪琬曾自豪地將狀元稱爲蘇州的土産之一，有清一代蘇州狀元多達二十六位，占全國的近四分之一，由此而被譽爲『狀元之鄉』。近現代以來，蘇州在全國較早開辦新學，發展現代教育，涌現出顧頡剛、葉聖陶、費孝通等一批大師巨匠。中華人民共和國成立後，社會主義文化教育事業蓬勃發展，蘇州英才輩出，人文昌盛，文獻著述之富更勝於前。

蘇州文獻之盛受益於藏書文化的發達。蘇州藏書之風舉世聞名，千百年來盛行不衰，具有傳承歷史長、收藏品質高、學術貢獻大的特點，無論是卷帙浩繁的圖書還是各具特色的藏書樓，以及延綿不絶的藏書傳統，都成爲中華文化重要的組成部分。據統計，蘇州歷代藏書家的總數，高居全國城市之首。南朝時期，蘇州就出現了藏書家陸澄，藏書多達萬餘卷。明清兩代，蘇州藏書鼎盛，絳雲樓、汲古閣、傳是樓、百宋一廛、藝芸書舍、鐵琴銅劍樓、過雲樓等藏書樓譽滿海内外，彙聚了大量的珍貴文獻，對古代典籍的收藏保護厥功至偉，亦於文獻校勘、整理裨益甚巨。《舊唐書》自宋至明四百多年間已難以考覓，直至明嘉靖十七年（一五三八），聞人詮在蘇州爲官，搜討舊籍，方從吴縣王延喆家得《舊唐書》『紀』和『志』部分，從長洲張汴家得《舊唐書》『列傳』部分，『遺籍俱出宋時模板，旬月之間，二美璧合』，于是在蘇州府學中椠刊，《舊唐書》自此得以彙而成帙，復行於世。清代嘉道年間，蘇州黄丕烈和顧廣圻均爲當時藏書名家，且善校書，『黄跋顧校』在中國文獻史上影響深遠。

蘇州文獻之盛也獲益於刻書業的繁榮。蘇州是我國刻書業的發祥地之一，早在宋代，蘇州的刻書業已經發展到了相當高的水平，至今流傳的杜甫、李白、韋應物等文學大家的詩文集均以宋代蘇州官刻本爲祖本。宋元之際，蘇州磧砂延聖院還主持刊刻了中國佛教史上著名的《磧砂藏》。明清時期，蘇州成爲全國的刻書中心，所刻典籍以精善享譽四海，明人胡應麟有言：『凡刻之地有三，吴也、越也、閩也。』他認爲『其精，吴爲最』，『其直重，吴爲最』。又云：『余所見當今刻本，蘇常爲上，金陵次之，杭又次之。』清人金埴論及刻書，仍以胡氏所言三地爲主，則謂『吴門爲上，西泠次之，白門爲下』。明代私家刻書最多的汲古閣、清代坊間刻書最多的掃葉山房均爲蘇州人創辦，晚清時期頗有影響的江蘇官書局也設於蘇州。據清人朱彝尊記述，汲古閣主人毛晉『力搜秘册，經史而外，百家九流，下至傳奇小説，廣爲鏤版，由是毛氏鋟本走天下』。由於書坊衆多，蘇州還産生了書坊業的行會組織崇德公所。明清時期，蘇州刻書數量龐大，品質最優，裝幀最爲精良，爲世所公認，國内其他地區不少刊本也都冠以『姑蘇原本』，其傳播遠及海外。

蘇州傳世文獻既積澱着深厚的歷史文化底藴，又具有穿越時空的永恒魅力。從范仲淹的『先天下之憂而憂，後天下之樂而樂』，到顧炎武的『天下興亡，匹夫有責』，這種胸懷天下的家國情懷，早已成爲中華民族精神的重要組成部分，傳世留芳，激勵後人。南朝顧野王的《玉篇》，隋唐陸德明的《經典釋文》、陸淳的《春秋集傳纂例》等均以實證明辨著稱，對後世影響深遠。明清時期，馮夢龍的《喻世明言》《警世通言》《醒世恒言》，在中國文學史上掀起市民文學的熱潮，具有開創之功。吴有性的《温疫論》、葉桂的《温熱論》，開温病學研究之先河。蘇州文獻中蘊含的求真求實的嚴謹學風、勇開風氣之先的創新精神，已經成爲一種文化基因，融入了蘇州城市的血脉。不少蘇州文獻仍具有鮮明的現實意義。明代費信的《星槎勝覽》，是記載歷史上中國和海上絲綢之路相關國家交往的重要文獻。鄭若曾的《籌海圖編》和徐葆光的《中山傳信録》，爲釣魚島及其附屬島嶼屬於中國固有領土提供了有力證據。魏良輔的《南詞引正》、嚴澂的《松絃館琴譜》、計成的《園冶》，分别是崑曲、古琴及園林營造的標志性成果，這些藝術形式如今得以名列世界文化遺産，與上述名著的嘉惠滋養密不可分。

維桑與梓，必恭敬止；文獻流傳，後生之責。蘇州先賢向有重視鄉邦文獻整理保護的傳統。方志編修方面，范成大《吴郡志》爲方志創體，其後名志迭出，蘇州府縣志、鄉鎮志、山水志、寺觀志、人物志等數量龐大，構成相對完備的志書系統。地方總集方面，南宋鄭虎臣輯《吴都文粹》、明錢穀輯《吴都文粹續集》、清顧沅輯《吴郡文編》先後相繼，收羅宏富，皇皇可觀。常熟、太倉、崑山、吴江諸邑，周莊、支塘、木瀆、甪直、沙溪、平望、盛澤等鎮，均有地方總集之編。及至近現代，丁祖蔭彙輯《虞山叢刻》《虞陽説苑》，柳亞子等組織『吴江文獻保存會』，爲搜集鄉邦文獻不遺餘力。江蘇省立蘇州圖書館於一九三七年二月舉行的『吴中文獻展覽會』規模空前，展品達四千多件，並彙編出版吴中文獻叢書。然而，由於時代滄桑，圖書保藏不易，蘇州鄉邦文獻中『有目無書』者不在少數。同時，囿於多重因素，蘇州尚未開展過整體性、系統性的文獻整理編纂工作，許多文獻典籍仍處於塵封或散落狀態，没有得到應有的保護與利用，不免令人引以爲憾。

進入新時代，黨和國家大力推動中華優秀傳統文化的創造性轉化和創新性發展。習近平總書記强調，要讓收藏在博物館裏的文物、陳列在廣闊大地上的遺産、書寫在古籍裏的文字都活起來。二〇二二年四月，中共中央辦公廳、國務院辦公廳印發《關於推進新時代古籍工作的意見》，確定了新時代古籍工作的目標方向和主要任務，其中明確要求『加强傳世文獻系統性整理出版』。盛世修典，賡續文脉，蘇州文獻典籍整理編纂正逢其時。二〇二二年七月，中共蘇州市委、蘇州市人民政府作出編纂《蘇州全書》的重大决策，擬通過持續不斷努力，全面系統整理蘇州傳世典籍，着力開拓研究江南歷史文化，編纂出版大型文獻叢書，同步建設全文數據庫及共享平臺，將其打造爲彰顯蘇州優秀傳統文化精神的新陣地，傳承蘇州文明的新標識，展示蘇州形象的新窗口。

『睹喬木而思故家，考文獻而愛舊邦。』編纂出版《蘇州全書》，是蘇州前所未有的大規模文獻整理工程，是不負先賢、澤惠後世的文化盛事。希望藉此系統保存蘇州歷史記憶，讓散落在海内外的蘇州文獻得到挖掘利用，讓珍稀典籍化身千百，成爲認識和瞭解蘇州發展變遷的津梁，並使其中藴含的積極精神得到傳承弘揚。

觀照歷史，明鑒未來。我們沿着來自歷史的川流，承荷各方的期待，自應負起使命，砥礪前行，至誠奉獻，讓文化薪火代代相傳，並在守正創新中發揚光大，爲推進文化自信自强、豐富中國式現代化文化内涵貢獻蘇州力量。

《蘇州全書》編纂出版委員會

二〇二二年十二月

凡例

一、《蘇州全書》（以下簡稱『全書』）旨在全面系統收集整理和保護利用蘇州地方文獻典籍，傳播弘揚蘇州歷史文化，推動中華優秀傳統文化傳承發展。

二、全書收録文獻地域範圍依據蘇州市現有行政區劃，包含蘇州市各區及張家港市、常熟市、太倉市、崑山市。

三、全書着重收録歷代蘇州籍作者的代表性著述，同時適當收録流寓蘇州的人物著述，以及其他以蘇州爲研究對象的專門著述。

四、全書按收録文獻内容分甲、乙、丙三編。每編酌分細類，按類編排。

（一）甲編收録一九一一年及以前的著述。一九一二年至一九四九年間具有傳統裝幀形式的文獻，亦收入此編。按經、史、子、集四部分類編排。

（二）乙編收録一九一二年至二〇二一年間的著述。按哲學社會科學、自然科學、綜合三類編排。

（三）丙編收録就蘇州特定選題而研究編著的原創書籍。按專題研究、文獻輯編、書目整理三類編排。

五、全書出版形式分影印、排印兩種。甲編書籍全部采用繁體豎排；乙編影印類書籍，字體版式與原書一致；乙編排印類書籍和丙編書籍，均采用簡體横排。

六、全書影印文獻每種均撰寫提要或出版説明一篇，介紹作者生平、文獻内容、版本源流、文獻價值等情況。影印底本原有批校、題跋、印鑒等，均予保留。底本有漫漶不清或缺頁者，酌情予以配補。

七、全書所收文獻根據篇幅編排分册，篇幅適中者單獨成册，篇幅較大者分爲序號相連的若干册，篇幅較小者按類型相近原則數種合編一册。數種文獻合編一册以及一種文獻分成若干册的，頁碼均連排。各册按所在各編下屬細類及全書編目順序編排序號。

據中國國家圖書館藏明萬曆三十八年（一六一〇）刻本影印。

海虞文苑

〔明〕張應遴 輯

提要

《海虞文苑》二十四卷，明張應遴輯。

張應遴，字選卿，號又玄。明常熟人。諸生。早歲讀書，躬行雅道。厭薄制義，淡泊名利。喜秘方活人，師從名醫繆希雍習岐黄之術。好游歷，尤留意鄉邦山水名勝。晚年依虞山昭明太子讀書台築餘適山房，修學著書。輯有《虞山勝地紀略》《懸壺衣鉢》等。

《海虞文苑》爲明代常熟地方詩文彙編，入《四庫全書總目》集部總集類存目。全書輯録洪武迄萬曆間詩文作品，以詩賦居多。依蕭統《文選》例，分體編排。卷一、卷二賦，卷三五言古詩，卷四七言古詩，卷五五言律詩，卷六七言律詩，卷七五言、七言絶句，卷八雜體、詩餘，卷九、卷十疏，卷十一、卷十二書啓，卷十三、卷十四記，卷十五、卷十六序，卷十七、卷十八傳，卷十九議、説、辨、解、誄、吊辭，卷二十募疏、題、跋、書後、引、檄、文，卷二十一祭文、墓表、行狀，卷二十二志銘、生志、自叙，卷二十三、卷二十四雜著。全書旁搜博采，上至公卿名臣，下及山人布衣，凡有可觀，靡不甄録。所收如趙用賢、趙琦美、陳禹謨、瞿式耜、錢謙益等，皆一時名士。是編又爲鄉人輯本鄉之文，加之時代切近，所收較他書爲宏富，所收篇目較爲完備，如桑悦《兩都賦》，朱彝尊修《日下舊聞》未見其本；牟俸《請興水利疏》、周木《代都御史牟公論治蘇松水利疏》、張洪《與緬宣慰那羅塔書》等，内容較《明史》等書所載爲詳，頗具史料價值。明代常熟之歷史人文記録，燦然在目。

本次影印以中國國家圖書館藏明萬曆三十八年（一六一〇）刻本爲底本，原書框高二十二・八厘米，廣十四・一厘米。卷首鈐有『虞山瞿紹基藏書之印』『恬裕齋』『鐵琴銅劍樓』三印。卷中多有校讀記，指出錯訛字句。卷末有門人陳星樞跋，及『罟里瞿氏恬裕齋藏金石圖籍書畫記』等印。瞿紹基建恬裕齋，始創常熟瞿氏藏書。其子瞿鏞輯有《續海虞文苑》《續海虞詩苑》。

海虞文苑序

古者歌風貢俗以備輶軒採錄自邶鄘而下不限封域所從來矣今郡邑志乘詳於徭賦略於詞章即有良工苦心名山藏副未經殺青化爲烏有深足惋惜先太保嘗刻

太倉文略行世嗣後瑯琊伯仲競
奕吾婁人文一時蔚起每欲續廣
先刻未暇也海虞張子選卿攜所
輯文苑二十四卷求一言弁其首
余讀之則自洪永迄隆萬名臣碩
輔以及山澤之臞片言可傳靡不

裒錄其間先師瞿文懿公洎余丙
戌所取士郃麟武駕部之文具在
撫今追昔不能無人琴之感焉既
卒業則輾然笑謂張子曰子儒生
也家擅麟経淵源累世而厭薄制
舉義乃留意古文辭何居儻謂立

言不朽在此不在彼耶子又澹泊寡營逃名削影知希是貴乃汲汲焉懼他人之名或湮沒不傳為之蒐徵扶隱又何居儻猶未忘書生習氣游戲蠹簡以鉛槧作佛事耶皆吾所未解也張子唯唯謝不敏

曰此先君之意也先君嘗輯經傳類編行於世欲輯是編未成而余小子勉成之耳因自憶先太保刻成文畧時余年方十二歲今老矣尚未能廣續先志而張子會又生海虞多才之地業精軒岐倉扁之

術乃能覃思繼述拮据成此真吾
師也嘉嘆之餘且幸淂附名其次
徼不朽云時
萬曆庚戌六月望日
賜進士及第光祿大夫少保兼太
子太保吏部尚書建極殿大學士

知
制誥　經筵　會典
國史
玉牒總裁
予告
兩賜存問婁東王錫爵撰

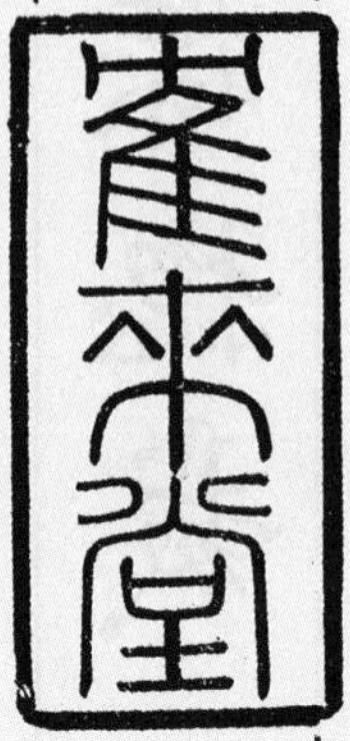

海虞文苑序

吾邑負山帶湖環以瀛渤信明秀之勝區而人材之林藪也自言游氏首署文學與西河相頡頏在南方為絶唱而吾邑文運之開所從来矣嗣是以還代不

之人迄

國朝而獨盛姑屈指前哲如詞林張公駢稱博洽文恪吴公辨正文體桑氏民懌詞賦妙天下而給諫黄公鉞之忠義侍御蔣公欽之切直刺史魚公侃之清

白品卓而文亦粹焉其他志以遇抑詞以窮工執牛耳而登騷壇者殆復不少第歷歲綿邈散失爲多寖久寖湮良足惋惜文學張選卿氏特彙而輯之名海虞文苑一日出其槀示余余曰

乎彙是編得矣請以兩言盍子必博必約夫博與約不可兩存之術也顧在所用之大都文章家通顯易致而奧渫難蒐輓近病繁而曩昔易逸故輯而成袠者寧嚴於通顯毋嚴於奧渫矣

刻於輓近毋刻於曩昔慱收約
取何是編之不且愛而傳乎文
學首肯余言無何編成余寓目
焉則起而辟席曰有是哉子之
慱於收也由
國初以逮今茲公卿以及韋布

諸有所著述行世者或春容大
篇或寥寥短章苟具一體無弗
錄也美哉纚纚乎文之極觀倫
矣然試核之人靡顯晦蘄於擅
場時靡久近必於妙選珷玞不
以混玉鍮石不以間金取之又

未嘗不約是編也行言游氏文
學之傳不益光被於中區翁赫
於来禩哉剞劂既竣文學因問
序不佞文學尊人可言為余先
蒞靖高足業欲盍講誼而文學
所輯又吾邑不朽盛事也敢以

不敏辭余惟作者人抒其意家炫其采神情每涣而不屬所為聯其涣而屬之俾神情湊泊如出一手實繄輯者是賴漢魏間諸名家蕭統以一漢遐屬之晉宋間諸名家劉義慶以一世說

屬之遂令讀者膾炙覽者擊節至不忍釋太人祗侈為蕭劉功而不復問出其氏辟飲食醉飽者必謝主人而其治庖其治釀置弗問也文學之彙文苑類是已文學綜擘流畧淹通古今兼

攻軒岐術每以拯渠公急病行志自許誠博雅士也固宜爲吾邑樹不朽獨不佞謭劣薄伎謬有一二見收爲藥籠中物則爲不佞藏拙計疎矣

萬曆庚戌元旦通家弟陳禹謨

錫玄甫譔

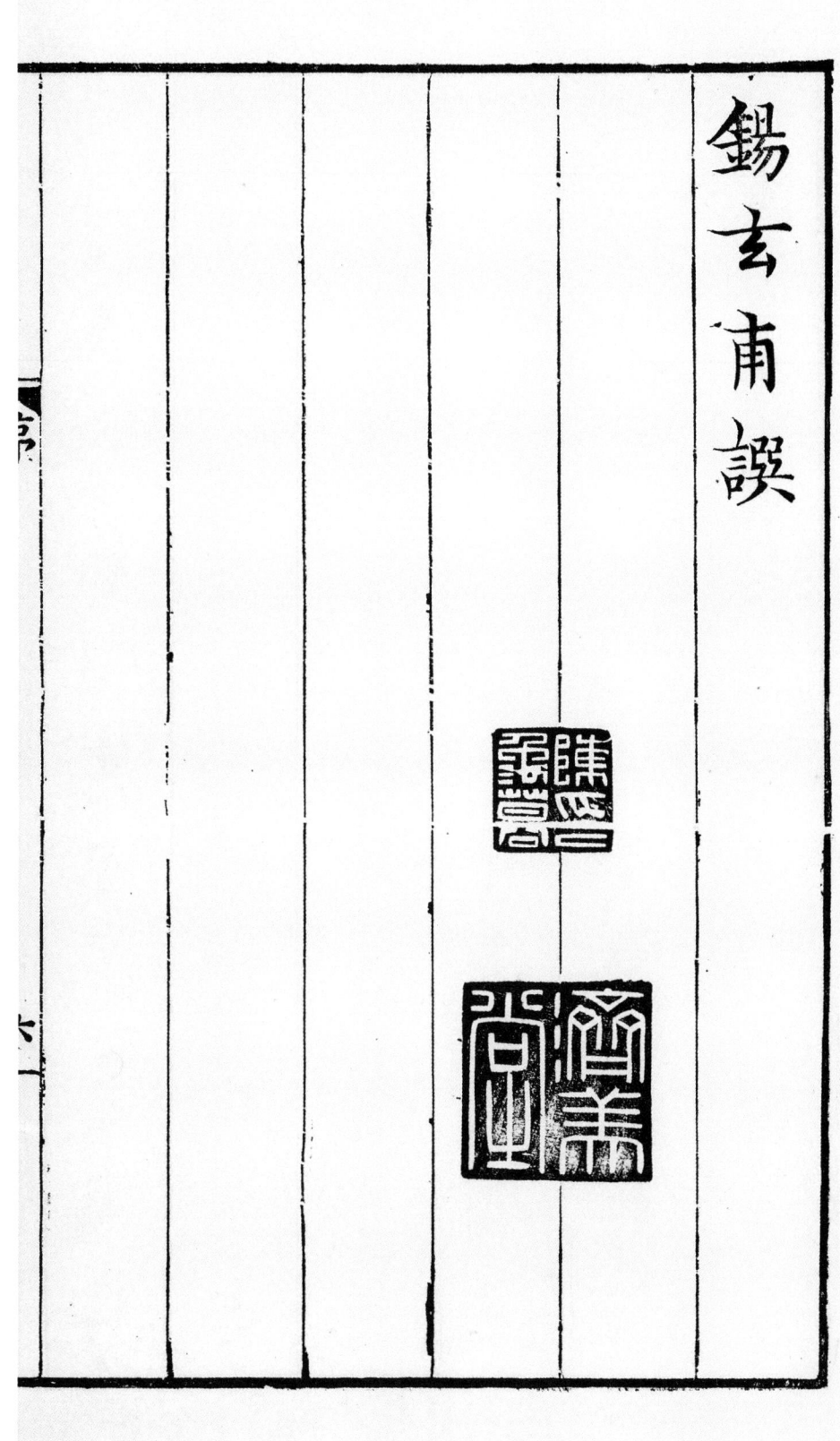

海虞文苑總目

邑後學張應遴選卿輯

壻錢爾光覲伯
甥錢龍躍子飛
錢龍惕子健叅
門人陳星樞
陳以忠
殷之衡仝閱

海虞文苑卷之一

邑後學張應遴選卿甫輯

賦

南都賦　桑悅

南都有博古先生同州邑秀先遊於北都僉觀氣象之恢亢恢亢大貌楚辭收恢台之孟夏民物之遒塉從和切多也神莽莽兮外淫意惶惶兮儷僟音蛾癡也獨先生護極夌碎矜才貌見荀子浪驚旋拖不以爲意也見文中子北都有知今子者其足如雲其辦如波揖先生而扣焉天下一家四海一都而予眺焉若蔑若眇匪銡音棄匪銡音那豈離渤澥別渲漳汙豈遶太華別

覩嵯峨何其齒迎齒而不洪心戴心而自詑（音佗　欺也）先生曰茂蘭衷者嚇微馨眇絲裏者景纖鬔（音彭）僕常熟班孟堅之兩都張子平之二京丹淵皐皐（音罪　深貌）收長安之市中扃繆繆（音佼　大貌）築洛陽之城寧不視此而消零知今子遂然而笑曰味子之言班罥（於井切）硃砂痕般翡翠易牙之味子聞而飽儀狄之酒子慕而醉耶先生曰是誠不然僕自麗髦作適金陵偉哉若方王業攸興計南惟棟計北惟檻豈彼衍宛而子彭訇吾將語子以南都之故事以開子之聾盲焉知今子曰願卒鴻麗以拓酣冥先生曰唯唯明之南都宿分於斗職域於揚斗則日月之

所佉（丘伽切）拁五星之所乘營是謂天維揚則拓土畫疆卓犖兼弁是謂地綱論大形勢桐柏之源東馳般汩揖濁灩而招沂泗於此乎會岷山之支東累綿衍出庾嶺而包彭蠡者於此乎畫誠江海之都會也山林之總轄也而況口以三吳足以荊蜀八閩二廣可伸可縮堪輿之精盡於是矣論細藩屏則天設雄塹表以鍾山禓以長江山則掩譎崔聳靘（千定切）歜（音觸）崚翔袠坱碖（音倫）盇尖台嵬亢巀嶫墳兀追詭廉盪晴兮黨黨晦兮墇墇（音章）氣雲薄兮擬封豵（職隆切）挹兮可掆江則膠戾嫈（音英）毅砰湧僾汪丕庨（音梢）澒溢湉（音恬）混澶泱瀁瀯溶瀆洚洞湎（莫見）

切⿰氵荒音荒濞兮格格允兮⿰糸巟⿰糸巟音康喜沄沄兮穆協怒趫趫音天兮儺闛音堂均山惟揄丕江迺來如韓孟之齊騁類楚漢之相當挾以石頭秦望之蔓麗帶以後湖玄武之汪洋嶺一頡兮千熊羆浪一頃兮幾城隍欲纖摹其詭異詢一掛而萬匹其洞則有華陽玉柱良常羅姑巖女天窗夫子酆都各有眞府神切天帑音奴門⿰阝楚⿰阝楚音楚兮混沌未鑿室⿵門周⿵門周音周兮氣化馴刹丹崖甲乎連欐翠壁貫乎稜觚或有三茅之輩拉八仙之徒駕野馬之駕提沆瀣之壺殽以青埃核以火⿰扌壺音壺窮年縱浪竟夕歡娛三霜半局千日一餔推霧明之眞境合仙跡之盤⿸虍古音姑其泉

則有白乳一人玉兎喜客妻地籟之于于垂天紳之默
默歛川后之津液畱山霧之骨脉雨似喞而囂囂風或
嚳而嘖嘖潤止井方名馨蠻貊其池則有覆盃石墨天
淵蓮花昔人畱兮指爪朽名潤兮無涯又有隄名太平
堰名余家瀨名投金泓名丹砂義溝破岡瀆澤沛長命
新林洲名葩九曲霹靂溝何淛槩芳艸躍馬澗何清華
於是材以梆音邦榮竹柏桄槵胡貫切樳棈桅俱彼切松檔音當
椋檯槤椐檉平仲古度無疵文楟莫不抱遒紛溶槮音森
苯較庭翮枖音夭偃梏魁㲄音會剡㔜綿枔音尋暖杈音差飛柯
鬬莖風度曲而雨亂亂者樂之卒章言風度木以雨至而止月稿神而日

呈（神郎傳神之神）間有扱萃上薄青冥天低獨擎雲墜孤撐未
廻萬牛之力陰具五鳳之刑（言作五鳳樓之材也）華以幽蘭崇蕙
徑菊江蘺牡丹玉蘭香蘂（華筆切）辛夷忘憂蒜（呼歷切）茀含
笑嫋斐（音雎）絕品節蒲上瑞莖芝之氣貹曄以交獵采葉舊
以紛披零的昌於騷經布濩榮於毛詩實以朱橘赤柿
娉栗含桃枇杷林檎楊梅蒲萄匹火齊之丹君鄰鍾乳
之紅消特可包乎公匭具可養乎私饔水陸之饒萬育
愲（音汩）娗（音亭）其鳥則有鸛鶴鷺鷗鳧鵲舒鴿鵁鵄鴶鶬劃
鶖鵔鶋剖章鷸脂隼醜蒼鶊雜縣（音友）避風而爰集鴻雁
隨陽以迅征暴道體之濈濈假天和而嚶嚶其獸則有

鹿麋麔麎音沉豵貘熊驉豺麢羠音夷狒犢兕狪音聽羭𤜶猰音庚𤢎音當猓音果獁音駕虎獝獳隱霧之豹拜月之狐蔽生翳伏狀異形殊伯益不能紀周公難悉驅其魚則有鰋鯉鱨鯋鰤音師鱹音讐𩻮音樓鮔公登切鱣魱音呼鯧鰣鯽鮚𩸃魹他成切鱸魴鰢鮒鰱鯫鱒慈損切鯹莫不風鰭浪鬣金鱗玉睛出罭欲飛宜膾宜烹別有龍淵湧湧屢穴圓圓浮沉乎王鮪隱耀乎長鯨能吞巨舟可方曲陵匪漏藉於齊諧則繫名於海經又其田疇則黍稌咸宜桑柘斯植水耕火耘風經雨織一犂鬑鬑力兼切兮斛粟半筐縩縩兮尺帛眞中華之心而四方之極者也逖古之時萬有未聚

帝省山川可爲皇據惟古帝王或命於陶或命於牧惟豐惟鎬文武是屋儲茲地髓以俟天牧周轍既西王氣微㬥悵地勢之䑃䑃音莽兮風氣飉飉毋耿切而未開罔䜀䜀音宴以寥慄兮摯㓣㓣音愧而慨侅悲音費岑岑以闃擊烏貫切兮若艸變而木衰匪霆伸之轟轟兮安淵蟄之匪纔自罔䜀䜀以下形容上古之時金陵氣象未開之狀以爲天遣吳晉等國爲我　朝漸次開闢之地文有起伏意思絶妙今古於是役吳載柞命晉其耘宋齊爲畚梁陳爲斤其建金華赤烏玉燭重雲太極清暑之倢麗結綺永安之青蘋他昆切孰非先掃我金門之路清吾玉殿之塵也如此言則吳晉等國建都雖在我　朝之先而非先哉矣詩云禹敷下土方外大國是疆幅貟既長有娀方

將帝立子生商與此意同逮元胱紐宇宙沸𪄻如羊切閔茲地也鬱鬱

葱葱暐暐煌煌增渥補泊衘紫浮緗虹經襊秦醉切彩雲

緯戍章旂音航兮若燭龍之燚紘音宏兮類若木之光盪踞

虎而將躩暈盤龍而欲翔龍盤虎踞並陵山川氣冡暈盪從氣上詵來其在

山也硿音空谷就實危峰增鈦嶭乎若巢金之欲彰其在

水也漫汎氤氳逐泛煒揚灝乎若頹波之弄西陽自鬱鬱葱

葱丫此形容典王氣象極工裨竈瞻望而躑躅景純睥睨而周章非

名都之將建而先發其祥耶時巳天眷　仁祖爰及

陳后夢歆樂食覺聞蘭臭　聖祖降天匪先匪後想過

亂吕躬禪天軸音騾遐望其飈馳尼幸其雲覆翺翔太平

宿儆斯簉江東攸歸兩淛既庭爰承天意茲焉作京廼遺友諒廼縛士誠廼走擴廓廼降明昇龜蛇指乎迷周頋相乎成雖眞宰之駐意抑非茲都之運霧也哉四方既平根本攸寧廼瞻胥陬百度惟營庸遵九重之規步九筵之迹太行空蜀山兀艋沉筏結異材山積於是伯尚呈能王爾獻績肇以承天之巢兗粹以敬身之棧斥迤以華蓋之匡矙劃以文華之奮滙武英斜峙白虎旁翼其爲狀也莫不獵韓宅(音梢)昂標霍炤(音昭)燚剡兮烑烑(音摐)厖(莫江切)兮齸齸(音益)杗廇謷宏而孔穀高桴硜矼而委迤危甍墐(音新)潭而鼓鬣曲閞(音弁)天矯而軒翼異枝牚(聰孟切)

承字綺疏垂閾表以翬稅賁以㞳壁有負柱之金[illegible]
精閃而爍艴乘㮇雲之拶（宗滑切）蹝（音逐）爪拳（居六切）墳而上
矍覩螺蓋之白黑倏退藏而蠲鄭飾以桁梧萬層盤[illegible]
䢦（音律）𨶹（音繹）雕褸肓肓藻以髹（音休）漆倣視昭昭指歷歷[illegible]
眸分眸色交色輝奔彩赴丹輳綠易（形容彩色奪目之狀極其精工[illegible]）
離朱之斜視猶恍惚而箱暘（音繹）左順揖乎右順左掖拱
乎右液承天垠垠春和翼翼諸監六科之郁麗尚實光
祿之謚䟦（音北）億萬門堂拱闕惟勑索巧本於無無庸乾
坤以爲式蓋憲衆山之朝王屋列宿之拱北極也至若
文武僂樓峙天西東表層俯雲輪廓翳空購解飛而[illegible]

緣兮藉夌級以相通（漢書王莽講解飛人以窺匈奴夌級樓梯也）繚朱闌而升降兮辟撅（於頬切）捻乎雄虹彼黃鵠翩翩其高舉兮鵝圓方之會同觸縹緲之罘罳兮仍歛翼而退風惟[illegible][illegible]（竹萌切）之黠雀兮飛息參而馴嵩還處所而訌（音洪）愓兮遂委巢於攢蕺鞠翻翻之黃口兮終身瞢乎四通俯璀錯爲旁礴兮仰崎嶬爲蒼穹匪壯麗之若斯安匹休乎薇宮長廡埢埢（音拳）短序尃尃（音敷）敦以密石（蔡邕獨斷天子所居加密石）切以瑊玞鎔朱提之鐐以節鎖鍛化盂之鏐而鑼鋪萬戶無名造化爲徒色暴於有聲藏於無我吐微音彼應長呼（四句槪理之至立言之精）足趨竈悖吾亦喪吾諒妙理之所存

非華訦之足摹東立太廟岧岧奕奕桔（音吉）嵣殿乎重扆欒蹺延乎夾室宰有亭而薈牲焚有穴而眚帛永言孝思孝思維則不得不斵其桷而隆其閾也耽耽六宮衍息聖躬表以乾清之廬盪偶以坤寧之集幪環居戍帀委巷成衕深壺㶁㶁連簃形形蕃椒粹䅣（郎達切）夜合茏茏方其胎營集刻飛鳶之手（公輸子刻木作飛鳶三日飛不止見王充論衡）召膠遊魚之工（穆王時巧匠膠魚能遊見列子）殫心思於其中排亮㡯以開閶縷綱罥之玲瓏裝以衆彩蒙以輕容（紗也）縜（音雲）兮若[redacted]颶之噴巨波漾漣漪之瀰雖拂波贜以潎（孚妙切）刪露水族之鬞（奴孔切）穠渟兮若山澗之雜莔深清泉而上蒙

雖剽視之的的欲採擷而無從作游千間奎麗鏈相可切台繪百卉之蓴俞兮儼憲英之櫟音巢菱神貫英而藉越兮化真芬之批棨音葵雄風衎衎以碭駭兮舉茀烈而薰愇憬亰皇之旋駕兮姿冉冉而熀衰踏雙成與仙姑兮一面金精而炘綏自繪卉以下形容畫者通神故所畫之花迴風亦生香春去亦如漸衰因踏仙人故至秋亦不落也妙甚眞妙鬼神者皴翠禽之自岪兮聚彥鑿以文際委順膠而騰變兮幻林麓之垣崔顯眞相於木杪兮仍翠翎之毰毸熼無隄之妙觀兮忽不自知其徘徊畐有僉極則有大內千間嶏嶷音疑詭迣音列鸞彝媢垂鳳卣宛䶂音蘖隋珠如月趙璧如雪桃核之洪魁鵬羽之脩撇山

車之剽奇昭華之英契其他方貢域獻萬寶充楶滿花廻廻羚角楶楶方諸夜凉朝霞春熱阿魏之腥金顏之馝音別蜼黟縕紛藏無識無別然察其性質之陰陽贅房而攢挩音蘖則又若陰配合而默調燮者也合祀天地廼建瑤宮崛大祀之朴子了切喿先到切兮庇瑤瓦之青葱輸傾鈥而游氛遞兮上混屝音非乎浮容地游升階其洪質兮天氣降郵其危夔翼嵩壇之[illegible]鋙兮祈光峙流而合縱山川社稷帝王功臣茹膚功而答稱兮揭壇宇之纚所宜切峋舉幽遐而遍溫兮冀孚召乎輙啟音展舜爲天子民皆輙輙啟啟見呂氏春秋閑以崇墉百里覃以通門六五偉正陽與聚

賓尤碞音吟潭而眰音質昈音扈欲昂脰而瞻際覺清矑之講訩武破蟄而起靂自榮神之栗股車岑岑以激潠馬雲霅音狎以黎楚或槅音鬲相轚古的切蹄相互求疾而滯旋往無所於是嘫音然閧嘵嗑音盍蹶咽旁午不啻萬艘麗閘而踶躝六師奔敵而襲伍必踰跱而後詹憮焉久喁噞於圍徐憂戛以脫罞音武泮奐其行適大通而遷遷者何可勝數又可喻造物者之不齊而莫能必淶途之夷阻也自喁噞以下就轂率中別出一種道理是謂忙中取靜斲輪之意人所難學部院寺司雲填星稠公卿惟旌郎吏惟存尒檝我桴厥職孔脩敦以京兆驕民是牧我精雕桐李子長雕梧桐以服囚見王充論衡彼畏刻木

置葦枝以塵封曠園扉而艸緑王以太學英髦斯育言采其芹於彼泮瀿瑩如席珍者濟濟湛若飣梨者熅熅悉小杏園之樂而踵槐市之躅蓋將撥流失之風而反敦厖之俗也罔脩罔攘軍容洸洸神策豹韜與武龍驤應天留守橫海和洋衛所如林五府提綱億萬赳赳斟隸爲鄉舅甥兄弟羂古犬切結同疊唲呱含鬃音丕鬇音而之色奕攸卷音眷衺音邪觚之剛喜則鈌鈌怒則礓礓聚兮摯摯動兮彭彭奮齦斷而淫閧鼓龍胡而𠯗𠯗五羊切其將人閱也聞癸駒休具切之綿匝癸駒閱軍皷見周禮齊鬣作結切髽音哇而峭格樅楚江切以行伍澥音翰以壘壁綏廻廻其瞭力隄切

䁂音收兮刴般般其钀魚竭切轢混枚枚其攢喆知列切兮庢
音只皇皇其劉劃眾闞既尼洌力見切然而洫總戎司馬栺
揮退廸策鐲烝烝其鴻葛兮旌旄肅肅其揄扐斯時夏
說專諸之流方援龍泉以揮霍剸雞鳴以拏音遨遲盤旋
倩倩低昂旻旻援刺雲而劼劼臘奏空而驍驍大麥切心
霸霸以横鶩兮神遥遥於邊埸九夷八蠻孔倣不逆屓
畫石之陰謀兮蓄鬬神之餘力仰蒼昊而悲咤兮化蛾
蒙之紛蹇音塞百步之外樹以正的烏號下嚼子召反忘歸
承的揺撓眡豐鴻之節鋌音頑垸音完斟翙趯之則蕭臂參
停沓寓惟直巧能中蝨力能貫石百中焉獲獲呼嘖嘖

環以偪頸圍以絳額紆隆隆殺抑抑峙兀兀流奕奕重
矛如式三屬如滁既蛇勢之梟梟兮復魚貫之繹繹正
綿綿而不亂兮奇廉廉而罔測轟巨砲而散列兮氣方
突而未𠜱音劇對勇閒閒徒手搏敍古伯切撥局齊豎提矞
休筆切復逾僉思奪終童之纓遺孔門之幗悵百年之偃
息而老死於軍籍又可見我　朝治平之綿遐而千古
莫敵也大江之中爰習水戰黃龍青雀萬艘蔓莚音硯化
波爲原平集組練闌衛如墉朱牌上碾止類攢蜂行趨
飛燕偭橫磨之陸離兮摘神機之犧炫馬銜御濤而觖
徙兮奇相駕波而惕絢折兀术金山猶枝拄曹瞞赤壁

若扇實江南之長技眇四海之瀲漩別設錦衣以伺姦

饔濉以撫軍天憲橫操官配祀融薰岳燀濤旗校如雲

滑栗憍勦音巢取醒龍之珠拔過雁之毛疑箸爲置兮意

旌爲闘音陶聆淅瀝而掩雨兮聽颯颯而捕濤形容錦衣旗校緝事

精神態度如畫淑良翼其奎桓兮壬㦤瞦其翔翺淸九陌之游

塵覺六街之肅齃音坳守備之廠中官是府朔望會評冠

蓋如堵水陸產鮮饗之　皇祖獻之　聖母則命代以

行自刪其楛音苦畫船如櫛爛熻江滸錦纜牙檣銀笳銅

鼓鈴之揚兮中流水增波兮雲橫崛崛崛崛兮纖風棹

忽爇兮南浦鑿乾遞兮鏖楚馳瀉沄兮代烽火雖抵扡

扡（音壂）兮猶凉瑛而化琥惟簿正之當然非尤物之爲蠱抽億指以役役亦不知水煙之稀夙（音古）至若竇王之家金許之族連烟　天室窋邃　輦轂則有朱戶庨（呼交切）頩外祿（音怠）行鹿日食萬錢之俸月饗千鍾之祿墻壁衣文繡犬馬厭粱肉蔬卞收其神劍張毅趨其懸箔梁鴦職其禽鳥郭駝理其花木咸鐘鳴而鼎食蔭渠渠之夏屋壁鋪幉幉（莫幨切）其彪毿兮地衣摵摵其繁褥履綦佷佷（音良）其盤辟兮桂霏油油其芬馥公子王孫戴瑟頂之帽衣滾紋之服韋黃臂蒼言駕騏騄挾彈從禽勍勍睩睩遵四望兮徘徊欵牛首兮彳亍浩氣沴乎朱虛英風

偃乎段叔內有信陵之儔田文之屬傾身下士肝膽相續曳裾彈劍無決而至者蛩蛩顣顣音促滿浮白兮賓冥落眼光兮自燭餞飛英兮度新曲送春歸兮水虒音豹振𩂣𩂣音落兮停雲鼓繁絃兮相逐主毋大怠賓忘小項蓋指長簜以儲慶揖爪埒而壘福畀衆無窮樂巳不足而不知悉𠥫宗遂羣夷之皿刃集四方之膏鏃也墉之內外樓居如雲亂榮劖初咸切又長櫚睘睘音瓊數里齵音鉤耞音加卬罧音森齫以陰行兮遠不見其罛音呼㼌音誇蓱翳去其浥沛兮羲和失其赫赮音霞巷千衕百靡砌容碬音遐捆緜之工捲焉如麻法五方以翟色代東皇而賦花耀光眦

眺切且禮兮捺雪耀光綾名見晉書玉錦爛爛兮鑣霞玉錦錦之細者見周禮

洒削追針之戶販脂磯寶之家各閃屍以迴術聯鳴

雞而昏鴉以至斗門淮清之橋三山大中之街烏羸白

圭之儔騈背項兮交加日中貿易閧閧咤咤雲間之布

稚安之茶吳會玉柵之燈勾漏石柣之砂翠聚瓊臺之

管𦵔連淮陰之車萬貨各離其鄉土何聚會之紛拏亙

兮如潮之汗漫覆兮類汐之滎查來無趾兮得得散無

聲兮叅叅莊加切雖殊途其貨殖而一致於金鎈音叉方外

之所寺觀砡泰朝天洞神報恩天界臺榭蜺兮其峹厖

簷宇燿兮其涯忕音太神摹森羅之嵬翔意影峞崒之偉

怪象王清之尊威羅神兵之昧薆思凝凝兮札涪招葛洪於天外生金佛之泮奐鄒羅剎以承蓋座繞繞兮圓光俟寶融之聆戒占好山兮隆卉通幽徑兮昌慸（音代）悵洞簫之捎纖鄗相國之倮隘振以鐘鼓之瀧沓清以磬鈴之澌灑福無明答禍無顯害故能傾嫈（音榮）嫇之渥尊而來骯髒之瞻拜也龍江之關積薪如山錯出岩嶽之崷嵔（丘利切）兮束危峨之蟠戔木土類兮寄育秀翠幄之拚拚（音翻）覺嶝穴兮平攤疑夔魖兮悞撣（音壇）龍潭諸倉峙栗如海幻驚濤之騰譎下暗浪之匯迨肆晃晃以永歸氷一凝兮數載閃蕪浥兮嶺楊類尾閭之所在大比之秋

覩直隸之選豪聚總總而嵺嵺（音迷）插羽翼於纖辭[亻逢]層漢而橫趐（音時）叱吉鄰與黃文（吉鄰黃文月中仙見萬花錦繡谷）儲紅葉之離仳孰規規於殿葉競緭緭（音謂）於高枝爭徒手以白戰希點頭於朱衣劉（力牛切）經書之暗闇彼意髻而吾髭同兮相是異兮相嗤或導源赤水或爭雄黃池逮奮鵬程之路聽鹿鳴之詩又或夙昔之熟蒸而睥睨苴沉而淹支者焉於是乎有貝錦之加竹筒之吹（韓文公詩熱如竹筒吹）雖冥昏以摩索實神明之攸司增明堂之柱石礪後學之鋒鍔萬石之長歲聽　宣諭常蘇裕子於焉僂（音閭）邇（音著）梯韓嫣兮齊駕拉渠公兮並驅揮夜光兮爲烓購委

蘆兮爲絮倏物價之翔高空羣行之萃聚其各方遊衍則有悲歌慷慨之士升高能賦之賢棄裘馬以易醉輕拾萬之腰纏携以鐔川鳳味之硯囊以建安兎毫之牋洗華林之莽莽兮刷烏衣之冤冤（音淵）於是奎來賓躋醉仙止梅妍宿輕煙（來賓醉仙梅妍輕煙皆南京酒樓名）脂臐（許云切）膮（呼堯切）兮繹華筵售倩粲兮金千歌南呂兮雲韶識舞料峭兮雪儇傎（音顛）精隨聲兮徃滇滇（音田）思隨態兮逝淵淵恍難像兮忽難傳浮灢瀁兮棲無邊化媚霞兮暈青天悵百歲兮幾腥漫見東阬兮屢田又有踵弘景之武步劉計之躅恥干秦兮飯千笑要湯兮烹鵠收疏韡（丁可切）兮三

苗散濡飫（倚兩切）兮九曲服春蘭兮飯秋菊皎白駒兮空谷孤吟絶兮誰續聞禹于脩竹所謂伊人溫其如玉遡流從之言采其菁其能陰掩騷韡之門杜夔澆之俗又足以勝千百懸羣衆者之碌碌也（荀子云功名未成則羣衆不懸）明道兩軒過化存神又有聆咳覓澌之儒眞浸淫風月之趣控博栁花之春麗道德爲黼黻尊仁義爲膏脣土苴罕形乎訓詁糠粃庸鑄乎鬼倫匪赫烜之若斯安劄（丁盍切）灌乎青燐其或縠（音低）叔橋敎（無禹切）奇崛佽响抹横渠之巾垂沫水之紳芊遭踶兮殸殸粒値饕兮齗齗繪九芭以名鳳假一角而號麟與其矯情於層崖莫若任意於

平津蓋京師人物之都府似不能無聿悠而脆絓思列切

錯擷而參忳也夫以王畿之內篼焉千里經旬周乎外

郭悉黔黎之所止聚舟以南覆寶以北其中廣衍王氣

所塞乘霧氣以鳩作悉無求而不獲上江來新兮陳陳

下江繼粟兮減減奠枕於中洫焉而食富有兼資貧不

至貸故其民習於親上俗矯於好德豈若洛陽之柔㥄

關中之剛頷也哉論者謂偏據之地易於分王想窺中

原有限其望蓋以萬邦之方下民之王而視為三國之

寓境六朝之寄鄉是猶神淵浮螾即以為螾淵而不知

蛟龍之所藏靈囿集胥即以為胥囿而不知鸞皇之所

翔豈不繆歟且　聖祖定鼎於茲天下十二初得三四於焉寧齊魯定汴洛幽燕交收晉冀奄廓灤河之所經營遼海之所開拓阺（音底）兮若朽木之易摧迭兮若焦薪之易爚果地之不利也耶　太宗入繼大統盛德守成憤胡虜之覬覦建行營於北平假　天威以彈壓省防秋之萬兵命　嗣皇以監國將翠華之旋弦昜鄭重而不返慨鼎湖之龍升　列聖慮還以勞民遂遥睇乎天宏是非此不足以宅壯麗而容衆夥也吾輩沾濡　祖宗之恩逍遥根本之域安百年之袵席目不覩乎鋒鏑特以規模之侈圓氣象之深邃故閉門足以守諸夏開

闗足以朝夷狄摯八都之領袖而有此夷逸也由是觀之南都之建尚何百二之所能敵哉如子不以爲然願聞雄辨僕將執白馬之靮焉

北都賦

桑悅

知今子嘆曰先生眞覆中人耶生長於南得其膏髓莽遊於北未得糠粃卽渥彼泊此是知有臚而不知有目者也知有輪而不知有耳者也且元之季天下渿（奴大切）淜偽漢歸墟偽吳西盈明方擴廓之徒亦盜息壤而湮騰我　聖祖悉渟泓之旣鞠瘁攸方因息搏金陵當是之時威德龖鱸（龖鱸音楚）跋殪猘懲雖滯決斯都亦百匝巉嶸思業齊於圜𦾔燕　聖嗣於北平意將默啟此焉作京也先生苟眩璉焉僕將北都之事以破之僕聞北之爲都宿屬於箕地名幽州神堯之聖域召公之賢丘地形

累崇蹶蹶捄捄膊音粕齊魯爲栖音四綴趙遼作旒東阬逡
餘之切迴而左遳山律切太行嵬於鬼切峞牛罪切而右庮音由濎
濚無涯峻峭萛儔眇轢長江之蠡庤音齒芥鍾山之塿前
奎滹沱易河後剄四迷切龍門狐嶺河濟碣石衛國之城
隍居庸鴨綠限夷之藩屏其西香金龕覺仰鐵綿玉泉
盧師平坡棊盤則貸空附形岟嶭五結切堞攢其大通盧
溝黃花濕餘高梁固安龍泉琉璃則穴地纏軀批傴盤
紆峙悉延延流咸澞澞成險生潤作固於尼爾乃郊原
墳盧掌掌批批此禮切接天王氣隨地彭邐曼泱無窮敦
橆音武靡麗馳突罔銜容光必峙又或靡板層胡亘爲坑

羅崆峒磨臺爲戹音起約與其歸聚英　帝里天合其所人凝其績築城伊域作都伊匹揆之以日其繩則直空材九有付之偃翟規乾準坤以究安宅堯之成陽似倮秦之阿房太㸌呼麥切角樓畧摩乎漢規吾殿少武乎唐式五門環環千盧扼扼音戹雙華嫚嫚音旋丹闕額額峙以文武列以順掖東連宗廟西鼎社稷武英穎力篤切譎而欒駢大善臬窈而彪昜文華坺扶厥切埵都果切而枚塙口交切文淵實頫五高切而隆嵿南薰仁智前經右緯思善翼善左輔右弼奉天前迤斷斷特特若圜倪之無極華蓋中蒞鏘鏘磬磬音客若春盎之可即謹身後擁環環赫赫

若混沌之未劃悉昒忘拜切其桷悉扛其櫨剡桂乳櫺巨纖𠛱居僅切墿居石切欂步碧切櫨禁楄補泻切疎戚劉迸彼耕切陽栖其正陰止其冥懸魚惃古覔切凜而下垂拒鵲婚式均切腪丁安切而上騰彼楣楣呼骨切之雄梁夥崇堞除五切而獨承山林之日既長廟廊之任孔宏羣材膺職渠渠廼成會同萬象總彙單名曰楣曰桂之屬其名不一及殿既成楣桂之名盡隱總名曰殿而已如舜五人分治天下事五人之功成則曰舜之功也以殿比君梁比宰輔其餘楣桂比衆職意思深長非苟作者覆以琉璃陛畢含甍音止曜霧接而美碧夜光交而成紫合色極工東西之序南北之偏墄倉則切厓敖岃音力切以花鏄輂路斜繚閣道廻旋高以純升莫喻其肰票彤庭

之言言剸慈損切雙桂以擎天色倂音戢肪音方文以甗甗啓乙學切鱗甲之顒顒音論疑疑佇乎神淵哅尤峻切銳頂而夷堂恒薈萋之紆纒遊衍之區爰營西兟泓以太液之嶡音歲峙以瓊華之死死音死池則汪洋漫衍漾全小切瀇漂沱沄沄淨練滈滈輕羅有約其駾它外切湪乎相磨碭以江籬芙蓉點以芳藻綠荷含英吐華蒶馧薫波島則巉嵒磊砢㠥巙危繃太湖輸精武康貢英奇寫宗師之文怪摹辟邪之形薄乎臯而不卽眇艮嶽而弗登者悉兹攢掜數仞廼成點以頻婆玉桃之苯莑綴以綿梨蜜杏之庭庭廼築崇基殿以廣寒刺以複閣趽音彭以雕欄古

栢十圍矮松百盤俯雙橋之千柱仰萬歲之層巒誠禁
中之蓬島豈霧囿之敢般嗤秦皇之遭詒笑漢武之受
姍千先切索神居於海外類求唐石揭竿莊子云揭竿下海而求唐子
南墉之中亭館綿延迷以綺錢後以粉背除鋪太階庶
綴明瑚音前擁以比目之扇鋪以半扇之氈培以長命之
艸栽以並目之蓮珠玕之樹苯苯純縞之禽翩翩東南
其戸寒暑攸偏凉登洗髓之域和躋浴沂之天居止法
乎天帝奚必創乎神仙欽安而後眮直流切以日精月華
之煌煌晃以景福隆宗之瀴瀴音映乾清暭都角切兮其鴻
葛坤寧穩紆云切乎其硱磳六宮拳拳丘貟切七所曼曼鬱

室同纅綵之源昭德異永巷之墱丁鄧切爰有仁壽聖母所靖下蓮蕭之盈盈上鈎鈐之頩頩音靜蓮蕭瑞州王者孝則生鈎鈐星名王者孝則明嬪妃雍雍栗以宮正第裯嚴敕帷箔肅敬爰遵內範匪恣以貹他孟切綵纇必輯零帛必絎音柄爰洽彤史之化爰繼關雎之詠遵商周之家法豈漢唐之敢並奉先衝雲大烹累霤北海通乎御溝主山邇乎厚載王府十邐金水之濱　青宮一伉羅城之外無殿宇之甚庭明本支之共蔕司禮諸監二十有四惟披惟衆爰理厥事膺　恩眷以精忠保富貴以勤勩天財承運世資牣斥循和鈞之規刊不會之失夜光爍空而不離乎

樻辟寒委地而不出乎閾鄭村諸壩神龍各厖蒻苢刦切山積繁息官畜朊騩違靮駫駫潭潭喜奕悠而轠音雷轔怒跅跐而决騾散若旌旗合如錦繡尾拖鬼方之雲鬣帶北極之飍軒以欒鋮御以泰豆代驂象輿探前趹烏穴切後者谷量野散隷首莫究鄙衛以駷駞三千成詠眇唐以四十萬匹爲富惟南有圉剅剅媞媞臺名呼鷹歸崩雲齊規以椙垣衛以危樫車分切佳實果杈音义灌木垂梀幻靈芝之蓳蓳茁紫朊之萋萋皷息頸動鷙擊獱趧音堤或並命而比翼或兩頷而三蹄趍音支猗領乎師師狘許出切狘許月切鎭乎儀儀悉入營表接闕連奚音奚以至

大月一峯之駝黃支獨角之犀昆明吐金之鳥三佛吞火之雞天山識樂之帝江哈烈美毬之狻猊亦安辟公之鞠養受毛丘之羈縻環以靈沼晝以崇谿水禽淵魚隨方躍栖悉涵負乎　恩澤動濡爛而敷祈澄波濤濤（詞林切）流澌涘涘牽牛織女涵影東西青天鋪底籠以玻璃七夕之鵲高低瞋迷膝（音訴）層漢而翻下駕雄梁而接隄疑仙駕之拂掠覺項翼之酸誓（音犀）韭蒜芋茄瓜葍芥荾（音綴）湛露厭浥絡圍連畦纖鬛儷金膋（音疑饅無切）顃成泥莼監是職衡牧分司覆紅巾以進錄伴玉食而生輝潞濟羣河爰通漕　運節宣齊魯之流罔京堂而不濬武夫

役民彌搏劤劤香秔辭越而遐征白粲別吳而特進銀灣克抵衛縣斯親寸遴切危檣連連矗如蕞粼音吝切麗新闠則倮載飛亶則迅周章聽瑩同儕相昳音舜偭挺途猶珠入太倉若畚一方之貢可充四國之饔飧一歲之儲可援十載之飢饉寶玄福順連延官肆商賈如雲駢槅連肆孰爲渠仌孰爲丙氏南巴之竹扇東廣之藤笥蘄州抵金之簟滬南鏤銀之鑾江南之薑桂錫連雲委龍門之筋角旃鐵棋置利十倍質嬌麗承獎白台紫曆揄能獻技躡祧祧之利屣翹榯榯音時之象揥轉闉緸緸音因拉搭徒合切褖褖尺制切廖兮蕭蕭坲音佛兮氳氳歌歌舞收

雨歸雲遲匪呰音紫窳而自擅得褥翔於　聖世侈隃音虎
腴氓奇貨斯婪鶴頂猫睛繡巾紫曇現珮瓓環瑟帶瓊
溫音允縕縕音屈耀日之簾皜皜浣火之衫或襲以阿錫或
睹以珍緘儲白苧受采希青價出藍適沉珠而毀璧竟
需象而得麏羣國賓興禮闈拔遴入表逢掖名坊荼頓
叙名寸楮惟與忝問施笑鄒語羌喠楚韻爭投伐桂之
鍪烗充尔切薰杏之焮百十高希乎及第萬一夙彪乎令
聞紛紛青年之央慨慨白戰之陣吐辭則終日不嗄老子云赤子終日號而不嗄此借以喻其出言之無窮繹理則畢生無璺齊丘子云或寶一器至畢生無璺此借喻其觀理之無滲漏占夢於周宣推命於梓脊果耳不

周之聲目鬱儀之暈簪以宮花醉以內醞徤馬奕奕街遊一瞬惟煙霞塡乎几格霜雪粘乎髭鬢多瀳（多見切）焉復澗（音韋）升焉復擯（音順）似造化簡於老成隆於少進厥意尋丈而莫測其分寸焉其設官也或象以天地或配以四時盛官屬以任使爲庶事於無爲都臺肅　朝廷之綱紀大理平訟獄之差池翰林根本之地通政喉舌之司光祿饟張嗉之餤（張嗉星名主天飲食）宗人綴天潢之支神州赤縣政沄怔（鋪囘切）氪（五計切）太學庠序教沃畬菑容臺掌乎大禮兵馬輯乎細辭鴻臚太僕尚寶太醫廨列黃門科憩中書比屋隆夸彼蝿吾聚萬衛殊名五府相維扈

從擒紆屬之錦衣欽天之職宣髀兼䯄卷天道於一掌驗人事之災祲東閣元老　天子是毘止戲於剪桐充仁於折枝詹事春坊青宮是師惟霢霂乎旱諭冀呰崖(宅果切)乎崇基年有長季職有崇卑惟政舉而時贏各溫戚而存知頭錦袍之煩煩(音雲)懸象牌之垂垂按節長安之衙飲馬玉河之隄匪登庸之瀹瀹安冠蓋之祈祈或來東夷或朝西域置以會同之館蠡以烏蠻之驛觀其翠髮卷茸綠睛轉赤左衽並臂文面穿鼻露金齒之斷齵搖環耳之琅咋帽樺皮而負金鑠戴阜繒而纓傢(公亞切)帛或歷細腰之沙或亂熱身之澤或朓黃羊渡之險

或撒白龍堆之厄祚馬蔑童尨牛婆律鞸納之裘鵬化之勒梡椰之麵伞刺之蜜食藥之鹿技技銜燭之犬睪睪畢獻方物孔淑不逆此蓋周公之德不能致立本之手不能格者也若乃驕民渥夫舉肥肥漂斥佳辰令節歲無虛擲迎歲拜春殽核狼籍三盃五觥孰主孰客柔遭茹而銜卧剛被扶而卷格茹扶皆指酒而言清明祭掃士女嫧嫧音責澹蕩雲天晴明風日歸信未通婚期已迫彼跨金鞍此乘油壁逝將去而悛悛直徵切語不通而默默金珠鳥止乎園林羅綀花開乎阡陌至如鞦韆準乎良劑蹴鞠參乎上劇登高屏難於重陽陳瓜乞巧於七夕公

子王孫內家外戚執樂千指萬錢一食者承昇平之綿
遐則又豫樂而無極者也熊羆百萬列營十二六時簡
閱山徒海騎苞兮嶫嶫流兮濟濟文武吉甫諸營是司
繹素王之理掞玄女之思演星袊之妙扐天髓之秘故
能出神入鬼陽擒陰制係單于之頸匪折鐵之難喋溫
禺之皿眞摧木之易養翹關之全鋒遍千歲而一試五
方所聚人品無同或潤道而澤德或藏冢而蘊兕或悃
蚑音切白而愛恬或譙程鴟祿切而喜訟或如朱安世之虓
悍或如魯仲連之豪雄守道者自尊畏法者自蒙莫不
滲乎無聲泯乎滜淙以至慶壽大覺之寺朝天洞神之

宮亦有躡文成之軌假達磨之縱鍊必規乎大道坐不落乎頑空者傳傳而蓬蓬雖騁説之浮誇竟莫售乎明聰直隸諸藩三載一聘各率其屬贇贇嫈嫈（音映）會朝之晨衣冠穎穎（音靜）輿臺呼曰東方尚懜（音孟）天顏未覩天居邃覲（丑證切）一祖四宗則篤其慶四海來格九夷交亘（四句想像來朝羣臣贊嘆之詞商頌云四海來格來格祁祁殷受命咸宜百祿是荷與此意同）爾乃鼉鼓振絶洪鐘聲競雞人未唱禁軍絡絙（号鄧切）龍伯遺人操戈欞欞（郎定切）盖天之幢獵峙耀日之殳疊吽鳴鞭三振乾荅坤應鴻臚肅班御史糾黽（音孟）于時尹伯與屬畢獻方政天子迺御奉天負扆而聽紫衣傳

旨寬剞微殘迺命冢宰都憲稽歲月之成下鈎逆之令左陟而右勵前噴而後醒一麾靡覝三揆弗驕徂交求定除青平謬音寥尤慮纖滯不宣儲沫成濤登聞既建微闕天囂門無九重之限堦通萬里之遙倣堯舜之庸才運元化而不勞時乎三陽郊祀天地夙戒其牲璽栗成隊置縁特忍切供豪古老切閟無滐悴圓丘方丘合一太祖　太宗作配必齋心而來成禮而退然後元尊富媼畱俞塞光而陰降大惠也齋心以下豫期獲福如是於是備儀從肅吏兵黑卯戴鶡音曷專諸縹纓迺擊搁鼓迺扣金鉦五校沄沄建鉞欿音超旌導早畢之赫赫指儀艎之熒熒由

基跡禽轇轕白軻車輻縱橫偪頸援撥音伐而後擁豹尾負弩而前征佽飛未離乎城闕遮列已簉乎郊坰　天子迺憑載天之軾蔭覆地之蓋絡結穗之翠毬垂飛龍之緄帶周鸞鳳之鳴鈴輾日月之脩軑■音揚黃麾輿玄幢紛驂騷而霱霱列以細梢巨扇標以通帛九斿遏雲之旌穹䆗音容掠漢之旒悠悠約袷古合切輅而齊發悉軒曳而杼直呂切倖或駕以安南之白象或驂以渥洼之玄虬下黃輜而收視與造物而周流儼天門洞開星辰扈駕忽地戶攸闢海岳參輶下黃輜而下皆言存想交格帝祇如是蓋未祭時敬也意營營而腲旋風雲翳於龍艕玉趾遲遲晚蒞齋宮燭

以若木祥光滃空天狼搿戈靜室彎亏壁壘纍纍紛紛沉
足之渠荅太白倧侻化洞胸之臃独音形負山捧璧司馬
元戎明目張膽以俟晨鐘天未向旦玉漏猶滴　天子
巳御具服之殿輯纓簪理珮葦玉珠綴旒紅羅薇縢錦
帶彩綬朱韈赤舄色衛神而嶷嶷德浮容而昔昔二句形容
主祭者之氣象至矣盡矣思締交於神明敢扃畦以寧逸自色衛以下言將祭
之敬逮大祀啟扉庭燎焆焆於決切氈案陳皇邸設　祭主
就位百僚陪列於是協律諸郎持麾相鼓襲榮稷之跡
蹈杜夔之武吹孤孫之管擊靁霧之鼓奏雲和空桑之
瑟陳雲門咸池之舞惼栗駕乎聲容浮青冥而上下樂舞

之聲容乘愉栗之心以上下青冥之間蓋臨祭之敬三獻既畢周旋彷徨餘僨音祈

蒸蒸化爲馨香僨恭也言祭畢之自敬未祭將祭臨臨祭祭畢凡言敬者四用各不同帝示

祖宗是格是饗降福穰穰台輔匡衛隨日承光言內外之

臣同受福也借槱燎之餘輝燭幽昬於八荒言福及民也歲時享

乎宗廟春秋祭乎社稷鼒鼐　聖躬之恩報粒蒸民之

德陳登設鉶執事翼翼磬筦鏘鏘萬舞奕奕　文孫薦

誠靡幽弗格福祿攸降賚及蠻貊先臣而後民而後及於蠻貊降福之次第

也　山川旗纛馬祖先農先師先帝靡祀弗崇澤被幽遐

神罔時恫當郊祀而旋也遵鹿鳴之規舉慶成之宴司

壺尚食物以等辨珍羞醓醢黃封　御膳蓋以脩亭東

西相面　天顏降禮而下垂臣釆循班而上壽酒進樂奏和樂雍雍虡業維樅賁鼓維鏞笙簇琴瑟聲會音同毛象畢來化產合桐九奏將成身在心融亂以控楬耳浮太空海洋洋而不波山躍躍而弗童（二句形容作樂之功）筵之初列百戲秩秩售西域之技獻犂靬之術致貊䝤馬吐火起䬕（王勿切）吹氣則旌旗自鬬開口則㡟毦（音二）亂出悉徹弗庸以閑冥㑗眘留（音忽）諸伶化爲羣夷語齕音鴂狀異形殊都護屢請而不至舉慼額以攢眉奉質子而見納忽顏破而心愉繼以採蓮之隊躍魚之嬉閃景態之橫生何善幻之若斯於是獻東坡之致語雜方朔之滑

稽索循賾豔幢緣嬰兒馴蟻解筒黠禽銜旗娛目電掣明明熙熙九爵告終惟其令儀人醉天醺夜象彪機方三能之燀燀忽蓬宿之輝輝滿月當空元宵適屆生金鰲於後宫運赤睛之鍍鍍（枯駕切）委飛檄於馬童併三峯而悉借孰決江海而上孰引星宿而下燭龍褪乎光輝熒惑輸乎赫煆（音亞）擬登州之海市籠萬形之絶絶（所化切）仙人騎乎赤鯉壯士御乎奔駱閃山原兲影游不盡之篳廚忽園林成象飛無邊之鶵鵺（音夜）孰犖邃巡之艸木孰造頊刻之臺榭奚西羌之堋堋委生業於騎射泂洞氓之軫軫禦勍敵以偏駕（已上皆言燈中之景）紅女以遊觀雜

人品之脩跁所化切士女亦燈中士女影中之影合四海而爲燈天見觀於造化忽出此警策宜　聖心之洞徹付戲局於一㰤枯駕切惟思林總之欲愉詔錦衣而放夜則有連鐵狄童盤金娟姹度萬寧而越本通謂疾厄之可謝萬寧本通二橋名京師俗謂之走百病慶四難之畢會宜酌醑而殺炙惟　君樂之同民合歡聲之蹶蹶音蕨端陽之辰百僚　賜筵書面刻骨佳言喢喢叱涉切絲索角黍須畀查帀拉上卿於南墉輟萬機於一霎中官如雲珮以鞲鞢蘇協切逞陳音之長技睍遙鵠而不慴屢忘歸之奏功發嚴鼓之宏鞳日中而散恩周禮洽惟好樂而無荒庚天下之同攝艸木隕落農

務既隙霧囿無垠百獸蕃息規其豢牢爲之營域有司烝烝焚萊平場禱蛛蚩而網霧祀天駟而馬力蒙莊執劍子路援戚射付紀昌御司三百部分既定闔閭洫洫蓋將四膳咸收六禽畢獲續渭濱之光益滎陽之色而使吁祛目平兵制頑獷畏乎威德也驅逆顧顧切辰切置萃載犛碣纏旃以爲門衆纏質以爲檝魚列切天子既出木輅札札大麾摽摽音殺升龍之纛掜掜五禮切象翟之鼓囋囋才達切九仞之扛作氣九合之弓去槷音札駕以角端引以舍利舍利亦能言之獸獸之所同則言其處卒長執鐃司馬建旗章韚雜虜朱鬕莫亞切徤兒或跿音徒跔而科頭

或蠽鬣而貫顙操殳秉戟林聚星馳杓杓（丁激切）泫泫肅
肅蹢𨇨（音移）萬足旋𨗃（胡荅切）境塵不知不傷稚牲不折季
枝大庖未盈摝（音鹿）鐸下綏偉中黃之執雕重西巴之放
麋縱如黃之犬張箘簬之繒摶䪼（而占切）耏（音端）殪髽鬇軫
𧳋（徒郎切）㞙柲（音必）抗振其有欵（曲蟻切）伏深窟扶搖太清者
則命發豻侯擲雞鳴足蜼歛歛（乃頰切）委蛇染鎦翼蜼摯
摯委曲爲正（平聲）於是按三驅之義彰一面之仁算蹄紀
功舉柴頒臣小大稽首以物易身覯畢命於禮羅思棄
物而獲人孔明深伏心染枉顧之輪四皓高逝身羂（古犬
切）早詞之罠眞情綴瑣而體乾實德結眾而終坤網支

伯於滄洲掩許由於沛濱焚互而旋萬物同春播對酒之長謠知惠及乎蟲昆（古樂府有對酒篇言澤及禽獸）春日遲遲稗艸萋萋 帝籍千畝膴膴崇基迺呼蒼龍以駕紺犂三推即功親執洪縻（牛繮也）車子易成牧豎史妠變爲耕藜唱採蓮之曲歌大田之詩忽木德之守心見 聖化之閃屍屢視太學道脉是滋躬服衣弁降禮先師翟翟賢闢爰駐龍旂胎周璧廱之制陋魯泮宮之儀司成司業講六籍之異同論百氏之背馳匪怒伊教樂此不疲實冲虛而言旋見諸侯與太徵夫以養由矯矢獸號於林蒲盧縈繳神感飛禽矧綏來動和之妙得不彀骨而孀心

於是四方殊風而同化千里異俗而同治雷輿稼穡之功電流絃誦之謚齊民安瀾秀夫不㒳至道下降天不辭耗眞寶上呈地不惜費甘露瀼瀼　景星晢晢（音制）石有發光之奇木有自行之異青虵幻相而不螫烏烏隨朝而自致天人和同　聖心未于畏　祖如天寶民如琛（音書）惜財如頭目蜜賢如襟裾繹　皇陵之碑玩日曆之詞知創業之艱難敢泮奐而提舒博莫約於莊心沉莫要於正軀觀明德之芬蔚駕唐虞而並幬宜天眷之畀畀承熙皞乎　皇居且自古羣盗多起山東此塞其衝歷代繹繹多攝夷戎此拉其胸長淮積貳彭城畸凶此

饔宅腥德之金元尚恃據而稱雄矧　聖化如天仁爲池義爲墉人人勵行比屋可封故能一視無外四方咸同先生守乎雄辯意豈不曰　聖祖氣象如神清明在躬靡幽不燭靡室不融奚棲泱而棄鋒若然文王曷不遷鎬而居豐漢高曷不卽居天地之中勞有節而景或窮故耳蓋居豐者　太祖遷洛者　太宗交乎夏則姑洗代乎仲呂時乎旦則土圭易乎銅龍當持守而持守當變通而變通皆所以延　王業於悠久而等神基於華嵩者也尚可泥於一定而蹈子莫之踪哉抑又聞之惟高則能制下惟下則爲高制北之巍伉覆南

若天南之甲延承北若地君惟尊南是昧天經惟知地
義抑非無舵之舟不當之器也哉刊落四隅蕩蕩襄襄
萬里一轍是謂大方君苟遊焉則胸次堂堂然後以竆
髮為巳之故鄉吾言為巳之文章庶幾見北都之閫奧
而不至於倀倀博古先生聞其言不黨不揚以實鋪張
然後茫然自失惕然若亾曰吾儕小人於道罔識聞先
生言心開意釋始知孟堅之兩都平子之二京辭長意
短語徒悁悁今承啟我以大道之要納我以大公之域
如脫鶡籬得見龍窟再拜受教而去
臣成童時許國為邑庠生年一十有九領成化乙酉
鄉薦屢舉進士之　京毎見安南朝鮮進之貢陪臣

尋買本朝兩都賦市無以應臣私念我朝聖聖相承治隆唐虞而文無班孟堅張平子等須德之臣非缺典耶是心實往來胷中奔走南北觚臨中尼去年春蒙恩除授本職訓課之暇頗有長晷因憶舊聞衍成二篇總若干言自起艸至脫藁凡三閱月而成蓋臣之此賦經眞緯實不敢耕奇獵異故不待十年之久也雖以職卑不敢上進然傳示四方以及萬世兩都制度亦可考見一二云　成化十有五年二月一日江西吉安府泰和縣儒學訓導臣桑悅百拜書于乾坤一寄樓

海虞文苑卷之二

邑後學張應遴選卿甫輯

賦

思親堂賦 有序

蔣欽

弘治甲寅春仲下澣余會王君時用於友人徐敬夫家見其才識精敏爲衆所推款狎之餘自述其孤童自立以不逮事親爲恨因題其堂之楣曰思親意若有所請益者既而以賦見屬予諾而未果也及還家爲課業所拘忽忽無暇而周君時顯爲之從史不容辭也迺爲賦之其詞曰

維孝道爲最大兮曰日用之有常身匪出于空桑兮寧一念之敢忘夫何孅人之好脩兮式自表于名堂得非慕夫皎皎兮迺名存而實亾惡渧淚之無從兮請攄誠以宣揚幸連榻于舍館兮盡語緒之悠長謂此生之不辰兮將髫齓而罹禍椿既仆而萱復殞兮悄階庭之趨過悲四顧之無徒兮賴舅氏之畜我慨弱植之易搖兮豈析薪之能荷昧肯構于作室兮剝敷菑其誰播忽咸童以突弁兮滋放僻于摧挫渺青氈之不留兮驚基業之遂破爰感敲石之出火兮效捫瘡以興慕忍報德于一炊兮堅志操于一朝恨師門之高峻兮空瞻想而焦

勞執筐篋于公府兮衍擔石于簞瓢承精爽之默佑兮類掘井于一甃欣舊物之復還兮成夏屋之崇高傷華表之鶴唳兮胡物在而人消寄著存于楣額兮誠計出于無聊生既有職于文事兮盍抽繹乎心事哀三尺之微命兮徒羨人之有怙恃言茍得于同然兮敢推行而不至余聞言而重有感兮有孝誠之若是念親恩其如天兮縱欲鼏而難致惟孝思而不忘兮禪闋畧之一二倘親喪之失行兮欲經帶之重制則日月之逾邁兮懼猶情而違義攷前脩于忌日兮出墨縗而暫被逮畢事而即已兮恒珍藏于篋笥茲權變之無害兮諒他策之

居次廓此心而盡量兮綿善端之悠悠旣觸事而有懷
兮復撫景而增憂憶負米于季路兮追攀柏于王裒歎
風飈于樹杪兮閔燧穀于歲周被食稻衣錦之何人兮
喪未久而欲休是生雖蠖屈于田里兮志與曾閔而爲
儔恒戢兢于守身兮恐虧損而貽羞固不但怵惕于陽
春兮抑豈直悽愴于京秋殆將恒陟降于此堂兮信不
假于外求吾將因標榜之昭灼兮直取信于白頭化里
閭于仁厚兮俾民俗之不偷悵意深而語淺兮其終有
取于此不藉聽言而可據兮免媿色于虛浮

遊雁蕩山賦有序　　吳可大

雁蕩山者蓋天地造設之奇巧也方外則有蓬島瀛洲方內則有雁蕩龍湫皆飛仙幻霧之所憩息幽人逸士之所盤桓廼其峰巒層疊岡嶺迴環詭形百態異狀萬端極山川之勝覽盡天下之壯觀矣然職方不載於周輿圖不列於漢則以塊焉寄甌越之一隅蕞爾臨海邦之畔岸泥金檢玉者無暇於登封省方問俗者不遑於陟玩也然理無隱而不彰微必久而後顯豈有雄偉突兀之觀終掩於寂莫無人之境而殊尤卓絕之跡不入於搜奇獵勝之選哉非夫心冥萬慮獨立埃壒之表者

惡能遠至而觀之非夫神遊八極縱適形骸之外者惡肯久處而安之余所以想山霧於寤寐挹空翠於夢思足未及登而心已先之也欲洗塵鞅暫託茲山將吐威鳳之文聊陳管豹之斑

自太極之既肇逮兩儀之遂分流而爲川瀆之深峙而爲山嶽之尊嗟雁峰之所竦立實大化之所陶鈞蔭斗牛以發耀托后土以植根盤亘固於泰華挺出秀於峨嵋截彼同於終南峻極凌於蒼旻藏峰於千重之回鎖倒影於萬丈之巨津紆矣盤岡藐然絶域習見者以日涉而不知謏聞者以拘常而未識帝王無自而柴燎聖

賢莫由而紀極旣形勝之未昭豈巨靈之有匿乘輿而起御風以行從丹崖以南往指東甌以迅征盼二山之並峙挹澄潭之獨清由石門而漸進斯雁嶺之可升泉滴摩詰之水晶凝和尚之形高登彰義之樓深入石梁之洞中虛豁以含外繞固而鞏上嚴大士之供旁列阿羅之奉下可建五丈之旗內可容千人之衆舉趾由前仰高彌聳抉碧石以中分披青天之一縫覩圜象之上旋濇清光之下送詎武陵之可倫矧華陽之足重東外之谷旣歷謝公之嶺攸躋據崔嵬而直上越險阻其如夷袂飄飄以輕颺履翩翩而若飛思煑石之無術倏縮

地之有期闍羅漢之幽洞仰石壁之合奇陟中天之臺榭美飛泉之清漪尋霧峰之故寺得遺趾於黍離雙芝燦爛五老參差北霄後擁而穹窕南霄前蹉以透迤雲根上挺如合掌法象下透如漏卮空明高朗弘厰紆餘纖塵不入萬有皆虛宛坐忘乎其中欲舍此其何之要陟仙人之嵒載覽蓮雲之障復轉而西羣峰相向數踰乎百名不可狀睇石井之峩峩望蓮花之溙溙攬嘴之孤峰聆響嵒之絕唱撫石鶴以摩挲鼓簾泉之激盪嵒周四面之形峰含夜光之象展旗揚蒼龍之勝卓筆摽金虎之雄天聽聽卑而徹地天柱承高而擎空平霞

中立如黼扆蟾蜍傍護如繡墉玉女逞姑射之綽約雙鸞儼丹穴之肅雍水垂龍鼻泉湧劍峰瓻飛流之懸瀑仰獨秀之孤松此皆霧嵒之妙槩安能模萬一於形容覽勝之目未窮尋幽之足再騁指鳥道而索途登馬鞍而問嶺百阜回旋千峰並挺俯循錦石之溪仰覘雲峰之頂探古昔之遺踪想詎羅之開境協鳥山之素名值花村之新景羣嵐周織聳而奇衆水分流駛而淨方竹瑩潔以穿林古木槎牙而夭影予晉控橋以升天阿蘭駐錫以成井實茲山之肺腑廼地脉之要領雖古剎之既頹猗羣峰之尚整其斷而不屬也如鶱鳧斜分而胥

戶其連而不絕也如蜂腰下綴而刳中仰而歕者如有激俯而窊者如有容豫而掉者如逐鋭纍而詭者包蒙蒙俛而窺騰而上者如耳目口鼻之各具而人面之不同諦覽西北有石龍從儼端人之俯立類碩士之鞠躬竦兩股之相倚如二劍之騰空圭璋挺植屏扆環幪障名鑾輿詎軒轅捐法駕以登碧落峰號剪刀豈女媧裁雲錦而補蒼穹仰見飛泉從天瀉地其細而潤澤也如湛露流液於金盤其巨而淋漓也如驟雨翻盆於白帝其分而散也如濺玉而跳珠其合而連也如漂練而濯綺流行絕壁而若懸虛悠揚半空而不遠墜或逐輕風

而屢舞婆娑或如迅霆而忽然奮豫上臨皎日晃銀河落九霄之中下擣深淵轟戰鼓作萬夫之氣壯哉龍湫玆天下之雄觀實淵泉之巨麗也探小徑以迂入傍城隅以曲登引懸藤以逕渡履危石之欲傾道羊腸之險又踐猿猱之所驚地由阻而漸坦路去陂以就平恍然境界朗然開明豈採芝之商嶺抑避世之桃源昔遵其麓今處其巔諸峰皆列其下一水出乎其間知上源之可泝信攸往之非艱循清流之汩汩歷白石之言言躡地中之有地睹山上之有山未挹雁湖之水先登龍背之灣假茆庵而暫憩問前路之渺漫悼白雲之已散慨

青鳥之未還笑書生之不武駭此地之難攀既躬達乎絶域登中道之可旋以此陟險何險不陟以此援高何高不援循庵後之高岡望空中之絶嶺緣茶隴以戒行據苔石而坐省幸履實之不危冀陞高之有徑躪前路之已竆入榛蕪而自甹命僕夫以前闓嘑稺子而後拯葼茷則露冠艸深則滅頂如探珽珠窺驪龍之囷如摘珊瑚於潛蜃之淬將達於萬仞之巔宵阻於半途之棱去昌黎𦬊𦬊之悲奮孟賁不辟之猛平蕪已盡㕍蹊允遵艸莾既朊險阻猶存重岡屓屭巨石嶙峋或如虬龍之踞或如虎豹之蹲或空嵌而莫越或截業而難循志

旣決於必往氣夌厲而無垠超巉嵒而飛渡跨穹窿以
駿奔陟搖搖之危磴援臬臬之荒榛跳潺潺之斷澗觸
藹藹之輕氛苟絶頂之可登又何羨乎崑崙南望大海
浩蕩浸淫三山可郎兮宛在其目十洲未見兮實勞我
心弱水漂浮乎一羽建木彷彿乎千尋北望赤城霞彩
燭於禹穴探書而簡玉會稽展牒以鏤金吳山若礪兮
越水若帶三江爲裾兮五湖爲襟左瞻閩嶠兮五嶺以
逶右矚建業兮三吳以臨近覜雲夢兮楚澤顯遠盡閶
浮兮瀛海深雖未能濯纓於雁水斯亦可以尉一眥之
賞心也嘗思兀坐乎蓬室徧覽乎圖編神馳乎宇宙揮

斥乎人寰纂兹山之形勝獨冠絶乎諸藩東際溫嶺南界玉環西抵白嶽北眕蒼山周乎三百餘里間以四十九盤東谷之峰五十三而雰嶽爲勝西谷之峰四十八而紫極爲尊其餘朝陽栖鳳晏坐回鸞璚臺金鼎石鏡砡冠卧龍伏虎架海倚天凌霞礪齒立戟招賢重樓三穴五雲二仙嶺有七而丹方爲峻泉有五而溫湯爲先其嶽則童子誦經觀音說法槖籥神王楞嚴石佛栖眞脩道挺仙人之孤高讀書文英齊侍郎之峻拔霹靂騰火焰之光華梅雨漲騰波之活潑其洞則碧霄兢爽新月高懸龍游偃蹇赤泥幽玄道姑道訟之奇古風洞石

洞之嬋娟其谷則東内西内南間北間會賢虚朗水簾淸漣各有外谷兼得安禪淸池照膽白雨飛泉惜乎地非上國境落幽偏三代升中之所不及漢唐望祀之所未宣晦於在昔顯於當年以靈運之好遊而不得一陟乎其巔後人求其說而不得宜乎議論之紛然望龍湫之背者視之爲絶境升乎霞之障者恍以爲登仙有謂溜滲水泐拳石忽墜而不可以仰視有謂天聰陰險其路可塞則又近乎戲言惟夫沈氏之徒迺謂山在地中天產貞堅洪水衝激沙土盡捐故奇形巧狀於是乎始出而峻峰卓嶺於是乎聯翩嗚呼自有此天地則有此

山川待古人之渾朴不好表暴乎奇妍天未嘗秘其形勝人自不樂乎誇傳留此妙境遺與後賢使果由於海水之濯出何土阜參錯之相連岢一衝而一否又可見其非炎於是游覽既極乎形勝識見亦燭乎精微以理觀物而不滯於迹以道觀山而不溺於奇達人一視萬理一幾大莫大乎秋毫之末而泰山爲小高莫高於繩樞之閾而章華爲低壽莫壽於下殤之子而彭籛爲夭貴莫貴於清寒之士而晉楚爲卑華莫華於布帛之縕而文章黼黻似不及於德之輝也甘莫甘於菽粟之味而淳熬炮胾似不足於道之腴也佳莫佳於平土而巧

峰怪石未若其生物養人之利溥也美莫美於一支流而飛泉濺水未若其潤物載舟之功優也奇者自奇吾不知其爲奇也常者自常吾不知其爲常也計四海之在天地間也不似蟻孔之在大隄乎計中國在四海之內也不似勺水之在大川乎計吾人比於中國之萬物也不似一毛之在九牛乎計吾人寄於天地間之百年也不似騶馬之過垣隙乎因其所貴而貴之則萬物莫不貴因其所賤而賤之則萬物莫不賤安知貴者之非賤而賤者之非貴乎因其所有而有之則萬物莫不有因其所無而無之則萬物莫不無安知有者之非無而無

者之非有乎因其所是而是之則萬物莫不是因其所非而非之則萬物莫不非安知是者之不爲非而非者之不爲是乎鳧不戚短鶴不欣長朝菌非脆靈椿非強鷃躍蓬蒿不知其卑舉鵬負雲天不知其高翔五石之瓠拙於用大百圍之樗全於非良張單不鞭其後臧穀均亾其羊薰酣勢利不殊鴟咮之嚇雕鏤華藻不殊螢尾之光文德佐理不殊蚊睫之炳煥武功震世不殊蝸角之張皇志固有定時來不常吾且從吾之所好樂玆山水以徜徉

予少讀孫興公遊天台山賦未嘗不嘆其賦之佳而

山之勝也少長聞雁道尤奇每過登眺輟神馳二山癸酉秋選訓黄嵒賀者曰予之遊在天台雁蕩之間乎涖嵒二年繫職未能往也丙子秋闈西橋壽齋先生試淛省教職首薦予入塲延譽諸公期以中選鵬峰吳公主試竟以例黜歸途道天台眺石梁與未愜也乘其放棄之餘上官方憐勿亟迂道往雁山抵龍湫背庵陟其後嶺一覽奇勝少需夙念焉庵路陡絶人跡罕至舊傳有異僧居其間薛方山鳴鼓射書而不敢登者也予深入之無他險異但蓁蕪網道必正月可通雁湖云下山述所履所見彷彿賦也效顰吳

官學步趙邑陋亦甚矣然茂先以鶺鴒而寓意廣平
以梅花而吐妍知言者其謂何

松聲賦并序　　孫七政

昔人有謂絲不如竹竹不如肉者以其漸近自然也必如斯言則孰有過於松風之爲聲者耶客旣有爲之賦者遂援毫而和之然聲彌妙則和彌寡深有媿於白雪之音云爾其詞曰

粤有逃虛之士淵尚之賓選八荒而無侊渺萬物而寡鄰超人世而獨鏡廓杳眇以怡神廼獨娱夫吹萬之眞曲自然之雅音非絲竹而遞奏迭拊遺鐘磬而觸石摐金並嶰谷以取韻託徂徠以標名實惟要妙是曰松聲葢方風之起蘋末颭土囊而緣于泰山之阿也維松固

已灑然清矣及其飄搖吻漻蕭灑颼飀竦萬尋兮忽舞徐波起而遠流盈空谷而澎沛映別壑而澄幽林氣如洗劃然成秋則又聳乎其足聽焉以至清揚遐厲森沉沸渭上漢斯蜚梢雲暫憩夕飈振而柯鳴凉飔引而條曳猿狖哀嘯乎其側飢鼯呻吟乎其內於是蕩瀁乎絕巘之下淩淫乎深溪之澨截微徑與荒丘經石林及花嶼衆芳盼蠁其坌集輕靄霏微乎莽際斯則蕭遠冲虛空澄幽翳似春雨兮滿江若廣陵兮潮至消子不能撫其弦娥陵不能宣其意以故天籟非一松聲最矣松聲若虛會心契矣爾其絕迹箕潁逃名首陽視揖讓兮喪

道非放伐兮不王窅然天下喪頽然出處忘澗戶無人兮濁世遠孤雲在岑兮獨徜徉惟聽曉鸎變語春壑鳴淙和虛濤之遠寫足幽耳之笙簧若夫幽窗獨坐泉石孤吟方弘景兮開徑及彭澤兮歸林煙芊緜兮如織霞朗映兮清陰一鳥偏奏疎花冐溽聽孤松之流韻似幽人兮整琴悠然忘世洗耳披襟至若松子引年於緱嶺劉阮採藥於天台萬壑度盡生平始來徑石梁兮天路遠神恍若兮一徘徊忽落英兮流出杳松聲兮喧愿使人心爽令人意哀莫不念仙期之緜邈悔短計之迷回永結長生之願深盟鍊鼂之懷別有楚襄蘭臺之上漢

帝蓬萊之旁玉樹夥磊雄風忽颺並葱蒨兮發韻惟松風兮悠揚上君玉堂入君洞房使窈窕兮閒靜俾君王兮清凉方欲輟洞庭之張樂罷鼓瑟于瀟湘至矣哉松聲之爲妙也是以至人聽之與道若一懷眞得要含光去迹收無聲以爲聽鑒至清以爲心與天逍遥與世陸沉泠然將御風而遐逝從列仙兮無古今

秋浦芙容賦并序

孫七政

壬申秋七月之夜予獨臥園居夢遠悲懷驚秋慘緒既覺則月白在戸寒蛩自唫乃躧履下堂覽池蓮之芳潔感白露之將滋因歎曰蟋蟀宵征而芙容朝豔其能久乎遂作秋浦芙容賦其詞曰

夫涉江采芙容者悲莫悲于秋浦之月矣爾其吴郊楚域古稱澤國越溪浣沙代產名華雲夢具區之藪三江五湖之墟野何地而非水水何華而不敷莫不窈窕錯綺紆餘秀美古徃今來竆權未已若夫一夕兮秋風生洞庭兮波始增日落兮千里秋晴曠望兮極目煙凝瀟

湘兮一色吳楚兮俱碧木落兮無際山高兮水極此時不見有同心之伴侶惟見有江華之的皪豔絶芳洲嬌不語秀色傷心愁亂客已而覩蒹葭之有影知月出之借光漸揚揮于江汜波杳渺以汪洋忽升璧于青漢燭萬里之纖芒照江波兮波有華兮華有影映江華兮華有月兮月有芳爍金波兮如綺沉清輝兮似霜曲漵廻塘爛灼輝煌長堤古渡映帶微茫于是則有澤畔王孫江潭麗嫣悲秋無賴採佩忘歸下蘭汀兮遡沿洄動江影兮亂霞輝隨風輕進兮澹容回忽流芳之襲衣碧靄橫江兮帶月霏微渚蓮如繡兮含笑迎予洵南國之佳

麗信秋夜之芳霏獨奈何悲遺風于江介感白露之將濡惜妍華之有幾恨芳歲之易逾擥白髮兮將變歎紅顏兮莫儲搴鮮葩兮躑躅覽桂樹兮心飛而况送美人兮南浦贈之子以繁英顧江月之宵灼射仙姿以盈盈君不畱兮奈何斷予腸兮荷華是則屈平以之憔悴宋玉以之悲歌志士長窮而因之愴恍怨女哀色而見之横波豈比夫謝思江才佳清和于首夏吳娃越豔悅綺節于春沙哉乃歌曰江之華兮爲予香採採明月兮製爲衣裳惜山川之脩阻兮終莫遺乎君王傷美人之遲莫兮羌獨滯而誰亮又歌曰有美一人兮婉清揚遡流

從之兮水中央託芙容以爲媒兮畏月露之莫將已矣哉吾寧弃芬芳以委秋波兮將宿芙容以爲粻亦知江岸之多邅廻兮吾誠不能信悲風以披攘皇天旣命予以好脩潔兮豈復知夫時節之纁黃洵九死而不渝兮揖明月以爲璫

破硯賦　　　孫七政

歳壬午之秋季予訪虎賁陳君於清溪之灣夜屋棐几卉木悽然齋名卧雪破硯在焉展玩良久慨歎興憐遂援毫而賦之曰

粤此硯之本來乃帝家之珍異穴端溪之片玉蘊濕雲之沉紫含故墨於非煙溢餘光於星紀辨剝蝕於篆書識　思陵之奇字年何代兮流落代何人兮擊碎別故井與頽垣將千年兮萬祀並幽魅以爲家隨劫灰兮共劫始何爲兮忽離終何故兮復萃將造物之無心何倚伏之多秘抑萬物之見重咸完合以珍傳獨將軍之實

此乃破離而棄捐謂缺陷之世界多毀好而忌全況此
硯之離合實神物之微權惡全軀之非夫故玉碎於人
間厭守故之未奇復葆光於重泉雖毀方而瓦合隱墻
東而頽然辭匠石之小知獲懸解之大年卒相待而顯
晦效秦璽之輝纏始分交於有漱終膠合於鬩兹噫嘻
嗚呼君知之乎彼大塊兮爲硯雖含默而虚無一離一
合兮幾摧琢一治一亂兮幾研磨何堅貞之不脆何太
白之不汙豈若兹硯之似道得道遥之要妙避陽九於
胡元希　明光之顯耀吾將佩此硯以爲弦韋匿雕龍
兮守玄豹孫生季子聞而歎曰世喪形交道尊神合無

用爲用玄光𬩽燁因復爲之贊曰
故井頽垣獲帝宫之佳玩破坳殘石竟合璧於文房千
年廢棄一朝重劫灰爲鄰溢精光古來聖哲多類此寶
劍不亟亦不亾
硯出端溪石堅色紫舊爲宋高宗御藏有正書十六
字贊瓢印御書二篆在焉流落人間不知何年擊破
爲兩片大片出鹿苑寺故井中小片出蕭氏頽垣中
去井二里許先後殆四十年今合藏陳天樞將軍卧
雪齋詳郭道人硯記

楚宮賦并序

錢希言

臣游紀南過章華臺廢址臺右有斷岡古丘數里詢諸野老云楚霸王細腰宮也慨然興懷乃作賦曰

陟彼高岡遥望平田東西直陌南北迴阡况長林兮漠漠復茂艸兮芊芊傳是霸王故宮不知幾千百年上有荒臺埋月下有斷井迷煙帶荊山之遠岫阻漢水之長川僕本羈人感今思古顧瞻廢墟涕下如雨在昔先君熊繹荆野始封篳簵藍縷於焉宅中列藩險固爭長七雄後王好奢土木以窮削圭飾斧礱石鳩工規洞庭兮穿沼擬高唐兮築宮背絕郢之幽都拱南衡之祝融寶

帳三千相望珠樓十二交通綴赬霞於欄楯挂碧水於簾櫳於是臺翃章華室造乾谿三休易上百仞難躋玉鎖兮幽闥金鋪兮秘闈閣道兮星布飛樓兮雲齊綵虹梁兮朱鳥翼芙蓉隰兮桃李蹊爾乃洞房北開層軒南敞晴旭蕩暄凉颸薦爽餙芳藻以爲棨結流蘇而成幌曖神居與帝所眇瀛洲若方丈則有上都曼媛襄國名姝千金一笑絶世所無或藏顰於豹尾或漏語於蝦鬚艸染文章之履華黏組繡之襦廻身兮折步掩袖兮吹竽莫不窺雲掠鬢妬月排珠及夫陽阿乍列激楚徐進玉手交垂羅衣不襯乍揄袂兮蹈節俄竦身兮赴迅似

愁鸞之欲絶類驚鴻之復振別有蘭臺媚子渚宮少年光豔悦澤流盼便姸亦復偷香傳粉競寵爭憐挾彈雕陵之下垂鈎蓮葉東邊貝帶鵕鸃飾帽銀鞍瑪瑙裝鞭馬流汗兮成血衣飄麝兮連煙願承恩而翦袖長侍立而憑肩若乃雲夢罷獵鄢城息戰晚栭初綵餘華欲霰火照旗門春生帳殿塵消千騎之旌風動九華之扇圉人之首蓿斯供虞衡之獸鮮畢獻君王乃選妙伎集新聲宴重設炙乍行皮冠既脱復陶再叜舉烽命爵伐鼓擊鐃女樂競奏百戲具呈犖纓既巳絶履舄復縱横仰視衡漢落明月又西傾於是悄焉弗怡悵焉屏營顧息

夫人而言曰侈矣今日之遊千秋萬歲誰與同此歡也豈知陳蔡連謀蕭墻禍煽蹂躪宮闕憑陵畿甸章華之夢猶酣乾谿之軍已變撫臺榭如平生望君王而不見嗟乎年代邈遠風雲寂寥去若水逝離若蓬飄如影旋滅如煙乍消履曲池兮平夷經輦路兮蕭條寶衣共此香塵化玉甃隨茲野火燒况復灌莽迷離萑蒲蔓衍荒岡偃桂穿鼠壤而難行古隧崩松長棘枝而莫翦鳥聲寂寂狐跡斑斑山鬼夜嘯林猿晝攀不見細腰千隊空餘垂柳一灣適亂離之王粲伴蕭瑟之庾山徘徊歌舞之地共掩袂而潸潸

松聲賦有敘　瞿汝稷

竊惟纓思紛華者則比桑濮之奏宅心泰定者則樂肅雝之鳴故適聞韶樂尼父忘味三月坐聽古音魏文輒欲息寐聲無一致相適者愜今僕分契寒木聆蕭遠之韻不覺惠心而拊嗟也夫沉寒折綿殺節摧榮飛廉奮颷屏翳肆威六鶂爲之倒翔裸壤爲之垂僵而松偈焉孤挺於斯時紛然躋躋於傾崖誠可悲乎其不安也搖扤不已葱蒨自若而翠鬛騫駭蒼柯虬擾咽啁笙奏紆鬱簫作妙窰流楚有悅幽人彼蕙蕐旖旎揚芬都房揭車䅖𥣬擢秀楚晼然淒露乍凝芬芳奄歇冽風未及菸

邑前衰何則其節有所不固也是雖因時萃落得無歷履霜之艱而後凋之譽非所可庶幾也僕聞齒角不兼蹄翼不並蓋物不可以兩大也松萃雖澹也而大年靡竆遇雖危也而雅音以流然非有北里之靡靡激楚之哀荒媚耳諧俗廓然獨跱錚鐄深谷是維綺季所欣巢許幽賞豈鼎食而能識錦衣之所慕哉詩云民各有心言尚不同也彼之不知廼此之所以深知知者寥寥誰可與語操觚而賦聊以寄其曲尚云爾其辭曰

喬松偃蹇兮山之崖⿱山非嵬峻擢兮捎雲霓糾枝還會兮蔓陸離縝紛軋茀兮噲四瀰夭玄嶺屈嵒簡石巀嶭嶇

嶔傾崎輪軌之所不涉也嵯峨直上仰睎岌岌崛起霞外埃壒之所不及也托重壤而誕載兮廓秀峙而高驤抗貞莘之獨固兮歷歲寒而恒芳遺繁葩之妖冶兮挺幽姿之鬱蒼碧樹熒熒崑崙齊其澤兮冥霧綿邈楚南儷其長偓佺蹁躚騄鸞以採實兮佽生徘徊披雲以索肪信太儀之神株兮豈榎柟之爲行愍人生之短期兮迺移柢於玄岡蒸霧液以度世兮偉青牛之嘉祥延日及而久永兮翩塵質而上翔庡類藉以儛舉兮羌寧凋於凜霜是以春無改柯秋無易葉閶靄豐沛攢翠流曄貫四時而恒茂從八風之吹喻爾其南箕夕震雕虎晨

嘯飄少女之紆餘鼓飛廉之竦剽乍浸淫於蘋末遂嘘
拂於萬竅柔條初披欲留欲翔疑抑復揚間雅容與若
姣姬將舞顧影而整粧及夫奮作揚柯搖頹奔遯轇轕
卒爾乱騰忽如蜦没紛文綝縩鸞翥鸑突逝止無常幡
纚茈虒波涌雲擾瑋容萬異固已磥硌駭視矣流自然
之律呂兮鬱縯紛其繁沸翩徵徵以肇舉兮洪淋淋而
漸沛崪潼潼其洶湧兮穆案衍而安逝愕蜷蝸以踸踔
兮勃澎湃以怫愲或沖瀜以嘽諧兮翕習悗悆或瀏漂
以清烱兮流楚滌慮乍愴怳而惻洫兮若顧若慕忽優
游以泮渙兮佁儗逸豫聯娟嚳譚窾圖猗靡輆訇豐融

玀譆譎起或悠悠不竭滛衍旖旎或凄浰欻癸獩復輟巳宛兮潬兮若雍容而復厲硠兮磕兮邈高躍而遽墜漂將離而還合繚如結而旋迭欲疾聿徐臨歛侄肆縹緲綢繆乍舉乍淪躑躅往復逸響蚡縕莘莘將將不可殫論若廼髣髴其妙雝雝協鳴咸池六英之聲也泠洌飄颻昭宫白雲之謯也超遠冲和担撟婆娑啟期鹿裘之詞也廉直勁正愔嫕閒靚子輿韞袍之詠也慷慨激愴易水之壯愀切傷心雍門之吟嗚咽紛皅動蔡女之悲笳參譚駢田象明妃之哀絃總八音之姣妙兮嘉虛籟之天流含至德之洪姱兮超溺志而淑郵湛兮濄挋

氛滓俾滎夷兮聎專利迴以紓恬虛無俾子牟兮安江湖悽奏憯兮令人悲魯公求哀寧詢尼泰音翕兮娛心志方儲虛攏繹繚悷猛起奮末兮莊激而毅膠纖綿密兮桑惕而毖肅謐莊誠兮蘇季忘僞宛轉便利兮三閭釋滯其感人致和雖宜僚丢丸而紛解順子正容而物悟方之於斯蓋不足語也而谿谷窈寥重巘岝峉陂陁參差蜼玃愁陟惟玄雀兮時萃靡麀躅之或淄堅弘景兮既遠羌流響兮誰知亂曰有孅木兮托孤岑辛夷香兮翡翠陰搏曾颸兮流雅音紛要眇兮和瑟琴廓獨鳴兮山之間林無蹊兮艸芊芊雲英英兮澹徘徊野蕭條

兮絶往還漱朝露兮濯冷泉懷潔清兮私自憐時曖曃兮日西傾山宋漠兮月空明風嫋嫋兮蚩阿清獨蜿蟺兮誰為聽石磴險兮豺狼咆雖有好我兮不敢登歲云莫兮雪霏霏氷皚皚兮交曾枝運敘流兮隙駟馳清芬蔚兮日彌滋聲可嘉兮實復繁顧營鬼兮脫玉顏嫽繽紛兮美無極蓀何為兮憂路難邀王喬兮來遊和鳳吹兮自般超氛埃而久視兮不吾知其亦奚歎

稷也值時命之多屯匹處荒崖尋繹先訓感九秋之勁節每聞其聲則徘徊彳亍復之不足因著斯章夫賦物之作昉於三閭橘頌蘭陵雲蠶諸詠至漢彌盛

子淵洞簫正平鸚鵡其選也王賦茂矣美矣諸好備矣雖使揚馬操觚亦未必遠過也禰文成頃刻辭不暇工然善藉物喻已使千載而下讀之者其寃結紆軫之情如目在焉斯亦難矣流譽今古豈徒然哉厥後作者如季長輩遂賦諸篇皆祖王者也若明遠輩野鵞諸篇皆祖禰者也亦復斐然炳曄冊籍僕之斯賦揆辭則一倣子淵至於卒章稍變其法而寄情於物以自舒洩憤懣其措意則又效禰正平者也顧撰次蕪穢令江夏座客漢宮貴人見之得無誚爲傖父乎文奚足云君子幸憐其所契於松者之心焉

武夷山賦有序　　瞿汝稷

昔與公寄想於赤城茀形毫素靑蓮懷異於天姥徒勤夢思二賢剖竹永嘉棲踪姑熟欲振策兩山但取杭一葦而煙霞僅通於几席泉石未接其嘯歌以是語游游未易哉萬曆庚子莫春予自昭武解組途經武夷夷猶九曲躋覽羣峯幸埃壒之既遠嘉魚鳥之自親一咏一觴再信再宿聊爲短賦以志勝遊

事緯繣其疇囘兮願遠遊以自疏閒控寉之休德兮拊余騑而遡驅越薢甃之岭岈兮凌連岡之崎嶇溯寒流之澹澹兮覺囂紛之盡祛嘉澄波之活活兮炯鑑瑩而

練紆寄湍急而潔清兮復奚涅而可渝揚舲津口引領頫異聯嶺周繚而陁嶍兮墮玉城於水溢天柱嶕嶢而崒起兮若聳麗譙於天之際杳窱丹臺龍蓯霿氣氷桃華敷兮萬齡碧藕芬含兮千祀鰲頁闕兮璨以羅芝之成宮兮芳且邃鼓蘭棹以縱尋泝泠溪之森沉崇峯出湇瀾以翔霄怪崿爭雲霞而絢潯靡奇弗冩于文漣靡景弗會於幽襟迎覽競爽與隨姿易陰姱無駢態秀各異臨行彌進而眺彌新境愈移而賞愈深如是循谿之曲凡九彈一曲而佳麗不可勝紀矣每曲盡則軋芴若塗畫轉楫而婉蟬復前戚歷九轉而九戚殆萬變而萬美無

尺壞而不改觀無片石而不壞詭愷之貽𥌒而莫能圖文考腐毫而莫能擬蒼麓迴環丹崖中闢瑶笥左擢綺屏右翼蘅蓀晻薆竹檜攢碧禽流好音磴謝塵蹟是藏紫陽之精廬實奠茲山之正中亦冠茲山之幽寂焉超氛埃而曾舉兮夫子既勁其雲翮豈陛皇之有竦兮悲沉濁之方塞朱子在武夷與友人書云當時悔不學上天法然後學讀書爲是申之返狄成于章夏兮功寧後于禼稷穆逍遥于疏圃兮豈假途于屻伯懸素瀑于青靄挺僊掌之岧苕拾複坂稅重椒臻天游之僊館追逸駕于虹橋窺八闥于目睫收九曲于堂坳霏綵下羅隱伏畢貽向之雞䟃魚瞰而不能悉

者不能遁其秋毫焉鼓子㟻㠥莫之與齊齊雲孤騫峭拂幹維珠庭璇宇憑煙扼霓丌嵒腹以虛構若鶻鵃之巢于層栖僊舫橫空千秋不移僊杼織月如聞理絲昇眞玉峯厜㕒莫階垂銀鐺于絕壁倚遊鷃而仰躋豈都盧所能騁惟玄俗所長棲壹予志而斯登恍方羊于太儀撫翠鬣下龍穴蹔嵳膏于鑑池採若木之初蘤折白榆之脩枝精皎皎以往來何彼甝之云稽晤眞寄于列函扶金華于潛基鑄奚事于首山昉馳軼于天逵唐曜飛沫勝益卓絕兩崖百轉一徑中谽凝黛環舞淙流紛夏人蘿洞以窈折煙光蔚兮望別紫翠四合而參差飛

泉空垂以飄瞥英英煥披晶晶瑩徹灑晴雪于岑阿散
天葩于芳樾夜光簾箔兮先日爍雲母罘罳兮侵漢列
至于九曲旣踰溝塍膴膴藹藹桑榆芃芃禾黍居盡抱
甕之丈人行皆牽犢之巢父赫胥匪遥尊盧接武苟玄
都之可托又奚謂非吾土稽神樞于雲笈曎玄化之嘉
名幸浮遊于斯域得信宿于福庭于谷神而知根何慢
亭兮靡徵雲裀爛兮紛可接居巢婉兮鳴何清昔康樂
之遷閩兮日念歸而怔營之問之望越臺兮綴北思而
靡寧中纆繳于外物對清輝而弗察雖雅尚于山川顧
當美而搓奪彼夢鳥而厲天亦奚矜于騰越倏爲魚而

没淵又何悵夫天闕知天淵之靡二兮將安措其欣怛彼丘山之善于人亦神者之不勝剡涉山猶未善雖予騫輓之將焉正山蒼蒼兮木蚴蟉水湜湜兮環山以流合氣於漠兮澹何求掌移九曲兮吾奚行而不與之夷猶

虞山賦

馮復京

牽牛之精流爲揚州分句吳之北境兮矯海巫海巫虞山別名之神丘埶崷崪以隱天兮又貏豸以傃幽嵯厥體之奇挺夫何勝而弗儲配會稽東南鎮山以作鎮聯暑門南極山名以立嵎昔蒼姬之初造實虞仲之所廬代端委以翦髮中清權而沇居繇克讓以流風謚茲山而曰虞言游於是乎孕其淑氣端木於是乎美其輿區虞山名見越絕其書子貢所作爾其爲態也宜其爲詭也嘘吸雲霧出入日月蒸吐煙嵐犇奏箕畢聚三吳之山脈冠百雉於朝陽城在山上臨尚湖在縣西南四里太公尚嘗釣於此之潗溍御震擇之淼茫跨覆釜今名福山在縣

北三十六里越鳳凰河陽山在縣西北四十五里邈崇德山名在縣北三十八里晉處士夏統所居以屹峙陵永安山名在縣北三十六里以高驤甫瀰迤以蜿蟺俄峩巃而顏硁崩繒綾而龍鱗洞轇轕而雲屬重巘狋鬵嶄嵒礫岳增石蹇產砯泉灂舉界以劍門之阻在拂水嵒之東兩崖中豁如劍劈表以龍母之峯在山頂烏目吳地志云海虞山北有烏目山巑岏而支別小山在虞山西十八里偃蹇而下通三疊劍門之東嵒下有三巨石架而中空名三疊石戟峞而崔嵬七絃縣治前後橫港凡七派如琴弦謂之琴川皆發源虞山淴漫而沖融石室在虞山北北嶺維摩寺之東嵒石下覆如屋可容數人中吳紀聞謂太公尚嘗居此最爲奇勝嶒嵫而博敞砂洞在破山龍澗洞中產赤砂巧老而穹隆乃有倒泝如練山南有拂水嵒泉下注如練風拂掠之則水倒飛噴濺如

雨從衡相追垂瀑如簾在瑞石之下泉瀑下垂如簾滲淚圜迴擾擾焉似三軍之騰裝訇訇焉又似豐隆之驅雷無冬無夏何盈何虧桃源澗名澗有二一在宣化門外一在石屋東分流入於山溪皆奇勝盤溘而成谷銕澗銕山澗在頂山之麓消沸而爲魁飛仙隱而壘石在乾元宮後俗名仙人洞相傳徐神翁寓此神虬觸而鑿溪龍澗在破山寺前世傳龍觸崖石拆而成澗山泉從嶺西南來會於澗中激石噴躍曲拆清駛最爲大觀丹鴿厲翮於雲漢丹井在致道觀後昔張道裕鑿之藏丹宋淳熙中道士李正則濬井得藏丹石礮敵之化爲雙紅鴿飛入尚湖玄龜潛霧於翠微拂水嵒有玄武神祠空人心於潭影說鳥性於招提二句破山寺詩唐常建作頂山爲產龍之窟在縣北十八里梁天監元年五月頂山民蔣氏姥得異感孕生白龍姥驚死虞湖標向若之奇湖周五十里相傳以爲海神與虞山

神所爲者若海神名羽客感夢而慭止梁昭明太子招眞治碑云張道裕感夢建招眞治道裕漢天師陵十二代孫應眞擁錫以來儀謂唐宋以來懷述輩高僧齊女蒼淰於哀壠寰宇記虞山有齊女墓郎滁出女吳者也夷光彷彿於殘基吳地志越進西施於吳王王擇虞山北麓以石甃城爲遊樂之所夷光西施名若乃祇堂層構金闕高騫聳若維摩寺名在縣西八里虞山上宋隆興元年剏麗若乾元乾元宮剏自宋元祐間永樂元年林復眞重建玄元老君殿并置老子像眄雷篆於興福寺名齊始興間剏僧堂三楹皆有雷篆倒書奇怪不可識禮浮屠於寶嚴寺名梁天監中建有浮屠七成今廢雖帝室之威神羌難得而侈旃伊茲山之瓌富何林椒之黟靄縰縰莘莘無物不蘜艸則穀精茱萸著蘋黃獨白芷芬芳宜男茀郁芣苢播種於周南蹲鴟移植於西蜀趺

蔓敷榮彌陵緣麓木則文梓千尋長松連抱丹桂灌䕺青桐椶森古檜欐佹於玄宮山茶在三界山嬋娟於江左屈槐如蓋以偃仰女貞凌霜而坑砢竹則象牙鳳尾慈姥胎斑橚矗蓊茸獥猭檀欒果則鶴頂之梅其實圓頳品最珍麝香之栗出頂山號麝香囊宋后嗜其黃柑俗名金柑宋溫成后所嗜汴京最貴之洞庭纖其綠橘雞子旌異棗之名出邑之西山大千常棗而味佳魚網蔽含桃之實范文穆詩云魚網蓋櫻桃甘吉縝紛肸蠁布越於是乎鶻鳧敖游於其下兮鳩鵲巢宿於其巔鷹隼應時以鷙擊兮燕雁互候以翩翻戴勝降而狗農兮採桑採桑子形如白頭翁鳴以戒蠶竊穀之屬噉楝之倫此鳥食楝實故名魚虎翠羽

鸜鵒能言呼儔命侶嚶嚶關關又有野麌噳噳冤兔爰爰文貍熏而出穴素雌嬉而掉間倏睥紛泊牢落遠遷奇隙物殊類充兼六合之夥夠詎一區之可窮至乃沈景象於岸峉匿音聲於冥蒙者固伯荇之所未紀而劉政之所難通也爾其茹芝食拾之士餐霞漱瀣之人厭目前之恒玩暢超然之高情思假足於樓季搆雲梯於絕冥披榛路倚翠屏踰庨窌陟崢嶸足盡汗出中阹熊經仰止廛豦俛覽郊坰道廬綺錯原隰畇畇黍稌伊蠢桑麻鋪棻江上秀遙岑之色湖隒騰樣榜之聲苟幽岫之可極又何慕於層城亦有公子貴人鮮巾袪服騁龍

巒於嵒端拂霓旌於霄崿前麗靡而後曼美鏗金石而發絲竹則春華獻其嫵媚秋葉謁其深縟惠風徘徊以入節鳴湍案衍而赴曲窮日浹旬游觀不足信其風氣凝結裾埶相扶建地之軸植天之樞故爲名德之所挺拔文翰之所鱗萃譎變之所窟宅霧符之所駢會隱軫岷庪雜遝冠蓋伯高張旭字爲邑尉未歷其勝則奇妙老人陳求判曰欲觀公筆奇妙之筆不彰明遠鮑照字爲邑令未睹其輝則俊逸杜詩俊逸鮑參軍之文不綴宜封禪於聖皇儀雲亭之尊貴殫達人之巨觀未若虞山之崇麗

歲在辛丑邑侯南昌趙公以此題試士尋刻所成粗

具事實殊乖合組之文苟免曳白之誚虛費楮墨慚
負山靈謂之爲賦則吾豈敢復京記

海虞文苑卷之三

邑後學張應遴選卿甫輯

五言古

寓言二首　　張著

彼美嶧陽桐棲老青鸞枝忽朝落樵斧爨下供晨炊中郎果何人斲之被金薇懷哉山水音世無鍾子期逌逌廊廟志邇來誰復知脘然獻天子當奏南薰詩

皎皎龍泉劍十年塵土中紫氣射牛斗妙理誰能窮一朝遭博物瑞世光如虹念茲霜雪刃足以空姧雄平危不見試星血無由紅時來騰匣去變化爲神龍

古東門行二首　張洪

僕夫顧我悲轅馬跼不行古來離別地青艸不復生居人攀桃李悵望難爲情流塵起阡陌遠樹花冥冥欲向東門道唱此東門行土中有朽骨聞之復心驚

食荼莫言苦飲醯莫言酸世間號事易惟有離別難旣辭還執袂臨行復據鞍對面相寛解回頭涕已瀾人生誰非客何獨此哀歎但令長壽考相報各平安

詠史二首　章煥文

兩疏誠善懷完璧歸山丘隆賜極褒寵眷渥無前儔祖帳東都門車馬塞道周歸來聚鄉族尊俎日優悠傷哉

鼂少傅寃憤悲千秋

猗歟嚴陵氏垂釣富春間譚笑萬乘尊偃蹇抱志還何如王良輩屑屑風塵顏至今桐江波清風猶激頑

石屋　　林大同

虛嵒宛如室空洞神仙宅既非巨靈剖何勞五丁鑿開門鎖薜蘿寒煙紫翠幌疑通少室山或與紅塵隔具瞻同廣廈生民誠可託大庇安如山何愁風雨作

拂水嵒

西嵒青插天飛泉遠相繆南風怒披拂激石使倒流出峽垂白虹晴雨珠璣浮餘波落青澗含潤滋林丘沛澤

嗟未廣素志當何覊安得從飛龍爲霖遍九洲

七星檜　施顯

琳宫檜森森蟉枝鬱蒼翠植樹映斗宿數列三之四龍鱗綴苔圓香葉凝煙細節操歷氷霜大材難小試匠石偶來見錯愕相驚視

題興隆衛分司壁　吳訥

予任貴州十五閱月方面官相見唯一茶而已雖慶節及迎接　詔勑未嘗與同酒食曁得代歸當日晚行至龍里驛蘇都指揮寶令其弟以象牙器物來餽予麾斥而去又三日至清平衛則都司李政又令其

予以駝駄牙笏等物同吾鄉人陸本中來送力辭弗
巳欲執送官始匍匐走歸烏乎予之不能取信于人
也有是哉明日至興隆將出貴州境遂題一詩于分
司東壁以寓意云
爲士尚清白猶女守潔貞纖介苟一渝他美奚足稱所
以古賢達千載存餘馨莫夜畏四知嘉言炳汗青曰予
本賤士皇恩寄澄清出按西南疆習俗貪以爭秉法去
宿弊中諭安疲氓禁絶宴好私弗與通人情厭幾激羣
職相勉攄忠誠瓜期欣得代星言遂晨征行囊半書冊
歸袂清風生峻詞却餞送恐汙清白名節義泰山重貨

朋鴻毛輕題詩寄惓惓勿謂予言矜

海虞雜詠

常熟爲蘇屬邑舊名海虞又曰南沙邑城在郡治北百里舊志所載古蹟歲遠多就湮没予爲邑人每于經行瞻眺之際未嘗不徘徊而增慨也暇日遂采其蹟之存著者各賦小詩以紀其實云

仲雍古墓 在虞山上

虞仲隨伯氏讓國來荊蠻放言求自廢泯迹終忘還端委治勾吳子孫列雄藩配食至德廟壞陵寄空山樵牧久莫禁爰瞻發長歎

子游遺址 在邑城北子游巷旁有文學橋

勾吳昔要荒俗鄙人不文叔氏豪傑士北學遊聖門身通列四科文學冠同倫井湮宅已荒橋巷名猶存至今里中子千載沾遺芬

齊女孤墳 吳越春秋云女死求葬虞山北望齊國

齊景不自強涕出女於吳迢迢三千里百兩來姑蘇死葬虞山巔北望父母都芳魂逐飄風豔骨歸黃壚空餘一荒坵月夜嗥飢狐

張尉舊祠 在縣學泮橋西

張顛尉南沙清狂隘當世三盃艸聖傳筆走龍蛇勢散

髮醉濡墨揮灑誇神異至今媚學子千載仰雄製儒官蕆祀餘餕瀝尚沾祀蕆音闡備也

昭明書臺在虞山西麓

蕭統梁帝子建國居江東何年築層臺讀書此山中崇址俯重嵓傑構凌危峰歲久人去遠白雲掩遺封惟存文選編名世流無窮

仙翁丹井在致道觀按志濬井得石合啟之丹化雙鴿入尚湖內

九轉煉神丹丹成諒非易玉匣深井中藏之有深意彼哉何人斯盜啓玄命秘鴿飛尚湖中熠熠神光紅泚泚杳難稽漫吟紀奇蹤

虞山秀色　按志虞仲葬是山故曰虞山

山名自虞仲邑城據其東根盤二十里夭矯如游龍南峰瞰重湖湖影涵空濛北嶺氣盤礴深窈多奇蹤何當脫塵羈滅景居山中

鏌城故蹟　在城南十里按志吳鏌鋣鑄劍處旁有鏌鋣廟

吳人鑄劍處荒城俯湖濱殘鑛百煉餘城畔今猶存龜文與縵理騰光動蒼旻劍可敵一人焉能建奇勳咄哉彼何愚劍成終殺身

七絃琴水　在邑城南

虞城枕山麓七水流如絃昔人肇嘉名千古稱琴川猗

予少年日讀書任川邊每得琴中趣不假絲桐傳此意
常自知嘿嘿無與言

七星古檜 在致道觀梁天監中種

僊壇有古檜森列同七星云是梁時種古怪如龍形凍
蘚護朽骨新枝復青青造化呈奇觀拱衛煩山靈誰哉
若此樹閱世踰千齡

晴嵒拂水 在虞山西嶺旁有拂水禪院

懸崖瀉飛瀑奔流不復歸南風忽吹起散若珠簾飛寒
光眩吟眸晴雨沾人衣登臨一延佇兩足暫忘疲時來
坐嵒石獨有招提客

破山廢刹在虞山北嶺按志記闕衝破崖石寺有唐常少府題詩

老龍逞餘怒奮觸蒼崖裂崖邊古佛祠年深亦消歇陰房燐火青曲竇泉聲咽客游縱奇討摩挲看遺碣朗唫常建詩清風滿林樾

題水仙卷　章儀

盈盈水上步皎皎金蟬窟娟娟翠羅帶玉佩固芳結夕吹蕩香裙寒波捲塵襪無因感洛賦夢散鈿金玭幻作斷腸花相思楚江越

題合江亭　章律

蒸湘兩江水會合山之厓先賢適游覽謂此一郡佳結

亭在其巔眺望開襟懷東岳崍晴翠西谿渺無涯衡岳雄南鎮諸峯遠若排品題播珠玉石刻多幽埋前脩與今哲尚友皆吾儕登臨諒非偶然與賢守偕詩酒頻賡和囘首月殘街

古意　陳符

鸑鷟生丹穴五彩炫朝日高栖碧梧枝所餐唯竹實來儀覽德輝和鳴協宮律安知野田雀啾啁翳蓬蓽一啄恒四顧羣飛畏羅罻物類有如此高卑夐殊絶眞宰意泯泯此理誰能詰

感懷

長歎靡終極顯晦亦有由名都佳麗地甲第羅公侯雞鳴閶闔啟冠蓋何綢繆簪蟬耀朝日劍珮鳴琅球獻替納規諫經濟資謀猷明良千載遇治化弘天休亦有韋布士棲遲老林丘躬耕樂堯舜好道希孔周樗散甘棄置撫已何怨尤窮達固其然卒歲寧他求

秋日感懷二首

高旻朗且澈顥氣澄游氛郊原淨如洗連岑露嶙峋遠樹聳疎榦清陂見纖鱗端居無與娛披衣適南村故人具雞黍列坐罕雜賓俯仰感時序濁醪勸深尊依依笑相語耕穫良已勤西疇多黍稌豐登及茲辰樂歲幸克

足驩聲溢北鄰此外不顧餘耶爲耕鑿民

漫漫秋夜長皎皎明月光玉衡指西壁白露凝爲霜南鄰擣衣急砧聲激淸商行子久于役漂泊天一方九月未授衣邊城益凄凉迢迢萬里隔欲寄無與將胡雁飛且鳴音書亦茫茫深閨積愁思竟夕徒彷徨起步悼孤影無言淚淋浪焉能有羽翼奮飛來子旁

閒居述懷

卜居長林曲結構回塘坳開徑臨側岸菑畬闢陽郊門有漁樵躅境無輪鞅囂來粦刈脩穗嘉穀抽新苗歲功既云始耒耜亦已操鮮飈吹自南襟懷舒鬱陶膏澤降

原隰華滋沃蘭茗抱眞愜內適遺榮謝外交輞川迹已陳鄭谷風何高眷言懷古人豈伊歲月遥芳軌或可追慨想同遊遨徵情寄竹素冲抱申柔毫聊歌招隱篇載詠採芝謳

和韋應物閒齋對雨詩題沈臞樵畫

齋居玩幽寂澄懷坐終朝小雨集芳樹餘花辤弱條繁華有時歇蘭膏徒自消悠然悟元化遐想凌高飈

述意　　桑琳

明月澹流輝白露肅秋令百蟲和萬籟迎風怒馳驟歘枕不成眠安能入禪定冥思感氣機澄心覓眞靜嗤彼

嘵嘵徒毋勞亂人聽

擬古　　李傑

迢迢崆峒山迺在天西極上有衆仙侶採芝以服食千歲恒不死長長有好顏色我欲往從之所恨無羽翼至人爲我言虛空渺難即不如住家山垂老終有益肥鮮口常甘輕煖體常適何懼牙齒疎何愁鬢毛白一日須一醉終年娛壽域

幽谷秋蘭　代言

山中有嘉艸托根何僻深猗猗含風露奕葉凝秋陰芳香恒自秘歲寒抱貞心雖與蕭艾伍孤潔詎能侵類彼

隱德士喦谷常幽沉欲採結雙佩道遠勞冲襟緬懷尼父操千載悲遺音

别意

驪駒已在門畫舫停河濱臨岐欲分袂此恨難具陳悠悠遠行邁動隔秋與春音書每不逹容顏夢中親且盡一盃酒毋令白髮新

出塞二首　錢詔

結髮即從戎名落伍籍中霜臥纖衣冷手裂猶彎弓力能當一隊擬上幕府功一朝維召募紈袴俱稱雄材官蹶張徒空有程李風塞北胡塵飛嗟誰破氊穹

六郡良家子盡從點軍行軍前競傳説主帥各擅聲誰知長平侯猶乏品士明能畧如田任往往不署名坐令少府喧將門無豪英古來知已難家監何重輕

懷貞篇

錢氏

汎汎堪輿內人物總含氣禀性有純瑕人與物斯異縱情爲禽獸惟貞乃臻懿結髮事君子中道違伉儷三男娶未畢二女尚擇壻秋風撼庭闈中夜幾揮涕撫孤一何辛仍歲遇災沴世業歎中衰繁役苦相係寸心千憂集一身百責隸諸兒好任俠理事少精細惟當親耆碩討論踵前脩取友眘三益懇懇勤造詣二女毋怠閒蚤

俛習針綴涓器冪酒漿拚閨治緜枲停鳳有脩篁庇戶

森月桂惟各保貞賢吾得正而斃

青陽薛氏有流于琴川者磚橋爲戚于邑稱鼎族栁倅桑氏懌持錢孺人懷貞篇示余且述所自余讀之凜然貞義有穆姜氏之風焉孺人蓋武肅裔納土後其支有流于蘇之破楚門者其大父曰子春父曰默孺人少秉淑姿聰慧過人女紅之餘尤好經史觀其詩可見矣既笄婦谷隱君君諱鸞字廷和蚤卒孺人有孤理廢教以義方有三子電以詩名號虛舟爲時推吁婦道至此可謂無議矣爲詠貞木篇以紀之亭亭女貞木菀菀霜露姿中有雙栖鸞戚年倏乖離般勤哺群雛配匹無違時秫以三遷誨凜焉柏舟詩尚惟穆姜氏千古稱女師鶴灘錢福題

寄王元勳秋官詩并序 集中失載　桑悅

僕與閣下雖同里閈文字之埸實新相知者行蚤不

及告別心中怏怏途中默誦佳章深喜體格大進遠追古人亦若易易自茲以往吾知句益艱才益窘由艱而易由窘而富則至文矣爰成小詩一章以寫欲言之懷言有大而非夸可與知者道云

風雅去已遠元氣日益漓漢魏頗近古古意存依希與亾家國事一物能寄詞老杜詩中聖筆力翻天池歌行善擒縱人言李白歌行勝杜而不知善于擒縱惟杜爲能允矣百世師獨于托物處意淺言支離如迢迢牽牛星一章喻君臣之不會合有得風雅遺意杜詩詠物見骨髓而不能隨手拈着即寄無窮之思僕嘗與閣下言杜古詩不及漢魏爲此也詩道隨世降高賢不能追昌黎煦其脉諸琴摽得漢魏家法安石存其皮如雲之祈祈一

詩庚存古意胡元張楊輩思廉廉夫文彩光陸離終篇無眞語衣
錦衕小兒今詩益浮靡栁絮因風吹但求語言麗豈識
體格卑日醉不復覺醱醅晩唐醨辭長意先竭詩外叓
無詩囬頭覘老杜混沌初分時王君金閶彥與我新相
知平生好吟咏萬象生肝脾傾心聽吾語卽日謝旁岐
渥注雲氣合閃出千里姿請掃陳隋蕪剖破商周籬造
化一入手屈宋堪鞭笞立言茍垂世勿惜時輩嗤

屈原離騷得變風雅之旨三百篇後實可爲詩之祖
漢魏諸詩人得其比興之意各自成家唐杜子美雖
于比興處不能觸着撞着卽能寄意然其歌行妙絕

今古文能自爲之祖至宋蘇黄攽李杜之裒乘曹劉之馬豪俠于千古之間觀其規模氣象終不出杜之規矩及寫至達必生同去就處又前人所無亦能自爲之祖然自風雅以至離騷離騷以至老杜老杜以至蘇黄驗其體格之厚薄則風氣之日降可知矣邵子云删後無詩夫詩不在于人則在于天地之間不過隨日月之往來與雲霞之舒卷而已人參天地而生不可求而得之乎知天地之一氣則自吾之身以至風雅之始祖皆可復也烏乎豈易言哉閤下有志復古敢進此語

感懷 三首

我思翟公門冷落休張羅客去復還來雀意良足多朝
朝蒼梧雲日日洞庭波豪勢却無恒夢覺將如何
逝日不可追誰能駐光景春陽媚花艸荏苒歲華冷玄
鳳德未成颯下丹山頂路逢淸冷泉徘徊照孤影
東園有奇花容姿鮮灼灼雖是春風開亦是春風落甘
霖被郊原蔓艸輕蘭葯所以高岡松無言樹寥廓

都下送楊弘載還琴川 時下第

黃塵逢烈風飄飄無定期世事一戲劇造化眞小兒春
開數家杏盡發楊栁枝長條幾千樹多折贈別離君去

六月息海運當有時我出爲稻粱可免羅網羈空谷久無人恐有百尺枝翹望西山岑鬱鬱增忸怩

題菊亭卷　周木

行役久已矣澹無塵慮牽種菊茆亭下抱甕時灌泉花開風露秋晨起挹芳鮮把酒共日莫南山復悠然

彌勒州用少陵韻　陳察

客來極邊夷山行鮮平地悠悠蜀道難忽忽日南至徐云起四句明白爽愷可喜辛苦誰不知丈夫自無淚遐方思美人仰屋獨欷歔願分九天澤還使羣生遂明晨又陟屺月窗能假寐

贈南大司寇周貞庵　吳寅

殘雪積危嶺輕煙起高林春寒客袂薄躍馬都城陰送公三千里携我一曲琴揮灑臨風意豈無鸞鳳音稱功上麟閣下澤期爲霖我調轉蕭瑟雅曲寫素心長江一片月山高與水深江帆走飛駛江鳥落孤岑人月兩相照頽公一開襟春船載美酒對月還微吟南轅還返北古道重相尋三月鄉關信一函抵千金囊琴挂床壁知音須盍簪朱絃理疏越還待我公臨

涉園　丙子正月十三日　王授

日涉東西園樂意隨春長梅花暗香雪風細月復朗林

亭晚霎幽山鳥時一響地僻寡朋從興至每獨造平生疾病淹乃得脫塵鞅著我丘壑間乾坤任頫仰

溪堂晚秋宴集限韻呈雪坡先生

涉江採芙蓉碧水蕩輕槳日夕羅衣單露下秋逾爽天空飛鳥盡雲斂水亭敞山色墮琱闌溪光動朱綱故人能愛我百里重來訪江干駐清節長虹落書幌夜久燭吟嘯天風吹月上

遊俠篇　徐禎卿

四牡飭朱軒俠氣何翩翩夕驚邯鄲道朝馳函谷關千金飾冠劍寶服芳且鮮徒御若雲浮周道直如弦堂甲

養死士被服皆珠紈櫪馬豢粱肉貝甲委如山片言傾
五嶽萬乘慕其賢諸侯奉白璧爲壽巵酒前合從連趙
魏駕轂出齊燕仗劍歸質子矯節奪兵權嗷嗷日中議
歃血重一言雞鳴脫虎口狗盗乃獲全天地相盪蝕四
海如沸淵憑軾一抵掌解紛譚笑間縱横負奇節逸氣
蓋八埏慨慷功名會何言七尺捐策勳山河溢流光竹
帛鐫何以坎壈士撫劍獨長歎

結客少年塲行

驪馬窣青絲閭里爭耀馳朝遊吳姬肆莫入屠沽兒袖
中挾匕首跨下黄金鎚然諾盃酒間泰山心不移東市

殺慾吏西市仆䪙尸裂眦白日變英風拉如摧突過銅
龍門電影忽如遺司隸徒斂手行人莫敢窺横行三輔
問法令不得施壯義冠千古雄聲流四垂

少年行

生長在邊城騎射有聲名召募河源去長屯都護營登
山望敵氣間道擊胡兵十决推雄戰連呼拔虜旌雲中
息刁斗天上掃攙搶坐美胡笳月梅花隴水清

古意二首贈劉子

空爲郢中客不見郢中吟美人高堂上自奏山水音帝
子葬何處瀟湘雲正深寂寥誰共賞江上獨傷心

楚妃一失寵獨宿楚江陰雖念容華落終憐縫繾心聞
說章臺畔畋游歡自淫今日宮中事不言讒妬深

各賦隱士得魏仲先贈金陵顧徵士
何處蓬山宅汾陰傷漢宮冥棲紫芝客長嘯綠雲中忽
佇甘泉駕逢尋河上公玄風那可掇大道本難窮夫子
金陵隱心將靜者同璚枝無以獻歌此寄喬嵩

效庾信作
綺梁文桂刻椒壁石脂漫鏡床雕孔雀窗箔織青鸞斜
牖銀河轉空庭白露團梨花初浴霧竹影尚低寒不知
紈帳裏誰復夢懷蘭

贈內

媿乏梁生操能吟白氏詩塵埃勞澣濯燈火共餔糜夜箔雙斜縷春梳滿面絲青山堪結隱併子負心期

逢錢水部

仙侶維舟處蘆洲曉浪生疎煙過栟色細雨出鸎聲邈我冥心契重君携手情蕭條尊酒盡芳艸又孤征

留別都城諸同志

獻歲芳景滋湛湛江水碧白芷被洲生柔楊蔭廣場美人蕩春思而我事行役晤賞良已違清尊坐成惜明月懸予心青山詎能隔

南山何所有

南山何所有苾茀喬松姿根與黄泉會葉共浮雲垂青春發芳薆霜霰鬱含滋有鳥從東來巢我西南枝金商振高唳白雪阻光儀逶迤紫岡曲廻翔碧水湄羨彼雙飛翼浮遥結遠思豈意洪崖子乘之去海涯青冥不可接笙歌邈何遲雲山徒漫漫煙渚亦瀰瀰一朝凌至道永與浮塵辭

苦寒行

凛凛朔氣運悠悠玄象馳北鄙何蕭條漠野悄凄其崇霜依岫結峨冰憑岸滋飛砂塞門來胡馬厲長悲漂漂

密雪興霰霰繁雲垂竆獸啼原澤飢烏號樹枝無衣嘆秦風卒歲詠豳詩伊予炎荒士飄飄寄邊陲風土有本性狐貉非所宜飲漿豈執熱懷纊猶抱絺處燥常畏瘍思涼誠惡痺寄謝父與母遊子難久居

寄題瀘州韓道人霞外山居

霞嶺新刊處由來古洞天仙人煉金液甦此百餘年其事竟莫述丹書空秘玄忽有飛霞子誅茆卧紫煙虛府澂物滓霧根歸自然蒼龍守神室白虎伏階前遊心碧海外高詠閬風巔孤流振往派絕理悟眞詮余讀相如賦飄飄竊暮焉欲跨青牛去思餐金屑泉至道豈虛想

銘心非薄緣瑶池應有會璚笈願相傳

贈楊生 楊工鼓琴惜時無知音者　楊儀

濯濯梧桐樹皎皎明月光幽人不能寐對理孤鳳皇高山何峩峩流水何湯湯知音秪自適玄酒薦明堂鍾子不可作三歎起徬徨

秋寄王授

新秋一雨過落日開嵒扉山禽忽自鳴微風灑人衣有懷王夫子藏脩絶塵機青山阻且長松煙隔霏霏願言遥從之白日事多違晴江如匹練望之將奮飛

詠史　周詩 流寓

虞卿解相印，追從魏齊匿奔迫投信陵詎意有難色慷
慨出高言侯嬴特深識清風激萬古烈士仰遐式此道
今已湮扼腕空歎息

鹿園懷古

吳甸邈千載鹿園空遺名落日弔逴迹野艸秋參橫霸
圖甯何許慘澹浮雲生越豔蠱心魄棼哉城國傾伍員
抱忠死宇宙爲呑聲英風薄江滸激浪懸不平嗟余有
深慨竚立涕泗盈

與鈎玄沈仲文月下作

招尋結嘉侶散步金塘曲素月挂岩端清輝蕩遐矚婉

彼同車人皎皎顔如玉蕭湘竹下唫淋漓盃中淥風流抗昔賢高騁接芳躅玄虛超象先朓睪謝羈束何時釋塵軛共賁青霞谷

秋懷　瞿景淳

秋夜不能寐起視臨軒墀明月入我懷幽恨不自持憶昨赴京洛正當月弦時月行幾圓鈌我行無還期秪應清光同千里常相思何當生羽翰一舉凌雲霓

天潭谷　邵圭潔

出城歷翠微迤邐一徑繞披茸入天潭悠然結廬好薜門傍游鹿蘿徑逐飛鳥引泉疏碧池環石列蒼島高亭

矗星際脩竹倚風表登登地覺崇望望天何杳日邊孤
塔懸海上三山小客來夜雨後人在秋雲杪茶煙已自
清花徑不須掃澗聲流淙淙嵒色淨皎皎散坐托浮梁
小憩藉柔艸玄譚足舒嘯微飲亦潦倒奄焉莫晷移閒
矣塵蹤少吾廬百武外煩緣日擾擾何如選幽勝薇蕨
摘可飽焚香讀道書優游以終老

錢舜臣登第歸

昔年辭所知言將適異鄉西風吹縕袍慘怛不可當豈
無桑梓念奈此骨肉傷生死總度外而奚富貴望十載
栖黃沙不見春艸蒼一朝際天風困羽旋飛翱錦衣歸

舊山稱觴向高堂前來覲故知喜極淚滿裳緬追昔年事若夢還若狂丈夫莫可料禍兮福所藏人生百年內處處傀儡塲所以貴達觀靜裏齊炎霜強彼皮相者低昂岐路旁

道中見雪憶海邑親故　沈應魁

重陰結荒闉飄風廻虛閣連霰西南來密雪遂零落玄海湧銀濤丹樹綴瑤蕚緬想明月樓飛瓊舞羅幕物類盡有依羈鼃獨無托隆寒已增悲別復傷離索惻愴思遠人清夜光照灼有酒今莫同臨觴減深酌

登金山

朝陟江上山煙霞望中發江水日夕流人天坐來濶危峰抱蒼翠倒景見澄澈洪波既浩蕩沙岸亦寥絶未窮征帆來但見飛鳥滅浪撼千樹風濤湧萬嵒月龍起曉霧冥龍歸晚雲没中流鼓棹歌一聲振天末

懷孫子虚

朝旭吐危堞浮雲澹長林自我違之子山川阻重深之子建安匹英髦時所欽結髮攻文藻聲價埒南金有才命不逹流光逝駸駸伊予悵離索河梁邈徽音岐路自南北詎云升與沉憶昔城隅别霜楓倚河層岑今時此何時朱英亂鳴琴婉孌紫山曲髣髴丹泉陰愛而不可見

耿耿念同襟惜無璚瑶華寄將金石心

采桑

淼淼春江平萋萋春艸綠南陌采桑女婉孌美如玉平明提筐出薄莫畏蠶飢攀條恨無力倚樹若含啼飼蠶恒起蚤惜景傷懷抱鵲啼花盡飛蠶眠春巳老蠶絲織未成停杼憶夫君離腸隨縷結別緒逐絲棼玉關信迢遞錦字無由寄清霜比妾心朗月將君意夜夢到天山依然夢裏還相思不相見零落鏡中顏

南歸道中對月

客子薄言歸扁舟期曉發春風天際來吹落燕山月人

事有悲歡淸光有圓缺對此飛羽觴胡爲情千結晴波去悠悠歸路方浩浩桂櫂撥空明雲帆捲虛照强排遊子顔慷慨起長嘯囘首帝王州蒼蒼隔煙嶠

四止窩詩 有序　　沈晃

僕幽棲衡門謝迹城府飯蔬飲水聊以自足暇日讀靖節翁詩至止酒篇中曰坐止高蔭下步止蓽門裏好味止園葵大懽止稚子朗若溪氏廣其義曰坐止高蔭下則廣厦華堂何羨焉步止蓽門裏則朝市深利何趣焉好味止于啖園葵則五鼎方丈何欲焉大懽止于戲稚子則燕歌趙舞何樂焉在彼者難求而

在此者易爲也余因有懷其人目所居爲四止窩遂有是作

中林獨容與坐止高蔭下凉風適爾至煩襟豁然解清絃膝上開道書手中把馳情八極外誰是遠遊者

獨遊忘遠近步止華門裏喧喧聲利場斂足眷所履濁酒已在尊殘書尚攤几一鳥窗中言聽之極欣喜

野人薄口腹好味止園葵逮茲七月雨烹芼得所宜欣然速親舊聊用薦觴卮何如廟堂肉日日茹憂危

幽居寡諧笑大懽止稚子寒衣起復踖索果了不已老妻道吾癡訓誡及童稚不識賢與愚悠悠在天耳

秋夜懷友次韋蘇州韻

白露湛涼秋繁星麗天闕木末淸商生素景川上發始曉鶗鴂鳴衆芳奄已歇林栖澹孤興把酒對明月念彼窈窕姿只尺分楚越搴衡惜未贈歲月坐飄忽

十五學舞劍

十五學舞劍藝成氣逾高二十走燕趙揚眉謁諸矦諸矦不用武笙琴滿高樓蹭蹬八九載四海無所投三十蚤知機卷藝無人識螭頭銅鏽生魚皮土花蝕四十始爲農荷耒南山側年荒荳苗死屋破秋風入竆老抱飢寒晏卧看松色

中秋日偕徐山人登北山天潭　張文元

清秋氣始肅逶迤陟嵒谷久海谿絶踪茲遊繩曩躅攀躋逗亙徑青峰極遐目撫景閱代謝感逝澗流倏夷猶松石間天青白日煌山家桂之樹花茸颸芬馥旅雁翔雲空阡陌稻粱足萬物生殖滋志士每育鞠考槃思嵒棲寥廓固所欲惟君素心者幽跡冀相逐

出門題壁　金竹

羣蟻徒若戰孤鴻自遐舉一嘯天地空何戚戚妻子雲山千萬重瓢笠從此始寄言塵世人請顧川上水

金竹少爲諸生有聲一夕夢行山谿深處兩岸桃花

夾之中有艸庵藥鑪丹竈壁間題紅日半梁僧寺晚白雲千古洞門秋之句恍悟此前世玄脩地也從此忽忽厭世棄妻子入終南訪道不知所終

送熊茂初再調河南戎幕二首　趙用賢

仲冬寒氣烈蕭蕭林木虛霜霰被道路送子夷門墟夷門古俠隱尚識侯嬴居市朝忽陵谷冠蓋多蘧蒢薄俗委悠悠世路其何如以子含清貞駭目將睢盱悵別各千里把袂分躧躇嫋嫋一寒騎望遠深愁予予行慕袁盎浮沉並里閭努力苟如此豈歎相携疎

垂老宦未達蹭蹬梁楚間念昔厲羽翰青雲共躋攀一

落緇磷口十年承賜環相看各自失把酒開顏顏窮冬薊門道白雪明高山以此流水意送君何潺湲流水本無情思君鬢成班緱嶺有笙鶴相望嵩丘山

初夏齋中述懷二首

融風拂晨霄花雨散輕馥白堤多鳴鶬東皋展種稑念此物候移逢情軫芳淑徘徊空堂上素心娟幽獨悠然西山雲流暉蕩凷隩物化非營營委順無不足惟以開沉憂披襟會遐矚

青春始摧謝灌木滋繁陰落花棲艸際流鸎語深林開窗啟玄覽獨見萬古心虛薄寡世資種種白髮侵逝波

日眇眇因之與浮沉撫晨吒往志幽思懷鳴琴飄然紫霞思羈紱盈緇塵

檜峯詩贈李參軍

亭亭山上檜鬱鬱含奇姿孤根得所植凌寒色不移哲士懷貞心因之托遠思結廬高峯下林莽相蔽虧蒼翠日在眼静嘯煩襟披放情凌霄外顧步矚五芝但保幽獨操市朝非縶縻毋爲桃李顏坐歎芳菲時

送顧吏部請　告南還

平生寡交游投分子獨深衆中見顔色濡足賢豪參曰余本頑疎年鬢且復侵屢陪瑤華論相許照寸心涼風

動高闕九月燕臺陰念予重離別對酒不能酙下馬秋庭寂城柝夜沉沉朝辞南曹寵夕返北山岑仰覩明星麗參辰竟難諶志士感夙抱嗟此賴光尋悠然梁谿下端居杼煩襟丈夫豈遺世乘運當爲霖賞心宿有在戀子丘中琴莫以婁凉故投賦輕千金去去循階除悵望懷良音

臺柏行爲李太史本寧賦有序　孫七政

臺柏者前內翰翼軒李公維楨之所樹也自公尊先考藩叅公某以三請養尊王考徵君公得休歸因樹雙柏庭前以爲色養之娛甫七年而徵君公歿藩叅

公卽廬墓哀毁相繼以終而庭柏遂枯其一先生乃
移其一于新居以識不忘先孝且乞言以盛傳其事
夫千古而上自王裒攀柏悲號之後僅見于此昔聞
蓼莪廢詠今見蓼莪興篇

築臺古城曲臺上柏扶疎美人何眷眷日夕爲踟躕匪
無南山橋知是誰家墟匪無北山梓年歲久糢糊此柏
自先人本爲色養須宛如交讓木雙雙侍庭除西枝忽
凋落應爲攀號枯東枝日榮茂儻爲瞻依敷眷彼舊廬
物移此新築居惻惻懷我心日月無停儲庭樹易拱握
心惻難暫舒矧兹凌霜操詎效百卉腓雖有疾風飈寧

俾至性渝對此良慨慊上有夜啼烏烏啼一何切啞啞相號呼烏啼若可絶孝慕亦可減

四月夜池上作二首

今夜雨露清水月亦澄輝涉遲既超忽循池復因依飛花送故香密葉交新滋虛明寫積晷隱映涵雙扉即事累多遣撥物情寡違逍遥無皆是交喪有俱非緬想蘭桂檝已製荷芰衣愛玆首夏月清和接芬菲賞會企同趣沉吟理孤棲冀得霞上作終忘丘中機徘徊要延眺緩帶晞凉吹

愛此池上景逍遥天清輝凉月吐明昊清風發微吹夜

深溢彩豔霧爽叆霏微照我南枝樹宿羽驚高樓嗷嗷揚好音尚爾懷春思如何幽人意聞此忽多違爲念良時屆悠悠四運移漸見衰素被苦乏還丹資滄洲有眞趣徃沂非沿洄

古意贈花圃主人　華君松麓

五湖一隱淪終年抱幽獨登高矚遐荒雲海何翻覆朝榮薄高霞夕悴殞深谷金谷忽凋零河陽遂飄泊奈何駒過隙空花苦相逐胡不訊丹丘瑤圃訪靈族徙卻瓊瑤枝旁我煙霞屋三花少室徧四照鵲山無迎春既多品欵冬復殷屬豈無密雪零寒花纁如簇自駐長春輝

焉識流光速雖謝向禽遊三徑自棲宿雖乏石家珠芳非自芬郁一觴日陶寫萬事付冥莫不羨東華塵耶散北窗目嗟嗟灌園者漢陰有高躅

秋霽後與武林俞子登高

登高一縱覽山閣秋雲飛山川霽色好爽氣浮林扉孤帆過天際陽鳥隨寒輝肅肅四郊内卉物具云腓激運無違候流光鮮停機飛觴蕩羈束不使中腸違石髓薦春釀蕊花照秋衣玄覽週萬賾神遊曠九圍逍遥暢懸解千古冥是非

素交篇贈壽酉嵒秦丈　有序

西嶽先生挾凌雲之藻彩蔚懸河之雄思慢世率真自方司馬上書不第人比劉蕡晚歷多岐之途益悟達生之旨恂哉曠士之高節也茲先生壽届七十孝甫賢甥爲敦女蘿之懽欲致喬松之祝乞言於余余向也十年不就茲則援筆立成迺知詩本情合雖金繭之素感句得神來儻靈瑞之開先千週甲子今日古希仲月韶華茲辰讌喜中有天台賦客指春色以稱觴但看千樹桃花卽是萬年靈藥其詩云

交道古所難意豁卽投遇況此鶴髮翁密燕敘舊故憶昔俱少年高視狹章句譚天匹雕龍研籍方書蠹意欲

凌丹霄疏節溥時務晞髮扶桑枝振衣崑崙圃苦爲世網羈且學干謁去不射董生策即獻子雲賦十上長安門數奇屢跼步歸來以華鬢畏途復多迕四顧褐中懷宛然媚明璐迺知造化兒取舍精注厝奪彼艸頭块吸我霞表露所以達士觀遐矚有玄悟佳君晚節來虛舟曠高度將適鵾鵬遊何借鴳鷽怒默悟養生家坐識玄門路羽客雖蓬壺三徑覓情素芳春爍千花觥籌日相呼一觴既陶然不滅丹丘趣爛熳舒天殁大椿等朝莫

山行二首

偶同鹿皮翁來訪山中客春風在梅花翳然行艸澤扃

嶺松濤來空山柱孤策

悠悠山中人藹藹雲際宿曉起尋春泉梅花滿空谷山深無行蹤邂逅千年鹿

山人招飲大石避暑

良辰策高駕邀我入雲山縱目飛霞上洗耳清風前朱景蔭茂樹綠蘿垂寒泉黃鳥懷好音佳人思翩翩但飲河朔酒詎識區中緣阮生慟窮途嵇子樂長年曠代奮達節高言諒難宣欲抵重淵璧且聽嵒阿絃

三月三日同化之弟子芳遊吾谷

芳辰結勝侶嵒畔紉春蘭脩竹迷崇嶺飛花映遠巒披

襟尋窈窕引竿沆洸瀾流舅奏奇美遊妓擁歸鞍同心
拾瑤艸屏跡投文竿貢禹千秋上空拂漢廷冠

秋日遊吾谷

白露朝爲霜秋風始淒厲客子懷征途登高寫憂思谿
谷絶氛埃河漢肅澄霽陰苔激悲響鳴蜩咽寒氣衆條
無芳柯孤鶴有哀唳肅肅歲將晏江皋戒蘭枻一覽山
川道心旌各搖曳翩翩黃鵠遊悠悠千里意眷彼中林
人贈之以幽蕙

藤谿待月

暝色煙際深寒梅斂清影幽客澹忘歸愛此山中靜深

夜開衡門峯頭月華冷感彼太古鬼常照中林景

藤谿待月　　孫柚

谿上來幽人空山月未吐遥天蕩寒光流輝澹梅塢瞑破夜禽驚煙消庭樹楚起步清澗旁花枝歷堪數

冬夜不寐擬鮑明遠韻　　錢審言

凉月近人白淒清無限憂濡濡寒露下耿耿明河流竚立空對影晤言誰與儔漏長慵就枕哀雁助予愁

感遇二首　　金澄

沕穆忽推遷美豔已皓首駒影隙不畱電光耀何有髮短慮猶長百年苦未久獨醒竟無成徬徨悔止酒

蟠龍斂文彩神霧不可量騰則雲從與蟄以淵獨藏人生特禀秀應變叅陰陽何乃久潛伏欲舉孰與揚有時風雨作撫巳徒感傷

春雪初霽從大石澗越嶺溪行　　徐漢穉

婉孌新陽遊惠風吹相繼洗我昭曠懷林巒盡葱蒨摽梅馥層崖積雪明紆甸極眺澄湖陰逢山要隱見澤蘭葳欲齊溪柳媚初變落景共徘徊飛梁且登踐回羽憑太虛泠然有深善

翫月城西精舍

久與世喧忤蕭條住西城寒風忽入樹鄰巷皆秋聲曲

沼泫花露寒山日凄清余懷旣寥廓夜氣亦澄瑩誰將
適眞賞山月方孤鳴

門有車馬客行　徐培

門有車馬客何來賁窮居主人整巾屨迓入竹下廬欵
言敍朋舊十載無音書顏鬢各已蒼肝膽令何如雲林
隔朝市還能問樵漁君爲明堂棟我顧空谷樗語罷日
欲晩沽酒烹園蔬舉觴歌伐木欲别仍躊躇相顧曷令
德毋令歲月虛

車遙遙

淸晨戒徒御舉案勸君飯行役將何之出門不可挽愁

煙亘廣陌別怨秋艸蔓只送車輪去不送車輪返霜風
冂已肅道路日已遠深閨結幽思容鬢歲華晚

夏日林居

幽居四鄰少長夏羣木榮寂寞遠人事棲遲養吾生開
門迎郊曠遠舍流水清急雨林表來飛流濺簷楹纖絺
不受暑病去身自輕薰風入高竹滿耳琅玕鳴習靜如
有得安貧固無營薄田十餘畝子壯能力耕衰年嬾讀
書輿至詩漫成何知世途險不爲塵網嬰忘機漢陰老
千載可同情

古體四首

幽蘭何歲移結根空谷裏石冷白雲靜金芝之自相倚何
以揚奇芬嫋嫋清風起衆方競顏色春日媚桃李天秋
玉露下蕭艾一朝萎華滋殊未歇采擷俟君子
南山長松樹秀色相氤氳高枝挂孤月絶頂撐層雲寒
風颯然起萬壑驚濤聞崔嵬雪霜骨剝落莓苔紋良工
展大用楨幹屬斧斤壯哉棟梁器持以奉吾君
結交重知己久要金石堅同心復同地旦莫相周旋如
何遽乖隔一去三四年關河阻且脩引領思綿綿願因
凌風翼銜書到君前離別不足歎所最義分全黃鳥時
出谷白雲常在天願言卒歡好歲晩莫棄捐

海鶴養六翮，皎如白雪光。一奮天路遠，數聲煙水長。鳳凰不得臣，鴻鵠相翺翔。渴不飲汙瀆，飢不啄稻粱。弋者何所慕，翩翩白雲鄉。遊神在萬里，靈壽三千霜。恰乘王子昔，蓬島歸蒼茫。

賦得寒山轉蒼翠　邵昌鉏

幽人最愛山，相對靡朝夕。四時無不佳，入冬更清絶。潦收碧潭鮮，雨霽孤松潔。丹崖淨無塵，青靄時明滅。高天矗芙蓉，秀色堪攬結。煙霞接層城，擬有神仙窟。我欲往從之，脩阻不可越。誰爲獨往人，緬懷昔摩詰。

春夜藤溪玩月　嚴澂

已醉藤谿花未卧藤谿月此夜寒梅芳清輝前林發亭亭遠景媚寂寂暗香越懷哉鸞鶴御何所金銀闕

懷人

朝陽昇扶桑萬化被光景白露凌秋霄寒蟲自遐屏人生各有涯覩彼井上綆人生各有心覩此川上嶺北雁顧沙磧南鱗戀淵影日莫息空林懷人徒耿耿

中峰

十日混塵蹟一日絶情垢豈不媿長往亦自欣暫有松聲雜澗響白雲起衫袖晝掩中峰關焚香坐來久

秋日同友弟湖上

迨暇理遊策東南屬良時靄靄巒巒翠浮沉沉浦綠滋寒
榦動霜勁暄榮曜陽姿邇逗戀芳采逖覯矚晴熹縡彼
伐木詠諷此常棣辭親故具不遠有酒相招携蘭枻旣
前渚苾展亦丹梯煙沉匪夌險雲陟豈履危悠悠區中
務得性欣在茲

集朱汝脩齋賦得明月照積雪

集霞綴瓊宇晴魄射瑤砌入戶有流彩窮目無纖翳輝
素相映發晶瑩澈圖史犯斗乘槎非夌波美珠是映讀
何爲者偃卧亦徒爾深坐白玉堂罍觥傾犀兕梁園跡
已陳陳宮竟何似懷哉蓬壺遊朝澈者誰子

過濠上　陳禹謨

南華吐高論大氐多寄托寓言在濠上襟懷何灑落直與天者游萬物共寥廓夢蝶儼蝶翩觀魚知魚樂魚樂不在濠我樂不在濠心會物親人悠然解天弢茲來自濠梁試與漆園商曠懷旣齊物人我正頡頏何云子非我我相似未忘宣尼歎逝川冥心合自然若將濠上擬終未脫言筌

閨思二首

青陽倏巳度朱夏叜若爲遲君君不至憶君君不知枕簟嗟徒拭膏沐爲誰施

太清虛夕照雙燕繞曲房尤憎合歡艸偏向別時芳輕
風動羅幌恍疑君在旁

贈邵麟武南還三首　瞿汝稷

麟臺收席珍名瑜萃公車荃揪龍輔奇匯躍旋海隅仙
室豈不榮紆邑懷倚閭與吾擁華軒寧歸依彩輿

天地一蘧廬况復六尺身外物徒龍䕶肓瞶互芸芸荃
將窺鴻濛鼓楫問玄津澡雪咸池中翱翔凌紫氛肯與
蜩鷃輩啁啾共晨昏

神虬不深潛寧奮雷雨奇威鳳不有伏六像將見淄君
子豈忘世飛躍自有時高君切雲冠繡君丹豹履坐避

曲木陰渴飲玉潢水會見承明廬荃聲滿人耳

題嚴道澈艸亭

斧藻世滋甚君方貴自然結茆西嶺下意得耳目捐樹植循故列搆締僅數椽名花郄沁死奇石謝平泉長松時起濤脩竹淨含煙巘崿隨指顧雲霞日周旋野鳥發新哢閒關淑景妍林芳不知名雜亂當戶鮮把酒蒼翠滿横琴山水傳無慕一身外寧論千載前與君但携手即是羲皇年

從高梁橋至龍廟

鷗鷺何閒閒芳樹青不極晴嵐落環洲寒流間田陌澄

湖叟沆漭獨涵古寺碧微風動漣漪清輝出衣𧙕

玉泉山

流泉吐堐竇演漾度蘿徑林籟荅幽響出雲浴鮮影霧

洞仙人居仙去石床冷匡坐對一泓寥寥萬慮屏彷彿

黃眉翁授我芙容鼎藥珠不可聞潺湲入清聽

源頭

倒影上層巒亂石下清瀨謁謁榆栝間悠悠與心會雲

卧深崖側枕影俯空翠

卧佛寺娑羅樹下

卧佛寧復起娑羅翠堪挹長風吹繁條若聞諸天泣津

梁豈云疲甘露時猶及日落羣動閑嘉籟澹佇立

碧雲寺

夕披碧雲宿朝披碧雲遊精藍蔭嘉樹寶地環泉流初涉宜覩史禽語識閻浮龍步儼垂手鸞音如唱唄丹青詎云假能益嵒鑿幽慧室憑茲啟煩林失其稠始知莊嚴人妙運覺海舟

香山

古木何櫹槮脩磴羅清陰碧殿席煙霞寒池洗蓬心杳篠轉曲廡孤軒倚嶇嶔千峰薦佳氣旭日起高林秀色不可名龍從慰幽尋

大悲閣

飛閣對崇嶺蒼翠幕庭戶欲聞海潮音傾耳竟何許白雲宿嵒幽是君真聞處

平坡寺

下峰見平坡上峰平坡隱若近尋復遠若遠顧忽近石棧屢出没雲嶁互却進躡境情已愜再撫慮都盡老僧倚長松冷風起松韻稽首將有陳啓焉忘所問

宿善應寺

晨策翠微上夕息青鶴巢翠微紛在矚泉聲灑盈耳疎鐘振遠林湛然從夢起凉風來竹床斜漢落虛几誰云

今所歷獨非昨山水

游北山自天潭歷桃源五丈石龍墓

解辞偶遠遊十載違舊林幸茲還谷口秀色愜幽尋杳篠躡蘿磴脩篁蔽初日峰頂弄寒潭[redacted]日爽然失轉徑聞潺湲層壑清瀨瀉噴薄碧殿側縈紆紺園下嘉樹彌蒙蔚蒼壁出樹杪玄石平于席枕石泠泉繞白龍去已久秋幹紛蚴蟉森沉不可窺長夏如淸秋理策登高丘三山駕滄海層氣何絪縕鳳芝若可采風物佳如許論交復爾汝勿當今日晴過憂他日雨對酒但酣歌便得超人羣君欲知黃綺試看松上雲英英澹無意悠悠任

翔息經過漢廷時詎異商山側

雜詩

世豈棄君平君平自棄世生闕希世資詎符風牧志獨抱義黃心賣卜城都市垂簾日脩然國爵屏其貴毋余偶乘會一麾寄江滋訟庭橫高霞質成澹無事因之問夫子寧以章甫異廓落非所嗟沉冥有深契

發齊安偶成

黃鵠巢曾城縱羽落漢廷陽阿既易視激楚亦移聲菊裳徒自憐金衣非世營含生各自媚誰為頓所輕鳧鷖雜太液振鷺下昆明隨波適栖息交飛復和鳴望望異

所歡惻愴傷我情

抑我龍脣琴勿復奏龍徽要眇諧宿襟不入郢人耳念此中徘徊抑按從下里唧嘈聚樵牧衆愜心自鄙廻軫謝羣聽拂絃返吾始河魚云際鶴曠世尚知巳

重華南狩時九有誦光格帝子望不還蒼茫九疑碧天地寄寥廓壘空寄大澤成毀眞須臾詎云靡窮極胡爲壘中人還覓昔人跡歲月還遝鶉居物華美鷇食夙駕非我馳停鸞非我息去去莫夭閼鷦枝運鵬翼

朝曦曜扶桑芸芸懷自試世閱無涯人人秉無涯志蠡蜚在君牧蟻慕窮愚皆樂餌止過客竹帛走蒙稚感動

日以新感動日如是英雄迭經綸亘古竟何異我行孰
爲驅乘化澹無事風日淸以閒江山遞相媚一尊聊復
持翔鷗復予慰

過慧日寺遇雪浪上人有贈　　錢繼科

古寺晝寂寂松蘿翠欲滴淸梵出虛堂林外飄仙笛客
從東方來西師會駐錫邂逅坐論空大道谿何適師言
道在性性見道非遡淨土緣俗脩覺海因迷覓不見泥
中蓮花開自成菂

贈妓效何水部體

莫出東門阪候子玉峰返古木號風寒長塘落日晚忽

聞薝佩香還訝松舟遠遠遠中流登望城上頭斷煙息墟里宿雁響莎丘相見敘離别執手譚心憂心憂譚不歇城上烏啼月子痛煙花沉我恨風塵汨仰天俠氣橫援琵商聲發商聲激且長此時夜正央三星明在柝一燈黯在房鏡臺冷鉛粉掩袂悲彷徨彷徨向余泣哀哀悲轉急紅顏命薄多白首嗟何及不見蕣菲根棄置伊誰拾

落日　邵鏊

萬事不相永憂來何過情落日起煙霧秋光空莫城溥有田園業聊將身世弃白髮向誰是婦與自養生

詠玉蘭

山午日光霽山夕月明皎山雪岀下積山梅屋旁繞春風生美人皓臉發清笑錯落梅上影參差雪中曜白以珍玉韞香以結蘭好

延陵于中甫再守郎官別予江上臨當就駕時方莫春撫景序之方麗感同心之日睠贈以斯篇爰寄金蘭云爾　　繆希雍

春風日澹蕩送子江之湄尊酒聊酙酌江栁自垂垂拊心及世運言念以傷悲王路日多艱哲人思見危全軀在時賢碌碌亮難爲頽子篤忠貞顛沛永弗遺年命等

騶隙毋令節義虧

富春道中瞻望子陵釣磯

子陵本龍德精光久云韜世祖固俊令狂奴亦人豪不屑軒冕榮萬乘徒勤勞卓哉巢許流嘉遯在林皋一徃不可拔乾初合所遭淸風激木葉詎止漢代高煙霞掩富春江水何滔滔日月自居諸片石絶塵囂

覽古 有序

徐待聘

自上開躁進之門而後下工媕趣之態蓋舉世相謟以成俗非一日矣故輪蓋成陰必非夷惠之室而苞苴載路多投張霍之門風靡波流星奔雲附飛沉由

其指顧霜露決於片言或先戚而後疏或今揚而昔抑或名收而實棄或心是而面非指韋便辟者目之爲通才奉法循理者嗤之爲拙宦孟門未足喻其險蹊壑不能滿其貪苟非借齒牙攀鱗翼締恩狎結綢繆而有脫跡汚泥之中高步青雲之上者乎非節武而奏桑間無龍車而厠裸壤前鑒不遠後轍相尋斯志士爲之撫膺而直道從茲掃地也丁未春兀坐小窗徘徊永晝偶檢世說得數則非獨當於余心抑亦有關時事者輒托楮墨以寄慨慕

士故各有志大端出與處咄咄嚴子陵超然絕塵滓拔

裘六月中垂釣富春渼彼其視文叔同學故人爾卽云
勞物色詎肯相爲理唐堯自則天巢父自洗耳以足加
帝腹狂奴態如此千古一客星惆悵肉食鄙
士蔚天下士弱冠爲虞令不善事上官頗著循良政太
守乃裁之豈其賤方正積憤道難容投幘氣何勁志且
眇三公而況百里命嗟彼當塗人毋令勢太橫脩肩未
云工強項安足病慊慨拂衣去奇節遠輝映
人生在三節君臣以義與質委分無逃交絕身可去我
思向茂伯報劉其殆庶當劉守郡時情誼中道沮公錯
須理遺庭辱豈思御退人墜諸淵拊心痛誰語結綬異

曩晨連袂同朝著侍中爵雖尊黃門吏不茹奉詔敦[illegible]
好積慭慚舊楚幸不爲戎首雅道猶堪舉
嚌之令丹徒一旦屬之吏自陳見天子有罪請就治舉
世喜貪緣孰誰畏公議日作長安書捆金馳驛使雉守
沉下僚蟻附獵高位臣惟以清故不能厚問遺毀言浸
以聞要人爲之祟舉首四面指赤衣郎皆是羔羊節漸
微苞苴風漸熾寒暄既殊途是非因倒置俯仰今昔間
隱憫我心悸何以訓下廉當從輦上始

五栁先生者委懷離世塵作令八十日解職歸田園余倫切
跡寄柴桑里自謂羲皇人以耕而易食以酒而養眞

以乞而混俗以傲而全身籃轝從所之白衣時相親三徑雖就荒寸管握奇珍昨非今始是沉冥道不貧

扇令多墨政借譽在行賂白晝攫市金昏夜投當路山公爲吏部望影亦先赴受絲欲混跡懸梁表貞慓及敎案驗時封印宛如故此雖感德事恐爲瓜李誤方令有私交却之乃公惡黜陟在寸握升沉由指顧奬恬廉以勸抑競貪斯懼庶幾楊夫子四知有餘慕

題又玄道丈餘適樓　金定樂

人生事估俾所志在寥廓雲霄一垂翅侘傺守窮約夫君乃遠識不受世網縛蟬翼視浮榮鴻冥恣遐託經營

一畝宮菑折面丹壑風飊岐伯書花覆倉公藥睠玆林巒秀選勝架菌閣輕霞冒高棟餘翠上疎箔匽几俯罍城春湖盪西郭山暘隔塲吟水鳥當窗落不踰闤闠間具足仁智樂

湖上謁邵文遠先生祠　　孫森

西嶺縈霧氛前溪酌玄顥中有先民祠芳華茂遺艸彩筆驅中原脩途藝奇抱咄咄啟後賢奕奕懷世寶俎豆永不違千秋托同好

曉發句曲尋山

驅車葛公里喜此晨光奕幽禽美清輝稚子戲晴陌前

路青芙容舉目何歷歷未蒙東華塵耶縱北山適鳥道披雲封龍宮漱寒液恍惚天鷄鳴諒有仙人宅勾漏遺丹砂茅君鍊精魄瑤艸紛葳蕤靈源漾鮮碧只尺桑麻間而與畏途隔人生在大冶百歲等駒隙赤松有高風黄石巳役役身世久巳違圭纓亦何益頳結麋鹿羣蚤動煙霞屐

逢越西諸君湖上集賦贈二首　錢希言

李樹生桃旁不啻同根株女蘿寄前緜緜蔓豈相殊昔與二三子風雲邈異趨本無隔山要安得攜手俱邂逅此嘉會脫斁城南隅相呼各問名情好在須臾慷慨陳

千秋要余以良圖徘徊對落日吐納皆紛敷請解囊中琴奉君清燕娛人生意氣重所樂非同襦

西越山水地嘉麗昔嘗聞連峰挺嶒崒疊嶂披氤氳我來秋戒莫木葉已紛紛良友咸招攜張筵湖之濆水鮮雪鯉鱠陸俎羹牟臙果傳金子橘蔬煮碧絲芹日昃爵闌千列炬爛如雲上賓既譚道公子亦論文四座靡不歡齊聲美同羣願言良晤數抒藻代蘭芬

貽別龔子　　周齊金

南國有貧士一病三十春終歲無粒食身與死爲鄰孤雲渺何托枯條不再新奄忽待物化誰能知苦辛

題味菜軒卷　釋慧秀

鵷雛念竹實鴟梟嗜腐鼠神駒慕水艸所樂非豢脯人生各有適何必盡鼎俎夜鯉與晨鳧傷哉物命苦我刈園中葵噉之味如乳霏微搖曙煙霢霂霑春雨戎戎綠甲新栩栩黃蝶舞剪此偕故人可以酌我醑脫粟資饔飧卒歲安所處不羨五侯鯖不願八珍釜至足儋無營庶幾延溥祜

海虞文苑卷之四

邑後學張應遴選卿甫輯

七言古

種桃　張著

崑崙潑翠瑤池綠老樹蟠虯噴紅玉秋風青鳥西飛來
劉郎唾核湧嵒谷碧瓊仙種參差分鳥金小钁鋤春雲
雲根雨潤土膏暖枝頭一夜花開滿種桃仙客猶未歸
紅雨紛紛已驚眼武陵洞口天台前玄都道士緱嶺仙
瑤笙醉吹綺霞爇相逢一笑三千年

淮河水次金別駕韻

淮水何沵沵水寒沙艸黃淮山何莽莽山暝寒煙蒼淮南淮北道路長行人過淮心慘傷夜深酒醒淮船裏愁看月照淮河水

長干行

妾家長干橋妾食長干水十五能采蓮十八嫁鄰里郎行西江久不歸含情怕見鴛鴦飛白蘋洲深少蓮葉南風吹波蕩舟楫大姑小姑兩嬌癡日莫當門笑相接今年蓮子稀采蓮歸較遲妾心比蓮的妾命如藕絲藕絲不斷蓮心苦滄江日日愁煙雨郎不歸妾誰主

關山月　林大同

閣山月白如玉盤海底飛上青雲端煙消霧斂清輝發今夜鄜州誰共看含情問明月胡為有圓缺人生亦如此十年九離別嫦娥孤眠白瑤闕桂子吹香心欲絕歸期恰近中秋節與君醉吸盃中月

題虞山丹房圖　吳訥

虞山高哉幾千尺屹立巍巍倚空碧中有山人號中陽燒丹避世全形蹟晴空煜煜丹光浮丹房正對西湖頭平波浩浩涵倒影窟嵒拂拂飛晴流尋真每入雲深去聯絡煙蘿繞瓊樹丹砂石髓藏深崖瑤艸琪花滿幽路天梯隱隱重復重危梁駕水如長虹松扉敲月訪仙友

禪房啜茗譚眞空時平歸隱人孰擬佩玉相過動閭里冥觀萬化同虛空放浪形骸等雲水奇哉景物幽更妍清詞妙畫人間傳流傳至今經幾載披圖滿目空雲煙君不見蓬壺渺渺稱神仙古今馳慕求長年陰陽妙合聚復散海波昔日多桑田中陽一去不復返星移物換俱泯歿獨存長松覆荒井至今夜夜聞啼鵑

贈顧義婦

錢家阿嬃心獨苦時值長郊動豺虎蒼皇奔走依所天乖違不怕崩腸腑所天有子前室生巳亦有子携同行意度二雛難兩挈棄巳留前能割情江清海晏歸來日

艸際哀號覔兒骨婦人見義却妳斯翻笑男兒爲不得
蒼天維高還匪高後報阿孁雙鳳毛雖云天朝來旌異
太史作傳先榮褒烏乎太史作傳先榮褒

題青山白雲圖　陳符

青山萬疊高嵯峨白雲縹緲生嵒阿須臾變幻林壑隱
羣峰矗矗浮青螺飛泉幾道垂素練觸石穿林時隱見
縈廻百折走長溪溶溶流出桃花片洞口茆堂半掩扉
蒼苔路滑人蹤稀鈎簾有客坐清晝坐看白雲行翠微
石壁天池幾千丈紫芝瑤艸年年長跨鶴仙人去不還
看棋樵子時來往雲山吞吐態莫窮良工運意摹寫同

雁宕天台足奇趣，為君移入高堂中蹇予愛山久成癖
對此令人三歎息山中仙子或可招同駕白雲遊八極

題杜用嘉延綠亭

少陵孫子清如玉家住吳城樂幽獨圖書萬卷窮冥搜
詩法千年遠相續有園不栽桃與李三徑縈紆蔭梧竹
茆亭結搆幽且深青苔日厚無塵俗翠雲靄靄宿簷端
蒼雪紛紛滌煩燠騷人逸士時直造譚笑生風清可掬
月明松影落琴尊日暖芸香散篇軸先生自得靜中趣
世態浮華嬾徵逐閉戶著書終歲年湖海詩名自芬郁
何當買地結東鄰日日相過借書讀

迎翠軒

吳城西去千山疊秀色凌空何岌嶪雨過羣峯翠欲流明湖碧嶂光相接幽軒卜築城之隈綠窗還對青山開卷簾飛瀑落書幌排闥煙霞浮酒盃軒中之人甚蕭灑寄傲林泉趣閒雅雲山終日相主賓詩酒忘形共陶寫松陰滿庭生夏寒竹床湘簟鋪琅玕北窗一枕清晝永醉鄉茫茫天地寬世上浮名空碌碌羨君樂閒心自足信知城市有山林何必移家隱盤谷

合江亭作　呂囦

蒸湘二水西南來奔流會合衡城隈其中有地眞異哉

藤崖石磴高縈廻朱陵古洞門不開浪傳仙侶曾徘徊
詩存壁刻封莓苔斯人總是瑰琦才五言氣格尤崢嵬
乃是吏部韓公裁江亭從此開八垓紛紛遊客常追陪
倚闌下瞰身欲頹清湍左右無纖埃漁舟如凫入浪堆
乘風時見征帆回雲開衡岳青崔嵬洞前水漲浮新醅
嵒花未發宿雨催地窄不容猿嘯哀

題畫　桑琳

吳江水落秋容蚤柴萸結子賓花老菱歌聲歇采蓮舟
千里銀塘鏡光曉翠旗閃斷鯉魚風驌綠嬌紅噴如埽
天外雲開見洞庭七十二峯青不了舊鶯鸂鶒二各分飛

何處洞簫聲嫋嫋疑是黃岡老遷客載酒重來散懷抱
中流擊楫泝空明傲倪乾坤凌物表想當盤礴夜深回
白露橫空江月小

初夏江上曉望　桑瑾

東村西村鳩亂啼欲雨不雨山雲低岸柳亭亭似人立
一片青黃錦新織深村茆屋炊煙裏若個幽人眠未起

耕隱圖　陳宏

君家舊隱山之濱屋外青山山外雲朝耕不事別生計
夜歸兀兀窮典墳春風二月杏花好雨飛山谷紅紛紛
不聽輪蹄走羅幃惟聞布穀啼芳春日長有客挽琴過

蒼苔自掃無纖塵，澗底尋荊煮幽菽，墻頭借酒呼東鄰
山窗夜雨青藜皎，秋風野飯紅蓮新，賢良一策笑公孫
光範三書絕相門

雲邊歌

雲之外雲之邊山人借雲名其軒遠岫推紅日初上長
空度碧人未還樹雲黯霮有餘溟溪影氤氳無盡天山
人之樂不在酒在乎雲水雲山前我家虞山住一壓虞
山龍從蒼翠縣紫門入徑和雲閑竹籬夾岸和雲編窗
梅園圃容月叠砌藥款款經春妍坐樹綿蠻語黃鳥屑
林斷續啼玄蟬山水畱情我亦足蝸居豈是平生緣雲

邊有客長我過戚言君居如神仙湘簾晴捲莫山雨畫
橋暖接春江煙諸峯羅列森玉笋間雲縹緲斷復連君
能爲我呼嬋娟眞珠夜滴糟床涎雲山舊癖一洗盡佐
我堯舜垂治千萬年

唐五王擊毬圖

東風如雪飛楊花興慶宮前春色佳五馬歸來汗成血
毬門殘照西風斜潞州別駕清瞳亮紅塵不到玉鞭上
岐薛款傾擁袖新宋按鞚兮申擊杖馬首平原艸未枯
五花帳裏黃門扶華蕚相輝彩雲遶樓中歌笑情懷好
君不見紫騮不踏擊毬場蜀道萬里看雲長

江山勝槩

長江西來如建瓴兩岸好山無盡青初來只作畫圖看圖畫不及天生成蹇驢驅策促脩程僕夫疲倦行且停刳舟剡棹遠相發曬網收罾趂晚晴煙消日出茆屋小林深霧暗樓臺杳檣帆隱隱來江頭酒旗颭颭依林杪富商大賈競棲集徤途畢境追前急行人未得履坦夷危峯倚天寒翠濕衲子緣崖結搆新却將險絶誇世人可憐大道平如砥臨風下視如輕塵爭羨張帆能利涉出入風濤良自愜君不見江山勝槩眞何如氣吞雲夢三山低我欲乘風便飛去手弄日月崑崙西

題王舜耕山水爲王太守作　　李傑

遠山蒼蒼近山綠山下溪流浸寒玉煙景溟濛晝不開
一片丹青圍霧縠連岡杳杳接孤村芳樹依依帶平麓
石崖路斷小橋通高隱誰知結茆屋居人鮮少遊人稀
頗覺幽深類盤谷王公筆跡誰能如位置彷彿高尚書
想當盤礴恣揮灑胸次直與造化俱江南風景奇絕地
隨手寫入生綃圖東萊太守好事者珍愛何啻同珊瑚
黃堂政暇時一覽恍若置身山水區我家舊在吳中住
採山釣水都成趣玉堂十載受君恩未許翩然拂衣去
松風蘿月久無緣布襪青鞋空有具還君此圖三歎吁

輿在雲山最深處

西郊雪霽

朔風吹天洗空碧萬里同雲斂無蹟曉來一望白皚皚
瑤圃琪園同一色燭龍銜耀昇海東須臾大地俱消融
煙林竹樹澹明滅西山削出金芙蓉乃知陽德勝陰力
原隰青青徧牟麥于今欲識豐年祥試聽野老歌三白

送陳漢澤還會稽

會稽之山何鬱葱奇峯兀硉摩蒼空有美人兮買田卜
築于其中攀蘿月兮濯松風忽憶佳客遠在青雲上手
持如杠巨筆出入蓬萊宮駕舟欻爾上京國聚首一話

情意同留連而未久歸思隨征鴻故山石室長苔蘚京飈半壁間枯桐都門韋衣話分別玉竿美酒珍珠紅此一去何匆匆栩栩條無綠不堪折錦雲爛爛霜林楓長亭短亭望望杳無際多少離思都付參差煙樹江之東

鴛湖歸興送姚主事迺尊

朝領五花誥夕買一葉舟君胡爲乎不少留歸興發兮鴛湖秋鴛湖之水三百頃上下天光共雲影漁人一笛蘆花風十里垂楊煙暝暝憶昨携壺泛覽時中流蕩槳隨所之滿船明月浩歌起玉盃行酒西家施飲酣攘袂豪氣作似挾飛仙遊碧落而今回首疑夢中可恨風流

空寂寞伎我舊琹劍著我新錦衣帝城雖佳麗不如蚤
旋歸收拾囊時詩酒伴湖邊景物猶依依

題畫

朔風吹空作寒冽最喜朝來盈尺雪千林搖落四山空
萬樹梅花正奇絕西湖主人興味濃呼童携酒登孤蓬
恨無佳客共清賞只有雙鶴能相從冷香襲襲時拂面
翠羽啼殘人不見溪流曲處最堪憐脩竹數竿欹斷岸
風流一去三百年湖山景物還依然披圖彷彿見高致
令我嘆息懷前賢

天井洞

芙蓉峯頭石扇開神椎鑿破蒼雲堆谽谺洞天闕元氣
地底迸迸驚風雷青葳翠蔓絡嵒戸日光倒射金銀臺
玉鴉飜飛石燕舞琴床丹臼空莓苔沉沉一穴窈莫測
俯身下瞰生疑猜仙人狡獪多幻化以此隔絶凡蹤來
其中當別有天地山水瑩淨無氛埃絳節羽旌紛婀娜
閬風玄圃通蓬萊蒙嵒居士好奇者藜杖縱遊知幾回
洞口桃花自迎送洞中猿鶴相追陪有時呼出偓佺輩
携手共酌瑤華盃長生要訣倘傳得霧境日月堪徘徊

題夏仲昭墨竹長卷

滄卿胸次多豪興落筆鋒稜何瘦勁縱横無數碧琅玕

揮灑俄令墨池罄開卷如坐瀟湘濱陡覺風𣪊滿淸聽
丈夫十萬未爲雄君子六千差可並洋州太守眞跡稀
吳興公子寫法奇今代淸卿得其派威名籍籍人間知
古來篆籀法中絶諸公筆力能挽之願君什襲比重寶
千古藝苑留遺規

題戲嬰圖

深宮沉沉晝漏遲鞦韆影裏珠簾垂美人睡起薄梳洗
花庭羣聚相娛嬉掌珠顆顆蘭芽茁眉目娟娟肌玉雪
羅襦繡褓鬱金香天上麟兒總奇絶夾持如護珊瑚枝
蘭湯沃濯瓊瑤姿百玩堆床隨所取香奩珍具光陸離

婦人猶切哲若此骨肉恩深理宜爾螽斯蟄蟄麟振振
自昔周南王化始綠衣白華古有之陽祿柘館眞堪悲
君不見趙婕好武昭儀皇孫啄盡漢鼎移房陵廢後唐
祚危治容曼態藏禍機我題此圖憎歎欷

送楊弘載上舍還海虞　王鼎

正思尋君遊佛窟城北城南悵斷絕心靜空聞湖上波
眼障不見空山雪忽聞花開罨兩峯白白紅紅嬌勝頰
野禽喚人心欲飛陰雲遍空雙翅垂吾子何事又東返
孤帆落日春流遲神遊八極自朝莫造化小兒能我嬉

敲氷載月軒爲錢世恒賦

我昔遍舟沉吳越不衝風雨即霏雪錢子胸　萬玉壺
所遭⿺辶豈⿺辶豈皆奇絕誰云出門即有礙敲氷載月興逾別
夌室清寒玉柱懸南樓笑咏蒼煙滅是時清意逼霜天
蔡州苦戰徒紛然山陰夜寒空返棹有懷不寫寧非偏
多君曠達仍守義清風感事當兩全掀髯一笑天宇濶
長吟百韻回清川仙舟豈直載書畫從今氷月芳名傳

次韻桑廷璋弔文山手書六歌遇災詩

北風吹旄寶刀雪憤心欲飲腥胡血異哉南極妖星紫
勤王孤臣數幾死泰山宋社漂如毫厲階誰搆徽與高
憶昔符讖卜千載末路皇輿沉滄海臣忠彷徨心不平

出亾見執天雨鳴燕臺經春復秋度哀歌手筆人爭覩
骨肉摧亾此何有好事得之寧固守皇天降灾奪我藏
空名亦足昭三綱

山中歌　王授

山中五月不知暑午窗夢揖巢與許起來灑灑竹風吹
滿地落花鸎自語城中酷暑金石流馳馬汗血不少休
富貴致身眞自誤何如蚕向山中遊

觀舞歌　徐禎卿

今夕何夕燈滿堂金釵夜舞華瑟旁香風拍袂紅霞舉
玉腕矯矯凌虛翔飄飄雲步蕩輕珮八鸞協律鳴鏘鏘

花柔玉軟兩無力宛轉應節隨低昂蟠身蹲伏龜鶴息
延頸直跱螭龍長明珠圓轉盤四角新蓮裊娜波中央
繁歌急調相迫促紫燕雙入虛簾忪粉脂凝汗朱顏發
明月空梁添素光座中豪客燕趙産快賞一舉連十觴
吳才雖不勝盃酌能握綺筆揮詞章聊賦一曲當縑素
清腕不讓湓陽郎湓陽涕泗若不足風流詎及吳才狂

從吳學士姪奎觀模米襄陽山水圖并學士題識

昔上黃鶴樓西望襄陽隄襄陽艸樹澹於染清猿落日
令人迷歸來復見襄陽畫銀海珠源恍餘派楚山沉沉
煙霧高淋漓七澤瀰波濤漁舟賈船入點綴竹林楓樹

懸江臯白雲縹緲蒼梧遥旖如湘君垂旌旄我欲乘雲
向空舉拄杖呼雲雲不起山中蘿薜不可親悵望伊人
隔秋水延陵學士襄陽儁對此躑躅搔白頭碧山心期
竟已矣回首歲月成墟丘猶有篇章未磨滅教人空憶
舊風流

白紵歌　四首

三星爍爍花滿堂素腕盈盈出洞房垂羅映縠耀明妝
皦若雲中開月光流情盼君君莫忘停歌節舞進玉觴
願君安坐夜未央

二

中庭桃枝連理傾璚卮含霞玉醴盈歌舞君前流目成綵裀順耳感人情持觴把袂君不違願作梁間雙燕飛

三

旨酒千壺列東廂美人如花嬌北堂齊歌合舞聖世昌願得歡娛永未央脂車秣馬且踟躕百年之會忽須臾東流之水西飛烏今我不樂何爲乎

四

悤璚膏擊素鮮金弁峩峩賓四筵趙瑟高張調蜀絃長袖翩翩陵七盤華歌妙舞及春妍蘭苕參差桃欲燃上天門明降醴泉皇帝陛下壽萬年

贈錢元抑題小像

錢郎毛髮鬈且鬆秀骨揷鬢蒼崖開騂騮黰黰有奇氣
一蹴萬里空長挨今之畫工不可數畫馬無過曹韓逑
吳生落筆有神不求貌馬求貌人英物由來豈殊相
麟鳳聖賢俱絶倫却恨丹青損眞趣獨事玄毫拂紈素
生象蠕蠕指間出大巧無乃遭神怒故人三歲不相見
開圖忽訝錢郎面小兒八歲快目睛問之昛然呼姓名
烏乎畫馬雖工只畫形風雲道路俱冥冥豈知錢郎貌
如此馮馮大腹儲滄溟高蹄昔蹶未可輕今日近前凡
馬驚吳江之湄浙之涘我行于南從此始掉頭不見眼

中人寂寞行歌向湘水

送王誕敷之官長沙

美人南徃雲陽墟我欲從之道鬱紆晝夢衡峯半空紫覺來失却巴陵湖對君把酒心茫然七十二峯猶眼前玄猿攀蘿石壁亙黄鶴空洲芳艸連春寒風多太陰黑瀟湘淋漓濕雲色楚宫花木啼杜鵑舟子商人淚橫臆君欲去兮可奈何側知王事難蹉跎離心不惜瑶華贈聊爲湘纍誦九歌

送友

平原蒼蒼孟冬月行子辭燕指吳越淮水橋邊賣酒家

停車幾處梅花發羨爾朱門蚤拂衣柴桑舊里角巾歸
白酒山中新芋熟青楓江上蟹螯肥閉門松竹依然在
一曲參差醉落暉

題李員外贈古鏡歌

關西故人惜我別贈我古鏡光如雪感君意氣特相許
爰披肝膽照清徹盪日摩空恍虛映與室青瞳閃宵晰
妙質精凝水土深丹煙碧霧生華纈圜銘髣髴不可讀
蚓屈蟲蟠細糾結腰間錦囊故所佩請脫繩絲置扃鐍
當令明月入我懷精光夜夜隨虹霓故人卓犖信才傑
蒼鉎燗燗豈相劣嗟予蓬穢何所似對此不覺心內熱

湘江滇洞入無滓衡岳凌空鬱岑巖山行應使魍魎逃
水宿能令蛟怪滅古物由來孕神秀靈光不讓三尺鐵
憐君至寶不自惜何以報之嗟非蔑護藏但使鏡莫鈌
與君交情世不絕

梨花吟　　錢詔

春深桃李多摧殘北鄰梨花獨可看初疑飛雪著高樹
瑤光隨月侵闌干幽香細細生不斷水仙何弱梅何寒
天工巧奪并州剪疋練碎剪還相攢太眞空誇海棠偶
櫻桃要慚樊素口娥眉澹掃意態眞俗眼知誰定妍醜
高歌豈厭呼酒頻貞姿絕俗人自親小軒午靜春風急

飄飄墜粉沾羅巾洛陽姚魏稱穠麗國破已作陌上塵
山家種梨春不極年年風雨年年新

續麗人行　　桑悅

洛陽三月春無主桃花落盡清明雨名園接葉暗栖煙
可教鸜鵒無言語陌頭車騎何紛紛顧盼似空遊女羣
柔情薄射伊水月倦思怕領龍山雲就中八姨最年少
上馬臨風殊窈窕白日凄迷天暗垂萬姓遊魂隨一笑
當時宰相名國忠幾廻茲轡朝真龍綃裙六幅行委地
峽水拖入華清宮杜陵老翁慣飢餓半生只對山妻臥
醆眼驚看絕世姿錯認九天玄女墮此翁向後攢百憂

潼關戰骨堆心頭始知昔日限中見珽釵銀盆皆千亦

君不見巍巍文武開周國削義降仁褒姒色再觀青史

彂長歎丹臉雙刀古無敵

李節婦吟

遊絲墮地風不起燈燼霏霏落江水良人一去不可招

形忍爲人心作鬼黃葉擁籬秋滿門孤兒索果啼黃昏

三喪欲舉兒赤手渤澥捧土成高墳白日遲遲常不曉

薄雲飛過長空杳夢寬沉盡水中萍血淚滴枯庭下艸

寒冬凜冽藏春溫有子成立孫高騫幽閨情事動霄漢

施報默默天無言臨變從容能就義覛死如歸生作戲

今古曾書幾丈夫君不見李毋苦節絕代無

醉鄉侯

漢家法忌侯無功包茆之土何由封愁陣屢把騷壇攻
爭似酒兵能折衝百壺眞主逢堯舜齊鄭殊途悉歸順
一石八斗輸不盡食邑河濱酒泉郡與劇自持雙劍舞
法令森嚴吾喪我牛飲三千供部伍間築糟丘更開府
糴糧不治老參軍焦革又收爲戶民萬里拍拍江南春
把盞絕勝投筆人

風吹五色牡丹圖

一春無計消繁華坐香傷色餐流霞夭桃濃李俱小器

揩目晚看花大家疑是楊家諸姊妹五隊合來成一隊
種種顏色各自奇能與春光助明媚封姨同入東君門
明妒暗忌那敢言人處豐亨理宜或物當盛滿愁叜繁
畫工儘有無窮意展玩令人起遐思誰將此語告成王
兢兢善保雍熙治

題鯉化龍圖

江湖寄鱦登龍籍脇下赤鱗文帶黑食殘仙蓼三千斛
昨夜禹門驚霹靂將飛能化許琴高欲鬪得看惟富爾
頭中尺木長盈寸頷下明珠吞一粒騰身矯矯萬民望
吐氣浤浤四方濕注雨如車不足論溥沃焦枯見神德

深潭亦自有臥龍疎遠未蒙天帝識臨水照影空自奇
半生不得風雲力

贈陳鳳翔學博　狄雲漢

繹陽枯桐朱絲絃中含太古意萬千艸堂試鼓南風曲
乃知聖人心一天先生于此猶未足又積遺書堆滿屋
夜深月到青天來自起開門倣梅讀予嗟老病鬢若絲
琴書俱廢良可悲伏羲歸天仲尼死此趣獨羨先生知

題贈朱母貞節　御史良王之母

朱家有母雙鬢雪蚤失良人守貞節孀居荏苒四十季
白璧堅珉無玷鈇鳳雛羽翮輝文章青年已入天門翔

煌煌豸繡炫晴晝稜稜白簡飛秋霜一門佳慶由來少共羨襃封及旌表曉日龍章雨露新春風慈竹氷霜老幸逢明聖扶綱常佩榮服寵誰能如子爲良臣母節婦董狐之筆當大書君有恩浩如海母有節淸不改君恩一飯不可忘母節千秋垂耿光

太白樓歌次韻　錢仁夫

太白樓空城上頭太白去與天同遊生前醉酒不一處此外又有黃鶴樓采石江邊一堆土北望青齊南望楚英氣浮空結白雲似學霓裳羽衣舞一時盛事人爭傳春花秋月年復年我來樓前一縱飲時有片月來青天

依然問月當時景不覺令人發新興揮毫聊和壁間題肘後生風捉不定意匠經營何有勞似決泉源通遲遭金壺墨汁醮已盡一滴不沾新製袍詩成擲筆忽長笑不敢大言知者少樓中肖像此二人吾儕可望不可到

又

太白樓何高哉雖高不礙雲去來八窗洞達淩雲開雲來昏黑樓不見雲去忽見樓崔嵬我初登樓訪遺跡寒日欲落悲風催昔賢醉酒在何處但見舉目惟蒿萊只有青山不改色冷眼看人埋沒紅塵堆人稱太白天仙才唾視富貴如浮埃文章流落在人世果然字字皆瓊

瑰欲作狂歌招太白太白去遠招不回但見雲間有孤鶴回翔審視欲下猶徘徊笑爾胡爲不學丁令威樓前大呼我有酒連呼不應令人哀却輸我身正見在多活一日多進三百盃

又

任城危樓倚天起太白胸襟亦樓似海岱羣峰忽在眼汶泗洪流繞城址萬古乾坤一醉休樓中風月春復秋馭風騎氣睨八極欲呼此老同遨遊

泰山五松歌　　姚奎

黑龍潭中蛇母出霜鱗剝落腥雲濕毿毿長髯十丶兩針

挺挺直骨三千尺神霧呵護元氣鍾驅霆戰雨撻蒼空
堅剛節操振今古濫爵肯受秦王封波濤滿地陰風起
萬籟颼颼成律呂材堪柱國苦弗試蕭然遺棄空山裏
青青顏色經秋冬吞氷吐雪經磨礱工師一日如相逢
終當獻入蓬萊宮

月下琴行　楊儀

銅龍水滴春夜長明月悄悄窺西堂飲茗讀罷招蒐童
持爐添火燒沉香瑤琴脫却紫綺囊玉軫拂拭生輝光
舉手一撥生琅琅宮商角徵相低昂清如瑤臺老鶴唳
松霜和如高岡彩鳳鳴朝陽適如漁父濯足歌滄浪怨

如昭君馬上帝紅粧輕如落花飛絮春泚泚重如六丁
雷斧摧扶桑緩如漁篷細水流春塘急如狂風捲海波
濤揚悄然彈罷倚繩床千思萬慮都消忘不聞人語喧
東牆滿庭簌簌飛寒霜廣寒一曲嘆已亾至今彈者怨
嵇康我今欲換流水腔知音人在天南方不如收拾天
朔旦水雲林下尋王郎

釜峰晴眺　鄧敳

跏趺木榻兩足頑家人勸翁尋好山北郊買舟得風力
瞬息送我江雲間長江東來浩潺潺釜峰扼之眞抗顔
老人舉酒山作座江山閑人吾已班洪波浴日酒面殷

兒牽翁衣且莫還英雄有會天與險書生覇戎如刈菅
風波過眼誰復省斗酒盡爲江神慳我今傾瀉洗俗障
肆硯滿抱將詩刪詩成亦可付鑱石詞有設戒如銘闕
可憐勝境落遐左鸞聲鶴駕安能攀江山還見此客否
白鳥一雙横碧灣

仲秋十二日福山有神社之集予率子姪往觀之鄉人集者數千人予輿客飲于山椒風日晴和天宇清曠狼峯了然可即有感于壬申水村太宰以遼師平寇事詩多及之紫琳山人識

夜夢題匡廬圖覺而成之　瞿景淳

道人愛山久成癖戸欵山光共朝夕忽辭故里來金門
夢寐時猶面蒼壁誰人貌得匡廬峯儼如石丈遥相從

蒼然正色鎮南服不與雲物爭春容嵓深谷阻誰能極中有瀑布如垂虹千秋噴薄不增減霧源疑與天河通道人對此長嘆息山在人寰人不識焚香默坐神獨遊安得凌風生羽翼

閨序篇四首　周詩

惠風吹薄千林花游鱗翔羽彌晴沙江山色態正鮮媚邊疆脩阻君離家君離家行雲千里心俱睽銀床綺幕度清夜玉容凋悴空鉛華雙魚錦字遠寄將青樓泣向天之涯

朱明景照清綺房殷憂不覺心彷徨思君不見托琵瑟

停絃忽復涕沾裳涕沾裳蘭階寂寞流蟾光玉關未得封侯信燕然萬里寬飛揚妾身願作雙黃鵠寥寥雲海同迴翔

緘情噎却珊瑚枝珠簾香斷銀河遲風前羅袂時掩泣陽臺月色長相思長相思關山遼絶那復知深閨砧杵亂秋夕枕上鴛鴦悲獨栖心旌搖曳不得寐起坐金窗彈素絲

北風寂歷摧枯桑玄陰黯黮浮川梁交河東合苦邊戍空房獨宿愁思長愁思長膏缸凝燼寒無光煙沙綿邈幾千里征衣攬寄心茫茫勛名壯士垂景鍾軒車何得

還故鄉

古檜歌并序

致道觀古檜余弱冠時從先子春谷府君西川孫翁遊覽其間後與趙黄山鄒西井月夜登壇徘徊夜分乃去不能無傷逝之歎孫子芳曰君神與檜遊倩以檜適悵然永歎可無賦乎時亦湯爾别去及余在崑山舍弟石谿所命酌石谿以折枝新荷爲供因思及之遂作古檜歌寄小川兼柬子芳云

君不見虞山之麓有古檜栽培來自蕭梁世戌削唯滋日月華雄盤欲起風雷蟄鼇驚鯨怒互陵遽虬突龍驤

共虧蔽霞冪雲幪赤日陰流颸激蕩失魑魅秀色千齡
靡改易清都定有神祇衛孔陵柏秦封松拔俗邈標豈
殊喬海虞泰岱邈千里會有精霧自攸契紛紛樗櫟遍
寰宇雖有鄧林亦何取古來勝槩誇江左怪絕于茲叟
誰伍登攀賢達知幾許滄海桑田總塵土何如此檜有
仙骨逍遙甲子任倫忽每逢冰雪但蒼然屈鐵虬枝轉
冥密君不見天生神物天之意往往神物天所秘七株
斗列千層霄四株已作龍化去迴翔寥廓幾春秋逐電
驅霖不知處吁嗟龍化竟何年令人四顧空悠然我生
夙有林壑緣探奇憩此心獨玄金宮銀榜橫紫煙芳荃

白石堪醉眠結交每作河翔飲嵇樽畢甕常流連那堪
對此艸為別衡紀推遷無緩節已看凋落桐上華復聽
寒蟬鳴不歇景移物換須臾間悲咤因之心欲折慇勤
勸我山中人徒有離懷不可說何當遂戒江邊艫還向
瑤壇共沿越琳瑯一奏古檜歌迴薄青天萬古月遺音
激石石欲裂鬼神怖慄耍欲絕驟沓億萬年歌與古檜
同不滅歌與古檜同不滅

秋風辭　嚴訥

秋空霜寒月明裏秋風蕭條中夜起城烏驚棲翻欲止
海鴻飄雲聲入耳征夫迢迢戍千里空房孤眠夜如水

夜如水心悠悠黃沙白艸邊塞秋秋風日夕吹隴頭胡
兒部落爭氈裘寒衣不到征夫愁

江樓感懷　邰圭潔

去年今日上長安却指春花馬上看今年對雨栖江閣
短褐蕭條生莫寒丈夫致身須及蚤四十年過半成老
舊愁容易損朱顏新序匆忙換青艸浮生踪跡慣風波
往事籌來感慨多試問梅花開幾許且憑盃酒一高歌

明月篇　沈應魁

鳳城宗氣肅鰲殿月輪縣共愛光華麗行吟窈窕篇明
月初從海嶠迴清輝先到玉京來萬戶龍葱玄鏡曉千

門繚繞素珠開萬戶千門接雙闕燕姬趙女踏明月霓裳舞罷絲樓嬌白紵歌從蘭路癸輕盈羅韈香風起玉腕爭妍碧霄裏雲毋屏前青桂華芙容帳外金波水此時御輦禁中遊銀漏三叟別館秋影入瓊筵看兎走光飄翠掌弄蟾流蟾流兎走迷煙霧仙樂喧闐見天路郁郁璇宮絲仗闈離離縭幙飛龍度別有無限繁華客三五良宵巡廣陌騎乘聯翩許史家盃觴接續金張宅金張許史競奢豪畫棟朱甍連月高爐梟蕙煙薰珖琩簾低花影沉葡萄北市南衢行可徧妖童娼女紛相見霞邊笑擁七香車星下羣開九華扇可憐對景歡未闌秪

惜流光宵已殘明朝月缺人事改勃鬱廻飈吹雨寒

畱别嚴内翰養齋

黄金臺前事已非古燕關外春將帰春花畱人不可住浮雲送客空依依仗劍辭君待明發生平懷抱愁難説拂袖朝分陌上塵行歌夜怨城頭月予還荊璞向江濆君抱隋珠耀京闕遠道何由慰所思天涯芳杜今堪折今堪折春日相逢又相别人間聚散無恒期憐予此去數應奇滄江萬里淹鵬翼白日三年憶鳳池看君蚤待明光艸予亦彈冠羡璚藻紅顔白首總相知身外浮沉那足道緑葉帰帆細雨舟清尊寥落兩鄉愁風煙回首

傷心處天北天南易隔秋

淮上月

客從長安歸夜渡淮上月持盃向月傾清光酒中參月是舊時光人經舊時別我今別復來淮月幾淪沒滄海相思無盡期繁星浩蕩煙波濶但見舊月缺復圓那知此夜圓要缺由來天上忌滿盈人世浮沉却難説君不見昔日淮陰侯漢帝曾尋雲夢遊英氣銷沉人已老月光長帶淮水流世間萬事亦艸艸買笑開顏苦不蚤百年三萬六千朝持盃那得月長好纔過三五減容輝殘影依然送客歸吹簫子胥兮安在賴遂三山鸞鶴飛

照井曲　沈晃

憶昔嫁時明鏡多清光秋波照舞雙鸞凰十年不復理雲鬢一片黑鐵生空房桐花風吹鹿盧冷偷倚銀床照孤影容顏衰減未分明脉脉愁腸繞脩綆郎君終有歸來期安得蛾眉似舊時井水唯能照妾面不照妾心終不變

烏夜啼

姑蘇臺前春月明臺畔棲烏夜不鳴六宮沉沉鎖紅霧君王遊樂出禁城百花洲中歡不足半夜仍歸臺上宿綠浪廻風錦纜遲香堤濕露金蓮促翠輦行空聲殷雷

銀籠燭影動鏤楣驚烏飛入人間屋不向館娃宮裏啼
臺傾埜艸連天去麛鹿來遊不知處田父斸耕出斷釵
烏啄珍珠上高樹

清曉詞

蓬瀛日上迴星杓銀浦霞輕學絳綃龍仗鸞旗開閶闔
仙客朝元鳴珮瑤玉臺秦妃夌縹緲閒弄參差碧煙曉
複道飛闌迥入雲俯窺塵海如卮小青麛嗽泉春睡足
桃花煖透胭脂肉霧散瑣窗人莫窺并刀剪斷湘波綠
璚妃催就結風裙落花卷作碧虛雲金宮接燕日停午
回首滄溟已平土

遊客辭

姑胥城裏風光好遊人合向姑胥老看花不扣富豪門蝴蝶相隨檐上春鑪頭少姬傾酒滿對客數錢揚皓腕春花秋月不還鄉輸盡黃金促織場

觀拂水

奔泉赴壑勢絶雄萬古青天飛白虹璀花散落幾千斛冰簾倒拂迴崕風山人吟嘯泉之側氣壓長松二千尺月上松梢鶴未還碧雲散盡三台石匡廬瀑布銀河垂康王水簾名亦奇天然此派匹三絶我欲醉和香鑪詩

秋夜曲

山風泠泠吹北堂蛩響四壁諧宮商愁人不寐起徬徨忽爾淚下沾衣裳美人杳隔江之沚中心藴結誰與語鴻雁不來秋夜長河漢西流月如紙清霜暗落芙容洲頹波逝景那能留鳴蟬之死抱寒木去燕凄涼思故樓翠幌愁褰看曉發遠樹殘星半明滅一夜相思苦未休角聲吹斷秦關月

十月宿玄湖上驟聞風雨雜以浪翻木落鳧雁亂鳴之聲不能成寐起而有作　錢籍

禹門一夜西風惡千林木吼鳥巢落玄湖欲立白浪飜鳧雁驚飛連鶤鶴山人不寐披衣起亟呼蒼龍治秋水

須臾浪靜海若藏五洲無恙鍾山紫忽聞黑雨東南來
山川一洗無纖埃消消翠竹自青瑣雙雙白鶴還蒼苔
菰蒲淺瀨鷗鳧浴十里凋荷轉香綠晦明變幻欻忽異
竟日臨流看不足夜深危坐雲千頃扃戶無言發深省
乃知元化有深意欲令遍識湖中景山人氣槩吞雲夢
會向天庭押五鳳風波彈壓何足論會看消盡陰山凍

用捨宅庵壁間韻二首

江頭吹笛蘆花白驚起鷗鳧幾千百有客新從天上歸
舞袖蹁躚環堵窄時人不識詩中豪翻向紅顏笑二毛
坐來霜月半輪小氣吐虹霓萬丈高玉川道人凍欲絕

郤把茶鑪煑松雪仙人王子駕扁舟獨泝清江賣風月
少年意氣思食牛鐵心自謂同韓休仰面呵天北風熱
曹劉以下無足儔晚向天衢作天客曾說君王烹即墨
綵筆揮成五色雲坐令天子賜顏色邇來浪迹任去畱
直與歲月爭春秋倚天長劍今猶在不斬蛟龍血尚流

又

昨夜橫飛渡甌越醉騎一片蛾眉月借得搏鵬萬里風
吹開海上三山雪玉虛眞人夜半過笑把青天一放歌
萬里銀河淨若洗恒嵩華岱森如螺客程八萬豈云渺
庭洞雲夢一盃小惟有湘江花木深紅塵隔斷令人老

百歲光陰一瞬哉何如躧足游蓬萊蓬萊美人似白玉不妨鶴駕時時來聞說匡廬結詩社詞源三峽盃中瀉詩成君得君王賞豈落清平三調下明朝兩腋馭天風回首扶桑東復東頃刻銅龍報天曙一輪日照千山紅

恭題　成祖所御四馬歌各一首　趙用賢

龍馬來翼聖王鐵蹄踔竹批耳蹀躞翔雲螭夭矯攫乳虎當年鄭村戰其疾駃如雨朝摩九壘夜七營躡景逐電驚神行飛箭連錢貫皛臆血染龍花逝猶力歸來飲控青門外天子明堂坐北極五花雲錦吹東風蒲稍徒爲入漢宮右題龍駒戰鄭村覇乘此

騰星精降天房御軒后乘飛黃聖王既膺籙神馬如龍翔追風走滅沒顧影驚驕驤靈之戰何雄武南奔百萬若委土帝躍此馬摧中堅權奇蹴踏酒長川良工貌出丹青中稜稜逸氣猶呼風嗟乎汗馬功勞乃若此聖子神孫當念祖　右題黃馬戰靈壁乘此

紫騮馬金絡月朝刷燕晡秣越渥洼奇種古難求生綃貌得千金骨紫騮呼青海風爲驅哀哉小河戰十萬俱爲魚紫騮奔足歷浮雲翻竦身企閶闔容與游天門千金馬飽閒戰伐披圖神駿猶鬱勃吁嗟紫騮何不嘶入落花去天子方競朽索馭　右題紫騮戰小河乘此

騂馬黃金勒照耀桃花色鳴鞭渡白溝天池走霹靂飛兎一日騁千里今之此圖無乃是汗血猶憐毛骨奇龍媒尚憶䟴邅起昔時畫馬曹將軍拳毛寫出眞絶倫穆滿當年歷西極空令八駿鬭雄式豈如此馬乘飛龍躑躅長鳴磧壘空白溝原頭白骨凄天陰鐵騎風雨嘶鬼火青青血爲燐豈知此馬形容在麟閣布題赤兎戰白溝河乘此

緩歌行送熊茂初僉事福寧兼東吳宮諭趙憲使二子

江水二月平江花三月滿春帆消息幾時還當盃不惜離歌緩與君三十謁承明相看意氣山可傾問其何字

非楊子凌雲有賦誇長卿蛾眉入宮誨羣妬鳳皇高飛雞鶩聚江潭一斥十餘年誰憐賈傅懷沙句風塵垂白未逢時歷落巉嶇君亦苦去年新從蜀道回我亦返駕城西隈爭言白璧非懷褐共道黃金且築臺白璧黃金空自好消人買駿何艸艸眼底紛紛魚目珍誰人解辨連城寶和歌羞作酒人泣酒酣氣振髮倒立豸冠乍戴臺端雄荷衣旋擬山中緝梨花香月下長洲錢塘垂天水拍浮毘陵城南吳子宅平生肝膽羞可折西湖地主得趙君湖頭行春騎若雲唾壺擊墮青天月千里相思坐超忽都亭楊柳晝絲絲行人馬首斜陽遲舉鞭揮袂

忽不見龍劍延津合幾時

薊門行送鄒吏部爾瞻請告還吉水

薊門五月飛嚴霜浮雲翳日天無光城南柳絲千萬縷一一爲綰離人腸離人鞍馬去紛紛徙倚斜暉獨送君心隨楊子磯邊水路指滕王閣上雲世人翻覆雲水情肝膽向人誰可傾憶昔九關嚴虎豹與子抗疏干雷霆我投南服裹瘡痍七年遠戍君羅施鉄骨丹心未銷血鑠金衆口還成箕賜環乍許遊華省封章再忤忠逾耿鳳皇臺前春艸長鳳歌且學幽人屏我行白下返郊丘連床夜雨同孤舟涕泣空懸賈生淚江湖獨抱希文憂

我賦歸與未遂初君從幕下起徵書共道山濤能啟事
繞朝拭目看公車由來絳灌怒難逢當場優笑紛誰馮
崇蘭化荃玉爲砮吞聲志士甘常竄慷慨逢人不易言
悲來相向獨相憐神武衣冠稱蚤見穆生城旦明幾先
羡君冥冥靜者心飄肰高卧睘川陰少年不爲竊章句
淸時豈合終山林男兒七尺萬古身莫令白髮蹉跎新
我亦名場澹蕩者拂衣且作同調人童水東流入九江
雙魚日日下潯陽明年若到匡廬訊與子峰頭問向長

春日同蕙田臺山諸丈携酒沈冲玄丹井爲作短
歌行　　孫七政

臘月霰雪春未變江南春色今年晏二月東風吹不煖
枒條含綠芳艸短惟有仙家春自深梅花樹樹發深林
落英時度丹竈側飛香暗結幽人心仙家有酒春未熟
西鄰一斗勝醽醁結客攀蘿招隱來花前舉酒叟相屬
君不見商雒山中採芝叟身世悠悠名不朽函谷關頭
幾戰場白雲一片天相久又不見天台羽客若可逢桃
花千樹長春風此中瑤艸不易得餐之霞舉凌鴻濛何
爲折節摧眉在人世吞腥啄腐將何窮一盃若在手天
地皆爲空今年花既落明歲花復紅青山不誤白髮叟
紅塵可鑠黃金容君不信子晉緱山騎鶴去試聽吹笙

夜月中

靈槎篇

古虞之陽有昭明太子手植古檜七株誇絶域中僕也竊愁慨焉嘉樹遂爲著靈槎篇

君不見寰區羣木知幾許俱隨百艸凋寒雨又不聞武陵桃花長似霞空迷仙路令人嗟曾似古靈槎化作空山檜天上年年度碧潢山中歲歲看蒼翠曾隨漢使問支機不向燕昭禦魑魅已能古怪栖神明更解森沉窟靈秘借問靈槎來幾時云是梁家子晉移君不見黛色干霄赤日微陰苔譪譪封緑碑恍疑千里春雲堆郤看

盤錯緣薜荔古篆煙霏半空意又似秋風滿天地春徂秋謝一枝間月桂星榆兩在躔但令歲月增幻態詎使霜霰凋靈顏信知神物多變合何為斗牛之墟紫氣懸惜哉不向延平津干將定為飛重淵慨予卓犖最好奇念此惻惻心為悲昔日梁家宮苑皆如錦繁花碧樹盡參差一朝花飛碧樹空萬事東流君詎知誰有空山片月來明鏡長留仙檜懸清影古殿寒濤夜夜生空壇月色朝朝冷夜夜朝朝不記春歲歲年年度碧雲碧雲幾度鳳簫澈幾經蓬海生銀闕鳳簫銀闕總微茫回瞻濁世堪斷腸我今思隨靈槎兮適月望縱彼天路迢迢兮

任自長

千將行爲白下金山人作時山人已物故客有譚其壯節者孤心激烈可與日月爭光僕壯夫也冠髮盡指肝旌搖搖頗爲執鞭不可得矣遂壯命一斗酒歌之

乾坤有客何精芒艸堂夜雨飛春霜九死笑將白雪志片言立磬黃金裝但使不負千將意豈求俠骨千載香可憐生長西京東漢廷公卿孰相視心與日月爭光輝身沒蒿萊同死灰君不見秣陵豪貴知幾許從教百萬誰比數曾似天邊一少微長隨銀漢寒江渚

聽查八十彈琵琶

林居散髮事幽矚戸丁葵橊照人目時聞黃鳥懷好音
那許紅塵到空谷忽傳有客款荊扉雲霞猶帶薜蘿衣
手抱瑤枝道名姓使我幽人思欲飛穿花涉徑步瑤屐
爲君踏破蒼苔跡主人爲煮石上泉客子爲撥鵾雞絃
琵琶聲清激林木落盡間花聲斷續微風隔水飄餘音
蕭蕭夏木成秋陰却令雲鏊避人處轉落關山怨别心
此時颯颯幽致深空林似有人孤吟更如風泉咽危石
霜天月白鳥聲寬一曲含情已愴神曲曲關心意何極
須知曲調不虛生意氣俱從俠節成千金不惜傳一曲

特寄生平慷慨情世上知音是誰子肝膽只向冰絃傾我今頭顱已二毛安能戛把良辰拋擢眉折腰豈吾事九天汗漫誰相邀只合携君動蘭棹處處青山響霧竅

汪司馬借劍行爲蘇季子贈并序

新都蘇季子義俠士也少年爲不義憤思血仇一人頭四顧錯愕噫嘻曰吾何從得寶劍乎當是時乾坤雖廣隘不重足司馬汪長公聞其事卽脫千金劍佩之讎卽震死蓋仇非死劍死司馬之高節動四國四國壯士聞之盡裂背欲血讎也司馬之劍術遠矣善乎十岳王翁歌之曰俠節先聲讎自斃何須不義血

于將凛焉有國士風蓋去荊軻二千年間而復有蘇季君汪司馬之事劍術益神予故壯其語奇其事并爲歌之

英雄百年内常憒萬古間苦恨直節不得伸腰間寶劍空自懸寶劍七星牛斗文秪因俠烈故隨身若令世有不平事從教萬丈龍光貫不見張雷無道風雙飛泗水安能制東南霧異白嶽鍾氤氳盤薄司馬公文章意氣總絕代片言許諾生雄風自憐說劍空奇絕何如五步即流血生平一劍天地知上禀國士下徇奇五十未展封侯畧三尺安用隨身爲朝聞壯士冠髮指夜聽龍泉

嗚不已急呼壯士來佩之四國聞之盡裂皆英風折鞞鞞自甕古來俠士少見此借言此劍價何許若耶巳閉湛盧去試將比郤借劍心君道雌雄叟誰與噫嘻乎不獨司馬爲俠儒王翁九十劍不疎不使不義血干將田光先生精未渝

燕京海棠歌

僕從性之聞燕京有茲花花益美南國且在空門寂寥之境慨然感子昂荊玉篇遂爲當時從遊者賦此

薊北春光異南國御溝春半氷猶積雁盡遼天望隴梅空逢驛使無消息偏自西郊春候蚤紅塵隔斷長安道

輦路長聞幸翠華空山別有閒花艸此時遊子催愁緒
踏遍春山最深處馬首驚看芳樹枝古殿無僧花自飛
衆苔深沉春晝冷嫣然不語婿仙姿由來幽朔三千里
不見煙花解若茲可憐深谷惟鸎語黃金臺畔無人知
君不見長安花開莫春月朝霞未掃車塵咽茲花獨向
空門開落盡瑶華春寂寂好似漢家朱轂鏡妍華子雲
白首空騷屑

海棠花歌并序

予園池上有此花雨過爛然花開持賞命賞客有言
唐時蜀江上此花最盛者予慨然感之遂援筆賦此

吳苑柳條綠楚江春艸生名花獨未發婀娜含新情忽
遇巫山行雨度春風吹落池前樹枝頭濯錦遍新紅千
條濕着胭脂露嫣然不語媚闌干濃豔生香春晝寒乍
疑飛燕帳中舞更似西施水底看佳人不可見名花解
傾國仙姿搖曳總可憐只愁纖態嬌無力迢迢花外碧
雲斷何許關心正愁劇那堪對此倍惆悵幾度攀條不
忍摘君不見唐家天子愛楊妃萬國煙花爭自輝茲花
獨照西江水猿啼天外江流駛春錦春江日夕妍春風
總入花枝裏江花歷亂何繁華遙映當時臨砌花一從
玉笛留遺恨江花漆澹飛朝霞悠悠俱作陽臺夢春艸

年年空自賒秖今一段銷寬意還向春風倚玉堦古來
得意皆若茲朝成綠鬢莫成絲已見蓬萊幾清淺更聞
昆明辨劫灰世間無有緱山鶴且進花前酒一卮

友松吟　　陸鳳翔

山人老去遊從寡手栽松樹青山下石田茆屋歲月長
年年春雨松花香高秋霜冷松子落聲聲打石如聽樂
吳歌一闋酒醆深風濤寒激空山陰古來隱者卧谿谷
徒友魚鰕與麋鹿況今交誼日以輕山人獨共歲寒盟

詠楊花　　孫樓

隋堤堤上青春老樹樹傷春愁啼鳥落紅一夜逐東風

又見晴空栟綿攪斜飜繡幕半鈎輕細撲瑆檽一蕞小低隨流水漾波中高入層樓舞雲表可憐紫陌豔陽時雪花撒遍遊人道顛狂聚散西復東歷亂冥迷夜還曉忽訝雲鬟鬢有絲俄驚霞袂衣成縞謝家庭外總難名學士堂前不堪掃栟花飛栟枝梟陌頭不覺春歸蚤明日堤邊聽語鸎萍葉參差滿溪迤

再疊楊花

章臺鏡裏朱顏老處處春歸歇啼鳥青青往日幾長條舞向東風爲誰攪糶來眉黛故低垂瘦入腰肢已纖小隨風片片逐遊蜂競蹴紛紜半空表瑆華落遍故園枝

玉團輾破香車道渾疑陌上霧籠春悞認簷前雪凌兢
臺飜飛鷰袂何輕樓弔綠珠衣盡縞捲簾日日度香來
糝徑朝朝帶花掃人未帰絲自嫋翠樓凝望垂陰蚤乍
脫柔枝不忍飛依依猶向津頭遶

山中雜言贈嚴陵趙翁

澗有隱君子結廬依翠微拄笏爽氣入迎簷秀色圍碧
桃窗下鳥聲亂黃葉門前人跡稀秋霜足芋栗春雨多
蕨薇寒梅山中友夏荷山中衣歲華幾見花開落塵世
那知誰是非枕上來禽語亭前看鶴帰鼓琴一片石垂
綸三尺磯歷歷前峰七十二朝來惟有白雲飛樵歌唱

方合牧笛音初希杳靄雲中路推敲月下扉孑陵千載
空遺蹟好訪羊裘矢莫違

癸丑夏日晤黌雛仙子於于飛堂詩以識別

金陵三月烏衣巷王謝堂前畫梁上有鳥玄裳嬌不飛
芹泥香戶紛相向迎簷小語語聲柔纖簾罥觸珊瑚鈎
落花輕蹴隔墻去顧影迴風復上樓憶昔漢王重傾國
後車返載平陽宅雙飛一自入昭陽那惜長門秋艸碧
芳蒐歲歲來江南鳳皇臺上春風酣珮環綽約憐顰步
緩歌恍聽聲呢喃蹇孑踏遍長安艸南帰惆悵鬪花老
秦淮忽覩莫愁孃抵掌歡逢爲絕倒醉鄉一笑顏乍開

離亭日落關雲哀羽翰欲奮道脩阻何日重歌赤鳳來

子游墓　孫柚

高岡之樹何膴膴子游遺骨埋千古周衰道喪貴縱橫能從闕里譚昷盅余昔西京東洛遊五矦七貴爲平園言生三尺猶鬱然樵牧能稱武城父虞山華塚空峩峩曾似名賢一坏土

綠珠歎和邵伯如孫子虛韻　黃廷竹

銅駝荊棘森如束羣馬蹄藩睨黃屋羊頭飽殺關内矦洛陽百姓飢無粥石郎富奢天下知夜夜紅樓醉絲竹紅樓美人良家子色暈海棠肌怯縠霓袖輕飄燕一雙

鸎吭細吐珠千斛侍中黨逆大強梁欲借尊前歌一曲
亂兵踏破金谷園富貴星飛帝城陳當時許身已許心
不顧如禽更相逐樓中無天奈彼何樓前有地死當速
玉容一墜香魂飛恩愛翻成百年哭妾死可憐君亦死
黃泉兩恨何時復何時復誰鍾此禍驚人目賈家晨牝
啼南風遂使豺狼恣屠戮吁嗟一女猶足憐忍說裴張
與嵇陸

石湖行　施元孝

風吹孤槎來石湖月明如鏡驚夜烏湖中蕩漾萬頃波
濤狂忽發倒玉壺須臾飲盡大無棘吳姬夜深不當罏

幸有仙人紫玉珮，換取金莖作醍醐。醉後忽思李太白，把盞問月仍歡呼。山中老人不解事，謂我高陽之酒徒。君不見吳王宮井絶轆轤，越王臺上飛鷓鴣。今夕不飲何爲乎。

琴酒歌　　邵昌鉏

君有龍門百尺之高桐，又有山中千日之美酒。間來自理黄金徽，興到時傾白玉斗。不共伯倫頌大人，便從中散誇緐手。我不解琴復不解酒，何以與君朝夕爲友。我笑從君問酒琴，悠悠千載誰知音。濁醪妙理竟何在，太始希聲何處尋。酒有德，琴有心，相如與陶令，一古不復

今我不解酒誰解酒我不解琴誰解琴酌君酒撫君琴
白雲片片飛庭陰高山自有鍾期聽澤畔無勞漁父唫
與君日視笑相契一何深

旅夜　徐培

落日蒼蒼夕景清雁行飛盡浮雲生長風西來勢號怒
千樹萬樹蕭蕭鳴此時客坐寂不語葉落空階亂如雨
朔氣凄凄入夜堂膏缸慘澹寒無光強傾斗酒暫成醉
醒來萬事愁衷腸壯夫寧肯歎離別撫劍高歌爲誰發
夜闌開戶寂無人萬里江天望孤月

憶梅

郊居僻在横塘曲掃徑開林無雜木手種墻東十樹梅
參差雅傍黄茆屋鐵骨凌寒氷雪姿蚤得春風破香玉
疎枝靜醮一泓水老榦横侵萬竿竹年年觴咏花月下
人物相聯自不俗兹歲山城專客遊上正三日辭家速
別時酹酒爲躊躇別後何人伴幽獨冷香畱月怨慘慘
瘦影和煙愁蹙蹙神馳故道往復回夢入清宵斷還續
幽思可藉瑶琴慰苦調生憎羌管促索笑惟應待主人
爲君常挂故園目定知歸日春光莫着子青青陰徧緑

江南春　嚴澂

間關春樹蚤鸎啼歷亂楊花撲面飛美人粧罷着羅衣

羅衣輕颺花軟畫舫清江看不遠大姝先向石湖頭小姝別上木蘭舟酒氣花香迷白日清歌寶瑟沸中流誰家公子行挾彈誰家女兒出無伴但見紛紛湖上遊那知一一津頭散日復日花未闌月復月鬢欲殘江南春春可憐

題道澈雲松巢四松歌　瞿汝稷

天門峰畔五株松偃蹇不肯承秦封一株東遊爲木公四株相隨隱谷中貞䝿紛葩舞鸞鷟秋幹夭矯蟠虬龍不雨青濛濛寒濤落晴空翡翠朝煙合琉璃夕陰濃北風撼山霜滿地萬木葉盡乏生氣高騫百尺轉蒼翠仙

標亭亭秀天際驕陽行空石欲流迎風溽蒸郤月愁碧籟鬱鬱常颸颸九夏滄凉疑九秋清音何泠泠一聞九愁輕要眇若有會沖瀜不可名雲來恍度金庭詠月白時傳緱嶺笙木公兀傲邈遺世羽服翩翩寡相契時倚喬柯吟時當疎影琴世人徒聽紫芝曲對此始知貴綺心爲問商山避紛處木公笑荅此松深當年我亦巢松裏白帝飈輪無處尋鬱絶東華君見否解衣試共坐松陰

飛仙謠

軒皇得玄珠鼎湖飛龍駕雲車伯陽抱兩玄青牛西去

遺玄詮玄津鼓枻代有客炳如明河挂虛碧共見昭回倚蓋長乘槎誰把支磯石伊余澹蕩人芸芸薄風塵跡甘雞鶩混心與煙霞親五羊夢頻遇三花慕常勤振衣欲陟緌山巔洗耳思過槐江濱朝有奇士扣我門贈我淮南枕中文黃童妙音一獲聞冉冉衣裾起白雲會舉縹緲超人羣俯視刹土如棊分左拂東皋白榆影右凌崑嶺璇臺氛虎豹辟易九關啟直集重陽歷旬始淸都⿱山非嵬紫琳宮璚樓十二橫空起靈艸菲菲不可名珠樹一一皆連理素娥皦皦顏如雪指余沐浴咸池裏被以五銖絳綃服衣之雙舄白玉屐相將金庭謁虛皇金庭

鏘鏘列仙史香雲逢擁綠軺浮樂吹鸞聞朱籟美猨旌目擊彭琚遯龍旂彩動丹元喜東華夜光賞不足行對浮丘坐玄俗時控八景鬱絶遊還頻七轡高暉宿羣眞笑言命余飲碧奈五芝薦芬馥酒半四座丹霞流泠然共唱方諸曲延賢雜彈雲林璈四珠戛擊昆明筑抱容洞簫和鳴鳳運子流金舞文簫子晉鼓簧何淒清虙妃調瑟時斷續一詠俄聞東海塵賡歌幾覩搏桑熟歸來掩關意殊暇葭墻寂寂艸滿舍破榻徒堆玄晏書短垣不隔方明駕始知平圃在桑戶始知圭竇通姑射支枕八渟列胸中把盃六氣靄腋下飛燕翩翩黃鵠遊脩篁

嫋嫋琅華卸片石常看紫霧罥幽霜豈逐繁霜謝誰羨雲陛騰蘭薰誰羨緇帷擅玉價鶉居優遊忘歲月獨乘日車靜觀化

元宵宿眞州憶燕吳勝事　陳禹謨

憶昔燕市賓僚集綺閣盃傳絃管急六街裘馬競炫熿五都珍異誇畢給再憶吳中樂事賒錯落華鐙映萬家春盤初進子鵞炙尤憐火樹爛雲霞此夜郵亭足興槩一燈熒熒復睃睃獨有姮娥照客涂兩地繁華竟何在燕臺轉盻三千里故國盈盈隔江水屈指歸期元夕後歡洽親朋同話舊家人爲我貯蘭膏勝事何妨還一復

登霧岕涵空閣望太湖　徐待聘

涵空高閣開湖山七十二峰浮翠鬟袖拂飛雲凌縹緲
窗呑震澤淸心顏皓髮老人重一出綠毛仙客成九還
遺踪榛莽尚堪討靈鴐鸞鶴何時攀青蘿引睇有成約
向日舉身路苦艱不及漁翁自來往飯熟桃花潭島間

贈張選卿餘適山房　何允濟

虞山蒼蒼琴水碧百雉城西煙樹色林麓幽然仲蔚家
蓬蒿薙却眈遊息床頭萬卷讀且盡文成故戢青雲翼
囘首青雲不盡才青囊挾得神奇來萬家命脉在君手
會見一林紅杏開春風隨意拾瑤艸石上紫霞閒不掃

川莫青猿採藥歸月明石杵和雲擣為問壺中幾粒丹
一尊要佐安期棗

洞房曲　　　　　　　　　　　　徐崇誠

綺羅豔繡幕新香風初轉洞房春流蘇高縣錦緣帳金
屏深擁如花人鴛鴦枕芙容褥翠被春溫麝蘭馥芳心
初煖麗情濃翻恨雞聲苦相促銀壺送曉曙光暉日上
紗窗映繡幃此時推枕渾無力瘦減芳肢玉一團起來
流沐臨粧鏡風姿轉較前時勝纔似當年解語花芙容
一朵秋江淨金條脫玉玲瓏蘭湯未試粉先溶粧成雲
鬢秋蟬薄靚掃蛾眉翠黛濃嫣然一笑臙脂香多情郤

恨晝偏長春霓一片頻相蕩那得簾櫳照夕陽恩情歡愛常如此莫雨朝雲曾不止一聲鸎囀上林枝回首春風妬桃李綠肥紅瘦春將莫曾奈新人不如故良人不是合歡初紈扇含愁誰復顧君不見衛莊姜守孤獨阿嬌曾貯黃金屋千金買却長門賦自是君王方悔悟色衰愛弛古猶然世上悠悠何足訴

妾命薄　　徐崇賢

年初十五理春容黛色鉛華着意工肌理細膩體貌丰宛如綠水涵芙容花姿窈窕臨春風步搖環珮玉玲瓏自惜傾城嫁巨公珠樓畫閣春重重珊瑚翡翠映簾櫳

新粧麗服貯其中絶勝姮娥明月宫粉黛班行恩不同
色授親承寵沐隆綺筵方丈飫烹龍切管吹雲鳳下空
曲殘楊柳月溶溶攬衣起舞驚飛鴻留仙裙軟拂輕紅
羅襦縠潤汗沾胸釵鳳斜斜綠鬢蓬香含雞舌歡情濃
錦幄春酣夢協熊夢回曉日光融融雲雨倏然收螮蝀
伯也執殳遠臨戎致勲欲冩麟臺功未許賤妾身相從
樂極悲來歡不終一朝比翼分雌雄粧臺寳鏡玉塵蒙
疢如疾首泣飛蓬凉颸颯颯吹梧桐長夜唧唧鳴寒蛩
孤房獨宿心忡忡殘燈照影身煢煢良人豈亦遥念儂
紅顔薄命愁無竆

玉斛行　顧雲鴻

谿上老斛千歲卧骨削皮皴爪甲虓枕木梢雲截路隅

虎豹狐狸不敢過夜來寒重老斛驚鼓其鬐鬛行妖精

玉鱗飛空聲寂寞青燐墮地光縱横夷丘實谷五千里

篠簜柏栝盡披靡天日蒼黃晴宿霾星河激鮮濕浴水

老斛狂巳氣若蒸渴飲溪上崩層冰頭角挿地堅巳蟄

軀尾搖空驕未騰兒孫散步滿林薄利距銛豪金在爚

喜者虓虪相牽糾怒者猙獰相噬搏鉤盤百疊何玲瓏

其中宛轉橋梁通高僧錫杖卓雲路老君鶴髮騎春風

延津飛劍豈在此延陵贈帶無乃是琚璜瓔珞紛自縣

圭璧玦環惟所指美人月下影遲遲欲折梅花素手垂未收交甫綾雜佩誤掣天孫縹緲絲朝暾已麗愁雲平琦瑤碾薄珍珠明隨他火樹銀花爛得似氷壺玉笋清

送琴友游濟

藤谿四月艸樹幽美人抱琴來谿頭陽春忽發洞天曉山月俄傳漢苑秋樵歌牧唱滿山野驚聽騷音雜風雅使我頓深懷古懷古交寧復悠悠者孤猿哀嘯月方低肅肅秋鴻逐雉飛何來鐘響聞清夜何處笳聲落澗扉梅花歷亂飄香葉御風歸來夢蝴蝶看罷廣陵山下濤再美秋江天外棹此際低回有所思況聞西鄰寒擣衣

蒼梧塗山萬古淚不及關雎窈窕妃百變千容絃上指百緒千端絃畔耳伯牙縱使得鍾期當年可失連城子多君溪頭十日留無奈溪頭一葉舟松風石澗到時響流水高山別後愁君今携琴入東魯是處絃歌堪弔古歸向艸堂理舊綸一夜離情動江浦

雜言六首　　金定樂

古人結交心一片今人結交惟在面背憎噂嗒反掌間秋雲未易窮其變龍蟠蠖伸皆有時衆人親諫何定期素心只有煙霞侶顯晦升沉不轉移

東鄰少婦織流黃絲脆手寒愁緒長門前租吏怒催迫

織成那得爲衣裳西家富兒紈作袴蜀錦吳綾賤如布
花枝裊裊春風和沉香火煖薰輕羅卜商浪說多文學
百結縣鶉奈爾何
雙眉如蛾鬢如鴉玉臉映發羞鉛華何時織就一端綺
蔚然文彩凝朝霞中有鴛鴦七十二波紋蕩漾芙容花
十年在篋無人問還向江頭自浣紗
馬鞍東峙婁江側摟出雲根紫璚色岀巒玲瓏天琢成
移向高堂煙霧生李家平泉購未得襄陽米顛恨不值
虯鬚海客輕錢刀買石鑿山山鬼逃山前人家不愛重
遠求怪石充奇供

露井天桃如簇綺游蜂日同送渡東京風妬花花亂飛
眷戀餘香何所倚宮庭綠槐圍午陰鳴蟬當夏揚清音
西風一夕吹高樹抱葉飄零委岐路野鶴昂藏不競時
托身常在青松枝
延津龍劍沉埋久靈氣依然犯牛斗川后馮夷不敢留
道旁抛擲無人收蓮花繡澁星文黑無復當時金玉飾
市中鉛刀光照人市兒拂拭無埃塵珊瑚琅玕裝作靶
千金不惜輸高價風胡薛燭不再生宮一[illegible]二八物空悲鳴

泊蠡口月下懷

日夕纜輕舫水邨浮暝煙斯須海月來四顧皆蒼然依

徵斷岸縈疎樹傳是鴟夷放舟處館娃宮中絕代姿乘時燕婉追隨去隨去滄波變姓名白鷗黃鶴遠相迎回頭齒冷望吳越幾片莫山天際橫浮雲東馳月西駛訪古長吟向湖水仙路茫茫不可尋空攬清輝結芳芷

鸚鵡洲弔禰處士歌　錢希言

生不從屠沽兒遊一生知已孔文舉懷中刺滅無所投布衣疎巾三尺杖罵操營門一何壯欲殺竟不殺魏帝眞英雄咄哉劉將軍齷齪不能容憐才復見嫉假手鍛錫公當筵落筆題鸚鵡魍魎空江走風雨滿堂盡是雕龍才避席停盃舌俱吐吁嗟身在網與羅鼎俎相尋可

柰何艨艟舟上天搏桑漢東太守如幺麽英雄雖死氣
猶生[illegible][illegible][illegible][illegible]黃[illegible]名酒酣一歌漁陽摻千秋猶作不
平鳴我過[illegible]洲尋艸色楚煙濕江江月黑鷓鴣啼上武
昌樓夜半商人淚漬臆

霍丞相宅行 悲江陵也

丞相身當日月際擁衛幼君功不細二十年來致太平
威權已壓漢公卿公卿伏地莫敢仰叱咤風雲股掌上
諸子紛紛金馬遊里中甲第如雲浮前堂管絃後歌舞
一曲未終月已午卷簾燒燭酒淋漓北斗闌干客散遲
曉來公子醉不起花落鸎啼香夢裹當時自謂山可傾

寧知驂乘禍先萌一朝身亾煙熖歇地荒田園都籍沒
壁帶金釭翠暗消空餘別館艸蕭蕭井花斑斕甃花碧
公子歸來已無客君不見寢丘封地已千年荊人獨頌
叔敖賢

怨婦曲代內寄

秋濤噴雪錢塘岸織子帆高插天半傳郎買棹過桐廬
青來却傷奴賊居奴垛酒旗紅刺日女兒解吹銀觱篥
[illegible]花渡接芙容江當門夜吠金鈴尨烏栖高樹馬不發
[illegible]慣醉歌樓月授衣時節未歸來相思直到梅花開
[illegible]神祝郎心無準應難卜瑣窗繡戶玉盤龍

不信娼家反勝儂儂今烹却青驄馬教郎坐對鴛鴦亂

進酒歌奉壽無登從兄

棠梨落盡桐花香小槽酒色新椰黃叵羅金屈爛齊光船卄好采分鴛鴦菜傳青絲荀碧玉江魚之脂美如肪激勺停吹哀絃罷鼓流鸎不語山日欲午衆賓避席主起舞賤子爲歌鑿亂無緒君醉莫逃聽我歌且謔才不必雕龍擅譽不必靈鼉高得囊中一錢亦足以豪借問五草二酉貯滿腹何如朱提赤仄黃金刀君不見吾兄少年負才誇赤汗操觚往往稱秦漢家婢泥中常誦詩室人壁立空增歎又不見吾兄酒酣耳熱歌烏烏箕踞

海虞文苑　卷之四

傲倪旁若無平原笑癖無乃類淳于飲量未肯輸十千
那得頻沽酒擬吸南箕吞北斗日日看花似霧中一醒
一醉亾何有醒來還醉醉來眠天地日月俱泯然兒能
扶杖孫繞膝不覺優游六十年世間快意須眼前何處
眼前不快意眼前且聽春風顛昨日今朝竟誰是凄凉
舊事東流水男兒富貴旣難須慢世無不可爲耳請携
山中玉斲出芙容環贈君佩之得大還少年如花不可
攀自古何曾有常圓不缺之明月亦未有重美好之朱
顏兄爲公孫朝我學公孫穆名姬兩行齊黛綠甕頭梨
花春百斛一醉從教萬恨平看他海底桑根生

長歌送友人北上　錢謙益

顧生別我向燕市半是壯游半客子中夜置酒金昌亭坐客淒其但相視顧生酒酣忽慨慷自言少小憎紈綺墮地昂藏似宿因束髮經奇若無比讀書涉獵羞成誦搖筆飛揚能滿紙齊名二陸頗易豪減價三張浪稱美賈生太息眞少年終童矜奮徒爲爾跌宕長看千古空滅沒令人詎足齒傲骨羞從名下藏雄心偶向酒中使洊予老生總側目吳中兒子供長跪摧頹不分歲月非侵尋空覺頭顱是二十騫騰已較遲只今三十尚如此三十蹉跎可若何薊門燕市俱奔波奇數誰能分虎鼠

高名不辨變龍蛇自厭半生成落魄拚將四體付沉痾
衣冠攝體履襪懈梳篦經旬蟣蝨多一家骨肉寒暄改
一室親朋笑語差淹留病鬼慰寂莫潦倒牙儈相經過
長令骨節經傴蹇豈有文章阻嘯歌折莫西山採薇蕨
乍可東門壞拉攞顧生語罷三歎息搖風忽起北斗匿
坐中龔何慘不言陸生掩袂叟悽惻余也聞之心欲死
俯仰天地何偪側與君婉變纔經年與君傾倒自夙昔
憶我初從都下歸黑貂敝盡無顏色骯髒不禁世人殺
低迴苦爲妻孥抑垂頭仰面百不稱對君往往抽胸臆
呼酒粗澆目睫愁挑燈細解膏肓疾鬚眉數子能位置

項領兒童任翻覆悠悠不受路鬼憐咄咄爭知造化逼
我愁君病興逾狂強顔鬬入少年場把臂半成游冶子
酒壚移向狹邪旁盧家少婦牽衣坐半老徐娘貰酒嘗
厭厭夜雨呼盧醉熒熒初日畫眉長更有嬌童解歡笑
輕衫短袖相扶將枉殺閨中呼蕩子儘教陌上喚兒郎
爲歡日淺苦不足絲肉欲奮枉巳促浮沉苦樂心自知
深情豈向旁人告才名十載曾詛楚遇合今朝俱望蜀
游戲徉登傀儡場從橫眞鬬梟盧局歌舞由來多苦辛
煙花是處饒榮辱丈夫眼前耐顛倒英雄腕下難拘束
撓抑寧隨雞犬行奮飛終識神龍欲即今別離詎幾許

長歌短泣黯相屬寸心自可敵風塵血淚那堪灑奴僕
吾曹不作游子悲夫君豈爲長安粟長安世事難具陳
漢家有党奏無人相將扼腕歎當局相期策足據要津
看君彈冠碣石館遲我高歌易水濱五陵王氣鬱葱甚
感激應須蚤致身

金龍歌　何世滋

嘗聞林屋洞側唐時遣使投龍醮祭至吳越王時尤
謹歲丁酉秋日余與里中金生輩同遊洞中抵隔凡
昔人所書洞窮處金生得金鑄者若龍螭類凡八種
以一龍貽余曰願子變化似之余謝不敢當乃憶舊

志志投龍事匪誣也賦歌侈之
林屋景最勝所藏物亦奇慷慨金生負俠氣直入亭凡
取龍螭謂我魚腹龍其骨曝鰓河津豈隨汨㲉勤贈我
兆變化閃爍晶熒氣鬱勃我窺金庭入竟得金龍出龍
文銜五彩金色耍燦燦頷邊吐紫生祥雲甲上騰輝耀
白日夙聞神籙閟玄宮帝王鑄龍投此中一朝辟洞降
塵凡龍乎龍乎數何窮嗟我未是攀龍手胡爲霧物隨
我走我同龍處蹄涔問比龍鱗角尚未有龍今還向晦
處藏正似諸葛高卧于南陽龍今還與高士友邴管應
推華歆首不然神龍已失水不能登天必且困螻蟻聊

蟄我處存其身可變竹杖騎仙人須臾六合八荒俱可臻嗚呼能潛能見乃爲神

題郭文學種樹園

釋慧秀

葢津地苦多風沙卉木春深未發芽氷花簇沓土膏沍空郊盡日飛寒鴉城東有園屬誰主云是郭家工種樹參差高下皆青葱芎藭辛夷徧林隖槖駝去今凡幾世况復當時羞傴僂總然種樹兼種德難與君家共宗譜郭君胸富五車書雄文一埽雲錦舒才名遠播自不朽磊落高懷薄太虛穠桃郁李毋可羡梨棗千頭足窮燕繚垣垂柳百十株二月老梅花似霰此時婆娑向花立

此時抱甕臨郊甸考槃在陸長寤歌白眼斜看世人面卽今玉樹凌青霄交柯疊蔭春風饒含煙帶露吐華萼遙望亭亭雙鄂摽家門有此福萬倍衷情何必憐夭喬

酒狂歌

長鯨一吸百川盡酒狂百斛那足論綠缸新潑葡萄醅舉向花前煖香噴花明艸縟山之丘謳歌蝶舞春風柔看花藉艸引瓊露一飲一釂興未休胸襟磊落孰可擬玉山倒挂雙飛斝酣呼傲睨隘萬古興哀何足牽眉頭醉鄉日月任糜爛雅知中聖逾封矦披襟散髮枕糟麴笑視六合皆虛舟酒狂之狂誰與儔劉伶阮籍相綢繆

三都屬序被徵名憐才久矣思嚴武賈賦從茲識馬卿幽谷律吹春意動鮫宮泣灑夜珠贏天涯知巳逢非偶國士隆恩報豈輕共道仁風翔下邑貯看異政達　神京栢梁欲詠君須和漢柱留題繫　主情羽獵巳蒙陪扈從雄才還許薦承明

海虞文苑卷之五

邑後學張應遴選卿甫輯

五言律詩

次韻張士訓兼簡兩學諸公　張著

爲客長如此歸遲每獨憐故山巒雨外間道越江邊照鏡嗟雙鬢看囊媿一錢夜深歌慷慨霜月正高懸

和李克敏郎事

亂後虞山道羈愁奈若何風寒秋袂薄江濶野雲多淪落哀王粲安危仗伏波鳳皇天外遠聊發楚狂歌

喜晴　王珙

連宵梅雨足，雲澹午風凉。溪暖魚苗出，泥融燕子忙。陰成槐幄密，濕透筍簪長。池館延清晝，閒焚柏子香。

和韻携友登虞山凌絶頂入拂水禪院忽風雨驟至因留宿山中　吳訥

乘閒遊寶地一逕入松林古殿雲煙滿陰廊歲月深聯床聽夜雨高論恍禪心寂寂天將曙鐘聲雜梵音

寄友人

故人爲客久何日賦歸田此去無千里相違已一年晨鐘孤夢後夜雨短檠前無限相思意音書難盡傳

和韓公望遊虞山韻

秋山窮遠眺萬室起炊煙地曠連滄海城荒異昔年籃輿尋隱逸野服寄林泉媿我材無似栖遲郭下田

蚤出德勝關此關盡日利風行者甚苦是日風息　程宗

五更寒雨歇仗節出關坡海口雲飛濕山巔雪積多樹高撑碧落路昃俯蒼波天遣風旋息開懷且一歌

九月晦日感懷　章表

長嘯拂吳鈎南圖惜壯遊乾坤同逆旅風雨忽窮秋牢落莊周劍飄飖范蠡舟行藏吾敢必天意信悠悠

至日寓湖山書館　徐恪

至日無塵事翛然數卷書青山風寒掃榻林葉夜供厨卧病淹鄉國趨朝憶殿廬惟應金谷老笑我世情疎

郊居即事四首　陳符

感世慚無補爲農分自安杖藜從物外耒耜老江干野飯雕胡米春蔬苜蓿盤悠悠百年内強健可加餐

散策來溪滸觀雲坐艸亭竹搖風隕籜魚戲水流萍藥餌扶衰質詩篇引性靈晩晴窮望眼煙外遠山青

求全不可見蓬戶晝慵開綠竹時教洗清風還自來枯槎維釣艇盤石當琴臺真趣無人識陶然酒一盃

野外交遊寡閒亭艸自青曬書翻蠹簡收藥按圖經梅

雨兼旬過松風盡日聽塵襟一蹴豁聊得遣沉冥

西溪書舍

溪深塵事少竹淨艸堂幽遯迹追陶令儲書富鄴矦榻虛緗帙捲簾靜篆煙浮自得沉潛趣何須汗漫遊

聞鸎

旭日上高林嬌鸎美好音含情啼樹杪流韻入花深莫續春閨夢偏傷遠客心卷簾聽不厭爲爾動淸唫

答周行之郊居

煙霏開曙色鳴扈在墻桑樹藝聊成趣園池喜向陽筍生林補翠蘭吐澗生香何幸逢熈洽山林日正長

泊新村 桑琳

倚棹臨荒渚孤村識舊名樹高籠月色寺近遞鐘聲客淚愁邊落鄉書枕上成鄰船喜相喚夜半候潮生

山莊次唐人韻 桑瑾

茆屋依山住山深客到稀漁舟煙際泊餉婦隴頭歸梅雨晴還落溪雲濕不飛麥秋天氣近向晚又添衣

宿中峰寺 楊舫

看山有餘興策杖入中峰遶屋聽鳴澗巡簷見怪松盃深明月墮詩就碧紗籠塵跡向已絶空吟壁下蛩

香山次韻 李傑

春光餘幾日乘興此登山樓閣空青外壺觴積翠間地偏人跡少花落鳥聲閒便合依蓮社明朝未擬還

送商楙衡因過月河寺

餞行過古寺秋意已蕭然寂歷亭臺雨凄迷艸樹煙倚樓窮遠眺涉徑搜幽妍不盡登臨興歸驂野水邊

和桑廷贊留別韻

十載稱知已雞壇夙有盟別離遊子恨繾綣故人情旅寓悲王粲途窮歎阮生可堪相送處殘雪擁孤城

璽上人山房夜坐　王問

行傍新松碧寒思舊竹青年華隨逝水故舊閲流星風

晩霜鳴葉沙晴鶴晒翎登樓望秋色一雁度蒼冥

杪秋寄友人用劉夢得韻　王授

拒霜開欲盡艸閣已深秋物色時俱化年華水共流庭蛩寒入戶塞雁晩横樓知已何寥落清燈感舊遊

僧房夜雨

曉寒春袂薄夜雨過山家翠合一庭艸紅銷半樹花嬌鶯遷木蚤輕燕入簾斜稚子閒挑筍詩僧正煑茶

初寒自述示元肅

西風吹細雨短榻怯青綾多病如衰老清閒似懶僧竈畱燒藥火窗廢讀書燈江上芙蓉發看花策瘦藤

秋夜閒坐　桑悅

月滿天如水秋光落手中樹明千葉露鬢冷萬絲風習靜聞流水清吟荅候蟲來朝有行役江上采芙容

書無礙居士村庄

勝景不堪摹天工幻此圖江空寒月瘦海濶濕雲孤倦馬慵求服幽禽愛集枯眼前俱可樂強健又如何

對月

離鄉知漸遠明月巧隨舟露滴嫦娥淚雲披客子愁乾坤吾用拙今古大江流起抱清光卧孤身奈九秋

金山寺　桑翹

南北閙來往江空寺有年日高孤鳥過雲澹老龍眠古渡秋山色長堤野樹煙潮聲知客意帶月送歸船

在武昌作　徐禎卿

洞庭葉未下瀟湘秋欲生高齋今夜雨獨臥武昌城重以桑梓念淒其江漢情不知天外雁何事樂南征

秋日過故尚書吳公池館

平泉舊時里秋日水亭開苑樹澗陰合魚梁山照來野人臨逸釣公子進新醅興盡何須謝垂鞭醉即回

送范靜之遷威州

吾憐范巨卿悃愊不邀名作吏竹林下清風訟獄平與

君同得皐獨竄夜郎城萬里巴江水相思猿狖鳴

送友人還吳

陽月隨陽雁遥從塞上來北人江北望不見隴頭梅坐下楊朱淚吟爲莊舄哀聊傳數行札千里送君回

中秋夜不見月兼邀儲太僕不至

今夜中秋月雲端空復情人間同寂寞天外獨分明桂子飄何處邊鴻度有聲他鄉對家醞愁絶爲誰傾

月

落日桃源口迢迢望楚邦煙霏靜夜色棹響繞空江看月生西浦穿雲度北窗高栖有羈羽照影不成雙

雨興

日夕茲樓望青山復舊林溪雲戸外合鄰竹雨中深晏坐生幽興時禽貽好音從來蕭故意不是爲登臨

過梨雲精舍

遠師耽晏寂趺坐石床深留客開香積譚玄就竹林煙篠結暝翠雲磬下空音淨現青蓮色懸知出世心

送許補之還丹徒

憐君揮手去匹馬向南天旅病青山外鄉心落日懸燕關變積雪淮樹動新煙驛路重雲裏相思易隔年

酬邊太常於燕山見憶之作

故人惠思我百里寄瑤音獨在山中宿松齋清道心霜鐘流夜壑曲澗入幽琴寂莫悲千古橋陵梓橡深

彭蠡

浤浤彭蠡口隱隱鄱陽岑地涌三辰動江連九派深揚舲武昌客發興豫章吟不見垂綸叟煙波空我心

簡致之表弟　錢詔

會少苦離別愁多白髮新難將不如意說向个中人蛙鬧池塘月山連井邑春對時成惡悅信筆寄相親

中秋感懷

燭影垂紅跋秋轂滴翠屏清宵萬感集白髮一時生老

驥號窮櫪飢烏宿故城胸中多磈礧澆酒未能平

惜髮

櫛髮終朝落逢花強自簪歲華頻換曆心事幾知音酒與黃公肆悲歌梁父唫夢中評骨法甘自老山林

石梅　狄雲漢

古院疎梅映傳家幸爾存秖因花綻玉竟以石爲根照雪寒無影侵苔綠有痕幽香醒蝶夢蚤是月黃昏

宿拂水庵　丁奉

人生百年内幾夜在山巔身世層雲上床幃北斗邊梵餘窗暝月鐘際雨鳴泉下界多塵累何妨再夕眠

除夜抵常德　陳察

滄港及除夕白沙逢晚晴沿村通擊鼓遠客獨兼程不慣屠蘇飲曾爲物候驚平生諸故舊此夕有南城南城同知吳寅號也徐云好風致

贈廣文　盛賫汝

秋月發新彩河梁送子行文章多士重琴劍一帆輕紫綬非吾願黃花有夙盟相羊天地老道在不須名

得友人書

礴客臨佳節仙郎來好音數行霞片片一桅畫沉沉萱入金閶夢尊期玉樹陰相逢多道契短褐試披襟

海虞文苑　卷之五

友人移酒來雲閣用壁間韻　吴寅

萬竿蒼玉潤一抹黛眉横望遠襟懷闊風高笑語清酒嚴時令急花密午陰生最好留情處紫簫鸞鳳聲

寓戈墅庵和金夢蘭寄韻

雪收旛旆捲雨足桔槔停鷗點蘆邊白魚飜藻底青龍童虛後乘井座耀前星謹貯華蟲筆書年紀四溟

遊興福寺　楊儀

爲愛禪林好時來坐夕曛幽禽喧敗屋古木墮寒雲細讀道逢論清譚怪石文步兵長嘯罷鼓吹半山聞

送别　周詩

漢室誰謀國憂時獨賈生長安今夜月照見幾人行精予歸飛翼將予遠別情江南秋萬里松筆有餘馨

茀堂

自愛茀堂靜安居覺晝長壁琴風作調堦蘚雨生香字怯兒童問門嫌艸樹荒殷勤有鄰叟把酒話農桑

界涇庵聽雲川和尚彈琴　陸鳳翔

古院藤蘿合琴聲午欲殘身疑塵世外心爲羽商寬鳥語春風滑松濤夜雨寒歸來湖上月相憶路漫漫

寄石屋錢山人

病落天涯遠愁兼歲月侵虞山片雨外繡嶺白雲深阮

籍仍耽酒方干應好吟春來飯顆下花發一披襟

謁岳鄂王墓　周詩

將軍埋骨處過客式英風北伐生前烈南枝歿後忠山河戎馬異涕淚古今同凄斷封丘艸蒼蒼落照中

寶嵓灣昔從先君春谷翁同趙絃川採黃楝於此四十餘年矣茲同小川再過其寺已爲邑民所據覽今懷昔不覺有人琴之感遂紀諸短篇

桂席沉清溪嵓中訪遁棲雲龕新眺改蘿徑舊遊迷廢寺無僧空荒林有鳥啼傷心懷往事落日重含悽

孫二川携酒遊破山寺

重攀谷口路竹樹入蒼茫貝葉開山久峰陰落磵長塵
消玄梵境心遠白雲房潭影千年後因題遂不忘

九日登虞山大石望吳中諸山有懷華陽

茱萸逢令節攀折澷為驩風景登高盡離憂對酒寬林
虛殘照入峯遠斷雲攢吳甸蒼茫裏懷人百里看

小川携酒丹井同華陽中泉宴集

雲關隱空翠探逕到亭扉井憶仙成後丹憐化鴿飛竹
深幽興遠坐久夕陽微獨羨梁園客躭吟醉裏歸

維摩寺同華陽中泉寓目

白雲藏古寺鐘磬出東林殿覆千年樹臺封百尺陰一

燈懸慧照片月見禪心願受維摩戒空山理梵音

郊居雜咏四首　　　　章杲

地偏輪鞅寂花木蔽深溪淨業惟攤卷生涯只灌畦雨花飜澗濕雲葉趂簷低載酒時相過幽人在崦西

雲移山頂露雨過沼痕平寺靜鸎留客春寒鶴伴僧藥闌晴引澗吟榻夜餘燈百事吾都拙操觚幸獨能

松京閒鶴扇石淨啟經函投隱從黃髮娛生信白鏹辟蘿雲自結櫚葉雨頻芟林壑風流在相看覺未慚

落日上方遊還應到上頭鳥喧樵侶散鶴病野僧愁有酒逢人醉何才應世求相思洞庭左日夕望三洲

閨怨　　邵圭潔

終宵頻有夢，十載〔已〕無家。刀尺驚新絮，釵鈿落舊花。凄風愁角枕，暗雨慘胡笳。誰代防秋戍，佳期已及瓜。

夜坐

夜坐依殘卷，春陰擁敝裘。爐紅仍骨冷，酒緑自心愁。歲月囊中劍，行藏海上樓。梅花開旋落，催白少年頭。

秋日破山寺

古寺秋林裏，閒來一醉歌。舊時花木處，今日艸萊多。澗破龍何在，橋横虎自過。山光與潭影，岑寂對頭陀。

雨中聞雁　　嚴訥

冀北隨陽雁朝來帶雨鳴霧深難辨影風度忽傳聲嘹嚦空餘唳微茫眇去程不須傳足帛漢已返蘇卿

荅華亭馮咸甫　集中失載

傾蓋怜同調言深把袂前白雲來酒上秋色動江干老態嗟予拙時名向爾看投來彈鋏句真不媿馮驩

送山城王君判沅州　集中失載　　瞿景淳

潦倒文園客蕭條萬里行馳驅看佩劍長嘯拂長纓意逐蒼梧遠情同湘水清勞予頻悵望相對月華明

遊興福寺歸途即事　　錢籍

古寺登臨罷肩輿下翠微山僧携鉢上樵子負薪歸暝

雀喧凋葉寒鴉度夕暉獨憐遊客與猶逐野雲飛

用朱二峰登茅山韻

攀蘿度側崖烏帽任欹斜白鳥銜香霧青松映落花危峯天設險斷峽月流華不盡登臨興清風送晚霞

晚至牛首

百度思牛首今番入眼中落霞輝寶刹寒月映晴峰佛界慈雲繞僧房法雨紅一時窮眺賞千古盪心胸

過桐廬作

落日桐廬望雲林相鬱紆依山開殿閣臨水結樓居釣石行舟外煙江捲暢餘賫征非所惜嘗續古人書

宿西關

西關新設險野客乍迴車百堵齊興後三江坐鎮餘湖聯疑跨海山擁類環滁莫[redacted]生民計勤勞視役書

秋夜顧病中瘦影有感　錢籌

獨覩枯禪影空齋得慨深寒燈今夜雨時事幾年心落木驚哀雁高風怯遠砧相親有明月入室伴愁吟

登劍門　桑介

着屐凌高磴移尊坐嶺巔山深遠藏寺崖豁倒飛泉明月樹頭出老僧雲外還何人來試劍古蹟尚依然

送徐山人入楚　蘇子來

故人行萬里相送忽驚秋別恨離亭晚開尊故國[illegible][illegible]影
隨吳月去夢逐楚雲遊回首情無極那堪淚欲流

三水蚕行

自出橫查道三河一渺然山峰凝宿靄溪樹鎖朝煙吟
稿添新句行裝秖舊編俄看紅日上秋水起飛鳶

卜築　施雨

幽人厭喧雜卜築傍林塘桂影含秋月波光映艸堂披
襟對蒼岫洗耳聽滄浪閒來北窗臥端足傲羲皇

泰寧察院次壁間韻　時中

皇華催短景行李入新年北斗瞻天遠南閩覺地偏艸

封山路合松結石根堅黽勉從王事何人笑獨賢

聽琴　陳瓚

深夜獨幽尋喦扉落葉深許携陶令酒來聽頴師琹人醉月沉閣烏啼風滿林應流西澗水千載寫餘音

贈太行上人從達觀禪師遊蛾眉

負笈過神州誰同汗漫遊琴臺青艸合劍閣白雲幽覺路初無去名山盡可休一燈何處覓雙錫萬峰頭

雨後桃源澗觀泉次韻

虹歛空山雨龍縈曲澗吟響隨風樹遠氣接海濤深片煙霞地百年泉石心空林歸客散幽徑落寒砧

秋日避寇望鄉　　錢順時

出郭含雲尋涼風萬里長雁悲邊塞月人枕戍樓霜南海波難靜東籬菊自黄故園凝盼處離索倍堪傷

宿廻龍寺山閣山與浮丘相去僅半舍蓬徙凌邃無緣一訪仙跡爲之悵然　　朱召

廻龍嵒背閣前寨亦山名舊屯兵處石如林孤鶩霞邊影疎鐘壑外音尋詩慚與淺聽雨入叟深頗學浮丘伯消除塵俗心

登興福寺浮圖　　沈晃

象林栖海甸高塔接人天鈴語開羣寂珠光屭一玄身

高近白日足冷躡蒼煙未得招鸞鶴泠然與巳仙

老子祠

古殿開峰頂涵虚勢欲浮松杉連上界鸞鶴引仙遊迹
逸身無礙機玄道可求霧山多紫氣彷彿見青牛

遊上方山

煙雲迴眺覽樓閣澹相分山翠沾人面湖光洗寺門境
幽清梵寂心妙遠香聞偃僊求栖托還同靜者論

辛亥歲重遊文村東園二首

伊落池亭舊秦淮客鬢新難忘種樹日莫數看花人卧
石仍𤰞坐懸蘿幾換春山鷴識巾屨不忌往來頻

醉客猶山簡名園並辟疆異花來未識珍果舊俱嘗對水生幽意看花發故狂還教讀書榻移近竹枝香

胥門夜泊

淸江胥口岸兵後客舟稀古戍無煙火寒城閉夕暉丹楓臨櫂落白雁背人飛鄉信何由得孤眠聞擣衣

己酉歲九日

他鄉遇佳節寂莫對秋風白髮紛無數黃花冷一叢繫舟江浦北來雁洞庭東回首柴桑樹蕭條霜露中

春日燕郊二首　沈應魁

湯沽燕市酒來探禁城春御柳籠煙細宮花帶雨新珠

九擢勁翼羅襪動香塵客有長門賦黃金直幾鈞

春風長樂裏紅葉御溝西日近青樓莫雲依粉堞低鞦韆花外度蹴踘栟邊迷猶羨嚶鳴鳥林枝借永栖

重登歌風臺

旅人歌莫哀且酌漢王臺猛氣千秋盡雄風四海來斷碧青艸合荒雉白雲廻已是忘機客休令鷗鳥猜

七夕

瑤河霧易隔銀殿會恒稀乍睇雲裳合俄驚鳳輦歸暫歡依墜皃輕散逐浮暉還將昨宵淚重上舊時機

奉和張洪陽先生閒雲館詩六首　趙用賢

獨好林中隱閒雲孤館多道心澄索莫生事淸蹉跎檻外匡山合城邊章水過一丘雄自擅塵世幾勞歌

非關學宦薄秖是惜時窮湖海歸人老煙波隔夢中看心孤月滿對影萬緣空羸得柴門下蕭然太古風

先生高臥處五畝是幽居日夕西山氣何如拄笏時白沙留野竹靑靄斷寒漪風景前林好無妨倒接籬

迢遞衡門下白雲當戶行人皆憐鷺序吾自宿鷗盟曉月淸江渚浮雲遲苑城一龕相對處天竺古先生

朝市厭喧喧紅塵隔故園羣星低艸墅疎雨曠江村不媿東山臥常傾北海尊寸心持未斷秖是報君恩

最憐幽竹徑常得閉禪關流水意無盡白雲心自閒飯
餘容就榻卧起復看山澹泊眞吾事清風詎可攀

送寬上人游方

傳經雙樹下一錫老空林以我初禪意依公獨覺心坐
聞清梵發行向白雲深想到千峰裏煙霞不可尋

林居

自得端居趣深林獨掩扉片雲驕樹色一雨澹湖暉寂
寞玄知是文章老覺非唯應狎鷗鳥與我對忘機

雲陽寺逢徐萬吉

下馬相逢處雲陽鐘暝時經年常作客嗜酒易工詩嶺

月澄潭影山風吹桂枝憑君話羈旅鄉思轉淒其

金山寺

相將下翠微乘興款禪扉巢燕窺人語嵒花點客衣梵音聞處處境想入非非予亦甘栖隱何年白社歸

宿禪房

一榻下禪林偏怡靜者心高齋今夜月獨卧碧雲岑澗水侵堦合松霾入戶陰人天栖晏寂吾欲遂抽簪

陽臺宮作是司馬子微成道處

天隱巢居處連峯入輿區白雲辭帝闕青鳥會仙都月冷猿聲斷松虛鶴影孤此中消燕坐何必問蓬壺

春日遊北山　　孫七政

谷口結幽侶悠然愜遠襟花隨碧澗去山共白雲深緑坊
鳳思名岳麋鹿愛長林何事桃源路千秋叟未尋

戊午莫春積雨同化之唐大謝大錢四沆舟遊吾
谷

過雨綠如剪桃源正好尋山光艸際碧春色渡頭深共
逐飛花去相將濁酒斟寒流亦清淺何自隔塵心

送沈嘉則還越　有序

伏枕間忽枉嘉則留別之作有云貧賤未爲苦骯髒
多不平感君知已荷君情深遂和來韻以旌別後相

思之無已云

海客挂帆去曉猿猶自驚滄洲一片月此夕爲君明物外已懸解人間任不平心知别鵠操絃絶獨凄清

至夜夢神仙授藥至日有喜

陽和布漢日寒谷變鄒年煉藥方初秘臨風意欲仙鳥鳴俱是律雲起盡非煙寄語知音者王孫碧海邊

孫將軍招飲大石山房

海畔春陰結山家莫靄凝步兵畱醉處長嘯有孫登汲石分仙澗然爐借佛燈時平多勝事乘興即携朋

沈尚湖

莫雨清溪上寒江橫數峰孤舟泝煙水幾處落芙容但
覺滄浪遠都忘綠酒濃漁郎休問姓全是海鷗蹤

同梓堂鄧虛嵒周方溪陳三先生于東塔禪院觀
休公十六羅漢像　改定少時作

果證三千外圖傳五代前幻塵週歷劫清靜獨諸天定
久彫琪樹心空現碧蓮何殊虎頭筆開室滿雲煙

晦日同皇甫司勳遊拂水禪院

放達得眞賞風流多逸才春邀仙子佩夜向法王臺雲
磬盃前落曇花曲畔開但教玄度在明月不須來

雨中探桃花澗

二月飛花急相將谷口尋仙源雲外杳春色雨中深碧海疑煙駕青山甚陸沉何年芳艸路不負向平心

三月三日雨後登大石别莫廷韓得雲字

結客中林伴尋芳曲水濆衆山畱莫雨孤壁斷春雲藉艸飛英遍探泉小洞分不堪王逸少今日惜離羣

春日遊破山遇雨

春遊不覺遠幽勝轉無涯雨送一峰磬雲埋半壑花晴芳逕更識空翠濕還賒歸處渾迷徑翻疑洞口家

渡江　孫樓

鼓枻沿江滸羣山帶郭斜遥看廣陵樹亂憶故園花帆

影聯前浦鉦聲隔遠沙金波浴明月人世有乘槎

辭家

仗劍頻揮涕高堂念白頭如何遠遊子此日隔南州客夢燈前雨鄉心江上舟家人折楊柳愁説是凉秋

讀謝疊山傳和韻

海上龍舟覆妖氛塞九州逋臣心欲折故國淚難收此日空成恨當年誰運籌先生凛孤節江水共長流

寓館兩辱洛南陳翁寵顧奉謝

幽居頻枉駕公退不鳴騶東閣延賓相中朝結襪侯鵾鵬應附托蘿蔦易綢繆感遇從今日門墻憶舊遊

贈徐盤谷

九曲藏春塢吳關廿里遐桑麻堪避世雞犬自宜家市上韓康藥園中董奉花長安身大隱十載夢煙霞

寄題孫京兆龍川公凝翠亭

蔣徑開南國喧囂寂不聞綺疏搖翠影棐几襲清芬似聽瀟湘雨應移渭水雲悠然兼吏隱解帶日娛文

湖上與莫雲卿舟宴得青字

淑景移文侶蘭橈午暫停帆前雙鳥白鏡裏數峰青繁吹歌聲合雲深野色冥年來謝盃酒那可獨為醒

與陸蕙田夜坐

一尊雙白髮相對各依然把袂欣今夕披襟憶往年灼
新譚舊雨刻漏課新篇歸棹休嗟晚堅冰正滿川

曉鐘

報曙一何促疎櫺逗小明隨風聲忽墮帶月韻俱清急
景催難駐殘更夢未成愁心竟茲夕不奈候蟲鳴

憶尚湖

邨憶西湖上澄波宛鏡中短橈蘆荻月長嘯芰荷風浮
翠三千頃來青十二峰如何辭勝賞三載跡飄蓬

循劍門登拂水　孫柚

携策重嵒去冥搜歷翠微石門虛籟合晴壑澹煙飛紺

殿明秋色丹崖媚客衣叜尋禪寂處松下扣柴扉

大石澗

窈窕空山路言從勝侶過寒喦飛瀑滿秋澗積陰多落日低平楚輕雲映遠波悠然玄賞意清嘯寄煙蘿

遊頂山寺

廢寺斜陽裏孤僧落木間偃然成笑晤相對隔林山門接莫雲淨橋橫秋水閒向非投別約何事抱琴還

宿破山寺

清晨結幽侶窈窕入空林嘉木籠煙暝寒流度壑深鳥依脩竹下雲卧落花陰寂寂棲禪意松窗片月臨

田居咏懷

蚕知生是幻因與靜爲鄰鶴性難諧俗鷗心不累貧坐深林際月耕罷隴頭雲試看營營者徒令繫此身

春夜藤溪玩月

花逕春來好閒情晚更深脩然物外賞薄莫坐長林竹際河流没松稍月暈侵只愁花上霧不散作春陰

月下即事　陳五常

尋樹撑明月晴霞駕彩橋風高林氣爽花睡露華饒恍惚山崕曉凄清玉宇遥良宵情不極子晉欲相招

哭蒼野王公雲江錢公陣殁

矯矯鳳皇羣揚兵江海濤紆謀期共濟擕手許同心決戰雙星殞全軀萬恨深書生抱私痛倚几獨哀吟

輓塾師王夢麟　張繼詩

避世墻東客河汾講席存青氈爭下榻素帷遽招魂伯道天難問千之教自尊誰憐五經笥寂莫古松根

筠塘雅集　時壯行

地近山偏好人無俗是仙長教松竹伴莫使薜蘿牽翠色流虛閣寒光落酒筵高懷空慕遠何處覓彭籛

金沙寺　姚煦

泉濚脩竹遠寺倚畫溪開一徑扳幽去千峰擁翠來藤

花礀影落蘿壁鳥聲迴禪榻忘言處臨風啜茗盃

張公洞

仙從黃石去洞自赤烏開福地封丹竈壺天秘玉臺冥搜仍列炬玄覽更持盃爲問青騾迹人間幾刧灰

春日大雪湯興　錢繼科

澤國春如臘山山雪亂飛幽人耽晝卧白日掩荊扉寒入琴床冷天空樹色微梁園慙未賦城上莫烏歸

春日與仲思德載汝瞻宴集丹井亭

蕺竹逢丹井孤亭結翠微偶來歌棣鄂相與典春衣對景傷流序持盃戀落暉謝遊眞勝賞沉醉不言歸

爲杭僧題卷　錢審言

攜梧逢上士仙迹武林來帶月辭三竺携雲向五臺坐依嵒畔艸落盡嶺頭梅借問松枝去西行幾歲回

春日雨中登大石山房拜外王大父西川公

雨裏青山色依然自昔時年年生碧艸樹樹長瑤枝人老迷荒徑恩深戀舊祠還憐漱石處蒼翠護題詩

山齋坐雨對瓶梅喜薛雲卿過小酌

落落乾坤內高齋寄此身流光細雨濕清興折梅新忽枉隱淪駕因共羅浮春會晤苟如此升沉何足論

訪髯道人不遇題竹　蔡儒

高坐遊何處虛堂一磬縣雲寒丹竈火風細篆爐煙欲
去花遲客畱題竹當箋師蹤不可問應入小壺天

綠陰晚坐帶月步扣念西禪室　張祖科

爲愛清和景携尊綠樹間清言忘永日幽意共雲閒微
靄滋空翠飛嵐落遠山塵心坐來淨乘月扣禪關

遊賞　徐培

地澗重林迥溪廻別墅賒畫橋停客騎高榭隱人家屬
玉行春水鵁鶄坐晚花芳時堪物賞取醉卽生涯

夕望有感

江上殘陽暗原頭遠燒明風煙淒莫色艸樹雜秋聲偶

石無來雁遼陽未息兵傷身孤劍在垂老氣難平

客懷

客舍蕭騷裏臨風攬敝裘囊空消氣色歲晚念交游白露蒹葭夕青山桂樹秋欲隨鸞鶴侶長嘯問滄洲

寫懷

老去還行路貧來每别家入春知物候羈旅惜年華城柳愁邊色江梅夢裏花青山如問隱處處有煙霞

走馬燈　　薛志學

誰手生烽火長驅不夜城銜枚疑有伏捲甲去無聲莫訝沙場遠須憑圻帳明紛紛戰殊苦疇與勒功名

送邵麟武北上赴部　浦大治

憐君天下士，投分識于將。慷慨持神鍔，翺翔入帝鄉。攀轅看意氣，托酒訊行藏。馬首雲千里，何如別思長。

秋日還家山集顧漢卿清閟閣

佳樹幽棲處，秋風滿谷凉。晤言臻窈窕，吟嘯寄清狂。斐席瑶華映，芳尊歌吹將。飄零藉君在，客思坐相忘。

河間道中　瞿汝稷

郭落將何適，行行東北馳。青雲逢對酒，白髮幸躭詩。霰雪欺征騎，禽魚失故知。蒼茫天地莫，若木繫余思。

幕府寺達磨洞

丹壑一谿通桃花萬樹紅化城迷去處游筞盡穹窿洞口星辰上江流枕席中蒼茫天地莫折葦竟誰同

嘉善寺石谷峭石四立中虛若小舫

白雲看自好況復碧山隈偶逐仙衣往因過野寺來側身蒼石卧容膝翠屏廻何幸當幽勝光風轉綠醅

燕子磯

孤嶼江天莫清輝望不窮影涵河漢盡瀾湧月華東積石疑驅海危亭欲御空何須緱嶺鶴宴坐歷鴻濛

觀音閣

珠林入望幽秀聳碧江頭峭壁逢侵漢飛軒半枕流翠

濤三峽遠赤縣一杯浮若士今何許吾將汗漫游

三台洞自觀音閣循江而左至佛寧門奇峰秀壁變幻不窮洞直其勝之一耳

山氣擁江干春風汜曉湍峰奇雲競變洞杳日常寒曲澈隨鷗度長林伴鹿看到來無不愜每溲叟盤桓

雨中有懷無辱

寒雨迷津樹懷人倍黯然宿尋何嶺寺行泊若溪船別夢貪相逐勞歌悵莫傳江山應歷處無地不心懸

雨中過藤谿訪禹錫　徐漢穉

春雨暗江濆空林路不分悠然懷勝處無惜遠尋君門

鎖寒潭竹窗含綠樹雲顔言從辟世長此謝塵氛

寄邵麟武司理

一葉漢陽下荊門俱素秋美人今夜月淸嘯武昌樓思入郢南調情懸芳杜洲不知滄波吏曾爲想輕鷗

過三元堂

探幽到眞境寥泬聽風泉疎竹帶春雪澄潭寒莫煙一堂雲嶺合千樹石門連恍惚聞鸞吹逢逢遲羽仙

夜集錢侍御山亭

甲第何蕭爽雰源更鬱盤綵雲留欲住仙客許同歡莫竹藏山翠秋光帶月寒淸罇娛未足猶戀露華團

題獲庠尊經閣　陳禹謨

高閣臨横舍，行山似列屏。虛窗堪眺遠，重席好譚經。簷鐸乘風度，庭槐得雨青。光芒遥矚處，應是燦文星。

元日逢春二首

東國來東客，春朝值歲朝。菜盤隨柏葉，彩勝暎星軺。地燠寒逾減，時更景自韶。計程鄉思切，展覺路迢迢。

流光客裏度，元旦倏茲辰。臘隨來處盡，年逐去程新。州木皆生意，乾坤一旅人。莫愁行役苦，有脚是陽春。

梁溪返棹憇虎丘東塔院

回橈入海湧，梅雨正霪霪。嶺寂傳清梵，樓高俯碧岑。攤

書銷壯志攬鏡失雄心老衲時瞻對庭前柏子森

中峰

爲尋幽勝處渺在數峰間竹密迷來徑嵒高眺遠山飛觴遊客少卓錫老僧閒坐說無生話白雲任往還

夏日安小范叔姪邀遊南林西林　嚴瀓

久雨正愁濕乍晴還苦喧下君徐孺榻入我辟彊園適意任爲樂忘機無片言山頭饒紫氣我道豈斯存

又

村幽絕塵事野曠叟西林殘日雲霞氣涼風蘿薜陰悠然中散地遠矣伯牙琴汎汎月明棹滄浪正爾深

薄莫遊靈隱寺　繆玄

言過靈隱寺移屣夕陽殘石竇泉聲咽松梢月色寒奇峰迷宿靄清磬度危闌坐久塵心淨應從世外看

阻雪黃州道中　繆希雍

歲晚猶爲客黃州雪裏過遠看銀嶺出仰視玉星羅野店聞雞蚤寒窗見月多此時盃酒盡鄉思欲如何

送蒙城李射聲

中原推猛士少小入軍門俠烈堪同死肝腸可報恩自言當一隊準擬破千屯引領平驕虜方知不素餐

過子陵祠

昔賢垂釣處餘靄暗江津高蹈遺明主清風起故人客星千載耀山色四時春一自狂奴去于今少逸民

井月樓夜飲　邵鏊

興欲乘高發狂知任俗嘲山雲南冉冉野水北勞勞伴雨分春菊思琴隔夜焦醉來還一笑萬里舊時橋

庚辰初下第作呈同年諸友

南國秋風裏與君佳氣同三年半行役一日足相逢獻策身猶在匡時意不窮功名誰浪取吾輩豈吳蒙

石湖同王玄靜夜時有卜居之感

江湖來滿地風月坐中天山引連村樹橋分隔浦船泠

冷霑玉露渺渺動蒼煙萬事鷦鷯拙停盃一撫然

夜宿國清寺　錢達道

冐雨來蕭境虛樓倚泬漻蘚青封寺額雲白護山腰刹
影當窗見松香合殿飄塵緣頓消却何待遠公招

隴頭水

征夫隴阪望邊見塞垣深忽動思鄉淚難爲流水音凄
清羌笛外幽咽漢關陰未必閨中去空將一片心

出塞

長驌胡沙淨沾衣爲李陵選材分楛矢開獵下鞲鷹槩
虜屯玄兎無荒過白登坐令邊貢入不犒左賢繒

登達觀亭　徐待聘

危峰盤曲磴雲際聳孤亭海浸遥天白山連遠樹青大
觀空色界長嘯破滄溟鳥下煙蘿息斜陽在石屏

田家

溪山堪隱處茅屋野人家春雨芸薹菜秋風槿樹花小
橋通別墅幽徑接平沙將有西疇事呼兒往萟麻

秋海棠

金氣時方肅瑶堦花自妍杖垂嬌欲語葉暗影相憐舞
態宜疎雨香魂怯斷煙太眞初睡足依倚曲闌前

藤谿　嚴澍

海虞文苑　卷之五

結宇在幽谷環流數畝寬悠悠艸堂上日夕面蒼巒三
徑梅花遠一谿藤竹寒噞欸作長嘯林壑徧聞鸞

中峰

萬壑幽蹊遠千松野寺深梅花開寶相池水見禪心夕
梵林中靜天寒海外陰頽從清靜侶期灑法王霖

折楊柳　嚴濟

嫋嫋綠楊枝千條拂地垂樓前一攀折萬里寄相思秖
怨經時別空憎薄命悲何當逐風絮飛度到金微

游俠

冀北常排難關中每借名博徒交劇孟劍術笑荊卿送

莽千車集論心一國生役民過郡守萬里可横行

山居雨集

衆壑泉聲集空山暑氣微澹雲塗粉堞細雨點荊扉醉後依林竹秋先到薜衣滄浪歌未盡遠樹莫禽歸

答鄒彥吉

何意青雲士能貽白雪詞清光照寂莫高義感支離月引梁溪夢秋深海甸思本非千里隔愁絶曠佳期

苦寒

悲風鳴四野氷岸迥嵯峨曉日多黃霧寒江失綠波漁人愁罷釣織女苦停梭南國猶如此窮邊可奈何

遊善權寺尋無着上人不遇

世外龍宮遠香臺嵌碧岑雷書題柱古龍穴護雲深苔老千年碣花殘雙樹林高僧不可見仙梵度空音

蚤春歷翠微間探梅

出郭情逾適看山興自偏塞松縣莫雨空澗注飛泉海色粘天白雲光抱石鮮南枝花恰放殊得酒人憐

種竹

偶爾移新竹嬋娟媚短墻浮雲殊有托好鳥便相望色借琴書潤聲吹枕席凉愛憐疏雨夕彷彿在瀟湘

吳[illegible]偕過虞山適卧病不及招邀扁舟忽往投詩

相贈訂再來之約賦此荅言

卧病戶常扃聞登望海亭落花期掃徑春水忽揚舲郢客勞歌雪甯家未聚星重來秋色好醉殺北山青

雪霽道時兄招遊不赴

雪色開初霽清光入榻明雲棲春樹冷氷破綠波生汗漫遊仙興妻其卧病情遥知歡賞處歌妓撥銀箏

春日自藤谿登拂水嵓　顧雲鴻

一杖入蘐簹春泉處處生嵓侵湖墅近崖豁海門平雲徑分樵出風林帶鳥傾盤迴千嶂盡下界一雞鳴

遊山三首

海虞文苑　卷之五

蚤得滄洲趣今償岐路辛風塵清後夢天地乞閒身白水能徵約青山欲傷人此中堪自主吾亦愛吾眞

柴門一以杜勝事日相因移竹聽初雨披花出故人石衣行地古野鳥隔墻新忽笑朝來夢風塵易水濱

十畝藤蘿合香風絡四鄰石林晴閣霧花徑晚撞津坐月陰森夜聽響寂歷春由來霧勝地有與護樵新

遊三橋　　金秉忠

匹馬春風裏三橋夕照時石幢欹野寺古木匝平池流水去何盡閒雲歸未期行山堪倚杖暝色亦相宜

夜宿崇興寺蚤發太行北頂

尋著入禪寺觀空息萬緣鳥栖雙樹暝僧定一燈縣境
寂塵喧外心閒慧照前明晨躍去馬山色滿行鞭

題尊經閣次錫玄陳先生韻

閣靜鳴風鐸巒迴列霧屏瑶函緘秘籙緗筆著玄經座
攬山腰翠窗搖木末青夜看奎壁度應已聚文星

選卿第卜築新居婁江王元馭先生取白傳詩意
題曰餘適山房勉搆短章以贈　陳允恭

一畝幽人宅脩然此結廬青囊千樹杏丹槩五車書北
徑閒情適西山爽氣餘艸玄仍尚白眞是樂天居

遊興福寺　范樂善

出郭尋幽寺，秋光滿翠屏。新楓霞借紫，古木蘚分青。容到雲爲伴，僧閒室自扃。悠然坐危石，何處水泠泠。

題又玄張伯子餘適山房　陳國華

寂寂翠微徑，悠悠山澤姿。關心惟藥裹，賖眼有花枝。玩世睨玄艸，遊仙茹紫芝。間來眞自適，物外更何思。

賦得涉江采芙容　金定樂

秋江連碧落，夕吹起青蘋。桂櫂聊容與，芙容媚遠津。搴芳波影動，摘葉露華新。余亦悲秋者，爲棠學楚臣。

秋日同諸君集嚴端伯流雲館

曲讌徵羣彦，爲園搆一丘。蹊薰松韻晚，高館桂蕤幽。石

瀨晴猶瀉潭雲澹不流況當山月吐何待主人留

廣陵夜發曉次瓜步

方舟倚瓜步殘夢戀蕪城捲幔占風色推蓬過雨聲嵐容千嶂幻霞彩半江晴鷗鷺親歸客時來鵲首迎

登甘露寺東樓嚴中秘

拾舟遵北固遊目衆山横遠勢尊鍾阜廻岡繞甕城天衔沙岸潤江入寺樓平獨有皇華使逢含魏闕情

遊焦山

長波浮積翠危石擁花宮寂歷孤峰迥微茫一葦通披銘譚瘞鶴訪隱羨冥鴻夕吹傳清嘯餘音激遠空

愛妾換劍　徐崇誠

自愛芙蓉劍羆君碧玉英寧論蛾黛綠翻喜鷓鴣明寶匣紅光動朱樓淚雨傾憑將報恩意消得可憐情

秋日同諸子遊錢侍御小輞川　徐崇賢

宛轉臨湖上蕭然空世情高臺銜莫景疎樹動秋聲雲過鹿眠醒煙消鶴夢清名公留藻翰彩筆故縱橫

謁先武肅廟　錢爾光

霸業今何在空江水自流英風堪百世祀典足千秋草色侵階沒鶯聲遶樹幽蕭條懷古意瞻拜不勝愁

春日過又玄世兄新居賦贈　薛衎龍

短砌開蓬徑居然仲蔚宮栽花招酒伴劚藥問山童別圃香時近重扉路可通前峰晴色好掩映畫樓中

金山僧舍懷歸　錢希言

寂寂空門晚鐘聲濕翠微渚煙和月聚沙鳥背僧飛北固帆猶阻江南信尚稀到家三日路未得換春衣

曹娥廟

斷煙荒竹裏寂寂女郎祠像古銷金粉碑殘剩色絲江聲猶想淚山翠總如眉立馬增惆悵乘潮問渡時

夢回

月落樹頭鴉帆開鼓亂撾不知身作客空有夢還家楚

水漸難到吳山霧半遮朝朝風浪裏吹得鬢成華

泊蘄陽江上見月

秋滿蘄黃岸勞歌此夜淹斷沙痕漠漠新月影纖纖野樹平連郭江峰亂揷檐明朝理愁鬢怕有薄霜添

春雨

艸間濛委露石際濕新雲舞燕迎風起鳴鳩隔樹聞灑枝花共亞吹沼荇先分羞作陽臺夢抽絲入錦文

春澌

北陸餘寒沍東皇淑令更帶風流尚咽濺日素逾明薄比綄無質清疑珮有聲如何征客棹江上阻歸程

春柳

芳樹競芳辰東風一度新葉宜微黛着條怯澹黃匀馬
上催歌管樓頭换舞巾折來渾欲寄夫壻不知春

春燈

爭日雙盌出吐夜百花奇鳳腦氷爲蓋螭銜玉作枝心
疑止上理結焰似並頭垂待卜行人至重挑未忍吹

春艸

東風吹百艸淺緑上平原河畔彌春望邊頭積燒痕翁
輸緘女質芳恍麗人寬遠道歸何日空令思緒繁

張黃岳招飲九峰寺　　姚宗儀

吳越千山裏，何期此聚星。酒分雙澗綠，窗共九峰青。僧寂聽松籟，官閒問艸亭。明朝馬頭去，應自媿山靈。

秋日二首　釋法乘

山寺獨經行，悠然隔世情。疎林鳥初集，茆屋月將生。石壁歸雲亂，雲堂入夢淸。禪心何所似，寂寂聽猿聲。

獨坐茆簷下，經殘落日斜。澄江度寒雁，古寺集歸鴉。夜氣浮金錫，虛窗藉彩霞。定回山更寂，香散月中花。

上元次日偕一雨仲書二丈過釜山望海夜歸

䟽賞逢佳節，登臨壯大觀。亂帆衝白浪，孤嶼急迴湍。樹色雲千里，江聲月幾灘。行歌兼坐笑，歸棹夜將闌。

火神廟僧志行殊苦出卷索詩爲賦廟在王觀察園中　釋慧秀

事火傳迦葉開莊説輞川因參談慧地得住淨居天門爲祛塵掩燈將習觀縣城烏知石磬鳴繞二時偏

樵雲　釋正觀

樵徑入雲壑參差遠岫微蘿煙時罥笠松露忽沾衣透澗聞泉響穿林見鳥飛崦嵫來暝色結伴帶星歸

采藥　釋圓融

忽起餐霞思尋芝問赤松三花依洞口九節秘山中丹鼎初停火金鳧欲御風行行訊劉阮谿路桃花紅

送沈飛霞歸梁溪　張惟默 羽士

一從新水漲，相送即乘流。芳艸隨春發，征帆落日收。江山寧有阻，音問亦堪投。歸到梁溪日，閒花滿舊遊。

秋江晚霽

空江歇疎雨，餘濕明丹楓。雁度煙光外，帆收秋色中。潮回出浦澈，日落動魚龍。欲采芙容去，伊人不我逢。

夏日金雅少過竹下避暑得蟬字

竹暗凝青靄，藤陰響素蟬。據梧憐鶴瘦，掃石愛雲鮮。幸狎高蹤客，同題小隱篇。幽觀可銷夏，浮世任茫然。

海虞文苑卷之六

邑後學張應遴選卿甫輯

七言律詩

送元戎趙公　張著

海國孤城百戰餘，朔風吹雪灑穹廬。天門西上瞻龍衮，
邊使南來接羽書。殺氣自隨雲鳥陣，將星長近斗牛墟。
滄江獨有乘槎客，清夢無時遶闔閭。

秋興用杜韻

莫天空碧斂斜暉，玄武勾陳接紫微。夜靜斗杓當北轉，
秋高雁影向南飛。月宮丹桂香曾染，海國黃花節又違。

關塞愁人多戰伐此時弓勁馬應肥

載雪舟

雪後山陰遠放舟酒醒深夜絶風流一蓬寒影隨江水萬壑清光照柁樓簑笠滄江誰獨釣神僊銀闕自同浮秪今剡曲無安道何得高情過子猷

過高郵湖

此日重過甓社湖湖光萬頃布帆孤鄰船魚貫青絲栁埜飣羮嘗白玉蒲夜月明珠藏老蚌東風高浪蹴天吴他年願乞身閒散老著簑衣作釣徒

題楊貽穀隱居　　黃鉞

愛子茆堂靜不塵扁舟莫厭往來頻如蘭自覺心情古
似夢還驚歲月新架上經書千軸富窗前花木一林春
嚴陵自是輕台鼎相對慙爲獻納臣

弔黃給事叔揚　楊福

江風夜夜鼓洪波江雨朝朝濕薜蘿九辨不回哀郢志
三軍難奪采薇歌手披宿艸狐踪滿夢轉空梁月影多
誰謂百年臣子恨獨聞野老泪滂沱

夏日過友人林居　章煥文

清隱山堂白日殘道人疎嬾未纓冠門前垂栁柴桑徑
屋後澄江七里灘凉月好風隨意得斷雲靑辟倚天寒

野夫不淺山林興時復携詩訪戴安

尚湖　張洪

嫋嫋秋風起白波維舟無奈客愁何江湖滿地人來少蒲葦連天雁去多只尺不遑安信宿百年能得幾經過自憐舊日嬉遊處都被農家挿晩禾

姑蘇懷古　吴訥

百雉高城遶碧流中吴風景冠南州鐘鼓遠近前朝寺帆影參差估客舟遺廟于今祠至德義田無復繼前脩客遊何事思歸切楓落江空雲正愁

朗吟亭　季篪

幾年不到朗吟亭亭上風光覺倍增數點遠山青嶂列兩湖新水綠苔凝歌謳雲際聲偏響酒瀉松間色愈澄景趣無邊人意樂不妨携榼日來登

春日漫興　顧立

太平堤近孝陵西春水溶溶漲碧溪岸柳帶煙絲尚弱渚蒲穿水綠將齊建章簫鼓催鸎舌沙苑塵埃送馬蹄今日公餘城外去儘拚一飲醉如泥

送客歸湖上　王珙

清風兩岸送行舟歸興匆匆不可留野渡尊香秋入夢舵樓山色晚侵眸衣冠自得煙霞趣畎畝渾無世網憂

更喜近來魚價賤不妨多買薦新鰣

從　駕幸大覺寺　　程式

青山重疊擁禪關扈蹕來乘半日閒谷口花飛隨馬足
洞中雲出護龍顏自因布德行時令非爲尋仙問大還
緩步石林回首望玉京佳氣五雲間

駕宿沙河

雲和風靜樹蒼蒼駐蹕沙河夜未央鼓角聲從天上落
旌旗影向月中揚轅門人靜香初爇帳底詩成酒滿觴
自媿不才慚散質莫年何幸近清光

虎丘訪新上人不遇　　陳符

偶謁休公上翠微薜蘿深掩竹間扉錫飛江上雲同遠
松偃庭前鶴未歸貝葉滿床經卷亂藤花堆徑客來稀
三生石上憑誰問詩思茫茫對夕暉

寄張景美

木落風凄秋氣清羣峰如削翠崢嶸江湖空濶魚書杳
雲漢澄高雁字横絳帳譚經饒逸興芳尊對菊動離情
知君自得林泉樂何日相尋共濯纓

撥悶　錢洪

一别煙霞海上家兩京淪落度年華驅驢遠快燕山雪
對酒空思吳苑花千里關心悲雁素幾囘歸夢落鷗沙

鱸魚蓴菜年年美不負新江舊釣槎

送道士王本徵還常熟

客裏思家益悵神何堪今日送行人海東鶴馭乘風遠江上鱸魚入夢頻琟劍光寒蓬海月玉芝香煖洞門春要知後夜思君處萬里天壇月滿輪

送別　陳宏

離鞍歸馬越羅袍海上爭先識鳳毛客路正當三月景詩懷都屬五陵豪春風吹綠來芳艸曉雨添紅到小桃別後相思千里隔澹煙雲樹夢魂勞

長洲

荒蕪埋沒闔閭宮往事虛傳感慨中鮮食魚拈花興淺
水租僧占渚蓮空綠煙蔓葛經春雨碧藻飢鳧唼曉風
桂楫蘭舟遊覽處可堪重照短鬚翁

栽桑圖

買得城南數畝園遍栽桑樹傍山田綠藏茆屋千村雨
翠接人家萬井煙紫椹未垂芯種後冰蠶先熟落花天
使君儻過清陰下莫對羅敷問少年

贈周岐鳳　錢曄

羨子多才惜未逢年來何處覓行踪一身作客如張儉
四海何人是孔融野墅鸎花春對酒河橋風雨夜推蓬

機心盡付東流水囘首家山在夢中

過江

蓬底茶香午夢醒大江風急正揚舲浪花作雨汀煙濕
沙鳥迎人水氣腥三國舊愁芳艸碧六朝遺恨晚山青
不知別後東湖上誰愛菱歌倚棹聽

送宗兄理半冠帶南歸　錢昕

露落秋江冷白蘋陌頭歸騎蹴香塵別君爭似逢君好
在客那堪送客頻烏帽錦衣昭代寵碧梧翠竹故山春
從今謝却人間事林下清風一散人

石頭城　徐恪

誰將折戟委空濠割據常懷戡伐勞南國帆懸湘水潤
北江煙漲楚天高隆中籌策終存漢許下衣冠媿屬曹
試問石頭磯畔月幾經烏鵲散林臯

題朱仙鎮岳武穆王廟

汴洛腥膻寢廟空中原恢復仗英雄黃龍未遂長驅志
汗馬猶存舊戰功貔虎散歸烽戍老河山遺恨古今同
西風一掬懷賢淚灑向荒祠夕照中

遊朗吟亭　桑琳

茶竈生香渴睡醒尋仙直到翠微亭苔荒石井飛丹鴿
露濕瑤臺掃落星湖水盡邊孤鳥白海天空處亂山青

浩歌一曲招黃鶴便欲乘風過洞庭

團瓢清唱

睡起蒲團晝景長刺桐花落石楠香瑤琴罷舞冰絃斷野服裁成白葛涼馴鹿銜花來獻佛狂蜂採蜜去輸王綠陰滿地清如水靜看丹經坐石床

與石田遊西岳禪寺　桑瑾

西岳一曲入山逢風送花香落酒瓢行盡清溪方見寺忽逢飛瀑又凭橋低低茆屋霏茶靄遠遠鸎声在柳條自笑此生眞落魄薄遊又赴遠公招

重過揚州有感　桑瑜

書劍長年事遠遊南歸又復過揚州西風香冷瓊華觀
明月歌沉燕子樓芳艸昔曾畱鳳輦垂楊無復綰龍舟
空餘城郭依然在落日寒鴉噪晚秋

半畝園閒坐

巷僻橋危客到稀綠蘿牽蔓挂柴扉花薰蛺蝶迷忘返
艸醉蜻蜓墮不飛竹粉未乾朝露重茶煙輕拂午風微
此中靜坐終吾老免得紅塵又染衣

莫春有感　季鶴

獵獵天風振客衣小樓閒倚事多違梨花帶雨寒猶泣
柳絮沾泥濕不飛隔屋黃鸝驚曉夢舊家玄鳥識巢歸

東鄰有酒今朝否欲解愁城幾日圍

拂水嵒　連樸

縣崖瀉瀑三千丈界破嵐光翠幾重蝃蝀飲泉低赴壑
玉虬噴沫倒凌空晴飄雨點飛雲濕晝灑氷珠就日融
願得神功歸廏夏化爲沛澤濟三農

贈曹內翰廷瑞歸省　朱鉉

封章幾度達金扉應念高堂定省違鳴佩未辭紅日去
歸心先逐白雲飛一蓬細雨花邊暝兩岸青山鳥外微
此日都門重回首西風岐路儼騄駬

禁苑聞鶯館試　李傑

王殿朝回緩步行綠陰濃處亂啼鶯間關似喜遷喬木宛轉多應念友生樓外遠聞歌管調花前時雜珮環聲重華不愛如簧語莫向天門奏曉晴

秋雁

八月秋風塞艸黃遠辭沙磧向南翔洞庭水濶迷蘆荻雲夢秋深足稻粱幾點帶星偏寂歷數聲和月倍凄凉只今夷虜方臣伏無客傳書到故鄉

送道士

稜稜長劍拂層霄誰識仙人王子喬閬苑鶴歸秋月冷海天雲盡碧波遥竹爐有火金丹就琖鼎無煙柏子消

我欲共君凌紫府，暫將蹤蹟遠塵囂。

登朝天宮後山次韻

飲酣移坐綠槐陰，怪底平林卓一岑。遥望帝城金闕逈，下窺仙洞石門深。衣中颯爽天風拂，几席蒼凉野色侵。却歎長年在塵世，蓬壺只尺未能尋。

九日登虞山　王鼎

客路欣逢重九來，強扶衰病上崔嵬。江流斷岸楓初下，山意驚寒菊未開。禪客獨眠雲宿處，羽人相伴鶴飛囘。一年好景雖虛負，歸坐蓬窗把一盃。

詠雪和蘇韻

僧居實怕茶煙濕歌館須憑酒力嚴積夜寒欺雲母帳入簾光鬬水精奩玉川興盡回孤棹氷柱明看映短簷栟櫚向風怜謝女故教飛點雨詹尖

維摩寺　錢仁夫

蒭草芊芊沒寺門古碑殘缺已無文敗簷猶滴夜來雨高樹自屯窗外雲佳景故容僧管領禪床時許客來分傳呼且莫穿空谷下有松間飲鹿羣

碧溪　桑悅

五兩簑衣百尺竿碧溪十里足盤桓臥分芳草爲衾枕坐愛清流照肺肝花落無聲雲影動鳥飛不度鏡光寒

平堤多種芙容樹惟有秋容耐晚看

宿茶陵五峰庵

攀躋躡蹬路盤紆出澗流泉百折餘地獻秋田充佛供
天畱松徑作僧居數聲清磬紅塵隔一瓣名香黑業除
喜共山雲分半榻通宵魂夢寄空虛

贈蕭時清

十里螺湖如掌平開門正挹滄浪清偶逢道士贈丹訣
閒課山童抄酒經晝長燕子飛入戶春盡樹隂鋪滿庭
近來聞說有奇事賣藥脩琴曾到城

服闋赴部途中夜泊　陸潤

閒向磯頭步綠苔小船今夜不須開思親未盡三年淚
治邑原無百里才竹榻茶煙香正繞蓬窗酒煖月初來
此心自許同葵藿又上黃金郜隗臺

涿州道中有感

西風颯颯灑征裘笑指寒煙是涿州人踏清霜山店曉
馬嘶紅葉驛亭秋黃花有意能驚眼烏帽無情却戀頭
我願將軍休出塞但將牧事壯皇猷

登太白樓　錢承德

騎鯨仙客已長游突兀乾坤見此樓一代豪吟殊跌宕
千年遺跡受風流眼看形勝來曾幾手摘星辰飲未休

百尺闌干固無恙後賢誰不慕前脩

碧峰　陳播

高挿孤峯天際頭儒家隱隱住林丘人間始信有三島海外何須問十洲翡翠搖金山雨歇芙容削玉海煙收捲簾終日閒相對忘却紛紛寵辱憂

山行即事　桑翹

沙溪曲曲繞山程小艇推蓬自在行綠樹人家臨澗僻白雲僧寺枕流清雨晴藏栟鸎聲滑風軟穿花燕翅輕無限韶華誰領畧狂來都付一盃傾

西莊湯興

還勝臺成夏有亭半依鶴嶼半鷗汀逃風波影千層碧
着雨風環萬疊青間約東山人對奕偶從西竺衲譚經
博山未燼茶初熟好鳥啼花晝掩扃

經大理下門　陳察

海上蒼山當面立馬前淸靄逼人來峰巒雪點中天翠
澗壑風驅下地雷南詔舊愁芳艸合西川遺恨杜鵑哀
江湖便欲浮槎返猿鶴休將過客猜

焦山寺

萬里西陲共正冠高秋尊酒又層巒鶴畱晉迹芳洲繞
鯨負梁宮巨浪安新月近人隨處白寒潮奔海拍天寬

遊歌豈直浮生暇千頃黄雲入勝觀

泰山雪後　姚奎

曉天紅日放高晴小坐山輿踏雪行凍樹裹花春有迹
寒溪結玉水無声煙鎖絶頂羣峯露風度虛嵒萬籟生
老衲雲深知我過數声清磬出松迎

尋春　丁奉

尋春北去繞湖濱杜甫江村興復新老態儘隨花靨笑
浮生休學栩胥翬穹林緑傷高帘雨曲徑紅沾短屐塵
青眼同遊曾過許百年天地一閒人

扈駕謁陵次沙河奉和謝侍郎韻　楊儀

太平基業壯山河百載繁華雨露多芝蓋欲移春甸曙
蒼龍初駕惠風和鼎湖弓劍攀何及漢世威儀此復過
惟有子雲親侍從甘泉新賦出鑾坡

聞雁 十四歲作

鐙暗窗虛夜不禁忽聞塞雁欲沾襟北書不至月當戶
南國初寒霜滿林萬里碧秋秦嶺濶一聲黃葉楚雲深
高風零落知何處庭院蕭蕭空莫砧

拂水嵒追和石田先生韻

三度春遊信有緣平生躋勝一身便流觴轉壑懷前哲
落帽廻風記往年縹緲歸途依絕壁蒼苔吟杖濺飛泉

坡仙賦就誰能繼巳許山僧買石鐫

遊仙祠紫府觀道中作

鶴背逍遙月正中石壇旛影動微風金芝欲秀根先碧
玉炭無煙火自紅新領八霞分禁署暫遊三島叱飛龍
莫教濁世輕相詡路隔彤雲有幾重

寄都下故舊時奉使江西將乞休沐

匆匆去國劍生塵千里親知入夢頻筆硯久荒人事廢
訟難理客愁新江蘺過雨香迎棹海月侵城影送人
迴帝鄉非宿願季膺元只戀鱸蓴

覊徐邑候宿大慈寺用壁間韻

萬里長江遶玉樓水光山色坐生幽星河當檻手可摘
艸樹浮空翠欲流潮響不妨禪榻定雁聲忽報塞垣秋
蓬萊東去無多路我欲乘風豁壯眸

霧陰寺逢唐山人

宦跡眞如踏雪翁冷泉亭畔偶相逢意中邂逅辭難達
客裏幽奇興未窮三竺煙霞天上下六橋歌舞岸東西
明朝又有看山約夢遶南屏十二峰

霜露馳思　陳翥

不孝承乏吉安郡膠之四年歲重光大淵獻霜露旣
降之候夢帰虞阜之下祭掃先考妣墓薦豆爵觴如

在松風艸露之間既寤不勝惻愴枕上悲吟不已勉成二律以紓不孝之情廬陵士大夫聞而和之遂盈卷帙方伯李白州先生題其端曰霜露馳思云

雙親埋玉碧山隈千里松楸一夜囘曲澗依然流活水穿碑仍舊瑣蒼苔鴨鑪火煖香蒸霧馬鬣煙籠紙化灰覺起空庭明月落淒其風木不勝哀

隱隱堂封枕澗隈山雰迓我夢中囘地鍾佳氣生芝艸樹覆濃陰長綠苔去國不知遺迹遠覊恩未許此心灰可憐譙鼓聲敲斷木落烏啼叜助哀

晚過獻吉齋所　徐昌穀

端居聞子肅淸脩吏散鴉啼省署幽芳艸不知人獨往
空山何意鳥相求開軒歷歷明星夕隱几蕭蕭古木秋
自昔風塵甚吏隱浮生莫遣有離憂

送耿晦之守湖州

遠下吳江向霅川高秋風物倍澄鮮鵁鶄菰葉翠相亂
錦石游鱗淸可憐郵渚趨頻津吏鼓漁歌唱近使君船
吳興峴山足勝事漢水襄陽空昔賢

贈別獻吉

爾放金雞別帝鄉何如李白在潯陽日莫經過燕趙客
解裘同醉酒壚旁徘徊桂樹凉飈發仰視明河秋夜長

此去梁園逢雨雪知予遙度赤城梁

送盧陵楊貳尹

何早執戟謝京華却愛河陽縣裏花不爲遠師招白社擬從勾令覓丹砂青天挂席浮明月螺水廻舟勝若耶莫學南昌隱君子離羣獨拂五雲車

後湖夜宿　錢籍

夜宿玄湖事事清霧香風細碧雲輕月寒暗度飛鴻影山靜遙聞落木聲漁父此時堪弄笛仙人何處不吹笙登臨放酌眞成醉歌罷青天斗柄橫

采石弔李白

謫仙樓閣本清虚采石何年構此居山色供詩幾殘剩江流作酒故羸餘月疑顔面丰神逈雲想衣裳宫錦舒却恨騎鯨向寥廓空留聲價比璠璵

七夕寓金陵

今夕何夕天風香爭傳織女會牛郎烏鵲作梁紫絲障丹霞爲衾白玉床相逢各説鴛鴦夢一笑同傾蘭桂觴歡娱無奈長庚曙淚灑銀河怨七襄

和袁訪雪遊觀音閣韻袁舊同寓燕臺嘗有賞雪詠梅之句故并及之

野寺秋深見白蓮飄風殘葉重相憐共嗟江水流難返

且喜山雲斷復連賞雪再期今歲樂看梅須續舊時聯
五陵客況同蕭索莫謗言歸促錦韉

閏七月七夕和水西徐公子韻

七月置閏天亦巧烏鵲有情河再塡平增秋興自今夕
攪動春心異往年佳人重整綵樓戲詞客戞著銀河篇
飛星暗度盈盈水舊恨新愁第二傳

題畫贈王都憲　　鄧韍

絳節南來紫氣浮古臺形勝郎仙丘三山帆影城頭見
萬井煙光座上收芳艸幾經江左事長風應待謝公遊
烏衣畫戟王家第日覩秦淮傍檻流

登京口甘露寺遇雨

鐵城高處見雲生步入青林送雨聲眼底忽驚羣嶂走
何闌惟有大江横帆從萬里煙中落鰲戴三山地上行
滿目與亾竟誰問白綸揮羽看潮平

觀音閣晩眺

平明雙槳破輕煙小閣憑虛自黯然消暑石堂偏障日
染秋江練正浮天櫂歌何處聞桃葉滴酒無人酹謫仙
舉目不禁鄉國異中原猶在碧雲邊

安民泰索題膠山寺雨泉堂

翼翼新堂俯碧瀾簷牙飛雪晝生寒坐宜桑苧添高榻

會有蘭亭記曲湍玉氣似從仙掌落水符須與寺僧安
風爐好在松窗下我欲偕君瀹鳳團

題沈子魚天潭山房　陳逅

虞山北巘鬱嵯峨有客探玄卧薜蘿新雨策筇看竹長
暖風開箔放鸎過紫芝洞古泉長碧鐵杖春深石半磨
感此欲携丹竈火一壚長傍白雲窩

秋興二首

萬里商飈吹白林五陵松柏自森森馮唐老去辭郎省
顏駟秋來滯漢陰今古乾坤成底事江湖廊廟總關心
夢回伏枕渾無賴孤月鳴蛩催斷砧

神都扼險俯羣山地軸天樞逈顧閒桂殿杳風傳九陛霜城嚴角動三關侍臣簪筆曾披膽聖主垂衣數借顏去國廿年成濩落獨餘清夢遶鵷班

贈嚴敏卿太史二首　李勲

雲擁蓬萊落九天夔龍位接衮衣前書成石室踰千軸賦奏甘泉第幾篇花近紫薇傳苑漏栁迷青瑣結爐煙御筵夜半分蓮燭促艸詞頭待曉宣

東壁文章北斗標承恩侍從紫宸朝煙浮龍衮歸三殿日照鰲峰上九霄彩筆謾搖丹鳳下彤雲低閃玉堂遙五車未厭雠書苦天祿青藜夜夜燒

歲莫天雄將帰書懷

三千里外還家夢五十年前許國身白髮自慚辭聖主
青山還擬着閒人籬邊黄菊秋仍好谷口煙霞晚叓新
惆悵楊雄舊時宅薜蘿深瑣太玄塵

送月江上人入寶嚴

虞山山高日吐雲古寺錯落青冥分鏡裏湖波湛鷗影
空中澗道飛龍文殘鐘不斷和風韻馴鹿時尋卧艸羣
我欲扣禪何處約松關深掩翠紛紛

遠湖爲文先生賦　錢籌

一碧蒼淼萬頃平散人于此獨怡情半蓬落日天邊[illegible]

兩岸新秋鏡裏行宦況久隨鳧雁去夢魂遥落水雲清
憂時素切平生志肯學陶朱竊浪名

仲春挾妓登拂水嵓　錢詔

羣巒滴翠共徘徊瀲灩湖光接下台泉拂峭風疑雨至
石撓虛谷怕雲頽生如夢幻逢僧悟曲上琵琶撥妓哀
落日飛花帰畫舸脚前輕屐掌中盃

挽妓　王諷

薄命眞孃事可嗟金閶曾獨擅鉛華十年多病抛青鏡
一夕無帰掩白沙豔曲誰傳鸚鵡舌香魂空寄野棠花
傷心莫舉西郊目哀栁長堤落日斜

樵讀安樂唫窩東同社　李弗

浪迹澄江二十年故園歸計已蕭然竹疎琴水存茆屋芝老虞山夢玉田邵子且尋安樂處杜陵將詠卜居篇興來把酒尋同社爲縛唫窩水石邊

送劉掌教二子迎母還鄉　王亍

祖席歌驪酒未終聯翩雙鳳轉河東故園慈竹還佳色驛路寒花隱舊萊綵服潤分吳地雨錦帆高挂越江風欲知此後相逢日雷動桃花暖浪紅

咏白燕和韻四首時在獄　吳中和

白憐王謝世全非花落東風蝶亦稀金屋朱扉無路入

蘆溪梅徑有時歸空餘奇異封侯領又着尋常百姓衣
遠望浮雲藏斜日天門何處可高飛
可憐世去事俱非廷尉門前雀也稀華屋杏梁成寂寞
連城名璧喜全歸能行白牡催新句解語紅蓮落故衣
日莫湘簾波影亂差池銀剪看于飛
傅粉何郎事已非眩生銀海看來稀風高碧落飛瓊舞
露冷珠宮奏玉歸秋水盈盈沉拱璧湘雲片片剪春衣
山齋寂靜花枝晚喜見瑤光星散飛
掌上風流今已非水晶宮殿轉依稀纖纖約素闌墻去
皎皎凝脂賜浴歸不用鉛華涴天質故裁藕練學仙衣

也知會自瑤池出，傻向翩翩雪嶺飛。

白鸚次韻　　邵圭潔

本來粧束竟渾非，應爲堂前舊主稀。社後漸看春色澹，晝長猶帶月痕歸。舞迴掌上無紅縷，送盡東風只縞衣。悵望上林花發處，且隨鷗鳥傍人飛。

甲寅冦變致道觀後古松競伐爲薪

千年福地枕山隈，千樹連雲覆石梅。冦盜忽驚人事變，林泉無復向時開。花陰寂歷仙人井，月色淒凉太子臺。遊客還來啼鳥去，夕陽多處重徘徊。

楚邦藩臬諸公邀登黄鶴樓　　嚴訥

層樓雄瞰楚城隈四野風塵面面開鄂渚秀峰橫地出
漢江晴水抱洲廻清虛近接仙人館綺錯旁臨帝子臺
日莫王笙吹不歇却疑黃鶴復飛來

諸將

胡騎乘秋寇玉關銅鞮塵色暗天山狼烽直照皋蘭北
羽檄交馳碣石間按劍九重方赫怒擁旄諸部莫寬顔
丹青欲繪麒麟閣須虜名王繫頸還

自碧雲至善化寺　陳瓚

鳥道摩空去轉長寒山不盡樹蒼蒼兩崖中斷千峰出
萬壑縈廻一寺藏空水觀成僧定久煙蘿境寂客心凉

疎鐘乍息斜陽墮蕭瑟虛庭栗葉黃

重陽後一日同季玉弟登寶界

老去偏驚霜葉秋名山聊共季方遊千峰過雨翠欲滴
萬頃含雲碧不流荒艸吳宮煙霧靄征鴻楚甸水天悠
夕陽盃酒隨漁櫂孤思猶懸太伯丘

怡靜沈先生輓章　魚侃

養性林泉樂暮年忽騎箕尾謁鈞天青芻難挽人如玉
白鶴來歸骨已僊山斗名高當世望詩書澤裕後昆傳
不勝景仰垂清淚爲賦招魂倍黯然

秋宵鄉思　陳儒

梧桐一葉報新秋爽氣朝生白苧裘帝里光陰驚過鳥天涯功業笑藏舟湖邊畫舫芳蓮度山外清尊素月流無限鄉心傷宋玉莫雲飛盡獨登樓

七夕泊寶應湖有懷家集

天上清光此夜多鵲橋隱隱架明河芳辰共慶雙星會曉景偏憐一歲過砧杵千家離思切樓臺幾處醉顏酡懸知兒女庭中集側耳關南返棹歌

古店驛次彰明分司壁間韻　李應虞

疋馬青林春事殘落花飛雨點空山鵑聲不盡英雄恨雲氣猶屯虎豹關勳業怕看青鬢改塵埃羨殺白鷗閒

闌干獨倚雙眸醒弱水扶桑指顧間

登杉木寺山亭　朱召

絶巘徑荒苔蘚滑幽亭地迥白雲浮上嵒下嵒竹滌暑
遠壑近壑風送秋笠澤蓴鱸時正美湘鄉民隱日堪憂
山門忽訝馬蹄過對月枕石成夢遊

題沈見葵山樓次大司成琴溪韻　陳潛

爭羡休文山外樓樓前風景小瀛洲煙村隱隱湖南樹
帆槳悠悠何處舟翠玉拂雲搓晚吹藕花帶影落清流
高人不畫登臨興日莫何妨秉燭遊

贈垣坡姪北軒新成　錢體仁

亭臨古木蔭清渠萬玉飄風香水竹居雜珮丟香凉入簟
細紋生媚靜涵虛晝長罷局堪投枕盃盡忘機只釣魚
幾欲乘風臨晚勝路遥無馬却裁書

蒲節前二日晚過山塘書事　周宗易

水光山色澹蒼茫跋涉令人感慨長白鳥去邊來暝色
野樵歸處沒斜陽英雄今古幾場夢身世浮沉恍一航
若較生涯誰穩便應知溫飽是耕桑

落花次沈石田韻　黃廷竹

古樹斜陽望轉悠可堪狼籍滿溪頭酴醾夢裏留香住
杜宇聲中逐水流漸積翠茵疑似繡急穿銀箔不粘鈎

東風斷送韶華盡白髮紅粧一様愁

遊沈氏山亭　錢順時

最愛山亭接勝流綠楊搓曳自清幽藪林春暖啼黄鳥墅渚風高起白鷗滿徑浮香花似綺四山沉影月如鈎閒塵不染襟懷濶此外紛華豈復求

無題次韻　陸龍

繡帶流蘇裊翠屏紫簫吹罷月三更塵生羅襪宵征少水注銀壺刻漏清曙拂雕籠啼小鳳夢回珊枕怨流鸎土花昏蝕千秋鏡舊悶新愁照不明

秋興　沈應元

露冷天高萬籟收猶聞鼓角起城頭金波灝漲涵漁浦
銀漢浮光接鷺洲杜老秋吟巫峽與庾公夜入武昌樓
迢迢天柱知何許漫說平生憶遠遊

晚眺短述　　沈應魁

滿目江山度客槎那堪鄉思莫雲遮誰家短杏飛紅雨
幾岸垂楊舞白花荒堞月明分去雁平林霞落帶歸鴉
逢人若問行藏事指點青門且種瓜

經魯地望魯諸山有感

翠微遥見赤霞城滴滴晴山落眼明險帶南徐成地軸
雄標東魯作天屏千年岱岳流雲度一代雾光兗州横

漢禪秦封何處是停橈頻欲問諸生

舟次瓜步

廣陵繁華采石東瓜步日出商帆通皓腕誰家浣沙女白頭何處沉綸翁行人衣帶蘼蕪雨古渡笛吹楊柳風漸入黃塵孤劍路悲歌擊楫將誰同

遊金山寺

金山寺前江水流江上風濤横素秋映日波搖虬窟動接天潮帶梵鐘浮六朝簪組隨川逝一統山河逐望收便欲乘槎度霄漢重雲遮隔使人愁

舟次虎丘

王珉宅前秋日高白公堤上繫行橈且看石磴流雲氣
最喜禪房遠市囂泉落翠微涵法鏡梵流虛閣沉香飈
獨餘玄度登臨興湧醉支林酒一瓢

金陵縱覽　周詩

日照金陵氣鬱葱先皇鴻業想遺弓岧嶤宮闕當天麗
盤踞河山四望雄七貴池臺春色裏五侯賓客笑歌中
千秋班馬今誰在欲賦西都媿未工

同瞿昆湖諸君復登拂水嵓

勝境窺臨逈不羣與君物外接殷勤飛流百尺披晴雪
石壁千尋疊莫雲黛色浮空山窈窕煙光入望樹氤氳

懸崖列耤芳辰興極目長湖送落曛

海山錢侍御夜宴

木落山城片月生高樓宴會夜凄清蕭孃舞態梁園雪秦女歌喉漢苑鶯烽火獨憐經歲别笑言真喜一時傾殷勤斗酒休辭醉岐路明朝復繫情

寄劉弘業　錢之選

青鬢初經四十霜宦情渾欲付滄浪東風盡日吹芳艸幽閣憑誰採國香篋有圖書堪自適門無車馬傍人忙春來爽氣西山滿終擬松間築艸堂

淩節婦

一卹鉛華泣素衣半生零落對空幃寒霜曉汲初供爨
莫雨雯闌未下機百歲心期懸皎日九重恩寵慰春暉
今來頭白垂綃被又報門前五馬歸

擬賈舍人　沈晃

栴濕霓旌露未收漏聲清度鳳皇樓珠宮月澹微分曉
水殿風凉別貯秋天上絲綸傳睿語日邊鵷鷺接清流
賡歌併入簫韶曲共喜恩波溢九州

遊報恩寺

華廊窈窕接人天龍抱穹碑倚日邊花外碧城千嶂合
空中寶塔百燈縣僧迎霽景開寒殿烏下空池踏凍泉

月滿長干帰路晩數聲清梵隔蒼煙

秋興和杜韻四首

曾共山翁鬭奕棋重來翻局事堪悲銀釭照雨成新夢
玉笛催春憶舊時百尺青松空自老千秋黃鶴竟帰遲
竹林詩在風流盡零落紅雲對所思

雲冷千峰歛夕暉荒煙野色共霏微十年天上無書寄
九月江南空雁飛老乏金丹將骨換醉看青劍與心違
高齋旅食淹留地慚對秋風玉鱠肥

江山索莫日西斜病後驚看髮易華千里薄遊餘短劍
百年虛跡任浮槎正憐高閣吹羌笛忽報中原起戍笳

欲寄同心無那遠楚江空老白蘋花
江山看鑿是神功兩點金焦落鏡中曾濟鯨波窺異跡
直探龍窟御霧風煙中仙界樓分翠霞裏禪扉樹并紅
十載浪遊雙屐在不知衰鬢已成翁

七檜　　金竹

夢驚濤浪詩邊枕影落湖山畫裏屏醉欲騎吹洞簫紫
興來看拂白雲青仙壇伏有苓千歲秋夜天橫劍七星
我欲携琴梢上去一聲龍嘯雨冥冥

拂水次沈石田韻

晚陰花鳥若無緣一笠西來路上傻山下雲多常見雨

寺前松老不知年醉陶天地春厭酒夢入風雷夜枕泉千古劍門空白石移文將亦待誰鐫

大石山　張煒

十里陂塘一棹輕湯舒青眼試山行撥開積翠方成路踏破層雲始見僧怪石嵳峩凌碧落平湖瀲灧撼江城夕陽千頃蒼茫景盡入山樓第一層

懷舊業

憶昔山溪舊艸堂短墻煙樹帶幽窗綠深繁葉鶯藏穩泥落新巢鷰補忙小艇停橈橫野渡亂流穿竹瀉銀塘村居寂寂柴門掩幾處漁歌夕照蒼

沈鈞玄致政山居

休文多病愛林棲帰傍青山緝故廬煑石常畱丹竈火采眞時展内庭書姸供老眼花千種冷沁詩脾玉一溪只恐徵書天上至莫教鶴怨北山移

白鸛　張熠

夜來槐雨濕霓裳瞥眼瑤光近過墻輕逐曉星過太液斜拖新月透長楊珠宫人散帰期遠玉局風高去路長獨坐壺中倍惆悵浮雲天際正茫茫

河陽翁白燕詩數首俱佳僅存一首外有掠開花浪魚方覺剪透梨雲蝶不驚亦膾炙人口惜失其全

梅影寄鄧梓堂

瘦來畏影臥寒廬無奈香冤爲起余東閣月明初印可前村雪滿失眞如廬頭移去天全曙墻角歆來日上初笑殺畫工攻畫骨天嬌姿相孰鄰渠

送江南仲山人還歙　　趙用賢

乍來都市意何如憔悴初衣返敝廬采筆江淹還賦夢名山禽向屢回車蟬聲極浦孤帆遠雁影當秋片雨疎有約丹砂能鍊就與君相對繹玄書

次韻劉子良秋夜對月

獨上南樓萬里情月斜鳷鵲影偏明亦知弟妹勞相憶無奈文章老未名永夜高城聞畫角秋風孤館送清砧

不堪望斷關山道塞北哀鴻起數聲

贈李大將軍

虎臣親遣護烏丸推轂先登大將壇戲下輕車遮首虜軍中超距簡材官金戈霜抱陰山色鐵馬風嘶遼水寒東顧無勞憂　聖主邊城今已繫呼韓

別周元孚作周時被讁歸楚

衡門高掩尚湖田忽報文星墮楚天肝膽乍傾盃酒後死生相憶復輿前停雲賦奪千秋雪抱葉吟同五月蟬君到懷沙如有問衡陽宿雁起聯翩

送陳敬夫之任平陰

長安秋色上征袍詞客行行四牡驕東望晴峯千嶂迥
北瞻丹闕五雲遙譚經暫擁皐比座獻賦還趨紫禁朝
鄒魯遺風原不遠好將文學振時髦

元宵夜徐伯繼吳子道丁右武鄒爾贍同集小樓
時余移疾請告方有還山之興二首

春來初典鷫鸘裘海內譚宗此一樓燈彩熖分雙闕麗
月華星傍九衢流鄴中詞賦徵高會洛下冠裳屬舊遊
總道風光饒帝里吏情終不似滄洲
莫怪相過駐馬頻爲憐佳景動芳辰高齋尊酒同今夕
諸子才名托後塵燈火千門良夜永鶯花九陌故園新

宵衣想到宸遊處玉燭應調萬國春

舟中卽事

江浦新晴對落暉芳堤艸色晚煙霏青雲漸遠名猶在白髮看多意轉違風暖檣烏迎日舞沙晴浴鷺傍人飛緣知世路如浮梗何事飄颻未息機

送萬進士令元城 萬善譚邊事

壚頭四月栁絲香西去襜帷大麓長三輔股肱今樂令九河綿絡古黎陽裁書秋思霜前雁臥閣春陰雨後棠百里可能淹驥足直將投筆靜龍荒

武城阻涉

支離南北歎風塵可信浮名繫此身雨暗連村歸綠樹
月搖孤艇蕩青蘋堪消驛路愁中酒却戀家山夢裏人
總道金門能避世何如江上老垂綸

梨花下讌别用瞿元立韻

滿庭香玉晝芬菲月色溶溶夜轉輝賸有梅花能傲雪
還輕柳絮解沾衣歌殘綺席人初醉賦就梁園燕欲歸
上苑春光容易别明朝相望五雲飛

送周公瑕南還

楊柳千門曙色開翩翩裘馬亦雄哉百年湖海憐浮梗
一夜關山聽落梅白雪盡驚枚叔賦黃金未起郭生臺

閶闔城外春如錦，行到桃花渡幾廻。

古田奏捷

皇威赫赫耀天兵，南指樓船百粤平。萬里蠻煙開象郡，三秋海色淨羊城。謀謨自協周宣賡，嶺徼誰傳漢武名。聖澤于今霑異域，凱歌直欲繼堯賡。

恭題

皇上畫扇二首

花鳥芳菲禁苑中，畫圖省識見春風。香飄蘭氣千莖碧，日麗葵心萬朶紅。當暑携來看皎潔，自天題處轉青葱。鶺鴒原上休相急，已荷皇仁祝網同。右詠鶺鴒葵蘭春城駘蕩日初長白鷺雙飛度苑墻千樹曉霞迷杏豔一簾晴雪汎梨香迴風舞共花爲雨帶月看來羽作裳莫向昭陽營舊疊君王原薄漢宮粧　右詠白燕梨杏

東昌蕭太守邀登光嶽樓

嶽色東浮大麓平蒼蒼煙樹藹重城千[redacted]河渭窗中出萬壑風雷杖底鳴高處凄清憐帝座望來佳麗奪蓬瀛何當五馬追遊日一笑天門紫氣生

周元孚過訪話舊

逢君初汎洞庭舟共說中朝戀舊遊爲楚昔曾同趙客渡江今始得周侯飛蓬有問青衫淚短劍無歌白日愁

良夜總拚爲酩酊可因盃酒托沉浮

客中荅潛坤姚子　陸鳳翔

客裏輕寒雯悄然歌彈長鋏對蔬筵柔楊細艸皆春色雨澹雲低又莫天花氣半窗人欲老鄉書兩月雁難傳明朝湖上新開霽極目漁舟白浪前

病中

作客可堪司馬病況聞羽檄雯傷神登臨有待應非昔桃杏無私又自新鐵騎遠煩徵百粵金章誰復照青春閉門三日東風雨獨抱吳鈎笑此身

上巳後三日湖中小集

衣薄春寒湖上晴美人携客湖中行啼鳥花香春自别擊筑歌謳情轉生漁舟歷歷煙霞色僧寺遲遲鐘磬聲歸來燈火已收市楊柳枝長新月明

蚕春病起

病中臘盡難爲别病後懷思益自憐澤國凍雲將莫色梅花殘雪蚕春天掩書榻靜翻多夢煉藥鑪溫欲斷煙悵惜舊遊湖水上半樓斜日釣魚船

莫春感懷柬沈子羽

江湖水冷自魚龍生計無憑一短蓬雲去雲來還莫色花開花落笑衰翁平渉綠晴鍾含霧細柳長條獨受風

十日閑門初病起酒尊何處故人同

賈石湖以詩趣山行感懷奉荅

吳苑顛風急雨時綠楊秋水故絲絲親朋海內誰相問稼圃湖邊半已墮舉世似棊難定算此心如酒敢盈巵僧門泉石元多興病思淹留却到遲

秦淮水閣讌集得十一尤　孫七政

欲訪名山賦遠遊邀懽重向白門留攜將彩筆招藂桂嬌殺紅裙妬石榴六代繁華衰艸色一盃江漢莫雲秋箜篌曲盡美人去惟有清淮映月流

春後陪徐大滌沈嘉則訪禹錫姪藤溪山居

輿僻煙霞猿鶴愁山花飛盡日瞑搜初疑谷轉通仙路
飜訝雲深悞客遊翠佩不遺人獨杳洞簫何處水空流
若非嵇阮能招隱那識孫登澗壑幽

送鹿門和尚遊清凉山

不識名山萬里尋春風吹度五湖陰經過赤縣花俱發
行到清凉雪自深金粟有身非幻迹青蓮無色是禪心
寺前松樹應西指何日東枝返舊林

改定孤鴻篇

孤鴻曾向曲中聽哀怨分明玉柱間夜夜碧天空顧影
年年青海獨飛還不辭漢苑傳書切祗恐胡沙逐伴艱

百萬鐵衣俱壯士一聲淒斷總潸潸

此落句推敲數年終不若本來之神來情來也詩貴自然信哉此乃質直中眞意嘗與西出咸陽門哀哀淚如雨夜闌更秉燭相對如夢寐等語齊驅良工苦心誰則知之

改定少時詠花枝語舊

簾幙東風飛鷰子雙雙語入落花深香前細數昭陽怨枝上初傳碧海心白社未歸春寂寂玉關無信曉沉沉多情豈厭雕梁住怕惹佳人淚滿襟

落句改休言燕頷封侯事空使佳人淚滿襟予作此詩已十餘年矣友人雖遂傳去予謂其婉弱不存舊稿偶獨坐窗間適新燕語嫩綠中感觸幽意遂記憶書此

夏日阮將軍諸公過訪天王堂觀落日此詩已十

四年矣舊稿不存因前作要書之

寂寂禪扉帶艸青客來登眺傷新晴奇雲漆作諸峰秀
落照猶銜遠塔明城畔鳥啼煞蕭索上方鐘韻發淒清
留君尚有東林月廚酒能供阮步兵

人日過王百穀

滄洲杳杳何邅廻獨向玄亭問字來雲外山光俱是雪
坐中春色却留梅百年幾識東風面七日須傾北海盃
已訝生花江筆底芳非不用剪刀催

詠白松

曾傳仙嶠珠爲樹今見霧柯玉作羣翠蓋空將煙際覓

虛濤只似水中聞秦皇欲駐疑飛雪松子來尋却伴雲
若問長生飡玉露萬年枝上自氛氳

和童子鳴集秋日閒居二首

艸逕蕭條野菊新柴桑門巷寂無塵半空山翠簷前落
一片秋光鏡裏親廬岳高僧招入社蓬萊外史許尋眞
從令戛乞乾坤債長倩煙霞伴此身
好愛五湖秋水長清虛渾似入瀟湘萍開碧渚芙容媚
雲度清溪桂子香幻去生涯從失馬看來人世總亡羊
夕陽影裏樵歌唱消盡西京傀儡場

再遊天界寺

客來深到白雲房喜得支公歷上方蘿徑石潭人跡杳雨花空藹梵門長嶽飄清磬催殘葉江映疎松吐夕陽廻首長安俱是染秪應高卧鹿林旁

龍潭道中

路覔龍潭破客愁風光宛在鏡中遊江聲半帶松聲聽雲氣常和花氣流暝宿人煙微映月遙分樹色迥含秋明朝西去長安近飜笑紅塵走白頭

自慰

荒徑依依菊蕋新此身今已任亨屯黃金散盡方齊物碧海遨遊始絕塵句裏能工眞自適尊中有酒不爲貧

須知玄艸元非白何用聞嘲更解人

武丘別社友吳孝甫兼有所思

白社人逢繡佛前客情深處酒如泉十年滄海空飛雁
一日青山是別筵林葉掃開還瑟瑟嶺花落盡更娟娟
向來江上箜篌在腸斷何人理鳳絃

蒼雲上人禪院送古明師還蜀師久住通州

竹院逢師聽法音明朝又隔碧山陰十年屢海畱孤偈
萬里蜚舃返舊林石上經行秋月白峰頭挂衲莫雲深
知師去住元無着可奈人間惣別心

歲莫百穀王仲見過因往山椒探梅

彼此乾坤病裏身王孫憔悴各沾巾鄰家割宅供婚嫁
荒徑留松待故人眼底浮雲俱幻態音中白雪自陽春
歲寒何處看交意惟有梅花不厭貧

寄憶嶺南歐水部崙山

長憶能詩水部情一尊江上別西京青萍在握憐歐冶
白首臨岐怨子荆空谷病淹秋葉下故人書到曉猿驚
梅花若問相思夢夜夜羅浮片月明

寒食雨中　陳詩

輕煙輕雨寂寥天寒食清明盡慘然世事百年芳艸外
愁心千點落花前紅顏薄命時難問白髮無成眞可憐

大抵人生俱夢幻莫論佳節禁炊煙

秋聲　陳五常

高閣煩襟生遠興忽聞凉籟動羅帷隨風已去傳鳴柝
傷月還來助擣衣疑有波濤從地起獨憐烏鵲正南飛
長安此夜悲秋客細數流年感是非

雪後張壺梁邀飲曲水艸堂　顧堅

艸堂曲水玉璘珣高誼于今得細論凍月出雲稽刻燭
氷天日莫且持尊徵君一代山爲仰刺史千年石尚存
人散光搖迷夜騎醉歸别是一乾坤

山航遇雨　孫樓

樓船載酒雨雲天，巒色波光共黯然。景似武陵花欲瞑，人如山簡醉成顛。清聲半度啼鶯外，白眼雙懸去鳥邊。簫鼓莫將歸棹促，已拚漁火隔江眠。

新秋錢汝載侍御薜蘿齋校文作

急雨初收日下舂，海榴相映綺疏紅。火雲不斷莫山外，新月乍沉秋水中。彩筆分題同賦暑，畫闌斜凭獨吟風。玄蟬莫噪高梧樹，柱史青衣曲正工。

江都千夫長張君脱築别業老于焦山北固之間

故侯耕隴復浮家，歲杪還乘江上槎。北固結廬雲滿樹，東湖歸棹雪生花。征袍塞上血猶赤，拂袖山中鬢未華。

三十功名堪一笑何如十畝邵平瓜

詠紅梅

羅浮枝上着春嬌兒有啼鵑淚雨饒香襲暖風冤易醉骨欺寒霰色難消氷肌不厭施朱粉豔色眞堪鬬絳桃莫遣壽陽重點額六宮應妬曉粧妖

詠燈花

銀燭蘭膏四座明丁香一朶豔長檠石綦敲處蕋初落玉筯剪來花叒生不共芳菲零夜雨也隨紅紫鬬春晴洞房何事欣無寐卜得歸人萬里程

喜聞趙吳二太史應召　陸昺

湧閶江左璽書臨直道終能簡帝心攀檻總憐臣節在
賜環重見主恩深雙懸闕下星爲歲再起嵒中雨是霖
況復絲毫千象緯詞曹今喜盍華簪

水雲閣宴集同孫齊之陸無從諸友

相逢意氣共歡呼半是當年舊酒徒自笑飄蓬餘佩劍
豈憐汗漫濫操觚飛梁映水長虹臥高閣憑虛片月孤
醉後徘徊情更逸秦淮秋色滿菰蒲

壬辰除夕

衰遲自歎逢除夕親舊誰能慰歲闌廡下屬居鶉可結
山中違俗鶡堪冠含毫頌起椒花媚送臘盃浮柏葉寒

春入西溪溪水綠秖今舊業有漁竿

爾嚴養齋　繆元吉

堂開綠野對平湖隔絶京塵萬里途紫閣不如山閣逸
幽情却與宦情疎鈎簾靜閱閒花艸拂几時看古畫圖
千載石湖歸後致先生高節與相符

新雁　陸南英

風景寥然木葉黃信禽遥憶水雲鄉凉飈附體翎雛健
河朔連天路正長忍向青樓催短夢定經白磧逗離腸
只今世路饒罾繳休認江南足稻粱

省中聞鸎　何鏞

晝省繁陰接禁城流鸎何處天新聲九重淑氣春先入
百囀和風午更清隔葉遶歌迎鳳輦交枝坐語雜鸞笙
誰云天上無同調向我嚶鳴似有情

三客丹桂　　張繼詩

金粟仙人住梵宮拈花色相比霜楓風飄鷲嶺彤雲遠
子落虞岑映日紅火棗細分香積粒丹砂勻簇小仙叢
燕山竇氏分奇種樹德繇來致瑞同

送廣文解組　　宋良學

水拍牙檣去遠空吳江西指越江東千家桃李風光別
極目宮墻煙水濃春雨閒庭餘碧艸秋芊隨地起清風

不禁把袂臨郊陌歌罷驪駒悵望同

贈沈飛霞　　姚煦

暨陽霧嶽隱休文笑傲江湖思出羣高咀音霞凌逸氣
長吟白雪吐奇芬握蘭對容紆珽軫掞藻逢人染練裙
韋曲壺簪情始洽莫將踪跡等浮雲

憶棲霞寺舊遊次嚴養齋韻

棲霞法境憶曾攀迢遞雲踪廿載間千佛幻形皆化石
六朝遺跡但空山梁王梵巴傳松籟墅客題應沒蘚班
今日勝遊婦相國瑶篇寄我一開顔

北固次養齋韻

南徐佳麗控神邦北固危亭枕練江珠樹上栖黃鶴獨瓊濤中立翠螺雙藤蘿掩靄寒垂壁葭菼蕭騷秋滿窗曠矚褰霞飛鳥外狂歌小海入雲腔

來雲閣讌集　陳允中

碧山虛閣倚雲隈白髮追隨上客來大石煙霞由地勝高窗圖畫自天開重湖明水搖歌席蔌菊清芬拂酒盃秋色紫岩吟不盡歡留餘蘙一登臺

罻邵耕夫

空齋寂歷雁來稀忽訝春深白雪飛吳市譚玄幽意愜楚天投壁吏情違浮雲未足迷晴日鷗鳥偏應遠世機

蚕晚向平身事畢五湖煙月挂蘿衣

題藤谿艸堂　孫柚

茆屋初成隔世氛看山閒枕碧溪濆嵒端瀑布縣秋漢竹裏人家流莫雲落寬秖應人共棄幽跡不願世相聞龐公何必携妻子始向荊門事隱淪

過頂山寺

廢寺荒凉倦客遊斷崖崩澗幾松楸蕭條雲物空山靜寂歷風霜古樹秋鳥下荒厨窺積菓僧持孤鉢洗寒流嗟予未悟空王理飜向輿亾起莫愁

從秦坡澗登拂水

谷口朝來風日霽試移雙屐步氤氳湖開淺鏡波微鎖
山吐脩眉黛未勻疎栁暗遮行客騎曙鸎啼散落花雲
叜憐絶壁飛泉甚晴雨灑空半壑聞

元夕阻雪藤溪

竹樹蕭蕭雲漠漠空山飛雪獨登臺錦城燈火連香陌
清隴梅花冷綠苔孤枕湯懷高士卧扁舟那望故人來
誰云此夜芳菲節鬔鬢驚人轉欲哀

遊左山寺　徐漢穪

三秋相憶楚江頭此日同來紀勝遊花雨影從蒼澗下
齋鐘聲和白雲流借開幽徑延求仲暫托香蓮識惠休

試辨劫灰何限意中原人物總荒丘

夜泊瓜步

絶塞風雲失壯遊客星江漢秪虛舟鐘搖落木千山月
雁度寒煙一水秋裁桂有期懷冉里梅花無夢遶揚州
清砧只解傳閨思那管離人在石樓

坐月盆荷遞香因懷秀峰南樓　錢審言

城頭鼓角動江天共對清光此夜圓萬里絶塵流碧海
一輪飛玉破蒼煙薰風入座凉侵袂蓮葉飄香韻繞筵
遥憶庾樓良宴會可無豪客咏瑤篇

游維摩寺

廿年不到維摩寺此日來遊意惘然古樹陰高山殿冷午鐘聲遠梵音傳支郎錫去雲封樹玄度詩成玉在篇回首空山青靄合豈勝惆悵下平川

暮春登虞山門城樓　錢繼科

危樓城上倚虛空俯瞰山峰勢更雄老去強登春欲盡醉來遐眺意無窮逸民祠鎖荒煙暮帝子臺空落日紅轉眼乾坤皆剩物吾生何用歎飄蓬

病間自歎

三分春色一分過風雨愁中病又多花含凍雨慳無色鳥怯寒風坐不歌愁來幾欲彈長鋏病去猶能賦短哦

長卿犢鼻還通顯媿我南冠奈老何

午日書懷

江郭陰陰梅雨涼山齋寂寂楝風香物華喜換蒲陽景鬢髮愁沾五月霜鬬艸強隨年少戲簪符故作老來狂半生活計惟盃酒羞見蒲黃又滿觴

落葉　吳中

井梧初報素秋天憔悴淮南賦長年楊栁芙容驚月露御溝僧寺競詩篇空山滿徑誰相慰爐火無煙秖自憐棄置林臯勿悲愴好煨榾柮醉華顛

題致道觀　鄧廷薦

不見南枝烏鵲飛銀河夜轉桂輪輝路遵洞府窺丹宇綴拾瑤壇俯翠微滿地虬龍盤樹影一天星斗落人衣上方清嘯舒嵇阮飄入人間和者稀

贈僧　鄧光晟

飛錫歸來破衲存結廬欲繫白雲根一缾座右塵生榻十笏堂深月掩門燈影長明和夜定鐘聲初斷已朝暾我今共語無生理却笑紛紛蝨在褌

虎丘觀雙妓走馬　呂吾象

鳳鞋銀鐙鬱金裙蘇小非煙迥不羣舞帶綵韉風影亂流蘇玉佩電光分紅塵拂面迷花霧綠鬢歆眉逗柝雲

香汗輕綃朝潤透遊人夾道擁繽紛

詠石羅漢　徐培

寂歷雲根舊隕星化身一丈立亭亭氷霜臘久長眉白嵒壑塵空慧眼青五百衆中偏着相三千界裏自通靈冥然似悟西來法不向生公聽講經

巫丞相祠

千古穀虛不可尋相君祠屋到于今空山老檜凌寒色別院仙雲借午陰鳳曆已推天地理泰階原合廟堂心豐碑一片依精爽莫使荒臺蔓艸侵

詠美人畫眠

碧窗春日晝遲遲，錦上鴛鴦倦繡時。影側鳳釵雲軃髻，痕生玉枕酒凝脂。不隨盧女耽歌舞，豈為襄王惱夢思。簾外花陰猶未轉，起來閒傍合歡枝。

張伯高遊洞庭歸詩以訊之

三月看山興索然，好懷無奈故人偏。洞庭遊去雲隨屐，震澤歸來月滿船。曾過隱君花徑裏，定尋開士竹房前。春光彩筆應收徧，肯授奚囊第幾篇。

西山紀興　浦大冶

細雨空山帶晚晴，煙光澹蕩鏡湖明。垂垂芳樹日初落，寂寂飛花鳥亂鳴。望近樓臺將月白，到來蓬蓽有餘清。

從教老去幽探在獨往時時策杖行

送瞿元立覲後還辰　邵昌鉏

楚雲湘水去蕭蕭五馬何曾繫一瓢千里朋情懸別棹萬家蠻語識歸軺素心不識丹砂貴片檄能消[redacted]服驕聞說行春多勝事桃花夾岸武溪遥

邵伯秋懷　薛志學

水國縱橫蜃氣驕江湖蕭瑟起秋濤常平未卜司農策征櫂仍來使者軺極目白雲空世態開襟紅蓼轉牢搔平生意興原疎宕且對蒼茫詠大招

題邵隱君山樓時届六十　陸化淳

舊隱清門有邵平松梢一榻枕孤城窗涵空翠留虛隙
簾捲晴嵐罨四楹鷃語換時春夢午嶺雲深處杖藜輕
東園綺里歸吾黨閒看春秋取次叓

寄薛雲卿　范樂善

落魄江湖鬢雪侵數行遙寄憶浮沉清尊幾夜樓中雨
短榻經年夢裏心自笑嵇生成懶癖爭誇枚叟冠詞林
吳楓霜冷催歸棹夙昔幽盟好再尋

桃源澗　瞿汝稷

丹溪碧磴到來幽遙聽潺湲落嶺頭桃夾雲泉環曲澗
松圍石室倚寒流禽聲每雜絃歌轉花氣偏矯羅綺遊

時把一尊蒼翠裏可須東海問神洲

中峰

龍墓逶迤徑轉東精藍秀色耍青葱誰知丈室千林裏
但聽疏鐘萬壑中鳥哢每隨芳草變溪流不與下方通
荷衣舊日同遊在一別桃花幾度紅

龍殿

躭幽時剪北山萊古殿蕭疏爽氣廻木末參差開絶壁
江流隱映入虛臺石梁半倚蒼嵐度素瀑遥分積翠來
寂莫玉龍神井畔綠陰啼鳥幾徘徊

自碧雲寺至善化寺

鳥道摩雲去轉長寒山不盡樹蒼蒼兩崖中斷千峰出萬壑縈迴一寺藏空水觀成僧定久煙蘿境寂客心涼疎鐘乍息斜陽下蕭瑟虛庭槲葉黄

來青軒對月

日落羣峰翠欲流紫煙滅處月華浮桂輪影散檀林寂兎闕涼分鷲苑秋歷歷溪山披練淨泠泠鐘梵出雲幽清光勝境看偏好夜半還登絶巘遊

曉行　嚴澂

吳歌子夜動高眠細雨廉纖怯刺船何處梵鐘開墅色羣飛宿鳥破江煙悲歡夢斷空千古琴酒情深湯百年

茂苑舊宮何處是艸荒樵徑翠微連

題燕寓眺臺

選得幽居足薜蘿層臺還復敞嵯峨平臨雙闕紅雲近
坐擁千峰秀色多綠綺調來疑下鳳黃庭書徧不須鵞
中宵沆瀣饒堪啜豈藉金莖出絳河

送瞿元立覲後之辰

漢守河南第一功褰帷秀色出江東五溪煙瘴隨車豁
三楚雲山入賦工飜手難知應世路推心易化是蠻風
從他地有丹砂在不爲求仙效葛洪

次新封廨中同廣文平光亭橋梓夜坐及凌曉餞

別　　陳禹謨

共君疇昔擁皋比此日相逢話舊時造膝不知膏燭盡
臨岐頻把酒盃遺繁霜隊地成銀海殘雪封條徧玉枝
此去無過經歲別白溝重渡與君期

登吳之矩祠部雲起樓二首　　繆希雍

危樓百尺倚雲開紫氣遙看五色裁名酒自淹佳客坐
雄文偏致美人來花時百雉明如錦雨後千峰淨若昔
極目空青同上界不妨高卧迴塵埃

雲移日影上層樓望入蕭疏四野秋沆水月來光欲動
官山雨過翠堪流憑虛作賦思揚子坐隱黼書快鄴侯

千古勝情聊此寄超然玄覽在滄洲

春日放舟石湖遂登上方眺遠

寶幢倒影入湖流山色凝空翠欲浮僧在上方如佛國客來吳苑勝神州花堤遠映王孫路錦纜渾牽士女游日莫芳非雜歌舞五陵歸騎擁輕裘

昔過破山寺有詩存者寺色松頭二句餘不記也鉢庵上人秋日來告閉關輒爲補一篇奉贈

邵登

遠公一食罷初晨五柹先生舊結鄰江上綠陰虛片棹山中明月叟何人千年寺色松頭冷半日茶煙竹裏貧

聞道神通無住所闢門何必是眞身

題選卿餘適山房　潘世美

端居林麓謝塵緣松麈蒲團得自便拄頰西山時致爽
據梧南郭即遊仙千篇點抹麟經筆萬室涵濡橘井泉
徑有求羊非寂寞幽人從此樂陶然

錦峯絶壁圖送趙太室入覲　陳國華

虬蟠十里兀杈枒丹壑磨霄綺障賒紫氣龍葱滄海蜃
晴光璀璨赤城霞懸崖半落天河水絶巘全低月樹葩
持却峯頭片廉石憑將好景鳳池誇

月夜聽美人吹笛　徐崇賢

豈是紅粧感別離笛聲雅奏遏雲飛調翻玉指流香澤
曲度蛾眉出翠微楊柳折來春未曉梅花落處月爭輝
夜深不惜殷勤奏露下輕綃濕紫衣

秋夜把酒有感　徐崇誠

林外風高木葉飛天涯孤客思依依寒光飄動芙容劍
秋色空凋薜荔衣五夜鬲歌雄氣在十年遊俠故人稀
漫將濁酒消銀燭一醉胡床穩息機

題又玄世丈朝爽樓　宋掄中

西山爽氣映齋前小築樓居逸興偏凭眺欲窮千里目
卧遊遙聽百重泉還丹養就仙源近文苑編成奕世傳

蝸角悠悠何足問與君物外叩三玄

夏日閒居　　徐待聘

陰陰綠樹覆虛堂靜掩重門白日長一榻竹風塵不到半簾溪雨夢猶涼松濤鼎沸茶看熟花霧吹毫墨吐香湯説北窗聊寄傲時時高枕到羲皇

題小輞川四首　　錢達道

爽氣西來半入城迤邐如在輞川行金銀宫闕依稀見蒼翠峰巒點綴成水色似分藍水碧山容疑占玉山青世人誰解林泉樂今古無過兩右丞

高閣憑虛一水分心空嬾與世相聞清泉洞口招麋友

白石灘頭數鶴羣溪地槐陰晴澹蕩點溪花雨晝氤氳
歆湖欒瀨停青雀摩詰風流屬長君

一徑通幽杳莫攀白雲深鎖薜蘿關城頭錦障煙中樹
屋角青螺水上山石磴互循華閣迴藥闌斜遶畫廊還
品題不乏名人筆滿壁琳琅取次刪

翠拂湘雲玉萬竿孟城風物總奇觀尊前竹葉和花醉
扇底芙容隔樹看金縷遏雲秋引鳳紫簫乘月夜吹鸞
獨憐裴迪歸來晚華子岡頭好挂冠

盤山寺

盤谷煙霞滿榻生偶來一宿萬緣輕山將夜色侵衣冷

雨帶溪聲入座清玄覽恰宜麛鹿性幽栖偏洽薜蘿情
松窗好作仙遊夢回首諸天正杳冥

望夫石次周文載韻

一從分鏡恨無邊寧許操持石樣堅水落寸心澄素練
月明孤影對青天聽猿欲斷腸誰續望雁將枯眼自憐
當日結褵如可記千年江上忍留連

秋懷　陳以敬

秋來無日不清暉最恨邊庭羽檄飛跨海樓船師乍返
征夷節鉞計全非霓裳一曲愁鼙鼓羌笛誰家度短扉
萬里關山明月夜幾人征戍憶寒衣

送前廣文復齋楊先生還江山　許儁

長亭曾是悵離筵越水吳山隔遠天門下侯芭思問字亭中楊子自成玄從誇絳帳三千士已冷青氊十五年此日相逢如夢寐忍看風色送歸船

送孫漢陽雲居遊越　倪鉅

解組歸來不記年勝遊重泛武林船江邊桂棹搖明月湖上芙容卷莫煙三竺雲光邀載筆六橋秋色候吟鞭山霧近識蘇門嘯清夜鸞音萬木傳

因僧訪妓

少年鞍馬洛陽春老去煙花強自親偶挾祇陀園上客

言尋桃葉渡頭人慈雲御月停歌扇飛錫憑風度舞裀
此日借君甘露水將從巫峽出迷津

梅花　薛僙龍

羅浮夢徹韻常新肯爲愁多損玉神竹外松間數枝雪
江南塞北一家春遥傳隴上逢歸使忽到窗前是故人
千載西湖見孤賞冷香疎影合清眞

桃花落同顧朗仲賦

武陵春色欲蕭條樹樹殘紅作雨飄數點游絲留宿暈
半林斜日澹餘嬌錦江有浪驚魚舞玉洞無塵襯馬遆
惟有主人深避世恐招漁父問耕樵

嚴道澈携具過邵耕夫山居

寂寂松堂寄碧岑羊求竟日許追尋琴聲半咽泉聲響酒色偏同樹色深揮麈劇譚名理出開窗挹爽翠嵐侵吾曹解得丘中趣暢飲何須問陸沉

春莫遊寒山贈趙凡夫　　金定樂

十年埋照翠微居一片玄襟自泊如搜石忽懸新瀑水買山因復舊精廬雲間松吹和仙梵春盡岩花滿道書不厭野人長問字到來心地日清虛

生輓詩爲張廉水作

曠達輸君老未衰輓歌先倩故人裁請看峴首碑安在

浪說雍門曲易哀寶劍會須當日贈素車空笑異時來
亦知身後名千載不博生前酒一盃

江上登君山

湛湛長江控碧岑茫茫身世此登臨背岳棟宇鄰魚鳥
破浪帆檣自古今秋樹北浮沙縣小莫潮東落海門深
一尊欲酹春申墓蔓艸荒煙何處尋

題嚴道澈乾坤一艸亭

晚節遺榮薄世緣香亦葺宇最微邊玄經艸罷頻中聖
詩卷添來半入禪隔塢竹音鸞吹雜到窗松影鶴巢圓
采真況與仙壇近巾易常時帶紫煙

賦得吾谷楓林簡張元春畫史

蘿徑松扉盡日行每于霜葉夏畱情到來空谷疑丹穴看去寒山似赤城繁綵幾經涼露濯餘妍猶共晚霞爭尊前顧託僧繇筆揺落毋勞客子驚

桃源澗妙音庵

積翠陰陰澗道深山腰香閣俯珠林晴雲半是栴檀氣迸水長含梵唄音春晚桃花聯衆壑雨餘瑶艸徧層岑松門片石無纖垢趺坐時生出世心

遊支硎山

道林長往此山空霧睨相傳有梵宫碧嶂盡圍初地外

青蓮重吐劫灰中（時寺被火重建）鶴亭樹偃蘿陰合獅嶺嵐飛石勢雄濟勝自來饒勝具采眞期與許詢同

詠劍　邵濂

牀頭蒯緱起悲風霜鍔稜稜紫氣籠慘澹晝鳴風雨室精芒宵矗斗牛宮張雷未是眞知巳荊聶由來辱乃公短後曼胡何足論倚天耿耿待英雄

江夜寫懷　錢希言

冠子橋西舊艸堂書籤藥裹亂匡牀桂憐寒影猶分月梧惜新枝未護霜婦歎豈堪蟲網戶人歸不及雁齊行越江烽火驚初定好借明駝到故鄉

會稽懷古

越王楯甲此會樓玉帛來同古會稽秦望樹侵滄海北禹陵雲谿大江西亭移曲水花空癸墅廢東山鳥亂啼一片鏡湖秋月白夜深飛度若耶溪

揚州懷古

粉盡香消王氣收煙花猶記古揚州錦帆帝子行何處白鶴仙人去幾秋[redacted]木春雲經戰馬蕪城明月想歌樓少年作客渾無賴半逐銀箏半蒯緱

客思

一夕西風客思驚雨聲颯颯和江聲酒因病減愁偏重

衣爲寒添橐漸輕漁火夜腥雲夢澤瘴煙秋瑣岳陽城
無端又破還家夢楚水依然遶去程

登拂水嵓　孫森

盤磴縈紆入翠微忽開霧境列嵓扉石支天半連雲冷
泉激峰頭挾雨飛極浦晴光搓海樹平沙息雁落寒磯
坐來仙樂繽紛久欲拾青霞滿袖歸

乙巳菊月過安茂卿西林有懷

秋入林塘晚更幽獨携餘興極冥搜路穿松徑初逢月
酒到詩成正倚樓金谷池臺閒白日文園詞賦漫千秋
阿嬌亾恙胭脂冷紅葉蕭蕭點客愁

過選卿世丈餘適山房賦贈

朱門先達髯誰青，肯擲紅顔老一經。定勝巳知韜白璧，閒來猶喜註黄庭。息陰可是能逃影，不飲何妨辨獨醒。自笑支離畏途客，相看惟有羨鴻冥。

秋夕過天王寺遇雨宿九蓮上人山房得林字　何世滋

來訪名僧尋古刹，穿過松徑入橙林。山間碧殿溪秋色，樹裏疎鍾帶磬音。榻擁寒雲清曉夢，燈縣微雨發孤吟。吾生不戀區中業，乞食還餘物外心。

同集孫子桑山居賦贈　翁應祥

艸玄新構子雲亭况復開尊有客星拂坐樹留霜後綠
當筵山疊雨餘青卜鄰已自徵同調醉德何須問獨醒
我亦疎狂貪着屐閒隨杖策過林坰

客館憶北山書屋兼訊朗上人　錢爾光

搖落偏令客思多故山秋色已蹉跎疎籬菊冷人何在
荒徑松閒月自過梵隱林閒隱墜葉詩裁總下幾沉哦
鍾靈移草休爲勒不是塵纓耻薜蘿

夏日同卓左車何晋生西湖舟中讌集

畫船張晏碧湖中四望晴巒翠色蒙公子風流名自滿
諸賢星聚德兼隆沿堤疎柳垂簾綠映水芙蓉拂棹紅

興盡東南人共醉清歌一曲夕陽空

繆升潛滇南歸余過訪齋中遡別時越三十載矣

悲喜交集賦呈二首

天涯寥落自何年倏爾相逢別思牽劇語壯心猶未耗
驚看衰鬢總堪憐一杯酒盡黃金散五嶽游成芒屐穿
風物故園依舊在與君酬賞倚花前

十載飄零萬里遥何期握手是今朝故山遶舍嵐長動
踈柳當門色未凋句曲陽春生黍谷匣中寒劍傍雲霄
向來離合君應念莫遣關山興復驕

感遼事賦　周儼

萬國車書統漢官一隅狂逞嘯呼韓游䰟奮臂當車勇
枵腹操戈入陣難城壓黃沙宵鼓絶山齊白骨曉風酸
滿朝肉食誰憂國空使書生恨賀蘭
邊塵飛警怯多官尟愧臨戎有范韓局外是非開口易
軍前生死置身難李陵有恨歸心絶楊業無援戰血酸
借得尚方誅佞劒未須連夜斬樓蘭

中秋詠贈錢二子健新婚　何夢齡

見說中秋勝別夜中秋此夜叓情深微雲影月多因夢
香霧撩人漫縻尋飛鏡照粧渾似玉空輪入帳只疑氷
嫦娥攜得蟾宮桂頻囑仙郎好用心

山居自咏　釋法乘

寂寂空山風氣清人間何事得關情春歸竹院知林色
客到柴門聞犬聲澹澹水光魚自躍疎疎花影月初生
夜深猶向峰前立幾點殘燈隔樹明

留別武陵諸君子　釋慧秀

仙源景物恣清遊無那寒風動別愁芳杜暗凋湘浦夕
哀鴻斜度洞庭秋情眞夢繞桃花澗江永神驚竹箭流
歸去石城霜月下憑闌西望思悠悠

聞錢五卿使君被謗再謫有歸田之志仍赴楚中
携家奉唁二首

舂陵故近五谿蠻刺史終緣薏苡還舜目自來明似日
魯門不道險於山一官解綬眠方穩萬里携家履未閒
珍重加餐前路遠高堂二老待承顔
廿載勤勞兩謫官畏途眞比太行難屠羊返肆臣何慕
失馬從天翁自安棊局已殘休角勝射工雖巧莫含酸
請婦雞肋譚鄉土城裏青山足考槃

春日走天台道中　釋圓融

歷盡羊腸路轉賒峯巒曲折似褒斜泉飛濂洞常疑雨
花汎桃源半落霞藥艸清香迷客路桑麻深處見人家
杖節不倦尋眞隱隱隱聲聞御鹿車

觀荷　　張惟默　羽士

心憶芳洲水氣凉，芙蕖相向滿横塘。葉翻重露朝猶翠，花帶浮煙午亦香。騎馬未邀山簡醉，凌波先試洛神妝。他時更覓如船藕，會碾飈輪太華旁。

九日復登彌羅閣分得潭字

澤國秋光萬象涵，縣崖高閣聳精籃。振衣散去峰頭雨，揮翰飛來樹杪嵐。詩紀勝遊仍共賦，酒當佳節肯辭酣。興豪不覺諸天暝，鸂鶒雙雙下碧潭。

海虞文苑 卷之六

海虞文苑卷之七

邑後學張應遴選卿甫輯

五言絶句

石屋　林大同

日出千山曉空嵒鎖翠嵐久傳通少室未得遂幽探

秋浦晚罾　吴訥

澹煙起前汀斜陽沉遠樹漁翁罾未收家在溪邊住

西溪奇樹

聞説幽棲處西溪樹最奇酒酣閒坐久面面好風吹

秋夜獨坐　陳符

雲斂碧天秋星河澹不流憑闌玩清景斜月隱銀鈎

竹影　程宗

因風搖石砌和日上窗紗欲遣詩人興娉婷舞態斜

滄洲漁唱　蔣綺

十里清江曲高歌送夕陽悠然不知處漠漠水雲鄉

長江夕照

渺渺東流遠亭亭落日斜碧山與紅樹掩映白鷗沙

晝坐　桑琳

綠陰坐來靜爐煙裊輕絲默照澹忘言此妙無人知

遊昆湖　桑瑾

蘭舟蕩雙槳載酒藕花莊劇飲不知醉梧風生晚凉

客居偶成　桑瑜

山館僧爲主門閒掩薜蘿客愁如落葉偏在雨中多

雙竹　李傑

兩兩湘江玉新梢着露低月明秋水濶應有鳳分飛

西嵒拂水

六月西嵒上南風拂石湍無雲何處雨灑面作輕寒

題畫

秋山澹蕭疏興到時一徃空林積雨餘石上苔莓長

山中宿

山深風露凉，臥久不交睫。夜半秋聲來，先到梧桐葉。

次韻竹月僾面爲僧題　王鼎

別君湘江陰，十年塵滿襟。相對坐明月，一寫萬古心。

古別離擬孟東野　桑悅

傷心別君淚，垂垂滴中庭。一庭芭蕉葉，天晴雨聞瞉。

倚杖吟　王授

倚杖出咢扉，秋入荷衣冷。淸風吹栁條，素月照松項。

僾面次韻　桑翹

曲曲春山路，桃花水拍堤。滿身雲氣濕，來自禹門西。

病起　陸潤

臥病經旬久開窗思有餘不知秋已半黃葉滿庭除

誰家舟　丁奉

誰家舟似瓢搖出菰蒲曲忽唱采蓮歌驚散鳧鷖浴

曉下盧山　徐昌穀

下山鼯鼠啼藤竹使人迷多謝東林月殷勤過虎谿

答獻吉

花發平章宅鸎啼省樹春殷勤花鳥意愁殺獨遊人

江南樂

江南道里長荆襄在何處聞郎昨夜語五月瀟湘去

隴頭流水歌　三首

隴水嗚咽流各自東西下生男不下堂生女棄中野

其二

下隴磨剪刀刀澁指爪柔將刀斷割水那用東西流

其三

隴水嗚不止侶聞阿兒語出門不見人肝腸斷絶汝

鳳鳴亭

鳳鳥期不來瑶華幾銷歇唯有山中人吹簫弄明月

敬亭霽雪　錢籍

霽雪光皚皚敬亭寒正肅獨誦謫仙詩梅花落香玉

山塘八曲　邵圭潔

出城十里山蒼碧映澄水棹歌隱隱聞中有採蓮子

其二

春言拾瑤艸秋言采芙蓉吳風半如晉水面行歌鐘

其三

神仙何處遊應在此山頭曉粧湖是鏡宵憩石爲樓

其四

移舟渡渚曲長吟出松際襟袖生雲霞山頭吐靈氣

其五

一水東西流滋彼南北田四郊多水旱山社慶豐年

其六

馬蹄緣磵熟帆影帶村斜長作西歸客看山直到家

其七

石門傍天高飛雲自來去雲去蒼崖明萬點珊瑚樹

其八

妾家湖之濱郎住山之曲盈盈隔一水相思栟條綠

山塘八曲 次邵北虞韻　沈應魁

青圜北岸山綠遶西湖水一聲衝露飛知是河滿子

其二

山光金翡翠樹色玉芙容拂水嵒頭寺風傳飯後鐘

其三

煙月雙湖水秋雲萬樹頭誰將鸞鶴侶吹引到山樓

其四

山人家翠微俯視天無際深冬煖於春知是流雲氣

其五

傍山長雨澤何處不耕田但願無豺虎安居即稔年

其六

樹遠湖波靜雲深石徑斜柴扉驚犬吠明月到山家

其七

妾住虞城東蕩槳看山去逢人問春色指點西山樹

其八

長有綺羅人拾翠蒼山曲上山桃花紅下山柳枝綠

楊花曲　錢詔

暗逐遊絲下輕隨白燕飛青樓腸斷處片片入羅幃

咏扇上螳螂蛺蝶

螳螂餐曉霧蛺蝶夢天涯怒臂當何轍芳心莫戀花

看竹　錢籌

不問誰爲主先來挹翠雲清風落天際滿耳碎琅玕

閒居雜興二首　沈晃

高齋朝睡起秋日照[illegible]嶂人間桂花落半在衣襟上

其二

缾酒每易空園蔬時自擷臨觴固多娛抱甕詎爲拙

虞姬怨

凄風驚夜帳泪逐楚歌傾不是君恩重誰令妾命輕

採蓮曲　二首

蕩漾木蘭船采蓮清湖側誰知妾心苦正是蓮中薏

其二

采蓮莫采葉葉盡不遮波下有鴛鴦宿秋來零露多

明妃曲

一識君王面翻爲萬里行空憐漢宮月伴妾到氊城

屐屧歌

箕箒力不衰猶堪奉君帷君心能再爇不作扊扅灰

雜詠　周詩

虹垂宿雨收積翠浮林薄踞坐面羣山泉聲天上落

席上贈譚者朱生　趙用賢

故人住南郭瀟灑北窗風青山對捫蝨一語千秋空

詠綿花　湯氏定宇室

車發層雲吐絃鳴白雪飛絲綸全在手經緯任從機

中峰石潭　孫七政

潭影落空山孤雲碎寒碧誰知桃花源可比青蓮色

脩竹埤

六月懷長林清風發靈籟散髮讀楚騷衣裳襲虛靄

古梅詞

微月映寒蕊孤芳不成影時着雪中花猶見江南景

贈張小姬

小小青樓妓幽蘭半吐芳舞成楊柳態知斷幾人腸

南都送無美東還二首

淮水月正白寒塘花始開那堪花前客此夜不重來

其二

君下吳江煙我留秦淮月何為一水間依依不忍發

題麗人傷春和韻

粧竟臨落花含情悄無語不恨長別離但惜多風雨

聽鳥啼

盡掃塵中慮忽來空外音此時楊子徑剩有落花深

六橋晚步

儈歸三竺晚雲斷六堤秋奈此滄波上荷花送客愁

贈楊茂才　　王嘉謀

茆屋清溪上中間半積書酒船門外泊知是子雲居

題畫贈隱者　　金澄

秋庭餘衆芳蒼松半倚石山徑絕無人孤雲共晨夕

桃源澗　　張紘詩

誰移武陵桃栽傷虞山石漁郎休謾猜中無避秦客

夏日偶成　錢繼科

畏暑出門嬾端居鎮日閒飲盡床頭酒看餘屋背山

山中秋夜　徐培

空林採樵散野鶴帶雲還影落松門月幽人欲下山

客思

遠道平蕪色青青空復春誰知歸雁後未作故園人

山樓薄莫

澹澹孤霞莫蕭蕭萬木秋衆山斜照裏人倚翠微樓

題一朶牡丹　嚴瀓

甘露曉方潤香風莫不寒洛陽春色滿試向一枝看

除夜　陳禹謨

歸與秋風裏星回此駐軺身同臘是客去住只今宵

紙　錢達道

試剪剡溪藤濯以剡溪水製成玉版箋供爾副墨子

雲山夕照

層巒一段雲冉冉隨霞起短笛橫斜陽無腔偏入耳

咏泉　繆雲鳳

寺遠曲曲流泠然沈清瀨泉響不聞鐘鐘聲落山外

湖上雜詠三首　邵鏊

流雲起茲嵒流水遶茲舍中有讀易人水雲常不夜

其二

桂樹日以稠露華日以滋舟移遠水近徑入高山低

其三

當時厭秦苦飆然爲此去眞令漁子入亦復在人世

雜題　徐待聘

悵望高秋景西風吹鬢寒故園何處是松菊未應殘

其二

竹林新雨過明月澹窗虛自君之出矣無人話索居

華子岡　何允濟

落日天共遠白雲望不極歸來霞氣多衣裳滿秋色

客思　徐崇誠

寒生紫綺裘霜落鴛鴦瓦何處最相思孤館銀燈下

玉堦怨　徐崇賢

玉堦明月上皓影射雕梁斜倚熏籠坐無心換夕香

天池道中二首　金定樂

煙火翳雲蘿家家焙新茗香風松際來吹我塵夢醒

其二

出郭歷羣山度嶺山踰邃幽討不知疲行行入蒼翠

閨人落梅怨六解　錢希言

妾有玉臺梅霜中不肯開春風乍披拂又送落英來

其二

花信一番急枝頭已半空年年望歸意只在剪刀中

其三

儂情比落花歡意如流水不種煩冤根那結相思子

其四

下枝花委地上枝花撲床嫁得浮雲壻朝朝泣粉粧

其五

莫畱地上花急打枝頭雪雪態慣相輕花心不曾熱

其六

掃却粼粼月何須照綺疏機中餘織素不是竇家書

子夜吳歌　嚴濟

東城桃李花西城楊柳色不是遇歡來春華誰共惜

常雲峰　姚宗儀

英英生白雲重重浮玉案帝鄉如可期日夕栖嵒畔

閨怨　陳裕

妾似風中柳郎似風中絮柳自帶愁眉絮去知何處

夜坐　釋法乘

夜深微雨後定起竹房寒一片藤蘿月清光誰共看

七言絶句

題陸子善所藏書　張著

江閣空明宿雨殘，青山如洗隔簾看。神仙不記天台路，萬壑千峰莫色寒。

題畫

千章緑樹濃欲暝，萬壑頹雲濕不流。昨夜溪南春雨過，桃花無處覓漁舟。

題三泖歸帆圖

三泖湖邊是故廬，白雲長護水窗虚。杝樓灑酒歸來日，恰問鄰船買得魚。

過鶯嶺關

緱氏東山擁翠屏，石門天削倚蒼冥。崧陽明日重回首，三十六峯雲外青。

聞雁

啼破江雲第幾聲，西風吹送過前汀。也知今夜南飛去，不向瀟湘即洞庭。

晚發安陸州

遠山如黛隔江青，月轉天河白露明。過客無心聽郢曲，夜深船發楚王城。

奉命出都門道中　施顯

蹇驢駝病出京華，謾策唫鞭看落花。借問呢喃雙燕子

隔溪楊柳是誰家

竹枝詞　繆佹

初三月子似彎弓照見花開月月紅月裏蟾蜍花上蝶
憐渠不到斷橋東

紅梅二首　黃鉞

懸崖倒挂一枝斜沉醉東風萼綠華不是金丹換儒骨
定隨王母酌流霞
東風昨夜到山家玉骨冰肌暈紫霞但得歲寒貞節在
任渠錯認是桃花

空心亭　季箎

寺裏寒潭百尺深冷涵秋氣碧沉沉風波不動開明鏡
恰比山僧入定心

題畫四首　吳訥

數間茆屋萬重山山裏閒雲自往還老我何時歸故隱
晚年心事等雲閒

矗矗蒼松護艸廬閒花幽艸滿庭除呼童瀹茗消殘醉
一榻清風午夢餘

雨過尋芳出較遲小橋平水路參差落紅點點春容減
愁絕東風聽子規

籬菊歸來手自栽天寒徒自傲霜開蘭枯枅瘁時將敗

獨把幽情付酒盃

罷釣圖　顧立

罷釣歸來泊水村數聲欸乃隔江聞船頭短棹隨波去
載得湖南雨後雲

七夕

耿耿銀河西隔東一年一度鵲橋通遥知今夜雲機畔
應有新愁怨曉鐘

江村　陳符

風作秋聲落樹間雲將雨意度溪灣蒹葭黃葉江村路
時有漁樵自往還

感廢宅　王珙

短棹隨潮過遠沙斷橋疎栁兩三家長蒿深匝門前路野菊無人秋自花

漁樵問話　錢洪

君在煙波我在山乾坤俱得此身閒風前湖上斜陽路今古悠悠幾醉還

題畫雁

九月江南兩岸秋蘆汀蓮渚舊曾游也知菰米浮波處不似黃沙斷岸頭

題荷花小幅　陳宏

青菂何年種滿塘芙蕖搖影妬新粧不知誰剪波心襪
狼藉紅雲幾片香

千崖道中　　程宗

巢居人住艸樓中瘴水蠻煙處處同綿竹笋穿籬外紫
刺桐花落路間紅

橄欖坡

欲去前途日已斜蒼煙白艸兩三家坡頭夜半西風急
吹得寒霜滿地花

陳橋懷古　　徐恪

藝祖興王此駐兵風雲長護鳥還驚蕭條細栁無多在

畱與陳橋記舊營

江村莫景　桑琳

淸溪到海只十里茆屋沿村有幾家向晚漁舟迷去所狂風飄雪捲蘆花

過高郵湖　桑瑜

湖水生寒蘆葉稀秋來湖上幾人歸莫雲垂處天三尺不礙孤帆帶雨飛

題畫　李傑

夏木陰森覆碧灣溪風不動鳥聲間茆齋盡日人稀到隱几無言對遠山

訪呂山人不遇

青林一逕入山家門外溪流碧玉斜茆屋日高人不見

春風吹落刺桐花

海亭

秉燭來遊海上亭雨餘艸木帶龍腥夜深不辨亭前景

彷彿秋濤響四溟

題紅梅

杖藜行過小橋西滿眼春光思欲迷不識孤山山下路

幾回錯認武陵溪

與友人維摩寺小飲　王鼎

暫依禪榻息塵機墻外東風晝掩扉欲上高峰尋舊迹
輕衫短帽不禁吹

回馬峯

玉勒追風日未西前驅尚有幾重溪問渠欲度頻回首
可是臨流惜障泥

宿還道中寫懷　陸潤

片帆高挂疾如飛遇酒何妨便典衣却羨牧童牛背穩
夕陽林下倒騎歸

招賢里　桑悅

魏闕遙遙楚天碧滿眼白雲江水急小山叢桂不聞歌

秋空月冷黄金泣

題畫

浮雲出没吞逢岑小亭日日巢秋陰美人如玉不可見

松子自落空山深

題脩竹美人圖

脩竹涓涓野水旁薄寒翠袖倚風長沉香亭畔春如海

化作巫山一夜凉

游霧谷　　周木

霧谷春來花鳥繁管絃遊子競追歡凄凉古殿風霜裏

老檜參天獨倚闌

送羅池尹許君游吳入楚　狄雲漢

栟拂楓橋曉發舟，望春春過楚江頭。遥知鸚鵡洲前月，遲爾西登黃鶴樓。

除夕　時中

燈火留連夜不眠，却憐明日是新年。只須坐斷山窗雨，莫遣愁聲到夢邊。

題王時用思親堂　蔣欽

升堂舉眼即思親，世上無如此意真。我亦終天抱恨，爲君書罷益沾巾。

述感辛未下第作

壯心零落髮如絲舊業依然谷口煙蘿壁丹霞將萬里
鳳城龍闕又他年

小園牡丹盛開約梓堂過賞　吳堂

花外春聲過雨鳩花前春酒雜時羞百年身世眞如寄
只有看花解遣愁

梁臺夜月　周光宙

荒苔千古誦昭明寂寞虛亭月五更時有松風臺上過
山人猶訝讀書聲

題點蒼山石屏石圓如鏡上爲十二峰紋細如縷
大祭王公元勛舊物也　楊儀

十二巫山道路難夢中想像雨雲寒詞臣不用陽臺賦
天落芙蓉鏡裏看

邮村秋興 先大夫命作時年十五

樹杪露冷吳綾薄手執牙籤開小閣閒梳短髮曉霞横
閶闔風來荳花落

舟中 十五歲作

輕舟蕩漾過江村海上雲生日未昏山犬出籬驚過客
野翁收網上柴門

絶句

落木蕭蕭野徑昏遠帆近渚各離村空山寥廓行人少

明月寒潮自到門

送蕭若愚　　徐昌穀

送君南下巴渝深予亦迢迢湘水心前路不知何地别千山萬壑莫猿吟

送方山人

嚴子灘頭花落時水清雲碧淨漣漪孤舟相逐飛花去一日看山到武夷

燕京四時歌

天橋垂絲拂建章銀氷千片落金塘煙花萬國行人度遙指蓬萊春日光

暑殿金泉枕碧山清涼樓閣五臺間赤日不行葱嶺北
雪花長繞玉門關

薊門桑葉落滹沱代北浮雲鴻雁多莫向雲中傳尺素
空將明月對嫦娥

葡萄新酒潑流霞十月燕山雪作花天子後庭誇玉樹
昭君胡服拂琵琶

從軍行

青天磧路挂金微明月洮河樹影稀胡雁哀鳴飛不度
黄雲戍卒幾時歸

擬古宮詞 四首

君王無事日臨戎韎韐親調白玉弓千騎紅袍齊扈蹕
臂鷹遥出建章宫
劍舞戎歌樂未休煌煌芝火五城樓班姬獨卧昭陽殿
却捲珠簾望女牛
興慶池頭漏未闌梨園子弟曲將殘花前更進梁州伎
無那西宫月色寒
馳道毿毿御栁垂春風挾彈羽林兒武皇親御長楊殿
勑與龍駒控鬣騎

孫小川携酒登讀書臺　周詩

窈窕仙宫石徑開一尊頻與故人來梁王簪組俱銷歇

蒼檜空餘太子臺

七檜壇夜集

萬丈丹梯碧霧開山人採藥躡雲來石壇夜坐千嵒月
天上時聞笙鶴廻

大石山房同陳方溪聽瀫茶泉

石畔泠泠度好音與君箕踞聽來深塵埃不起人間慮
始信寒泉能洗心

送姚季和羅巢春遊

不斷青山罨畫溪煙花樹色使人迷年年買棹溪邊去
一路春風聽鳥啼

田園雜興　鄧韍

溪上桺花吹作萍遊絲無賴舞中庭幽人不來山欲雨
坐見北窗開翠屏

三月十日山塘舟中

十里紅桃夾岸栽船衝細浪縠紋開雨舷徙倚方思枕
又見前山擁翠來

予愛江隱隱居爲賦小句

杏花村巷酒旗懸白石橋頭桺映川日莫爭喧潮拍岸
小樓燈火到商船

漫興　錢詔

紫燕黃鸝如有識峭風寒雨奈無情一春獨對花開落怕客敲門問姓名

四月寫懷

紅霰碧苔花寂寂綠陰淸晝鳥關關誰言四月無霜雪都在愁人鬢髮間

木港營次韻　陳逅

寂莫荒山萬里程斜陽芳草對孤營東風不負遊人意忽送啼鸎三兩聲

贈妓曉雲　錢籍

茜紅袖子石榴裙此是巫山一片雲怪底五更飛不去

沈煙梳月弄氤氳

偶成

寥落江村見荻洲美人千里思悠悠偶然雙雁雲中下
占斷瀟湘萬頃秋

夜泊唐墅

夜泊西江秋水清滿船惟有月華明棹歌何處悠然發
聲斷蘆花恰二更

不寐　蘇子來

枕簟涼風半掩扉誰家敲月搗寒衣相催促織聲凄切
鄰婦三更不下機

蘇門雜詠　五首　　邵圭潔

莫話輿亾事已睽秖今風土擅繁華秦商蜀賈三千姓趙舞燕歌十萬家

倚雲樓堞抱長濠南北征人集萬艘處處釵提金絡索家家酒進紫蒲萄

茶磨靈嵒矗紫蒼畫船如屋下横塘蒲洲細落鴛鴦隊桺陌低廻翡翠光

醎泙和酥醉未醒綠窗徐起怯吳綾平川蕩槳忽十里深巷賣花時一聲

小年兒女美姿顏銷費鉛華一擲間百琲鈿揮梳鳳罷

千金囊盡闘雞還

寒食

禁煙遺事傷千古佳節驚心又一年多少人家藜藿盡
不逢寒食也無煙

湖村雜詠

賣魚小艇隔溪歸溪上家家啟竹扉拍手兒童笑相報
晚來新得紫鱸肥

題畫　陸龍

汀蘭岸芷綠芊芊浩渺晴波際北天三月江鄉渾似畫
落紅長撲釣魚船

少年行　　陳潛

蕭郎遠使曲江頭繫馬垂楊上酒樓忽見當壚人得意
便交忘却去封侯

對牡丹有感　　朱性

醉裏風光夢裏家春深無處不堪嗟瑤臺一種傾城色
半倚雕闌半落花

牧牛圖　　桑榮

緑遍郊原艸正肥桃林春午謁晴暉數聲短笛青山晚
莫待斜風細雨歸

雨中　　邵玉潔

春陰門外天涯隔水滿溪頭客信稀欲與梅花向明月
東風無力送雲飛

畫海棠　錢籌

臙脂瀋瀋玉浮紅絕豔常宜繡幄籠昨夜露華輕濕透
曉來無力不禁風

梅花道人湖村小景　桑介

清溪曲曲是誰家綠樹陰陰繫釣槎風送片帆歸別浦
數聲漁笛隔蘆花

桃溪詩贈孫山人　嚴訥

桃花千樹遶溪斜溪水盈盈漾錦霞溪上主人無俗事

却将春色染桃花

塞下曲　沈應魁

六月霜風薄戍樓三更雲漢入邊秋崆峒漫倚氷花劍
隴水胡笳急莫愁

揚州道中

畫橋低拂錦雲流采石東連白鷺洲滿地瓊花向誰媚
一江蓬艸喚人愁

述感甲辰以薄誤禁不獲應制拂衣南還作

幾年虛作看花夢萬里空餘彈鋏身此去蹔隨猿鶴伴
故山應不怨歸人

賦就十年投未得淮南仙樹枉招尋東流漫逐蘭舟去
捧日猶縣魏闕心

醉歌　　沈晃

姑蘇臺前遊麋鹿越王臺上鷓鴣飛興亾莫問千秋事
湖上春光催典衣

少年行

當卻金鞭酒肆中馬蹄未肯踏殘紅五侯門第俱深閉
醉倚月明聽禁鐘

奉寄紫琳翁

抱玉幽棲意自高雲霄已付鳳皇毛深堂四月桐花冷

閒就爊爐染雪蕉

平江謠

壯士橫戈久不還夷虜憑陵青海灣城烏啼破金閨夢
不道閶門是玉關

胡人牧馬圖

紫塞秋風苜蓿殘龍媒不入漢天閑紅絲尾斷銀蹄裂
老向戎王羽獵間

秋林　程蒙吉

白石蒼苔靜掩門寒蛩吸露鳴蜩歇砧聲斷續何處村
木葉蕭蕭半林月

秋葵　　張煒

不隨春豔鬬容光，留取丹心待晩芳。薄雨潤濡黄淺澹，倩人呼作道家粧。

採蓮曲　　黄廷竹

十里芙渠生晩霞，蘭橈隨意點明沙。隔花遊子休相問，妾是羅敷自有家。

題紅梅贈易道士　　貢宗錫

綠蕚仙人服鼎砂，春風兩臉潤朝霞。一聲鐵笛江樓上，還勝玄都觀裏花。

贈琴師楊桐月　　張熠

琴師種桐今幾圍幾年和月砍孫枝斲就雲和撫幽寂
半天秋思瀉金徽

壬子秋再至館中雨窗書感　陳儒

門揜西風雨未晞羞將青鏡問年華疎松秀出寒嵓色
不及天桃帶晚霞

春懷　王嘉謀

隱几昏昏白晝長衰年世味已相忘山窗莫道無清玩
零落梅花點硯香

雨中聞鸎　陳五常

澹雲疎雨晚風輕忽有黄鸝來奏聲一别春光正寥寂

隔林聞處不勝情

青山磯　　陸南英

此地依稀是昔遊壯懷渾欲斷江流于今老去人憔悴
剩見殘陽古驛樓

送戚少保東還蓬萊　二首　　孫七政

南北登壇百戰功只今回首陣雲空惟餘一片報恩意
不使千將笑匣中

征胡幾度急飛書白艸黃沙血染餘一日功成思學道
蓬萊山上結茆廬

詠古　二首

幽燕唾手忽班師明日中原虜騎馳只有陣雲飛不盡碧天猶見岳家旗　岳武穆

休道將軍苦戰深教成歌舞樂揮金獨憐一曲桃花月銷盡英雄萬古心　韓蘄王

寒山寺

蕭蕭古寺少行蹤今古閒雲澹遠峯一自客舟題句後人間無處不聞鐘

明妃曲　二首

向來青鏡未曾親爲度交河照妾身一自影隨胡馬去何年更作漢宮人

一朝辭漢向天驕彈盡繁絃恨未消畫裏不沾金屋寵曲中空怨玉關遥

春雪中過止上人蘭若

欲向滄洲問曉猿故人留我聽玄言一龕春雪埋禪影半嶺梅花映梵門

過宋琴師故居

壁間猶挂竹匡床依舊松風入座凉那得夜深殘雪後山扉和月奏瀟湘

春日期陸大遊三元道院因往北澗春遊二首

山院桃花映碧流何當仙侶共探幽雖無石髓留人少

自有鸎啼駐客遊
千峯松風萬壑春飛花撲面舞沾巾此中莫厭仙源杳
芳艸從來不誤人

雨雪曲　二首

年年朔雪度龍山銷盡春風萬古間一自梅花曲中落
幾人腸斷玉門關
江南氣煖百花紅肯信燕山雪滿空鴻雁不教傳塞北
鴛鴦空自織機中

破山禪院

南朝廢寺石梁前寂寂松聲夜月圓萬壑雲深人不到

一龕燈影照寒禪

周水仙水解水仙辟穀一載忽言天帝詔五龍迎我踏水去

只尺煙波闃死問別留丹訣向人寰空傳海岸蒼龍去

那得遼東白鶴還

秪戀長生蚤棄家鳳簫笙管落天涯珊瑚浪底無消息

紫月宮中有歲華

贍雲溪和尚檢藏虞山

縹緲峰頭猿鶴羣遠探龍藏五千文殘經未了青天月

半偈先空碧海雲

征那虔峒投古寺遇雨

林深竹密鷓鴣啼雲鎖山彎去路迷野寺停驂唫未就
俄然細雨滿春犂

過平海城　倪文美

西風羸馬去遲遲短鬢星星不受吹水浸山城沙漠水
夕陽衰草共樓迷

八月十七夜坐月　陸鳳翔

病客山城思萬重塔垂寒影月明中樓頭夜靜西風急
長笛一聲秋滿空

漁隱釣臺　孫樓

班荊坐處水潺潺盡日垂綸心自閒怪底蟠谿猶入夢

老將蹤蹟到人間

楊柳詞　二首

記得郎行折柳枝，枝頭今已綠千絲。柳絲只解春風舞，難織秋閨萬種思。

孤鸞羞覩雀爲屏，深院無人盡日扃。莫許章臺不堪折，長條猶是舊時青。

搗衣曲

碪聲不及泣聲多，井落銀瓶月轉河。欲把金刀試裁却，蕭郎肥瘦近如何。

閨七夕　四首

前度容光識未真重來短晷易爲晨莫言今歲歡逢屢
翻遣明朝別淚頻

靈烏又促駕明河待月磯頭嬾擲梭屈指三旬再諧笑
廣寒誰與伴姮娥

羅襪盈盈步漢津一回相見一回新天邊月月雙星度
不信深閨有怨人

銀蟾半壁欲西沉絲縷還穿七孔針誤憶此宵常會面
翻疑來月負初心

山行即事　趙用賢

十里山塘九里花輕煙澹淺襯平沙棹歌一曲溪雲暝

片片尊前落紫霞
出水蒲芽一尺強深村門巷柳絲香黃鸝啼歇無人徑
小艇維來傍野棠
春堤幾曲是湖田處處旗亭犧酒船載得醉人歸去晚
半村斜日半村煙
秋江
江上風帆片片開千峯秋色映銜盃誰言水到黃河曲
不似離腸日九廻
水面寒生入鸊鵜江風吹夢落家鄉紅顏一別愁心盡
白髮三千道路長

代閨中憶海上客　金澄

君向滄溟妾影孤愁來水上望長途寸心空逐東流去
恨殺潮聲不入吳

沉尚湖　孫柚

孤帆懸影蒼波泝衝徹寒蒲起鷗鷺長吟搔首潮水平
仰望青天零白露

曉出西關口號

疎栁寒煙水國秋遠山孤棹共夷猶誰云千里蓴羹美
菱角鱸魚滿杖頭

旅館寄內　顧榮

小閣凝寒漏下遲三更月白杜鵑枝兒嬌女幼春衫窄
正是挑燈補綴時

一雲訪包山　　呂吾象

蚤出西關到渡頭片颿斜挿濕煙浮蒼山盡處還無主
且向橫溪詢釣舟

春閨怨　　周宗易

繡罷凭闌欲斷魂東風底事欠溫存等閒數點催花雨
吹上春衫雜淚痕

宮詞　　錢繼科

彩扇翬飛擁駕遊六宮雲繞採菱舟誰憐獨倚長門者

元是三千第一流

虞姬

拔山力盡妾身輕殉主寧辭劍血腥恨殺香魂化爲艸
年年漢地一番生

屋漏厭雨

澤國陰多夏自寒千村飛雨暗江干燈前厭聽簷花落
持却金尊怕酒乾

放鶴亭　姚煦

寂寂湖壖放鶴亭白雲深擁少微星孤山不見梅花發
却向滄浪笛裏聽

山居

載鶴尋僧入翠微梅花千樹帶嵒扉前湖月照空門靜
猶有餘寒襲䄂衣

蟋蟀吟

雨餘艸野亂蛩鳴淒斷空閨思婦驚刀尺頻催衣未就
莫將寒信到邊城

友人見招攜九上茶蘼同往　邵鏊

磁罌斜揷一枝紅錯認薔薇燭影中惆悵陌頭花事了
獨攜春色過墻東

新秋夜有感　繆元吉

寂寂秋聲到上林忽驚暑往簟涼侵思衣舊婦今何在此夜空餘促織吟

月下咏梅　　周易

疎疎影落畫闌干青鳥枝頭夢亦寒試問林逋東閣裏月明良夜幾廻看

採蓮曲　　鄧廷薦

清風湖上水連天十里荷花簇錦鮮兩兩紅粧蕩舟去不知身在碧雲邊

秋閨　　王國祥

霜凋萬木雁南飛朔氣遥憐透鐵衣纔得重裘思寄去

夢蒐迢遞向金微

題樓居晚眺　丁沐

暝色將滅雲入戶極陰欲覆風滿樓卷簾寓目足幽賞
何必跨鶴登瀛洲

春夜酒邊聞笛　徐培

竹堂微月照黃昏一點春燈正掩門羌笛不知何處奏
梅花亂落到清尊

江上有懷

日莫行歌江水涯芙容采得可憐花美人欲贈知何處
一片幽情寄彩霞

送瞿元立之任辰州　　邵昌鉏

千嵒萬壑蔽煙霞應有神仙煉玉砂綽約若逢姑射子
好因風便寄瑤華

紈扇美人

滿地秋風蟋蟀鳴偶携紈扇玉階行同游女伴年猶少
不道凄京是此聲

擬春閨怨　　許鎦

雨濕朱旄點翠衣王孫昔別幾時歸晚來雨霽登樓望
極目流霞帶恨飛

送鄭繼之　　徐漢稺

崤函西去盡氷山萬仞寒光照客顔君道渭城歌最苦
要緣何事出陽關

寄俞三

帝子繁絃動杳冥江空月白九疑青芳蘭不秀春心苦
人在瀟湘隔洞庭

贈鍾清叔　嚴澂

曾將山水向知音獨有鍾期絶古今意到一時千古處
嶺雲江月伴行吟

題嚴道普扇頭畫　許儁

參差松翠石泉流松影泉聲坐對幽回首青山列屏障

何人杖策擬追遊

送陳次公敬夫赴蜀藩幕四首　瞿汝稷

江風吹雨暗江村孤劍憐君度劍門漠漠片帆天際遠
可堪巫峽夏聞猿

翩翩年少擅摛文綵筆縱橫擬策勳萬里此時憐白髮
九天何處接青雲

珠江明月照寒流玉壘晴花映客舟何意迢遥向巴蜀
可緣宿昔夢刀州

祖道無嫌蜀道難右軍懷勝未能看山光疊起環金馬
花氣凝霞覆錦官

落花　　陸化淳

纔看枝上綴芳蕤蚤見墻陰砌軟紅莫怪花神情態薄本來何色不歸空

九日扶病登樓

芙容朵朵印寒流東菊蕭蕭傲九秋病起不堪臨絕巘小凭軒檻望山頭

宮詞　　邵鏊

綠荷清露夜沉沉促織聲繁楊柳深明月自來人自遠空餘秋思立花陰

毘陵道中寄張明府年丈

湖上花香月白時毘陵夜泊幾囘思茱萸忍負尊前賞
楊柳空教陌上垂

戍婦　繆希雍

大漠風高胡馬肥將軍轉戰突重圍征夫十萬何時罷
愁殺年年欲寄衣

四月彭城道中

征人極目草萋萋無限風塵逐馬蹄遥憶江南春事盡
名花開徧到棠梨

江行懷古

鐵甕城頭霧氣籠江流長鎖秣陵東遥知霸業千秋事

惟有青山片片同

陛辭出都門日逢開霽志喜　陳禹謨

雪殘鳷鵲出都城愛日融融向去程應是天心憐客子
特先寒沍布春明

題桃源圖　錢達道

天台何處是仙家洞口年年春正花莫怪劉郎無路入
當時應恨出山差

寄馬校書　徐待聘

淡雲疎雨不勝秋半是羈愁半別愁只尺桃源迷去路
花開花謝水悠悠

雲陽道中

路自迢迢塵自飛落花無賴點征衣雁拖殘雨江聲遠
馬立斜陽山翠微

春詞　徐崇誠

畫船五彩障輕羅試聽吳儂欸乃歌一曲鷓鴣渾莫解
斷腸回首月明多

送友人遊武林二首　嚴澍

三竺雲深鎖莫鐘六溪如練落芙容何當拂袂從君去
散髮扁舟卧綠茸
僾擬當年爲買山到來踪跡竟迢迢煩君問訊東林遠

竹許開池種白蓮

立春日有懷仲元　徐崇賢

春風新水破流澌，玉甲春盤薦菜時。遥憶故人江上别，梅花何處寄相思。

春閨詞

憔悴春衣濕泪痕，殘燈慘淡照黄昏。梨花窗外三更雨，角枕空消夢裏魂。

靈隱冷泉亭　繆玄

凊露氤氲宿樹芬，寒潭風卷淥波文。冷泉坐久聲喧寂，極目松梢度白雲。

明妃曲　嚴濟

賤妾寧辭嫁遠天君王紅粉自三千若知別後春風面
但看胡沙秋月圓

春閨怨

青樓日暖綺春還紅樹庭前嬾去攀枉殺黃鸝啼不住
夢魂妾自度燕山

經竺塢　金定樂

竺塢春晴衆鳥飛璚峰瑤樹迥含暉谿迴徑轉蒼煙隔
秪有鮮雲罥艸衣

少年行二首

玉勒銀鞍滿路光髮蹄拋却鬬雞場日斜扶醉長安陌
紅袖誰家不靚粧

河漢依微片月高曲房羅薦醉檀槽驚聞赤羽傳青海
斜睨天狼拭寶刀

昭君怨三首　顧雲鴻

一閉昭關二十春才瞻天表又胡塵由來錯認君王棄
過眼何曾屈一人

萬里金閨萬里心黃風漠漠雪山陰胡兒盡向琵琶醉
不識絃中是漢音

長門

努力吞聲報至尊何如風雨閉長門宫中無限深居者

不道孤眠是主恩

夏日養痾閒居二首

蓬蒿驕稺擁衡門不道墻西有市喧怪底漁樵知世代
錯嫌雞犬異桃源

返照横窗午睡清茶香吹落硯雲平罷琴兀坐無餘事
淨拂濤箋寫衛生

春日山中對酒　孫森

青山兩岸夾桃花芳逕迢遥到酒家洞口但教傾竹葉
溪邊何事憶胡麻

秋江欵乃曲二首　錢希言

白蘋風急露華溥瓜步灘聲一夜寒要寫新秋江上興
六朝山色帶煙看
秋江何處莫愁家日莫迎郎艇子斜借問江干楊柳色
可能接近白門鴉

虎丘茉莉曲二首

樓臺簇簇虎丘山酙酌橋邊柳一灣三月淥波吹曉市
蕩河船子載花還
惜花人起美纖枝半拾蟲絲半網絲彈却指尖彄玉冷
滿闌寒雪影參差

送繆三還吳門

孤山踏雪雪成泥花裏逢君並馬蹄明發客程何處宿
戍樓煙火石門西

阻風檇李戲代閨人作望婦曲

蛟龍機上度更深臘盡空閨雨雪侵不是金錢無定準
從來難卜是郎心

翁兆隆社兄招飲鄞江署中夜話卽事四首

衙齋寂寂話更長鑿落銀花勸客嘗若道臨邛不解事
何緣少識馬卿狂

游女如雲戲水濱爭誇潘令是仙人擬將渡口桃花色
併作河陽縣裏春

鄞江舊事幾堪論千古傷心月一痕樊謝花藏鮑郎墓錢湖水遶計然邨四明二百八峰蟠雲窗綠玉寒不信謝郎爲縣令三年騎馬未曾看

題畫贈張選卿　陳瑋

天漢乘槎抱異才忽將薑苑杏花栽讀書臺畔堪壺隱紫氣逢看接上台

吳公子攜妓集包山寺竹林下戲題限空字韻　何世滋

忽訝乘鸞到碧空長林瑟瑟度香風玉人笑倚琅玕立

黛色輕將粉面籠

訪齊之吾谷　桑孝光

青岡曲折白雲深強半幽懷屬苦吟許久不來春又莫
藤花落盡換桐陰

光福觀梅　許士彔

何處旗亭賣酒家春風旅邸客情賒酒入香夢渾如蝶
飛入峰頭萬樹花

湖南艸舍　錢爾光

幽人歲月今何如十里湖光一卷書幾夜東風吹不斷
波濤聲急小窗虛

秋日村居偶感

秋來搖落門前柳手把道書坐虛牖忽憶張陳末路情休言管鮑貧時厚

絲絲短髮鏡中逼朶朶寒花籬外新盡日柴門無剝啄江州不遣白衣人

終朝散髮任踈懶連屋書堆一床滿笑指堦前花欲開不知爨下煙長斷

閉門羞嘆食無魚徑沒蓬蒿不欲鋤豈是山公能薦代篋中已草絕交書

空林煙雨如絲墜霜風落紅閒滿地野夫獨酌臨前軒

煑酒掃葉呼童稚

誅茅作庵湖水西繞窻翠竹幾枝低元規塵起扇自蔽

但見落日風凄凄

幽巖叢桂競舒黄秋色蕭條到草堂閒悶祇憑詩句遣

晚來一枕覺初凉

偶見友人北山逢麗姝之作戲爲和之

春游北郭遇傾城一見空餘百感生自是紅顔堪恨絶

休疑陶令賦閒情

山徑逶迤別有村野花千樹遶柴門無端露出如花面

銷得崔郎隔歲魂

弱態逢人不自容嬌羞宛轉滅行踪風流正是西隣客
莫遣登墻與欲慵

下江行　魏浣初

画舫何曾似使君鄢籤不遣傒人聞一尊薄醉一床夢
隨意蘆灘宿水雲

雪牕即事　周儼

雪欺慈竹壓枝寒午夜呼童去掃乹恐有饑禽棲葉底
輕將柱杖打瑯玕

雪滿通衢絶馬蹄多君帶雪訪蓬藜主人不學袁安卧
大笑披裘話剡溪

餘來首蓿換新芻吟得新詩當酒籌修竹數竿初帶雪
半牕寒色也風流

登三皇閣

草枯木落寺蕭條門閉無人晚寂寥惟有湖光開百丈
夕陽影裏碎金綃

春雨惜花

宿酒醒來酣睡足爐煙裊裊茶初熟怪來一夜風雨聲
染盡紅粧作新綠

《蘇州全書》編纂出版委員會 編

·海虞文苑

蘇州全書

甲編

蘇州大學出版社
古吳軒出版社

海虞文苑卷之十七

邑後學張應遴選卿甫輯

傳

何節婦傳　楊芳

節婦姓陳氏蘇之常熟人年十八適邑人何以敬生一女居六年以敬得疾且亟以語覘婦曰吾無子而父母在堂吾旦夕死其可以老親幼女爲累耶婦泣曰君無憂焉君如不諱妾忍棄君之父母與女而有他志乎縱不羞於人寧不羞於心乎二親之養妾之任也幸毋以無子故而疑妾妾足誓不出何氏門矣以敬卒婦時年

二十四辛勤紡績以養其舅姑舅姑疾朝夕省侍久而
彌謹舅姑繼歿治喪葬務合禮度歲時必爲俎豆泣薦
之其艱辛寵寂人莫能堪而婦志愈厲或憫而慰之則
曰吾志無他求其不爽吾告亾人臨終之言而巳矣女
長贅鄭州節判李士安之子杰爲婿以承何氏祀凡孀
居六十有六年以成化八年七月終壽九十鄉黨欲以
節孝之婦勵人者必稱陳氏焉

君子曰婦之事夫猶臣之事君也臣不以國之安危
而變志婦不以夫之存亾而易心然爲臣者知詩書
明理義尚有　君父而悖之况婦人不通古今不習

禮教者乎若陳氏者其節孝之心可謂出於自然之天矣嗚呼此豈不可訓諸人哉

李節婦傳

瞿俊

節婦姓徐氏諱秀安字貞靜元儒茂林先生女生于至正庚子性敏慧閑女紅纫承父訓受孝經女戒諸書識人倫大義年十八歸李景中常熟邑城西隅人也時洪武初國法嚴峻景中不欲仕避地虞山拂水嵒深谷中耕田以自給節婦躬饁餉之景中世業儒通先天歷數之學會詔舉賢良方正授靈臺官赴京抵龍灣疾作以歸卒于家其年廿有七節婦年廿有六即屏膏沐以不二天爲誓所遺孤一曰寅女二俱孩抱母憐其無倚欲再嫁之節婦伏刀前曰吾若改嫁姑何所養子何所恃

請先自盡母懼且止乃還城西舊居務紡績以營家業事其姑朱克盡孝養及卒葬祭以禮逌撫其孤男女婚嫁既畢寅亦僅立門戸承宗祧節婦既得以少慰矣亾何海寇有號蘇將軍者劫掠閭右以及其家寅與節婦女弟之子淩用信俱被害節婦年既衰家益貧再撫孤孫承宗亦底成立當是時節婦守遺孤蓋再世矣正統丁卯有司以其事聞于朝命禮部移文合屬以達巡按兩嚴其實有守節六十七年見年九十三歲氷櫱之操委的異常理應旌表以厲風俗等語方圖命下而節婦已没初其姑之姪朱君漢房仕御史于朝屢言于執政

以速移文既而出參大藩移文遂寢至今士大夫每譚
其事未嘗不扼腕太息也瞿俊曰予友詩人李樵讀節
婦五世孫也常向予詳其實因得瞻節婦墓云初節婦
扶其夫之柩葬山中手植一檜已而節婦沒與爲合兆
忽生連理鬱鬱葱葱喬然百尺其殆節孝之所感哉今
之士大夫所爲節婦憾者以家貧無力弗獲旌表其門
然予觀世之旌表者往往出于貴族之家其他湮滅者
何可勝數也雖然玉潤于山珠藏于淵其光價自不容
揜焉節婦之謂也予故特爲之傳以備他日太史氏采
錄焉

黄叔揚傳

楊儀

黄鉞字叔揚蘇郡常熟縣人少明敏好學家無藏書鉞日遊市肆中見書不問古今即借觀之或竟日不還是時天下新定重法繩下士不樂仕人文散逸　詔求賢才悉集京師鉞父見其子好學甚恐爲郡縣所知數懲之不能止家有田數十畝在葛澤陂因令督耕其中鉞至陂無書讀託市鹽酪率一二日即入城從其友人家借得書道中披覽比至陂輒盡每以爲恨楊滁者元末隱士也嘗避雨泊舟鉞舍旁窺見鉞持書倚簷讀不輟聲乃就視之曰豎子好學至此哉日能讀幾何鉞答曰

若無書讀耳過目不能忘也潾曰我有書在洋海店去此不遠豈子能從吾游乎鉞喜再拜即從潾入舟至其舍與數冊書去自是數數來易潾怪其頻舉所借書問之悉記憶無忘者潾大喜曰吾插架書不僾且未能舉付汝汝當就吾舍讀因令其子福同室而居者三年遂盡其書縣聞之併辟福賢良潾怒之曰吾不幸遭世亂家破族散今獨攜一子耕讀遠郊畢餘生以子好學盡以藏書奉觀覽奈何不自韜晦卒爲人知貽累我家鉞徐曰苐毋患當爲公説尹罷之乃教福結束如農夫且曰即尹有問子但操吳音勿有所對福盡如鉞教因同

詰尹曰鉞與福同筆研數載知福爲深福才能問學並出鉞下而福父老身病不可遣行卽行不足以應詔君且得罪尹心知其詐也不得已乃獨遣鉞以生員除宜章典史洪武二十二年巳卯舉湖廣鄉試明年庚辰第進士授刑科給事中陞戶科左又改禮科居職封駁甚多辛巳[redacted]建文二年以父喪歸其所厚翰林侍讀方孝孺弔之屏左右密言曰北方不靖蘇常鎭京師之左輔應天之右臂也君吳人　朝廷之近臣今雖去當有以教我鉞曰三郡惟鎭江最爲要害守非其人是自撤其藩籬也童俊狡獪不宜獨任吾近見其奏事　上前視遠而

言游此其心不可測也蘇州知府姚善忠義激烈有國士風必能獨當一面但仁慈有餘而御下太寬此治郡之良才恐不足于定亂耳然國家大勢不在江南必待戎馬至此亦已晚矣孝孺乃因鉞附書于善以忠孝相勉期戮力王室以濟時艱危善得書與鉞相對慟哭以死自誓鉞至家因父殯在陂上舊廬即遷居之足跡不入城邑有御史按部至常熟問曰此有黄給事何在邑中無知其家者一老人居與鉞鄰知之引御史舟至陂涘方莫秋收禾堆積邨巷路又泥淖御史乃徒步抵其舍鉞從幕中對語移日家人以貴客至欲割雞具饌鉞

驚曰豈有居喪而殺雞禮客者耶卒以萊粥對食而別
壬午靖難師日促姚善受建文君詔總率蘇松常鎮嘉
興五郡兵馬勤王善以書招鉞鉞以親喪尚在殯請卽
日營葬畢事乃可趨命旣而童俊果以鎭江降　文皇
帝正位　詔梟姚善罪狀收之善麾下許百戶性權詐
因得親善縛善邀賞鉞聞之慟哭遂絕食閉目三日四
夘悉以家人救免或傳言善款服　上赦其罪復瞠目
曰吾知善爲人決無二心吾且少候之善事定吾獨夘
未晚也旣果不夘吾將下報希直希直者孝孺字也遂
復稍稍食其年七月十日善就刑報至鉞起登琴川橋

西向再拜祠而哭之曰吾與君相期不幸有國難義同
許身君與希直同死國吾忍背義獨生乎祠畢詔家人
歸祭具遂從容整衣冠奮身入水死時收善黨急軍士
縱橫郡邑中且訛言將併録戚家親族悉驚伏福乃具
棺衾晝夜泣橋側百方求其屍不能得更數日屍忽自
出立水中福慟哭親抱而起易其衣體猶不潰敗竟成
禮葬之復弔以詩曰江風夜夜鼓洪波江雨朝朝濕薜
蘿九辨不回哀郢志三軍難奪採薇歌手披宿艸狐踪
滿夢轉空梁月影多誰謂百年臣子恨獨聞野老泪滂
沱贊曰叔揚克一之死克一姚善字均之爲忠也然克一受

命于君舉義師不能成功卒爲麾下所縛身殱族夷此君子之所優爲也若叔揚之死則屢絶而復食忍須臾以待克一之事定然後從容致身以成其義孝不遺其親忠不後其君信不忘其友而又不紓以苟生不棘以蔓禍其賢于人遠矣哉

余往年從餘慶書院僧本清蔬薄中得黄黄門事實數百字皆蠹雕雨浥漫滅不成語心旣仰慕其人而其中所稱元末隱士諱淡者又余五世祖諱福者余四世祖家集中亦載有哭黄黄門詩又藏有黄門贈詩急欲求其全文讀之不可得也因謹收之巾笥以

待知者越歲餘偶得殷學究故書卷面紙二半副頗
載此事而文近麤鄙不足以傳永久既乃訪諸父老
之所相傳考諸郡邑志中之所紀載述爲此傳附之
論贊以備遺忘云爾嗚呼革除諸公得罪　文皇受
禍最慘當時諱言其事故世罕傳焉今　朝廷以忠
孝教天下表揚風厲無幽不錄故縉紳先生各得訪
求採撮如備遺革除等錄稍稍傳播况黄門身未嘗
犯順名不載姦黨而委身完節較之諸公之死似得
中道焉今相去僅百有餘年訪之鄉邑士君子固已
茫然莫有知其姓名者矣亦可悲夫乃今野寺村巷

尚遺斷簡者有俟焉者且自洪熙初　詔釋華除中
罪人宗姻之後　彙朝政尚寬大不復以舊惡爲念
余故得以博采而備錄之不惟表揚黄門忠孝之大
節而抑以昭我　列聖曠蕩之洪恩也儀謹再拜重
書其末

五明醫傳　　楊儀

甚矣醫之難言也四聖不能終其說三岐不能窮其妙上古聖人論理人形列别臟腑端絡經脉會通六合四時陰陽盡有經紀其書至今存焉消者瞿瞿孰知其要閔閔之當孰者爲良得其傳者蓋鮮矣古之治病者惟其移精變氣可祝由而已固未嘗有所謂醫藥也其後風氣漸開民情漸漓天眞坤元二氣相因雜所以化生萬物而人氣形質具痾瘵亦由是生焉聖人察之故成周設爲疾醫之官其說載在六籍然則毒藥鍼石之術所從來者遠矣善言人者必求諸天善言天者必驗諸

人天不可階而升地不可畔而度兩離之作明也出辰入申三不覆九出寅入戌九不覆三誠信相感而變化無窮焉使其或離而失度則寒暑相奸而災祥並至矣醫師之眡疾病也亦然始應於三才而終極於八風九野順之則陽氣固違之則眞氣削至道在漸變化無窮雖以黄帝至聖生而神靈尚有靈蘭之藏以屬子孫而不敢泄况其他哉君子曰醫不三世不服其藥旨哉言也予邑顧氏自　國初時已有醫名嘗以藝召入供奉所居曰南園艸堂今歷六世矣而醫名益顯予偶覽小史雜家各采其説著顧氏五明醫傳

顒字昂夫少讀書通經義能詩章既長盡棄舊業學爲醫能別於陰陽以逹病忌之時以別死生之期診候宣藥其門如市然未嘗責人之報也有司以明醫薦遂留京師醫名益顯著求治者車馬途塞日不暇給心厭之遂自乞歸築南園艸堂隱居其中綸巾野服時籃輿挾書卷藥籠逍遥山水間遇有疾求治者輒應之鬱有士望以壽終有唫稿行於時

顒孫朴字太素顒既老不以其術授子而授孫故朴盡得其傳醫名籍甚遠近抱病者多詣其門一日有富家翁得寒疾朴診之曰病危甚法當下不爾入莫且死矣

衆醫曰今太陽少陰并病且病久體弱脉數作否若下是促其死也不若姑聽之朴曰病人面赤目黃狂言恍惚此爲有實不速爲吐下無能爲也卒下之一夕愈朴告歸病者謂其妻子曰顧君活我矣伺我親拜謝之乃可聽去明日先張宴款朴縱酒沉醉日將晡忽謂其家曰吾不能復留可急爲我整舟行其家人強阻之乃曰吾疾作自脉之不可復療幸卽行尚能及吾廬今疾在腎齒已黃赤面土色死候也若不聽吾行當代爾主死期矣舟既備復曰我將如厠令二童子扶而行竟仆地死輿其屍歸時人多異之

朴子昱字永昭得父傳名亞朴一日郊行有老婦舊嘗
識之苦邀昱過其家吾子昨從城中還夜已半飢甚家
治荳作腐爲業自就鄰家取火飽食而寢方就枕疾作
呌號求死不能得昱曰此去市遠安從得藥遲迴頃有
鄰婦携虀罐過其門者卽呼婦取虀汁灌之入喉而痛
定他日其友問之曰昔人用道邊蒜酢已疾君豈効法
元化耶昱曰吾還見老婦手中虀是紫花菘酢此菜能
殺荳毒故得取効耳又時宰寒月從遠道還得吐酸疾
衆醫並從寒治不能効昱後至診之曰公以天時寒甚
必熾炭飲酒過多因內動火火盛制金不能平木而肝

木受疾故吐酸從寒治者誤也一藥竟愈時人皆服其精博

昱從弟榮惠字君輿生周歲而父殁獨與母居備歷坎壈稍長發其家舊藏軒岐諸書晝誦夜維反覆沉玩初亦不以醫自名人亦莫窺其所爲凡十餘年乃語人曰吾家世業醫吾久不敢發者醫道玄妙卒莫能詰其極今吾於病則能究因察候於藥則能考性辨味於吾心久漸豁然若有所啟吾術可試矣鄉人素知其誠篤咸信之滯疾積恙求療者應期而起一時醫名遂大顯著久之遠近載疾而至者望其門如歸市榮惠旋歷診視

晝夜不能寧居歸則端坐藥室中瞠目運臂均量指授
死生久近𣄃忽判決人望之若鬼神然家遂昌裕以壽
終陳懋副良惠論其起之易則曰孰翊而傾孰挹其羸
陳司成原大美其持藥之精則曰吾邑崇信鬼神自君
術行諸術告窮鬼教爲之不振時人以實錄云

榮惠子宗陽自少得父傳長承豐裕之業廣收醫典方
書精思詳究盡得其旨要每遇疾必合人形以法四時
五行而治先定五臓之脈觀其邪氣之客於身者以勝
相加至其所生而持自得其位而起至其所不勝而甚
至其所生而愈是故定人死生決醫成敗不爽時刻四

方抱病者不遠千里爭趨其家所藏儲藥品新陳相錯支楝塞屋貴或金珠賤至溲勃悍如董葛仁如芝杞靡不畢備精好至接奇症危疾不以貧富貴賤爲重輕必各盡其長技而後已　弋陽嗣王得疾國醫名師皆莫能治特遣使臣奉緘書禮幣下郡縣敦請竟以疾辭不赴但以方藥復其使命人多賢之蓋自昂夫而下五世之秘要皆粹於一人又能自出機軸上得子和東垣二家歸一之中道經曰知三爲上工上工十而全九其斯人之謂與

楊先生曰自漢而下顧氏顯貴人多出吳郡予閱南園

艸堂世系自序爲汴人其先仕元有至實章閣學士者今亦亾其名矣蓋至圭號聽竹先生者始得以別子爲祖立爲大宗即昂夫父也自圭而下今七世矣以明醫聞者五人焉昱子翺亦能醫翺弟翔言詩於吳皆不入傳若明醫者各能輔合靈之命裨有邦之治猶之馬氏之有五常竇氏之有五龍云范文正公曰達則願爲良相窮則願爲良醫今五人出一族固自足以名南園之世矣予故表而出之載之顧氏家乘將以補小史之未備云若今顧氏之有宗陽殆亦季常之在馬可象之在竇與非耶

醫者王政之一也故傳者多道之而業是考非傳則不精雖精其道未必可久顧氏之醫甲吳會蓋自南園翁而下至愛杏君五世矣南園翁之博雅自軒岐以來百七十九家之言靡不洞悉發之爲詩爲歌爲文槀藏於匣使嗣其業者讀之若窺淵鏡非所謂傳而精者乎故其道久而益著先達張脩撰止庵公爲作南園艸堂記載邑志中五川楊憲副復纂而詮之如司馬氏扁鵲太倉傳例其敘事簡實而有文當與顧氏世德並傳無疑也時余欲贊一辭不果而忽忽又垂廿餘年愛杏君已及耋積有隱德聲譽籍甚江

以南咸神之其治驗多狀楊憲副猶未詳也今年春其子名時赴順天試隨余北上復出此卷示余余與顧世誼嘗敘其族譜稔知之遂躍然書焉若其嗣以傳顯出其所脩於家者仁壽天下此又承先德之大者余嘗爲君識之以俟云

瞿景淳題

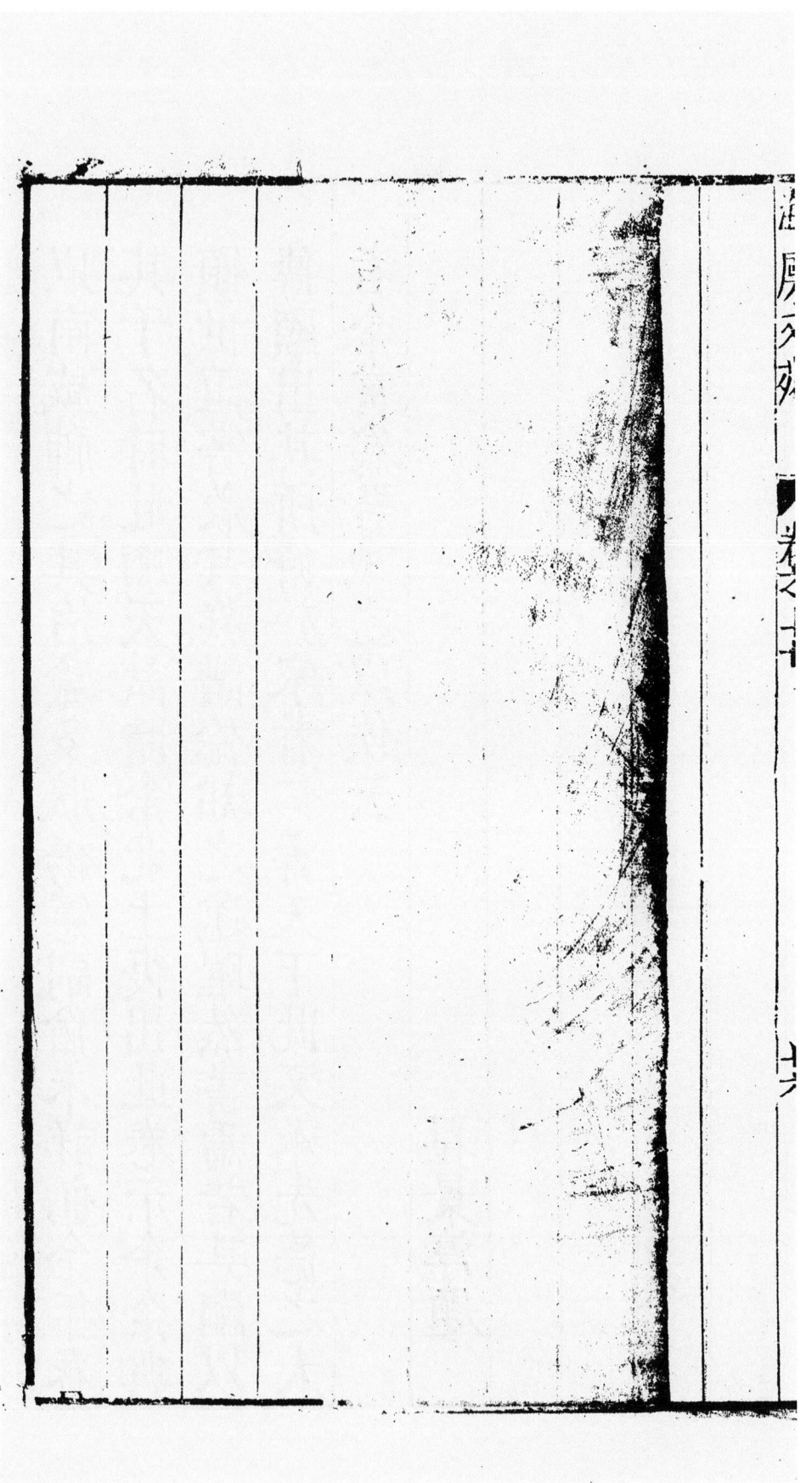

金姬傳

楊儀

金姬姓李氏名金兒濟南章丘人李素女也五世祖嘉謨僞齊劉豫時以四郡強壯應募爲雲從親衛子弟豫愛其年少精敏又自言與李儔侍郎通譜時儔亦受僞齊官因納爲壻將加爵都尉嘉謨堅辭不拜然能謙恭下士排難解紛以全善類人多德之豫敗故得免禍歸田里爲富家翁宋亾其孫以鄉役部癸歲運至元都嘗夜對月悲歌聞鄰婦有倚樓而泣者明日訪其家則宋舊宮人金德淑也因過語德淑本杭人心懷故土欲以身託南還遂得與通生一子名都生竟留都下父死都

生從母爲金姓不復與章丘之族相聞及長娶大都女子後生一女都生亦蚤亾家貧甚偶章丘有李生至欲求美妾謀諸媒倡郎以都生女金氏應之李生一見以百金爲聘眷戀不復思歸居數年亦生一女名金名郎姬也明敏妙麗世罕其儔日誦古今經史及仙佛百家之書父得張明遠之傳精於醫卜悉以其術授之遂自極玄妙言人禍福皆響應父自以爲能不及也元室政亂民窮李生將攜家東還山東兵阻從間道出符離旅寓盱眙夏暑金氏嘗裸身納凉李生見其胕下有一黑子大如五銖生曰吾胕下亦有之形甚似豈天以形類

作合乎抑亦同苗裔耶因各言家世妾曰吾先父亦章丘士人之子本亦李姓父蚤喪從母姓爲金耳先大父有遺文可驗也出書示之備載族屬姓名李生名亦在焉生即素都生即李生祖外婦子（外婦謂金德淑）妾固生從女弟也相顧慙恨不能自存金兒聞之剪髮自誓願爲尼以贖骨肉之耻自是以兄妹別處求歸愈切時至正十四年甲午張士誠僞稱周誠王六月己酉兵陷泗州李生一家悉被游兵所掠金兒時年尚未及笄分配爲太妃曹氏帳中爲侍兒（是時士誠僭稱傳中悉已改削）曹氏頗賢智偶問及其鄉里金兒具陳始末及言自幼祝髮爲尼頗知經

典醫卜雜藝是歲十月朔士誠因避苗軍之鋒自揚州退保高郵元右丞相脫脫總大兵十萬圍其城用部將董摶霄之言分兵復其侵地天長六合等城高郵危急曹氏命金兒卜之得無妄之小過執策進曰天下雷行剛自外來而爲主於内其占利正而獲大亨説者謂頁音頡顛顛趾延延剛以正之畏以齊之乃可得順而合道變體以柔得中下佛音沸上悖趾趨音顛爪墜故必畏心以省内政奮威以懲小人乃可對時育物以當天命也然其繇曰伊尹智士去桀耕野執順以強天祐无咎呈王公令万旼元天祐顯著卜辭事同圖讖取威定伯决於此

矣既而脫脫兵日集勢號百萬遂隳其外城士誠危蹙計將背城夾戰曹氏復命卜之得需之坎金兒曰雖需於泥其利用恒能敬慎則不敗也又以玄準之曰耎而宂切之初一赤卉方鋭利進以退其測曰赤卉方鋭退以動也蓋陽德能剛能柔能作能休見難而縮家性為耎雖勿肆終無拂慎勿妄動也戛二夕時當冬忽聞殷雷發城中金兒夜起賀曰明日可出師戰矣遂登樓仰觀良久天將曙趨告曹曰龍文虎氣悉見我營上時不可失請急擊之曹氏即以其言告士誠俄而諜者緣城至言元主有詔削奪脫脫官爵四戛時親衛鐵甲軍聞報

皆喪氣散去矣士誠乘隙開門縱擊大敗元兵軍勢復
振田是帳中悉以金兒言驗稱爲姑姑曹氏寵愛漸加
父母皆留幕下蓋自被録以後雖不復髡緇而侍如
故明年乙未江陰大盜朱英江宗三自相讎殺英不能
勝過江求援於士誠士誠疑爲元兵説客按劍臨之辭
拒不許自夏徂秋往復數四英乃盛陳江南饒富玉帛
子女冠於海内且曰妻子皆在軍門願以爲質士誠夜
入帳中言於其妻劉氏遂聞於其姑同召金兒問之對
曰伯王之相自與凡流不類昨從太夫人帳後窺見王
公顏色似得之天成妾見太陰累犯壘壁軒轅又見太

白自五月至九月累經天晝見入犯太微光掃天梁其應在吳江南之禍必不能免曹氏強之卜乃請扶乩占之得詩曰天遣魔兵殺不平世人能有幾人平待看日月雙平照殺盡不平方太平明日語聞於士誠時士誠改曆明時大喜以爲日月雙照之符遂定計過江於是先遣其弟士德精選高郵兵三千人以英爲鄉導擊横柵以渡至福山時已逼歲除英曰兵貴神速常熟守臣雖已知公渡江今當除夕官民且躭慶節醉飽必未有備乘間急趨之可即破也夜半兵至九淛港士德尚疑之乃遣朱伯昇將高郵兵千人統率朱英土兵直趨城

中而自將大軍以英子淸爲鄉導從虞山南入約明日
合兵縣治其實欲以英嘗敵也先是蜀人楊椿字子壽
來吳自言裔出關西爲宋少師楊棟之嗣與楊文靖公
五世祖汝江爲近族因隱居虞山買田結廬於湖村又
立家廟與文靖子孫之居邑中者相爲倫齒遂土著直畧
坊椿爲人尚氣節好文藝鎭帥脫寅知其賢召入爲館
客既又署爲叅謀留居郡中至是聞士誠聲言南渡脫
寅恐常熟失守先遣椿將兵二千至縣相機調遣至則
與縣達魯花赤議論不合椿歎曰我本邑人爲元帥守
禦而守臣謀不合事何由濟時事可知矣頃之聞士德

已渡江乃移兵伏虞山北麓興福寺中計士德必從福山塘直入將伺其兵半至要擊之及士德分兵南行椿夜聞報率將士越維摩嶺逕趨湖橋伏於其家園圃及林木中以伺十六年正月朔士德將至墅橋朱清曰此去湖橋特數里耳過此則湖山相逼林樹繁茂不可不爲之備士德乃遣其將韓謙錢輔將兵爲前行及胡郎至湖橋椿從其家廟中鼓譟而出伏兵盡集謙輔兵皆出不意不戰而走椿追擊至小山下士德聞變疾趨之潰卒望見士德旗幟無不叉兵奮擊以一當十椿見勢不敵且戰且卻循山而南復至湖橋據山麓整旗肅隊堅

壁以伺士德仰戰不能勝三被流矢所中方自危懼時伯昇兵已入城官民棄城走不血刃而下遂遣朱英將其部卒從虞山頂來迎英望見兩軍相持疾馳下攻之椿遂敗然猶殺傷及蹂踐死者各千餘人血流遍野椿僅以身免遁入郡中士德既據常熟復用維揚人蘇昌齡計二月壬子朔兵抵齊門附城而入脫寅告急於楊椿椿曰士德兵已入城吾聞巷戰將勇者勝請以身當大敵乃自率梟銳直赴士德轉鬬自辰至晡士德身被數創錢輔韓謙持短兵接戰亦皆傷重忽屋瓦飛墜碎椿首墮馬士德手握創突前刺椿洞其胸椿至死爲不

絶口元兵大潰脱寅方與伯昇戰於婁門聞椿敗亦敗走匿莪篠中亂兵殺之蘇州遂下士德據承天寺爲王宮立省院六部百司之職皆以部將及所親愛者布列畋平江路爲隆平府以鍛工周仁爲太守悉以郡中寺院及豪右第宅分給居之捷至高郵士德以蘇昌齡爲弘文館學士遣齎書來迎士誠以是月二十五日發高郵至通州期以三月三日渡江仍由福山以入服御器用皆假乘輿三月朔奉其母登狼山觀長江之險心憚之設齋祈福曹氏謂士誠曰舟中有金姑姑智算神妙非塵世間物也試與議之何如士誠曰我每用其占皆

獲奇驗軍旅事多未暇令見耳趣使召至金兒青衣跣足垂涕而出衆皆駭愕曹氏大訶侍從令改易衣飾金兒收淚徐對曰妾本俘獲子女罪當萬死初見三公安敢粧飾自便一時愁肩怨語體貌不勝士誠譺音疑立忘言注目睇視唯唯再三遣去頃之亦常服出拜士誠謂曰汝事太夫人已久劉夫人每言汝摓音逢策定數灼龜觀兆變化無窮然占有數家汝得其幾金兒對曰占有天人家太一家五行家堪輿家建除家叢辰家歷家妾悉嘗究之惟象緯著龜之占乃出聖賢正論故古之卜者掃除設坐正其衣冠起居自誓以當鄉人顏色嚴振

以對解婦解音懈古婦字通用法天地象四時順於仁義分策定卦按式正棊然後言天地之利害人事之成敗此天下之重事所以不敢不敬也後世之卜齊楚異法瓦玉異用而其人又多誇嚴虛矯居卑行汚曷足與論卜哉夫卜而不審不見奪糈須與切又音所為人主討而不審身無所處故古之聖王建國受命未嘗不實卜筮以助善越王勾踐倣文王八卦占辭體象用范蠡文種為謀臣而推遠西子故能破敵國而霸天下桀紂之時與天爭功擁遏鬼神使不得通又用趙梁左彊以為謀臣寵妲己妹喜以為內嬖卒使蔽其耳目以亾其國此皆經史所著

至今不能忘也士誠又曰蘇州雖已新服地方百里四
面皆非我有元末革命人心反側將奈之何金兒對曰
軍國重事非兒女子所能預知今蒙主公再生之恩老
夫人解衣推食之愛不敢不昧死以對竊聞創業開基
與守成之主不同非仁與義無以收四海臣民之望非
才與知無以服天下英雄之心天下神器也可以知力
取而不可以知力守可以羣策謀而不可與羣才斷是
故君德莫善於運乾剛之斷莫不善於任匹夫之勇守
成且然而況創業之君乎今日國家大舉以天時人事
占之江南政乖民困徵賦煩劇威力迫脅萬姓離心久

矣主公以江淮先聲士卒効命乘破竹之勢南定嘉湖北撫淮泗鼎足千里角立羣雄不過一投鞭之勞耳何用多疑然聞江南捷至主公尚未入境而子女玉帛盡入私門府署官爵已皆濫給損舉義伐暴之名失厲世賞功之柄政教號令出非一門入吳之後方將爲國家深慮耳後張氏將以降將朱伯昇遣說客語多取此時金兒初見士誠察其意有所屬每答問輙高其論動之感陳紀綱約束其邪思士誠果竦然改容致席召前謂曰吾聞古之聖人不居朝廷必在卜筮之中誠如太夫人言汝眞天人也安得沉埋在此且勿他言但今江波浩渺天險爲限又聞

江中沙洲盤繞舟師皆新集鄉民未能盡悉汝爲我卜
之得蠱之剝其辭曰羊腸九縈相推稍前止須王孫乃
得上天對曰江中風浪雖險當自有降人相助姑伺之
俄而福山富人曹氏聞士誠將渡先已脅於士德之威
恐禍及家門遂發江船百艘擊牛釃酒來犒士誠之師
士誠初以癸巳歲起兵復消用是月十二日癸巳入吴
欲知國祚脩短自起焚香再拜祝著卜之得中孚之晉
金兒進曰中孚陰陽變動六位周匝反及遊魂之卦互
體見民止於信義辛未土以壬午水火用事與乾爲飛
伏晉陰陽反復進退不居精粹氣純是爲遊魂巳酉金

以丙戌火土用事與艮爲飛伏其辭曰日月運行一寒一暑榮光赫赫創業大數當伺天運一周乃決國祚靈長將與日月並明矣士誠喜謂金兒曰帷幄運籌多汝之功伺戎事稍暇當行冊賞今卽渡江矣聞汝善詩能有言以作士氣乎命將校收庭中列幟置金兒前立綴詩其上曰萬隊旌旗臨北斗連江笳鼓動雄風君王自欲觀朝日驅石行看到海東舟遂發千艘蔽江而南金兒父母舟中乘間私問之曰王公以國祚爲卜終當何如金兒曰中孚之卦準玄之中其體最尊其象則昆侖旁薄正天作主而必待思貞當位乃受其福至於陰陽

神戩覆常是虞巔靈之反或難免也故先賢命繇既贊其榮光赫赫矣又言不可得保顛躓殞墜更爲士伍其意可見其父曰然則汝告主公日月運行一寒一暑榮光赫赫似謂國祚靈長者何居金兒曰一寒一暑天運一周也曆以十二辰爲一紀自今起丙申後十二年丁未須別有眞人當其榮光者矣但我時命已促他日當自驗之其父驚曰吾本窮途羈旅俘獲餘生賴汝天賦妙質乘時遭際令江南已下鼎足勢成定策帷幄之勳必首及汝同享富貴無異丘子明之遇武帝何自出不祥之言若此金兒對曰傳有之美好佳麗爲衆人患故

騏驥不能與　驢爲駟鳳凰不與燕雀爲羣而賢者亦不與不肖者同列宋忠賈誼能善季主之言而不能用此所謂務華絶根者也且疆得者必暴亾疆取者必後無功吾不顧臣妾若流也父曰然則汝事太夫人二載身煖其衣腹飽其食又爲之出謀發慮動中事機將何爲哉金兒以父論不合笑而謂曰兒聞之傳曰君子雖處卑隱以辟衆自匿以辟倫然而又欲微見德潤以除羣害以明天性助上養下多其功利而不求尊譽此固非吾父所能知也父變色作曰婦人以顏色事人閫閾之外皆非其職雖班大家蔡文姬特以文藝顯耳此外

女子未聞有以雜術名家者汝嚳上諸伎皆我親爲授受雖精微深妙非盡出我安得遂出謾語金兒起對曰陳君夫古之婦人也以相馬立名豈謂女子不習他伎乎非其地樹之不生非其意教之不成此在父所授書中豈亦遂忘之耶金兒母從旁進曰吾聞君夫盡十良工之術能使一伎名立天下而不聞以言語身質於所尊今汝論辨紛然豈欲効安令首示先身之學以悟父王徽女參雙鶴之駕以辭毋乎因各失笑而罷士誠既至福山曹氏迎致其家獻金帛米穀各以鉅萬計珠玉錦繡又數十器及莫將士縱掠積貨一夕而空僅免屠

戮而已時以巨舟重載恐塘水淺澁復發士民濬治乘潮平壅絶江口又收曹氏所蓄竹木毎數里爲一牐舟至則發之命其將徐志堅督守巡察故所駕龍舟戰艦大或萬斛小或數百若沂江河畧無阻滯至九漵港蘇昌齡進曰入郡必由縣治河狹不能容舟莫若仍士德舊道以行士誠從之是爲三月十日時和景明自福山以達郡城士馬騰躍甲仗鮮華擁塞兩岸將二百里旌旗鼙鼓振撼天地士誠黄屋左纛淸野安流搴帷顧眄意滿志驕忽追憶金兒占驗之語使人召之初士誠見金兒於狼山屬軍旅匆遽危疑未安又爲金兒危言所

恐心竊敬畏未敢他有所論及金兒入舟發容明麗進止端莊幃幄侍御人人自失不覺心動紿之曰我已默有所禱汝試卜之意欲金兒自爲卜吉也卦成得大畜之觀進曰卜辭不協不敢以告士誠曰試舉其辭金兒堅不肯發三強之乃以繇進曰三蛆逐蠅陷墮釜中漼沸淬殪與毋長訣士誠曰吾聞神龜知吉凶而骨直空枯卜可盡信哉自起取桃花簪其鬢笑曰以此爲聘金兒曰吾卜處吉凶別然否多中於人昔獻公貪驪姬之色卜而兆有口象其禍竟流五世王公方將受命而王豈忍以妾爲驪姬乎士誠不聽盡出所得曹氏珠翠錦

綸賜之立命參軍王敬夫譔冊金姬詞且曰伺他日册妃號位次劉氏金兒苦辭不可輕翠巳羅體矣知不能免乃曰妾受老夫人厚恩不可不先往謝之士誠曰此固當卽命謹厚女侍數人從之至曹氏舟悉屏去嚴粧復其常服進拜具陳其事曹氏曰汝天賦敏妙分所當得不必辭也又拜劉語亦如之又悉召其父母所親各敘訖就舟中啟其故篋出香焚之向天列拜長跽私祝萬目環視皆不得有所聞亦莫測其意須臾閉目奄然無語父母驚赴抱起呼之巳絕息矣士誠倉皇至執其手哀慟不巳求良材爲棺不可得或曰曹氏柿木皆櫬

柟油杉可用也即出諸水中架立熬沸油灌其頂水下
出如注俄棺成悉以所賜珠玉從葬築墳道旁土既實
乃行舟次湖橋昌齡指陳士德戟地士誠停駐觀之見
陣亾將士屍骨狼籍積如丘壟心憾椿又見椿舊宅祠
宇尚存即命守將盡撤之徙建金姬墓道其園圃中嘉
樹珍艸悉令乘時移種又發曹氏園亭益之由是數日
之間花木品列臺榭參差老栝喬松交蔭內外繁華咸
麗雖出在一時而棟宇花石皆仍舊材儼然一古祠故
宮也又籍楊氏產業盡給姬親黨之從行者使留守姬
墓將何定伯功成別為陵寢從之未幾拜其父素為隆

子府丞（時又有陰陽術人李行素爲丞相疑即其人也）姬母封夫人與素別院而處避兄妹之嫌也其親黨皆得出入士誠府中二十六年士誠謀取江陰久未得遑因感金姬之言加封姬護國洞玄僊妃饒介之譔文周伯琦書篆刻石神道（國初時與張羽所譔七姬權厝志並稱）祠而卜之其夜劉氏夢姬對劉泣曰國家舉事大錯天意已不在主公若不蚤圖脩德以塞天譴來歲此日已難爲計矣他日又夢姬撫士誠二子曰妾受夫人恩深有不測當陰庇之劉氏心私憂懼秘不敢言遂預召姬母厚撫之賞賚日多人莫知其故明年天兵下蘇州士誠兵敗城將陷竟以二子付姬母及

二乳母各給銀三觔且曰非不能多也但汝不可過取多則反爲吾兒累矣城破姬母匿兒民舍月餘嚴稍解乘間馳至湖村視姬墓則已成丘墟矣其同時親黨尚多竄伏山中漸相聚言陸將軍從江陰來亂軍發姬塚屍已毀去棺中惟衣衿在焉葬姬時事起倉卒士誠先以珠寶金銀盡埋深土中其母獨識其處乃就壙穴旁又發土數尺悉存無失者母盡取之復自福山渡江還章丘二子長遂冒李姓亦不復知有張也洪武末其季領山東鄉薦將赴都下母戒之曰京師平字街南官房中有一盲姆年殆八十餘矣汝可密訪求之勿令人知

倘猶在乘間潛往一見寄聲我猶無恙急歸報我知也兒奉教以行至京拜戶部主事訪果得之因如母教就夜潛入其家姆盲不能視隔屏問曰客從何來乃夜入此兒答曰我章丘李氏子吾毋金夫人寄聲問起居耳姆遽起捫其面連披二掌曰何物小子聲之似我弟也國亾幸留此孽敢不畏死來此耶可速還家矣即擁出拒其戶蓋姆即士誠姊得赦不死當時預聞托孤者也明日兒遂稱疾還鄉里其子孫至今編籍章丘云

楊先生曰自余爲童子時即得從鄉先生杖屨遊於海巫之巔仰商周君子之高風覽吳越興亾之舊蹟未嘗

不悵然與懷慨然大息蓋將游心寥廓欲自掩抑而未能也稍長遂得徘徊於金姬之荒丘躊躇於子壽之廢基因竊有所聞而感焉士誠以艸莽匹夫揭竿斬木出萬死以存餘生其立業可不謂難哉方其渡江而南也吳會未瑕雌雄未决乃先自空其巢穴以犯不測之險及其既定吳郡也又不能收攬豪傑脩明政令撫民練卒遠大是圖而顧乃委政羣小肆爲淫虐以游譚之客爲良平以驕縱之士爲韓白上下昏惑淪胥敗亾終莫能逃一婦人女子之深慮其得與羣雄角立祚延一紀不可謂非幸矣尚何足論其他哉子壽身爲異客業本

儒流初無官守之寄若余關之守安慶也特感虜帥結褫之恩與志士投筆之歎竭誠赴難禍及妻孥其忠義固昭昭矣然昧春秋外夷之義忘危邦不入之訓許身大疎不能無可議者考諸往哲其視子路之死於孔悝殆亦庶幾其無媿歟及余病廢歸田日與山僧野老縱論往昔又得金姬遺事於讕言長語殘經敗簏之間嗟乎姬以一厄尼弱息陷身虎穴一死足以畢其平生矣乃能發其婉辭妙算周旋戎幙口不沾腥膻之味心不慕金玉之窟方持成策已見敗徵使強暴之主朶頤凝注而不敢肆爲侵凌譬之白璧夜投貪夫自避卒能守

素完節從容致身方之垓下悲歌以死徇主者相去豈直尋丈而已哉此又錄女德者所不當廢也君子不能無取焉

嘉靖乙巳夏予謀慶安鎮平寇記方成適聞太倉江寇竊發殺戮守帥因重有所感而述爲此篇世之君子每防患於未萌桑土之憂當有聞予言而興起者乎書以目記

按縣誌曰金雞墩在縣西北二十五里世傳僞吳渡江妃死權厝於此然不知婭訛爲雞人遂妄言下有金寶其氣化爲雞時夜鳴其上

唐堯仁傳　　周炯

臣道冠冕倫常忠義根源天性第靖共保泰易慷慨捐軀難至盡瘁抗賊卒以身殉勳與節並著若唐公者詎易覯哉爰作唐忠臣傳

忠臣公諱天恩字堯仁學者稱曰春宇先生姓唐氏裔出唐宋名臣羽林將軍拱叅知政忠肅公介至義聞子奇並階通顯世用忠義大其傳宋季叅軍曰孝先以勤王從文丞相自如皋渡江抵常熟殁于王事子繼桴因占籍焉至我　明永宣間敏與厥嗣元起家科目元卽公伯大父也大父霖配朱以節聞生梅厓翁正是爲公

父曉暢大誼好節俠勗公經術俾近紹科名遠繩忠義
竟同公身攱國難殆貞士云公生而軀修以癯性剛而
烈倜儻惇大願以忠孝自見故少事父情禮備至每規
模其所好尚以爲懽悼毋歐孺人早坋慟欲絶雖喪制
巳終猶不口葷酒足閶闥從弟倌佐兩失教身卵翼而
訓詁之俱成名流所交咸賢豪動持名義相高如邵宗
伯寶蔣柱史欽輩未易縷數才儁羅侍皐比公傳經暇
則以值節概修昂格爲誨而棣華𤢖膴直視爲土苴及
公以葩經魁留都于 孝宗戊午益慷慨自負顧謂同
志曰文丞相昔曾見夢于先慈因吞所付丹丸而誕天

恩此生敢不奉爲師表自茲毋宪心謨略計安垓埏而
名邀寵紀無俟析圭擔爵直挈之以負荷會父垂老家
復蕭然　今上辛未冀圖祿養乃就令河南之葉縣葉
故凋敝公與之亟始造善良以絃誦鋤强梗不專恃桁
楊而飲氷之操迎刃之才遂用廉能最一時第邑治单
弱恃惟土城兼承平日久民不知兵公未雨徹桑獨預
嚴詰戎之令俄而流賊鼎沸趙風子璲與劉六劉七齊
彥明分寇璲因跳梁河南諸郡邑逞逞緣無備降逃公
高城深池大修戰具亟五申前令訓練益力方賊勢危
急武弁楊某願以所部護公槖橐而南公唾叱之謂城

亍與亍守土者事餘非所知冬十月琎俠數千騎至公率所訓練走之南關殲厥偏裨數輩斬首五十二及再犯關外公令縣簿竇亮以城守而親鼓精鋭直馳入賊營寨力戰者四晝夜生擒賊將孫虎等十一人又斬首九十三獲車騎兵甲無算詰旦接戰復大捷賊悵自犯順以來到處無堅不破乃以彈丸之葉戰多沮喪而轞重棄將殆盡于是佯宵遯以嘗我督府喜賊膽已破信其不復寇葉輒命葉佐僚率所統調取精鋭千餘於省城所存俱老弱若虛無人公力爭之不能得不旬月琎連兵劉齊擁衆數萬以圖報復猶忖公可以片言諭也

屬公同年徐其被陷者爲書遺一酉邀公獻城公忿甚罵曰賊之鷹犬國之梟獍何年誼藉口而以叛逆語凟忠良聽隨寸裂其書手斬酉以示旋告急于督府不報而梅厓翁至自家矣公持之泣曰男方身當邑難不得承菽水懽柰何翁荅以君親一道若死忠即死孝吾來正與若共之公聞諭彌自感奮偕翁乘城晝瘁捍禦而嗣子欽與慶季子詩後先之互中賊以矢石矢石盡繼以鐵彈賊因稍郄公晝燿兵夜鳴金間唱籌陽示賊以給餉軍中者縣尉蘇成揆勢將莫支援他令從賊者例諷公降公批頰叱曰尉即賊也再言降先梟尉首衆嘆

服公忠義無不用命雖老弱亦樂爲之死又浹旬他援不一至餉又久告竭況城爲土垣什三圮于恠雨賊乘疲困中魚貫女墻而入而城陷焉公被收賊仍温言慰藉曰君具將相才向盡忠于邑今力竭不妨舍彼以就此列富貴行與君共乎公目光電射聞賊言則極口駡曰吾家世忠義旦暮誓吞叛虜俾無噍類今縱弗克僇當效眞源令陰殺賊何偷生從犬羊爲輒復引所佩刀向璲璲爲之躃踴并公父祼懸之縣堂棟叢射之至腦汁迸出駡尚不少置嗚呼烈哉時一家駢肩錯趾從公殉國者自正而下欽與慶妾任氏任所生女妙貞妙秀

凡七人及三世詩僅免亦馘一耳繼配錢孺人則死而復甦陰覔公與翁纍骸而十襲以楮王分巡道聞而悲之並棺歛于禪刹明年春璲見之又剖棺臠尸報之甚酷蓋由賊之積忿也嗚呼鋸人以板斷舌以鉤孰謂輓近乏杲卿等耶公死葉在辛未十二月二日享年僅四十有八壬申七月劉六劉七璲等相繼誅夷鄱陽劉總督琬鎮巡周內璫景河南李直指元互以公抗賊死節奏聞癸酉　天子下詔恤録曰唐天恩設備守城督兵殺賊父子祖孫同時被難眞忠臣也誥贈光祿少卿諭祭廕子祟祀鄉賢祠甲戌復俞直隸華直指玠疏請勅

嵯邑城虞山東麓另建專祠于城之西南其裔代編儒籍復其身嗚呼異渥殊數生死哀榮青史流芳後天不朽公奚憾哉欽慶外公子有五詔早世誥諫詩謨俱克世其家

周氏炯曰世多準公于擊朱泚之秀實罵祿山之常山以至父伏劍于前子卹刄于後孫與女及姬貳叜喋血隨之雖尹穀鼎發靡加焉固矣然嬰孤城踰百日臨難出奇屢扼其吭而奪之氣令蜂屯蟻附者再三爲鳥獸散不至遄發長軀用緩東南三月之蹂躪一何非睢陽公後身也睢陽死難能掣肘子奇使江淮不罹螫毒爲

唐冊造地秋毫皆其保障力以公數剉賊鋒時倘河朔郡邑一如葉之血戰當事弗奪其親兵又勤王者四集相援賊方肩背受敵首尾不相應授首革面在指顧間遑虎噬江表轉梟張吳越直至傾内帑召邊兵而後就俘狼山哉以斯信公績在民社與唐之保障江淮者伍寧直以夾疆土忠公也其後賊至狼山颶風作而鯨鯢消安知非公助之以爲厲云余久奇公肝膽風格嘗可千古非止爲邑里光且僅以姪坤年誼之私已也然既標其節義而尤于公機略三致意用跋操　熙朝董狐筆者採焉

海虞文苑　卷之十七　三十

海虞文苑卷之十八

邑後學張應遴選卿甫輯

傳

李壯士傳　　查光述

壯士李姓名安廣西富川人常熟縣尉李公宗昭之養子也素驍勇有大志嘉靖癸丑春倭夷嘯聚海上焚掠松江太倉諸鄉安時時欲赴鬭李公止之曰踰境殺賊非吾職也汝何得輕去冬十月賊航海直抵邑之福山焚掠兩日鎮無居人賊玩之分隊逼尚墅去縣治僅八九里時城未築者三版邑中騷動縣令王公統民兵禦

之以李公爲前鋒安從焉李公命之曰苐先往以毒箭潛布路口激之使來來且并奔徙渠自中也安挾同事一人拍馬而前卒遇賊七人安笑曰箭不須布吾姑剪滅此而後朝食也時賊方據民舍行劫安隔水駡曰賊出就吾刃其一人先超距而來安彎弩射之應弦而斃又二人馳刺安安連揮刃斷其手足餘賊四人并力擊安安俱刃之不及斃而安之盾忽裂且蹶泥澤中遂遇害其先斃一人蓋倭奴酋長多力有長技者賊以是喪氣遂夜竄相與嘖嘖曰好漢好漢安年二十有四未配其系不可考死之日爲十月十九日也王公謂其以死

勤事法當祀以禮葬于北郊厲祭壇之旁鑿穴得完壙若前人庇以待者君子曰數之奇也亦義氣感召云外史氏曰壯士死綏自古有之然或迫于節制而其死又無以成天下之事者未足多也若安者吾深有取焉蓋方賊之深入也不有人以橫絶之將長驅以逞而全城之禍在旦夕矣安慷慨一戰殲渠魁而奪之鬼既而身死賊遁使邑有安堵而王無失事者皆其力也然則斬獲雖少實爲全功首領雖捐得爲完節孔子曰殺身成仁安其不學而合者歟吾故詳著其事俾觀風者采焉

春泉王先生傳　　嚴訥

春泉王先生余世交也先生爲名醫爲義夫爲隱君子諸縉紳名能文章家亦既詳哉乎言之矣顧余猶憶少時事其親受先生之拂拭者其事甚奇先生蓋非特明於君臣佐使起死迴生即其人之夭法壽法貧賤法富貴法無不了了預指諸掌先生蓋有霧氣上通先天爲有道仙子之流非止如諸縉紳文章家所稱述而已也余童時患痢氣奄奄一絲垂盡家大人驚怖亟請先生胗視良久先生張目嘆曰是當籍玉堂寧籍鬼籙也投劑僾當霍然時家大人謂先生誑生誑死徵貴徵賤言

下無虛心稍慰已余病起家大人復呼余云小子盍使
王先生之言信令余幸備貟木天覩先生言合若左劵
語曰千聞不如一見然則先生之知余不第以嘗衞色
澤而余之傳先生可第以膚革腴辭乎哉故不暇及先
生之餘其立活者若何人其博施濟衆者若何事其孝
弟守義者若何年而但指余少時事曰先生蓋有需氣
上通先天爲有道仙子之流非止如諸縉紳文章家所
稱述而已也噫嘻是可以傳先生矣

譚參傳

邵圭潔

譚參者吳人也家故起農參生有心算居湖鄉田多窪蕪鄉之民逃農而漁田之棄弗闢者以萬計參薄其直收之傭飢者給之粟鑿其最窪者池焉周爲高塍可備坊洩闢而耕之歲之入視平壤三倍池以百計皆畜魚池之上爲梁爲茇舍皆畜豕謂豕凉處而魚食豕下又易肥也塍之平阜植果屬其汙澤植菰屬可畦者植蔬屬皆以千計鳬鴜昆蟲之屬悉羅取法而售之亦以千計室中置數十甂日以其入分投之若某甂魚入某甂果入盈乃發之月發者數焉視田之入復三倍參且纖

嗇憚費平生無紈綺服非大故不宰割每飯熟一卵簸可容箸籍而啖之飯畢封其簸畱之再飯三飯乃盡以故參之貲日益窖而藏者數萬計然弗子僅有女女所適者某覬其藏久之一日參病亟謀請曰翁脫不諱郎誰嗣者參曰已有屬矣若將利之耶叱去之參歿某乃謀戕其所屬者蔓而戕者幾人搆爲獄官沒參之產某盡歸其藏云論曰昔馬遷論貨殖謂巧者有餘拙者不足噫亦安所論巧拙哉莫巧于參矣參自奉不輕盡一卵有餘胡爲哉矧參無遺算矣于身後計㥘如也巧耶拙耶噫千匶百匶歸一匶矣謂千匶百匶者巧耶謂一

匯者巧耶余故論之使效參者評焉

戒庵謾筆云談參實譚曉常熟湖南人行三參者三也北虞係同邑不欲顯論之耳余聞其捕蒔後見鶴在田覓食恐踐踏傷禾根謂僮驅之無以示懲也用細繩百丈捲置孔餅中繩頭繫鰍鱔之類鶴不知而吞之繩已投于腹不得斷旋飛旋下餅垂垂匝地哀鳴莫脫自後羣鶴無敢翔集此境爲禾害者一日有持鉅冊裝潢絕勝索價甚廉邿之門客頗訝其未諳渠曰此冊來歷不明得之必貽累乃其弟私以輕值購得後盜露波及費百金如所料傳云法售昆蟲之

屬余亦聞其一事凡佃人每戶課其紡綜娘凡幾枚以小麥幹爲籠盛之携至蘇城每一籠可取錢一二百文紡綜娘卽絡緯也覓之艸間不直一文佃人本不苦納如此類未易更僕數丁南湖奉嘗爲語以嘲之曰其取利也窮天極地以盡人其得禍也殺身亾家而滅族倭亂時藉曉萬金成其邑城後邑令王叔杲撰譚曉祠議以旌其功云

滄浪生傳贊

孫七政

滄浪生不知何許人也少而懷孤高絶塵之想將以箕潁爲心事卒恭其家大人命屈首受干時策去蓋十上長安門策竟弗售於是著感遇篇有云百戰嗟數奇三泣希晩達黄金之艮媒白璧終自絶此其孤憤激結之音向自非拂志而出遭苦辛多其文亦不至是矣故讀其文者未嘗不三復而悲之而滄浪生則浩然長吁劃然長嘯仰天而呼烏烏曰我何尚婆娑乎斯世爲哉蓋自鮑叔牙殁而舉士之術荒自鍾子期死而知音之道絶必欲求二者於今之世乎則潔清之士有殁齒塗炭

而已矣寧能俟河清於白駒之隙哉吾迺今知所以讎
吾先志矣遂悉謝去一切緣業且弗愛洛陽負郭纍千
金產悉售里中兒給諸費費盡雖家徒壁立併食叀衣
治刃情谿憏毒毒萬伎行道聞者亦爲酸楚而生視之蔑
如也唯夙夜汲汲搜陳編若狂曰吾得不折腰見鄉里
小兒足矣何暇置寸心間人以是爭怪迂之宅邊舊有
三逕逕中有池池上有樓蓋西奭之所挹也生徜徉甚
樂之一旦緩急竟捐去獨忍匆衛古松三株故其詩云
鄰家割宅供婚嫁荒徑留松待故人又詩云東鄰吹竽
復芺管西鄰考鼓還歌鐘唯有玄亭艸玄者朝朝靜對

落花風一長卿謾世詞也居無何常悒悒不樂悔短計
思欲棄家結採藥伴尋師入五岳遊以卒初志因著詩
云黃金散盡方齊物碧海遨遊始絕塵知者以爲善達
生抱消渴病弗果遊僅結一廬古松下日著書躭唫其
中曰吾千古盡在是矣不能復與世俗人競朝榮也生
亦任情去留汜然斯世甞自謂臥榻上聽高樹禽聲獨
唫佳句夜坐竹爐頭啜茗忽覩海月來窗戶間聽松風
颯至便足了一生亦何必刺促向東華塵作皺眉折心
事耶今斯則濟勝具喜不衰寢淫且將動煙霞屐矣性
喜客客至輙脫腰間㴩䋽沽酒觴客客好事者亦多能

千里命駕來戶外常躡長者屣顧無顏光祿酒資賻蕭
囊中實不長一錢客亦竟不厭孫楚樓頭遊也其平生
著作夥雖則掌大薄䗂乎子雲夢吐白鳳屢矣片言不
慊百志無聊一字神來千愁氷釋良工自苦誰則知之
雖然文章實不希人間世知也得一遇賞心人卽寰海
俱按劍可矣以常散髮煙波樂漁父滄浪之歌也遂自
名滄浪生云蓋雖不能和其光而同其塵終亦不能汩
其泥而啜其醨思以不辱爲孝者矣踰伯玉知化年又
三十甲子始著滄浪生以自見然滄浪生竟不知何許
人也贊曰首陽誠拙萬古高風枉下誠工時塞道通道

愈交喪賢益阨窮金門未肆遠蹟蒿蓬葆光匪晦養志實榮先王可詠何羡萬鍾人生幾何兢隙駒中河清莫俟谷隱堪從

僕少無適俗韻流覽千古竊聞柴桑公之遺風而恍之夫柴桑豈眞無意當世者至其賦歸來以見志與寄遠矣海虞孫齊之負不可一世之志而世道交喪蓬蒿殁身晚年乃傳滄浪以自見雖其感時傷遇一篇之中三致意焉然浮雲富貴唫詠性情卽謂柴桑後身可也僕恨不與柴桑同時顧喜得交滄浪生僕恨交滄浪生晚然因滄浪得想見柴桑眞面目焉則

又悲夫世之不識柴桑者復不識滄浪生也令之白
爲傳紀者多矣僕謂昔惟五柳今獨滄浪
真實居士馮夢禎跋

張烈婦傳　　趙用賢

烈婦張氏者邑之興福里人張汝東女也年二十三始以歸朱一鴻一鴻家故貧然行落寬遇事多餒悖不任治生產時時從村中授章句徒歲所館穀得數斛不給晨夕烈婦日或具一粥又不共則僅取畦菜及少麥屑糝食之每獨居闔戶工紡績迄夜分乃寢一鴻歸相對怡暢無一詈語也久之徙福山益困不支謀復徙而一鴻故有姊嫁爲諸生宗家相妻宗生哀其窮爲授廛一楹移其居邑西塘頭鎮叟爲一鴻延館他弟子室烈婦日所佐食者獨藉絮布然家不能具杼軸鄰媼竊憫之

時爲貧機織烈婦獨以織故踰梱耳而里中惡少年宗
周者間自織所窺烈婦容娟絶類數以目挑背自謬言
彼朱生有妻若是耶令周有妻若是者當不令其困苦
至此也欲以感動烈婦烈婦聞大慚亟携杼就西嫗織
周復從西嫗窺覘如故烈婦乃齚舌矢天不復僦織鄰嫗
矣居數日周意不解時爲游閒偵烈婦出烈婦竟不
出周意益不自得朱所居窮巷四壁徒編萑周從夜踰
下門楗抵烈婦室烈婦尚緝未臥燈熒熒也微聞户樞
動聲起繞屋行已又萑壁四動覺有異則摳衣躍呼鄰
卧者皆寤亦驚呼周迸去明日衆相慰幸詈盜無恙又

明日周怒毆其傭殺佩佩頗洩其語衆知事出周周許
婦獨身易持乃無奈鄰者之相呼也輒裹少金啗其鄰
見華多李滿其旦日日莫爲我鬭朱家門俟我而要操
豚蹄卮酒相勞諸鄰者乃素畏周又幸飲食我率相顧
服曰惟少年所意指不敢動既夜漏四要周獨挾刃入
榻下烈婦方卧周逕持擁甚力烈婦宛轉號叫至頭搶
地觸瓴甓盡碎髮被面聲噭噭徹天周要錯愕不能犯
而鄰者復起窺狀從旁囁嚅周竟棄去先是微知賊時
烈婦恨且欲死一鴻爲投諜訴縣官會未逮至是益恨
泣而呼天誓而殺以滅恥衆方嚴衛不得又頃婦假少

寐衛者意怠方食時盡散烈婦乃起積薪床下擇衣稍
鮮者置薪上叓徹所藉藁鞂覆者身其上復聚薪蒙茸
然巳乃從簀下舉火自焚火烈毛髮焦灼肩背無餘肉
煙勃鬱四出鄰人大驚搶攘入室邵氏遽以手撲火得
烈婦即舉以出火火着肌上猶騰騰耳頃之烈婦少蘇
一鴻方從縣歸則張謂曰我何遽受辱如此不免無以
白吾志若幸毋喘息我令我受諸痛也朱不忍爲舁致
婦兄張挺家強輔以醫藥牢拒率不飲又十六日竟死
死之明日今大學士嚴翁首往拜致賻而丞胡公割其
俸數金率里胥爲紀襚斂悉如禮胡公曰烈婦之死難

也身幸不汚可影響自解而相勸以勿死者甚或唆之矣乃烈婦竟慷慨捐一旦之命此其志可以生死榮辱者變易哉予盍有賜而徵其事乎然度之無適予者不佞承胡公言退復從宗生覈事本末并者以所聞如此烈婦死年三十三歲萬曆二年六月二十四日也某曰余始往質宗生宗生於周爲叔也念振暴其傷周掩闕則湮婦也兩存難矣則走筮之神其繇曰莫淆眞假神將福汝宗生蓋瞿然自失云豈節烈之人鬼神類有以重之耶余讀邑乘蓋大類二烈事然程難易則隱慝激於痛夫入火瘠於剚刃故曰烈婦之死尤難也

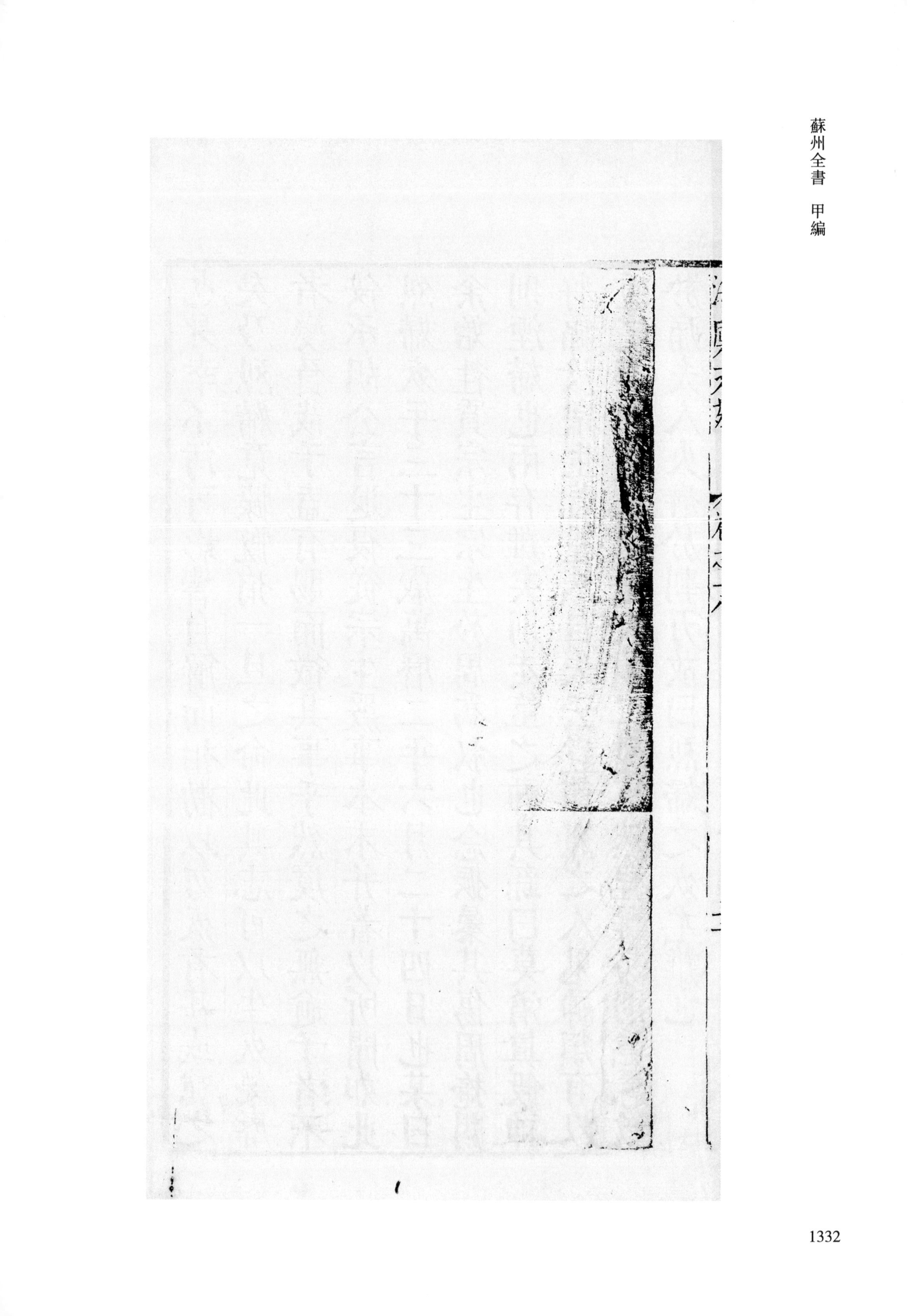

三先生傳

邵鏊

當嘉靖癸亥不肖鏊年十二孤家有棄嫁不禮于仲離姑弗養于是寡母中夜績孤從旁受遺書快讀數過輙欲休於乎誰師乎誰爲致師者乎三先生皆雅知先府君哀其亾而心器余孺子可教從他館召余讀余母苐輸升斗爲飯先生所毋令輟讀歸而路也萬曆癸巳余終養先慈出徼一命得貤恩父母如　制已拂衣歸卧又十年歲丁未追惟童時四十四年遠矣三先生悉謝世無復存者而余白首爲郎以老于山陰道上先生各有賜焉因撫其畧爲三先生傳

袁先生名方字某別號墨津父思質翁生先生于正德
巳巳某月日先是府君課兒家塾時余兄鳳文業從袁
先生事佔畢而余始受章句先府君以爲非袁先生孰
使小子無嬉者蓋少而覩袁先生肅肅如也翼翼如也
府君歿而余益習先生其人整衣濶步言吶吶不盡動
依矩法爲諸生試有司輒不售志愈苦搆文側藁不欲
費襲楮爲木簡者兩塗以堊横襟大書點頭咿哦不輟
中夜思亘乃起或然燈攺漏竟一篇從頭唱嘆自喜甚
收簡閣之不遇知者不以示也生徒數人當坐上説書
義先生手批諸家疏不盡不止顧獨不能以口舉及某

生以請則起循帙覓移時至廢講不衰蓋先生律律自課如是三十年當蔡公春臺視郡日試諸生先生之文獨至公賞之後無知先生者矣先生資館爲入歲不能以周十指路拾遺金若干屏伏旁舍須其人至還之鄉黨慕焉先生事父母誠孝生平無二色今　上改元詔下先生齒德衰然無以右者于是邑令以請例授冠服先生捧而笑曰吾冠從詔書來以行聞亦曰舉于鄉云者不知夫守株田間與操觚篤天下士其軒輊奚以殊也先生自悲其業之無成爲是言也聞者憐之先生餘七旬無恙時過余間告以乏余爲應之而事先生益謹

未幾病卒子應昌以盲廢有孫曰元度
陳先生名允中字道夫别號琴水父素實翁故里中善
士余讀先生所翁時時從郊外來問先生[illegible]對費念先
生勤悴慰勉久之而先生事翁謹屏立不踰尺寸應聲
唯唯甚柔余時以爲侍長者法當如是記翁手附余耳
爲余拂拭去耳中塵愛先生逮其弟子耶翁有餘思也
先生秉至性年十五失母夫人號毀不欲生已下帷發
憤沉心名理其人恬間喜匡坐閉關寂若讀書構文外
一不以應矣當是時邑先達陳莊靖公彙髦士共長君
錫玄聯社謂長君師他公藝耳師道夫溫溫德器也嵗

甲子洎壬午主司者業收先生卷數奇輒罷去晚以例
貢謁選爲博士官自建德移東安所至德之會有核諸
生短于先生者旨過嚴弗忍承先生意飄然歸旋捧王
官檄先生曰嘻吾素善病不樂遊吾爲士數十年不辱
其身爲士子師六年不辱其官吾有弟登賢書可以報
先人吾有子舉于彊仕之年頭角嶐然可以教吾何求
矣歸謝客臥僅一通故交知厚者而居恒追論余童時
先生爲期使余並諸君課文余齒最弱獨周走行吟聯
遠不肯俯首案上先生故縱之已卷完顧與俯首者工
拙半先生可謂善誘余者也先生方譚內典自得不二

門已稍稍徹肉茀飲粥糜者旬月溘然卒年五十有九
子曰弘積
張先生名繼詩字可言號玄洲邑之支川人父艸川翁
有子四人先生嫡且長艸川翁多偉畧勤于視事邑令
某某時時召翁商大政若賦若役就翁計約無弗理者
先生身長七尺偉然蚤歲頡頏攻春秋因北面先府君
偕若仲共一榻而仲差自放先生危坐屹不休逮余侍
先生先生偃蹇秋闈五六反矣先生無他嗜好而少仰
庇若翁經其家中歲藉其閨壼之賢筦鑰主中饋爲供
賓客師友一切不以聞先生得乘餘閒恣尋討發篋内

書盡讀之日記千言于是對客亹亹譚奇僻事以類舉
項刻數十章不謬客退闔中闔戶案上和五色墨詮註
批賞一如常侍者手杯酌間問先生飲食而先生若弗
聞也性獨敦義好古躬儉樸爲昆弟先艸川翁之治生
産也十年之中三致千畝矣一日不諱先生無意主家
財聽仲叔諸弟擇厚者各居之而存以畀先生先生弗
校也宗子繼志者雖貧無均産法先生哀其窮讓之百
畝事聞使者先後五公下其事于有司稱先生行義冠
諸生無何先生貧不能守其居及負郭之産矣里中交
知受先生施者若某某而余無似濫先生館席先生嘗

哀余喪䘏之及是衆莫可以報先生于是先生覩四壁而欷歔輙謂余曰吾從支川來耳翏翏乎目熒熒乎若起若息若曜若隱者吾不知其幾叜也是阿堵孰來耶孰去耶將嗇爲施耶施爲嗇耶吾將反而老于川之上以觀先人樹嘉穀地與其所區萌之日矣余不能止旣行而疾作卒是爲萬曆辛卯之八月得年六十有三所著經傳類編行于世有子曰應遴

小司馬氏曰太史公傳儒林所稱文詞爍如而其傳萬石君塞侯張叔輩則以爲諸公類長者而石氏家世醇謹最甚特聞于郡國夫以三先生起千載後與古人大

蝂若斯之合也即兩者兼之是耶非耶而余幸爲弟子
微余言曷以徵是宜傳矣要以士不希于遇而不能不
悲于不遇陳先生恂恂處子儒而師幾無負哉袁先生
獨不得弟子爲大官若縮藏輩一言于　上前使使束
帛迎之藉令未稱　旨業招致可以風天下而卒老于
儒生間泯泯以歿張先生博聞喜異書即不逢時俾無
盡施食貧發其殭記之資以脩學者書爲事所稱述流
傳可勝道哉可勝道哉

二陳先生傳

嚴澂

予弱冠時歸自燕邸從邑之羣彥遊見衆方譁然獨一人閒靜自處察其目瞭如視其色溫如叩其中清通以和問知其爲琴水陳伯子則心異之已從陳莊靖公所益習伯子莊靖公爲其長公錫玄集一時名士殆徧惟于伯子則不獨以藝詒錫玄友其德已而錫玄學成翩翩上人而伯子與之相頡頏試督學首多士試南畿爲蔡吏部器賞擬首薦弗果衆咸爲伯子惜而伯子意不屬也心慕陳白沙羅一峯之爲人曰吾得爲兩先生弟子了我心性無憾耳然向人絕不言學從踐履日規規

焉幾至于不知寒暑久之以選貢司訓建德建德錢令者儇嬛狡猾人知伯子與趙太史汝師善曲意厚寓致殷勤伯子覺其諂而心鄙焉故示以澹漠若消其攘攘者令不得所欲遂陰銜而私尼之竟三年不得薦賴後令知伯子移安東掌教安東士不滿百伯子甫至而府之李官從索士殿最伯子報最不報殿曰平原自無李申其意且囑曰主者意重在殿伯子執不易復曰平原自無未幾李官齎捧入都而傳藩之命下矣伯子飄然東歸曰吾爲士不荒于學爲師不荒于教不虧體可以報親守一經可以教子弟不得親承白沙一峯之師以

究素願矣歸而求之遺編求之吾心吾方有事在歸途夢汝師向之曰吾與爾殁期俱近矣覺而異之及抵家與汝師相見甚歡意其夢無謂未幾而汝師物化未幾而伯子亦物化時其夢誰爲之將汝師果入夢耶汝師時尚生不自知其殁也將伯子之神爲汝師言耶伯子且不自知其殁烏從知汝師殁將有鬼神者託汝師之言耶鬼神者何不自爲言而託之人也鬼神情狀非聖人莫究不知白沙一峯于此亦得了了否伯子十五失恃號慟幾絕念父老稍稍自節其奉父素實翁色養備至素實没撫弟允恭成賢科撫後母弟允元成茂才允

廸成善士卓卓不凡其訓建德也曰與士切劘身心竟
伯子任舉鄉者三第南宫者二蓋四十年所絶響者其
門下士如邵兵部鍌錢工部時俊程孝廉玉潤皆其所
諄諄造就者邵兵部追感師恩撰三先生傳行世而伯
子居首先是謁選歸渡江有里中人應募流落者貧且
行丐伯子載與俱南同舟郎以金疑里人伯子代爲償
金而調護返里凡此皆伯子踐履實際不可殫述姑舉
其槩伯子諱允中字道夫别號琴水銘曰伯子溫溫介
然中清傾企先哲匪言攸行清不忤俗溫不滑靈人貌
而大萬禩學程

仲子悃愊質木人無論不爲機智卽衣垢履弊且不自
知與人弗較賢愚盡其欵誠類如也然而善屬文援筆
纚纚數千言立就脈絡井如殊不類其爲人陳莊靖公
令與長君錫玄結文社仲則翺翔羣彥間咄咄不少遜
歲戊子領鄉薦兩赴禮闈不售謁選掌教山東之平陰
平陰故陋習仲子發其蒙拔雋得二人一舉于鄉一舉
于南宮平陰遂爲文憲邦尋遷宣平令廉靜一無失德
而衙佐窺其可欺不無鼓牙督郵弗察坐致左遷未幾
丁內艱埽則囊空若洗仲子故有先人南畝數十可給
朝夕至是并蕩盡無餘時寄食于猶子及甥壻家邑令

藍陽耿公大洪楊公雅重仲子而憐其貧思所以優之迺仲子閉戶自守卽兩令公亦無從自效也嗟嗟邑之孝廉有朝報捷而莫甲第甫廣文而旋要津初四壁而竟千廂者理固然耶仲子一貧至是是必有所不爲矣不賢而能之乎仲子諱允恭字敬夫別號文水嘗聞伯仲兩公寓都下就一人某餅次日仲子目某爲善人伯子笑曰汝將立朝事舉錯豈可一餅而遽與人善乎卽此仲子之厚伯子之淸可以觀矣銘曰仲子悶悶頹如唐如愚于世智合道以愚吾聞至人挫廉剸隅人之不足天之有餘

嚴徵氏曰予與二陳先生爲生平交莫逆均而所以均者異每與伯子徵言而解察伯子之行其言也而解然而衆弗覺也匪直衆弗覺信伯子者亦弗覺而信故伯子者天而人者也而于仲子則不然無所言也無所察也仲子則熙熙然欵欵而與之者信餙而與之者信予則與衆而與仲子信故仲子者人而天者也予之交二陳先生也不以人而以天

畸人傳

錢世揚

畸人姓錢氏諱世揚字偁孝常熟之奚浦里人也其先世具家乘中父行所府君母亍夫人生畸人于嘉靖甲寅九月初十日時島夷闌海上遂由奚浦居城中府君舉巳未進士明年庚申奉命餉遼左便道歸以疾坳畸人纔七齡耳母夫人日抱而啼形影相弔中夜置諸懷爬搔煦沫稍有疾靡神不舉長而敏慧善讀書王父虛庵府君謂伯子一綫之緒可藉不墜命世其父叔之業習麟經延一時名碩爲師且命仲叔臬副春池公季叔文學見素公交督之二叔亦念厥兄思相其子于成措

授提撕靡所不至隆慶庚午年十七補邑博士弟子時
畸人意氣豪上一甜紙輒籠蓋人聲譽大起念府君負
經濟才弗克竟思一光顯之因自號景行子歲甲戌王
父捐館舍畸人年二十一念府君蚤世而王父代之父
悲號不能已益下帷自濯其業凡王父田宅及槖中裝
並置不問繇是業益起且旁蒐典墳攻古文辭遂執牛
耳擁臯比推爲諸生祭酒遠邇爭負笈來畸人説經鏗
鏗多解人頥其貧者爲謝脩餔以故陶鑄後進多所騰
奮迺其試有司利不利居半至其試京兆輒大困蓋僅
能踞講席爲經師不能動人主席而前也辛卯之試巳

在玄貫之列而以第七題不稱主司旨復棄去歲庚子以病瘍不克就督學試勉趣貲入虎闈歲癸卯闈中王太史衷白先生署南雝事特器異之許以丹霄之價而復受唾于拙目至是後先試京兆者八畸人年已五十猶然栖栖雞羣歲丙午復奉母夫人諱自是髮漸種種不能東塗西抹與三五少年角蓋畸人所由稱矣畸人事母孝母夫人以遠大期其子王父埆母夫人督之益嚴動以綱常名節相砥礪畸人性好飲時有狹邪之好母夫人譙訶隨之畸人亦視母如嚴師母夫人奉竺乾之教喜檀施傾貲弗悋畸人婉意承之辛卯春母夫人

從劉家河渡海謁普陀值颶風舟幾覆畸人倏現危夢禱于郡大神以百金爲脩葺費後竟鬻産以償弗食其言母夫人病篤畸人䆲百道治之禱于羣神欲捐已齡以延母壽母竟病坳諸含歛之具務殫誠信猶以生産日挫不無朱百年之憾且一生苦節弗克當其世而請旌典樹棹楔罔極之德靡所報萬一蓋情事未伸所爲抱恨終天者也畸人念仲叔教育恩終身弗諼仲叔坳幼子童孫僅免于孩肓人思乘間有所乾没爲殫力鎮定之諸疑者訪者慫且詗者身當之無所辭其子孫竟藉有成立蓋仲叔以此報伯兄而畸人亦然所云死者

復生生者不媿其庶幾乎至季叔則血胤斬然欲報無從念之每不能已已又有姑封股療王母疾者未及嫁而殁至畸人之世其主宜祧畸人仍之曰吾何靳一盂飯令孝女餒也畸人生有介性伉直不能容人過寧蹈國武之戒事有不平或非禮相干面折不少假雅不喜蓋藏中有所懷如哽咽欲吐亟出之然後快語及權相諸臣及時政刺盭如江陵不奔喪爾來奏疏內寢稅使四出之類北望氣塡輒盱衡扼腕曰令錢生在事寧祿祿居折角批鱗者後耶宗有收異姓爲子者身殁之後宗人蝟起藉口分其室畸人慨然曰是宜擯其人奈何

利其財耶時尚餘一床畸人謂吾弗取此床隨入不肖人手矣亟取還之其不染指非義若此有年家子爲邑令者畸人匿弗往見曰澹臺子羽何人吾乃以先人同籍通耶後其人從梜桃中物色之慚謝不能先有所加禮畸人視之坦如最後邑令有講學之會一時士趨之若市畸人強一往弗再赴曰夫士皆有求于邑大夫故攘攘如扳餌錯綸然吾潔已以所求乃亮言禹趨而冒某名胡爲者且吾宗枉史君進士君父子皆呼我爲宗丈人吾以老逢掖頫首居其後吾實惡之故弗往也畸人簡傲跅弛不斤斤飾邊幅衣冠垢不思浣襪不思

易落落穆穆視朱門如蓬戶即達官貴人前不爲脂韋
磬折容至或箕踞嫚駡人多畏而遠之然諒其懷誠以
他腸洞洞矚矚不設城府益狎而親之蚤歲見事晚多
所疎濶晚而習于事有人倫之鑒片言剖决多中物情
兼以和光挹損益人人嚮往之矣其與人鮮許可然一
與定交久而敬之生平以顧吏部與時爲畏友陳兵部
錫玄張貢士士弘張先輩益之李先輩伯樗爲文友孫
山人禹錫從兄無登爲酒友然始終靡二即以稱冢友
以婣也宗有聯姻天潢寓江右者子孫赤貧以所依來
歸故鄉多避匿不肯接納畸人歔厚遇之至而如歸其

父年八十餘一旦老死爲經紀其喪曰吾不忍以一本爲胡越也諸以窮來謁者㠯論三黨疎遠卽力有不給勉畀數錢不令虛所願而去且歲時㠯勤待以火得以生者若而人待臧獲持大體不責苛細鼠雀壯而銀盃化幾有齗齕委轡之風生平不爲小廉曲謹崖岸斬絶之行亦絶無機心機事及齷齪湨涊不可對人言者蓋不夷不惠行巳在淸濁之間所謂大德不踰閑小德不無出入者也其不屑于講學者乃其所以爲講學者也畸人雖嗜古文辭然以久困占畢不能閎覽百氏之籍毋用自媿沈休文云蚤知窮達有命悔不十年讀書誦

其言未嘗不憮然而歎又言劉峻與馮衍有三同值明
時而不用一同也節亮慷慨二同也衍有妻而身操井
臼峻有妻而家道坎坷三同也畸人之遇蓋不幸與敬
通孝標埒矣畸人少屢生子弗舉歲壬午得謙益長而
夙慧多聞畸人喜曰厲之人夜半生子亟取火燭之惟
恐其類巳也吾兒乃似勝我者文貞之笏其有傳乎謙
益果領丙午之薦爲第三人云初畸人不善殖生產會
仲叔坳有以徭役中之者家益圮兒謙益硜硜自好恧
爲人居間以脂潤㸃淸白名戶外收責者恒滿至廢箸
以償歲巳酉勉舉母夫人襄有幼女淑頳不凡畸人絕

憐愛之昕夕撫而自娛竟以痘殤畸人益牢搔不自支時時印屋歎而巳兹以往自度骨枯力憊終亾能表暨于時叟自號贅偶子

贅偶子曰陸士衡云玄冕無醜士冶服使我姸世之玄冕冶服者何限而戳畸人不能一得之何其艱也夫蒙莊所稱畸人畸于人而侔于天者也畸人才能不及中庸何能侔天廼其嶔崎歷落飛不越榆枋于人則誠畸矣既以畸于人安所得身後名歿亦何可泯泯如薦艸令其出于他人之手而失眞不若自傳之爲眞也廼論次其生平作畸人傳

少微許公傳　　魏浣初

公諱儁字伯彥父秀峯公淴性倜儻負氣任俠其族有枝而睨者駕言公所席田廬實沒諸昆產訟不勝賄胥史焚前卷更訟之秀峯公覺其狀窘胥史則倂廊卷悉焚去而謂延燒者出公手籍故匿公家也逮榜掠無完膚復命吏至其家大索闔室驚竄忽失公所在公則竊念勢至此非白之上臺不可而趾不習戶外仗鄰兒以行直抵淞顲直指檄郡佐按部而始得出秀峯公于獄時公甫成童耳而至性純孝負奇多智巳如此矣秀峯公晚年生事日蹙析公儻屋以居而以公自置田一頃

月給其糈其殁也公爲家督顧獨受下田裁四十畝所遺公私逋乃千計諸弟意復欲公倍償公即倍償無推沮之色家累纖嗇落拓不措意一以誘周孺人而自署斗室曰高臥兀兀其中悠然莫測也公雖爲博士弟子員乎顧不喜數墨尋行俛首治制科術而聞人有異書切當世務者多方借購一過目漁弋不忘便便之腹可坦而曬矣邑中先朝故實及民間興革利病經其條析若聚米畫沙鑿鑿有緒國老鄉耆卒莫能屈之江夏段公初令虞自負理濟頗不爲人下試諸生經義之外策虞事數條士守帖括無置對者一老儒掀髯抵几脫不

停書丙夜燭跋矣嫌紙竟請益長幅畢所懷來則公也令辟㡛𧹞讀纍纍數千言水利賦役救荒禦倭諸務多有切中窾要者亟嘆曰海壖故有此卧龍耶翌日召對公堂下階迎進而與之交拜時吾邑大水潭塘湖澤任陽厥田下下而名與中賦等民率逃亡僅留㕓戸公勸親履畝覈戸口之實時其蓄洩漁艓風雨之中葛巾野服者令韋布者公相從嘗麥羮芟草舍詢父老疾苦折節相得之歡亦前此未有也是後長吏至必首問公便宜公知無不言往往見諸施行邑中大徭役或有大疑咸視公揮麈爲左右進止第曰許公言若何則其等聽

命耳而公亦急人之難不啻己事所居鄉去城闉一舍每侵晨風露犯水草徒步抵城下叩魚鑰門者即知爲公公游行市中頭搖搖以指畫空如向人有所陳説者然猝而與之遇拱而過之則如未見其人也暮投親故宿有謀未就中夜起環走有時排闥而出主家僮覺而跡之公已行數里矣而經句或一抵家隨其男呻女吟四壁蕭然卒不聞公咨嗟嚘喟聲也惟見諸兒善讀遺書心竊喜自爲程以課之上下古今經緯文武務期經國大業適于世用乃有實益燒燭引杯之次語及節義俠烈常至髮衝于冠涕交于頤公實自道非徒慨慕往

事學焉而已其後遂發爲太史公蓋不待入讀中秘而所得于公之腹笥與其手澤之編摩家學固已淵源也太史公既第後公貽書云生平足跡畧徧大江南北而踰淮以往齊魯燕趙未甞一過而憑吊天假之緣其在孺子于是迎養京邸適拜

覃恩封公爲簡討如其子官恭謝

闕下賦詩紀其遇而又與觀

南郊禮成備訪圜丘之儀退而欣然曰吾以潦倒青衫入而易一朱紱時時挾平頭策欵段馬覽所爲宫殿之鬱葱冠蓋之絡繹五都市肆之瑰瑋而鮮華則既愜吾

壯游矣不圖洋洋
睿制仁孝天合果非思議可及也雖然以吾觀于北郊
之祀而竊謂聖明新啓舊典承訛草野之臆願有陳也
北岳在今渾源州南二十里虞巡狩所至地也北宋失
渾源不得已而移祀曲陽今渾源故在輿圖一統之内
舍全山而祀一峯或亦前禮臣未詳因擬釐正北岳祀
典疏識者然其言而韙之亦足徵公胸中歷落每事寔
心思有所發攄自見云而一日忽倦游趣太史公以使
事同歸念先是奉秀峯公遺言欲即鄉廬舊址卜爲首
丘使子孫他日聚族而處庶便春秋伏臘無乏絶也我

是以體爻志卜兆祖塋吾老人事畢矣惟是周孺人之殮也倉卒經營前和一罅尺有咫吾嗛焉負吾妻地下孺子其亟圖之歸而公亦竟不祿得年六十有四所著有甘雨賦許生詩史諸生時所作與策對並流誦人口游長安時復得詩百篇疏草襍著數卷則藏于家公坦易伉直不拘細檢飲食舉止勿論與人殊即在公身自有三反每下箸噉兼數人稍捫其腹消之復噉似有鐵磨而累日不食絕不言飢暴怒時及嚴寒之日不以斗石量浮白輒盡而自春徂秋對客惟茗飲不近杯勺盥漱之節無定晨夕非汗浹亦拭面不已或疑爲水淫而

敝衣飾至垢甚不思澣滌公皆任天而動非有意爲誕

也嗚呼丈夫志意苟有所寄託沈冥卽走入酣甕亡失

衣冠顛墜坑塹而不自覺者多有之矣而况乎目營四

海哆口欲論説當世效魯仲連孔北海之爲人者安事

埽除一室共兒女生活且脩飭邉幅賔賔以號于鄉閭

曰此曲謹之儒也哉跡公踈節濶目頹然自放處本寧

先生之序詩史也得之矣余故畧而不論傳其大者

海虞文苑卷之十九

邑後學張應遴選卿甫輯

議　說　辨　解　詠　弔辭

築城議

邵圭潔

常熟舊稱蘇州北門東西北三面地瀕江海水寇易以衝突惟南面與郡城接邇可無震驚而東西兩湖又夾於致和塘之旁分洲散渚野寇易所竄伏故蘇之要害常熟為甚其不可無城明矣國家承平日久舊有甎城旋至湮廢當道爲吾蘇深長之慮者往嘗議請脩復然尋議尋寢有司皆徇衛於秉鋤之夫百姓皆偷安於荷

擔之計匪直以役重費煩之故也蓋有說焉其一則勢豪之家據爲已有廬而爲市則廛之入倍於他市汙而爲田則租之入倍於他田未見無城之害而厚享無城之利一聞斯議則所以曲爲撓阻者無所不至矣其二則貿易駔驓之徒據要津爲壟斷或得之市兒或賃之豪家皆重樓疊宇畜妻妾長子孫視爲故業彼傻私圖寧顧公義一聞斯議則所以曲爲撓阻者無所不至矣其三則鄉居殷富之户田連阡陌貨充市肆有司將興大役而公帑不給未免以佚道使民或益之丁田或派之夫役或假之船檥或勸之米粟皆其所預計而恐及

此彼且自成村落自列廛市不圖有城之利而惟計築
城之擾一聞斯議則所以曲爲撓阻者無所不至矣其
四則官府侵漁及奸頑逋負之徒或解運正色之外那
帰隱蔽以資溫飽或經年積欠之數輾轉延捱以冀還
脫其弊不能悉舉有司以不給之故亦未免取償於此
輩匪惟不保其利抑且因此獲譴未見城之完而先見
家之破一聞斯議則所以曲爲撓阻者無所不至矣夫
此四者皆小人之私心也而所以得行其撓阻之計則
每駕辭於公而使有司之必吾信又每啗其左右以陰
致其辭而使有司之不吾覺蓋凡爲有司者孰無愛民

海虞文苑　卷之十九　二

之心則重役固所憚也孰無惜財之心則煩費固所憚也有司方懷此二者之憚而小人之辭且首及之已覺其甘而易入矣乃從而募其辭曰城一築則怨之釁自此開矣城一築則漁獵之謗自此起矣城一築則經久之役將以官淹延此城也城一築則董承之勞將以官奔走此城也又從而募其辭曰城加於山將不利於官司也城加於山又將不利於科第也如前之辭若惓惓爲有司之忠臣如後之辭若懇懇爲舉邑之大慮且復乘其易入之隙而投之雖至明哲能勿信者寡矣無惑乎城之尋議而尋寢也然則何如曰小人知爲一身一

家謀不知爲一邑一邦謀小人之謀可行於爲身爲家
之有司而不可行於爲國爲民之有司一時之重役可
憚也而百世之永逸此城實貽之一時之煩費可憚也
而百世之長利此城實貽之使有司垂百世之愛夫然
後爲有司之忠臣使舉邑受百世之安夫然後爲舉邑
之大慮況城加於山又古人守禦之深計蓋使外崇内
卑則客兵一至或憑高以窺虛實何以爲蔽或據險以
肆攻擊何以爲守雖有城猶無城矣蓋築城則所以固
一邑而據山又所以固一城者也使爲賢有司者明燭
刋告之大端屏却撓阻之旁説近監剝床之禍遠圖安

堵之休則當道有協濟之策而費可以無憚於煩小民
有子來之義而役可以無憚於重矣

開高家堰施家溝議　　顧雲鳳

議者以黃河南徙挾淮並漲恐妨　陵麓故問高家堰施家溝之說日紛紛焉此孰非憂國之深慮救時之良謀哉然但就　陵論　陵而未嘗以淮南之大勢統論陵也夫　祖陵萃山川之秀結穴於沙陡塔影諸湖之間眞龍突起於水中舊圖具在可攷也　陵之峙淮之流自天造地設而已然者淮本不得而淹之惟是黃滙於淮將來叵測臣子爲　國家根本之慮誠不可不汲汲者第所慮在黃則所治亦當在黃黃不決即有高堰無病於　陵黃一決即無高堰無救於　陵而況乎

開堰之利害與議者之紛紛耍有大相背馳者何也淮由清口以至安東雲梯關入海卽禹貢所謂導淮自桐柏東會於泗沂東入於海故道也自神禹以來未有改者孟氏矣以爲排淮泗而注之江則朱註巳辨之矣夫淮之趨高寶似便其東流入海似稍迂迴神禹之智豈其不出此與而漢陳登又築高堰以防之迄今治河能臣守其說而不變抑又何說也蓋水以海爲歸者也高寶信下矣其東南濱江濱海之處則曰廣陵曰海陵曰蜀岡曰龍岡又曰阜曰嶺不可殫述皆以高亢得名水無所出卽有所出而江潮海嘯互爲吞吐故瓜儀之有

四閘者非徒節其出抑亦制其入而通泰興鹽諸郡縣
尸祝范希文無巳者以范公堤之建爲能防其倒灌逆
流而拯民於魚鱉耳以此思之則江湖之水勢可知宣
洩之難易又可知淮非由清口安東以入於海別無可
爲歸宿之地矣而後之人又慮其汎濫而四出也故又
逼之以堰語曰障百川而東之高家堰者障之之説也
譬之人焉狥一時之便而養之癰不若審血脉之宜而
調其適不待智者而後辨也然則武墩高良周橋諸閘
之建非乎曰此未可以盡非也蓋惟有堰則平時有所
節宣可以捍高寶諸湖之腹而緩急有所容惟有閘則

伏秋有所灌輸可以洩淮泗暴溢之水而高堰可無潰是閘之收其功亦由堰之節其力也然則施家溝之闢何異於武墩諸閘乎曰是不同武墩諸閘凋丈餘耳而施家溝則凋數十丈矣武墩諸閘之水夏秋則流冬春則涸高寶湖堤猶得乘其稍涸之時而施其補葺之計今施家溝當水潦之時已與武墩諸閘同其用矣若夏從而闢之是使淮泗無餘蓄而高寶無餘地也水無時不滿湖無日不漲堤之坍卸即欲脩築安所措手況高寶諸湖不過盈溢而止耳平時先已盈溢又何以容伏秋暴發之水乎且施家溝之闢何爲哉凡以爲潦非爲

涸也涸則不必闢潦則自能灌輸無所容其闢又安用耗無益之費貽無窮之害也議者徒知淮揚之有子嬰溝苡稻河涇河澗河以爲出路既多淮有所受不知子嬰涇澗三河之水不過入大縱一湖大縱湖視白馬氾光諸湖叚隘溢則入高寶與泰諸民田而巳其所謂石䃥口白駒塲下海之竇湮塞矣惟苡稻河一線之流可爲從出之路而遡淮水從入之路則有清江浦矣稍南則有武家墩矣又南則爲高良澗矣又再南則爲周家橋矣由此而再南則爲古溝爲施家溝水退雖涸而水漲之時皆流衍充盈沛然東注夫一苡稻河之出其能

當諸閘諸溝建瓴之勢乎況又從而濬之也蓋嘗譬之淮泗百石之甕也高寶諸湖升斗之罌也苡稻河杯勺之斟也以罌之腹而欲受甕腹之所受其數不勝也以罌之口而欲出甕口之所出其數又不勝也滿則溢溢則傾傾則散漫旁流不可收拾卽欲復歸之甕而節宣由我不可得已議者又曰今所急惟陵運耳苟有利於陵運奚暇復爲昏墊計乎不知古之聖人視民溺由已溺淮南數州縣生靈本仁人所當軫念且使病民而無病於運則民可輕妨運而無妨於陵卽運亦可輕而不知陵運民生其利病正相須也請以時事證

慶曆以來惟二十一年水勢最大秋水一發漕堤衝決者數千丈興化城不浸者三版然當其時漕堤尚卑今漸高矣五月以來霪雨五日水遂陡漲視二十一年而過之漕堤報漏報坍殆無虛日民間室廬田舍盡浸水底流離之狀啼號之聲耳不忍聞目不忍見夫此時伏秋之水未發也淮黃之漲未聞也不數日之雨而淪胥若是何哉以二十九年好事者倡爲濬闢武家墩高良澗周家橋諸閘之議先實諸湖之腹水無所受故一雨而卽盈耳向使施家溝之議蚤定則此時湖已出于堤上卽錮之以鐵能無崩乎崩則運道安在無問民矣是

病民未嘗不病運也而猶未也此一淮水耳入湖之分數多則入海之分數少而淮弱矣淮弱則黄躪其後而清口淤矣異日者入湖而湖不能容入海而海不得入將營廻汎濫合盱泗高寶而爲一此其滔天之勢爲陵害不叵烈乎雖曰杞人過慮萬不至此然涓涓不塞將成江河而況滔滔不止何難陸沉哉昔白馬氾光甓社邵伯諸湖始何嘗不分而今安辨其爲某湖某湖也則汎濫之明驗也古今治水莫如禹禹所治莫大于江淮河漢其萬古不變者則萬古無患惟齊桓公塞九河爲一河闕入流以自廣遂爲萬世無窮之害所幸江淮

尚仍禹舊奈之何輕變古而戛生一患哉王介甫欲泄
梁山泊之水以爲田而憂水無所貯劉貢父曰别穿一
梁山泊則足貯此水矣介甫大笑而止今者必欲使洪
澤阜陵化爲桑田高寶興泰化爲魚鱉而其究且復病
運妨　陵是齊桓之過計而貢父之所姍笑也議者不
察輙文其名曰導淮夫導人者當導之于正不當導之
于邪導淮者當導之入海而可導之入湖入民田乎又
嘗譬之淮爲泗患淮即泗之寇也爲泗計者宜逐之出
境而誘之四出使抄掠内地可乎黄爲淮患黄即淮之
寇也爲淮計者宜堅壁以待而預自退縮使黄得乘勝

長驅可乎况今黄淮且合從而至矣上不圖守之于要害下不圖洩之于尾閭而今日曰撤堰明日曰開溝是不知割地之難于自完而滅虢之終于取虞也置淮黄于泗旁而欲使泗無恙非策矣至于形家之説謂淮黄合襟爲　祖陵形勝而淮水反跳有傷王氣此人人能言之不敢援引附會要之關係最重亦不可不講也然則爲　陵計奈何曰治黄河使歸故道而已次則濬海口闢石磋白駒等閘而已黄復故道則外無所侵濬闢各閘則内有所受如是而　陵寢可奠運道可通民生可安一舉而衆善備焉且黄爲宇宙間第一巨瀆非導

之以海將東馳西鶩爲害無已時不惟當治亦不可不治也不然而舍本治標忘利導之謀爲曲防之術愈治而愈決烈矣

勦紅苗議　　瞿汝稷

竊嘗聞之漢虞詡曰自古聖王不臣異俗非德不能及威不能加其獸心貪婪難率以禮是故羈縻而撫綏之附則受而不逆叛則棄而不追此百世不可易之名言也先王之制蠻夷要服要者葺貽以爲要結好信而服從之即虞氏羈縻撫綏之謂也未聞有盡其種族環而攻之使無噍類者也又聞之師直爲壯曲爲老自昔征誅奉辭討罪必其罪惡貫盈神人胥怒而後征誅加焉故以此毒天下而民忘其死今苗之地接楚蜀黔三省當楚蜀者要荒無事間有不率不過乘民居之僻遠竊

驅其耕牛或子身之男婦非民與追逐輒不敢殺戮卽
有殺戮不過一二人一府之中卒歲不過一二舉如是
盜警八埏之内何地無之何可議征誅哉三隅惟黔
苗其利害尤切而邇年固寧謐與楚蜀同其致令日之
猖獗寧可不究其原乎令自勦苗之議起百姓訛傳荏
弱競欲奔竄而無藉則思棄其恒業從蒼頭特起以自
雄蓋議未定而民間已不勝擾擾矣今無問智愚遐邇
一辭咸屬慫於黔之總戎陳某謂黔有食糧熟苗龍惠
大種苗也居小橋頗爲部落所歸向來上司咸優遇之
假以指揮服色總戎初至則革其糧惠不平苗警遂日

起總戎以爲皆惠也今春二月總戎使健步王仁續至惠寨仁續姧淫苗婦惠遂殺仁續并苗婦白仁續罪狀于總戎總戎遂令把總戴宗茂誘惠殺之盡滅其家五月復殺其弟龍富于是其族龍闽始糾衆期復讎干戈日尋由是言之則釁起自總戎而苗之所脩怨亦總戎耳民之姧人婦女者與其婦同殺則勿問此固漢法也仁續姧苗婦惠并殺苗婦而以白何至殺惠而滅其家乎釁起如是奉辭討之難乎爲辭曲既在我師難爲直師既不直又何能壯况苗地山川險阻眞有如劉安所稱南越地勢察其山川要寨相去不過寸數而間獨數

百千里者蓋其谿谷詰曲磴峴紆迴嵌穴窮篠覗之則若近循之則實逕據沈洋之疏謂其地徑不過百三十里則自方四計之五百二十里圓三計之亦三百九十里況其地勢與南越同未可以幅員程計者乎夫四五百里之內其人奚止數十萬凡苗之鬭率左腰長刀右負大弩手長鎗上下山險若飛履棘炎薪嵓漢士馬蹠踔不能進者跳躍捷于猿猱方跳躍中以一足蹶張背手傳矢往往命中執鎗者常以衛弩執弩者口銜刀而手射人敵或先鎗逼之則取口中刀奮擊度險能整退必設伏其猛悍若此而不能遠攻直以性獨不能羣各

守寀阨以自營耳今若欲盡殲其類則彼不期合而自合酋長無樂生之心部落懷必死之志以數十萬之衆據四五百里不可測識之山川彼居其逸我處于勞彼素所習我猝未諳彼之所明我之所闇況其地氣毒淫馬文淵所悲歌鳥飛不度獸不敢臨者比比是也總戎雖雄武乎吾恐其未易得志也或曰所以勦苗者有上策吾與師數萬繞絶苗通漢之境有出則殲之時出奇兵以擾之使不能耕如是三年則苗必盡斃又何俟捆吾戈鋋而後殲哉應之曰使苗叛亂虔劉我疆圉則亦惟殲其叛亂者耳苗雖異類自上帝視之亦人也何爲

而盡欲殲之佳兵不祥嗜殺不道非君子所以爲　國家謀也如子之言與數萬之師期鬬要荒緬絶之境動以三年之久無論苗已飛輓煩瘁調發聿皇耕者不得安于畝澮行旅不得安于道途工商不得安于市肆羼遞日夕困于馳驅楚之人民其流離亾竄何可指數乎且洋以廣土之利歆　朝廷而興師則諸土司自顧其土地之足欲有甚于苗地且莫不深車輔之思軫脣齒之慮必相陰結予謂三年可以克吾恐十年猶未平也吾聞秦之失不在望夷而在長城漢之得不在祁連而在輪臺當今海內有識者咸嘆民生不如往日之殷盛

其嵩目所寄豈茲蠢爾之苗且激苗之亂在我不推其本而横席中國廣大無名之師困已竭之民力予之爲　國謀乃爾乎哉　國家征苗之師最盛莫如宣德六年興師至十二萬而王師之勇畧亦莫尚爾時之都督蕭綬其次則正德七年嘉靖二十二年正德之師二萬三千嘉靖之師初如正德之數旣復益萬餘而正德之捷疏斬級止七百五十餘生擒止九十餘俘獲賊屬止二百五十餘嘉靖捷疏斬級亦止七百七十餘生擒七十餘俘獲二百三十餘耳宣德時蕭都督直駐師沲河入苗心腹之地屯田藝圃且示久留于是諸苗震慄

相率乞降都督竟納其降遂班師設堡而還不識蕭都督之不盡殲苗亦果愛苗而不忍乎毋亦以其窟穴遐僻道路阨塞未易窮討乎今總戎勇畧討不過都督與師之盛必不能十二萬亦操何術謂盡殲其類耶且今黔苗雖猖獗聚衆不過二三百跳梁總戎所轄之境皆未聞出一師以剪滅之謂可直入其穴而盡殲何易所難而難所易也說者謂總戎欲稔苗之毒而腊之故不欲使小懲而大創審如是則總戎爲　國謀葢疏矣夫苗小有犯則小懲之使知創而莫敢肆此禦夷莫善之良策奈何欲養其惡使必至于大用師而後爲快乎仰

繹　二祖創業垂統凡夷漢雜居之郡縣必名之羈縻
蓋深有取于虞翻之言欲臣子顧名思義盡懷柔撫綏
之道不輕啟戎師也今乃欲括抒柚皆空之財供組練
不貲之費勞瘡痍夫役之衆攻往古不臣之夷非有剝
膚之災橫屠壘齒之域苗之所結怨一人我之所騷動
三省背　二祖之訓貽兆姓之憂失策莫甚矣爲今之
策惟令各哨堡諭各苗長其不願助龍氏爲亂者立約
以自明出約者與之剳諭必不以一矢相加遺以離龍
氏之黨討此令下其不聽我立約者必無幾然後討其
衆寡而用師苗之不立約者無幾則我所用師亦無幾

矣如是而誅其不用命者卽使一偏裨提千若百人而往足辦矣第期殲厥渠魁脅從罔治苗能自縛渠魁以獻則其餘悉赦勿問又移總戎于内地使優遊其暮年無興戎于此地如是則苗氛頓息而邊徼可無他虞不然卽召吳起白起于春秋舉應奉陳奉于漢世亦難滿志　國家之患不在苗而在黷武之興戎也

桐再生説

邵鏊

蓋曹之枯桐再華事若甚異胡黃冠人爲此者此不必然者也而不倖則謂造化之理大矣政在必然不必然之間使盡不必然則不尊使盡必然則不神使榮者必榮瘁者必瘁則盡必然使榮者不必瘁瘁者不必榮則盡不必然榮而榮瘁而瘁瘁而忽焉榮榮而忽焉瘁莫或信之莫或疑之乃所以爲造化皆理之常何異之有且茲榾柮者能牙耶而以爲異是猶有托也方嶧陽之初顧安所本而濡毳中空者耶其華緣耶其實離離耶山海之間驟然而得是物焉必以爲不祥不此之異而

彼之異而又以黄冠人爲之是大不然大抵此理之在
天地不以形骸爲生死所謂生生者也彼榾柮者生耶
何處非生彼生榾柮者生耶何處非榾柮隨生隨死隨
死隨生無之非是達人齊生死一得喪窅然若亾良有
以耳是何足異而亦何與于黄冠然黄冠者訃其人亦
黄石蓋公者流憫夫世之沉淪轇轕于生死得失之塲
托于造物之神以神其跡而開其迷悟者乎氅衣蹁躚
意氣高舉旋失所在則幾于幻遊者

皇鑒辨

孫樓

道家者流曰天有九天天各有皇是謂九皇上高者玉皇也歲以嘉平月之二十五日降神人間以伺人善淫爲福禍是日也吳俗揭皇像于堂爇檀潔粢旅核陳脯羣家之人而拜焉而祈焉以示善于皇食不屠語不詐冐而身甲甲而行徐徐宛然吉人也爰有盡日百刻水漿不入口者爲清齋自詭行最高獲福宜最多而乃脾寒虛委頓彌旬噫蚩氓之矯誣若斯哉夫天積氣以成仰之而色蒼蒼者天也而實無際也無形也空焉矣耳曷有歷階躡級層層而九者耶又曷有冠冕佩玉峩峩

而皇者耶天聰明不以耳目而無乎不聞睹又安待察
耶其神遊也流于六虚貫于四時安用家至戶到人人
而覈之耶卽察之又安必示人以期俾可預飾耶必不
然矣且爾歲之肆惡巳積而一日之佯善易脩昨桀而
今堯昨跖而今夷姑以飾貌也姑以飾辭也皇聞且睹
之矣豈遂福之耶今堯而明仍桀也今夷而明仍跖也
皇不聞且睹矣無所用飾矣豈遂不禍之耶不稽其素
而崇朝是憑是皇私其脯核悦其謟拜將福善淫禍之
柄倒持于人而人且窺之矣孰謂天也而若是之可罔
耶噫斯氓也誠自其一日之善而馴之他日莫不然亦

庶幾哉余獨悲夫一日之善而復出于矯也于是心天子撤爲僞儀兀然内觀而歌曰孰爲天兮吾之心孰爲皇兮吾天君月復月兮咸爲嘉平日復日兮咸皇降辰無盡飾于察察無墮行于冥冥俗不可諭兮吾以銘吾紳

余十四五時作皇鑒辨以獻家曾大人大人首肯之曰兒可教也去今蓋餘三十年所矣蘽宛然在讀之可發一粲豈東坡公所云小兒强作解事者于是刪抹點竄釐正成篇童心未除馬齒已長兩有感乎爾

書陳敬初詩後辨實錄紀張士德事　錢謙益

一望虞山一悵然楚公曾此將樓船閶闗百戰捐軀地慷慨孤忠罵寇年塡海欲啣精衛石驅狼願假祖龍鞭至今父老猶垂淚花落春城泣杜鵑　右陳基敬初夷白集詩也基臨海人至正初以薦授經筵檢討謝歸教授吳中張士德入吳綱羅一時名士延致幕下仕僞吳爲學士入國朝預修元史集中所稱楚公及平章榮祿公者皆謂士德也平章榮祿者士德降元所授曰楚國公者元追封也按洪武實錄士德以丙申二月據平江秋七月援毘陵中山武寧王設伏擒之我　太祖高皇

帝御製武寧神道碑亦首載其事令基舟中望虞山之詩則以爲楚公身將樓船百戰捐軀之地此所謂傳聞異辭矣基身在士德幙中是詩作于癸卯二月渡江使淮之日不當爲無稽之言而豐碑國史簡册昭然又豈宜有錯誤哉今年採輯開國功臣事略于宋文憲鑾坡後集得梁國趙武桓公神道碑云丁酉六月戊辰取江陰秋七月丙子攻常熟張士德出挑戰公髦兵而進士德就縛士德士誠之弟也遂征望亭甘露無錫諸寨以武桓之碑觀之則基之詩爲有徵矣文憲身任國史奉詔撰此碑必經呈進士德之就擒開國之大事也安得

無所援据而輕以武寧之功狀移于武桓碑于士德就縛之下又曰士德士誠之弟也其屬詞鄭重似有意欲疏通證明之者余因是而詳複攷之則實錄之誤誠不可得而掩矣實錄七月擒張九六十月士誠以其弟被擒遣孫君壽請和願歲輸糧二十萬石黄金五百兩白金三百觔劉辰國初事蹟以爲士德母痛其子故也然士誠旣以失弟而聳懼其母又以痛子而請和士誠之遺書何以了不置喙　高皇帝之復書則曰攻圍常州生擒張湯二將尚以禮待未忍加誅爾所獲詹李乃吾偏裨無益成敗張湯二將爾左右手也爾宜三思我師

既擒士德獲其謀主又何以匿而不言但及張湯二將耶其誤一也元史丙申七月士誠兵陷杭州楊完者擊敗之陶九成輟耕錄紀杭州之役士德與王與敬偕往以諸書互考之則士德陷杭在七月其敗歸平江當在八月安得有常州被擒之事其誤二也元史順帝紀及達識帖睦邇傳張士誠爲書請降達識帖睦邇承制令周伯琦撫諭之詔以士誠爲太尉士德爲淮南行省平章政事時士德已爲大明兵所擒此丁酉八月事也若士德丙申七月就擒則去士誠納款已一載餘矣安得有平章政事之授耶又按達識帖睦邇傳元授士德淮

南行省平章政事士信同知行樞密院事士德尋爲大
明兵所擒俊陞士信淮南行省平章政事曰尋爲大明
兵所擒則其事在旬月間矣元史之書法甚明其誤三
也士德以好賢下士刱造伯業如王逢楊維禎楊基者
頌慕之辭久而不替不獨陳基輩流召致館下者也假
令以二月入吳七月就縛其居吳不及半載又提兵往
來三郡無須臾之暇士德雖有過人之略何以能深得
士心若此其誤四也王逢梧溪集云令太尉開藩之三
月命部將王左丞晟書使踵海上招至吳中以予避地
無錫請晟勸張楚公歸元擢淮省都事予辭不就逢他

日遊昆山懷舊傷今之詩亦云桓桓張楚國挺生海陵鄙玄珠探䨓社白馬飲浙水三年車轍南北向復同軌量容廿公詵情厚穆生醴誓擊祖逖楫竟折孫策箠天王詔褒贈守將躬歲祀士誠之歸元其謀皆出于士德逢以元之遺老與有謀焉令丙申之秋士德已爲俘虜逢雖欲緩頰何以自效其誤五也元史記丁酉歲士誠屢爲楊完者所敗然後乞降士德之被擒在七月而元之招諭在八月則士德被擒時歸欵之事已定矣實録謂我欲留士德以誘士誠士德閒遺書士誠俾降元以謀我故誅之國史旣誤記士德被擒于前而又不欲泯

其主謀降元之事故曲爲之辭非事實也其誤六也錄此言之則士德被擒之事斷以趙武桓之碑爲正而實錄之誤爲無疑也予又攷天潢玉牒云丁酉六月取江陰州攻常熟獲張士誠弟士德以歸皇明本紀云明年復破其兵于宜興湖橋擒其弟張九六並獲其戰船馬疋皆與武桓碑相合湖橋在虞山西北通福山港爲舟師入江要地故士德被擒于此基由琴川次福山港舟中望虞山至今可想見其處本紀云宜興傳寫之譌也又攷實錄丁酉七月丁丑徐達兵狥宜興取常熟擊張士誠兵敗之獲馬五十匹船三十艘降其兵甚衆武桓

碑記攻常熟在丙子實録紀在丁丑相去止一月固知
即此一役也云徐達兵取常熟而不言武桓者武桓方
以領軍先鋒聽太將調遣常熟之兵亦聽武寧調遣故
遂没而不書獨于取常熟下脱士德就縛之事則以丙
申誤記于前故也然此事所以傳譌者葢亦有故丙申
七月既擒張湯二將軍十一月又擒其梟將張德用兵
之際羽書交馳奏報錯互流傳既久郎　聖祖製碑之
日亦止據一時功狀書之未及是正耳平吳録載士德
援常州被擒在丁酉三月尤爲無據其他紀載紛如又
不足道也夫史家異同必取衷于國史而國史多不足

信至于開國元勳之碑出自御筆傳諸琬琰非他金石之文所可倫儗而猶或未免于傳疑史家之難豈不信哉余以萬曆戊午讀夷白集懷疑胷臆如有物結轖者迄今數年排纘解剝剬削有條理乃敢次第書之未知後之君子其以爲何如也

上巳祓禊解　　嚴訥

或問余曰上巳祓禊周禮昉之風俗通釋之韓詩道之漢君晉唐書紀載之信有諸乎解之曰有之而君子不由也人之祥不祥天主之也天之祥不祥乎人也因人而施之也人苟善矣天祥之人苟不善矣天不祥之天固無心人則不得而趨避之也何用於祓禊爲也且天地之大德曰生其太和流行兩間莫非一元之運本無有乎不祥也其有不祥則人自戕其和而取之非天地之心也何用於祓禊爲也祓禊有道仁以洗心義以浴身禮智信以澡濯性情取新於湯銘去汨於箕疇是則

祥所繇臻而不祥所繇祛者也天子循是無不祥於天下諸侯循是無不祥於國卿大夫循是無不祥於家士庶人循是無不祥於身既無不祥不祓禊可也反是而曰祓禊無益也况乎人之以善不善而感召乎天之祥不祥無定時者也其於春於秋於躬於子孫王宰弗差神化靡常久矣其莫可測也詎泥於上巳也故上巳祓禊君子不由也

兩園病解　　邵銮

吾石城園處于水陸之間遠近之適市人習于囂者吾不樂也故取于水且遠嘗試逄天下游僧詭言能于深山中一食畢無所營夫山深矣一食亦豈易乎故取于陸且近吾始而構一堂曰逍遥堂地二畝亭二畝堂吾自指畫高其載敞其前平陂損益之意頗自喜也亭吾不能夏而爲樓意俟之萬曆巳酉正月十三日吾病甚稍起坐堂前竹軒下自問彼蒼曰吾病何也意者吾目能聶人吾聲能先人吾不能留喜怒聑就人吾奉先府君太夫人訓凛凛名教不自釋有怫然以怒且不自貴

耍何貴兒童以此獲譴于天乎蒼不應則又問曰吾今之未死也豈有餘年尚須爲石城尚湖兩名園記俾好事者因以覩窮愁人大窘于世而且得遨遊兩園間天下稱好景好致曰山陰道曰五湖曲曰松曰桂曰脩竹曰茂樹曰山之壁立如屏與其平遠如帶又水合而分周而經處吾皆得醉而爲之賦以傳于人人于是嗚其幽遠蕭疎曠逸閒澹之興使夫片雲纖月之間居士固自不死而後以捐其形骸年命之粗而滯者乎蒼亦不應於乎則吾不能復爲之問矣仰而見夫日已山銜月將林挂好鳥高鳴竹梢樓角上似呼類尋巢爲歸宿計

兩松在庭際森森不語梧桐禿枝出墻外先是大水浸其根不知榮瘁若何意與愀然回顧堂中則燈火未張榾間山陰乘興四字隱隱吾縛柴筆書之者也而風骨勁遒豈遽爲敗筆目轉而眄則階級崇崇庭除坦坦閉門坐來四壁孤高八窗虛寂天清氣淨無一人驀其藩者吁此眞吾廬哉門外或言某某近者大可人東西走取酒食于里中無所擇之交以爲樂居士輾然笑曰此各有謂焉吾郎窮死不顧爲之蒼乎其終應之否

自解　　　　錢爾光

袁石公有言人生三十歲何可使囊無餘錢囤無餘米居住無高堂大厦到口無肥酒大肉也可羞也余年正三十矣囊不能有一錢囤不能有一粒所居不蔽風雨終歲不能有酒肉到口是寧不可羞之甚耶然嘗展轉思之求所以不至于可羞者終不可得也余少爲士之子長亦爲士見火耕水耨筋力作苦者輒咤嘆以爲不能其椎剽少年作姦犯辠及吏士舞文弄法巳謝不爲而行賈逐什一之利與夫販脂賣漿之辱洒削馬醫之技又非所素習也安望擊鍾咢食擅其富厚與千戶侯

等僅僅一經自守授弟子室里中又不能强爲依阿延
譽以當羣兒意絳帳空懸者屢矣何從取重籍也間爲
詩歌古文詞以自娱且高自稱許不欲以齒牙媚人飾
蹻蹠爲聖賢頌媢悍爲鍾郝彼夫蜀中富人之十萬必
不容輦輸楊子宅矣即有一二貴游可望綈袍戀戀者
迺性又抗直不能效諸門下客曲折其面皮陰陽其説
話坐立都是逢迎笑駡亦爲諂屈徒以偘偘嶽嶽之儀
容介乎其間巳如氷炭之不相入矣烏能邀其盼睞也
若夫微倖于必不可得之一第曰吾可待是以肥其家
則尤非也夫修名勵檢不妄一介取予毋十五年矣一

旦幸顯生貴甚遂蹂藉其鄉邦魚肉之盡喪吾生平此必不能即借口祿之所入則養廉之外彼鄰里鄉黨待以舉火者若而人恐使其緩急不足恃而紅朽于倉箱雕飾其簷宇爲酒池肉林以自婾快也哉盍嘗展轉思之終不知中郎之所謂可羞者操何術而得免也噫余雖長蒙此羞以沒世亦甘之矣

文遠先生謚議并誄代　　許傌

北虞先生殁之四十年吏兹土者謀所以崇報明德剏建坊祠其明年棟宇告成吾師武庫公將奉主以入有日矣士之及北面先生與從武庫公私淑先生者咸詣武庫公以易名請大都稱靖節先生文中子故事謂先生奚讓焉方洛諏十度詞旨未鬯武庫公輙欷歔謝曰嗟乎余先子之無祿也明經以起窮經以老卒歿于二三子之手曾不得憑藉當世寵霧以爲窀穸光迄于今誰評遺迹而易之名者孤敢以勤二三子二三子逡巡且郄小子某武庫公門下一人也揖而前曰夫子不聞

乎民生于三事之一也臣易名君子易名父弟子胡以不得易名師第情稱則公言徵則信義核則傳我虞雖彬彬文學哉　明興則未聞有以麟經起家者自先生起而是經遂炳然于學宫勿論我虞即當年海内稱名家如趙特峰王元馭諸君子有不從先生造請相印可者乎即今世春秋之壇太史二三公及諫垣侍御繕部諸公執牛耳矣有不從吾師父子狎主而代興者乎聞之先生始攻毛氏詩既而慨然以孤經不傳爲已責特爲披翳霾使日中天人得施離明而展手足故雖樸樕如小子幸且拾吾師殘膏受光于莊太史宜乎陶鑄英

賢率成儒碩也夫藉先生匋鑄者多翺翔天路人貌榮
名而先生上厄于國制下未伸于鄉評使世遠言湮與
膚淺陋儒同埽無述吾儕其何以見文中子之門人乎
武庫公曰唯唯否否小子某乃叟前颸言曰立經者作
也闡經者述也述作者文也在昔尼山誕聖文實在兹
故其言曰吾志在春秋今先生于春秋章章如是其與
于斯文無容置喙矣抑聞之偏兹獨張含唱靡應木鳶
奪巧雖蜚不霧何休訓詁春秋不能推原道術而猥溺
風角局于志也先生以五經印証一經漁獵百家是非
粹然不謬余以爲其志遠陸淳功在春秋名厠八司馬

短于識也先生手裁嶽嶽不可一世雖知已之士當途而莫肯度透迤之足希拂拭之勞尸居淵默人罕覩之余以爲其識遠董仲舒深明春秋災異之故一經下吏終身不敢復言悴于神也先生數雖奇而泰然自得才不一試于時而于當世之務洞若觀火余以爲其神遠兼是三遠者以遡聖人之心傳不求有文而文出焉故曰言近而指遠夫惟指遠故行遠行遠故澤遠請以文遠易名可乎哉武庫公拜稽首曰諾又曰悲夫幸哉余先子汝汝蓋棺歲久矣不虞今日乃得徼惠于吾子于是小子某再拜率二三子而誄之曰寫哉先生今獻璞

得刖哀哉先生兮隆棟徒捍詘眞汶坊兮天章寵賁謂
眞短折兮風聲百世貞無俗負兮和匪俗同垓延指掌
兮墳典羅胸跡循盲史兮神契宣尼搓筆珠暉兮矢口
玉霏披華振秀兮新新何已遡流尋源兮綿綿兹理吾
徒曷式兮惟先生之不亾言文行遠兮共山高而水長
誄既成二三子曰信質諸縣大夫暨鄉之士大夫同聲
曰信遂題北虞先生主曰文遠先生小子某因受牘而
載之

弔先聖手植檜辭

李傑

弘治己未歲六月十六日，闕里孔子廟災，先聖手植檜燬焉。京師士大夫聞之，罔不驚惋，且曰：廟貌脩復，我皇上崇儒尚文，諒不容緩，但茲檜不可復得，惜哉！予考之志書，手植檜枯于晉，復榮于隋，又枯于唐，復榮于宋。元初紫陽楊奐東遊記中云：金貞祐兵火焚撅，無復孑遺。好事者或爲聖像，或爲簪笏，而香氣特異。是則宋時復榮之擒至是不復存矣。後八十一歲爲至元三十年，復生于故處。教授張頦爲銘以識之。今所燬者，即此是也。然則他日之復生，其可必也夫。爲辭以弔之，曰：惟茲

之檜兮鬱乎參天蒼色屹立兮廟門之前右枝符坤兮
左幹象乾膚文隱起兮一如糾纏廻柯偃蹇兮蛟龍屈
盤薇虧日月兮陵厲風煙嘉種特異兮林艮孔堅根蟠
厚土兮下入九泉尼山培脈兮泗水滋源鍾霧孕秀兮
餘二千年是惟先聖之所手植兮夫豈常木之可比肩
載枯載榮兮凡幾生意常存兮不敗日月光食兮車明
甲子數窮兮復起嗟茲檜之被燬兮元氣鬱而藴精迨
雰雨之既零兮萌蘖勃乎其奮與惟聖道之光大兮與
天地而同久冀茲檜之復生兮歷萬年而弗朽

海虞文苑卷之二十

邑後學張應遴選卿甫輯

募疏　題　跋　書後　引　檄　文

東塔寺造脩多羅藏疏　陳瓚

昔我如來唯以一音妙揚五衍開通慧之門闢大慈之室耀三明而啟羣目沛八水以潤焦芽小葉大莖隨方畢濟玄旌釋網因物攸施故使大千合識得依般若之場六趣衆生並入解脫之海自月容謝彩于金河則雷音寄指于寶氎篇皆渡溺之青翰語盡斷惑之白虹嗟乎生後佛時身當象季字髮輪齒既杳邈而靡贍白足

赤髭復寥廓而罕值欲窺眞實之妙相無尚耆闍之秘
章矣而根資萬殊摽指多術持和緩之一方莫除衆疾
從倪蠡之一策寧解羣紛故意期獨善或無取于衆文
志惠羣生則必資于全藏唯是海虞列刹相望大藏久
缺雖有業于白法靡自覯于玄譚彼脩路迷方則假導
于老馬流沙思汲且藉鑑于明駝違是必適燕而南轅
欲泉而遇石矣矧夫視聽之表非思可及心行之外非
智能知者哉苟不求斷言之言于佛言離相之相于佛
相而徒執狂慧謬事盲脩是猶攬纆妄駈雖莽蒼其靡
達無徵自浚卽九仞其奚爲邑之有識咸軫斯懷玆有

佰德張君少辭愛馬久離煩斧誠孚及于豚魚行瑩潔
于圭璧予以東林寺敝祈君鼎新遂飛錫泣此君唱緣
而宴坐民恍來而兢成雁塔煥其霄峙鴦藍燁以金輝
茲復圖大祚此邦募造脩多羅藏于寺夫蠹沐誦人之
豈瀝悉陟天宮身值持者之影臨遂生佛國半偈之功
能釋泥犂之厄一呪之力能弭娑婆之災蓋心生三世
識成萬有凡彼依正之繽紛皆此霧知之染起觀師文
鳴徵陽光冬熾燕客輿嗟寒霜夏飛則知天地之皆我
果趣之由人矣猊臺之尊横目本同一體鷲嶺之教郎
心初非二源是以人有感于下佛必應于上速于九光

應影隨照必稟虛谷流音靡至弗荅言願共發歡喜心同成希有事天圍龍繞高羅十二部之聖言雲燦霞舒盡列五千軸之雱典則勳邁布金德超掩髮息心了義之徒獲證圓通滋福植因之衆共躋仁壽謹疏

新建聚奎塔募緣疏　　陳禹謨

伏以天開昌運非人事而弗因世產賢豪必地靈乎是藉甫申嶽降相業攸崇軾轍眉生文明用顯故欲鼎元宰輔萃一時之郅隆必須沙會水交收全邑之旺氣第勝槩憑招提而可久永圖托象教而後傳遡童子戲沙之辰實育王置塔之始遍娑婆界者八萬四千在震旦國者一十九所雀離肇起四天扶其夜力輸伽鼎建百鬼助以日工以戒定慧之熏脩成骨髮肉之舍利其來遠矣厥功偉焉蓋上以栖大覺之神亦下以造衆生之福也者倘心惟佞佛動不爲民毋論釁血塗膏不可爲

也即令鬼輸神運亦奚取乎如永寧之寶鐸含風金盤炫日暨景明之俯聞激電旁屬奔星秖足貽誡於前車寧可與今而方軌試槩通邑大勢爰揆建塔所元緬惟地脈綿亘而西來山形岌嶪而中峙佳氣葱蒨矣杰挺生巫祠表乂商之名賢雍墓留遜周之高躅湖得尚父勝何減於磻溪衖名子游學實源於洙泗延袤一百里之提封幅幀最廣灌輸四十萬之　國課財賦何繁信函夏之名區而吳會之巖邑已奈盛且中衰今非昨比巍科膴仕豈其乏人而占鼎甲者蓋寡世胄簪纓寧不比迹而登元輔者則微兼之眀晦多汙萊之慘四顧惟

見其蕭條閭閻尠囷鹿之藏百室何有於寧止本其所以殆有繇㚒大都巽水欲瀦不欲洩而分西派於東流去終莫挽巽峰欲聳不欲陷而懸鯨鍾於雉堞甲冊甚高以故一析爲玉峰臚唱三傳榜首再析爲婁江輔臣首正台衡此葢分之適貽鄰壤之昌聚之總爲吾邑之秀旁稽輿論博訪形家謂當於東郊扼要之衝剏立西竺浮圖之勝茲聚奎塔者上干躔次下鎮偏隅舒出耶舍光碎㕁七寶末驅彼捷疾鬼䕶以渥婆仙委離朱而督繩走公輸而削墨高摽跨於蒼天巍崇九級文筆插於清漢卑晛三休煜爚金鋪分光爭暎玲瓏綺構合沓

相持右瞻則郛湟環繞左睇則阡陌遐聯高眺而山拱
如屏俯瞰而江流若帶稍與雲霞近如將日月齊立窟
冥搜坐收曠覽飛煙擁座龕龕忉利之天杳霧凝臺樹
樹菩提之果依稀王舍城闕彷彿給孤獨園嘗觀建康
實錄之編與夫洛陽伽藍之記彼小塔僅施杖頭謝尚
用息妖氛之沴若石塔惟高二丈惠生且驗指觸之占
焉有巨麗若斯而福澤不普者哉會見華液幽潤覆慈
悲雲玄浸紛流澍甘露雨滔滔逝川迴作鍾霧氤秀之
域峩峩寶地屹成發祥儹祉之墟黃髮耇英彈冠而都
卿相青衿士子繼踵而掇元魁華轂朱輪世濟其美鍾

嗚鼎食家保其豐禾稼溢千倉猥稱常熟邑號絃歌徹萬戶無慚學道名邦此固佛威神所必影響而孚實余誓願所期旦晚而就者也是役也段黃門倡之林司李楊邑侯主之鄉縉紳共料理而經始之業相方而定位遂諏日以鳩工掘土及尋應現斯著古塼半節摽舍利寶塔之名泥像一軀示彌勒尊佛之異數誠非偶徃有明徵顧我經我營可樂成者難與慮始人捐人享不暫費者胡能永寧遂屬比丘令其廣募所願現宰官身居士身者各發信心其諸爲優婆塞優婆夷者同脩福業工非鬼役下貧者爭効馳驅財不天來饒裕者競出囊

相持右瞻則郛湟環繞左睇則阡陌遐聯高眺而山拱
如屏俯瞰而江流若帶稍與雲霞近如將日月齊立窮
冥搜坐收曠覽飛煙擁座龕龕忉利之天沓霧凝臺樹
樹菩提之果依稀王舍城闕彷彿給孤獨園嘗觀建康
實錄之編與夫洛陽伽藍之記彼小塔僅施杖頭謝尚

吊檔詞 第十二行林上之林當是林字 第十三行壇脹之脹當是賑字
第十六行車賦之車當是重字
丁未正月廿六湘紱煌記

遂諏日以鳩工掘土及尋應現斯著古塼半節摽舍利
寶塔之名泥像一軀示彌勒尊佛之異數誠非偶往有
明徵顧我經我營可樂成者難與慮始人捐人享不暫
費者胡能永寧遂屬比丘令其廣募所願現宰官身居
士身者各發信心其諸爲優婆塞優婆夷者同脩福業
工非鬼役下貧者爭効馳驅財不天來饒裕者競出囊

槖於捐貲助役之內寓救荒濟飢之仁財委如趨摩竭宮衆奔似向毘耶國豈曰持豚蹄而望歲所欲者𡘋竊謂植黍稷而逢年自食其報未須擬多寶琉璃爲地黄金爲繩始堪供養如來請試展法華積土成廟聚沙成塔盡是莊嚴佛土各隨心而施舍期不日以落成光朗重昏將來並階妙果霑資含識從今永作善因謹疏

募修長春庵疏

瞿汝稷

四王天之主北埵者曰鞞沙門天王梵云鞞沙門此云多聞亦云普聞也由不空三藏著神烈于唐天寶中勑宇內諸道州府咸祀焉故四天王獨北最著旣而道家者流稱爲玄帝或曰眞武皆以北天言也則釋氏之稱雖殊而實一也或者因羽流淨樂余氏之傳語而妄爲詆摘是射天也況我　成祖躬感休應所最嚴事耶邑之東南隅徃有天王堂歲久漸圮衲子慧覺謀于余乞一言爲之倡導余惟四天以受佛囑累故慈護我南洲獨殷觀普聞天王之炳現安西可徵巳夫天王不忘佛

曯迄我明而如一日令我下民目擊棟宇就圮而不惕
然動中爲之葺理悖甚哉慧覺之荷擔是役允宜顧庀
材鳩工非一手一足之可辦凡我善衆幸共成之

募建表勝報恩聚奎寶塔疏　錢謙益

茲塔之建也故觀察覲復蕭公大發誓願力任仔肩自哲人有摧木之嗟而實地乏布金之助經始垂及廿載量工僅逾四成厥維艱哉嗚呼唏矣原夫觀察之造塔願力固歸元於佛事緣起實發因于形家語佛法殆書海墨而不窮論形家乃畧更僕而可數蓋邑之有來脉也自沙山而顧山而虞山而縣治結焉邑之有朝水也自曹湖而宛山而華蕩而州塘而環流聚焉宛龍結則巽維之體勢宜高客水朝則城尸之關闌欲緊乃今平沙舖展分支徑落馬鞍流派奔騰順勢直趨婁水縣治

已結無層拱疊衛之形水口長流寡磅礴縈紆之勢山
自西來者既抱我而復去水之東下者欲顧我而不留
是以丞有所鍾我不能審其所會而支有所止彼反得
乘其所來屹彼浮圖奠茲巽位內可以朝揖縣治外可
以攔截衆流移主客反背之情成龍虎回抱之局在昔
東西瀍澗卜雒所以葬龜陰陽流泉居岐于焉相宅又
況託因緣于像教表福德于法輪者哉乃者畚築弛工
登馮輟響樹網侵凌于鳥鼠彫剜穿穴于雨風未能符
儀鳳之祥仰且犯青鳥之忌何也巽爲文章之府塔有
卓筆之形人言卓筆無鋒當主文星缺陷且入城而晚

塔猶坐堂而視楹朽木枝撐舉目則覩戈矛之狀積拱斷爛觀象則應破碎之占是謂勢吉而形凶法當趨全而補缺年來白茆淤塞七浦奔趨昔猶或却而或前今則有瀉而無折譬如千帆競鶩萬馬横馳逵蜿蜒翔舞之經犯簫切箭割之讖水局既汗漫莫鎖龍身將斗洩無餘陵谷之變如斯桑梓之憂胥已矧斯邑夙稱富庶久際昇平黒白之業横陳人物之菑多有而訛言屏息于邑屋奸軌斂跡于郊圻凡我邦國之敉寧孰非佛力之加被惟兹塔廟號曰支提用以表勝而報恩亦能減惡而生善祥雲蓋覆故知刼火不焚浄土莊嚴定使三

灾永息役鬼神而周沙界有若微塵寧風旱而彌烖兵何殊影響此又人天交賛事理同符者矣謙㑹往覩勝因曾忝末議乂慙病廢莫效涓埃爰有老人粤惟戴氏甲子齒逾于絳縣晨昏行比于緇衣載感睟容屢占異夢趣斯塔亟宜建監不啻三令而五申囑謙㑹力爲導敭幾于辟珥而提耳嗟乎方今紱冕鵷列俊乂鵾飛卿大夫翹首而分王國之憂都人士拭目而觀用賓之利惟此比閭之有事宜屬版籍之老民古稱謀及庶人亦曰詢于介衆管仲求識道于老馬田單拜小卒爲神君斯佛勑所以下及蒭蕘在凡夫何敢仰辭筆舌伏望巨

公大人善男信女覩形攬勝知鄙言之不爲無稽撥果
察因信佛說之歷然有據其矢宏願大施净財俾雀離
之浮圖告成烏目之地形增勝三輪涌地何須玄度重
來七寶現前即是育王出世從上諸佛當共證聚沙之
緣庚我愚公亦允叶移山之願

災承息役鬼神而周沙界有若微塵寧風旱而彌烖兵
何殊影響此又人天交贊事理同符者矣謙岔往覩勝
因曾泰末議乂慙病廢莫效涓埃爰有老人粤惟戴氏
甲子齒逾于絳縣晨昏行比于緇衣載感睟容屢占異
夢趣斯塔亟宜建監不啻三令而五申囑謙岔力爲導
故幾于辛耳而是手差乎方今叛昆鳥刊筊人鳥飛卽

吳訥跋宋高宗御書像贊 卷二十之第九頁 吳訥書先聖先賢圖贊跋 卷二十之十一頁 題異文同 應删次篇 無論字太多

丁未正月廿六日炳姓不記

綏虞我甚至亦名門移山之劇

題錢武肅畫像卷　　吳訥

訥錢武肅畫像卷云昔彦強王先生志謙齋錢君墓稱其先本吳越武肅王後謙齋之孫宣予子婿也一日奉畫像卷求題抑聞洪武庚戌我太祖高皇帝將剖券大封功臣遣使詣台郡訪唐和陵所賜武肅鐵券十五世孫尚德奉券及五王像以進蒙寵遇優渥已而還其券與像以禮敦遣而歸至今藏于其家此卷畫像十二前即五王次則彭城郡公惟演父子後乃駙馬景臻至玄孫像祖小傳序景臻而下五世皆窆于台則知此像亦出台之族矣嗚呼世之裖姓受氏孰非神明之胄

武肅保障吳越實季世之事際茲盛時無足言者若謙齋之碩學醇德覆燾厥後子子孫孫正宜續學循理躬行孝友勉盡繼繩之實此諸畫像惟在什襲珍藏而巳

左氏兵畧題辭　　陳禹謨

易之師曰師出以律兵安可無法也顧法之用圓矣古名將以法勝者什九以非法勝者什一則將取法乎將取非法乎余以爲懲馬服簡驃姚兩者交失之惟執法法者以求法則殆庳焉世之譚兵家類祖孫吳而輙軼左氏詎知孫吳之法寄於言左氏之法寄於事徵言於事則虛徵事於言則核故舍左氏而言兵法此夫不循其本者也左氏傳中如云止戈爲武師克在和禮樂慈愛爲戰所畜德刑詳禮義信爲戰之器其有折衝樽俎之遺風乎此孫吳槩未及者孫吳直用詭道見奇耳傳

之僞遁羸張五承三覆亦曷嘗盡冥詭道不由也左之於法備矣自昔以諳左稱名將者不少若漢寇于翼馮公孫晉杜元凱梁王君才宋曹寶臣岳武穆其最著者于翼捕誅復將則曲梁之罰也公孫獨屏樹下則晉師之讓也元凱起火巴山則奪心之奇也君才沈船江水則焚舟之役也寶臣因險限敵則阻隘之利也武穆之謀審先定則敗荊致絞之術也若元凱身不跨馬射不穿札卒領征南任筞平吳勳尤可謂得左之深者蓋生平有左癖所蓄積素也又唐太宗嘗曰朕觀千章萬句不出多方以誤之一句而已李衛公深以爲然按此語

亦出左氏用左之明效大驗畧可睹矣苐孫吳以一家言行世世得而稱述焉左氏主說經故譚兵即工而分次十二公者世徒指爲富豔之緒論與巫醫夢卜同類而忽視之如隗禧知爲相斫書矣而猶云不足精意則章縫之束於見也況介胄之士又安所得肄及之哉余故特爲表章命曰左氏兵畧成一家言而稍證以武經諸書及往代得失之林俾與孫吳並傳然可傳者法耳而法法者胡可傳也妙在呼吸間以圓用之不應取法不應取非法脊毋蹈焉服覆轍貽驃姚笑則不佞爲素臣之功臣矣

跋宋高宗御製像贊　吳訥

元聖及七十二弟子贊宋高宗製并書其像則李龍眠麐所畫也高宗南渡建行宫於杭紹興十四年正月始即岳飛第作太學三月臨幸首製先聖贊後自顔淵而下亦譔詞以致褒崇之意二十六年十二月刻石於學附以太師尚書左僕射同中書門下平章事兼樞密使秦檜記檜之言有曰孔子以儒道設教弟子皆無邪雜背違於儒道者今縉紳之習或未純乎儒術顧馳狙詐權譎之說以僥倖於功名其意蓋爲當時言恢復者發也嗚呼靖康之禍二帝蒙塵汴都淪覆當時臣子正宜

枕戈甞膽以圖恢復而檜力主和議攘斥衆謀盡指一時忠義之言爲徂詐權譎之論先儒朱熹謂其倡邪說以誤國挾虜勢以要君其罪上通於天萬死不足以贖者是也昔龜山楊先生時甞建議罷王安石孔廟配享識者韙之訥一介書生幸際聖明備員風紀茲於仁和縣學得觀石刻見檜之記尚與圖贊並存因命磨去其文庶使邪詖之說姦穢之名不得厠於聖賢圖像之後然念流傳已久謹用備識俾後覽者攷云

問辨牘跋　　瞿汝稷

語性學者莫尚於闕里若縣舍衛三君子之言雖有詳約之殊服貌之異而究其極則一也譬之問月者其在山林則指皎然乎松竹之顛以睬其在江湖則指皎然乎雲濤之表以睬其在城闕則指皎然乎樓閣之端以睬而狥指者執有山林江湖城闕之分於是曉之曰而身所寄之境殊故睬汝月處殊月一也山林之月卽江湖城闕之月何容寘異同今之異同乎三君子之性學者猶異同乎山林江湖城闕之一月者也使人無此執則號之為一巳為贅附自其入主出奴異同熾然則非

具大智深慈弘辯善誘力庇交喪者不能稷初讀況學士榮續原教論竊嘉其衛教深心令讀師此牘目劫相遠矣世間文秕之末非能涉其津必不能測其淺深况進於是者乎讀者幸致思焉

書先聖先賢圖贊後　　吴訥

右宣聖及七十二弟子贊宋高宗製拜書其像則龍眠李公麟所畫也高宗南渡建行宫于杭紹興十四年正月始即岳飛第作太學三月臨幸首著先聖贊後自顔淵而下亦皆譔辭以致褒崇之意二十六年二月刻石于學附以太師尚書左僕射同中書門下平章事兼樞密使秦檜記檜之言有曰孔聖以儒道設教弟子皆無邪雜背違于儒道者今縉紳之習或未純乎儒術顧馳狙詐權譎之説以僥倖于功利其意蓋爲當時言恢復者發也嗚呼靖康之禍徽欽蒙塵汴都淪覆當時臣子

正宜枕干嘗膽以圖恢復而檜力主和議擯斥衆謀盡指一時忠義之言爲狙詐權譎之論先儒朱熹謂其倡邪說以誤國挾虜勢以要君其罪上通于天萬死不足以贖者是也昔龜山楊先生時嘗建議罷王安石孔廟配享識者韙之詠一介書生幸際　聖明備員風紀茲于仁和縣學得觀石刻見檜之記尚與圖贊並存遂命磨去其文庶使邪詖之說姦穢之名不得廁于聖賢圖像之後然念流傳已久謹用備識俾後攬者得所者云

宣德二年歲在丁未秋七月朔

書錢氏所藏墨制後　　吳訥

右石晉天福戊戌七月吳越錢文穆王元瓘明寶授富韜守長洲縣令墨制一紙總四十九字上用吳越國印凡四蓋當時便宜補官之制也元至治癸亥八月巴西鄧文肅公文原善之時任集賢直學士兼國子祭酒臨川吳文正公澂伯清任翰林學士四明袁文清公桷伯長任侍講學士蜀郡虞文靖公集伯生江寧楊剛中景行同任待制東陽柳貫道傳任國子博士咸題跋於後錢之裔孫完裝潢爲卷復丐予言予惟錢氏立國當五季之時有功一方甚大其便宜之制忠眘之蹟諸老發

敗殆盡固不待予勦説若夫諸老題識之日適丁元室
理亂交分之際亦後人所當知者蓋癸亥八月庚申實
至治三年八月朔日斯時英廟出幸上都諸老留居於
燕後三月癸亥是爲八月四日回鑾至南坡遇弑九月
晉王也孫帖木兒嗣位明年甲子改元泰定鄧吳二公
遂從經筵致政辭歸伯長道傳景行其年亦各謝事南
還惟伯生尚留燕京自是元事日非而馴致敗亾矣嗚
呼天福墨制距今　皇明正統戊午凡五百載若至治
諸老題識迨今又一百十六年矣海桑遷改世變匪一
惟功業辭翰傳在人間者不隨一時艸木澌盡有志之

士於此觀之寧不深有所感者乎展玩之久因書卷末以告觀者

書中岳錢公狀後

邵鏊

小司馬氏曰始余宗館中岳公爲甥稱姻也已偕爲諸生稱友已余倦游歸公長余十年稱翁矣非久公遂謝人間去若是乎世易徃耶人易㲉耶先是余爲掃徑郊居召諸少年時最習者尋平生驩公其一也公乘舟貿貿來抵高岸余計公必使人負而登戲謂觀者曰錢公苦足瘍耳公大笑曰若爲吾諱疾耶吾以不視視乃勝視者久矣坐定第舉白劇飲諸公故爲籌酒輙當公以謂推能飲必曰公小醉則狎余右尚自追輟耕誦讀時感其世父武選先生意不置嗟哉此日竟長别公顧余

言若鴻毛輕其何以鼏公哉則謂公直心履善眞人也其爲文詞眞苦心以逮目靑其竆而托于詩眞成咏嘆其善醉眞醉其以不視視眞差強視者其性慷慨喜長貧輙傲睨富貴人眞傲睨人不然者若狀中所稱人或諷公盍向貴宗間務俛仰溫其室不至遺若曹饉覆瓿稿數十章矣於乎若而人者謂古之逸民非歟公旣觀幻于盲全神于酒卽死生奚吝焉孰肯爲身後名區區者而嗣君爾光賢而文不忍泯公之行乞諸其從姪文學錢君受之之狀敘公事最悉余喜其論著婉而章爲三復之此足以傳矣

書楊儀金姬傳後

錢謙益

往余嘗删削楊夢羽金姬傳存其近是者若干言附于平吳錄之後今年採輯僞周事略乃知其盡誣也傳稱平江鎮帥阬寅恐常熟失守遣參謀楊椿將兵二千人守禦士德兵渡福山港椿伏兵湖橋與士德轉戰甚力兵敗遁還吳門椿之殁也吳興張文蔚作誄稱至正十六年正月辛亥晦義軍府參謀楊椿與守齊門而淮兵奄至明日城且陷猶躍馬呼其子若有所指授追者及之遂併遇害文蔚之誄于時盛稱之顧不載椿與士德戰常熟事及攷徐顯克昭爲椿立傳則云至正丙申郡

守藉民守陴君以貢士亦與焉予以告其參軍謀事鄔
寄公筠署君李司馬賓客佐其軍君入幕之明日淮兵
郎附城戎衣率其卒晝夜獨守一隅比明大官綰郡綬
者皆遁去兵奪門入君獨持弓矢督民伍接戰遂歿城
下由此觀之椿之爲參謀徐所援引也入幕之明日而
淮兵郎附城安得有先奉朊寅命守禦常熟之事以是
知文蔚之誄爲信而夢羽所載皆誣也傳又稱椿卜居
湖橋家廟巋然士誠撤以造金姬墓祠此又誣也徐傳
云椿平江人也以尚書教授里中文蔚誄云椿故吳中
擾徒累應試吳文定公跋文蔚誄亦云椿蜀入僑居吳

吳中初不言居常熟也椿貧居授徒幾不免授兵登陴豈有餘貲營建家廟又壯麗若是耶傳稱椿爲宋少師棟之後與楊文靖子孫居常熟者相爲倫齒人言夢羽好夸大其族姓欲假椿爲譜牒重此其説甚陋殆未必然夢羽著述多子虚亡是之譚人皆知之此傳載僞周始末緣飾形似愳其爲史家之蠹不可以不正也夢羽以此傳示鄧文度文度書復之曰文字不可壞元氣宏博深厚其人所享必厚文度之規夢羽有旨哉夢羽名儀官至副使文度名韍鄉貢士楊愛慕史漢工詞曲而鄧毎稱述儒先有本之學其志尚不同皆嘉靖中吾鄉

博雅名士也

仁會引

瞿式耜

孔子曰仁者人也孟子曰仁人心也亘古來止此生生不已之元長養宇宙卽此是生天生地生人物之本領人而不仁生理絶矣生氣斷矣而仁于何見如見暴骨而其色憮然見篤疾而其中怛然使非腔子内實有是好生之根荄此慘然怛然者于何呈露乎以文王之聖也小心翼翼昭事上帝而仁政必先鰥寡孤獨四民甚至一枯骨而必掩蓋之以全其仁何况我人根器劣薄罪愆深重卽日行一仁事猶慮不足仰承天眷而顧慳貪成習殘刻相高居平但思自利不思利他偶露一綫

生機必摧折銷鑠之乃已是天非生人生虎狼生虵蝎也泰西利氏闡明　天學于中土垂三四十年其教主于敬天孝親克己愛人于吾儒爲仁之功用分毫不爽而警醒痛切更多吾儒之所未逮武林淇園楊師推廣其愛人如己之學偕同志者倡爲仁會會約凡數條而弁其首曰廣放生說蓋仁民愛物原有次第序中反覆開誘詳且切矣歲在丁丑泰西上德艾公畢公相繼來虞余憂居無事得詳叩其學術之原委第苦障深力弱弗克受持至于仁事不敢不勉也今年春友人張又玄暨余弟式穀銳然請余廣之同人而楊師亦諄諄寓書

為勗余惟仁者天下之至公苟有心知孰無惻隱况願力雖有大小功德曾何差别甘自居于不仁可矣甘自淪于非人可乎往嘗見梁谿諸先達有同善會約已復爲廣同善會大指在濟貧助棺使生死咸被其澤兹心也即愛人如已之心也我輩人人具有仁心奈何甘讓美于梁谿武林哉遂欣然允張君之請重鋟楊師之序而復以危言引其端蓋一則暢楊師仁會之旨一則破凡夫天學之疑使知達其仁則人矣如其人則天矣直截平易莫過于斯可不勉諸至于會中方便因緣隨人施設原無定規此在同志者叅酌流通之耳

豔雪引

許重熙

自昔逐臣銜憤些只聲繁荊國孤女茹冤疊柏謳延胡代樂之變也情寔始之洎乎纂纂俗靡烏烏風漸魏王好伎晉士善歌車子激於喉音金谷播於詞奏情生於文絲不如肉有自來矣迨至金元之世遂開馬上之雄風迄有宮貫之倫叟演樓中之豔體聖朝全盛人才鱗萃五方同俗聲伎蕞妍詞章江左字字風霜煙月揚州人人玉樹邊愁可寫詎止蔔萄閨思能描非惟芍藥若乃落魄書生熱心一片咄嗟寒士柔腸千縷一言氣奪白刃追隨半面寃銷青樓或溺床頭之寶劍孤鳴血灑

誰向林外之烈風颼響凋落欲枯既多善怨之情寧無述懷之什比興儷志於楚騷風雅參辭於漢曲加以春花春鳥秋月秋蛩吳笛聲悠楚䟦目斷旅舟夜靜妓館嚴凄玩霜回樂之峰尋香苧蘿之徑仙客霓裳醉翁半臂逸調因以遞翻雅篇由之肆逞嗚呼兒女恩濃則柔下命絕英雄氣盡則悵裏淚脟其情至一也伏生以鳳毛之秀採若幽芳驥櫪之雄彈鋏否運楊子食貧之處潘郎秋興之年渺渺云懷怦怦自感佰鎖聾於壯志偏屬意於幽詞昔者霧均有述托怨揚蛾屬國多懷含悲紉髮紉我伏生異言一首遂使南山豪客休陳赤壁之

章固知北里美人賡傳白苧之調

澹庵文苑　卷之十　二

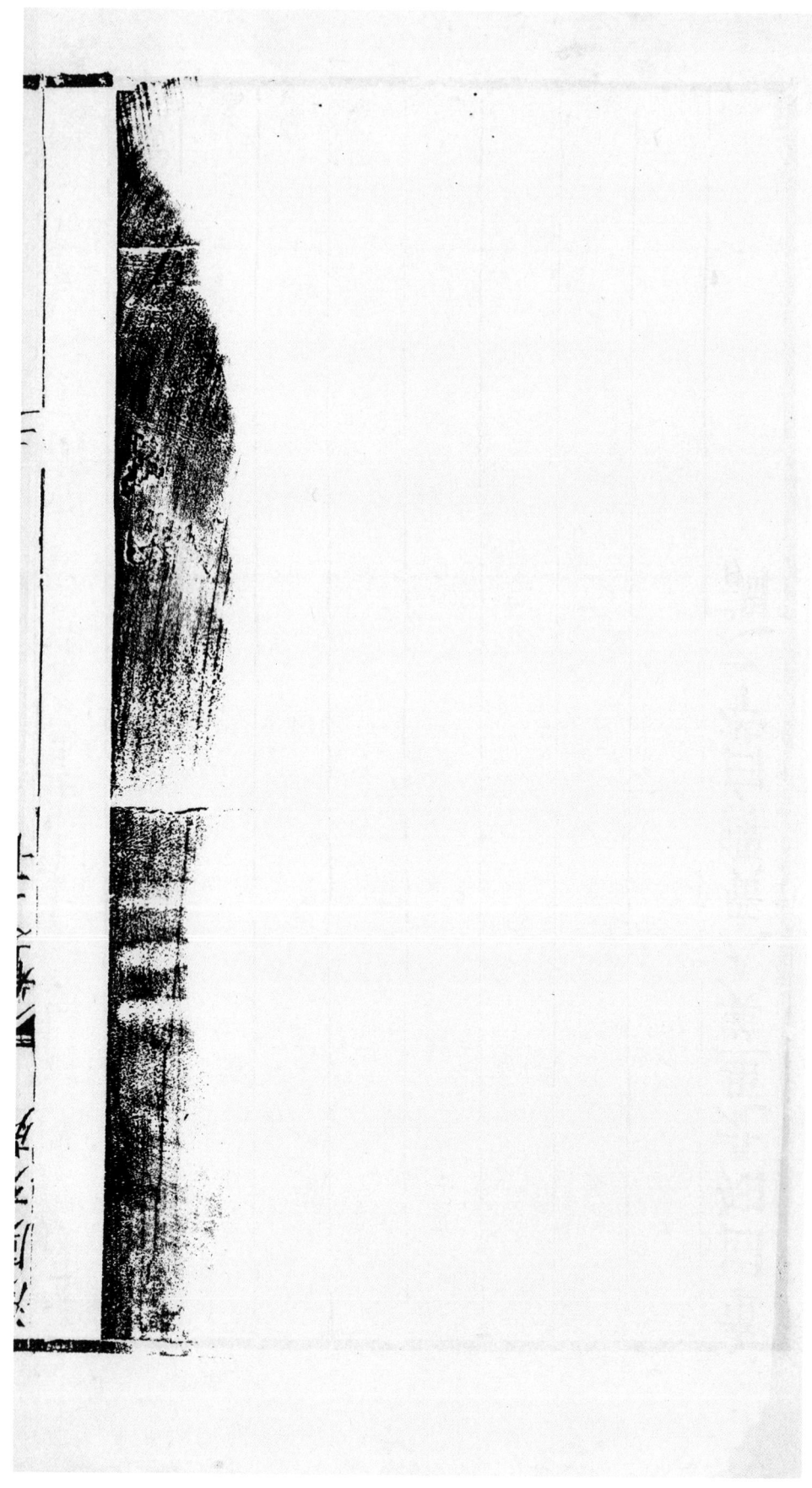

諭永順宣慰彭元錦檄　瞿汝稷

本府嘗聞宣慰悅禮樂而敦詩書數奏膚功不自矜伐苟循是道而能克終厥美雖金日磾之賢可鼓而及也乃今上司頗有所不滿於宣慰則惟以欲挾立彭象坤一事耳夫立後自有成法宣慰試思撫按司道諸臣孰肯從宣慰而紊國家之法耶且宣慰世受封爵耳目綦聲色之隆口體綦甘適之奉指揮進退罔不如意居然有上公之享三州六司之人豈盡勇力才謂不逮宣慰而俛首聽服哉亦恃國家之法耳終身覆幬於國家之法而不知法之覆幬我是猶魚之終身在水而不知水

之生我也魚不知水之生我蕩而失水則雖有鱣鯨之力且制於螻蟻矣人不知法之覆幬我縱而敗法則雖負富强之勢且罹於戮辱矣宣慰豈自恃其富强謂朝廷莫如我何耶試計永順富强孰與寧夏之哱拜父子播州之楊應龍哉哱拜降胡也每虜之冦秦中者拜輒能破之數立戰功遂歷位總戎邊隅倚爲長城拜因有驕色既而鄭經畧行邊以其子承恩隨軍承恩覘邊城諸軍以爲皆出其下歸而益驕先是歲一日有鵲集拜之左肩旋而右繞者三帀凌雲而翔拜喜詫人曰煙霄遐舉此其徵乎及寧夏軍亂衆欲推拜父子拜計其日

乃先歲鵲翔之日也於是遂因亂軍而爲變拜自以爲秦境非我虜來誰禦我今與虜合九州雖衆無足憚者侈然自任寧夏城與虜僅隔一後衛衛破則與虜接壤時守後衛者爲蕭如薰楊司空之壻也狀貌如婦人女子拜視如几上肉選其驍將哱雲往攻之而楊司空女力贊其夫鼓勇部曲一箭而斃哱雲於是拜爲挫銳後拜父子卒就屠滅鵲翔之兆其應乃爾禍福無門惟人所召惠迪吉從逆凶豈不信然當事之未起無論楊氏一婦人郎如薰誰有以將畧歸之者哉今職司楚地者俊傑如雲宣慰能量境內如如薰其人凡幾哉敵國之

援有北胡之強哉以哱拜之雄倚北胡之援而一荏弱少年與一翠帷砥室之女子意能遏控弦百萬之強胡嘆唶百戰之勁寇天下事何可易量乎哱拜之事尚在北隅宣慰蓋嘗聞之而未嘗見之至於播州宣慰嘗馳兵而與之角矣往者萬人喪者八千蓋十不存二其強豈後宣慰乎播地之險且廣與永順孰勝也又安疆臣以女女應龍子疆臣九域土司之冠也宣慰之姻親有疆臣之富強者乎安氏豈不念其親姻乃從朝廷共滅應龍計一失足於應龍則且與應龍同禍故忍情決愛以圖自保也今宣慰釁端尚淺一念知悔則白珪固自

無玷若逡巡不易所圖日月浸久則爲釁益深恐不如
今日潰滌爲易也且宣慰所以甘心象乾必不欲其立
以象乾酉陽所自出慮其合而扼我也宣慰一出師而
象乾僅以身免酉陽疆土亦日益削蹙彼惟恐見侵鳥
能見扼今重虞易與之鄰國而忽視不可干之國典不
亦異乎夫聽言者禍福之樞機尉陀聽陸賈之一言釋
僞號而臣漢終身逸樂富厚累世彭寵不納朱浮之抗
論身首異處宗族夷滅故朱浮之言未嘗遜於陸賈直
彭寵之聽有不逮於尉陀耳今宣慰能聽本府之言尊
國家之法保靖立後一從主議者裁以舊章則凡上司

所切責於宣慰者本府當力爲陳請彌縫乃失期於無

虞宣慰祚流後世無窮不然枉後惠文何容不念宣慰

所樹碑家廟以播事垂誡子孫者朝夕不可不三省也

再諭永順并諭保酉三司檄　瞿汝稷

永順既聽約束不敢復尋干戈而慮保酉復讎殺移文本府因復具檄答之且謄其檄并諭保酉

辰州府爲宣慰忠順既已著明院道德意尤宜詳體事昨接宣慰書教謂當和釋三司無令象乾復釁此意何俟宣慰請哉當具讞之日固已令象乾具甘結戒勿復勾酉陽與宣慰脩舊隙矣又近奉軍門趙貴州軍門郭批皆申飭三司務令睦鄰銷怨永戢干戈爲諭皆經移文三司宣慰豈獨不見乎院道不欲啟戎殘民視三司等耳寧有獨嚴於宣慰哉此在宣慰所不必慮在院道

本府不啻再三告戒者也夫古之三苗左洞庭右彭蠡其地廣博阨塞視今何如而以德之不脩惟險是恃厎於滅亾古之人舉恃險者必以爲戒况今三司之在中國如壘空之在大澤非以忠順之故何能保有疆土累千百年宣慰既以忠順自期院道咸嘉知所向背彼二司視聽知慮亦猶人也敢不尋繹院道之明訓自審存亾禍福之階而爲向背乎此在宣慰第宜力於忠順增進不必過以二司復讎爲慮也來諭有云若彼再不悛則在此無有不應不可謂啟戎在宣慰是則必不可蓋干戈互加則後先難於遥定脱使不悛者妄有舉動而

第保守捍禦申明上司則彼之罪有不可辭然後宣慰
恭成命而往討是以宣慰之強又藉　國法之重破彼
如翻掌不然如二鼠鬬穴安分順逆哉此本府爲宣慰
至意所以進說宣慰如是喻彼二司亦如是能聽則爲
明哲不聽則爲亂寇此向背尤所當審者也

主窮文有序　　顧雲鴻

余以丁酉之秋落皃東歸意不自得將理舊業于東林向所謂密娛室者披覽圖史嘯咏彌日欣欣會心侘傺之傷霍然解去傳曰君子固窮窮然後見君子耳子雲逐貧之說有盭斯宗退之送窮之篇未迨厥致因倣遺體文名主窮主者言爲之主人也逆旅閱人貴賤百等主人自如造物無情得喪顛倒故吾自在故知客之是客王侯將相可埒輿臺知吾之爲吾軒冕簪纓不殊懸結凡夫境無欣戚要之當心適無一方期于孫志推廣斯説用詒同曹亦以開豁心胸恢拓意慮焉

丁酉九月辛丑之夜宿于東林密娛精舍更漏將殘匡坐未寐陰風怒號爐燼槃晰有偉丈夫蕭然而來深目亢額脩髯廣顙腰有傲骨體無豐肌陰陰瑟瑟高揖通詞余締視之乃余舊識詫曰子窮神也胡爲乎來哉曰然曩者吾子志在四方隨子車馬往來翱翔逝將舍子託于遠方世無知己所至擯棄捽逐怨誹重以呼詈思子近雅與我相宜周旋廿年兩無尤疑爲我主者非子其誰哀爾卒寂冒雨來歸余曰噫子之困我亦足矣吾以子故閻闒崎嶇忍情抑性焦顏槁膚殫極精髓頓于公車屈首抑舌中夜伊吾取羞骨肉爲笑里閭神以子

救髮以予枯我何德于子子何仇于余向不予絶冀予
自悟予今復來將予是惡神乃仰天長嘯聲若裂帛掀
髯抵掌而前曰歟吁悲哉吾以予爲可語乃今知予之
陋也且吾亦何負于子子有思慮吾爲予達予有蓄疑
吾爲予豁明予之志清予之神强予之骨完予之眞豊
予文采高予聲名銷予客氣濬予深情吾何負于子子
觀朝市攘攘熙熙貪榮逐厚喪厥幾希予以我故俾予
息機空山脩竹午夜寒雞蘭煙未燼羣籟方微彈南風
之雅操揚宣父之遺文挹菁華于左馬掞綺藻于淵雲
仰弔千古洞徹三玄列壁壘于秦楚覽風物于山川擁

萬卷以當百雉搦三寸而雄九軍清風入戶明月窺尊
布袍芯履超然世氛若乃良辰美景佳士相羣籍萋萋
之蘭芷蔭落落之松筠激歌聲于金石澆礌磈于芳芬
令我去子易彼侏愚諾以人諾趨以人趨丹朱其轂後
衛前呵耳傾目營意亂心紆擾擾終日曾無寧居雖欲
挽我其可得歟且子情與淋漓丰骨骯髒蓬累而行氣
不可降寧與人畸自謂天放世路拘拘子將焉仗子之
文章務爲攻苦冥搜入玄高譚驚坐辭來切今氣往轢
古字挾風霜勢凌雷雨彈琵好竽之前投珠按劍之左
圓鑿方枘能不齟齬子不自惟乃欲余阻請謝君去君

誰與伍余乃解顔會心長跽謝過勞以三觴相對起舞

請就幸舍終爲予主

海虞文苑卷之二十一

邑後學張應遴選　卿甫輯

祭文　墓表　行狀

太祖高皇帝祭元幼主文　錢甡代

皇帝遣官致祭于故元幼主之靈曰於戲天父地母而人生其間天地之氣有偏正故人之生有華夷而尊卑貴賤不外焉自古華為天下主而四海服從亦猶家之有長而子弟順化也帝王之心豁然大公以宇宙之內為一家以四家之內為一人而一視同仁者良以此也歷代以來有知識者莫不奉正朔求冊命于中國以保

其疆土載諸典籍昭然可徵有宋中葉天地運否自徽
欽不競以至南渡之後日以陵替于是幼主之先勃興
沙漠芟夷種類克取中原遂兼宋以馭中夏幾百年矣
斯民實蒙穢焉然天地之經華夷之義終不泯也由是
朕其御轡海内鬭爭民墜塗炭天迺命朕起自布衣撥
亂反正十餘年間羣凶蕩滅遂移師北指幼主父子順
承天命亟返故國華夷各得其所嗚呼是豈人力所能
及哉由此而論則朕之得蓋復吾中國之固有幼主之
失乃棄其沙漠所本無耳朕固無媿于幼主幼主亦將
奚憾于朕哉朕方欲撫寧遠人以盡一視同仁之義孰

請紉主遽爾捐世聞之感悼不能自已故遣奠以布朕
衷惟靈鑒之
按題字叟生洪武乙酉與豪右訟　廷鞫獲雪　上
見其儀度雄偉言詞慷慨欲官之辭曰臣以訟至以
官歸非出處之義乃放歸隨奉　戶部俾所過郡縣
南向立宣諭　天子叟化之旨始道句容句容令禮
之至丹陽丹陽令遇之甚隆而密奏其事　上報曰
朕命也于是官吏望風震疊十年秋星變應　詔疏
請辨華夷均田產省刑罰尚廉恥復古學造人材
上嘉納之賜冠帶不受奉　勅以布衣辦事中書省

復上實封三事明年六月元紉主卒　上命禮部會
撰祭文甦從旁窺之不愜竊擬三百餘言大畧以華
夷偏正立論用以獻　帝置諸袖中詞臣代言俱不
稱　旨遂出甦所撰用之先是甦應　詔詣中書長
揖不拜謂未拜　天子而先拜丞相於禮不合其剛
直如此尋乞骸歸田學識淹博嘗推本太極二五多
所發明惜著述多湮佚不傳

邑人錢龍惕識

祭王蒼野母子文

邵圭潔

於乎人孰無子盡人之子而碌碌焉戶生牖死也奚貴乎子人孰無死盡人之死而泯泯焉艸萎木腐也奚貴於死子如孺人之子爲才吏爲貞臣貽其母以不朽之光譽曾幾人有是子哉死如令公之死爲成仁爲取義亦自貽其不朽之光譽曾幾人有是死哉余嘗熟察蘇海邑實當東吳藩屏邇者島夷驕[redacted]所至摧殘危禍叵測得孺人生我令公得令公作我父母寇至民憂無城公身當之城有城矣民憂無兵公身當之兵有兵矣民憂無將公身當之將有將矣卒之寇獗境上公孤將追

馳奮敵而殞萬口籲天號呼莫贖痛忍言乎痛忍言乎令朝廷爲公贈録官司爲公哀衃百姓爲公尸祝驕夷爲公歛戢不獨吾人之頌令公有是死將天下後世稱忠與顔常山張睢陽並不朽焉不獨吾人之頌孺人有是子將天下後世稱賢與趙苞母虞潭母並不朽焉於乎孺人與公皆可以無憾矣某等與令公共際時艱媿不能效子弟之衛兹得冠裳袵席於完城之中皆孺人與公之庇尤幸公之死者墓此生者廬此將藉公之英厲垂庇無極陳辭酹觴洴泗交下慟非無從亦匪吾私

祭陳中丞文　　邵圭潔

君子於存亾之際有以繫人之哀思匪緣其骨肉之繆婣戚之昵朋舊之歡而使人鍾情不置謂其身之存殊莫覺其庇藉之力而甫其亾也則有近之而靡所于依遠之而靡所于瞻者此必其所負荷者重而人之所庇藉者多也若我虞翁者非其人耶翁平生志希聖賢動循道義忠孝大節始終以身殉之其直聲在朝宁勳業在士籍德望在寰海文章在訓簡儀表在鄉閭休澤在子孫當翁之存也固幸天壽之永綏而及翁之亾也則昔人所云三不朽者耿耿而在翁若常存而弗忘焉者

則翁亦可以無憾而人亦庶可以紓其哀思矣然而人之哀公則無問親疎無問貴賤僉若謂今之不可無翁者而況夙承翁之雅愛如子諸生者哉予諸生於翁之存也雖間獲請侍聆翁亹亹之誨竟莫覺其庇藉之力而茲於翁之亾則誠有近之而靡所於依遠之而靡所於瞻者蓋道衰久矣世鮮碩德鄉之老成謂忠讜爲激謂廉白爲矯謂謹厚爲鈍謂節嗇爲鄙而恍惕日益滋傾危日益熾不有如翁者以強立不詭之身砥柱於其間則賢者益無所憑翼而不肖者益無所顧忌道俗之趨獘其將安所稅駕也則翁之所負荷者誠重而人之

所庇藉者誠多矣予諸生濫從儒紳之後竊欲礪志脩行期不負名教而亦恒懼或有過闕爲翁所知若顔人之於陳太丘洛人之於司端明焉者今翁亾矣固不敢輙自怠弃爲翁耿耿之英所媿而進則無所聆於耳退則無所懼於懷不有所謂近之而靡所於依遠之而靡所於瞻者耶然則翁之存也雖莫覺其庇藉之力而其亾也誠有皇皇然不能紓其哀思者耶山頽梁壞之歌宜古今之同悲也人情所鍾於道義之故尤壓切焉而豈若骨肉之繆婣戚之昵朋舊之歡徒以其私者乎於乎傷哉憤時憂國天下不可以無翁維風厲俗鄉邦不

可以無翁增脩徼惰於諸生不可以無翁而翁今亾矣何以紓其哀思也耶臨風陳辭酹此一觴有涕潸然匪曰無從昔蘇子祭歐陽文忠云上以爲天下慟而下以哭吾私予諸生於翁亦云

祭大司馬思質王公文　　錢之選

於乎先生至此極耶天胡爲哉與先生之厚而奪之酷也曩之選令晉江見先生視師海上殫心悉力鬚髮頓白知先生之心不負國也于時夷寇方張條焉告謐聖明簡在擢鎮雲中無何復進官司馬總師冀北又知聖心之眷先生不薄也胡騎犯邊先生督疲卒萬人一戰不勝以至今日於乎先生之憂國與聖明之眷先生先後一爾然奏績于南而隳功于北受知于昔而逢怒于今成敗禍福之際詎非命耶於乎痛哉之選無似夙蒙先生識拔承乏秋曹無能左右臥病江皋聞訃

失聲士歿知己吾其奈何匐匍來奠一慟幾絶

祭錢復軒文代

孫樓

嗚呼公之奮迹也起于遐陬困抑之地人不堪其憂而卒之學成以官公之筮仕也值夫嵒邑嚚悍之區人則沮其難而卒之政成以遷其律人之嚴也必先于律已其防家之肅也尤甚于防川葢公剛毅廉直之操洵罔媿于古人而世之骫骳澳認之夫自弗克與之周旋故其通籍年二紀矣而歷官不過五品在朝不過四年抑且壽不滿其德皃未烯其藏公其生死俱遭者非耶乃若口無苟訾面無苟笑行方而峻節苦而堅曷異乎雞羣之鵠鷙中之鶚迄今想之令人悚顏諂夊之宼既可

方于緹縈之孝而有弟之累亦何損于栎下之賢遺書
遺業弗克保于身後而遺直遺愛人猶慕其生前愚兄
愚弟夙契夙緣春梯則伯也名並夏曹則余也宫聯而
余復宰公之邑備公之邊公兹窀穸永懷漪漣薦以束
芻奠以肥牷敘此生平恍與晤言嗚呼公父耄矣公嗣
孱然公能自完其節而不能不俟命于天公旣巳不虛
其一生尚何飲恨于九泉

祭殷養眞文代　　邵昌鉏

烏乎余與先生有三慨焉學者操觚流翰有黄戸未脱而翺翔雲路者先生于博士業也獨稱苦心屢收屢擲幾失而得四十而登鄉書五十而入仕籍則先生可謂晚達矣仕者攀鱗附翼有禓　甫釋而躐躋華要者先生之于仕途也獨稱偃蹇屢陟屢黜幾得而失未婆娑乎即署復退守乎黄墨則先生可謂拙宦矣其達也晚其宦也拙宜其有餘以遺子孫而身没未幾僉壬入室乘翁子之好弄意中藏之多積蕭然垂槖而幾無以爲窀穸則先生又可謂阨于身後矣謂先生不遇乎世之

積德絫行而槁死黄馘者何限謂先生遇乎世之暴疾
恣睢終身逸樂而子孫富貴絫世者又何限遇與不遇
彼蒼所司縱横顛倒人不可知此余所以三慨于先生
也雖然先生恂恂言不出口易直溫良仁者有後弱子
何罪僉壬之咎改心易慮捷若反手公侯子孫必復其
舊先生瞑矣何憾何疚某與先生夙稱齠契同先生舉
後先生第唯學與仕俱辱雅誼輀車將啟無從予涕奠
此一觴庶其來歆

祭錢母陳孺人文　邵⿱癶金

嗚呼他人之知夫人也以姻婭戚屬分榮受德之私情余之知夫人也以賓師館穀教子徵賢之大義歲在巳卯迄于今二十七年往矣當是時余以不遭逢之書生獨以一經先世業爲吾邑專門宗旨令子某今爲觀政進士奉尊公侍御先生命受春秋經乃屬其介弟文學秀山公謁余而告諸其封公老先生折節召余往蓋余號爲師者先後四年居一日之長而糜千日之粟每記封公行事郎隱微處動合古人而其禮余也𡖖獨恭朝夕貟余與若孫勤且惰也𡖖獨至然非夫人內總家政

所以善賓師之居游飲食者無一不當于禮卽封公文學有時他所矣卽侍御先生遠在官矣而誰且督其子就外傅儼然敬信其師無敢有褻容抑誰且激勸其爲師也者感主人委任之敬禮之之意思以盡忠于君子而不爲世俗空譚虛坐之常比于任一官執一役者詭焉爲名而無當于君官君役之當然處嗚呼世衰教弛矣女婦之道于情俗爲易侵于少而不學長而無聞焉者類由母氏之溺愛弗克以嚴濟卽父道殆相衡易曰家人嗃嗃吉旨深哉夫人毓自清門嬪于𨙸姓克慈克嚴爲貞爲淑相夫君侍御公得　褒封如制共[illegible]十年

來雞鳴相警之風族黨嘖嘖稱之而卒又成其子爲進
士今令予之官程千里發足而其接余晤語間穆然冲
然于童時趨步不甚異焉孰非夫人之内教愛且知勞
卽既長如一日也人謂夫人宜登遐齡晉封秩未艾令
子甲辰成進士其秋請假歸省膝前明年乙巳冬日夫
人遂厭世去余聞之馳謂令子曰子毋甚哀子曰者將
諏吉行矣天若牖之而子若知之當毋之無恙而成榮
名被錦以稱賀于堂乃又當子之在侍而終天年親含
歛以盡奮于室子不可謂無幸夫人亦且含喜神遊于
若存若亾之間而又奚憾焉援抒詞以慰夫人夫人有

霽庚其鑒之

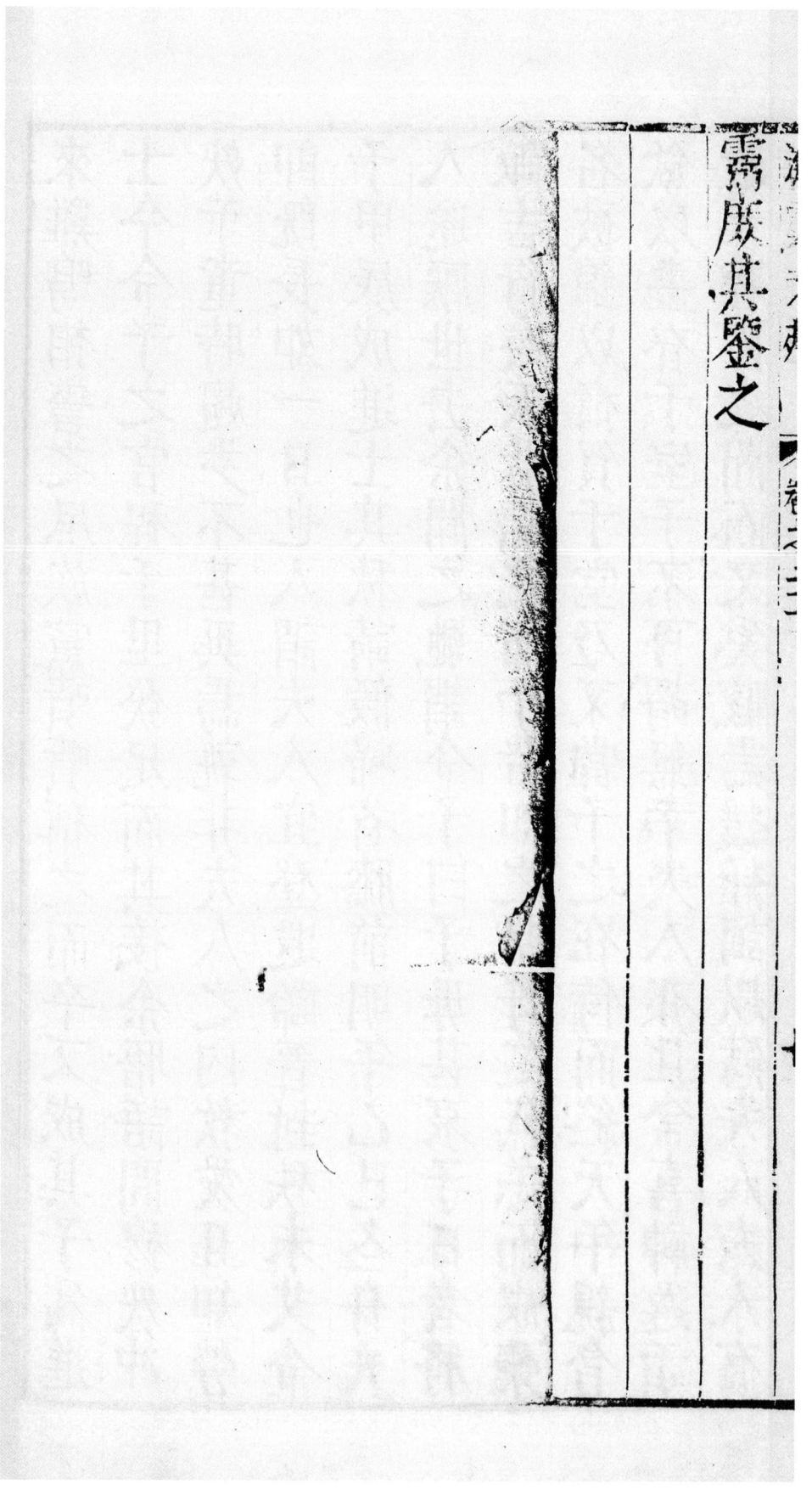

祭魏鳳衢文　　　　邵鏊

嗚呼哀哉何魏子死之易也魏子七月視余于官舍八月試于闈九月落第去其家夫官舍之几席盃觴猶在焉余啖之餅果食之笑曰子作官我猶爲此舉唄然而唏噓聲猶在焉魏子所爲文多瘦削孤遠如其人今其三試之牘猶在焉九月去其家亦無幾日圖書不及展親朋不及晤魏子輙于是死耶嗚呼魏子死是也謂魏子死于死之日非也魏子與余少同館其先後兩試督學爲第一人雅自負芥拾一第甲午歲擯于有司人謂魏子敗矣減館穀之半收之曰而試謝高等而館希高

值耶魏子恥甚心折而不能吐一語于是死以逮于今三年矣魏子死是也謂魏子死之易亦非也往者余友嚴子樹兩柏庭中使童子月溉之童子陰謂其徒曰何物異種而數數焉休矣嚴子一日見柏枯而訝之余曰死久矣而君不知其斯之謂歟嗚呼魏子以名之爲累薄俗之爲窘挫折其氣銷亾其精已死而不自知又何論他人見之必若死而不知則謂魏子至今不死亦可矣雖然魏子其中褆褆然其行斤斤然好脩士也虞山之下有居焉泉流出其室顧而樂之徙而讀書其上魏子亦悠然也者誰謂魏子以名死世之不需館穀不羞

名者何限亦復死嗚呼魏子其毋泥于余言余悲夫同
館之交相友之素一旦而死死者既易生者何心臨風
致詞涕豈無從嗚呼哀哉

祭嚴道時文　邵鏊

嗟乎道時予與君兄弟世好而相友也先公之不鄙予
也俾予佐仲之讀也君髫年而見予也頡頡若含蘭之
茁也又十年英英若綻玉之葩也又十年磵花然寂𦬊
菊栖幽閉戶端居翻經旲帙延方外以譚道定素交而
搜遐倚翰墨以諧好倣奇蹟以爲誇卧脩竹以當遊徵
往古而咨嗟樽罍圖史非古不列咏歌彈射惟意所及
金友玉昆門外罕匹嗟乎湘竹之篇投予云謝辭翰清
新曾不幾夜計曷從來驚予失舍嗟乎先是君之季弟
五一夕而逝君用潸涕未踰月間君忽同此豈人間之

不樂尋帝鄉而偕去嗟乎琴瑟在御肴核在陳詩人未倦酒客未醒一旦罷棄風淒露零嗟乎玉樹璚林鶴隊鸞羣敗羽摧枝天乎何情存兄弟之太半風流未盡悼良友之雙逝涕淚何云嗟乎惟仲與予偕讀兮視君加邇仲掩袂而相命兮維世途其何取君年命忽忽也仲與予不可知猶是也君遺言楚楚而往也仲與予不知其何如也君旣歿視生何如也尚能見謂乎夢中否也君姑鑒予觴而徜徉乎來也毋我遐遺也

祭安小范司封生母文　　　邵鐙

嗚呼吾觀於吳孺人母子之間而知天道之遠也遠者何是不可以肹睫定也孺人以妙年歸僉憲膠峯翁當是時翁有子少峯公且近艾兩孫蒳冠長矣以邇言之翁不當於最晚舉最少子而孺人有娠屈指徵翁期今爲司封君天遠矣僉憲翁病間昵孺人已生司封君而病甚恐一日不諱以庚子槀郭宜人將使出繼其少弟家曰周涇氏以邇言之郭宜人法當引爲已責不當聽許翁而宜人竟許弗任也天遠矣司封君之離母也踰月耳是呱呱者與周涇之孀疎相生而乍相保乳哺之

去成人豈朝夕殆不可幾而司封君恬於繼不異於孺
人之懷其又自周涇歸於膠也以邇言之孺人與其子
離而合少峯公與其弟異而同法當如是以久而少峯
公没孺人偕君復去膠如周涇噫天又遠矣君自是獨
依孺人孺人苦操力作供君讀以邇言之膠山周涇之
間去來瑣尾幾不堪第而君壬午爲邑諸生乙丣登南
書丙戌成進士拜大行改膳部尋改南銓部歸省孺人
稱觴堂上若喜若悲憶數十年前事若夢非夢噫天又
遠矣而司封君痛孺人一旦弃去謂未奉恩綸慰泉壤
嗚呼此猶之人事之邇者司封君以上章被放是曰人

臣是曰人子卽日　聖天子追惟言事諸公無他設不次賜環以待司封君惟是貞慈苦節之見背爲哀而他何哀噫謂天邇乎當此境者境不可辭謂天遠乎非此境者境不可知吾觀於孺人母子之間先乎此者不可以邇知後乎此者又安可以邇知孺人其委帨塵埃翺翔上清以竟觀司封君之大業所稱不朽者三必居一於斯而以孺人之佑踵發於諸孫之濟濟者又安可得而知某也通家之子同年之姪敬酹一觴侑之以詞

祭袁子久文

瞿汝稷

蘭芳自焚，膏明自煎。嗟嗟子久，竟奪其年。昔爲人羡，今爲人憐。悲哉爰自髫齡，朗然夙慧，顧影翩翩，容止孔麗，翰藻丰茸，雲興霞蔚。子蘊蓮鍔，人瞻斗氣。癸酉之秋，幸以戴禮而魁多士。吾見吾里執羔雁而賀子久之門如市也。越十年而登第，由司寇郎而更司馬郎，英猷多識，藉甚含書。平津虛已，列宿避芒。謦欬則激江流於涸轍，耶睞則致迷津於通莊。鸞音夜集，鶴蓋晨張。吾見宇内瑰琦雜遝於子久之堂也。子久又以其暇，婆娑篇章之圃，翹華錯倚，引商扣羽，不脛而馳，聲翔天府，既集應劉氽命史許白墮審齊於醽醁俞兒効伎於刀俎花陳五鬲四照之品鐙然九微百支之炬願指如意於何不具以子久之才而得子久之遇彼棘若槐可俛而取何清揚之不奄忽見侵於二豎悲哉展軨馳千里之襯桄無六尺之遺錦第初搆霽輀是歸蓮井徒豔桂　誰窺凡夙昔所拮据嚋一爲可控持悲哉伊大暮之同盡黜豢傑其孰免紛　於百年若泡沉與電轉於泡電之卷　又何足以絜吾之欣戚惟一眞兮湛然　生死而無變子久其翛然而返此眞耶必無以有所未完於世者而眷眷也

代大司馬祭東阿于相公　　　陳禹謨

惟嶽降神篤生我公德含玉潤心秉淵冲文耀日星名
高華嵩翕赫詞林輔導青宮當侍講帷啟沃稱忠爰晉
秩宗寅清在躬夙重輿評尤簡　帝衷方推宅揆休沐
居東養晦丘園物望彌崇潛悲道塞見喜道通時需良
弼夢賚惟肖師錫既同遂膺　環召起自田間洊登廊
廟石火電光事竟難料曾不失遺胡天不弔豈　皇所
嚮亦天所競故榮附其哀弔隨其慶甫拜相麻尋罹
邱命惟公之來誰不相望惟公之亾誰不䀌傷烏乎哀
哉謂公不終遇邪處峨巘而發明王之夢恩則霈矣謂

公而終遇邪稅蒲輪而輙箕尾之騎期亦速矣謂公而幸此出邪一生未竟之勲業徒歎居諸之虚謂公而負此出邪一腔未抒之忠赤盡寄垂絶之牘令公言而見採衮闕可補雖死之日猶生之年即公言或竟虚石畫終在期於收效寧論後先公以此而報國亦何憾於溘焉某居叨同里情藹親暱方倚乎章翼我樞密奈何甫迓公於郊旋弔公於室靈輀既駕我心用怵率我寮屬用薦芬苾神之鑒之詞蕪誠溢尚饗

祭邵麟武文

繆希雍

兄以秀拔之才果勁之資邁往之氣而獨不巧于逢世胸臆牢騷與物多忤寧栖息于蓬蒿不驅馳于宦路蚤發甲第白首爲郎意不可乎一世遂絶志乎四方齟齬終身卒就清狂恒文酒以自娱或山水之徜徉將優游以没齒合吾道之弛張詎非不得于人顧得于天者耶雖非上壽亦已屆順高文足傳賢胤纂訓揆之人理庶幾稱完兄之長往復何憾焉嗚呼哀哉兄之王父先子之師兄之姪息吾甥妻之情敦世好誼同昆季今日馮棺能無雪涕炙雞絮酒豈曰堪嘗五鼎匪備寸心可將

明明麟武幸舉子觴

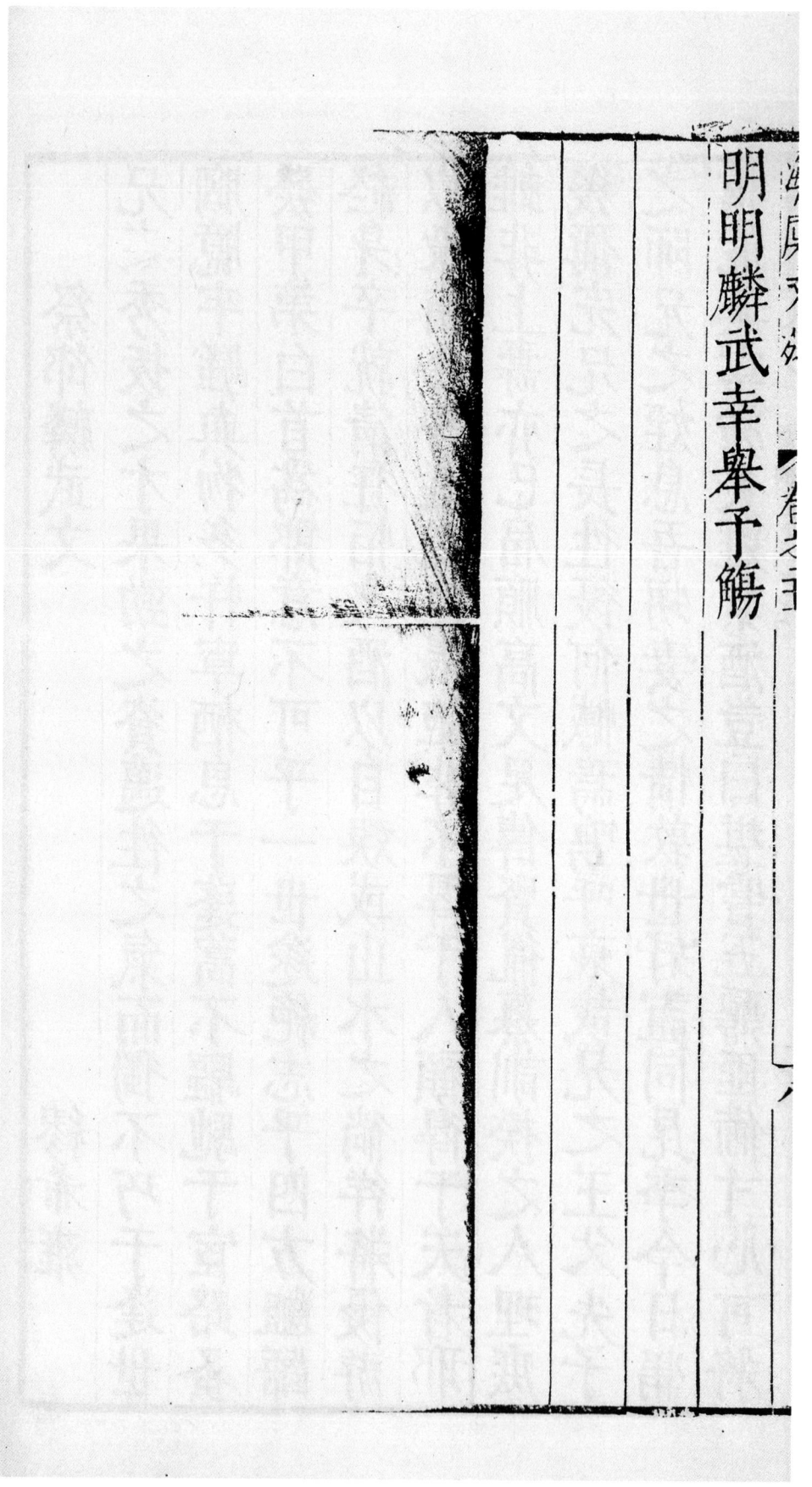

祭埏蓮邵師文

張應遴

嗚呼先生竟棄人間世而乘箕以遊于汗漫乎先生全歸返眞夫復何憾而門墻小子則曷勝山頹梁壞之戚焉遴先君師北虞公先生復師先君遴又侍先生皐比蓋一經遞授稱世講云故遴之受知于先生最厚而知先生亦最眞今蓋棺矣論定矣若先生者殆所謂畸于人而侔于天者非耶當譽髦時家徒四壁立氣岸軒舉厭薄帖括記誦獨醉心孟襄陽集其牢騷不平之氣不激之嘯歌則澆之斗酒迨丙戌成進士房考顧學海物色曰經生語乃絶似孟浩然詩時稱顧公具隻眼蓋先

生之才與俗學畸者如此旣第兩爲理官入爲駕部郎其間以乞養歸以避謗歸服官僅六載而視宦況如蠟楚中所取士如莊如吳並踐清華累書起安石于東山而卧且益堅錄北山移文置座右示不復小𡸁蓋先生之仕與俗吏畸者如此謝事林居雅不喜元規之塵小築尚湖濱蒡曰鱸鄉曰五湖三畝又誅茆石城橋曰井月庵而相羊其間足絶城堙禮絶報謁至有懷刺數日不獲一通者人以是督過而憎茲多口焉座師王元馭移書規切先生笑曰王師愛我哉而非知我者吾惟不能磬折上官是以在此乃復令束帶傴僂向鄉里小兒

作偶人態乎人遂謂先生傲骨天成然與高人韻士相期于風之清月之白把臂入林飛觴通夕蓋先生未嘗不好客特與俗客畸耳先生性嚴重閫內外無不嗃嗃者蒼頭侍立不敢仰視親戚侍坐不得謗語或陪客竟日了無兩對人遂謂先生壁立萬仞然與揚搉風雅商略典乘津津創宇機鋒迅發一座盡傾對客揮毫竟數赫蹏不休所爲詩文得晴空鳥跡水面風痕之趣縛柴筆作大字雄偉飛躍遇奇書古蹟傾貲購易沾沾欣賞蓋先生未嘗不好事特與俗事畸耳居嘗念北虞公建文壇旗鼓與瞿唐並驅中原而黜額南宮賞志廣文念

欲顯揚之乞靈學使者從祀黌序矣復乞靈鹾使者建
專祠立棹楔而拘形家之説者或掣其肘雖令子拮据
勉成坊祠以慰先生心而先生終鬱鬱不懌會一歲中
哭愛女又哭痘殤子情之所鍾不減西河郎有時强爲
歡笑而神色黯慘幽憂之疾浸淫乎膏之上肓之下焉
仲秋朔之明日溘焉夢奠嗚呼悲哉先生存日仰止高
風與娟嫉而欲甘心者殆相半焉及其殁也騷人墨士
憐其才薦紳士夫高其誼鄉長者稱其孝友彼有幸災
樂禍者皆下劣凡夫無所比數者耳語云善者好之不
善者惡之所從來矣先生近于夢中得句云謫落生死

中途痛哭而竊竊而淚熒熒枕席間繇此推之先生殆果位中人分身入流于宰官中者耶宜其不諧于俗也不諧于俗乃所以爲先生也故曰先生者畸于人而侔于天者也嗚呼先生以經術起家罽之先人以清白世澤傳之孫子以孫高格頡挺出波靡以礴礴正氣還之宇宙元精烱烱炊而不炊寒壑貞松橫江孤鶴千古同調自能賞識儵然蟬蛻去五濁而登四禪區區人間升沉黑白何足計哉謦欬不聞淸光已遐愸詞薦醴髣髴居歆

代章伯鉉祭蕭似之文　　錢爾光

於乎痛哉似之兄而竟死也兄于今日何事可以目瞑而竟死耶夫兄以絕世之才睎青紫可俛取乃年甫逾立而竟賦玉樓高堂之雙鬢如銀矣所恃爲榆景之娛者唯兄一人而綵衣之舞杳然膝下之子女纍纍其最小弱者且未離提抱也誰不須兄以成立而何怙之情慘然膏腴沃壤畝以萬計而誰爲之理僮僕婦女指以千計而誰爲之主曲房華屋陂宅園林兄則樂之而悵松菊之徒存博奕琴樽詩書法玩兄則撫之而嘆風流之已徃於乎兄於今日何事可以目瞑而竟死耶天胡

不辰而毒我似之之至于斯也大凡人之壯而夭者非以粉白黛緑之欲戕其性卽以忿狷疾戾之氣滑其和不卽以狂佻恣睢之行喪其魄夫人之無良天之降罰宜酷今似之兄有一于此乎其性凝然其容春然其衷淡然外無小史之憐內無妖姬之嗜生于貴介而不驕勤于施與而不倦投之以逆而不校欺之以言而不疑迫之以繁劇而以焦酬之以負恩而不怒此其人非山崩地摧不宜不壽於乎乃竟夭也乃竟以壯盛之年而賫志以夭而遺其親以西河之痛而遺其孤以蓼莪之悲而遺後房以崩隅杞城之哭而遺朋故以物在人亡

之感於乎天胡不辰而毒我似之之至于斯也憶申酉
之交兄從明峯沈師受曲臺禮余亦少以一經游沈師
之門因時時于絳帳中識兄廹庠子歲兄謬以余臭味
之合遂邀共事筆硯間自是數十年來握手提滕何肝
膈之不可吐何城府之不可屏蓋有人不及知而兩心
獨得者矣夫以兄之雋逸其才而不擯余之疎庸以兄
之該博其學而不鄙余之雕蟲以兄之高門裘馬而不
陋余之瑣尾蒙茸且以余之忝壎箎之誼也而視余父
猶父實當兄之繆恭而畜余弟如弟顧余子如子兼荷
兄之帡幪余方幸陶鎔之有托而一旦儀刑之莫從於

乎痛哉余其能已于馮棺之一慟耶日者白下之役余
與兄對筵接枕綢繆者四旬屬數奇俱鎩羽而歸歸而
兄病病未一月而歿於乎兄之丰容宛乎若睹也兄之
笑語藹乎若聆也而兄已黯焉爲夜臺之人長與余别
矣若余所謂凝然其性舂然其容澹然其衷與夫貴而
不驕者施而不倦者犯而不較者欺之以言而不疑者
迫之以煩而不焦者酬之以負恩而不怒者今且與其
七尺戢之乎一棺而俱盡也徒令余彷彿其似而親炙
無期其又何能已余之一慟耶於乎似之萬事已矣其
身後之所可慰兄者兄之兩尊人康强善飯永難老之

錫其𩯭然若曾霧光之長存可必也兄之三稚子頭角嶄如俱稱汗血之駒不數年而齒至千里長風可决于蹄下也則夫桑麻之業林澤之饒僮指之富擊鍾咼食之隆琴書六博之具依然兄之樂而撫之也此余之所目觀天以蘄而瞑吾似之之目者兄其爲我首肯地下乎望兄霧床叩兄繐帳愊抑失聲迸泗交揮徒以不倫不韵之辭寄吾之戚而已於乎痛哉

[illegible]

邑侯王蒼野墓表　　陳瓚

王公諱鉠字德威其先五季時曰安者爲將軍鎮婺州行部卒東陽縣葬其地畫溪後人因家焉二十五傳至通徙順天左驤衛季子膚娶郭氏繼和氏和生公暨鋹公之生父母並夢鉠星墜蒼野因以名且號蒼野子志異也自爲諸生儻蕩有大志所與游皆四方豪雋譚論好稱奇節常目笑呫呫竪儒不足共天下事嘉靖庚子舉于鄉庚戌登進士第會胡騎薄　京師公慼氣白大司馬顧提三尺從行間擊虜都人士壯之　上命如楚封入王道東陽上先人冢具酒食大會族里意氣逸

甚壬子拜常熟令邑海壖大豪多藪亾命作姦監司檄
攺之公曰綱疎則魚漏繩急則麇驚招之便亾何諸大
豪躡踵至公盡貰其罪俾隷署中爲爪牙歲癸丑島夷
入寇吳中震動公語諸大豪曰爾輩罪百吾不即爾刑
以有緩急也倘一日寇來爾輩何以報我咸曰願效死
公乃立爲耆長俾部署子弟得數百人合邑中素練士
教射列陳至旰食命工厲兵械試以擊刺無不應手糜
粎邑故無城公請監司城之甫興役寇犯福山且大向
市人惶急走公擁衆壁野誓以死禦會邑簿李君宗昭
有蒼頭安者猝遇賊挾毒弩躬殪三人賊惴恐宵遁公

乃親執扶行築凡三月而城成明年甲寅夏孟月賊由故道入薄城北矢礟交下賊稍稍去公曰賊來未創也而去其懈我耳倍繕具待之詰朝賊果突至公督兵出間道接戰斬首數級賊潰走仲夏復入三丈浦大掠公馳羽書乞援備兵任公環統苗卒應公駐浦七日會天雨將戰猶豫卜靈棋決之繇曰有客王孫夜叩我門以徃應之其福無倫是夜公果叩任公門請昧爽進兵任私喜協卜亟從公請比戰大捷斬首百五十級生縛七人溺死者不可勝數吳越中論勦寇功輒以三丈浦為冠自是公料賊必不敢復犯我即犯成擒矣明年乙卯

秩三載當上計時方急公公乃止夏五月賊掠旁邑方
舟從吳門向尚湖還海上公按劍起曰蕞虜乃尚敢涉
吾地耶吾不能坐令陽陽去時參藩錢公泮者素善射
初寇至從公登陴耦而射相顧沾沾喜至是錢從史公
公益奮倉卒召諸耆長各率所部揚小艇數十追躡賊
賊偵我入隘中出不意夾岸攻我時獨耆長數人從公
前諸健兒皆後數人者力鬬死公奮擊及濘不克進怒
髮上指瞋瞪大呼而刃剚公腹中矣錢亦鬬而死時公
年四十二監司列其狀聞于　上上重死事　詔贈太
僕寺少卿製文遣祭　賜長子佑汝錦衣百戶世勿絕

邑人痛悼既立祠且請監司請宅居其母和暨恭人董仲子輔汝孤煢相依稍藉賻貲殖生產自公遇害數月而和卒十三年而董卒會稽王公叔杲選吉壤得拂水嵒之麓萬曆改元六月某日佑汝奉公及董恭人柩合窆焉大學士嚴公誌銘其壙猶懼陵谷遞遷乃伐石樹碑表曰人言死非難處死難其然乎懦夫臨難奉首鼠竄誰能捐軀溝壑而不悔者然則一死亦難矣當公死事時督賊大吏擁旄吳門堞間列卒如林賊接艫過之至以所掠火攻具中堞卒多死比涉吾邑不敢傅城下亦不敢遺一矢驚吾民何耶有先奪其心者也卽縱之

海虞文苑　卷之二十一

使去不可謂怯公特恥其寄徑于我倉皇奮劍不遑謀
候遂至舟膠隘窘毒生蜂蠆單孑赴鬭坎窞就隕不亦
大可哀耶曩余游京師聞公未仕時與椒山楊公繼盛
相友善今觀楊觸賊臣死公以追賊死兩人眞烈丈夫
也且公不徒死高墉設險百世賴之其庇我民者弘哉
此固足以表矣

少宰定宇趙公行狀

瞿汝稷

公諱用賢字汝師別號定宇其先世爲宋宗室簡國公諱伸譚簡國生朝請大夫諱士鵬守江陰軍因家焉十傳而爲松雲公諱實出贅於常熟錢氏遂又家常熟松雲生承違公諱玭承違生益齋公諱承謙舉嘉靖戊戌進士累官至廣東布政司參議娶蕭恭人無出公乃張恭人出也公生魁岸超朗甫五齡就外傅日輙記數百言稍長益警頴參議公嘗以考亭綱目命之讀晨授而夕成誦者八十葉從參議公入廳署署多祟公所止祟絶跡於是始奇之嘉靖庚戌補博士弟子時年十六而

偘偘若老成覃精六䄵㪚獵百氏凡古今名賢康濟之
蹟悉湛涵於胸臆有澄清一世之志戊午先文懿典應
天試寔舉公壬戌張恭人卒戊辰叅議公卒居喪悉如
禮叅議公素抗直不與時俯仰里人有惎之者比殁乘
公僔婢暴疾亾遂巧設繒繳欲中公危法蜚語直指使
及臬司頗為眩逺甚急公晏然應之卒胥盈庭般礴而
舐筆和墨撰著不少變會郡矦縉雲李公偵得情抵力
為白事遂解辛未舉進士應館試典衡者第之居四
穆皇帝拔置首未幾蕭恭人卒喪之如喪叅議公張恭
人甲戌服除授翰林院檢討丙子纂修 會典丁丑分

典僉曰試是冬江陵故相聞父訃不奔喪臺省復會疏留
公太息曰子我欲短喪宣尼不可況不喪乎是不獨嘗
爲斯世綱常惜亦當爲相國進退惜矣而是時彗出西
南長竟天公遂上疏論曰云云時翰林院編脩吳公中
行刑部員外郎艾公穆王事沈公思孝亦皆具疏論不
奔喪非是初　上在冲齡江陵翊贊頗著聲望而其人
霆忮刻以智馭一世席寵侈肆其欲無涯御史傅公應
禎劉公臺嘗窺其微具章糾之悉奉　旨杖戍遐荒劉
竟爲所賊殺巨璫馮保便給善數計自謂有阿保功與
江陵深相結納兩人者蓋幷目而視合喙而鳴者也

朝廷政務運之掌上雖無居攝之名而握其勢人莫敢
遲視保之養子徐爵江陵家奴尤七與紆組懸龜者見
皆分庭伉禮奔走爵與七者蹄轂恒丙夜不絕何論江
陵其聞父喪陽雖疏請如制而陰圖固位中外羽翼之
者林林也四公疏上同日　詔杖於朝公與編脩杖六
十削籍兩刑部杖八十戍公肉靡至骨提撲脅幾摺當
四公之杖也進士鄒公元標號哭於旁翼日即疏論江
陵且申救四公旋奉　旨杖百戍蓋五公之名一日而
燁熠寰宇雖芻牧弁幃靡不敬慕也公歸江陵側目未
解直指涖吳者受密諭將與大獄吳中洶洶甚公聞曰

吾得從袁弘子胥廱靡不有餘幸哉日惟冥搜經史匡坐笑詠澹若無聞既而直指中悔語吳縉紳曰吾無奈此霧知何移病去歲壬午復有將承者代事抵毘陵業已張弧會江陵死其人以前殺劉御史事論逮禍乃寢是年臘以言官累薦起官癸未夏六月陞右春坊右贊善時凡江陵所排阸諸君子偹徵列　文石諸君子銑意反江陵故政畢期一旦而渝滌之爲快乃在上者雅尚優容寧務爲長厚不事峻絶積見崖異雖宿號同志且日携二夫人各有志父子兄弟有所不能奪公直諸君子之一人耳諸君子之議寧懸公而盈廷之清議亦

寧懸諸君子乃羣翕訿務入之徒望風承響呼羽吸徵
以推移之指似眡影以投抵之於是且奓口而明以朋
黨攻公於是上疏乞歸且極言朋黨之禍乃漢宋之季
小人借以去君子而空人國者非盛世所宜有慮開譏
邪之端遏仁賢之路助陰邪之勢消正大之氣引去甚
決不允頃進 經筵講官分校 會典甲申 册封
鄭府綮昌王事竣至儀眞聞司經局洗馬管國子監司
業事之擢引疾乞假部寢其奏促行乙酉春赴 闕丙
戌再分典會試旋纂脩 玉牒陞右春坊右庶子掌坊
事公自削籍時目擊東南民困於徵輸流離歲甚力稽

於父老稍稍知吳賦所以偏重有不盡隸部額豪胥[illegible]蠹有不可勝言者至是聞檇李進士袁公黃習其隱曲相與訂證者四十七晝夜條陳十四事一曰議田賦之數二曰議混派之弊三曰議徵税之則四曰議蠲減之條五曰議偏重之派六曰議派剩之目七曰議白糧之運八曰議兵餉之實九曰議折銀之例十曰議存積之重十一曰議荒田之核十二曰議徵斂之期十三曰議傜役之累十四曰議積穀之制其議窮極根柢疏上部令進士至吳議之進士挌於衆咻不敢有所復尋會有言南人不當言南事者遂寢秋王武試丁亥陞南京國

子監祭酒兼詹事府少詹事　大典成　賜白金鏹文
綺二贈父叅議公朝議大夫母蕭張皆恭人旣涖南廱
日夕惓惓以四維勵諸生曰士不敦彝常卽有淵雲之
墨妙直如雕龍繪虎無濟於實首褒舉海内高行鄧元
錫劉元卿等以鼓舞之凡六館試事必躬衡其殿最第
有寸長靡不採擢規繩一以身先士子黠驁者范於嚴
而不敢肆進脩者樂其引翼而日興起復條奏監事之
當舉者及廟宇之當新者畢爲營脩葢煥乎其易觀聽
矣諸史籍之剝蝕湮晦者務求善刻詳爲覈正故南少
宗伯黄公觀死難靖國其廟圯公爲創忠節祠樹表忠

碑以風世戊子冬具疏乞歸己丑春復具疏乞歸上言人臣事君不可以身之將退而遂忘忠益之進乞蚤定儲位宥言官李沂斥絕張鯨毋令窺覦不允歸陞南京禮部右侍郎尋舛疏同宗伯王公弘誨請蚤教　元子不報辛卯移禮部右侍郎兼翰林院學士再引疾乞歸不允壬辰涖任教習庶吉士聞有並封　皇長子暨次子議即上書極陳其不可疏寢不報癸巳陞吏部右侍郎兼官如故甫履任會監生吳鎮以絕婚事訐奏河戶部鄭某楊某御史陳某和之公因三疏懇歸初婁人吳之彥當江陵之不奔喪臺諫交章奏留吳爲御史

其疏應屬吳具而以疾辭人頗以是稱之故公因友人之要遂約爲姻婭而其人固利祿之士未幾遂深結江陵居恒悔與公婿恐以此殺江陵之眷爲彼仕進之纆牽數言之所親凡事數避遠公又其人貪殘里中薦紳士無不厭苦之其短之於公且告其悔者曰不絕於公耳公嘗過吳吳坐鎮於其第下曰婢子也不當與嫡𠧪及其按閩公訊行日欲祖於道既示期公操舟候之且使語之候吳佯托故積旬不至公知人言悉信乃返其求允幣爲書言不欲以罪錮餘身相累願告絕吳受書與將沈訟事在辛巳及是越十三年矣是絕也吳志也

使果欲爭則授書返幣時宜爭猶謂束於王程廿六又與
公同在里宜爭及吳既歸蔣氏始議婚宜爭議婚越五
年而後嫁吳微有言則其素威人畏如虎蔣敢娶乎嫁
復歷五年嘿無一言不爭於未嫁之先突爭於抱子之
後非其初志明矣昔則直受公絶以固要津之寵此復
乘公之間扼吭而肆其毒以公之一身兩居爲籠世之
奇貨狡甚矣公癸未乞歸之疏有云臣此時不去則疑
搆愈積機穽愈深卽有曾史之行夷齊之操亦不免以
讒見汚至是而徵焉悲夫中外名賢上疏爲公直者不
下：十餘疏不能盡志志者爲御史大夫李公世達少

司農李公禎少宗伯劉公元震廷尉朱公廷益給諫湯
公廷蘭侍御趙公標鹿公久徵甘公士价李公堯民吳
公弘濟栖公佐銓司安公希范儀司張公鼎思刑曹孫
公繼有譚公一召武庫伍公袁萃繕部樂公元聲行人
高公攀龍章畫黑白敷陳極嚴正皆寢格而御史大夫
及吳侍御銓司兩刑曹行人六公至挂冠云遡公自壬
午起官至是乞休之疏凡十二上其以禮義自砥礪不
少降志諧世凜然可覩也公既歸聞倭夷内訌公倡議
脩城首捐帑助役杜關謝將迎日惟事披閱乙未春稷
將赴黄翁公公語欲撰次三吳文獻亡□國朝典章因

華錄畢此而後謝筆硯然公已病瘵精爽衰甚丙申三月適奴輩有悖叛者病遽作遂不起傷哉公爲人剛直好義凡事關君國持議必依於正意所不可雖貴顯力諍無所避至人頳頰疾視而不爲變率以爲常壬辰之春余迂公於東郊謂公此來頗少遜以避機穽公曰世之治亂惟在　國是之當否人臣食　君之祿而第圖全軀保妻子隨人短長可謂忠乎其在親戚友朋亦然聞有善稱之惟恐不及有不善規之惟恐不力絶不計其能從與否故世之多公者以此而訾公者亦以此至於兵戎賦役地利民瘼聞有能周知其事者虛已延問

務盡其所長未嘗以己聞蓋之也一遇水旱寇盜之患無問異壤同域諄諄與監司陳禦災捍暴之策若身任其事家罹其憂也其於海内名賢樂爲推轂即未識面如素所厚雖在韋布巖事如師友苟可延納折節披心靡所不盡先文懿之棄稷稷甫弱冠而與里之鉅公仇搆公挺身卵翼或謂公曰某公方日顯榮其力能達公公亦能柅公投足輕重宜自審矣公應曰先師之子某所持甚直而正某固不能背先師尤不能醜直害正也及余北遊長安有婢生兩子公兩以陳夫人所生女許婚兩婢子夭歿己丑生子式耒公於白門復寓書於余

以長孫女許婿焉夫以余之陋公不避貴盛而保之於憂危不薄寒儉而申之以婚媾其碩德隆誼豈彼趨起所能窺哉至於孝友尤所性篤參議公之捐館里中豪猾遽以大役及公仲弟用賓公赴邑以代長令高其義竟釋之及用賓蚤世撫其子如子視其女如女叔弟用貴季弟用貞皆孩幼而孤公教撫備至庶幾有田荊姜被之風公亾而兩弟撫公之四孤禦外經內亦極殷篤人交美焉他如敦恤宗親急難解紛表章先進申雪寃抑種種懿德不可勝紀在世人視之固嶕嶢而不可及自公視之皆其細不必詳也公生於嘉靖乙未四月二

十日卒於萬曆丙申三月十五日初娶張氏贛州守張公文鳳孫女蓋不踰年而卒繼娶湯氏太學生湯公儔女能讀經史諸子爲詩頗有佳句居恒勗公攻古文章年三十三卒復娶陳氏廣東提舉陳公文周女性聰穎識大體一切家政綜覈甚密公之游仕能絕不內顧其力也歷丁丑之禍侍公極周瞖刲公敗肉如掌恭人腊而櫝之每聞公過聽輒持眡公曰伯宗之禍夫子所審也盍㦸此腊矣及吳鎮事起恭人號曰嫉者欲盡腊夫子肉久矣吾乃乳此女齋之斤鋸乎憤泣擗摽遂日歐血甚至數升竟於是冬卒公先援侍讀羅萬化例疏請

三娶皆贈封孺人恭人子男四長開美國子生娶呂湯出次祖美國子生娶王次隆美國子生娶何次玄美聘嚴陳出女七長適王維城次適徐繼溥次適蔣鑛次適何之柱次適顧大夏次適黄代玄次適于斑孫男六孫女六公之亾也稷羈於黄不能一凴棺第掦歩哭公恒東盻鬱邑戊戌計偕燕市公之兩弟相與紀述遺行率四子爲書風雪中遣人行三千里徵公狀於稷將乞文於大手筆稷素不嫺於辭顧辱公遇最深何忍辭也嗟乎爵聞迥殊敢謂契同罕國哉冥明長慕庶幾情均范張矣敬次其槩如右

卷之三

間溪黄公行狀

瞿雲程

公諱祖相字艮佑別號間溪六世祖禮隱處常熟之湖橋禮生用正用正生仲倫父子俱庠士相繼夭歿仲倫生欽是爲溪隱翁四歲而孤祖母陳母衛兩孀共鞠之母病能割股以療里人稱孝蚤歲以文無害爲邑椽壯而好玄飯緇素葺橋梁傾貲不惜歿之日家無儋石子孫環泣曰好修之報固如是乎溪隱翁呵之因以所持藥盌撲于壁膠而不脫見者異之語在鄧太史傳中娶包氏生兩子伯曰琳仲曰璽璽號守溪配周氏亦兩子間溪公其仲也先是溪隱翁與陳翁思間賈分利均兩

人驩相得思閒翁謂黄氏世長者以愛女贅公卽陳恭人公以一身任兩家政事思閒翁恭謹甚適兄北川翁蚤世家日落守溪翁徙居城中公生事外事皆竭力兩家翁並賢之公因號閒溪謂繫心兩姓也公學書不成謀入貲爲椽就治鎔金金躍而起公疑而卜之卜者曰椽非君所居當候顯秩公遂去而爲賈遇有天幸得羸旦夕饘粥外稍稍具室廬伏臘資矣公雖浮沉里中乎然幹局治辦殊出人意表家僅中人産而好行其德且嚴于取予語其大者如築城而度丈尺以給工權鹽而權重輕以定税雖有司主之公實畫策焉若許忠臣祠

若道路若橋梁凡見傾欹必倡義整頓不憚勞費有故人某夜至荒促叩門投一囊公究所從來曰予弟暴亾此其蓄也公受而藏數月歸其主封識宛然恩問翁故多藏間遠出人有謂公乃翁槖中裝良厚據之足雄郡邑何弗取公謝曰翁卽有蓄我當衛之豈其攘而爲巳有况豐約自定數耶言者色阻友有父喪在殯忽遭回祿公率強有力者奔救之舁櫬而出其輕財好義類如此識者異之曰焉有磊落如黃公而長困阨者乎然公性剛方不能委曲待人人多齮齕之故時有鼠牙之殃又役累疊至公力疲不能勝悒悒不自得將叩神卜

所禝篤先詣城隍祠時五夜門未啟至而門板忽墮若招之入者繼詣五顯祠燈熒熒二僧出相慰曰若忽遑遽異日自有佳境公歸語陳恭人具晨餐餉前僧比詣祠祠殊無僧獨土偶僧西向坐宛然夜所見也公嘆異而歸比化之生而穎敏公知非凡兒竊稍長遣束贄從經師遊又時廸之以義方既補弟子員則益寬其資使交于吳中賢豪所過從擊鮮漿酒繼之又遍市坊肆圖籍以供討閲化之發憤增修試輒高等癸酉領應天薦甲戌成進士報至而陳恭人適以疾卒化之歸守制三年服除將赴部公勉之曰一第良不易汝努力無負

朝廷任使竊餘以光而父若家政而父任之不汝累也
化之拜受教丁丑選刑部江西司主事戊寅會　上建
中宮覃　恩封公如其官仕宦期月所親一日爵並
六品葢亦異數云庚辰化之擢浙江司副郎辛巳晉山
西司郎中委蛇刑曹者五載聽斷必參稽情法多所平
反人稱化之爲小司寇凌跨後先亦封君之訓戒之也
壬午化之擢惠州守惠劇郡化之優優理之一一如無事
至于決大疑斷大獄堅持三尺不少假時有巨室兒坐
重辟自粤走吳冀以賄免公毅然正色曰法在　朝廷
官箴在子吾不知若事知教子以正耳巨室兒逡巡退

化之報政晉封公令銜公笑謂所知曰吾不儒而服二千石章心誠赧然脘吾利富人賄俾子無完名吾媿死矣聞者韙之丁亥化之擢嶺西兵使察吏澤民治兵除盜績用赫然彰著公聞之喜甚且詒書戒其勿懈化之拜受教辛卯化之擢雲南布政司叅政取道還里中覥公公時徵有足疾亦非沉痾促化之速之滇化之不欲行公曰汝憚萬里遊耶古叱馭者斷裾者非人耶化之跽而請曰兒曩不獲一綵衣侍吾母今念及猶涕洟乃又忍遂升斗輕去父側耶兒即終身困約不願仕也公喜曰兒誠安心家食吾亦不強汝矣公兩膺　朝命而

不以顯自矜日拮据理家政下至米鹽系枲之屬靡不經理其教諸孫嚴于教子自化之歸養後一切內外事公悉付化之不復問居常杜門不出客訪之亦以疾辭間召所厚故人一尋幽探適興盡而返化之時進綺縠粱甘毳以愉快公意公聞一御之誡勿再布素蔬豆以爲常諸治園池高臺榭盛歌舞等世俗好公絶不事事有諷公朴而無文者公謝曰眞朴吾性也公非公事足不涉公府請鄉飲大賓僅一赴惟是不平于心俠氣猶激發故官某嗣孱弱營穴祖塋側將定焉爲族豪強據公往送而覺之即斥其人代訴當道得改正某友祖墓

多豫章翁然林立其族之不才子構僉壬謀貫家將尋斧斤岌岌矣公聞挺身阻之反覆開諭得不伐至今爲邑偉觀某子甲坐戍究甚公廉知其情白令脫之其家故不囑公公亦秘不言遠邇竊誦令爲神明卒莫知所繇矣公素強健晚年稍有疾遁疾遁與丙申秋醫藥不療竟卒公偉貌修髯目光奕奕射人事無小大不數語立決人有過刺刺面詆不少避然樸直無他腸知者固多公之直不知者亦不以爲忤敦本任質久頃一致猶有先民之遺焉視世之中無定守遇境輒移者不大逕庭哉學者多言無鬼神若燈下僧其事甚怪大都公眞

誠淵篤可合冥漠矧黄氏自溪隱公以下往往陰行善
語曰有陰德者必有陽報其謂是乎卽今化之才望隆
隆遠大可待而孫枝競發多而且賢黄氏之福殆無量
也驗之卜兆亦應若左券矣其月某日化之將扶柩與
福山之新阡啓陳恭人兆合葬焉自里中馳書蘄上謂
知公莫如余宜爲狀余素不嫺于文且左輔日在牛馬
走不暇文第余與化之少同硯席已而同舉于鄉稱石
交于公爲通家子公視余又特厚余誼不能辭謹掇拾
其槩而銓次之如右惟當代名碩採擇而賜之銘幸甚

海虞文苑　卷之二十　[illegible]

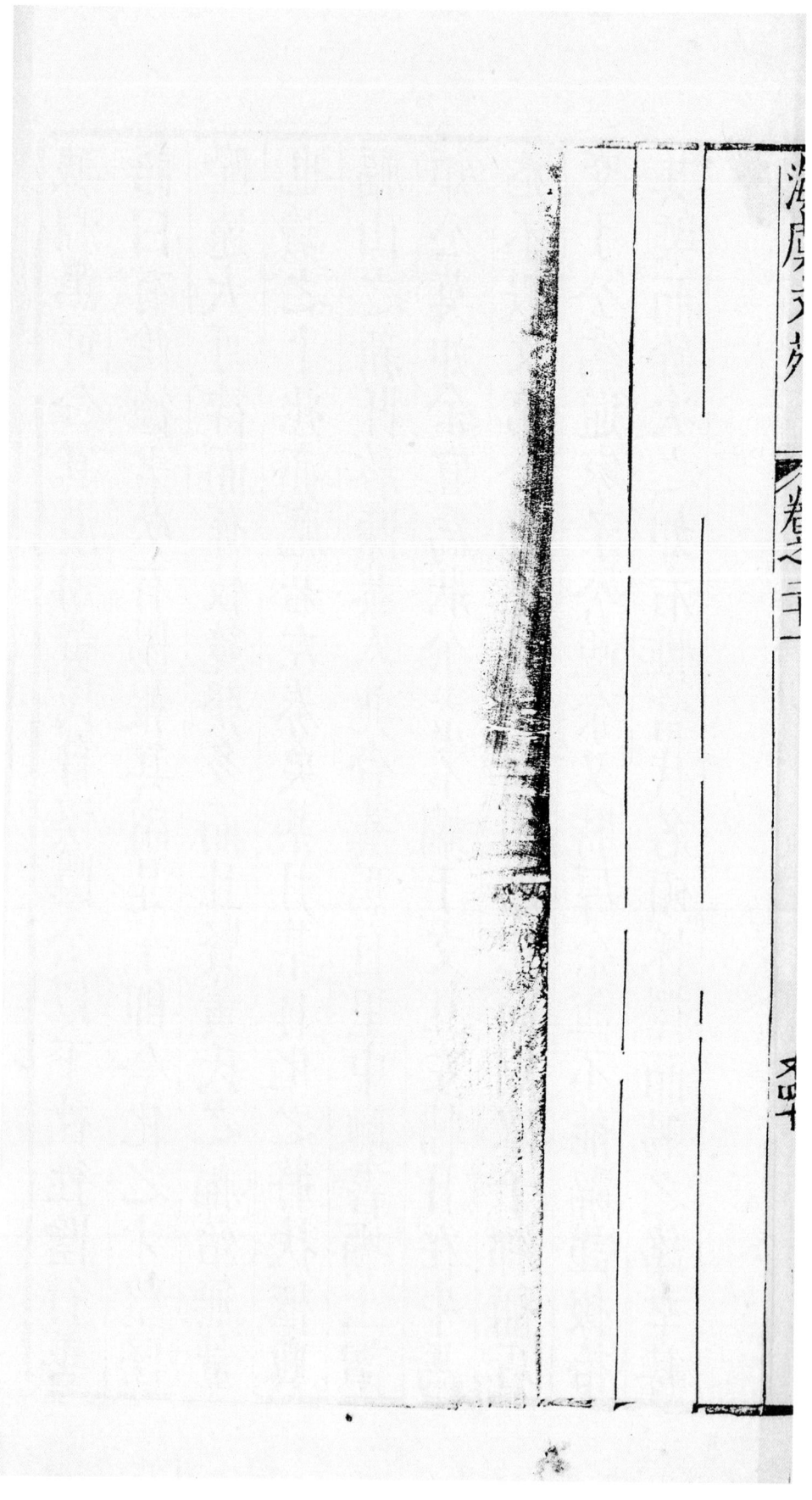

處士顧介明行狀

錢世揚

士樸遬亾他長其場也輒自命處士處士云於名實亾當也若迺覈明淵識足効世用而不幸槁項黃馘身沉名飛其人畫然足傳者當吾世則獨有介明顧君君爲余內兄生平鮮許可而獨雅傾余余有諐愆面折無少假余每視爲良友君塲之日余走而哭之曰君已矣兹以往誰規我者而其孤夏時謂余實知君泣而以事狀請欲以不朽君者藉手於余嗟乎士業稱知巳附臭味寸心自盟九京不諼何忍以不文辭君諱耿光字介明號曲江子其先出吳尚書雍元有細二公者好倜儻大

節嘗以趙文敏薦辟督漕晚以肥遯故遊吳中樂吾邑
山水明秀遂繇浙之上虞徙補溪家焉事具邑乘五傳
而爲松庵公立起家功曹拜雲和令以繇韓襄毅軍有
功超遷二千石未拜而歿有流芳集行於世立生休庵
公鎬鎬生東江公湘以子貴封工部郎父子並以穆行
隱里中湘生一江公玉枉起家進士歷官山東臬副所
至以潔廉伉直聞歲庚戌虜大入公適拜表　京師因
與分宜左令視師城外單騎馳虜中者累日以勞瘁得
膂疾　予告歸屢薦不復起元配王繼配劉贈封俱宜
人俱弗子晚而相室譚始舉君臬副公大喜令劉宜人

善視之劉宜人賢撫君若已出會疹發顪天請以身代
長而夙慧不凡教以占畢輟洽曉竟以善病謝去性跅
弛時時與諸少年狎然孝友廉平自其天性臬副公场
毀瘠不勝喪以其產均高下與嗣子恩光及少子台光
析而三之視鬮以爲定一亾所私君所得邑中甲第而
羅村之田則最窪瘠厥土稱下下且里中胥人有乘臬
副公场齮齕君者繇是搆訟累載產大挫君既邑邑不
得志指其所授第嘆曰此縉紳第也吾以一布衣居之
何爲者且羅村田歲入不足供縣官以吾力經紀之闢
土殖穀亦足見一班也遂廢箸居村上築長堤護田四

周蒔榆栁以防水水非時至不能入復擇高原築室居
善田者示以恩信時假貸不責償民婦若市且不忍欺
而自是穰穰滿車化瀉鹵爲稻粱矣君遂相土奠厥居
高者宅平者圃卑者汚池諸堂室及倉庾垣埤皆堅緻
質素亾取壯麗圃中蒔珍果脩篁名花佳卉葳蕤璀錯
又性愛蓮所蒔無慮數十畝花發則幡纚繽紛而鄉者
菰蘆之區人且指爲平泉輞川矣君既治居室益拓旁
畝立精舍供仙佛諸像爲息心止靜之所又於東偏置
家廟自細二公而下世祀之蒸嘗必秩有爲豆孔庶之
風歲時珍新薦而後嘗念臬副公有經世才欲以均田

輕賦爲德於鄉而其志未竟咨咨以爲恨又念劉宜人
顧復恩老而衣不解帶扶侍數載芴且久語及之未嘗
不瀾然涕下承睫也君所居與昆季去一舍所時過從
爲懽伯兄先芴少弟睌以嬰疾蔄出必强輿致之曰吾
寡兄弟欲常常而見之也姊適王者婺以所婦君爲授
室及田撫諸甥而董振之長爲娶婦諸甥亦德君曰舅
氏吾父也娶於周其父母喪厚其送而相善地葬焉内
弟則皆安之別室以間也性好施予凡拯災危飼空嗛
衣襏裂待以濟者若而人人有羸身來者以問識不飽
所欲若外府至以急告必爲旁劑陰解不濟則捐金佐

之而終不自明令君人知以爲德也歲戊戌邑苦潦有
司議蠲田租若干而有欲冒之爲巳利倡議均分君持
不可曰我實不潦而奈何冒之獵人之惠以充巳之腹
令潦者不蒙澤也莫如履畝覈荒俾有司躉之嘗輸賦
之潞藩其中貴需索特甚若虎而冠輸賦者苦之君力
請於當事者著爲絜令亾以民脂膏恣中貴欲人至今
俾焉同事中有以僞銀抵罪者君陰以白鏹易之有槖
罄討亾所出者君慨然代之需不責償其行德振急類
若此然而剛腸介性嫉惡若風事有不平頓足瞋目指
摘嫚罵不以豪貴孫卽蹈禍弗恤矣君幼有勝情好佳

山水嘗東至泰岱南至玄岳汎海至補陀凡名山遂壑
仙宮梵宇遊屐幾遍未老而禿性畏巾幘對客強著白
袷角巾倏而去之當其遊也科頭著方士服執羽扇挂
藥囊市人聚觀之幾以爲飄飄欲仙矣嘗遇異人於燕
市楊村自稱金華王生授以禁方忽失所在後有人之
金華見里中有廟祀王生者君異之遂如其方以藥施
人乞者戶屨恒滿人有奇疾醫告術窮得君一刀圭立
起其人以所報謝則望閭而拜爲君祝釐而已君產不
踰中人晚益喜檀施武丘半塘佛閣歲久且圮首捐三
百金爲倡至茆山莊李道人赤肚爲葺乾元觀居之歲

時輸粟給其從者所費以算諸持疏謁者並無所恡又梓佛道諸經剞劂工絶令人傻於持誦蓋君嘗自言曰吾少慕豪舉晚躭禪誦跡吾生平幾爲兩截人矣君深中夙敏智如炙輠少以家難益習於事諸錢穀訟獄人慼頞不得其解者君輙了了島夷入朝鮮少司馬許公時欲備咨訪耳君名遣使齎幣辟置幕府余謂君曰子盍往乎君曰吾何知軍旅今四方纖纖不可整而乃以七尺殉乎子休矣以戲我余笑曰此乃子所媿於先雲和公者也邑大夫江夏段公得君而器異之恨相見晚凡疑事逋賦必以咨君以不立辦倚若左右手君亦感

知巳知無不爲潔巳奉公郤人暮夜金公嘗謂曰吾相
士多矣㠯如子者然而星出星入葢肱斂摒會段公以
艱行君祖之吳門舟中蟬聯夜分未巳一蹶得痺疾遂
郄克不能行後邑大夫南昌趙公知君如段公君力疾
支吾竟以執勞委斃不五年而坳語云薰以香自燒膏
以明自銷君有踔絕之才而乃爲才使竟損天年且不
及大展其猷畧而乃僅試於一方可惜哉然而仁心爲
質存㠯生死君之所及於人宏遠矣君居恒謂世俗居
喪易而不戚遁豫自治棺勒詞於首以敕子其畧曰夫
人死幽也陰也陰宜靜幽宜安竁之散也初㠯所依宜

以生時遺物遺像設位於家廟側命兗僧誦經持呪使
冤有所附反而𢕩可矣世人令犯兗僧滂作佛事奔走
溷亂何裨𡖖者至稚牲而祭增加惡業爲罪滋大惟葬
則必誠必信勿之有悔可也昔顧𢡟之疾革遺命覆𪓸
布設素饌亾用牲牢蓋古之達人類如此君豈異是耶
君旣㘸夏時思不置命召乩仙者訊之運乩有蓬頭顧
散仙之句又以遠䢜親直諄諄致戒其筆亦類君生𥘉
書夏時率家人羅拜哭酹此雖誕滂不足信然君者必
非囷囷五濁中者也君生於嘉靖丙午十二月十一日
卒於萬曆癸卯十月二十九日年五十八娶周氏亦卒

夏時卜以某日厝於興福里臬副公新塋之旁子一郎
夏時通朗佚宕有父風且其自程學嚴於趨庭時人謂
君有子當大其門余既論次君事竊有慨於世之嬈而
士之卬行也夫士業具鬚眉稱文夫然而結㭬負圜俛
眉闒聴不翊倚市門而授之以事毦然如醒又權會姐
駔儈仞積而虜守之不輕施一錢若人者夾而夾者也
君任節俠重然諾翩翩自喜獨行其意而事有奇舉神
卬滯用意有所可千金若蓰且畢誠任質瞻然貫於神
明跡其生平遊俠耶獨行耶其世之嶽嶽錚錚者耶即
不獲駕時獵青紫而強執高斷施於有政蓋稱其爲臬

副公子矣余辱君之知時或盃酒責望外似相左而相結愈益深余恒思得當報君以故與夏時相左右瘉於君存時而況君之行事何可使泯泯湮擴實而狀之若此也

伯父中岳先生行狀　　錢謙益

吾世父中岳先生之歿也其孤爾光手草事行謁東海屠先生請銘焉已過謙益而泣曰日孤兄弟之失恃也僅免強葆我先子父我而庚毋我更衣并食共茶習蓼孤至今隱怛焉孤既爲諸生則我先子始壽孤乞學士先生言以薦未嘗不逌爾色喜也枯魚欲蠹霜露不凋孤所欲逮吾先子者已矣惟是先子之懿行當吾世而泯泯孤即死無以從先人地下則又曰我先子有志而弗獲讎孤欲養而不及待孤彊顏以攄次遺行而淚綆縻與不律俱其辭不能次也敢以累子嗟乎家大人之

爲從兄弟者若而人顧獨與先生稱知己相與責備行義有古人風謙益少事先生爲童子師先生實以英妙期我弱冠無聞爲世賤簡益實重負先生則何敢以不文辭先生諱繼科字登甫晚恒自詫吾目中有鬼視一弟子員如匏瓜矣安得有當世思因字無登所居後有初平石慕皇初平叱石事號初平子復號中岳山人其先世爲吳越武肅王十一傳而有通州守諱邁宋元兵塞路其子千一公諱元孫渡江之常熟家焉遂爲常熟人又八世生竹深公諱洪洪生益齋公諱泰俱好義任俠爲古豪長者益齋公生五丈夫子仲爲採樨公諱

元祐蓋余高大父昆季也採榷公豪于文意不欲冥贄郎腹中足迹半天下元祐生石屋公諱詔椎髻蒲博士爺子巳謝去爲詩古文詞善吳郡黄勉之王履吉諸先生負俊聲詔生吳山公諱一儒有隱德娶陸太孺人孺人家本錫山吳山公朓身游女家遂生先生錫山先生生而秀穎異凡兒陸太公憐愛之陸太公暨邵媪老無子先生生成童不令知家有王父母稍長從吳山公歸省王父母輒依依不忍去去則淚簌簌下石屋公摩其首嘆曰豎子能下枌榆淚乎高吾門者在豎子矣巳陸太公埸吳山公奉邵媪歸則先生生十四年好古卓犖

多所博外家語一再試有司不利吳山公家旁落憂厓
癸不欲先生久事筆研間乃去而耕于鄙耕一年所從
父武選公促召試之文益奇武選公恚曰是兒我家龍
文郎駒齒且千里能槁項老田間邪令讀書家塾中羣
從皆目笑之先生益自矜奮未幾補邑諸生遂下帷授
毛氏詩爲諸生祭酒門弟子有用其經術取科第去者
而先生坎壈自如家貧落魄放浪詩酒日遂病不能久
諸生間先生意默默不自得其自憙爲詩益甚且藏名
酒人以老云先生仁孝節俠自其天性居吳山公哭衰
毀骨立暨陸孺人坋且老矣而孺子慕不衰後先庀喪

事棺殮窀穸不敢以貧故儉二尊人也友愛其仲季甚
季出後武選公有田一成先生復推遺產畀焉曰爾無
忘先人吾豈以是區區者爲八口地乎先生旣歸德外
王父母不忘歲時伏臘俯伏雨涕并祀其父母武選公
歿家就圮先生每語爾光涕涔淫下也曰吾豈忘䌤者
輟耕隴上徬徨悵恨時哉微伯父必死是閒吾子孫志
之毋如吾慙恩懷舊徒耿耿東壁餘光無已時也先生
言事機警客有以疑難請者無不立剖旣去諸生客或
諷曰若貧且憊爲糊口虞若之宗某某貴人也以若材
游其閒何事掘拾哉先生笑謝曰是將使我家丈人事

貴人，第畜諸門下客而長事桀黠奴哉？吾遇事有不平，奮髯抵几，酒後耳熱，仰天歌呼，安能以七尺殉人鼻息，且俛拾仰取招權顧金錢者？吾聞輙掩耳走，何至柔吾剛腸，日與此曹子爲伍？客且休矣。族有以外婦子不當亂宗姓，議逐之，以撫諸孤，而意欲瓜分其室，先生力爭之，不能得，時時搤腕，髮上指矣。族有老而拡貲者，其嗣子睞產，稱貸與游閒公子爲富貴容，從諸佳麗人挾琴揄袂躡屣六博，蕒乃翁旦暮物故，即倒囊入息于子錢家。黠少年假手上下，乾沒其閒，先生廉得其人，召而誰何之，不少貸也。宗有以儀賓籍江右者，其子淪落不偶僂行過故鄉宗人多自引匿先生歎曰范希文何人哉吾貧不能治喪使吾媿爲男子彼夫飾騶怒馬用門第相高者獨使盲老公負宗祊媿乎哉因命謙益爲歌詩贈之先生釃酒悲歌不自知其泣數行下也宗人某客死京師先生首倡義逆之喪歸爲經紀焉家故貧壁立感慨好義急人之難甚于巳有以緩急請者探囊中有一錢趣付之矣先生歿有憑棺而哭之慟者蓋仁心爲質遇而卒發者若此先生謝呫嗶業益顓精陶謝杜李諸名家言苦吟得句輙呼大白佐之賔朋高會絲肉飛朋友相覩歡然道故先生呼盧捲白旁若無人酒語

慷慨時復泣下晚歲目病甚動止須人每令童子持酒
榼拍肩而登虞山之巔箕踞而歌曼聲長嘯聞之無不
擊節者郎皓首稱大父行而遇會孫小子使之酒必出
酣暢歌呼相應和無間也先生開敏善談笑與人無競
色一夕方飲邑中有侮先生者旋于門先生飲自若已
復旋先生笑曰若欲以夷射姑嘗我乎郎溺吾門者安
能溺廼公冠戒舍人子謹避之竟自愧去客有誚先生
不束濕御下者先生笑曰吾食指不過十人吾榜掠見
憚郎時時醉歸道苦誰扶掖我者彼亦人子陶先生豈
欺我哉爾光兄弟既就傅亦不甚督責曰男兒落地有

命吾尚困蓬顆何刺促孺子爲酒間爾光侍飲談説古今人文章節槪津津勸勉至丙夜不休矣先生嘗稱曰吾少廓落有大志不獲以時建樹天又以目廢我吾幸能爲詩句以自娛留髡送客飲可數斗不醉以娛吾詩老而健乜箸神明步履不衰且有三男子以娛吾詩酒吾晴則高春而起緩步而晚食天寒雨雪擁被僵卧斗酒自勞藜藿不厭吾所以終餘年者足矣嘗爲詩句曰飲盡牀頭酒看餘屋背山貧乏酒資爲留酒蟲文以自嘲其托寄蕭遠視人間世泊如也癸卯甫六十徙居荒落爲終隱計明年春入城與親知爲十日飲歸而病病

數日而卒葢爾光乞學士先生言以稱壽方自幸得一解先生顒旣逾年而見背者也於乎痛哉先生始娶于邵卒復娶陶孺人孺人歸先生十五年而相莊如一日先生游于酒人卜夜豪飲孺人脫簪珥付酒家爲粥以啖二孺子而已哺糜先生不知也愛邵所遺女如已出先生甚義之其卒也泣撫爾光曰比地生有言妻亡而後知余妻也豈惟知余妻廼知而毋矣且吾能恐于逝者顧安得衺褐之人共隱山林者乎先生方壯年卒不復娶則爾光所謂父我而庳母我淚先而語後者也先生生嘉靖甲辰二月十日卒萬曆甲辰五月一日春秋

六十有一丈夫子三人長即爾光郡諸生博學能文章有父風娶文學吳公全吾女繼娶庠彥張公又玄女次爾成娶陳陶孺人出次爾行聘范側室朱出女四一適陳邵孺人出一諾金餘幼未諾俱朱出爾光卜以甲辰歲十二月十五日葬先生于羅墩新阡謙益旣叙述先生事行未嘗不三嘆于爾光也夫人子之稍有識知者讀楊王孫酈文勝之遺訓則以爲含珠鱗施璧玉輿馬象祁連署京兆者亳無所當于速朽不得已而徼惠于身後之一言以不遽亾其親今夫黄金白璧誇耀耳目而文與骨俱朽無足怪者卽慁士通人世所慕其齒牙

以爲榮寵顧徃徃拜車塵列榆柳輻輳能人之門飾蹻
跖而讚頌之不暇者何可勝數也爾光偃蹇食貧業不
能如馬醫洒削擊鐘鼎食者足以奔走天下士徒步重
蘼冀以空言自效于親至幼且賤如謙益世幾以爲屈
轂之瓠者亦使自附于門生紀言之例不巳窮哉語有
之人貌榮名又有之人富而仁義附此謙益所以三歎
于爾光潸然而不自禁也敢請于立言大君子憐而賜
採擇焉將爾光等死且不朽

先室黄氏行狀　　周儀

昔人云妻亡而後知吾妻也儀今日雖知吾妻于吾妻亦何補哉遡妻以壬寅冬歸余余方年少怙恃無恙日軒軒焉似有所負一切室中冷煖不問也迨丙午冬哭吾父寅齋府君儀與妻遂操家秉養吾母時儀貧極伏臈蕭然一菽一鸞悉自妻十指出儀性卞饘粥屨絇咄嗟取辦少不當詬呵隨之竟不知操闔者之勞且難也庚申六月哭吾母連孺人儀與妻畢力含殮妻竟以溽暑中慟且勞過損其神越兩月奄奄床第矣痛哉妻故温室女字余而食貧竟安焉不爲苦問一歸寧昆季姊

姊問濃淡迴分妻夷然不屑也外母憐而語云郎貧而傲將若何妻徐進曰母勿憂郎腹中不貧也外父省一翁感妻語于諸子壻中獨憐愛余翁歿妻哭之較諸子女尤哀哀翁之知余愛余而不及覩余成也蓋翁歿六年而儼始隸笙簧間云儼既隸笙簧貧益甚終歲藉館糈以糊餘口館輙在百里外每節持糈歸糈盡而余又飄然矣頹垣敗榧之中妻獨與一赤脚軋軋其間破袂當風突煙送雨朝朝暮暮惟自知之耳妻之瀕危也外母來訣且入門時覆一敝衾襟肘畢見亟呼婢去之曰吾素耻言貧勿以此百結者傷吾母心嗟嗟妻志操如

此視世之哭窮怨嫁至乞憐於父母兄弟以邀餘瀝者相去何如也妻偶余凡十八年經三年輒乳乳多不育而十五年中晝則提携宵則襁哺拮据困頓之餘得一息就枕雙睫未交而左啼右號不復知衾簀爲何物矣妻初亡尚留一女二男逾二載而幼兒殤又三載而一女殤今巍焉存一兒則猶妻之血胤也儼嘗念世界缺陷在笄闈尤多薄命苟非席父母之蔭遘夫子之昌誰不習勞誰不攻苦然孰有如吾妻之不遇者半生盤慘而不食其報窮年鞠育而不享其成生平不知有膏首炫服逐隊追懽之樂而并不獲長曳其縞蓆以終老没

未幾而兒女復有餘恫嗟嗟妻眞薄命中之薄命者乎第不知造物者謂一窮婦人何如此泰無耳雖然不全者境不毀者心妻之事親也孝相夫也順撫兒女慈無忝於所生無疚於倫紀乘化來乘化去一種清正之氣可以薄青霄可以遊淨土夫復何恨獨恨儼一生迂狂極貧不知貧極蹭蹬不知蹭蹬終日負負於蓬蓽之中青衫質典氊席嘗寒而曾莫知中饋之勞苦至今日而始知之而始悼之也嗚呼晚矣儼是以百志灰冷日夕與一兒形影相對杯酒生凉夢魂多痛每一念及不止數日作惡已也嗚呼晚矣雖腸寸寸斷於吾妻竟何益

矣妻素明悟曉大義於米鹽瑣瑣若不屑經意至關要處徐出一指定之竟不可易即居恒有微愠得妯娌片言相解便渙然無復留滯疾且革執儼手宛轉悽愴曰吾已矣平日茹荼御窮以須君一日之矜奮者不及見矣獨此藐諸孤吾恐負之乎儼悲不自勝旋慰以死生猶晝夜誰其免此此際脫然究竟脫然矣妻遽首肯朗誦大士三聲吉祥而逝復爲兒女悲號張目曰毋驚我我去甚適也遂瞑嗚呼妻於死生之際如此則其於貧富苦樂之間寧復有一毫繫戀者哉妻眞丈夫矣妻姓黄饒州府節推虞峯公孫女生於萬曆乙酉閏九月十

五日卒於泰昌庚申九月十七日得年三十有六男二長應聘次夭女一亦夭天降割於儼而使妻抱痛於冥冥是儼之重負吾妻重傷吾妻也儼何以爲人何以爲夫哉先是儼以乙丑九月舉先父母襄權厝妻於頂山祖塋之旁突兀受風半載心惻丙寅二月偶得北山一杯土誅茅而築之不穀數弓顧以入土爲急卜四月

日啟妻之攢于以妥百年之魄儼親荷畚插植松杉曾題墓間云縞綦日日怯秋風回首音容委斷蓬鞠育半生皮骨盡承歡終歲珥簪空魂銷別我神先去腸斷思君夢亦窮此日一杯藏蛻魄冷松寒月閉幽宮廿

年寒煖兩心知一日淒風捲僦帷空有牛衣留血淚恐將鸞鏡照愁看糟糠未飽杯棬冷琹瑟無聲兒女悲半世辛勤今已矣暮雲古樹聽黄鸝聊以紀哀也文生于情重媿斯語尚冀三黨尊親友哀儼之哀以哀吾妻妻雖死猶生矣

海虞文苑卷之二十二

邑後學張應遴選卿甫輯

誌銘　生志　自敘

陸子高先生誌　魚侃

宣德六年八月一日先生以痰疾終年七十有八先生疾凡三越月每候之以爲可復起而竟坐是殗哀哉先生子中書麟鳳相衰絰請侃以明年九月葬先生於虞山祖塋誌屬之侃以爲皆先生遺命也侃敢辭耶先生姓陸氏諱冠孝以子高名入仕爲三吳望族由雲間象山正傳實唐天隨子十五世孫五世祖稽山公登宋咸

淳四年一甲進士以忤賈似道竄黜宋帝南行間關閩
廣宋亾還故里復長洲籍高祖維山公亦宋末進士祖
道判公父海崖公以先世訓矢不仕胡元潛德陳湖陽
抱間有著述先生生而奇秀穎悟神解五歲讀孝經論
語大義悉所向上年十一師事金華宋學士嘗講誦餘
私自歎曰華夏蒙塵何時中天明煥耶同輩賢其說宋
公亦重器之歲丙午我　太祖皇帝下江南求遺書先
生歎曰帝王蓋自有眞天地自此復造矣遂悉以家所
藏古籍進因表先賢後籍儒洪武初　詔舉貢江澍賢
才有司寘先生優等先生慨然起與鬮遂首錄尋魁禮

部至辛未殿試賜進士一甲第三俄以衆中權要誣罔
籍奏欲加刑會同年顯宗張先生義倡聯相九十八人
偕疏同服刑俱寵辱　天子義之竟與先生從子翔君
同除籍錮家　遺命爲建文用未幾　文皇靖難先生
遂鶴衣儒巾浩隱虞下與素所往來者酒觴論道比同
年賓客至者則同被留連晝日及夕或有諷其仕者先
生歎曰吾得正而斃於昭代亦足矣居所著天文會象
虹霞書事小學集成梅菊詩評於先世譜牒祭儀督諭
平湖姪珪吳門姪瑄雲間姪璿尤各有章爲詳臨終疾
革呼子孫謂曰居視其所安守視其所分讀書作善實

難楙之哉又曰吾不德莫仕嵗朝題主當云故貢士某
人墓碑眘所事勿眩自彰也遂不復他言於戲先生天
性仁孝事親如天正大好義始終不渝誠振古之豪傑
也及第榮矣而弗克膺用豈天未欲斯文之大隆也與
諄諄遺訓忠厚立心又古人所未到先生其大哉先生
夫人孫氏海虞名家先生少爲其館甥而常熟之籍始
此也夫人賢孝助内有功子五鷴蚤卒麟娶錢胄伯兄
後鳳娶孫俱以貢任中書壆娶時國子生鵾爲平湖從
弟後改名軾武舉孫男十樞機模恭讓謙誠楫楷松會
孫之德之義是用銘曰有虞之支周武英齊潙田弘派

河南是基縉紳百傳世爲儒籍漢晉隋唐簪纓緋纈宋
運承天撫州啟賢十有餘世文明聿宣晦於胡元光於
皇國先生有聿奸雄間惑其道如砥其學如矢大哉
先生永爲人師虞山之陽松楸杉柏春艸一方後昆協
吉

按志云陸公先世自宋亾還故里復長洲籍至先生
爲孫氏館甥而常熟之籍始此又云葬虞山祖塋然
陳湖去虞山甚遠未必家在陳湖而墓在虞山似其
祖世已家常熟特未占籍耳至先生贅孫氏而籍始
定故時人猶得以冒籍誣之若今之士子豈待籍定

得第而尚敢議之乎當時一犯冒籍罪入重典法令嚴明有如此者今之世明犯惡逆可以倖免而不問視可爲痛惜也

後學楊儀拜跋

羞胡羶而弗仕得養晦之節遇飛龍而景附得乘時之宜巍然鼎甲弗計溫飽而權奸是叱悠然川觀弗耽逸樂而著述自娛樹芳規於盛際流遺澤於後人殆必有不媿科目者聯翩而起矣

後學嚴澂拜跋

吾邑二伯祺來策名鼎甲者纔如晨星比得觀魚刺

史遺筆始知子高陸先生曾爲吾虞作破天荒也雖
然鼎甲而湮没者何可勝數先生久特聞即魚刺史
之筆留之亦先生自有不可磨滅者在凛凛焉其與
崑玉秋霜比質可耳弟先生與黄清溪並時削籍清
溪儼然廟食長千里而先生僅藉後人守其丘壠繪
像家塾豈有幸不幸耶又先生五世祖稽山公魁宋
咸淳中犓以忤當塗見竄則鼎甲而不朽者稽山公
得子高而兩所從來遠矣嗚呼孰謂芝艸無根醴泉
無源哉

後學陳禹謨拜跋

魚太守墓志銘　　章珪

開封太守魚君諱侃字希直晚號順庵其先蘇之吳縣人元季兵燹大父壽夫徙家常熟遂爲著姓考宗信脩德行善母丁氏希直性凝重寡言與予生同齒歲學同書經咸勵志於功名時希直充邑庠生燈窗之下不以寒暑憚勞少懈於業遂登永樂甲辰進士第大司徒夏公原吉請　命督湖廣大藩賦稅希直持心潔白處事公當方岳重臣咸器重之丁父憂服闋拜刑部山東清吏司主事時予承乏六察每日聯轡趨朝恒相兢惕期學古之爲臣者以求無負　君恩粵歷三載希直援例

推　恩敕贈厥考如其官母封太安人希直痛念厥考
弗霑祿養爲恨乃奉太安人詣京邸晨昏得展定省聿
脩子職太安人既歿喪祭窆葬克循禮度終制謁選改
授工部都水清吏司主事隨總戎武公與都憲王公宏
提督漕運巡視江淮河道百萬糧儲運送三千里外抵
於京倉其軍民鬬爭詞訟悉委希直理之尤能欽恤存
心獄無冤滯歷九載總戎都憲二公恐遷調他方上疏
乞留蒙陞刑部四川清吏司郎中仍理前政三年　賜
誥贈厥考奉政大夫如其職母妻皆加宜人嗚呼士之
立身入仕自匪操履廉公允稱名爵焉能上顯厥親下

榮委室予天官以希直歷年既久薦知開封府事蒞任之初適見宋包孝肅公祠於府治之後即齋沐祭謁欲學公之忠讜名節矢心弗忘矧開封密邇　王室暨藩臬諸司左右且轄州縣四十有二地廣民稠訟牒旁午希直以敬簡之才和平之識應爾千端處之裕如是以吏莫敢欺民懷其惠聲譽翕然遠近揚播嘗以昔賢知止弗殆之語爲警因秩滿入　覲遂乞歸田適際　恩例進階三品爲亞中大夫其榮莫大焉予亦先以直道弗容罷歸林下幸荷　聖明賜誥褒嘉封爲秋官大夫故得與希直少爾功名初志今偕老鄉閭又得相與優

游桑梓笑傲泉石景仰往昔洛下先正諸賢兼擇邑之士夫有齒德者締爲耆年會每月九日爲期觴咏陶情樂夫　盛世太平無涯之樂孰謂吾希直遽先朝露良可哀也夫是可哀也夫然吾希直享壽七十有六少陵所謂稀得矣諒奚憾焉距其生之辰洪武丙子九月十三日終於成化辛卯三月三日配王氏即受封者子男二長瀚蚤卒次泳娶繆氏紹興推府尚仁之孫女女四長適刑部員外郎程以則子山次適王宣秦觀又次婦夔州府同知王廷芳子韶孫男四豸聘儲志行女龍聘沈克信女皆右族也麒麟尚幼孫女二長配王錦次幼

□以卒之次年壬辰十一月四日葬虞山北麓先塋之側泳以吉水令蔣洪章所述狀乞銘故叙始終交際宦績僶勤堅珉俾其後昆知所勵焉銘曰發身科甲拜官郎署　鸞誥褒嘉顯親光祖擢知名郡仁政惠民飄然歸田觴詠怡神壽考令終安厝玄宅善行昭彰千載弗泯

蔣子脩墓志銘　　錢仁夫

君蔣姓欽諱字則子脩蔣故邑城世家以科第起者後先相望曾祖誠齋祖宜齋承事俱有長者風父洪煥通經博古老於場屋抱經濟才而弗獲一試初爲長洲劉廷貴贅婿生子脩長洲相城鄉幼岐嶷莊重言動不苟父母異之自能言卽教以歷代蒙求對客通本朗誦見者驚駭六歲就外傅常課之餘兼讀十七略通曉大義十三失所恃居喪有禮從師受業㨗㨗誦習講解不與羣兒馳逐嬉遊唯喜觀秦漢以來君臣事實私竊論其成敗得失真書小字標題其上余家有舊本古史通略

子脩曾借讀其上皆有標題此特其一耳每讀忠臣義士列傳至爲之感激灑淚十九入補邑庠生赴試南畿馳聲場屋人以魁解望之造物忌其才凡七試而愈自淬礪終領弘治乙卯薦書名在第十二丙辰會試中正榜名在第十九刻論語文　廷試賜同進士出身丁巳十月拘例選河南衛輝府推官斷獄平允公衙清肅苞苴無路從八分半俸養親月支餘俸唯粟與麥南人初食不下咽子女尤爲所苦子脩卒身先之久乃各安其常再踰年能聲日起撫巡大臣以行巳不苟薦滿三年赴部考稱援例請　封父母遂得　封父如其官贈母

劉　封繼母李并妻范皆孺人明年行取考試職南京
陜西道監察御史甫入道卽以言事罰俸半年管龍江
上下關竹木抽分取其商者視常數遞減之積於官者
視常數不加少又復下關豪民占地爲公館試職滿一
年實授本道監察御史劾吏兵刑三部尚書不守舊法
而各疏其實差往清理南畿内外屯田又差清查後湖
版籍在在著聲入多稱僾正德丙寅冬十二月南京科
道以言獲罪有名者悉械取至京師子脩與焉明年丁
卯春獄未及成　寛恩宥死落職同日受杖者二十三
人子脩獨身弱不支越數日而殞絶遺書慰解老親囑

其子讀書循理善養祖父母而不及家事家人具深衣
成殮載柩還南封君服報服節哀從禮停柩故居以其
年冬十二月二十一日葬虞山南祖塋西側啟其先室
范孺人之兆以合窆生爲天順己卯七月三日卒爲正
德丁卯閏正月十九日得年四十有九子男一濬邑庠
生娶錢氏女三劉圭沈履其壻繼室儲遺腹生者在襁
褓孫男材至是封君自具行實遣濬謁余求銘余家與
蔣世姻見子脩頭角如老成人已自加敬不敢慢在邑
庠在場屋屢同硯席見其抱負不小當大有所成就及
見其取高第爲美官又見其成就若此是雖其賦於天

者異於凡民亦其賢父母教之有素也昔曾子以事君不忠涖官不敬爲非孝子脩淸眘自持而以國事死正曾子所謂孝也然則爲臣爲子之道子脩蓋兩得之矣

銘曰死孰不畏有不畏焉以死邀名小夫則然志士人灼見大體揆義未安生不若死侃侃子脩乃損厥身父有是子君有是臣不媿於人不媿於天堂堂白日下照重泉

馬荊吳墓志銘　　孫樓

萬曆巳酉南畿大比士吾邑入彀者五人而馬君與焉此五人者並以文稱稱雄一時號赫奕矣乃人之評馬君者又不獨其文亹亹亹譚其行云馬君之行曷徵乎馬君貧次骨矣世詘于貲君復不問生産居可三四徙愈徙愈陋卒不克具一椽而僦屋以棲瓶恒無儲衿不蔽肘誶語交讁若弗聞也者枵腹而出陟山巔而獨吟意軒如也視金若臙媸友問遺即一介亦辨諸義謁客必度飯後或值方飯時急縮足避去主人疾招之弗反也遇貴人一長揖外不作媕阿態對客縱論侃侃無所

避力不能鬻一書而假讀于友已又輙返之默誦甚捷
習其所著時義俊逸清婉以貧益工見謂可屈其羣而
試輙殿貴耳者遂下其品目無有延諸塾者君亦恥于
于八歲恒家食即或延之其金不登人之什二嘗爲子
聘婦有成議矣未幾而子瘓婦家有懟言君曰吾豈忍
以病子誤若息耶亟持庚帖返之不索所聘旣絶婚而
瘓者復起内戚有繫獄而告飢者君脱絮袍易米與之
無難色噫嘻貧麗六極暘韓二儒所欲逐而送之者也
而士人緣此折氣畢畢不自好者不少君不幸生卽罹
之厥志彌堅竟其生無一郤瑣行宣聖以無慾爲難無

諂爲可若君者詎徒無諂且不屑以彼易此幾乎樂矣夫無怨云乎哉方諸有之狷士君何讓焉君父名芦旦中謹厚人也布衣而有士行有司廉其人列名旌善一旦橫罹庾死于獄君既長而審其寃自號驚烏子以志恨不知者誤呼爲荊吳君亦遂應以荊吳失其意矣第之歲君歌鹿鳴而歸蒼頭而鮮衣者數人羅侍之君曰若等者何羣曰願事主耳君曰吾故吾耳應門以五尺猶濯食指煩也悉謝却之鮮衣者故在君時已疲于馳逐倦羸酣遂病瘠五日卒鮮衣者始大悔踉蹌竄去報捷之旦君入市携米二升以歸將作糜而急脚至矣東西

行負擔者亦息肩仰天歎曰彼蒼其有知耶于是多金而藉勢者乘其匱且費持金獻之比聞訃不旋踵大索而噪噫可以觀世情矣君低徊鄉校者餘二十年僅一戰而捷捷未再月而殯慶者在門弔者在閭矣夫既阨之又胡畀之才耶既成之晚又胡奪之速也客不問天而問余余應之曰列子有言厚于德薄于命則竒矣第亦死不第亦死等死耳不第而死孰知有馬生者天能以一第報其德而亦不能自違其定也君可悲矣亦可瞑矣君諱鳳字瑞夫世爲支塘人後徙邑之南爲邑人生于嘉靖辛卯卒以第之年十月二十九日年四十有

九銘曰其生不辰其行則純厚積而發一蹶而湮疾于寵光榮若朝菌嗚呼馬君古之獨行今之畸人

貢士張士弘墓志銘　錢世揚

余友士弘張君既殁之二十七年而其孤元極等始克葬于孟涇之新阡謂知君莫如余徵余一言以爲志余惟世俗附羶往往藉名位爲其親謀不朽而士弘之子乃知有余余椎且戇胡能重君然余不能諛而能信弟摭其實投墓中則何敢辭君諱繼道字士弘别號玉川世爲白下著族其占籍邑之支川自福三公始生子爲樂耕公海善殖生產家埒封君子守耕公鑑倜儻好奇節嘗輸賦入京師覩壽寧侯驕橫不法魚肉諸輸賦者毅然上封事言狀　詔捕侯舍人子係獄坐瘐死一時

貴戚蕭然而公以疲于　朝訊歸而遂卒家亦圮生子
五仲爲樵山公煥其爲俠愈益甚家益圮相室吳實生
君爲樵山公長子生而白皙美丰儀長益夙慧不凡讀
書一寓目不忘樵山公特器異之謂吾有汗血兒瞬息
當千里安用佁金錢滿贏爲也嫡母蘇亦憐愛若巳子
未弱冠隸博士籍名大噪麻城周公少魯以名直指督
南畿學拔爲第一人會　穆廟改元當事者謂畿虛無
人議郡邑各貢一人遴其尤者充之一時士欣爲異典
君遂以貢升矣諸同升者亾論他郡邑即吾郡如顧𥨊
丞其志李給諫周策管僉臬志道李方伯同芳袁副臬

年皆斌斌極譽髦之選君年最少雁行其間相與上金
臺試　大廷歸而卒業南雖撚藻蜚英意氣逸甚非惟
諸公相推孫以爲弗及即君自視亦以爲必青紫中人
矣亾何庚午報罷旋相繼罹内外艱時余亦罹王父艱
遂相與爲文字交先是君之昆仲皆業麟經與余父叔
相師友余與君亦並受是經臭味益相習會同籍諸公
後先得雋去君恥碌碌人後益畧畧感奮自濯其業寒
窗雨夕憑几據梧騃騃有焚舟破釜之志而巳卯復報
罷君乃不勝牢騷之感鬱鬱不自得復爲積寒所侵越
明年一旦病不汗死矣君伉直豪爽發于天性時時酒

後耳熱慷慨長嘯唾壺盡缺抵掌譚古今節烈事刺刺
不休機鋒迅發四座盡傾絶不喜脂韋婀阿之色聞鄙
夫傖父類拾卬取課田晝疇之事掩耳不欲聞然内行
極淳備兩叔横塘和陽及從兄玄洲君皆以學行聞居
恒莊事之嘗謂友人曰吾生平狂態勿令吾叔及兄知
也至于孝嫡母友庶弟肫肫靡間而二大人生事死喪
悉身肩之不以煩二弟暨諸妹嫁娶畢推産均二弟而
歛總門外事蓋不減古薛包云嗟乎君以妙年軼材鵲
起詞場藉令天假之年即與同籍諸公頡頏取資其建
豎詎可量哉而一旦霜墜梧楸風先蒲栁博衣掩棺不

無持忠入地之恨亦足悲矣君生于嘉靖戊申七月初
二日卒于萬曆庚辰四月十六日得年僅三十有三娶
顧氏有婦德君歿之後能以拮据相諸孤不隕其家子
三元桂娶屈元樞娶周元楹娶宋女二長適陳錫胤次
適陸恒德孫男四可大元桂出可成可行元樞出可達
元楹出孫女六葬之日爲丁未十二月十二日余旣論
次君行蓋淚如綆而不能已也余與君同調相和附若
膠漆而今德音已遠邈若山河念北海之典刑志西州
之悲感幾三十年所矣君之子嘗爲豪宗所持余聳而
投袂直之然豈能如范式之于張劭哉且也被褐未售

白首婆娑夙昔相期悪焉㦖負後死者之不得與于斯
文也又安能握管而志君乎然微余又孰與志君者乃
爲之銘曰士有才名亦有大年君之所值乃缺弗全英
英玉樹埋此高阡文光陸離起而燭天

浦君鎔墓誌銘

錢謙益

吾邑自唐宋以來人才輩出而流寓亦多賢者王處一之風節周仲美之經術陳敬初鄭季亮之詞章流風餘韵浸淫成俗賢者之所居若此其重也世道交喪而舊老遺民邈然不可以復作𦲷百年於兹矣如吾浦君君鎔者其亦近世之寓公也與君諱大冶君鎔其字别號康衢常之無錫人也父應麒舉嘉靖壬辰進士入翰林官至左春坊左贊善娶於陸生子三人而君其少子也君少穎異攻詩文楷書法歐陽率更遒勁有骨法十六補博士弟子員代宫贊公屬筆札宫贊公以爲類我當

是時君方少年爲秦川貴公子其托寄已絶出流俗好法書名画及雖彝兕敦之屬傾囊解衣一一無吝惜所與游多高人辭客名僧逸民簾閣綈几焚香掃地清談竟日凝塵滿坐庸夫俗子望之自逺不待閉門謝客也宫贊公殁君徙家虞山虞山多故家遺老而君之外家爲孫氏以風流好客聞於江左嘉靖中有崑山人周詩者客於孫氏死葬孫氏之吾谷山人少不婚宦所至以藥囊詩卷自隨孫氏子孫嵗時漬酒於其墓君聞其風而說之遂老於虞山其風致蓋與山人相髣髴云君天性孝友先人生産推以予伯仲獨身徙虞山蕭然旅人也

性嗜讀書顧不憙泛濫於子家喜老莊於集家喜陶韋外是則旁行四句之書手鈔句讀朱黄儼然評論書畫考正鐘鼎彝器欵識專門名家多有弗逮葛巾梲杖游行山澤間城市之中足跡可數積雪拒門突煙不起彈琴商歌聲出金石晚年教其子世彦蔚爲名士所得束脩羊一以奉君君以是能安貧味道老而不辱也天啓元年君八十有二卒之日沐浴危坐命其子檢點書册巾屨若將遠適者合掌念佛端坐而逝是年之三月十九日也又四年其子將葬君於項山之新阡而以銘屬余曰先人之志也余少爲文章無所鯁避君讀而亟稱

之庚申之秋余將還朝君踏門而拜曰願以身後累子嗚呼余何敢愛其荒言不以慰君也哉銘曰世之盛也族墳墓聯朋友職官室同衣服如周官之所謂本俗者舉世而皆是風俗淳美士大夫澹於榮利遺民寓公幅巾談笑葢無往而不得其所止焉令之世𩫞𩫞靡所騁有如君與周山人者避地去國其孰遁焉之土乎召彼故老徵諸閭史吾邑之傳僑寓者其將至君而止乎嗚呼唏矣

吳惠菴墓志銘　增

魏浣初

庚申翁客余檇李齋中時有善爲小像者家兄弟環而繪之獨繪翁病容則酷似病而似俗所諱也而翁顧對之而笑命余爲讃隨自草行畧命余更爲生志謂諛墓文郎佳鬼安能倚松柏而讀之不若及吾一自見其影也余雖心然其曠達而終以逡巡不果越一年訃至長安翁果壽止此矣傷哉余受翁夙器之貧賤時今既不得與共安樂歿而又不得與之訣補爲志以報之復何益噫鬼而有知尚評余言視繪手孰肖也翁諱應徵字聘之惠菴其號父尊溪祖小虞高祖虞東則大理公堂

也其族呼爲老御史者曰文恪公訥小御史者曰淳翁
其冢孫云翁性徤爽又生長名家負氣少成如江心怒
磯流觭嚙之卽噴薄不可下須臾風止浪息郎又襟懷
一碧矣葢生平無論機械荆棘所不解設雖尋常綢繆
禮數亦未肯僕僕也幼絕警敏不受塾師約束率意爲
文動有氣有詞錚爲增廣生以錄遺冠九學諸生者一
入闈者再而未四十厭薄本業甚文恪公遺書都付之
爆紙或醬瓿藍衫亦作典衣未嘗披之一屈膝長吏督
學至學官呼之署考搖手勿應矣日頽放麯生間卯而
飲酉而不醒不問升斗亦不問從事督郵川吸溜央貴

且快意又能取糕粽雜米汁中以當軟飽酬暢之餘通
假文下淡謔可倒四座其絕人者口令手鬮取景目前
思出匪夷初筵屢遷乃至數十席無一複者恨未令酒
史類而記之譜入觴政耳人以是愛而喜延翁黄公之
壚習公之池所在有流連洗湎之跡而獨畏貴客生客
不幸邂逅衿裾片晷喉中格格攢眉欲逃矣所最善爲
渟齋張公其一門之子姓羣從花晨月夕山水之間必
邀翁與焉翁赴之亦如赴家不東方白不止也而翁紋
習豪華間亦復喜引客飲徃徃從郇廚講求食譜歸而
效之卒爾小集務極洗腆之具或時無客則聚族而飲

白晝鍵戶綳髮于額瞳落于脏各不相識相詈而散竟以是絕口家人產中道而鼓盆喪葬婚嫁一時塡委家用日挫余初爲其館甥時貲尚可當中人然已僦舍居矣而久之酷有移居之癖始而城旣而郊旣而復城如星更舍子更局不憚煩也最後竹扉槿籬蓋已蝸之左角矣然故人攜酒相過卽摘蔬爲供瓦盆傾倒便富一日或風雨之辰有裹糧而視之者亦不命作糜徑付酒家對人輒云子不見信天翁烏乎得過且過雖欲不寄愁天上子且奈何年來余始爲置一廛結里中金稚少衛襟和輩與爲酒人每入余門內子亟治酒相待甥輩

牽衣裾煦煦然共作嬰兒之色弄舌大噱而去余竊謂以翁意興豪舉酒落此必醉鄉耆老閭羅所不臣之人也而瘧鬼爲厲三年不消足亦蹩躠疲于濟勝把至數爵漸有懦態亦遂竊疑之嗚呼聞其歿也殆以柴立之骨縷縷一氣噓向四壁而絕矣傷哉昔蕁溪公亦嗜酒不治生歿之年夢庭中尊罍纍纍倒垂如槖人謂酒祿暴殄之過翁壽雖倍之十年而崦嵫之景蕭索正相類豈其門風爾耶翁生于嘉靖乙卯五月十三日卒于天啓元年七月六日享年六十有六配華氏先公卒男一華胤文恪公生員娶譚女四長適葛亦先公卒次適余

封安人次適王次適沈孫男三孫女一以年月日葬于

尊溪公之昭穴銘曰

此有明酒人吳聘之之藏也一醉而寢墨墨莈莈道逄

東臯隸籍其鄉遂不復返蜕此黄腸墓無秫田空老白

楊春風摇草猶聞酒香

天池嚴公墓誌銘　　魏浣初

天池嚴公既預爲生壙又自爲生誌且以笑夫世之丐諛者諛墓者之同一惑也其言曰閒閒小智邵武嚴守巧于貪財保厥所有長于好色取瘞取醜惟其貳高循墻而走惟其耽樂詩書琴酒幸免辱殆家聲衍舊幸免官邪貽思去後無子有子多病而壽一念好生自天申祐弱齡慕道白首叅究有得無得虛空觔斗吁則既盡之矣而其卒也其子若孫依然惘惘焉揭揭焉世所謂誌者之求也又多乎哉雖然不待人而問其朽不朽者公之達也必待人而庶幾其不朽公者子若孫之孝也

而何妨乎兩行余非能誌公不朽公者也而能不諛公者也于是公復有誌公諱澂字道澈文靖公之仲子文靖立朝居鄉黨若無聲色也者而公自少稟其志冲令如不勝嘗輿而行滇上一人臨輿詈曰藉若翁而輿微若翁我徒步等耳僕睨之公第命舁疾走文靖聞而喜曰兒能爾耶吾知免夫當文靖自冢宰入相也公侍吳夫人南還朝士抵間篋篚以迎公正色謝曰父辭之朝而子受之途乎聞者望風退時大司馬石公文靖門下士有總戎上千金爲壽公峻卻之海中沙田數十頃厥賦可上上公先事白文靖謂鷸蚌之爭其始此矣我

其爲魚乎割而隸之縣官文靖殁而媚戚之田挂籍者
猶萬計公寧任衆怨悉使歸原户止存遺業至今邑之
輸井税推能急公者公家獨居先終文靖之世終公之
世而不聞一僕之譁于市一刺之干于庭亦不聞一吏
卒之登于門蓋公實有明哲之見清淨寧一之力犀燃
而砥柱其間而亦其志量超越蝘蜓之視龍蟻蠓之視
麈塕于世味泊然也江南卿相之胄旋馬之廳如故巢
燕之堂尚新如公家之久且安者正未多得而公深不
願有佳公子名卽亦嘗游諸生間爲蔡春臺耿天臺所
知常自恐終以門第掩其才華乃用蔭補中書舍人翩

翮小鳳尋爲比部郎會有珠商互訟屬公質成賂公不得借居閒脅公公晨起入署盡出簡牘對衆悉焚食頃而爰書具兩造首搶地當事歎公非獨文學飾吏治也政事饒爲之出守邵武邵武故古樵州號稱飲醇之國公至治獄去其黠之爲導師者治稅歲輸鍰數鐶去其厲商者人人樂太守寬太守亦樂其土風之清嘉也而惟修葺釁序濬潴陂塘之是親數下車問所疾苦嘗行一山中山民筍蔬爲獻求公相地公笑而受焉即與之相地其夷易如此及稅璫下郡虎冠縱橫公收其檄斥其使去亦竟去給諫之使琉球者道經郡挾守令廷謁

公率僚長馳甬道卒成客禮又何斷斷如也亡何以病乞歸七懇而後得難子衿父老意各疏別語爲別歸而裁犢皮之冠製芰荷之裳蓬頭歷齒之爲滕妾臃腫執掌之爲僕隸一琴一奚囊往來虞山包山之間逋仙之鶴莫測飛之定處所至蒲團木榻蕭然若寒士衲子之廬雖家有圖書法物遇好事賞鑒兩家間一陳玩而公意殊不留客有援琴而訪者一一而聽之靜對移晷細與商訂妙析不傳之旨間出側理乞公濡翰長箋短幅各厭所欲幾至脫腕不憚煩也琴書既罷問客能少坐隨庖廚所有輒與流連爲圃之後新韭晚菘咄嗟而辦

之手摘第取名酒作供賓主爲之酣然已相與挈而放
鄉闞闠蘭若山厓水涘無不過從公長身美髯有偉丈
夫槩加之以雲裝忽然行乎儔侶之中不識者疑爲劍
俠之流道民之容俱不可辨而里巷固習公乂即竈婦
兒童見公來不數數起忘其不衫不屨不軒蓋也所與
游初猶揀擇矜慎人之好醜高下到公眼輙睽恭鏡而
晩益務爲沆冥長者之行偶有招呼公如折簡期欣然
徑造座中霏屑一二佳譴甫落公嗹不脛而流之通邑
雖復長夜之飲凌晨而詩筒郵示已徧四座之客賡和
未遑競傳爲白蘇風味一時耆英之社少年之塲非得

公不憚不啻堯夫車音爭相延致者矣又時則挂阮宣
錢故爲賣藥之叟挾筴之士行遊村店看竹無主有酒
無醱野老爭席竟日無忤翻爲笑適公一偈云屠門酒
肆共婬坊撞着般般做一塲任爾世人天眼具不令毫
髮覷行藏蓋公自道破矣公玄心靈解事事通詰無論
方言稗說一經耳目俱塡腹笥藝苑之絶倫者琴理書
法爲吳中一代名手以俟後世將爲天下妙矣乃至擊
劍騎射蹋踘投壺子弟豪舉之事無不精詣過人公特
躄之而悔童技耳折節好學留心性命少嘗師事管東
溟友事瞿洞觀諸先輩慨然有志聖賢而深信師友之

益自謂皆向上一念築之根基已去而汗漫老莊家書已又去而死心竺乾宗乘獨契不盡得之參詢其于神仙之學則在存而不論論而不議之間率皆吐其糟醨而茹其精華融其酥乳而啜其醍醐回視孔孟之旨橫監之而無弗合单提直透之而覺要有進也以故發爲詩文亦玄亦史亦冊亦家亦性亦相亦嘻笑怒罵亦街談巷語今雲松巢集若于卷具在以爲公之金篦也可以爲公之尨甕也可公何所不可哉居恒提死字最諄切但少有末疾即云去死不遠常預勑家事田廬臧獲井井臚分大署其閣云吾生平不肖老要癡頑時懸山

居當游五嶽自今一切家事出入男女婚嫁聽汝輩自爲勿復相聞倘春秋佳日問將甘旨以娱老顔以成汝輩色養則無不可今中秋示病病中誦白子清語云吾死之年即吾得道之年念念早求脱離不庭者彌旬月惟以速化爲禱速朽爲囑冥默良久啓手而溘然矣嗚呼小時一悟大時一迷公之言也公童子竹馬時即知騎而嬉者之非馬而乘而過者之眞馬矣弱冠學道殆又六十年呼牛呼馬其詭銜而竊轡乎而今而後其始得脱覊馵而掣月題乎一了百了乘眞馬而何之其將乘天地之正而御六氣之辯以游無窮乎余惡從執公

而問乎公生于嘉靖丁未二月十六日卒于天啟乙丑
九月初十日享年七十有九子姓詳具狀中公初以艱
子故嘗堅持準提廣行檀施又嘗娶瘖女傚劉庭式風
義而今詵詵繩繩每朔望伏臘子孫謁見魚貫雁行家
庭之內肅若朝典噫盛矣即以世福論公亦可謂吉祥
餘慶者矣乃亦用世法而仍虵足焉以系之銘　銘曰
是惟錦峯之區扆穹窿而襟太湖有封鬣如爲天池巖
公藏舟之墟或曰公故有明宰相文靖公子師鄴侯垣
屋之儉而傚萬石君里門之趨或曰公亦曾爲邵武守
覔稚川勾漏之砂而跨步兵東平之驢曰皆非歟嚴盖

莊姓一幻漆園再幻桐廬三幻為公空玄而儒

自敘生誌

張洪

張洪字宗海蘇州府常熟人生父姓侯氏諱常字景賢邑之沙溪人生母郁氏郁潤之女景賢贅郁氏生洪其他不能知也生五日母郁氏病瘰瘰故生父遊燕未回養父張氏諱烱字復鑑常熟之祁川人養母丁氏抱爲已子買乳母童氏越十月棄去養母晝求乳於鄰母夜則養父嚼糕果以哺之未四十而齒脫洪六歲入小學逾十歲詩書能默誦十六歲爲賈衒之事家以饒二十有二以鄰人瞿成充儲倉脚夫指買黄米謫戍雲南黔寧王沐公以士流待之沐公卒都督瞿公延於賓館時

木邦刁干孟逐其主思倫法　太祖皇帝命三司相度
以聞按察司謂毋勤兵遠畧宜直弃之布政司謂蠻夷
讎殺不必救待其獘收之都司以爲問洪曰思倫法據
西南夷三十六甸有輕中國心洪武間嘗寇景都督焉
誠敗績又寇定邊沐公以寡却衆邊境暫安後思倫法
歸順授麓川宣慰有急不救無恩有亂不治無威令其
下不和可納則納可分則分而時不可失　朝廷以爲
然擒刁干孟誅之立其子爲宣慰納思倫法於麓川衆
建以寡其力至今無西南憂洪武末言軍士逃亾者衆
宜取原籍妻室完聚從之逃亾者稍息後洪以通經被

徵授靖江王府教授道不合以病免永樂初起爲行人
賫詔日本國開讀使還入吐蕃收種茶馬諭蔡來降韃
靼得其驩心以緬甸代納孟養職貢銀七百兩賫勑遣
問之時緬甸已滅孟養收其地誅其子孫無遺類緬甸
使陶孟洛霞回覆言孟養先開兵端不得已而應之時
交趾未定事遂寢入脩永樂大典充副總裁官書完領
淮清齋堂賑施事　太宗賓天　仁宗卽位召入翰林
除脩撰封承務郎贈父烱爲翰林院脩撰承務郎贈母
丁氏爲安人妻顧氏封安人　仁宗崩　宣宗命纂脩
實錄進訖引年乞身宣德五年致仕還離鄉五十年以

賞銀買田廬居之閉門絶俗鬻文以餬口嗚呼予在軍一十五年隨朝三十年東至日本西極洮岷南窮夷緬北盡遼海南北東西四萬餘里不死致仕還鄉終竟壽歿於牖下豈予可必哉乃自銘曰生與衆人爲伍死與百鬼爲鄰生不能爲聖賢死不能爲星辰隨運化遷與道屈伸涉海洋而不覆犯瘴癘而全身馳遠道而全歸入近班爲侍臣去鄉五十年還家無近親田廬漸開設可以遺子孫含笑入地何慙於人永矢弗諼以誌我墳

西川居士生志

孫艾

予名艾字世節姓孫氏生於景泰壬申五月五日因號爲端陽子蓋有慕於道也孫之先汴人隨宋南渡至高祖諱君奭任平江路録事司主司與曾祖諱千二寓常熟元大德四年卜居於邑之跨塘橋北其地鄰巷迄今名爲王司巷云祖諱文敬生吾父諱紀由鄉貢進士授吏部考功司主事陞刑部浙江司員外郎致仕乃徙居於山塘涇范公橋之西是生艾不肖仰荷先澤資頗警穎家藏遺書皆通習焉累試塲屋既弗利乃謝去然不喜事家人生理而雅意於詞墨家遂中落徙居寶慶橋

北以在琴川之西故以西川自號乃有子曰冊曰耒授
之以家學冊至四旬始中正德丙子鄉舉明年丁丑登
進士第除工部營繕司主事乃得受封如其官焉耒資
亦任教而二子者孝弟則出乎天性夫有子賴不落人
後所以吾之身心得不累於塵緣而寄情物表噫不意
垂老之日故業恢復榮有　恩封不忝先世女一人適
錢廷佐有孫曰一元二儀三才四象五常六藝七政八
士以數次命之者所以望其後之昌也故鄉人以爲爲
善之報錢氏女有甥曰籍中己卯鄉試烏乎葬之有志
禮也世人多於身後子孫好事者求之顯人爲之志表

詞多失實以欺後世予竊陋之若[illegible]生也無聞於人無補於世生平行履不若自知之爲審故於墓石不假之他筆而用以自述焉銘曰寄求無媿於委形歸求無毀於遺體此居士一見之明身得逍遥乎山水心得遊戲乎翰墨此居士一生之情荷造物之作養享有壽齒際以　盛時此則居士之幸蒙　制詞之褒美科甲遺才林泉高士此則居士之榮知舊物之當還故預卜乎佳城居士於此亦可謂之達生七十五翁西川居士自述

卷之三

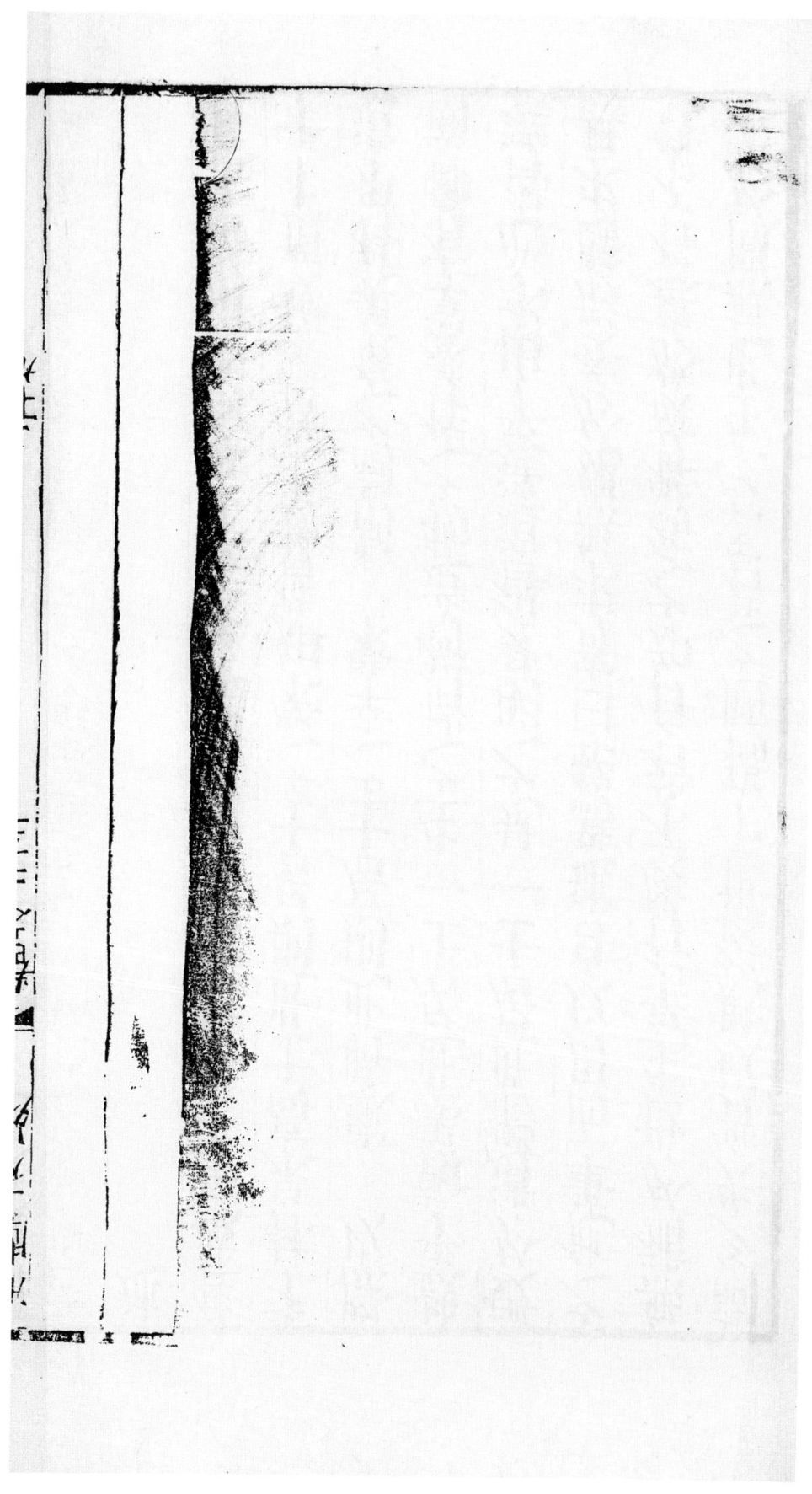

自敘

錢有威

余受性迂自幼讀古書傳卽無敢視紙上言是古人已陳之芻狗確然見若必可施行于當世之務膠柱刻舟多闊遠事情抑塞不合于時變終身狙牾莫遇非不幸也余無他能及他嗜好于世故一無所通曉惟文藝殆可又慵慢弗能精專大肆其力成一家言垂不朽是混沌僅鑿一竅究竟終未十全可嗤也余憶童子時纔可十數歲有鄰人得爲尉頗挾包苴歸自潤閭閈小人或偶語嘖嘖稱慕余側聞不覺頻之頞而苡之刺于背也曰吏總貨寶固美耶當是時余初喃喃習句讀心固未

知西山可以流芳東陵足以遺臭也余生平未嘗見人過舉人或用不情語迋余余亦遽信不疑人或向余言某子非長者不可近某子食言多自肥願公勿聽比某子來余終不能更易前念特設城府以待故分宜初用隆禮加余余信分宜果能虛下士華亭矯拂分宜余又信華亭賢果可與共功卒皆懷好不終官竟以敗是余不能蚤自裁擇矇眛貫戾也余在刑曹　穆廟儲位未定　景藩議且之國適　穆邸小璫有蒼頭以罪見告事屬余逮業已麗之法浮梁大璫李素懷首鼠謀不利于　穆邸又嫉小璫横不我憚畏欲假手鉗小璫故闘

木索執畀余余曰父子兄弟不相及奴罪主胡治且宦豎獄成上諸方今危疑屬有讒人交鬬謫　穆邸御下不謹詔　景藩無出境國本動搖誰爲禍首李瑺大怒協此分宜嗾言者劾余余用是左遷余判廣川時北虜大入寇京師戒嚴檄警交馳西蜀張中丞渠溪秦兵梟擁兵屯界上逡巡不敢進余請曰虜騎充斥　聖主愁居側處正臣子枕戈投袂之時矧山東密邇畿甸實天子股肱大藩明公受脤杖鉞典熊羆重任當董率三軍星馳電發多鈎鼓聲晝張旌幟車牛曳柴揚塵翳天夜掌烽燧光燭虜營虜懸軍深入胡馬齧內地水艸計

且病難久持將退若聞勸王師集宜望風奔潰二公曰
若虜留不走與我軍遇奈何余曰遇則整兵相抗二公
又曰戰或不利奈何余曰誠爲朝廷死綏埋名報國何
害二公色七愕貽無出聲余度不可説又曰明公大吏
當持重坐障疆圉下吏願假偏師先進爲明公嘗敵上
釋　天子搏髀憂下使虜知朝廷有人而何又不許竟
虜退終不注一矢赴援中丞果用蠕軟獲罪東牟濱海
地鹵瘠民艱于生時或私往入山盜採礦金自給吏往
呵禁輒斂手毋敢動後有陳臬葸甚養晦蓄姦暴桀子
民益悍無還忌至有扼馬首拽武吏仆之地故鞭笞以

示戮辱無誰何者陳臬遷去太守以大計入覲余爲通
守行太守事屬邑豪復爭礦聚徒毒逐邑吏不能制逃
責喻翁張大語飛書以反狀聞吏胥呈牒請曰事大頗調
兵食急擊坑塹子無使滋蔓余曰今天下安于覆盂内
無犬吠之警何物迺反若兵驟出必相驚屯聚捍救冐
死逆顔行傷害必衆今欲了此兩隸人事耳余迺遣隸
持檄露簡勑曰渠魁自就吏訊脅從一無所問愚民各
全身家疾解散不解者兵興殄滅無何隸果執首事一
十有二人以來盡下之獄衆慮必死持金鉅萬屬余塾
師不敢關説俾兒密告余室余室微探余亦礦徒有死

法否余謬曰是聚羣不逞操戈矛擅攻伐震驚老幼幾釀大亂罪死且不赦余室知不可辭賂比啟爰書應戍若鬼薪余終不忍畏小嫌曲納諸囚以自暴不戮一人而自定後軋余者竟亦以此爲余訾余初爲宗社計默護皇儲旣扇戾于逆瑺後爲地方計全活幾千人又口實于權要是余最用意處正人最指摘處也豈非命耶余同榜昆弟于易州張宗易海南林井丹華亭董原漢尤厚初原漢欲劾分宜與余同盟合議奴輩竊知或漏語余室余室日夜啼曰子固不自喜子寡兄弟奈子二親何原漢微聞恐事泄遁置余急自上奏原漢旣鞭

遣正直聲大振戊辰余中考功法家食原漢起廢赫赫
就逓顯過余握手道舊余心動頗追悔往時不迺果人
得陰中我是夕夢人謂余曰禍與福貫吉與凶鄰子疑
懷忠義之心者必食忠義之報常也耶寧知無其心有
其報者禍必遲有其心無其報者福彌大有常之常常
也無常之常亦常也知此心不憂乎此網不漏矣余覺
惘然不識所謂居未十年原漢果罹奴害今爲家中枯
腊三十餘年矣余雖尚在人間世然功業不顯于當年
文彩不彰于後世慨慨卒歲胡與陳人夢神殆戲余耶
余老矣追惟往時事已如隔世又如曉夢矣今尚欲俛

而貫仰而鳴聲達于天若出金石者是夢之中復說夢
也

耿山人生志　　　邵鎣

耿君盧人也而山於虞志於虞盧與虞亦有辨乎曰冊車之地區區耳壯也無不可之老也無不可歸奚盧與虞虞有耿君自盧來虞垂四十年予弱冠識君君於五輪八廓之説特精詣善其術而其人軒視濶步慷慨不作依違語善蹴踘樗蒲爲諸少年倡予少於君二十年而君時時選勝挾姬歡呼徵逐及予也當是時令郡伯嚴公道澈有名園在南墅君時爲上客坐上坐諸君或浮白大醉君即不飲能以風流蔭映笑相佐諸君愈益歡耍大醉而君性行顧獨醇謹有儒者風廣賚醫藥不

得金錢報謝不倦丁酉予官南中君一來顧會大司馬衛陽周公患目眚得君藥良已及予還里中君與予商僦居密邇旦莫過從則慨然曰有山中地可以埋遊人之骨者乎予未有以應虞山蓋從西來而其東北有坡臨邑之鎮海門者百武而上曰天潭洞門幽邃泉石天設㬎山人所與同醉嚴公道澈者購得之爲遊憩地一日道澈謂山人請以天潭旁地若干爲君需可乎山人應聲喜非久登其地而四顧躊躇焉北指曰此若黛者海上三山耶南指曰此隱隱雲中者吳郡諸山耶俯而觀於城闉出入之熙熙者曰吾始從門出猶是也高而

視下則人蟻耳爲熙熙者何也吾於此處而藏焉不亦仙遊空中差強於門出入若平舉手謝嚴公樂之乃以暇日拮据倩工儲木石爲門爲垣爲墠植松楸若干扁其門曰耿山人墓已爲壙封之隆然君百年宅也曷以志之志地并以志人志地地勝矣志人曷徵焉聞之君父體弦翁諱蘭隆慶初攜金出江右賈且遊一易寒暑弗歸君飲泣俟之再易寒暑弗歸君悲號往求之遇故人識君者曰若翁不幸死厝某地君且泣且行請其地皆泥沙不可辨父骨得其似者益駭嘆弗敢以歸於是君仰天擗踊大慟不欲生也或勸止之君曰已矣吾無

以見先人矣藉令不肖子他日首丘廬地則非子也於是走之四方躑躅無慮數十郡得吳郡之常熟曰海虞得嚴公讓之地曰天潭之左方得不佞居士銓次敘其事曰山人生志而君顧畢矣嗚呼有是哉君遊於江南非一日夕所交於君非一二輩誰子者問君之家君弗應誰子者問君之子女君亦弗應第曰廬人廬人云令乃知君苦心痛先公客死不得歸葬奚以室家子女爲也晚而徤飯不衰第時時閉關調息無復作少年遊矣於是里中媒以室請君擇而從之令與君居者名族女姚氏善事君君以此托其天年且共此溫壤不亦宜哉

以彼其初觀君之孝且烈以此其終觀君之智且賢君善可以志矣而嚴公先是讓地邑人張烈婦爲墓今讓山人者與烈婦並百世而下邑人躋山以上翹首咨嗟稱耿山人曰烈丈夫稱張氏曰烈婦丘隴松楸月明風泠之夕皆然生色不與此山此水永永無窮哉君名喬字子遷別號石泉歲丙午君年七十有四欣然受此語曰唯唯予得而記之是爲耿山人志

海虞文苑卷之二十三

邑後學張應遴選　卿甫輯

雜著

文章辨體序題

吳訥

古歌謠辭

按西山輯文章正宗凡古文辭之載于經聖人所嘗刪述者不敢錄獨采書傳所載康衢擊壤歌之類列于古詩之前且曰出于經者可信傳記所載者未必當時所作其好古傳疑之意至矣今謹遵其意仍以康衢童謠爲首終于荀卿成相彙寘卷端以俟考質

古賦

按賦者古詩之流漢藝文志曰古者諸侯卿大夫交接鄰國必稱詩以喻意春秋之後聘問歌咏不行于列國而賢士失志之賦作矣大儒荀卿及楚臣屈原離讒憂國皆作賦以風其後宋玉唐勒　乘司馬相如楊子雲競爲侈麗閎衍之辭而風諭之義没矣近世祝氏著古賦辨體因本漢志之言而斷之曰屈子離騷卽古賦也古詩之義若荀卿成相是也然其所載則以離騷爲首而荀詩勿録尚論世次屈在荀後而成相亦非賦體故今特取成相附古歌謡後而仍載楚辭于古賦之首蓋

欲學賦者必以是爲先也宋景文公有云離騷爲辭賦祖後人爲之如至方不能加矩至圓不能過規信哉

古樂府

易曰先王作樂崇德殷薦之上帝以配祖考成周盛時大司樂以黃帝堯舜夏商六代之樂報祀天地百神若宗廟之祭神旣下降則奏九德之歌九韶之舞蓋以六代之樂皆聖人之徒所製故悉存之而不廢也逮秦焚滅典籍禮樂崩壞漢興高帝自製三侯之章而房中之樂則令唐山夫人造爲歌辭史記云高祖過沛詩三侯之章令小兒歌之高祖崩令沛得以四時歌舞宗廟孝

惠文景無所增更于樂府習常肄舊而已至班固漢書
則曰漢興樂家有制氏但能紀其鏗鏘而不能言其義
高祖時叔孫通制宗廟樂迎神奏嘉至入廟奏永至乾
豆上奏登歌再終下奏休成天子就酒東廂坐定奏永安
世然徒有其名而亾其辭所載不過武帝郊祀十九章
而已後儒遂以樂府之名起于武帝殊不知孝惠二年
已命夏矦寬爲樂府令豈武帝始爲新聲不用舊辭也
迨東漢明帝遂分樂爲四品一曰大予樂郊[illegible]
之二曰雅頌樂辟雍享射用之三曰黃[illegible]
[illegible]

冊而其制亦復不傳魏晉已降世變日下所作樂歌率
皆夸靡虛誕無復先王之意下至陳隋則淫哇鄙褻舉
無足觀矣自時厥後惟唐宋享國最久故其辭亦多純
雅南渡後夾漈鄭氏著通志樂畧以爲古之達禮有三
一曰燕二曰享三曰祀所謂吉凶軍賓嘉皆主此三者
仲尼所刪之詩凡燕享祀之時用以歌之漢樂府之作
以繼三代因列鐃歌與三矦以下於篇亦無其辭後太
原郭茂倩輯樂府百卷繇漢迄五代蒐輯無遺金華吳
立夫謂其紛亂龐雜厭人視聽雖浮淫鄙倍不敢芟夷
何哉近豫章左克明復編古樂府十卷斷自陳隋而止

中若後魏楊白花等淫鄙之辭亦復收載是亦未得盡善也今考五禮以郊廟歌辭爲先愷樂燕饗歌辭次之蓋以其切於世用足爲制作家之助至若古今琴操與夫相和等曲亦附於後以俟好古君子之所考訂焉其或有題無辭或辭雖存而爲莊人雅士之所厭聞者茲亦不錄

古詩

詩大序曰詩者志之所之也詩有六義曰風曰雅曰頌曰賦曰比曰興三百篇尚矣以漢魏言之蘇李曹劉實爲之首晉宋以下世道日變而詩道亦從而變矣晦庵

朱子嘗答鞏仲至有曰古今詩凡三變自漢魏以上爲一等自晉宋間顏謝以後下及唐初爲一等自沈宋以後定著律詩下及今日又爲一等然自唐初以前爲詩者固有高下而法猶未變至律詩出而後詩之與法始皆大變無復古人之風矣嘗欲抄取經史韻語下及文選漢魏古辭以盡郭景純陶淵明之作自爲一編而附三百篇楚辭之後以爲詩之根本準則又於其下二等之中擇其近於古者各爲一編以爲羽翼輿衛其不合者則悉去之不使接於耳目入於胸次要使方寸之中無一字世俗言語意思則其爲詩不期於高遠而自高

遠矣厥後西山編文章正宗劉氏輯風雅翼悉本朱子之意而去取詳畧則有不同者焉是編所收率以二家爲主近代之有合作者亦取載焉歌行之作别録於後蓋歌行放情長言其句語格調與古詩亦有不同者矣律詩雜體具載外集嗚呼學詩之法子朱子之言至矣盡矣有志者勉夫

歌行

昔人論歌辭有有聲有辭者若郊廟樂章及鐃歌等曲是也有有辭無聲者若後人之所述作未必盡被於金石也夫自周衰採詩之官廢漢魏之世歌咏雜興故本

其命篇之義曰篇因其立辭之意曰辭體如行書曰行述事本末曰引悲如蛩螿曰吟委曲盡情曰曲放情長言曰歌言通俚俗曰謠感而發言曰嘆憤而不怒曰怨雖其立名弗同然皆六義之餘也唐世詩人共推李杜太白則多模擬古題少陵則卽事名篇無復倚傍厥後元微之以後人沿襲古題倡和重復深以少陵爲是故今是編凡擬古者皆附樂府本題之內若卽事爲題無所模擬者則自漢魏以降迄於近代取其辭義之弗過於淫傷者錄載云

諭告

按西山云周官大祝作六辭以通上下親疏遠近曰辭曰命曰誥曰會曰禱曰誄皆王言也大祝以下掌爲之辭則所謂代言者也以書考之若湯誥甘誓微子之命之類是也此皆聖人筆之爲經不當與後世文辭同錄今獨取春秋內外傳所載周天子諭告諸侯之辭及列國應對之語附焉又按東萊有曰文章從容委曲而意獨至惟左氏所載當時君臣之言爲然蓋繇聖人餘澤未遠涵養自別故其辭氣不迫如此非後世專學語言者所可得而比焉

璽書

按應邵曰璽信也古者尊卑共之左傳魯襄公在楚季武子使公治問璽書至秦漢臣下始避其稱漢初有三璽天子書用璽以封故曰璽書文帝元年嘗賜南越趙佗璽書佗媿感頓首稱臣納貢至今讀史者未嘗不三復書辭以欽仰帝德於無窮也夫制詔璽書皆曰王言然書之文尤覺陳義委曲命辭懇到者蓋書中能盡褒勸警飭之意也故今特取前代璽書載於詔令之前讀者其必有以得之

批答

按玉海唐學士初入院試制詔批答共三篇蓋批答與

詔異詔則宣達上意批答則采臣下章疏之意而答之也文鑑輯批答詔敕各爲一類可見矣唐史載太宗之答劉洎謂出自手筆今觀辭意誠然至若宋昭陵之答富弼等則皆詞臣之撰進者也讀者其尚考諸

詔

按三代王言見於書者有三曰誥曰誓曰命至秦改之曰詔歷代因之然惟兩漢詔辭深厚爾雅尚爲近古至偶儷之作興而去古遠矣東萊云近代詔書或用散文或用四六散文以深純溫厚爲本四六須下語渾全不可尚新奇華巧而失大體是編今以漢詔爲前附以唐

宋諸詔庸備二體西山有云王言之體當以書之詔誥命爲祖而參以兩漢詔冊信哉

冊

按漢書天子所下之書有四一曰策書注曰策者編簡也其制長二尺短者半之篆書起維年月日以命諸侯王公若三公以罪免亦賜策則用一尺木而隸書之又按唐百官志曰王言有七一曰冊書立皇后皇太子封諸王則用之說文云冊者符命也諸侯進受於王象其札一長一短中有二編之形當作冊古文作𠕋蓋冊策二字通用至唐宋後不用竹簡以金玉爲冊故專謂之

策也若其文辭體制則相祖述云

制誥

按周官大祝六辭二曰命三曰誥考之於書命者以之命官若畢命冏命是也誥則以之播誥四方若大誥洛誥是也漢承秦制有曰策書以封拜諸侯王公有曰制書用載制度之文若其命官則各賜印綬而無命書也迨乎唐世王言之體曰制者大賞罰大除授用之曰發敕者授六品以下官用之即所謂告身也宋承唐制其曰制者以拜三公三省等職辭必四六以便宣讀於廷誥則或用散文以其直告某官也西山云制誥皆王言

貴乎典雅溫潤用字不可深僻造語不可尖新文武宗室各得其宜斯爲善矣

制策

按說文策者謀也凡錄政化得失顯而問之謂之對策考之於史實始漢之鼂錯錯遇文帝恭謙好問之主不能明目張膽以荅所問惜哉惟董仲舒學識醇正又遇孝武初政淸明策之再三故克罄竭所藴帝因是罷黜百家專崇孔氏以表章六經厥功茂焉迨宋蘇軾之荅仁宗制策亦克輸忠陳義婉切懇到君子有取焉

表

按韻書表明也標著事緒使之明白以告乎上也三代以前謂之敷奏秦改爲表漢因之竊嘗攷之漢晉皆尚散文蓋用陳達情事若孔明前後出師李令伯陳情之類是也唐宋以後多尚四六其用則有慶賀有辭免有陳謝有進書有貢物所用既殊則其辭亦各異焉西山云表中眼目全在破題要見盡題意又忌太露貼題目處須字字精確且如進實錄不可移於日錄若汎濫不切可以移用便不爲工矣大抵表文以簡潔精緻爲先用事忌深僻造語忌纖巧鋪敘忌繁冗是編所錄一以時代爲先後讀者詳之則體制亦有以得之

露布

按通典云元魏攻戰克捷欲天下聞知乃書帛建於漆竿上名爲露布此其始也攷諸文章緣起則曰漢賈洪爲馬超伐曹操作露布及世說又載桓溫北征令袁宏倚馬撰露布是則魏晉以來有之矣文心雕龍又云露布者蓋露板不封布諸視聽近世帥臣奏捷蓋本於此然今攷之魏晉之文俱無傳本唐宋雖有傳者然其命辭全用四六蓋與當時表文無異今故錄附表後以備一體西山云露布貴奮發雄壯少麓無害觀者詳之

論諫

古者諫無專官自公卿大夫以至百工技藝皆得進諫
隆古盛時君臣同德其都俞吁咈見於語言問荅之際
者考之書可見西山以爲聖賢大訓不當與後之文辭
同錄今謹取其所載春秋内外傳見爭論説之言著之
於首其兩漢以下諸臣進説有可以爲法戒者間亦采
之以附於後

奏疏

按唐虞禹皐陳謨之後至商伊尹周姬公遂有伊訓無
逸等篇此文辭告君之始也漢高惠時未聞有以書陳
事者迨乎孝文開廣言路於是賈山獻至言賈誼上政

事疏自時厥後進言者曰衆或曰上書或曰奏劄或曰奏狀慮有宣泄則囊封以進謂曰封事攷之史可見昔人云君臣相遇雖一語有餘上下未孚雖千萬言奚補爲臣子者惟當罄其忠愛之誠而已

議

周書曰議事以制政乃不迷眉山蘇氏釋之曰先王人法並任而任人爲多故臨事而議是則國之大事合衆議而定之者尚矣今采漢唐宋諸臣所上議狀次于奏疏以備一體若儒先私議其有關于政理者間亦取之而附于中云

彈文

按漢書注云羣臣上奏若罪法按劾公府送御史臺卿校送謁者臺是則按劾之名其來久矣梁昭明輯文選特立其名曰彈事若文粹文鑑則載奏疏之中而已迨後王尚書應麟有曰奏以明允誠篤爲本若彈文則必理有典憲辭有風軌使氣流墨中聲動簡外斯稱絶席之雄也是則奏疏彈文其辭氣亦異焉

檄

按釋文檄軍書也春秋時祭公謀父稱文告之辭卽檄之本始至戰國張儀爲檄告楚相其名始著劉勰云凡

檄之大體或述此休美或敘彼苛虐指天時審人事算強弱角權勢故植義颺辭在剛徤插羽以示迅不可使辭緩露板以宣衆不可使義隱大抵唐以前不用四六故辭直義顯昔人謂檄以散文爲得體信乎

箴

按許氏說文箴誡也商書盤庚曰無或敢伏小人之攸箴蓋箴者規誡之辭若箴之療疾故以爲名古有夏商二箴見于尚書大傳解呂氏春秋而殘鈌不全獨用太史辛甲命百官官箴王闕而虞氏掌獵爲虞箴其辭備載左傳後之作者蓋本于此東萊云凡作箴須用官箴

王闕之意箴箴尾須依虞箴獸臣司原敢告僕夫之類大抵箴銘贊頌雖或均用韻語而體不同箴是規諷之文須有警誡切劘之意

銘

按銘者名也名其器物以自警也漢藝文志稱道家有皇帝銘六篇然亾其辭獨大學所載成湯盤銘九字發明日新之義甚切迨周武王則凡几席觴豆之屬無不勒銘致警厥後又有稱述先人之德善勞烈爲銘者如春秋時孔悝鼎銘是也又有以山川宮室門關爲銘者若漢班孟堅之燕然山則旌征伐之功晉張孟陽之劍

閣則戎殊俗之僭叛其取義各不同也傳曰作器能銘可以爲大夫陸士衡云銘貴博約而溫潤斯得之矣

頌

詩大序曰詩有六義六曰頌頌者美盛德之形容以告神明者也嘗考莊子天運篇稱黃帝張咸池之樂猋氏爲頌斯孟寓言爾故頌之名實出於詩若商之那周之淸廟諸什皆以告神爲頌體之至至如魯頌之駉駜等篇則當時用以祝頌僖公爲頌之變故胡氏有曰後世文人獻頌特效魯頌而已文心雕龍云頌須鋪張揚厲而以典雅豐縟爲貴敷寫似賦而只大華侈之區敬脊

如銘而異乎規諫之域量哉

贊

按贊者贊美之辭文章緣起曰漢司馬相如作荊軻贊世已不傳厥後班孟堅漢史以論爲贊至宋范曄更以韻語唐建中中試進士以箴論表贊代詩賦而無頌題迨後復置博學宏詞科則贊頌二題皆出矣西山云贊頌體式相似貴乎贍麗宏肆而有雍容俯仰頓挫起伏之態乃爲佳作大抵贊有二體若作散文當祖班氏史評若作韻語當宗東方朔畫像贊金樓子有云班固碩學尚云贊頌相似信然

七體

昭明輯文選其文體有曰七者蓋載枚乘七發繼以曹子建七啓張景陽七命而已容齋隨筆云枚生七發創意造端麗旨腴辭固爲可喜後之繼者如傅毅七激張衡七辯崔駰七依馬融七廣曹植七啓王粲七釋張協七命陸機七徵之類規倣太切了無新意及唐柳子厚作晉問雖用其體而超然别立機杼漢晉之間沿襲之弊一洗矣竊嘗考對偶句語六經所不廢七體雖專尚駢儷然辭意變化與全篇四六不同自柳子厚作者未聞迨元袁伯長之七觀洪武宋王二老之志釋文訓其

富麗固無讓于前人至其論議又豈七發之可比

問對

問對體者載昔人一時問答之辭或設客難以著其意者也文選所錄宋玉之於楚王相如之於蜀父老是所謂問對之辭至若答客難解嘲賓戲等作則皆設辭以自慰者焉洪氏景盧云東方朔答客難自是文中傑出楊雄擬爲解嘲尚有馳騁自得妙至於班固之賓戲張衡之應問則屋下架屋章摹句寫讀之令人可厭迨韓退之進學解出則所謂青出於藍而青於藍矣

書

按昔臣僚敷奏朋舊往復皆總曰書近世臣僚上言名爲表奏惟朋舊之間則曰書而已蓋論議知識人豈能同苟不具之於書則安得盡其委曲之意哉戰國兩漢閒若樂生若司馬子長若劉歆諸書敷陳明白辨難懇到誠可以爲脩辭之助至若唐之韓栁宋之程朱張呂凡其所與知舊門人答問之言率多本乎進脩之實讀者誠能熟復以反之於身則其所得又豈止乎文辭而已

記

金石例云記者記事之文也西山曰記以善敘事爲主

禹貢顧命乃記之祖後人作記未免雜以議論陳后山亦曰退之作記記其事耳今之記乃論也竊嘗考之記之名始於戴記學記等篇記之文文選弗載後之作者固以韓退之畫記柳子厚遊山諸記爲體之正然觀韓之燕喜亭記亦微載議論於中至柳之記新堂鐵爐步則議論之辭多矣迨至歐蘇而後始事有以論議爲記者宜乎后山諸老以是爲言也大抵記者蓋所以備不忘如記營建當記月日之久近工費之多少主佐之姓名叙事之後畧作議論以結之此爲正體至若范文正公之記嚴祠歐陽文忠公之記晝錦堂蘇東坡之記山

房藏書張文潛之記進學齋晦翁之一作婺源書閣記雖
專尚議論然其言足以垂世而立教弗害其爲體之變
焉

序

爾雅云序緒也序之體始於詩之大序首言六義次言
風雅之變又次言二南王化之自其言次第有序故謂
之序也東萊云凡序文籍當序作者之意如贈送燕集
等作又當隨事以序其實大抵序事之文以次第其語
善序事理爲上近世應用唯贈送爲盛當須取法昌黎
則庶得古人贈言之義而無枉巳狥人之失也

論

按韻書論者議也梁昭明文選所載論有二體一曰史論乃史臣於傳末作論議以斷其人之善惡若司馬選之論項籍商鞅是也二曰論則學士大夫議論古今時世人物或評經史之言正其訛謬如賈生之論秦過江統之論徙戎柳子厚之論守道守官是也唐宋取士用以出題然求其辭精義粹卓然名世者亦惟韓歐爲然劉勰云聖哲彝訓曰經述經叙理曰論故凡陳政則與傳注參體辨史則與贊評齊行詮文則與序引共紀信夫

說解

按說者釋也述也解釋義理而以已意述之也說之名起自吾夫子之說卦厥後漢許昚著說文蓋亦祖述其名而爲之辭也魏晉六朝文載文選而無其體獨陸機文賦備論作文之義有曰說煒燁而譎誑是豈知言者哉至昌黎韓子憫斯文日獘作師說抵顔爲學者師迨柳子厚及宋室諸大老出因各即事即理而爲之說以曉當世以開悟後學繇是六朝陋習一洗而無餘矣盧學士云說須自出已意横說竪說以抑揚詳贍爲上若夫解者亦以講釋解剝爲義其與說亦無大相遠焉

辨

昔孟子答公孫丑問好辨曰予豈好辨哉予不得已也中間歷敘古今治亂相尋之故凡八節所以深明聖人與已不能自已之意終而又曰豈好辨哉予不得已也蓋非獨理明義精而字法句法章法亦足爲作文楷式迨唐韓昌黎作諱辨栁子厚辨桐葉封弟識者謂其文歟孟子信矣大抵辨須有不能已而辨之意苟非有關世教有益後學雖工亦奚以爲

原

按韻書原者本也一說推原也義始大易原始要終之

訓若文體謂之原者先儒謂始於昌黎之五原蓋推其本原之義以示人也黃山谷嘗曰文章必謹布置毎見學者多告以原道命意曲折石守道亦云吏詔原道原人等作諸子以來未有也後之作者蓋亦取法於是

戒

按韻書誡者警敕之辭文章緣起曰漢杜篤作女誡辭已佛傳昭明文選亦無其體今特取先正誡子孫及警世之語可爲法誡者錄之

題跋

按蒼崖金石例云跋者隨題以贊語於後前有序引當

掇其有關大體者以表章之須明白簡嚴不可墮入窠臼予嘗即其言考之漢晉諸集題跋不載至唐韓柳始有讀某書及讀某文題其後之名迨宋歐曾而後始有跋語然其辭意亦無大相遠也故文鑑文類總編之曰題跋而已近世疎齋盧公文云跋取古詩狼跋其胡之義狼行則前躐其胡故跋語不可太多多則冗尾語宜峭拔使不可加若然則跋比題與書尤貴乎簡峭也庸書以俟考訂云

雜著

雜著者何輯諸儒先所著之雜文也文而謂之雜者何

或評議古今或詳論政教隨所著立名而無一定之體也文之有體者既各隨體裒集其所錄弗盡者則總歸之雜著也著雖雜然必擇理之弗雜者則錄焉蓋作文必以理為之主也君夫挂一漏萬尚有俟博雅君子

傳

太史公創史記列傳蓋以載一人之事而為體亦多不同迨前後兩漢書三國晉唐諸史則第相祖襲而已厥後世之學士大夫或值忠孝才德之事慮其湮沒弗白或事雖微而卓然可為法戒者因為立傳以垂於世此小傳家傳外傳之例也西山云史遷作孟荀傳不正言

二子而旁及諸子此體之變可以爲法步里客譚又云
范史黃憲傳蓋無事跡直以語言摸寫其形容體段此
爲最妙繇是觀之傳之行迹因繫其人至於辭之善否
則又繫之於作者也若退之毛穎傳迂齋謂以文滑稽
而又變體之變者乎

行狀

按行狀者門生故舊狀死者行業上于史官或求銘誌
于作者之辭也文章緣起云始自漢丞相倉曹傅朝幹
作楊原伯行狀然徒有其名而亾其辭蕭氏文選惟載
任彥升所作齊竟陵王行狀而辭多矯誕識者病之今

采韓栖所作載爲楷式云

謚法

周禮太史喪事考焉小喪賜謚疏云小喪卿大夫也卿大夫謚君親制之使太史往賜之至遣之日小史往爲讀之又按禮記曰幼名冠字五十以伯仲死謚周道也是則賜謚之制實始於周崇文總目載周公謚法一卷又有春秋謚法廣謚等書然皆漢魏以來儒者取古人謚號增輯而爲之宋仁宗朝眉山蘇洵嘗奉詔編定乃取世傳周公謚法以下諸書定爲三卷總一百六十八謚至孝宗淳熙中夾漈鄭樵復本蘇氏書增損定爲上

中下三等通二百一十謚爲書以進大抵謚者所以表其實行故必由君上所賜善惡莫之能掩然在學者亦不可不知其説故今特載周公謚法於編蓋以諸家之説皆祖於此若夫鄭氏之論亦多有可取者今亦録附於後

謚議

按謚法云謚者行之迹大行受大名細行受小名白虎通曰人行始終不能若一故據其終始明别善惡所以勸人爲善而戒人爲惡也繇是觀之則謚之所繫豈不重歟漢晉而下凡公卿大夫賜謚必下太常定議博士

乃詢察其甚惡賢否著爲謚議以上於朝若晉秦秀之議何曾賈充唐獨孤及之議苗俊卿宋鄧忠臣之議歐陽永叔是也當時雖或未能盡從其言然千百載之下讀其辭者莫不油然興起其好惡之心嗚呼是其所繫豈不甚重乎哉至若近世名儒隱士之沒門人朋舊又有私謚易名之議云

碑

按儀禮士昏禮入門當碑揖又禮記祭義云牲入麗于碑賈氏注云宮廟皆有碑以識日影以知蚤晚說文注又云古宗廟立碑繫牲後人因於上紀功德是則宮室

之碑所以識日影而宗廟則以繫牲也秦漢以來始謂
刻石曰碑其蓋始於李斯嶧山之刻耳文選載郭有道
等墓碑而王簡棲頭陀寺碑各爲一類今亦依其例云

墓碑　墓碣　墓表　墓誌　墓記　埋銘

按檀弓曰季康子之母死公肩假曰公室視豐碑注云
豐碑以木爲之形如石碑樹於槨前後穿中爲鹿盧繞
之綍用以下棺事祖廣記曰古者葬有豐碑以窆秦漢
以來死有功業則刻於上稍改用石晉宋間始有神道
碑之稱蓋地理家以東南爲神道因立碑其地而名耳
又按墓碣近世五品以下所用文與碑同墓表則有官

無官皆可其辭則多敘其學行德履墓誌則直述歲月歲月名字爵里用防陵谷遷改埋銘墓記與墓誌同而墓記則無銘辭耳古今作者惟昌黎最高行文敘事面目首尾不再蹈襲凡碑碣表於外者文則稍詳誌銘埋於壙者文則嚴謹其書法則唯書其學行大節小善寸長則皆弗錄觀其所作可見近世至有將墓誌亦刻墓前斯失之矣大抵碑銘所以論列德善功烈雖銘之義稱美弗稱惡以盡其孝子慈孫之心然無其美而稱者謂之誣有其美而弗稱者謂之蔽誣與蔽君子弗由也

誄辭　哀辭

按周禮大祝作六辭以通上下親疏遠近六曰誄魯哀
公十六年四月孔子卒公誄之曰旻天不弔不憖遺一
老俾屏予一人以在位煢余在疚嗚呼哀哉尼父此即
所謂誄辭也鄭氏注云誄者累也累列生時行迹讀之
以作謚此雖有辭而無謚蓋唯累其美行示已傷悼之
情爾後世有誄辭而無謚者蓋本於此又按文章緣起
載漢武帝公孫弘誄然無其辭唯文選錄曹子建之誄
王仲宣潘安仁之誄楊仲武蓋皆述其世系行業而寓
哀傷之意厥後韓退之之於歐陽詹柳子厚之於呂溫
則或曰誄辭或曰哀辭而名不同迨宋曾南豐東坡諸

老所作則總謂之哀辭大抵誄則多敘世業故今率倣魏晉以四言爲句哀辭則寓傷悼之情而有長短句及楚體不同焉

祭文

古者祀享史有冊祝載其所以祀之之意考之經可見若文選所載謝惠連之祭古冢王僧達之祭顔延年則亦不過敘其所祭及悼惜之情而已迨後韓柳歐蘇與夫宋世道學諸君子或因水旱而禱於神或因喪葬而祭親舊眞情實意溢出言辭之表誠學者所當取法大抵禱神以悔過遷善爲主祭故舊以道達情意爲尚若

夫諛辭葛説固弗足以動神而亦君子所厭聽也

文章辨體外集序題

連珠

按晉傅玄曰連珠興於漢章帝之世班固賈逵亦嘗受詔作之蔡邕張華又嘗廣焉攷之文選止載陸士衡五十首而曰演連珠言演舊義以廣之也大抵連珠之文穿貫事理如珠在貫其辭麗其言約不直指事情必假物陳義以達其旨有合古詩風興之義其體則四六對偶而有韻自士衡後作者蓋鮮洪武初宋王二閣老有作亦如士衡之數今各錄十餘篇寘於外集之首以著

叨六對偶之所始

判

按唐制凡選人入選其選之之法有四一曰身體貌豐偉二曰言言辭辨正三曰書楷法遒美四曰判文理優長四事皆可取則先德行德均以才才均以勞得者爲留不得者放蓋凡進士登第及諸科出身皆以此銓擇若陸宣公既登進士又以書判拔萃補渭南尉是也宋代選人試判三道若二道全通一道稍次而文翰俱優爲上一道全通而二道稍次爲中三道全次而文翰紕繆爲下其上者加階超資中者依資以敘下者殿一選

如晦翁登第後銓試入中等始授同安主簿是已元世不用其制　國朝設科第二場有判語以律條爲題其文亦用四六而以簡當爲貴今錄以備一體

律賦

律賦起於六朝而盛於唐宋凡取士以之命題每篇限以八韻而成要在音律楷協對偶精切爲工迨元氏場屋夏用古賦繇是學者弗習今錄一二以備其體

律詩

律詩始於唐而其盛亦莫過於唐考之唐初作者蓋鮮中唐以後若李太白韋應物猶尚古多律少至杜子美

王摩詰則古律相半迨元和而降則近體盛而古作微矣大抵律詩拘於定體固弗若古體之高遠然對偶音律亦文辭之不可廢者故學之者當以子美爲宗其命辭用事聯對聲律須取溫厚和平不失六義之正者爲矜式若喚句拘體粗豪險怪者斯皆律體之變非學者所先也楊仲弘云凡作唐律起處要平直承處要春容轉處要變化結處要淵永上下要相聯首尾要相應最忌俗意俗字俗語俗韻嘗用工二十年始有所得嗚呼其可易而視之哉

排律

楊伯謙云唐初五言排律雖多然往往不純至中唐始盛若七言則作者絶少大抵排律若句鍊字鍛工巧易能唯抒情陳意全篇貫徹而不失倫次者爲難故山谷嘗云老杜贈韋左丞詩前輩録爲壓卷蓋其布置最爲得體如官府甲第廳堂房室各有定處不相淆亂也

絶句

楊伯謙曰五言絶句盛唐初變六朝子夜體六言則王摩詰始效顧陸作七言唐初尚少中唐漸盛又按詩法源流云絶句者截句也後兩句對者是截律詩前四句前兩句對者是截後四句皆對者是截中四句皆不對

者是截前後各兩句故唐人稱絶句爲律詩觀李漢編昌黎集凡絶句皆收入律詩内是也周[redacted]又云絶句以第三句爲主須以實事寓意則轉换有力而涵蓄無盡焉

聯句

按聯句始著於陶靖節集而盛於退之東野攷其體有人作四句相合成篇若靖節集中所載是也又有人作一聯若子美與李尚書之芳及其甥字文或聯句是也復有先出一句次者對之就出一句前人復對之相繼成章則昌黎東野城南之作是也其要在於對偶精切

辭意均敵若出一手乃爲相稱山谷嘗云退之與孟郊意氣相入故能雜然成篇後人少聯句者蓋由筆力難相追爾

雜體

昔栁栁州讀退之毛頴傳有曰善戲虐兮不爲虐兮學者終日討說習復則罷憊而廢亂故有息焉游焉之說譬諸飲食既薦味之至者而奇異苦鹹酸辛之物雖蜇吻裂鼻縮舌澁齒而咸有篤好之者獨文異乎予於是而知雜體之詩蓋類是也然其爲體厥各不同今總謂之雜者以其終非詩體之正焉

近代詞曲

按歌曲源流云自古音樂廢後鄭衛夷狄之聲雜然並出至唐開元天寶中薰然成俗於時才士始依樂工拍之聲被之以辭其句之長短各隨曲而度於是古昔聲依永之理愈失矣又按致堂胡先生曰近世歌曲以曲盡人情而得名故文章豪放之士鮮不寓意於此隨亦自掃其迹曰此謔浪遊戲而已唐人爲之者衆至柳歧卿乃掩衆製而盡其妙篤好者以爲不可復加及眉山蘇氏出一洗綺羅香澤之態擺脫綢繆宛轉之度使人登高望遠舉首高歌而逸懷浩氣超乎塵垢之表竊

嘗思之凡文辭之有韻者皆可歌也第時有升降故言有雅俗調有古今爾昔在童稚時獲侍先生長者見其酒酣興發多依腔塡詞以歌之歌畢顧謂幼稚者曰此宋代湯詞也當時大儒皆所不廢今閒見艸堂詩餘自元世套數諸曲盛行斯音日微矣迨予既長奔播南北鄉邑前輩零落殆盡所謂塡詞湯調者今無復聞矣庸輯唐宋以下辭意近於古雅者附諸外集之後竹枝楊柳亦不棄焉好古之士於此亦可以觀世變之不一云

九攻并序　　孫七政

歲乙酉之九日自金陵抵家才三日郎與君鎔浦子爲婁東之行訪弇州儒老午刻後過克正許君家譚少選甚快苦以酒餉我恨莫畱至舟雨甚白衣不來徒詠悠然見南山耳叟許燭滅共被譚詩寢不能寐去因爲雌黃今古九辨攻詩君鎔快之强著此語命曰九攻以九辨且九日作也他日詠黃華籬下插茱萸登高持盃時當思此落莫不忘雅譚郎可共蟹螯侑酒大是樂事雖然詩之爲道無論動天地感鬼神彬彬乎雅頌之音郎閭巷歌謠莫匪先王之澤之遺也僕于此道未窺一班

迺敢放言若斯蓋攻之云者將以攻己之攻而非以攻人之攻雖名託輸榊而實意存墨守者也夫是以剩舉瑕疵謝言精髓其詞曰

嘗謂人心不同有如其面詩道亦然自三百篇以來猶一一息耳獨資神理何俟多言而昧者莫覺遂至多岐故或有不根風旨剩獵聲華者則徒取壯麗爲工莫窮玄適爲勝雖貫珠聯璧窮山淵于紙上而龍飛劍去殘星斗于毫端是謂炫詩聲實俱病而工逸兩妨者也

或有安排聲偶敷陳事實情性絕無意調俱泯者則惟以形體爲似不知了悟爲先此猶詩道之膏肓庸醫之

無疾而愈扁之驚去也世之作者皓首迷途間有悟者則年光已去少壯莫追生平盡非大痛難割是謂形詩禍詩尤篤知音可悟世諦難言

其他則有機深狐白而實才慚豹變故惟借美于江篇獵工于泥句而玄珠未得神彩索然此與目擊而道存神來而暗合者不可同日而語是謂借詩

又有雅詞古調非不燦然雜陳而以神韻本乏了不關情譬猶靚粧袨服雖同工于西子冶容逸態竟殊妍于捧心可炫瞽工而難逃具眼是謂粧詩曰借曰粧津梁最淺

亦有爲疾最微可取效于呼吸宜資神于養道者厥有漏詩亦名羸作何謂漏詩神理具來風骨兼駿徒以沉照少埋漏情于句字之間耳此則微之又微可取效于呼吸者也

何謂羸詩流派本端思致猶苦秪以足劣神駒學虧半豹亦有才窮孔廟夢還江錦則遂乏丰茸鮮媚之度故攻之則無疾療之則無方特資神于養道而已矣

又有神情亦來彩豔具足非不稱佳顧入門一别雅道遂乖則或亢而爲肆或散而爲野或似工而實巧或似駿而實佻或過奇而入于詭或騁博而陷于繁而若爲

澁爲晦爲瘦爲寒諸家者不與焉蓋彼體也而局于才者也此才也而忿于體者也故曰非獨才之罪也體裁之莫究而愈工愈失者也毫釐之差千里之謬是謂縱詩任其一偏而莫知取正求之今日此道方興

又有好名而寡識者不思魏文不朽之名言徒憐惠子五車之快意千年萬世決于倚馬片時插架盈囊盡是雕蟲餘蠹譽來庸日喪去良圖是謂鶩詩好名而名日非者也不知東方與之問孰工一言與五車孰得

詩有各體疾亦多乃微之則哲匠寧免甚之則下里駘言凡茲八者未能盡詩盡詩疾矣又有非疾可喻流毒

辭林則以本非此中強作解事盡乖雅道尚謂名家是謂業詩雖性霧之難染恐佳氣之易于諒不與于哲王之世矣嗟夫僕也童歲習詩窮年靡得覩兹九疾敢綴一辭哉

譚秕　　孫七政

學者固貴信古猶宜秉鑒古人之言有未必盡信者不可爲英雄所欺即如鍾品論詩古今稱絶然詎無遺議難掩慧目夫三品所論專尚五言迺蘇李蔚爲五言宗首子卿固少慙少卿獨不可當士龍之于士衡耶何獨遺之若曰上品所論文之極致耳則子卿得無翩翩劉王潘陸間而何至遂寥寥子卿若此又如士衡擬古篇章非不富彩豔非不縟奈酷擬形似拘攣太甚了難會心若以古詩參讀豈惟嚼蠟無味抑且令人厭去中如玉容誰得顧傾城在一彈又如不惜佇立久但顧歌者

歡等語詞意俱拙其稍精工處不過六朝蹊徑耳使漢人見之鮮不傖父士衡雖無作可也何得以珠澤鄧林委之蓋平原佳處甚多正在命題不在擬題也且記室嘗言之矣士衡專尚規矩不貴綺錯有傷直致之奇此言精當可爲詩家玄牝蓋古詩惟直致胸臆故能眞意橫生神奇千古此中綺錯何許令士衡全以形格爲障礙安能綺錯較而言之不逮文通擬古遠矣知言若彼何卒昧之

班固兩都賦家之元氣也不特氣雄千古而議論亦精絶卓詭平子十年擬之僅得稱雅訓工緻耳譬則雲霞

絢彩于天豈機中之錦所能擬廼若左思三都非不才
贍然多牽率蕪穢排比合開之疵使平子見之猶未免
揶揄耳大病在詵魏處無收拾尾亦太冗且此非特文
章使然兩漢事業人物豈三國所能彷彿即令孟堅爲
之必不能上方兩都矣文章之與時高下以此
鍾品謂左太冲詩野于陸機非知言也秖當云倰于陸
機耳善乎謝康樂言之曰左太冲詩潘安仁詠古今難
比
傅毅舞賦已自俊絶可喜而末別程馬材遂令舞意併
入馬足此其逸思橫生舞容文態俱入神解即以馬喻

所謂天下之馬若滅若没若亾若失當求之牝牡驪黃之外者也意本灼然觀者無訝

或問管子與淮南孰優曰淮南多論大道管子則專意富強安敢望淮南但淮南皆摭拾諸子之言在子書宁一類家耳管子則自成一家言以此不同然則戴記亦摭拾也曰戴記傳聖人之精微淮南竊諸子之緒餘豈可同年而語其所同者僅一月令耳人知戴記淮南月令同出于呂覽不知呂覽前原有此書覽特附益之以事類耳此等文章豈戰國人所及觀之夏小正可見矣

王子淵雖曰有俊才亦曰時無枚馬諸公耳其得意在

聖主得賢臣頌然亦非西漢第一家文字四子講德論次矣洞簫賦抑又次焉其形容簫聲絶無佳處且雜亂無章季長笛賦雖稍祖其制正自佳絶氣亦奇邁卒如子淵賦簫令人亦何必愛簫聲

傅毅舞賦輕捷宛然一妙舞在目前而多註家未會處如擊不致筴筴總言舞者之輕疾與蹈不頓趾同意耳蓋歌者致筴以擊節本至速也而舞者體執輕疾其擊拊處猶速不容一致筴猶言間不容髮也蹈不頓趾自言舞者不頓其趾猶云絶塵而奔

或問申韓出于老子曰此自申韓借老子之意以文其

刻深之術非老子之意本自有申韓也如聖人制爲仁
義禮樂何嘗欲使後世有大盜而大盜者自竊聖人之
仁義禮樂以文其姦耳太史公文字有累言之而不複
有一言之而意足者其敘三家學術只老子深遠矣五
字已剖盡三家精髓要何俟多言若其自敘中則專以
孔子與老子對言此便見太史公本意令三家之學絕
不同而必與之同傳者正見古人之學有言相似而絕
不同者後世帝王不可爲其所欺此正是太史公深遠
處而宋人輒指道德爲刑名宗祖是老子術不中韓而
論老子者則文深切中韓矣不知托于太同一老脩爲

許太年紀何復及此參夷之誅
文章自有李于鱗王長公遂令乾坤中別具一眼界眞
曠代絶才有扛鼎筆力然舉世效顰學步者不勝其醜
獨敬美公親爲其弟若友廼能獨攄眞意卓然成家眞
所豪傑之士
何李在關中洛下雖振起千百年墜緒爲詩家大宗而
吳中風會特盛然自廸功以後諸皇甫兢麗爭秀而祠
部公猶卓絶精邃其得意處一塵不染眞有鳳皇千仞
意當與古人絶佳處相埒世皆以禪栖匹東覽噫東覽
絶矣蓋其高處不但格力正以其神情曠絶會心霞表

迺爾此正司勳所深讓故不特子安絶也知子安者亦絶

讀子安之詩不知子安之難及試取令人極得意詩誦過叓讀子安詩却令人爽然自失然後知子安之高正如月出蓬萊閬島中豈人世風光所擬

皇甫水部詩清叓罕儷其志意亦復玄曠故其文乃爾悼子兩篇令人拊心痛絶安仁雖云能敘悲怨不能不爲此惻然

張華勵志詩云蒲且㯳繳神感飛禽此卽養由矯矢獸號于林與扁鵲針鵲影意同不必言一中而一不中如

今註家所二也

顏延年曲水詩序將徙縣中宇縣謂樂縣也故下云張樂岱郊若云徙都中宇對張樂岱郊全不似六朝人語況此敘多重樂故起即以鍾石歌咏與皇王之跡並言

陶淵明讀山海經詩若曾紘所疑吾了不解也若作形夭無千歲則了然在目若作刑天舞干戚則上下文眞不相涉何反言之哉此蓋因帝女之夭灾故云然耳非說精衛既化之後也讀書且不傳信又安能傳疑

文章者性情之霧機也先王以之動天地感鬼神故片言取適即心動神怡隻字不諧即神銷意沮苟能會此

則白日羲皇坐令蓬島雖枯槁一世老死丘樊而非人間世可即亦非人間世可染

陳拾遺別李參軍崇嗣詩云四十九變化一十三死生者四十九變化即易大衍之用數也天地間萬事萬物之數孰能逃此一十三死生即老子生之徒十有三死之徒十有三也玄黃即天地也弦望即會合也李陵贈蘇武詩云安知非日月弦望自有時此詩大旨以達生爲主其源出自子荊零雨之章言離合即言壽夭也子昂作如此等詩此所以絕六代之華靡振百家之風骨卓然大雅不羣有以也

海虞文苑卷之二十四

邑後學張應遴選卿甫輯

雜著

使緬錄

張洪

永樂四年夏六月予往遼海諭祭韃靼報歸　詔侯於朝是年閏七月十三日　命持節往諭緬甸宣慰使那羅塔即日就道九月至金齒整點護誤　勑官軍行在者舉家慟哭謂去皆必死無有生還予則示之閒暇不急於行哭送者不知其期亦稍懈乃疾啟門馳出抵諸葛營而止哭者不得相送行者殊無悲慘時內官雲仙在

麓川宣慰司病軍接迹於道見者皆戚及至麓川雲内
官要予入營㶟不可坐實由軍士遺便於營外天氣鬱
熱故也行次拱章卽緬之江頭城緬人旣併孟養地復
遣陶孟東妙聚兵於此以防中國之救予佯爲不知遣
人詈曰我至日本其王來迎舟檣遍海爾曾不滿二三
萬人來接是輕我也速備船送爾本小夷吾不汝尤旣
入舟召通事丘添保訪問緬人事情及前使得失通事
曰緬蠻甚倨傲聞　朝廷使臣來別緬艸樓北面以迎
之使至入城閉其從人於外使之徒行延登艸樓緬人
則南面與之語率以爲常前使皆姑容之且其風土甚

惡至之夕病者居半明日盡病三日以後死者相繼而十無一還公宜處之予入其境遣通事諭緬人撤去北面之樓且告以中國之禮爲官者出行者皆避路否則箠之宜告緬民避路毋遭箠也乃選敢死士廿人胯刀執杖將入城予立馬於城下叱緬人闢門不聽遂箠之排其門而入至宣慰之廷緬人列象百餘夾道而立以鼻勾綰請使臣下馬即命拔刀斫象鼻象始開馳至其樓迎　勅書南面呼宣慰以下北面聽受畢使者西向坐數其失禮并擅殺鄰境宣慰罪那羅塔不能答但云請就館明日回覆既還緬人殺牲以供具悉麾出命易

生牢來饋舊聞夷緬間有木曰金剛纂狀如棕櫚枝幹屈曲無葉剉以清水暴牛羊渴甚而飲之食其肉必死雖饋生牢必俟三五日無毒然後烹痛掃除營內毋容穢惡於營外百步許爲廁滿則實之以土更爲別廁三日軍無病人心始安彼常以瘴癘怖我故前使畏死求亟還莫敢與之較以予觀之瘴癘雖有亦當調攝食肉不許太過飲酒不至於醉居處無臭穢衣食以漸增減饋獻遊行必防其毒緬人嘗畜淫婦誘我兵卒犯之必死謂之人瘴予朝夕誨之曰汝等來時父母妻子哭送拜禱神明望爾生還今以人瘴而死妻必改嫁父母何

歸衆皆感泣不敢近人瘴或有病瘧予以平胃加柴胡治之多愈去時馬步七十人歸時六十九人惟一人朱官音保歿於彼即命官旗焚收骨殖點檢隨身行李送還其家緬人以軍無死傷稱爲神明使事畢還至騰衝府既脫瘴癘安養軍士數日夷人餽牛酒悉以享士死者亦預祭振旅入金齒歡聲動地人得生全皆以爲異事夫何異乎在於誠心愛人耳無誠心則疾痛不干已雖數視之亦無成效也

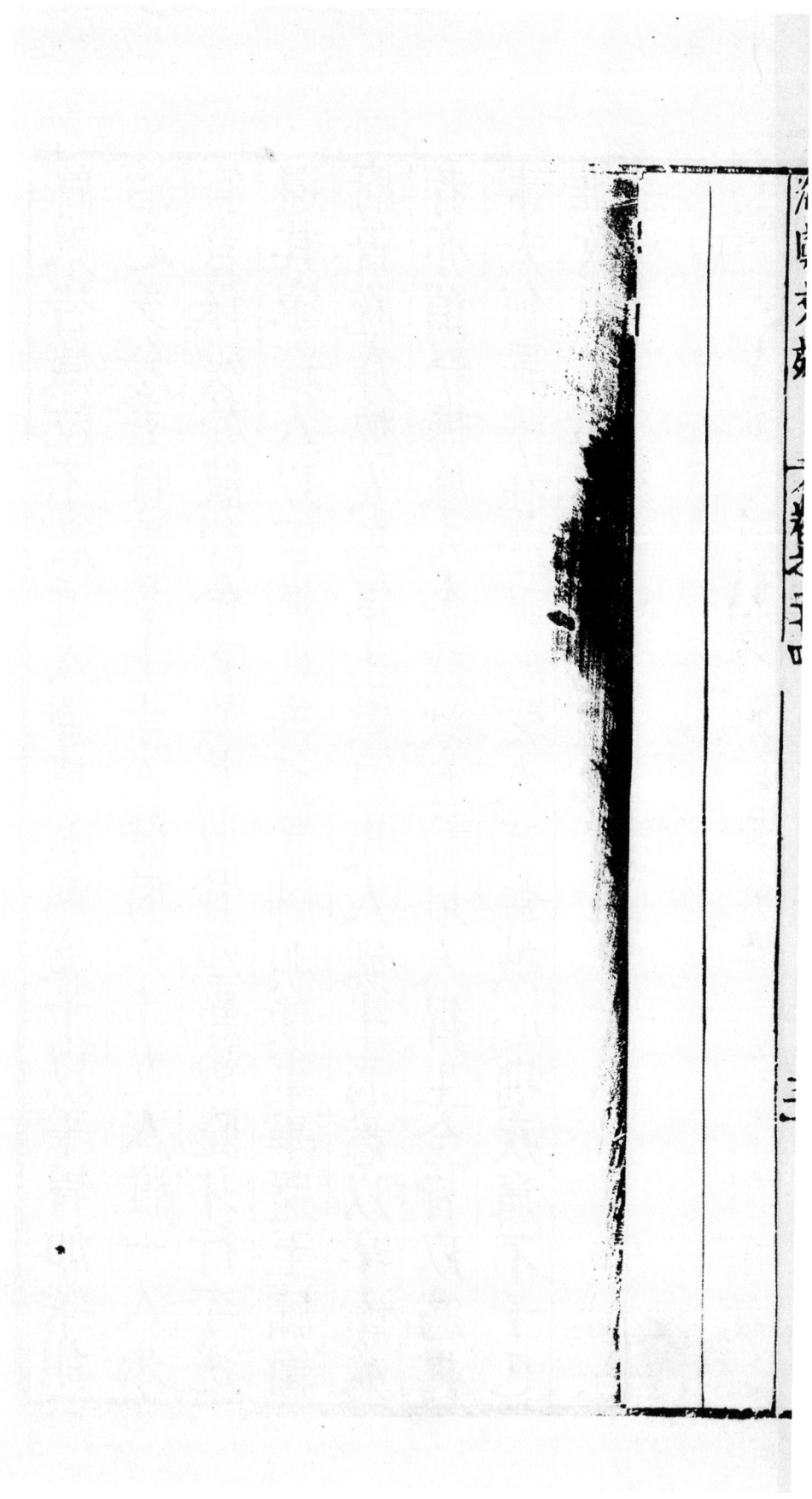

秦游紀事　　　　陳禹謨

癸丣秋七夕後二日奉直指楊公檄應聘秦中使者趣勸駕越十三日遂從獲呂儆裝行是夜宿脩武望日渡孟津河于立坊表書周武王濟師處河廣不過五里許而勢迅疾甫登舟見雲從西起彧篙師亟行勿緩會風便舟駛須臾抵岸次日上北邙嶺碑志狄梁公墓道自餘古塚纍纍爲英雄跣骨者殆不可數過洛陽渡谷水或云郎石季倫金谷園再渡孝水爲王祥卧氷處語云牛蹄之涔無尺寸之鯉此水會不過一勺耳不知雙鯉何從躍出覩此益信孝感之神也案祥本傳祥瑯琊臨

沂人避地廬江不識此水何以傳于此名入新安境有甘羅墓道碑令長辛公爲余年友相留信宿西行經韓王墓詢之輿人曰此韓擒虎也于此方大著靈爽曾閱擒虎傳嘗曰生爲上柱國死爲閻羅王足矣豈其精神氣𩲸自隋至今尚有不死者存乎已涉一水復詢輿人曰澗水也伊洛瀍澗此非其一乎余奇其對澗不甚深而其派頗繁行者正苦頻涉每淫雨後勢極澎湃渡之亦未易也邑有慕容山云慕容埀屯兵于此相傳項籍坑秦卒亦在境内土人掘地往往得戈鋈之屬亦時見枯骨他如爛柯山王喬洞應是後人傳會者亦非奇徑

所及十九日至澠池邑素患虎先時邑令王公禱于神驅之遂絶虎患公廨中有作詩紀其事者乃知昔之人能令虎遠江蝗辟境不誣也澠池西見石碣志云漢征西將軍馮異奮翼處從此竟日山行坦道不能數武郎羊腸九折坂何以過之自郁山來山多土惟硤石稍露山骨此郎古崤陵也初見傷山居民或穿穴以處余頗訝之謂棟宇既興而後豈宜叟土處至陝州則比屋而是不復訝矣詩稱陶復陶穴蓋周先自如此陝郎周名所分東西治者其驛名甘棠其關爲函谷云憶昔六國仰關攻秦則若登秦人開關延敵六國敗而走若崩豈

非以崤函之固哉乃今不必一丸泥可封矣秦中候人謁余行館爲約入關日馳去州西五里爲岔口又五里爲望河舖山徑甚窄下薄黄河過者莫不股弁又行五里許則從夷境入閿鄉閿鄉爲王濬故里濬嘗起宅開門前路廣數十步曰吾欲使容長戟幡旗其遺址不識何在下漸之三日至潼關潼關因山爲城因河爲池金湯之險天造地設余鄉蕭使君會備兵有惠政關人至今思慕之盍郎前候者云先一月關中大水官廨民居一時多圮至不能完客所館余至甜蕭寺少選行乃入秦也如秦紀

從陝至關路多束隘入關後則康莊大衢不復行鳥道矣數里許漢關西夫子楊公墓在焉墓前有四知坊三十餘里見西嶽神廟門楔灝靈棹楔題永鎮西維最雄麗未至縣五里則邑丞策馬相迎云奉直指公命將護公等蓋名曰相衛而實微偵之者道旁見有垂楊數株長條至地濯濯可喜向來都未經見抵縣則令長馮公見訪坐譚次知爲愷悌君子余初念之華陰令一也或窘李青蓮于騎驢或脫韓昌黎于蹈險在所遭何如耳余所遭得如昌黎大善乃馮公其人哉遂與訂華山之約而別繼謁者爲沈丞則直指所命將護者也時主司

與同事諸君俱未集沈丞白請姑勿行遂鞬戶而去余竊笑曰生平以四知固中扃久矣入關西夫子境乃更勞施外韄乎梁曹景宗有言閉置車中使人無氣此殆近之居凡八日諸公後先有至者月朔之二日沈丞啟扉出莅華山行時久雨新霽淸暘乍昇朝暾山色互相映發微有嵐氣蒸蒸從山麓起一似數萬家晨炊其下者此時已神飛太華峰頭矣道旁列樹蒼翠可把栜棗枝頭離離垂實淸泉迸流處間有振鷺亭立乃知使人應接不暇者不獨山陰道中也所經有華陀墓紀公祠每思漢有紀信猶我　明之有韓成糜軀不悔以全眞

王忠不二一也錄及異代享祀勿絕宜矣若華陀乃能留骨而不能以青囊傳恨哉入華州界景物頓改道中礫磷多亂石山泉噴薄百道而下匡廬瀑布殆彷彿云一石碣題云唐郭汾陽故里未至州十五里許爲蓮花池廣可數十畝乍見異之曰此寧種分玉井者耶薄視則花葉具小于江南種第殘紅復自嫣然馥郁香風隨輿拂入惜能心賞之不能低回半晌留也又行五里許會涂濘間入林莽中乃樹色之佳非復華陰道中所見矣初三日自華州曉發適西關見寇萊公祠所過山色絕不如昨朝之奇大都在州境者乃少華也十里許涉一

水是爲西溪有碑識之又十五里許經遇仙橋相傳以爲宋藝祖遇陳希夷處至渭南界時上下山谷間而夷原較多又遵渭濱行數里許至縣渭水自瀵瀵流亦迅疾其濁不減黃河嘗自嘲生不分涇渭何以雌黃秦士今卽不能識清涇亦差能辨濁渭矣渭南西行四十里內條高陵條深谿曠輒莽蒼爾望臨卽僅通軒車人亦多穴處者恍然新安以西道也五十里許爲臨口鎭土人云高阜之上舊有大寺卽黃巢起兵處又十餘里至新豐鎭見留侯舞陽侯二公祠祠前榜曰古鴻門鎭之西爲新豐驛中一水間之豈楚漢所割鴻溝非耶嗟乎

今兩雄安在哉逝川藏壑之論斯皆感往者之難留畏
然彼蠻觸氏之紛紛何爲也行數里而羲轡忽西頻矣
又列炬行十餘里抵臨潼宿焉邑名始于宋俗傳有鬬
寶臺非是次日行三十里許過滋水今名霸秦穆公所
改揚霸功也先時有長虹亘其上行旅便之漢時送行
者率至此折柳相贈鄭綮嘗曰詩思在霸橋風雪中驢
背上是也積久爲狂瀾所衝激遂圮殆盡輿卒悉厲渡
而已土人云方秋水時至兩崖間幾不辨牛馬此適値
水落廣可五六里最深處及馬腹止耳自新安來所涉
不知凡幾津然無大霸水者再渡滻水至西安府晚宿

九龍池沉香亭遺址存焉蓋卽唐家興慶宮玄宗嘗召
李白賦詩于此今爲秦藩囿蒼檜森森相傳猶是離宮
中物是晚直指使及沈丞謝去司道諸公悉以丹箋相
候云入關紀

六日從公署迎至藩司京考偕同考由西階升直指同
三司東階升聲伎甚設雜然繁會及卽席左右方伯祭
藩三公執主人禮先京考兩席相聯監臨帣席並居上
同考東西向三司居前席詩歌鹿鳴天保旣醉歌時樂
闋歌闋則樂復鼎沸卽俳優滿前竟不知所呈何伎矣
酒數行相揖出三司前同考次之左右方伯次之京考

又次之監臨最後夾道列于撤卒如櫛比至省闈進如
公燕禮明遠樓前陳祭京考以下列拜登至公堂相揖
入簾京考及同考向外屏立揖而入監臨左右方伯向
內屏立揖而出至此簾內外敻絶矣衡鑑堂後門榜同
寅協恭是爲房考居處余所居書三房每晨起具祝辭
禱于天大都蘄爲　國得眞才先首場一日各房考擬
經書題呈主者遵令甲也初叟時畢集衡鑑堂主者就
擬題中捻出數道虛懷諮決議者幾成聚訟久而後定
竟不出所擬示公也十一日薄莫始得閱卷卷凡二百
三十有奇望前一日閱竟初場所拔得五潛識其號拱

居一海次之讓次之又次爲被爲已中秋月皎甚邀同
事者二三人露坐清譚小悉時聞有鼓吹聲蓋藩司宴
監臨也既望閲二塲竟又二日主者屬檢他房遺卷幾
三百餘亦稍有所拔明日閲三塲竟去取卷盡歸主者
余房事竣矣又五日中卷各歸房考總批卷頭舊有會
批故事今廢先初塲時以兩日隙成文四首事竣續成
三首題曰秦闈七義中頗以余門中雋卷傳入之主者
采其二入録壬子昧爽放榜余房中選五人拱爲貫生
克忠督學吳公所優取者海爲孫生應舉其尊人某以
癸酉分校南畿得錫山孫太史萬中丞鄒督學三公讓

爲唐生光耀同門中齒最後被爲郭生宗振其尊人諱性之舉甲戌進士官至左轄巳一爲尹生覺民乃河西直指首錄士也五生並英妙年無逾三旬者場中卷率蹐駁不醇至後場尤寥寥余房似較勝卽五卷外猶有可觀如束于數何若賈生孫生三場並豐滿不作顩頷書生態且雅正合時掄魁選也屬有所抑賈生僅僅得亞孫生竟爲二十有二人夫逸材必遭賞識我將任受德乎短綆乎甚汲深我將任受怨乎然願兩忘之其所拔他房者失識其號中選與不亦竟不可知矣是日赴燕藩司明日謁秦藩王享師生具如禮入闈紀

又明日出永寧門游薦福寺案墨客揮犀云雷轟薦福碑在饒州東薦福山在長安者非是寺後有浮圖俗所謂小雁塔也又五里至慈恩寺卽古曲江地則雁塔在焉七級巋然自有古色攷之唐書神龍中諸進士賜燕杏園題名于此今陜右新郎君仍其故事每科必伐石爲記云小憩間殷然聞雷余謂同游者曰此得毋題名先聲乎極歡而還次日擬游終南謀之同事者率謝不暇余笑曰勝游寧須暇耶二客正自不能從耳余獨麾輿人行出自南門三十里至樊川漢武陽矦食邑也今爲樊村者四此其一村多武陽裔在唐爲韋安石别業

故一名韋曲林水佳絶大自會心土人引川流灌漑稻田蔬圃絶不異江南風景子美詩云韋曲花無賴惜非其時循川而上登牛頭寺墨客揮犀云杜子美詩滚滚上牛頭者在潼川西南牛頭山此亦非是余鄉先達有作游終南記者云此寺僧愚聞官人至悉遯去殊不然甫至僧衆交迎余呼一人稍慧者訊之亦輙能對蓋此地舊名樊川今爲華嚴川南則渭西東則滻河並以川名所謂秦之三川是也獨眞人丘長春故有詩刻訊之僧竟茫然無以復僧之愚果不誣哉夫唐人所撰徧照禪師碑先達以不及見爲恨然及見丘眞人詩曾幾何

時而眞人手蹟復成漫漶孰謂言可不朽也是夕宿寺
中飯新秔米卽川水所溉者僧持濁醪以獻余以性不
飲謝去已輒笑曰惟僧可不與飲而愈欲飲余不妨豪
飲而不能飲余自欠事而僧弘達教矣偶步中庭明星
爛然又似有彩雲密護者已諦視之則蒼檜森森岡上
亦夜色之一奇也中夜時聞野鶴鳴使旅魂頓醒蓋寺
中鐘磬寂然正藉九皋鶴唳四壁蟲聲以當淸梵耳曉
發牛頭東爲杜曲乃唐杜岐公居當時語云城南韋杜
去天尺五言長安不遠也南行四十里至終南之麓入
普光寺東西畫廊凡八十四楹最爲藻麗中藏經閣連

花池環之所謂下天池也第經人工所鑿無甚奇鄉先
達都玄敬穆爲儀部郎時曾題壁方丈中垂數十年來
猶然不磨此外絕無名公手筆則游者之罕至亦一驗
已飯訖寺僧爲導由曲徑過石梁澗水潺湲云是太乙
湫中派也歷級而上松柏鬱然時有丹楓間之五里許
至天池寺爲無壞尊者道場寺前有長松一株可十餘
丈千年物也門以内澄然一泓是曰仰天池其深不測
最後爲空中樓閣登眺者久之諸山環翠一覽盡收大
觀哉已寺僧出尊者所遺見示玉環錫杖外惟玉石籠
礶甚異隨訊尊者故實一老衲云尊者係西域人乃辟

支佛高足弟子洪武時尊者結廬龜山卽天池西是僧
導余至其地有一松一檜並佳絶尊者一日誦經于此
適　秦愍王駕出聞之尋聲偵蹟得尊者既見王輙曰
從者渴矣盍姑飲乎王笑曰從者衆若之何能徧飲也
尊者因舉玉石礶出湯徧飲之無損礶之一勺王固奇
之矣又曰從者飢盍姑食乎王又大笑曰從者衆若之
何能徧食也尊者復舉玉石籠出飯卒亦徧食之無損
籠之一粒王益奇尊者天池寺之剏所從來矣後示寂
爲建塔瘞之塔在寺門左余從天池還至普光方欲游
南五臺日月岊金華洞諸勝屬詰朝有三司之燕遂不

果乃從别道歸二十里涉龍渠至興教寺則日云莫矣
因宿焉寺右有三塔中一特高爲唐玄奘法師瘞處一
爲慈恩基公塔一爲大周圓測法師塔並刻石銘之其
完善可讀者僅圓測銘耳次日會指間道行二十餘里
游曲江而還曲江僅一高阜後人構亭其上亦且就圮
杜子美詩所稱江頭盡醉處求一蹄涔不可見矣令人
益深陵谷滄桑之感杏花村王四娘墓尚有遺蹟云初
七日出省闈至東關外三司以丹箋相送左方伯王公
會按吳識先莊靖公至是遣役導出潼關五生郊餞人
進一觴而别夜宿臨潼次日曉游驪山則令長劉公已

治具先之矣溫泉在山麓其所謂官池者有精舍三楹搆其上四周甃石中小石鑿七竅泉涓涓從竅出相傳起自秦皇漢武脩餙之或云今之池是後周天和中造又云唐開元時廣之總之溫泉多于寒火寒火獨稱蕭丘溫泉未可一二數而此其最勝者也時同游者先一人浴余繼之池東西並設階級足及二三級便不能佇蓋泉自下溢足力不支故也室中煖氣如蒸浴時通體融暢大快人意官池左爲混池以浴賤者東行卽華清宮故址前後殿奉三清玉皇南上爲天仙閣閣之下卽泉源泉自石穴中出朔至望從東既望至晦從西飲之

可愈沉痾柹未熟者投其中經宿食之不澁左爲玉女
洗頭池東西繡嶺相望屹峙皆余登眺所及者如朝元
閣烽火樓則久成廢墟矣是日男婦蟻行而上盡禮老
君而余以地主相邀未遑謁也秦始皇陵去此尚十餘
里馬首亦未之及大都驪山勝矣而特不利于王者如
周幽王舉烽火則召犬戎之難秦始皇營陵寢則來周
章之師唐明皇剏離宮則動漁陽鼙鼓抑何覆轍相尋
也豈如形家言地固有利不利乎雖然幽媚褒姒玄溺
妃子秦使天下苦其役皆敗道也何乃罪地靈哉且也
宜亾而亾而率于此地殊難正地所爲效靈耳謂驪山

不利王者諄也是夕宿渭南赴王令長之招王公曾有事簾外者爲余言一見解首卷便灑然異之但首三篇惜有類句如論義則政府孟義則高堂等字面輒磨炭作墨手爲點竄乃知遇合有數不偶然也重陽因泥雨怯出次日抵華州則郭方伯設燕以須郭公雅爲月旦重其鄉人任都閫者初放榜時卽向王司稱快曰名賢之後必有達人郭生此舉天也自今善者知勸矣賁比部爲余述如是一見信然郭生好潛脩嘗讀書華山深處坊刻絶不經目以故所爲文必自立抒軸方伯公每奇爲我家龍文仲春方爲生作室而生已列名賢書昨

所欵余卽其所也生可謂幸矣次蚤過蓮花池無
復昔日芬芳而柟柟葉參差相映于山阿池畔不下數千
百株景物寂移總堪供翫午餘至華陰入公廨小憩遂
乘肩輿出西郊行數里至雲臺觀觀祠焦仙宋建隆初
希夷先生重建者焦諱道廣後周武帝時后罹産難諸
醫靡効也得焦一劑立産太子帝德之因爲立觀地故
多石苦乏水土經焦一指頓若泡水于源而取土于阜
也及觀成土盡水涸矣至今祓無子者禱于其祠每著
靈異東行至玉泉院泉卽玉井中滲出者洞名白雲中
有希夷先生睡像洞口題五龍眞訣四字方希夷初隱

武當有五老就之聽易謂曰吾輩日月池中龍也此非君所棲令閉目御風而行比張目已在華山石上希夷之睡即五龍所授蟄法也洞前一石肖虎名卧虎石上有山蒸亭希夷所創遞葺至今登之最宜擘勝其下右藤繞樹宛如蟠龍是夕宿迎仙院月下獨步嵒石間煙光覆于峰影泉聲亂于蟲唫徘徊久之不覺神情暢然塵慮都遺卧處有登山阻雨詩覽之意儳然恐成詩讖呼童視夜則天且雨至旦奮袂起曰山霧不余距雨師其如余何所得見太華者即需體塗足無恨然亦有天幸不甚雨時霏微數點秪益空濛之奇唐玄宗華山銘

曰鬼神王遊信不誣也目笞口祈而上仰眂兩山壁立戌削如鑿高可千餘仞谷底多亂石坳者突者竪者偃者欹者呀者不可名狀而泉流其間每觸石即砰礴作響二里許有雲根石峙于岳左旁一洞名李道龕又三里許雙巨石當谷口行者必傴僂而上若隧道然此第一關也又三里至桃林砰有三官洞洞之上叟有一穴名好漢洞言非好漢不能登也對峙東壁爲小上方最險絶稍折而東見一石巘其形方而長其中虛而邃所謂希夷硤也昔希夷蛻骨于此後人函之貯諸硤中山人時出眎客因以爲利世宗時姚直指瘞之祠中祠在

硤旁祠西一穴奉天帝祠後有龍泉焉清冽異常西折四十餘武爲第二關又三里至婆羅砰砰以樹名借枯久惟餘新榦亦自森然大都婆羅無他奇惟每枝必舒七葉是所與他樹異也由此上爲十八盤山益峻路益崎嶇且輿且步或扶或拽上抜危磴下入深谿如是十餘里至青柯砰砰西南有公署以息遊者署之後爲鳳凰山鳳嘴石鳳池在焉砰側有西嶽祠寥陽洞救苦庵庵之北道士高還虛者廬其巔及踪跡之則爲一潘司邀去夫世有圖南即丹詔可避豈貴人所得致哉知其非本色仙靈人也大都遊至平砰即二峰之兒女諸峰

南峰之兒女二峰者猶然阻絶而迢遞亭上疎林巒一色
旁眺所極悉成陸海渭流涓涓僅如一帶向所見戌削
壁立高可千仞者杳然斯在下矣太華之勝庶足涉其
槩乎若夫仙人之擘掌巨靈之佇足可[illegible]之[illegible]
之挺秀蒼龍嶺有五將軍松可配五大夫峕分日月潭澄列星有二十八宿潭
殿接南箕橋連北斗峰如雲委嶺若蓮生諸如此勝信
壯哉霧造乎非不欲畢收之一覽第自青柯砰以上率
從絶壁鑿坎爲級每級可容半足坎窮或以松杙代之
如梯狀必左右手遞據鐵鏁僅乃得登萬曆甲申登上
方峰者因鏁絶墜崖而死至四十八人亦殆甚矣嘗憶

禮經云不敢以父母之遺體行殆余游興即不淺而苦乏濟勝具觀此不覺神悸而足蹜不敢前幸已涉趣于砰則疾呼快曰觀止矣何必如昌黎之悔狂咋齒垂誡鑽銘哉乃還是游也索侶不得獨青山白雲作伴黃冠緇衣爲導耳至于輿馬脯資之類悉倚辦華令馮公則佐余勝游者不可謂非馮公力也歸途見長城遺址過秦論所稱踐華爲城者蓋始于此嘗試或嘲余曰子游太華未及回心峰而還將子意亦復易敗耶則余爲解嘲曰以回心還者心誠回矣余心惟不回此未及回心而還也唐人詩云芳月期再來回策思方浩其斯游之

謂哉覽勝紀

錫玄曰昔人所貴者登高能賦心鄉往之若爲公車業羈未皇也桓譚云人有聞長安樂出門西向而笑余不但聞之亦幸見之矣縱不能賦奈何漫不之紀乎輙作秦游紀事政如窮鄙之祉叩盆拊缻而歌亦鳴其所不能已也

音聲紀侶

瞿汝

總叙

夫音之生生於氣氣之運運於時時也者其來不可禦其去不可止遠而稽之推極於元會運世而不足以究其際細而倪之析若毫芒杪忽而莫得窺其微驗之於象數而若或見其似窮之於神化之故而卒歸於不可知之域者也古之人知其然其行身也一與之偕而其政之大者則在於明曆數以授民時作樂宣八風之氣以斡造化之所不及於乎微矣自昔言曆者不知其幾家至我　明得西曆參之而法漸備世多有故不論惟

夫音聲之説至宋始詳然言器數者未及音聲言音聲者不本風氣殆亦未探其本乎如梁唐之沈顧異域之僧珙其撰次非不大行研而覈之非渙而不相攝即錯而無其貫蓋悉偏而有未備也今也審天地之元音而本之氣定天地之風氣而稽之時時有生長收藏斯氣有溫熱涼寒氣有溫熱涼寒斯音有開發收閉其序不易而其行也有漸八風二十四氣各一其令而天地之音亦各一其元矣今以二十四氣定爲二十四韻是也○以上論音然而未始有聲也如大塊噫氣而無衆竅受之則聲聲者亦妄能自爲聲有律焉陰陽各六而六之中又各有宫商角徵羽之五焉古人因衆竅不同之聲以

比竹肖之以合天地之元聲加之以律呂宫商之名也天籟一作而衆竅受響竅風無雖各一其元而一風得以攝之聲成文而音可紀矣竅受風不成韻竅無風入竅不成聲聲雖各一其聲而一風攝之並歸一韻風雖總爲一風而四時運之化爲各音故音也者時爲帝者也聲也者協於一者也彼以一韻析之爲二者是不知天風無所不被以三母合之爲一者是不知律呂之不可混淆故曰悉偏而有未備也因天地自然之元盡音聲一定之則何必衆之以人事哉聲元既定而以人間文字入而紀之蓋字者聲之子耳以文字紀聲之侶故以喉齒唇舌齶分宫商角徵羽文加以半齒半舌之清商流徵而六十六聲元備矣有北聲有而南聲無[redacted]有南聲有而北聲無者此乃人聲之囿于風氣而天地之聲則有一定之律故借其侶者以全之也○已上論六十六聲元世之論聲者不先求之希聲之始而反從字以辨聲何異執邪

而遂謂之時夜者哉於乎音未始有音也而寓之聲聲
未始有聲也而禀乎氣氣未始有定也而因乎時時也
者以爲無邪而今昔歷然以爲有邪而終不可舉無動
而不變無時而不移而卒莫之變與移也古人者神而
明之紀其消長以成歲功肖之象數以寄性術寫之金
石以和天地在迹者之默而識矣獨音聲點畫之云哉
若夫更調一絃而曰音之君者此固無成與虧之旨且
未可以意致而又可以書傳邪今此糟粕亦以供篤嗜
者之一啜云爾

論音元

曰何謂音元曰元亨利貞各有六氣六氣之中各有盈虛如開者以漸而開閉者以漸而閉而熱者涼者亦以漸而熱而涼八風各有初中末而二十四氣截然不可移易矣其風氣之或卷或舒或翕或散各各自有一元但未麗乎竅莫得而辨合以律呂始有聲而可以紀其佀也如氣之在艮也是爲立春乃條風之中其氣向溫而寒氣未散氣雖出而猶未遂故其音元有類于涓卷春决蓋卷而未舒之音也此乃立春在于合朔前一候有餘者如立春在合朔後一候有餘者則其音元有類於于笴榦葛矣　盈　風之在寅也是爲雨水乃條風之末

其令漸開啟而未泄故其音元有類於交紋吽〔圈〕盖開
而猶有合也虛氣之在甲也是爲驚蟄乃明庚風之初
熏然以溫矣故其韻郎音元世人目之爲韻有類於云允運聿盖
物之音也盈風之在卯也是爲春分乃明庚風之中
其令正開帝出乎震時也故其韻有類於嘻喜戲〔戲〕萬
物於此而熈如也虛氣之在乙也是爲清明乃明庚風
之木其氣大溫萌者甲拆而句者申矣故其韻若細引
印乙盖天地絪緼之時也盈風之在辰也是爲穀雨乃
清明風之初其令大開故其韻若開凱愾〔固〕盖開之極
而發之漸矣虛〇元之六氣也氣之在巽也是爲立夏乃清明

風之中其氣漸熱故其韻爲陽養漾藥乃熱之始而發
之初也 盈 風之在巳也是爲小滿乃清明風之末其令
漸發乃陽中之陽也故其韻牙雅迓 甲 蓋開之極而至
于張也 虛 氣之在丙也是爲芒種乃景風之初六陽備
矣萬物大昌故其韻如光廣曠擴蓋長物之音也 盈 風
之在午也是爲夏至乃景風之中其令正發離火用事
陽之極而陰之母也故其韻若呵火貨 合 萬物于此而
發育也 虛 氣之在丁也是爲小暑乃景風之末其氣大
熱天地大窖故其韻若孔空酷盆天地暢達之時也 盈
風之在未也是爲大暑乃凉風之初其令大發品物並

遂故其韻若譁尾化 鬷 火盛而化也火之盛故大熱惟
化也是惟無風風則涼也虛○亨六氣也之氣之在坤也是爲
立秋乃涼風之中其氣向涼而熱氣未散氣雖斂而猶
未收故其音元有類于庚梗更格盒風氣更革之時也
盈 風之在申也是爲處暑乃涼風之末其令漸收鳩而
未集故其韻若些冩鄁 節 盖斂而猶出將收而未盖也
虛 氣之在庚也是爲白露乃閶闔風之初天高而氣清
矣故其韻若嘽坦歎闥其氣疏以散物成而生長之氣
闌也 盈 風之在酉也是爲秋分閶闔風之中其令正收
恍乎兊之時也故其韻有類于呬史四 㕣 盖閉而有開

萬物於此而舒冐也虛氣之在辛也是爲寒露爲閶闔
風之末其氣巳凉萬物成實故其韻若堅蹇見結其氣
之闔而無復餘矣盈風之在戌也是爲霜降乃不周風
之初其令大收草木凋謝故其韻若收守狩宿盒歛之
極而將合也虛○六氣利之氣之在乾也是爲立冬乃不周
風之中其令漸閉故其韻爲陰飲蔭邑盒寒之始而閉
之初也盈風之在亥也是爲小雪乃不周風之末其氣
寒陰中之陰萬物於是乎歸矣故其韻若吹水位國
乃亥六之正音也虛氣之在壬也是爲大雪乃廣莫風
之初萬物俱息故音元類于緘減鑒甲盒蟄者之緘其

戸也其氣藏而正音在于中陰之轉而盛也盈風之在子也是爲冬至乃廣莫風之中其令正閉天一用事陰之極而陽之首也故其音元有類于呼虎嘑萬物于此而閉藏也虛氣之在癸也是爲小寒乃廣莫風之末其令已藏天地閉固故其韻若含感憾合蓋藏之固而蓄之極也其氣閉而音徹于上下夫是以言廣莫也盈風之在丑也是爲大寒乃條風之初其氣寒極極則將反故其韻若呴許酗【圖】蓋氣則寒而出近直矣閉極則開蓄極則通故過此而春繼之也猶之大暑之誶氣極熱而風已凉也虛夫是韻也乃大塊之噫氣也其氣一至

萬竅齊鳴未有風至而律不從者矣彼取一風之元或析爲二或析爲三又取各風之元或混于此或混于彼者殊未究條貫之必有統乎

論聲元

曰何謂聲元曰音也者天之風也聲也者地之氣也地之氣寒則深沉而濁熱則高明而清溫則和柔而平涼則疏爽而輕是故春木皆柔夏火皆清秋金皆輕冬水皆濁乃一定之則也天地之道浸故天風有初中末而地氣亦有始正終始正終又有宮商角徵羽又有卯酉之半商半徵辰戌之清商丑未之流徵之六聲故凡六十六聲而聲元之數備矣

如黄鐘一律合於壬子乃濁之正聲也其宮之元則類於和洪寒合商之元則類于從藏鑒雜角之元則類于南音之呼共（惟此八十四轉皆有聲而無其文）徵之元則類于同彈特達羽之元則類于逢蟠白跋

大呂一律合于癸丑乃寒濁之終聲也其宮之元則類于比音之呼文無萬物（南音呼則入逢）商之元則類于比音之呼根茶寨宅（南音呼則入從）角之元則類于乾權極及徵之元則類于成除直軸羽之元則類于逢浮服伐而流徵之元則類于雷龍勒落三者皆水音也

如太簇一律合于艮寅乃柔之始聲也其宮之元則類

比音之呼黄桓胡滑南音呼則入王商之元則類于錫涎席濟
角之元則類于則類南音之呼吾頑兀僞如北音則入王徵之
元則類于比音之呼寧年腄涅舌音也如南音則入泥羽之元則
類于明綿謐密
夾鐘一律合于震卯乃柔之正聲也其宫之元則類于
容陽聿月南音之呼商之元則類于俗音之呼會儕傛淙北音呼則入振商
之元則類于鼎敖額咢北音呼則入洪徵之元則類于能農諾
納羽之元則類于萌苎陌末　又有半商半徵之元則
類于匙
姑洗一律合于乙辰乃柔之終聲也其宫之元則類于

北音之呼玄確硎撒南音呼則入容商之元則類于北音之呼
生山色煞南音呼則入嵩角之元則類于南人之呼迎娘逆業
北音呼不入容則入寧徵之元則類于人然石日羽之元則類于
南音呼微晚未襪北音呼則入文其清商之元則類于嵩三速
篷三者皆木聲也
中呂一律乃清之始聲也其宮之元則類于烏溫沃揠
商之元則類于精將卽節角之元則類于圭光國刮徵
之元則類于丁顛嫡跌羽之元則類于氷邊壁畢
蕤賓一律合于丙午乃清之正聲也其宮之元則類于
翁安屋遏商之元則類于南音之呼宗臧則作角之元

則類于公剛格閣徵之元則類于東丹德循羽之元則
類于賁邦百八
林鍾一律合于丁未乃清之終聲也其宮之元則類于
因邑一盎商之元則類于比音之呼榛之隻匝有音呼則入宗
角之元則類于京江擊級徵之元則類于貞知只卓羽
之元則類于分方福法　流徵之元則于霧艮力晵三
者皆火聲也
夷則一律合于坤申乃輕之始聲也其宮之元則類于
讙荒忽豁商之元則類于清千七切角之元則類于槌
匡窋闊徵之元則類于天梯惕鐵羽之元則類于披篇

匹撇
南呂一律合于庚酉乃輕之正聲也其宮之元則類于
亨亯黑㲃商之元則類于南音之呼聰蒼猝錯角之元
則類于空康客磕徵之元則類于通湍忑撻羽之元則
類于丕滂拍潑　半商半徵之元則類于聲商釋鑠
無射一律合于辛戌乃輕之終聲也其宮之元則類于
興軒旭歇商之元則類于北音之呼撑初測察南音呼則入聽
角之元則類于輕穹曲却徵之元則類于稱昌尺綽羽
之元則類南音之呼非斐沸北音呼則入分三者皆金聲也
應鐘一律合于乾亥乃濁之始聲也其宮之元則類于

南音之呼王完吳或商之元則類于則類于全情夕絶角之元則類于南音之呼揆狂蕢　徵之元則類于亭田地迭羽之元則類于平便闢別三者皆水聲也以此六十六聲協前八十四轉共五千五百四十四聲蓋此音則盈者爲三聲虛聲爲四聲南音則盈者爲四聲虛者爲三聲不論有文無文而無一聲之複出無一聲之混淆夫亦天地自然之條貫也

八風二十四氣音元方圖

（其令漸開）涓元眷決（其令漸開）干笴幹葛（其氣漸溫）交絞叫覺（其令正開）云

允運聿（其氣正溫）爋喜戲（戟）（其令大開）因引印乙（其氣大迴）開凱愾（百）

其令漸發陽養漾藥其氣漸熱牙雅迓甲其令正發光廣旺擴其氣正熱呵

火貨其令大發空孔控酷其氣大熱譁毛化豁其令漸收庚梗更格

其氣漸涼些寫卸節其令正收嘽坦歎闥其氣正涼呬史四式其令大收堅

蹇見結其氣大涼攲守狩宿其令漸閉陰飲蔭邑其氣漸寒吹水位國

其令正閉緘減鑑甲其氣正寒呼虎嘑忽其令大閉含感憾合其氣大寒响

許酗綠

六十六聲元方圖

宮　商　角　徵　羽

黃鐘正濁和洪合合杭　從藏鑿雜如南音呼　共〇〇〇　同弾

特達　蓬盤白跋　大呂終濁如北音之呼　文無忘萬物如北音呼

棖茶寨宅　乾權極及　直軸　逢浮服伐　大
篌（始一柔）（如北音呼）黃桓胡滑　餳涎席瀞（南音之呼）吾頑兀僞（北音
之舌）寧年暱涅（迎）明綿謐寗　夾鐘（正柔）容陽聿月（圓）（俗音之呼）
曾儕隨績（棖）（南音之呼）昂敖額咢　能農諾納　萌苠陌末
姑洗（終柔）（北音之呼）玄雄硼檄（北音之呼）生山色煞（南音之呼）迎娘逆
業　人然石日（南音之呼）微晚味襪　中呂（始清）烏温沃握
精將郎節（精津）圭光國刮　丁顛嫡跌　冰邉壁畢　粧
賓（正清）翁安屋遏（恩）宗臧則作（尊增）公剛格閣　東當德恒
貢邦百八　林鐘（終清）邕因一邑（北音之呼）榛爭隻匝　扃江
轚鑊　中莊質卓　分方福法　夷則（始輕）讙荒忽谿

清千七切　坤寬窟濶　天梯惕鐵　篇披匹撇　南呂正輕

亨蒿黑壑南音之呼　聰蒼猝錯　空康客磕　通湯忑撻

丕滂拍潑　無射綏輕　興香旭歇北音之呼　撑初測察

穹腔曲郤　稱昌尺綽南音之呼　非　應鐘始濁

王完吳或　全情夕絕南音之呼　揆狂蕢　地亭田迭

平便闢別　大呂之流濁　楞雷勒落　夾鐘之半商半徵柔

盛常匙杓　姑洗之清商南音之呼　嵩三速簨柔　林鐘之流

徵清霧良力略　南呂之半商半徵輕　聲商釋鑠　無射之

清商星相息削輕

論沈約所定韻

沈約定韻以東江支魚爲次而又以東冬庚青分列彼蓋亦有窺于五音始正之訛而爲之也其以東爲始者謂東之有類于宮也次江次支次魚者謂其有類于商于徵于羽也似也而乃獨闕于角之一音者何也試與詳之江聲調而爲入郎成角音彼蓋别求之而弗得夫是以闕而弗列也其分東冬庚清也蓋謂東爲正聲而冬爲始聲彼蓋以丁烘切之庚爲正聲青爲半聲夫是以分之也殊不知韻也者乃風氣之應時而至者也可以陰陽消長論而不可以五行奇偶分如冬至而廣莫風一至天地之元韻爲呼則凡五音十二律不論始正終聲清

濁高下悉爲呼韻所攝而無一律之不從矣古人謂冬至氣至律應黃鍾是豈黃鍾獨有聲而餘律皆無聲乎蓋黃鍾子律而廣莫之中實爲子風故黃鍾當位而爲君耳如夏至陰生律應蕤賓則又蕤賓爲之君而他律之聲故在也今乃以一風之韻析而兩之是謂天籟所被而衆竅之中有受有不受者其説果可通乎莊生亦嘗有曰大塊噫氣萬竅怒號何約之忽于此邪又如風氣幾味之殊故音聲亦有同中之異（如嗜咽呼呴之類）可相通而不可相紊者約又混而無別斯又失之失矣且叱者譹者或洪或細此皆衆比竹之不齊非風之萬異也

惟時變而風斯變耳約乃不以開發收閉爲序而彷彿以宮商徵羽爲等不以五音清濁别聲而以五音正半定韻況歌麻而下又不知其于五音爲何屬也卽其所擬正半者又未悉得其眞乃[redacted]其所不必異而同其所不可同一縣不考天地自然之化而謂可以世智安排夫是以淆譌之錯出也豈直爲風氣之所囿哉

論等韻

毋分三十六字韻分一十六攝其法傳于西域沙門了義而次序于元之劉鑑者也釋氏推崇其説謂之觀音悟門守其師傳而不究其所以然是以訛謬相承而卒

莫能辨也今審其十六韻以通江支遇爲次蓋亦依倣
東江支魚來巳自失八風定韻之旨又如江宕本一韻
而乃前後隔絶不連剛艮本二韻而乃悉以宕韻收攝
此其踵約之失尤爲較然者也至于會梗一韻也乃又
于會分開合爲二而目之爲偈門于梗亦分開合爲二
而目之爲廣門今取其四處幫毋下氷字一聲考之如
平聲爲氷上丙去柄入逼總歸一毋而不可分析者也
今彼于會攝開口呼偈門幫毋下則爲丷○冰○存平
去而無上入于會攝合口呼偈門幫毋下則爲○○○
逼盡去其平上去而獨存其入聲于梗攝開口呼廣門

幫毋下則爲兵○柄碧獨去其上聲于梗攝合口呼廣門幫毋下則爲○丙○○獨存其上聲夫以一毋之聲分裂爲四而又析爲曾梗別爲開合標爲侷廣此果何謂也耶如以開口呼不當有入聲則梗攝之開口呼何以有逼如謂廣門不同于侷門則曾攝之逼與梗攝之碧誠何以别是其曾梗之分而[redacted]兵複出也一倣于沈約庚蒸青清四分之謬而其開合廣侷之說又爲出毋不盡而强爲之者也若夫止移吹衰爲一虞呼爲一此固沈約之舊而又妄益以入聲以北音呼有上去等反聲而令徑塡入入聲則謬矣則又失之甚者矣至于蟹止二攝謬戾益多如蟹攝

中鷄溪羝黎郎止攝中移字一類蟹攝中頹雷恢灰郎
止攝中吹字一類蟹攝中乖拐字郎止攝中哀字一類
而乃或攝于止或攝于蟹何爲而錯雜如此也如以其
方音邪如江右之音呼長爲牀是以陽韻轉入江韻呼
精爲將是以庚韻轉入陽韻呼開爲灰是以皆韻轉入
灰韻又如燕吳人呼緘爲肩是以咸韻轉入先韻呼潭
爲壇是以覃韻轉入山韻呼心爲辛是以陰韻轉入真
韻此乃風氣使然吾但列其聲元于一定之格任其百
變而彼固不能出于格之外乃可預爲之别擇而待彼
也邪又如真軫震質之合于魂混慁沒已自不爲精詳

乃復以顛天田年攝入又何不倫之甚也山字一攝并入元先九溪字一毋于山爲慳于先爲牽于元爲捲又如群字一毋于先爲乾于元爲權迴然其不[redacted]者乃渾而爲一此又約之所未有而此尤失之尖者也獨其蕭爻豪之併爲一流深通之無所混差爲無病至于戈麻兩韻沈約故分而此合一假如透字一毋以戈收之則爲拖以麻收之則爲他截然其不類者而又何以一之覃鹽分兩在沈固析之無謂而咸覃併一在此尤合之不經非溺于舊習之窠臼則昧于幾希之氣機此其十六攝之謬不了然邪至于字毋一說如見溪群疑四字

乃中角之清輕濁柔四聲郎今所定江腔強娘也尚有正角之剛康𪟝昂少角之光匡狂吾俱當並列者也今乃以一見毋統剛光二毋于是出毋不盡條貫不清遂妄意分爲開合開合又有不盡乃每毋分爲四脾本只少正中三等而兩處分爲八段（如曾梗江宕則成十六段矣）非複出則空餘矣（字不同而音同郎爲複出）今所定者亦多有空而其空乃無文之聲與無聲之韻編五千五百四十四聲無有一聲之重複者而被之層見疊出果何義哉甚至于端透定泥之下又配之以知徹澄孃以端等四毋居上下兩脾知等四毋置二三兩脾此尤乖悖之甚矣夫天有十

于分爲五行故有宫商角徵羽地有十二支支具五音
五音之中各有清濁輕柔而清濁輕又各有始正終故
有黄鍾等十二律吕以地爲緯以天爲經而成六十律
律雖各有元聲必合之八風二十四氣而後有韻故必
極于八十四轉而經緯錯綜于是乎備此皆天地自然
之數而無事差排者彼所定毋止于二十六而缺其三
十所命之宫商徵羽不審其元而漫焉以加之遂以大
爲羽以細爲宫葢臆之依希彷彿之間而又隈門傍户
以爲之故不覺其挂漏之不可掩也世之人不悟其以
盲引盲而必欲以頭刺膠盆粘不可脱不亦大可嗤哉

跋海虞文苑

國朝以来先達諸名家著作人人殊奂立朝論議則裨廟謨固是居鄉吐蘂則維世道士風即篇章歌咏率闡厥性靈直舒藴藉非雕龍繡帨倫也世代綿邈家傳户誦者

有之而斷簡殘編存什一於千百
者多矣又玄先生博綜腹笥睹先
民之有作慨往牒之猶存乃旁蒐
博采裒集臚列名世文章燦然在
目美而盛盛而傳矣而讀其文曰
獲以尚論其人曰某也玉珮瓊琚

其也黃鍾大呂其也禹行舜趨其也周情孔思其也秋霜烈日其也和風甘雨英賢碩輔表表於當年者凛凛有生氣令人儼然起高山景行之思焉知虞邑人林甲於寓内是集也非直先達之文籍以垂

世而後學之士有所憑依觚非先
生揚前詔後之功手猗歟休哉樞
嘗執經門墻謹識於簡末

門生陳星樞拜手跋

蘇州全書

甲編

·海虞文苑

《蘇州全書》編纂出版委員會 編

蘇州大學出版社
古吳軒出版社

海虞文苑卷之八

邑後學張應遴選卿甫輯

雜體

山家集句　張著

滿庭芳艸易黄昏吳融　萬壑千嵒獨閉門劉長卿　自有繡帷并甲帳吳繡鸞　不須檀板共金尊林逋　試挑野菜炊香飯黄山谷　只把梅花記月痕山谷　宿客不眠過夜半賈島　寥寥一犬吠桃源劉長卿

首尾吟　林大同

昆湖風月類瀟湘載月乘風引興長自有漁童供鱠縷

可無溪女饋蓮房羽觴傳令畱新客玉手藏鈎趁晚凉
此際好邀寵変共昆湖風月類瀟湘

山亭蚤起　迴文五言絶句　王留

小亭一池臨栖鶴伴翁吟曉月孤猿嘯鳥啼亂山深

雨後出山

帰雲洞樹濕積雨嵒苔荒衣刺棘林密屐粘花瓣香

江行小景

風回浪拍沙水接天涵岸蓬短一梭輕極目飛雲亂

其二

田田荇逐浪嫋嫋荻搖風船近浮鷗狎路危愁旅窮

江亭夜宿

潮生海岸濶月没江城荒蕭蕭竹下露遥望楚天長

詠梅　廻文六言絶句

細細香生小院疎疎影散虚亭趣景西湖絶妙孤山月白風清

春日郊行　廻文七言絶句

啼鳥野田春霽雨落花嵒樹洞生風西風朧麥飜晴浪溪碧桃山涵日紅

秋日舟中

滔滔逝水流江漢片片飛雲出岫嵒高岳海天秋唳鶴

遠沙煙雨莫歸帆

夏夜過湖

明河月映紅蓮渚遠島煙連翠竹墟橫渡野航停宿旅
出溪鳴笛有歸漁

客途有感

風生莽野迷沙黑日落遙林宿鳥喧鬔鬢短歌悲失路
空山雪月夜啼猿

水竹居　廻文五言律

潯湘映玉明翠羽逼波清沉綠搖蘭影蔚岑來鳳鳴音
諧鳥舌巧浪躍鯉梭輕尋此從游息心間遂逸情

秋望　廻文五言排律

輕煙澹斜日遠趣成畫圖清蘭雜茂芷落葉殘高梧聲切悲鴻雁影翩翻燕鳥晴原倚列嶂小艇浮平湖醒夢憐蕉鹿利名空擲盧

漁家樂　廻文七言律

寒雲護屋隱蘆汀霽雨微風曉氣清殘月嘯歌羌篴短浴鷗隨艇釣綸輕丹楓瓣颯青蓑笠白雪香春晚稻秔拚醉一場名利遠閒身伴鶴結深盟

樵夫唱

金聲一動振梧飛蛩入樵山水映暉尋藥爲驚麞兎走

轉岊循踏曉霜微深行澗畔腰横斧盡剔叢林棘挂衣

吟笑載歌商調別岑危度檐逐雲歸

田家樂

濠盈水繞畝南東樹匝溪橋野徑通膏沃土宜多惠利

忻懽情遂樂年豐勞勤忘處酣盃酒報賽忪時走稚翁

鞉鼓鬧村旋足賦小舟闌槳蕩輕風

牧童歌

橋平水漲艸萋萋遍牧羣兒犢滿堤喬木翠陰乘旦晝

豪畦春雨潤鋤犁囂囂自得逃機穽澹澹常時飽藿藜

遥望野蕪煙渚遠日斜横遂竹林西

登拂水嵒

林深隱寺有鐘聞噴瀑飛崖兩下分陰樹嘯猿悲薄日際天帰鳥礙行雲岑遙湧翠浮松徑澗曲流紅亂縠紋今古自開圖畫好吟還醉墨妙書裙

鷲山留別書事

飛雲斷岸繫輕舟酒勸歌勤為客留巍石秀松青繞寺澹煙晴靄翠凝樓依依柳巷門牆舊曲曲溪橋野水流衣濕雨香花滿道西山鷲起數聲鳩

題畫　迴文七言排律

雲山萬壑野橋橫小閣書聲和鶴鳴孱鳥過林遙度影

隊魚驚浪逐浮萍紛紛鶩雁蘆汀集兩兩漁船湖水平
曛夕縱吟高興適赤楓疑照落霞晴芸香拂几憑時夢
磴曲盤崖轉陸行芹獻樂輸忠悃抱石泉怡老却虛名

詠小樓 一字至十字　丁奉

樓樓尚美頗幽傍嘉木占芳陬一榻夷坦半榻優游庖
近壺觴優窗清翰墨稠可信庾公開興從知王粲銷憂
數級上超遷塵跡四時中騁豁吟眸檻外遭圍棟梁宅
第闢前掩映花竹林丘隱几處青山浮雲古塔卷簾時
綠水亂鳥扁舟總似岳陽安得希文再記雖非黃鶴豈
無崔顥重遊

八月十一日夜與趙敬夫極譚時變因就架取陳簡齋集以侑觴至其八音詠效爲二首

楊儀

金風入羅幃蛩響四壁靜石礎夜流潤共此燈燭影絲絲窗隙明細雨芭蕉冷竹聲起琊環對語情耿耿匏繫恥明時雄飛怯途永土鼓俗旣移平地生陷穽革鼎在反覆政教賴寬猛木訥本近仁我生亦云幸

金氣入我室夜久情如何石屏背青燈東林待姮娥絲鬢臨凉飇壯志成蹉跎竹爐火初爇黃流金叵羅匏陶可薦帝況乃歌菁莪土垣覆芭蕉詩書足吟哦革面鄭

衛語洗耳唐虞歌木落湖水清寄與豈在多

五禽言　　沈晃

摘桑看火茆厨日將午摘桑救蠶猶火急飯熟不遑食

阿兒看火竈下眠不知釜中已煮新絲錢

子規子規爾子向何之花梢日日啼村中老父守嬛獨

前歲輸官將子鬻至今冤作桓山哭

告天告天胸中抱何冤不知老夫田已沒吏來催租叟

竄突無路告官請饒縣門亦似天高

提葫蘆村中酒薄不可沽山花向我笑客來可奈何但

得床頭有美酒不提葫蘆遶村走

肮布褌獎褌雖肮身還不露君不見西家新婦無鞋着一夏踏車赤雙脚

藥名七言絶二首 七言律二首　　蕭韶

牽牛織女別經年安得鸞膠續斷絃雲毋帳空人不見水沉香冷月娟娟

澤蘭憔悴渚蒲黃寒露初凝百艸霜不共玉人傾竹葉茱萸甘菊自重陽

菟絲曾附女蘿枝分手車前又幾時羞折紅花簪鳳髻懶將青黛掃蛾眉丁香謾比愁腸結荳蔻長含別淚垂願學雲中雙石燕庭烏頭白竟何遲

天門冬日曉蒼京落葉愁驚滿地黃清淚暗消輕粉面
凝塵閒鎖鬱金裳石蓮未嚼心先苦紅荳相看恨更長
鏡裏孤鸞甘遂死引年何用覓昌陽

春宵花月　迴文七言律　　薛侃龍

紗窗月上花搖影月卧花深夜睡濃斜月壁涵花下露
落花香怨月中風霞凝月榭花情逸錦墜花房月夢空
花笑月陰春寂寂月籠花色醉朦朦

詩餘

南香子 辭餞次東坡九日詞韻爲別　張著

雨過碧雲收望斷蓬瀛隔十洲白苧衣涼風滿樹颼颼却怪南還已白頭　對酒酢還爾此去西江正值秋無限相思那忍別休休回首青山總是愁

滿江紅 送余侍講告病歸南康　吳訥

歸去來兮家何在匡廬山麓對萬頃平湖數間茅屋昔日登科年正少玉堂應制誇神速二十年朝夕邇清光當知足　齒漸脫頭漸禿不如尋个間局惟戀闕歸心遲遲難促此日登舟歸去也到家正值松醪熟酒醒賸

把萬卷詩書教孫讀

風入松　咏虞山　　林宗

擁屏排戟倚晴空峭壁削芙容古今勝槩知多少四時探討無窮拔地參差上下接雲延亘西東　天開圖畫萬千重遠靄近猶濃可人有風煙雪月入簾無春夏秋冬休問弱流東去蓬瀛只尺相通

風入松　歸隱　　李傑

黃梅時節雨初收凉氣似新秋鳳城回首江南路情悄悄獨倚危樓白鳥孤飛盡處長空萬里悠悠　家山不見使人愁書劍爲誰留掀天事業都成夢又何須拜相

封侯明日拂衣歸去綠波芳艸扁舟

天仙子 送人歸吳

都門雨散浮塵淨綠樹紅亭相掩映片雲飛處是家山添別恨催歸興　鶴髮雙親誰定省客醉祖筵尊酒罄馬首翩翩征旆並計程一月到吳中風景勝堪題詠稻滿西疇花滿徑

風入松 壽費司業乃兄六十一

眼看元日又過三和氣與春覃畫堂盛設長生宴聽嘉賓揮麈高譚臘蟻浮盃綠釅江魚作鮓紅甘　主人華髮稱華簪臉暈帶微酣花甲一周還復始享遐齡須過

彭聃最是季方情重續詞遠寄江南

風入松 壽吳元博

紫霄佳氣靄蓬瀛明日是新正玉堂仙客垂弧節正人間寒盡春生梅蕋香飛翠幕椒花酒煖銀罌　貞元會合誕儒英金榜占魁名千百歲纔過半百更須看蔗境光榮鳳閣鸞臺重地老成待秉鈞衡

南鄉子 齋居對雪

齋閣莫寒凝誰剪氷花細細零頃刻庭除都積玉清瀞不信蓬山隔大瀛　三日太常醒臘甕塵生破硯氷坐對銀釭成落莫惺惺白髮難禁此夜生

滿庭芳

寒透鴛衾，聲驚蝶夢，蛾兒亂撲紗窗。玉堂高枕，幽興可能降。報道街衢平滿，鬧市童狂走，鄰尾十指，凍渾如屈鐵，巨筆信難扛。　想矦門此日，香生綺席，酒滿璒缸。錦帳裏佳人，起舞雙雙。爭似我清齋處，飲香茶細和新腔。要欲上鼇峰絕頂，注目向寒江。

風入松　警世　　桑悅

名韁利鎖苦重重，沒个從容。人生自古無根蒂，大家是斷梗飛蓬。天際悠悠艸綠，陌頭袞袞紅塵。　東風未久又西風，歲月匆匆。蒼梧雲影瀟湘雨，暗磨盡多少英雄。

千古是非一夢澹煙落日秋空

滿江紅 帰家作

簾卷東風窗兒外又生芳艸連數日悵望佳期越添煩惱尋花問柳都擔閤杜鵑啼怨知多少見門前飛絮衮成團春如掃　江山遠音信杳形已變心難老凝望處又被遊絲相攬綽約脩肩誰善畫娟娟翠映巫山曉便拚一世不相逢心寬了

滿江紅 閒中寫興

誰信先生帰故里數間茆屋且隨緣度世和光混俗日照肚皮纔一覺起來喫檳酸虀粥有時沽酒飲黃昏都

家宿　林閒坐花成幄溪邊卧苔爲裀任形骸放浪無拘無束身外升沉休計較吁嗟人事多翻覆怕途窮日莫是騃人由他哭

虞美人　春曉憶長沙作

細雨梨花春夢破梁燕將愁訴薄陰小閣月朧朧寶篆輕煙一縷裊東風　星沙舊占遊歌處媚景難留任王孫芳艸最多情萬里和煙隨我到邊城

如夢令　過廢宇有感

高閣平臨松島曲檻低環荷沼侍女卷珠簾倦把落花閒掃過了過了基地交還芳艸

花院繁華可愛松徑清幽難賽金谷與平泉依舊還人
鋤菜無奈無奈目送飛鴻天外

前調　夜燕

雲護深沉簾幕風度清冷絲竹行酒假嬋娟盃酒輳成
金玉秉燭秉燭月過花稍偏速

滿庭芳　秋雨通宵有感而作

薄莫窗陰連朝礎潤黃昏雨滴空庭蕭騷淅瀝間和壁
蟲鳴猛與荷池戰罷打蕉葉細覺淒清巡簷聽懷人萬
里點點是離情　久忘前事了忽勾來心上歷歷分明
牖殘燈欲滅鼓轉三更惟愜凉生枕簟和衣卧好夢難

成冤銷候正鄰雞三唱徹曉奏商聲

瑤臺第一層 癸卯元宵後一日　楊儀

春滿瑤臺天宇淨江梅露玉肌星橋銀樹翠屏雲母光簇琉璃西山雨過霽月當空清影爭奇生歡處坐沉香火底休數觥匜　應知元宵雖過十分圓滿正斯時昇平嘉會清歌窈窕緩吹參差擁觥籌筆硯總當世文武英姿撫佳期覺壯懷激烈笑綰金龜

陸儼山云客有攜夢羽近作瑤臺第一層見示者辭秀調高眞詞場名手也秦七黃九不能專美于前矣

巫山一段雲 艸堂新歲作

細雨沾楊柳東風上海棠一春佳景在茆堂煮酒又生香　玄本無煩艸嘲多亦不妨花前縱飲任清狂舊恨莫思量

江南春三首　追和雲林倪先生韻

吳山翠染森春筍斗煖湖波銀練淨山桃開遍野禽啼人在鞦韆嬌送影　曉風寒峭越羅冷竹鑪蒸火烹龍井酒痕狼籍紫絲巾陌頭柳條縈麯塵　流雲遲流水急燕蹴飛花紅雨濕鏡中朱顏歡何及年年芳洲艸光碧簫鼓樓船滿城邑青旆飄揚駁鷁立人生百年水上萍眼前靡刃空營營

元鎮本錫山富室性清介絶俗晚至無家多寄居琳宮梵宇世傳其手書江南春必思歸之作也先生自題云三首予按其聲即木蘭花令前二首二闋已終其憂思之懷未盡故易後章作三字句爲過肉而救反以發其情祝希哲嘗疑其爲兩章先生三首字爲誤書故附其說于此

黃鸝遶碧樹　雙調夜夜坐小樓感懷

夜靜初聞雨金荷再爇水沉重炷小閣閒憑聽蓮籌長短簷花飛舞池甎初煖却又與琴尊爲伍且莫管世路風波險惡人心今古昨夜栁稍月吐記海棠巳開無數

這些子但陰晴順受榮枯莫訴縱然是五陵豪富今只有一抔土爭如無酒陶潛絕糧杜甫

劍南神曲　壬子春日　此詞本明皇幸蜀時笛中譜賜名謫仙怨劉長卿寫其調時人未知故有今名事見劇譚錄

青鞋獨立江橋試看春生近郊紫霧橫舟溪叟蒼煙擁路山樵　梅花一樹兩樹楊柳千條萬條身是玉皇舊吏不妨杖屨逍遙

杏花天　越調　辛亥正月水仙盛開對花夜酌用古調杏花天翻新詞歌以進觴此曲初似不叶然入越調北音發聲自得悠揚之趣乃知易安之能賞音勿以解婦爲足少也

春來準備看花眼苦經旬風狂雨顛窗前誰作催花使

喚起我同看水仙　鬟裙緯約盈盈步捧金盃雙雙袖揎山礬幸與梅兄並酣暢處蟾光正圓

歸堂春　初及第作

掖門西望栟依依宮袍初換征衣兼織雨過片雲飛目斷親闈　堂背萱芽幾許江南梅子將肥陌頭小艸總芳非難報春暉

大有　小石　三月五日小園對松竹作

鶴舞隨人花香入牖太湖峰倚雲孤瘦小亭前湘簾不卷清晝連宵病粲傷春酒殢支節土華如繡忽聽得落梅風誰家玉笛清奏　心驚禁煙時候纔折了小桃花

又海棠近手一樣春情種種惱人難受且自拂春衣袖去撫天竹松舊友看龍鳳百種風標歲寒相守

江邊春夢　寄呈陳霞棲蔡小海子三十年舊人也

雲和雨朝朝隔斷瀟湘江浦湘江浦桃花零落萋萋芳杜笛聲暗逐春潮起陽臺夢轉人何許人何許青山一縷月明千里

初問尸　大石　庚戌春予與顧劉二君同送莫堺予良北上聯舟數日談笑甚歡至于毘陵既與予良為別三月念二日夜泊牟再入惠山寺觴下滄浪亭中沉醉還舟明日推蓬問之則各就歸途去矣賦此寄謝云

江上清風山間明月滄浪亭下遊踪滅酒重斟花再折

人生此會眞奇絶萬竹琮琤二泉清洌銅爐爇火添生菜佛燈明仙漏徹醉眠不管人離別

採茶歌　南呂

雨前時亂鬪啼岕茶幽興夢先馳隔竹已開青玉碾對花休賦翠濤詩紅日晝簷西　烹雀舌鬭鎗旗月團的歷浸玻璃幾度松風醒酒惡半窗蘭馥沁詩脾點點落疎棋

蝶戀花　林鍾商　王氏梅下和邵子厚韻

一樣春花梅自別我恨來遲已見飄香雪萬點臨風添一絶金尊到手休教歇　嫋嫋歌喉聲欲咽良會佳期

須待山頭月玉骨氷肌清自徹紙屏好夢和誰説

又　燈下對梅再疊

深夜沉沉人未別銀燭璚葩點綴枝頭雪萬斛沉檀香不絶天教小雨黄昏歇　玉笛誰家風外咽煙靄霏微露出松稍月好會從教雞唱徹清狂留與旁人説

長相思　題宋人春閨圖

桃將然柳拖煙懊恨韶光似去年春愁怕獨眠　繡簾前月鈎縣手拂瑶琴嬾去彈幽情誰與傳

撚不斷　雙調　三月念一日閒中理菊種蒲自詠

菊苗肥菖蒲瘦生涯此外吾何有竹影閒侵枕畔書花

香自入盃中酒玉樓春畫　心無縈眉無皺今朝過也明朝又屋外江山自主賓窗前烏兔從飛走青氈依舊

生查子　大石　庚戌六月十七日夜坐

清風萬卷樓月轉墻花影鐵馬響簷牙螢火依苔井幽懷去復生好夢重追省石枕竹方床夜久衣裳冷

碧空月詞　舟中對月

碧溪新雨過瑤天正月圓木蘭舟子莫生寒誰遣十分好景付閒官　翡翠開青海金波映玉盤一時都得共清歡昨日鳳城龍闕夢初殘

沁園春　過獲麟渡和桂洲嚴陵懷舊韻

南旺雙湖獲麟古渡倦客歸來見官柳無邊狂瀾彌望半天雨過一幅帆開沉沉漁舟悠悠牧笛隱隱滄洲去復迴真个是人間雲島不換霜臺　杜陵小樣情懷休再問當年讀易齋向淇水園中多芟惡竹羅浮山下湧理疎梅晞髮蓮峰披襟日觀端不人生大快哉蓬窗外忽白鷗兩兩對我徘徊

減字木蘭花　舟中夜思

東林月起清影正窺窗上紙南浦風生爽氣先聞水面聲　誰家玉笛千里歸心江艸碧試聽銅壺幾點殘星早柳疎

木蘭花令　閏月念九日過魯橋用桂洲韻

魯橋忽送今朝雨日午鳴蟬千萬樹青山一帶浸波明煙水前村是何處　自理瑤琴還自語知音從古難多數欲鼓漪蘭下指遲爐煙半逐飛雲去

菩薩蠻　中呂　過谷亭預寄秦氏園亭

試說還家情意好澹月微風天漸曉炎夏似深秋中流自在舟　菊松三徑地猿鶴猜人意且醉習家池參差白接䍦

賣花聲　六月一日雨後過桓山欲遊石室過徐欲登放鶴亭皆以泥淖不果因憶舊遊有作

疎雨過彭城小簟涼生高臺戲馬古今情却憶舊遊人

去盡好夢難憑　海上曉霞橫栴色彈聲青簾晝舸映

波明欲弔坡仙河水廣好事難成

水龍吟　越調　題金山寺

天生砥柱狂瀾一拳瘦石名千古三峽奔騰五湖渟滙

萬流衝注明滅煙霞昭回日月吐呑雲霧看風波南北

悠悠總人間閱歷興亾路　淸夜魚龍吟嘯耍鸛鶴廻

翔分聚慷慨英雄飛揚才俊古今無數北客重來景物

不殊風流如故攬青銅漸覺鬢有繁霜歲華空度

水調歌頭　中呂

小院淸如水卷簾人未知手倦方抛書卷午夢鎮相隨

悵煞春光去也，墻外無窮花柳，過眼剩青枝。鸎兒久寂寞，鷰子故差池。　空掩袂，盼嘉樹，數佳期。有个人人何處，兩地各相思。謾説消愁惟酒，更道忘憂有艸，此病最難醫。多情緩羅帶，多愁損腰肢。

長相思　題唐伯虎畫折枝

桃花紅，杏花紅，兩樣春光便不同，各自逞嬌容。　倚東風，笑東風，綠葉青枝共一叢，静愛碧煙籠。

六如唐先生爲一狎客作水墨桃杏二枝在一扇頭，將伺暇日作新詞題之。其人持去，爲一狂生大書一詩于前。先生見之，怒甚，取筆泚墨淋漓，一時塗抹詩畫盡墨予就案以水筆洗滌新墨狂生之詩半亦磨滅計不能盡去乃因文删剔易爲小詞良久詞成扇亦曝乾逐字塡補既定以呈先生先生喜曰子能點鐵成金我當共成勝事耳起與脩飾損缺復自序題新篇于左邀所知三四輩入桃花庵置酒高會盡日乃罷是歲正德丙寅予年十又九矣

喬牌兒　雙調　虎丘西塘夜行迷道

通波無盡處望裏連天碧沙頭白鳥雙雙立我本忘機入帰舟莫急　浮雲生遠浦遮却西飛日桃源有路無人識總有老漁郎難尋舊跡

畢仁叔曰承教翰併得別後大作仰知公天趣悠然
舉筆妙極譬之化工生物色色英華鑽仰區區有神
奪心融而筆舌莫之能諭也

且坐令 載德山中作

春將老轉覺風光好青山過雨溪流遶處處聞啼鳥脩
竹長林朱櫻玉筍自家傾倒　王逸少舊山陰道難教
我辜負了世情底用牽懷抱總付與尊前笑醉眠莫管
催歸蚤軟茸茸芳艸

小重山 荅蔡小梅

簾卷朱樓送酒頻流鶯啼不斷怨何人碧桃花下郎間

身醉夢裏又度一年春　落日隔松筠蒼煙縹緲半鎖
荒津玉人書到楚江濱愁萬種知是假和真

鶴冲天　淮陰阻風

斷橋渡逆風舟蕩漾碧莎洲瞢騰好夢到揚州覺來依
舊愁　中山毫端溪硯閣帖手摹幾徧濃雲飛盡野塘
平中流自在行

漁家傲　雨中遣懷

四日行舟三日雨天涯倦客愁無語獨倚蓬窗懷故土
芳艸浦飛帆不爲濃雲阻　筆床茶竈相隨任清風入
座爲賓主陰晴世路隨遭遇今朝過明朝白日應重覩

阮郎歸

敲棋客散小樓前棰笙適意眠烏皮几上玉爐煙薰風調五絃　唐世畫晉人牋牙籤宋簡編龍團細碾隔花煎閒情只自傳

紅繡鞋中秋怨別　錢詔

別時節寒食梨花莫雨如今回首忽到中秋桂枝香裏把墨甲金錢賣占凡幾喜蛛垂難憑信靈鵲噪未爲奇燈花兒何太喜

粉蝶兒無題

玉骨氷肌實釵橫半鬆雲髻解春衫將鴛枕斜欹眼朦

朧腮帶赤眉蟬翠羽擺動着楊柳腰肢酥胸軟香汗微

暗巫山行雨

慶春宮　十柒　　邵圭潔

山帶平疇水環秀野江村處處清嘉花逕客來石壕吏

去椿陰團翠閒中謾整茶瓜西溪上日暉未斜要堂開

新築簾卷祥風户映文霞　芭蕉分影窗紗棠棣相輝

蘭樹交加靜夜詩書清晨機杼等閒兒女當家年豐時

阜額四境雞犬無譁待鸎啼春野斗酒雙柑來話桑麻

謁金門

江艸碧又見一年寒食風雨落花春可惜况逢身是客

十里青山只尺兩岸綠楊如織酌酒賦詩俱未得涙將光景擲

菩薩蠻

難消炎暑惟茆屋借得東鄰一畝竹一卷坐幽亭入簾山氣清　天邊金殿矗未許觴鶱宿渴病似長卿誰分玉井氷

玉蝴蝶　咏梅

報道江南春蚤誰將消息先付梅花清絕標姿眞个異種奇葩淺流邊一枝寒浸明月下幾樹橫斜老煙霞短籬村落茆屋人家　還嗟隔林桃李總稱繁豔耍近喧

譁雅澹精神美人依約自天涯憑寄取剛逢驛使正相思忽到窗紗把門遮竹爐溫火伴我煮茶

意難忘 代鰲江作　　錢籍

唱罷驪駒問東君底事苦要懸車江山懷舊王風物愴新畬休跼蹐且躑躅莫湧賦埽與乞爲民勉畱一載畢竟歡娛　飄飄鶴氅霞裾奈無心富貴決意樵漁青山深采藥綠水淨牽渠離塵網躡仙衢松月共淸虛更何時天教合浦再覩明珠

踏莎行 贈妓林睡棠

燕趙嬋娟風流迤逗相思只怕黃昏候笑將花貌比芙

蓉香蒐背落嬌紅手　隨步隨行誰先誰後睡情濃重非緣酒甫能排遣夜來愁一般春病如今有

蝶戀花　咏四景別意和韻四首

憶昨闗河同惜別幾樹江梅又見花如雪錦字不傳愁欲絶青樓舊事空銷歇縱使加餐難下咽兩地相思一樣窗前月枝上鵑啼不徹離情萬種憑誰說

其二

楚水吳山勞遠別十載咸陽博得盈頭雪鬢子梅花飛不絶薰風巳動梅風歇萬里啼痕空自咽爲憶秦娥望斷秦樓月何處渭城重唱徹離人莫向離人說

其三

寂莫崔嵬成久別怨粉愁香減却梨花雪一望一思心斷絕湘江水冷音塵歇檻外細流蛩砌咽鏡裏鸞孤怕見梧桐月霜重角聲吹不徹此情未可分明說

其四

一曲驪駒人恨別白雁迢迢幾處關山雪遠道不堪音信絕斜陽空伴離愁歇野水凝氷清夜咽荒艸悲風正是思家月金井寒鴉啼未徹無人傳與梅花說

江南春 次倪雲林先生韻　　孫樓

玉林初迸黃金筍晴絲院院柔風靜錦鸎睍睆隔花轂

紫蕢高低舞簾影荼靡尚勒花朝冷自汲清深試龍井亂紅飛盡欲沾巾半付東流半委塵鳥聲遲歌聲急清明小雨闌干濕易去韶光追不及船頭新漲接天碧錦城自古誇吳邑十二青螺倚雲立請看點點溪上萍橋花昨日猶營營

戚氏　次橋青卿秋夜韻

麗春天一枝紅杏豔幽軒薄倖風顛薄情雨驟耍昏煙飄然頓辭林鳥衣輕蹴墜梁間却教故苑羞殺移根向阻水逢山蜂媒無傻蝶使難憑幾回桄淚潺湲怪語禽細碎遊人歷亂到處紛喧　一宵永隔如年孤燈明滅

和影伴憂闌曕光照那人何處欲問嬋娟恨綿綿滿眼風物那堪懊悔當日蕋宮半含半吐葉嫩枝柔欲折未折還延　謾憶蒸霞似雙頰寸臉宜喜宜歡只願成陰結子待春陽歲歲共留連無端好事多磨彩雲易散九十春臨限殢名花誰不心縈絆朝看鏡日減朱顏倩東君休暖休寒趁嫣紅一點未全殘拚錦茵藉落英片片長抱花眠

解連環　次周美成閨情韻

柔情暗托奈平地風波對面遼邈本來面目野鴛鴦但隨浪逐波禍慳緣薄幽閣沉沉險斷送鞦韆繩索是粧

圈美套恰有千金返魂靈藥　料得水魚相若待石爛海枯馬頭生角從教錦片前程和蜜雲濃雨一筆勾却萬紫千紅總不比孤梅芳蕚任春風隊水沾泥把伊零落

戊午春余意忽有所失别燈納悶無以自解檢詩餘惟戚氏最稱長調可以寫愁而其名又類女郎即揮毫賡之抑鬱無聊情見乎辭每悲歌擊節涕輙無從語云情之所鍾正在我輩百年之內所歡幾何能無眷眷不然余亦雅知自束而心豈易蕩若此然發情止義古之婦人亦能之況予爲丈夫者耶復調解璉

環以志恨云

念奴嬌　用東坡赤壁懷古韻

江南燕北數千里歷遍波濤風物客久囊虛裘已敝絶似家徒四壁勳業難成容顏易老鏡裏朝添雪五旬到也算來非是英傑　追憶書劍初攜闔閭城外撾鼓船頭發譚笑封矦男子事一點雄心未滅七戰文場四逢奪錦勝負爭絲髮半生過矣晚成須問靈月

盛年浮氣湯自許獨步江東人物躍馬橫戈圍萬騎突戰要無堅壁歲月奔馳勳名蹭蹬忽爾頭顱雪而今俯首虛名慚負人傑　猶詫紙上雲煙胸中磈礧筆底花

爭發廿載芸窗千萬卷頓使一朝埋滅白璧誰沾青錢
未選憤欲衝冠髮重門自掩黃昏羞對孤月
摩娑雙眼淚捫腹空洞此中無物但可容卿三百輩仍
佇圖書東壁詠月磯頭歌風沛上還賦梁園雪揮毫對
客座中若个雄傑　忽聽雁叫南樓蛩吟北牖一夜清
商發兩袖凉生零露襲銀漢橫斜將滅對酒長歌攬衣
獨步颯颯風吹髮杜鵑枝上聲聲啼落殘月
紅塵深處轉愁腸却憶江南景物靉靆雲開梅雨霽一
片蒼崖翠壁竹裏鳴淙松間瀉瀑衣袂飛珠雪流觴遍
詠山中亦是奇傑　而今歸路迢遥宦途迤逗彈鋏悲

歌發去住無憑眠未穩好夢隨生隨滅過雁牽情吟蛩送淚聽裏堪華髮青山不負有時還醉蘿月

念奴嬌一名百字令詞剛百字也又名大江東去又名酹江月又名赤壁詞則以坡老赤壁懷古首尾兩言得名詞人賦此調者多矣而坡老一章獨冠今古後人屬而和者不少余戊辰歲留滯燕都旅愁閒作輒寄與一闋湧錄備覽情至當復賡之不知此後又積若干也

踏莎行 戊申中秋邵氏賞月　錢籌

金宇收嵐瑤臺息籟寒芒萬里搖銀海一輪飛上廣寒

秋玉山爽氣氷壺灑　皓魄常明朱顏易改深觥且盡東君愛笑將時事問嫦娥石家歌舞今何在

卜算子　蛛網

蝶粉度春香風過重甍裏明月凉梢葺舊絲一一從頭起　花片挽離情露墮珠簾碎東海虹消莫雨收倒挂蜻蜓尾

臨江仙　初夏新晴

百尺飛甍初過雨石榴一樹花明畫屏長晝落絲輕黑甜初起茶竈響松聲　獨倚朱闌詩思遠烏巾一角斜傾綠槐陰裏駡新鶯个中幽雅獨愜散人情

阮郎歸 閨情

夕陽簾箔舞遊絲層樓獨倚時殘粧倦理翠鬟垂芳心燕子知　和泪眼帶愁眉天涯魂夢隨惜花春病懶支持啼鵑聲更悲

滿庭芳 賞牡丹

酒滿瑠璃花明錦幛粉墻密護春香謾誇金谷何必羨流觴且喜清心無事乾坤大不礙顛狂君須念繁華易擲瞥眼褪紅粧　倩青皇作主東風長在日醉花旁浮名成底事恁得身忙總有韓彭事業英雄盡屬黃粱夢些些樂莫教輕覷蝶粉與蜂黃

更漏子 賞月　丁奉

桂香清松影膩半畝空庭幽砌碧漢迥白雲寒樓頭皎玉盤　喚嫦娥音容杳銀屏傷人低小調綺瑟醉金觴笑歌牛斗旁

眼兒媚 過華湖

蘆葦蕭蕭奏輕颸煙雨隔南洲小舫肩冷孤帆披濕一路吟謳　閒人儼似天隨子幽興五湖秋相知只在渡頭漁叟沙嘴眠鷗

又 無錫武進道中

錫城迢遞過錢橋曉氣冷蕭蕭惠嶺連屏陽湖展鏡圖

晝焚香　遠日酒醒尋詩樂兀坐捧茶瓢陪行一路溪
雲光□沙鳥飄飄

南鄉子　夏晚浴罷

□浴趁蘭湯汗體冰清白玉香小坐空階明月冷如霜
宛在南陽石步廊　幽興動壺觴沉李浮瓜壓蔗漿避
暑不須河朔飲酣狂酒醒詩成夜未央

蝶戀花　春宵

最苦春宵難到曉擁膝微吟屢剔燈花小流霞細酌銀
瓶了西映窗光斜月皎　四聽無聲寒悄悄急擁青綾
夢入邯鄲杳乍覺一腔許事縱忽從枕外聞啼鳥

行鄉子

特地登樓欲寫春愁急開窗試眺遐陬低雲遍野寒逼重裘遇雨如麻風如剪霰如毬　胡床獨坐守僻耽幽想功名富貴如漚百年有命萬事無謀只書一卷香一篆酒一甌

錦纏道

小雨廉纖釀作東風微冷滿四野蕭疎春景上林畧露梅花頂枒線鶯黃拖着漁人艇　每對物觸春間愁耿耿嘆人生榮枯不等只安分深鎖柴門但尋詩倦處得醉何須醒

解蹥環　有感

誰能料後曾閱歷人間知新見舊歎無數開落升沉似春花秋月浮雲過洒輕薄紛紛較眼前智爭力鬬却不道今朝難保來日陰晴氣候　莫羨鳴騶曳繡只安分田園委心耕耨好將勤儉傳家且澹飯麄衣延綿裔胄古聖先賢管不得無窮宇宙我勸我把酒寬懷休教眉皺

清平樂　咏雪　　張文鳳

剪碎寒雲簷外舞繽紛斜穿簾幙點芳尊津津瓊液沾唇　數酌祛將寒去便覺酣然興至旋呵凍筆裁詩摸寫陽春曲意

減字木蘭花約友人遊西山口占一闋代柬　　瞿汝稷

韶華幾許，匆匆又送清明去。寵栁嬌花，苑外堤邊鬬歲華。坐看頭白，忍使芳菲都浪擲。如畫溪山，乞取浮生兩日間。

又道澈答余前詞有叟笑遊人身在山中却負春之句余愛之以爲得此意者可逍遥乎長春復寄前調再呈道澈

何愁春去，春光常伴儂家住。但對春光，莫遣芳菲笑客忪。池荷庭桂，賞心生色迎尊媚。雪滿衡門，春到梅花又十分。

西河寄調過莫愁湖

横莫艇當年無限佳勝蛾眉事遠月娟娟尚留纖影翔
風雲學舞衣嬌湖邊逢伴酩酊石城似寒渚靜菱波蒻
步誰並郢中白下艸萋萋都迷春徑黄鸝不任綠楊啼
如拈往恨千頃　古來萬事剩煙嶺繞清尊清輝交映
消盡人間紛競玉樹豪華幾許試看遺井可獨莫愁香
豔冷

海虞文苑卷之九

邑後學張應遴選　卿甫輯

疏

脩省弭災疏　　徐恪

臣謹題爲陳言脩省以弭災變事臣等竊見今春以來兩儀不位而變象作災四序乖時而夏慘秋熱或久旱不雨或大雨不晴雷聲違時不發過時不收或風聲中商或雨沙四塞水旱癘比而萬物不育卽今小民張口嗷嗷救死不贍妖言者屢出於中外反叛者蠭作於秦野近彗星東見熖拂台垣人心洶沸甚是可畏按諸史

志皆陰盛陽微之應應在所屬夫凡事物皆屬陰陽語乎倫則君上屬陽臣妃屬陰語乎德則剛果屬陽柔愛屬陰語乎教則正道屬陽異端屬陰語乎疆域則中國屬陽夷狄屬陰槩屬如此餘可類推臣等待罪言路每因災異而考諸古驗諸今未嘗不爲之悚然太息口欲言而復訥者數四蓋以言出而禍必隨之然熟而思之與其不言而得罪於　宗社不若力言而得罪於　陛下之爲愈也伏願　陛下憫生民流離之困苦念　祖宗創業之艱難納臣等犬馬拳拳之言以荅　上天垂戒之切則不勝慶幸之至仰惟　陛下仁同天地固堯

舜湯武弗加矣何獨不裁以義行以勇哉夫用仁而不裁以義則仁流牽溺不行以勇則施仁不博仁雖爲發散陽德而中有柔愛之陰德存焉義雖爲收歛陰德而中有剛方之陽德在焉勇所以力行乎剛方者亦屬陽之德也諸災異皆陽德不足而陰德浮之是豈非　陛下不肯以義裁仁以勇行仁之所致歟請以目前事論之君之與后猶天之與地不可得而參二者其幾雖微而天下至著之理基於此其事雖隱而天神眷顧之意在於此此而不序則幽明物理舉失其序將何以禮固萬民哉故曰必有關雎麟趾之意然後可行周官之法

度恭惟　皇上作配　中宮爲生霛父母名分已昭於
天下而天人歸與之心亦久理宜　陛下日夕於　中
宮雍睦同一寢食同一起居以實布告之典以正天人
之心以定宮闈之分向者禮部尚書等官姚夔等亦曾
備情懇請蒙　皇上謂內事朕自處置欽此彼時中外
聞者莫不歡欣邇來屏息傾聽將及半年而　昭德宮
日進膳費仍前不減　中宮膳費不聞有增是有以知
陛下之於　昭德宮愛專情一夫宮墻雖深而視聽
猶只尺也衽席雖微而懸象甚昭著也今　聖愛旣專
於　昭德宮而臣等且不敢以名分爲論但　陛下富

有春秋而　震位尚虛豈可以　宗廟　社稷之大計
天下民物之至望一付於愛專情一之所而不求子孫
衆多以固本慰民哉考之上古人君及我朝　列聖未
必不時幸各宮但情愛一專於后禮義一出於后各宮
妃嬪則不過接見一時豈可使之專愛以廢肅穆之風
以失萬民之望以遺後世之譏如漢不能正謹夫人同
坐之禮遺史到今以爲鄙譚　陛下鑒陰威之戒奮乎
義勇自今以往凡寢處一於　中宮則陽德斷可以回
陰災而　宗社萬年之美兆必基於此此其一也近該
天下州縣去處奏來旱澇情詞在野無收在官無積生

民貧困日急而盜賊日盛如巡撫荊襄都御史楊璿兩次奏稱流民因飢為惡有兩日内而劫殺人民二十四家者有為大麥五六斗而殺死三人者縱横甚盛以臣等觀之事勢不為不迫蓋以今歲被災處所赤土千里而人心易為搖撼惟以得食貪生為快意豈復計君臣之大義哉且人君代天子民即民之父母也子有飢寒疾苦父母必為之寢食不安求神用藥無所不至今陛下作斯民父母覽此奏詞而不蒙省懼以施惠布德為急尚循故事付部施行戶部尚書馬昂等視為常事凡有告急情詞有順其心則復本日行移彼處酙酌設

法有咈其意則曰事有窒礙難以准行遇事微有利害則曰伏乞　聖明區處既不能分憂達情乃敢蒙蔽坐視終年累月不過作此活套語以爲經濟弘才竟不知飢民之命朝不保夕懸望衣食如在廚席猶以爲緩况可坐美虛文以誤生民之身家以積　社稷之大患是猶子訴飢寒疾苦欲望父母極力一救而不理也彼若棄父母而不顧則將何討以過之今若仍於民間區畫况賣官鬻爵徧及內外無可討者伏願　陛下擴天地之仁心行義勇之陽德首罷征辦之務大發內帑之財酌量各處旱飢之輕重逐一差官齎去會同巡撫巡按

等官作急糶糧賑濟古云財散則民聚又云民飢則君不能獨富甚不宜吝塞財藏視民途殍以增陰慼不測之戒此其二也和尚乃異端之流棄父母而不養絶君臣以自食忍去兄弟而誘圖異姓因無夫婦而敗壞人倫搖唇鼓舌煽惑人心蒙迷世道故每犯妖言者皆是此等異端之徒是宜迸諸四夷弗使亂我正道可也乃蒙 皇上過於信待每遇生忌之辰費萬萬之資財建七七之齋醮而西天佛子劄實巴等又蒙 封以法王等項名號賞賚不時極其隆厚轎制實同於御輦受用有過於親王游言累技上動 宸極而下惑衆聽喈民

骨　傷世和風陰盛之應抑在於此臣等思惟使和尚
能囘災異能救飢荒是佛教有靈宜尊信之況炎生同
[illegible]耶庚梁武帝享國長久子孫綿延是脩齋有福宜體
行之何喪亾無日耶事屬荒唐斷無此理伏望　陛下
斷以大義即將劄實巴等革去法王等號追囘賞賜以
濟飢民照依阿叱哩事例發囘原處仍　勑各該寺觀
今後不得以建醮脩齋名色　上請以費民財許令科
道糾舉陽德振動如此則陰災其有不消者乎此其三
也兩間之財不在府庫則在於民不在於民必歸府庫
此自然之理勢方今之世民窮財乏皆由　朝廷賞賚

不節玩好不除之所致或印經懺或塡寫佛經或爲繪畫之物或造寶石之具夫自古人君之於左右未嘗不賞但賞合於理則人心喜賞俾於功則人心勸賞不易發則人心桀　陛下何不念時荒旱以義勇而行節儉絶玩好而罷嬉賞特詔各監各局將一應造作之務悉皆罷工收料必若是而後可回天意仍乞　勑將淛江福建雲南等處採辦鑛場官員取回以甦民困不宜虛應故事增彼　天地示戒之切考之漢志有曰人君不能躬行節儉則上天垂象梟風淫雨水旱並作其應在此此其四也且君之有臣猶父之有子大臣者冢子之

家而羣臣則象衆子也若家子懷奸肆志而衆子効尤
便爲父者愛而不知治家必敗矣臣之於君正猶是也
今兩京文武大臣中有蠅營苟祿者有坐視民患者有
大肆姦貪者有無功濫受陞賞而肆爲蒙蔽者此等之
徒皆能致災此時不除將來之患不可測度伏望　皇
上勿謂大臣祿重而不忍遽去勿謂　先朝舊臣而暫
且寬容必須斷以大義行以勇決即將曾經科道糾劾
及年老不堪任事才德不稱是位者許令自陳致仕以
全大臣之體中間果有當退者貪戀富貴不肯自陳求
退者許科道指實糾舉至如　臣　等皆以庸才濫居言路

無補於時有負委任尤望　皇上將臣等罷歸另選賢才以充任使庶政事可脩矣此其五也是五者乃救時之切務回　上天之首事惟在　陛下一念之轉移爾是念也　天地鬼神臨之果能轉移必行則義勇在此而災異可弭矣且臣等所謂義非難見即某事可某事不可截然分限者是也所謂勇非難行即某事可即行之某事不可即止之者是也推之以理萬幾以決庶務亦不過舉此義勇以加之爾孰謂災異有不可弭哉否則雖欲弭災而反致災也

請召回蘇松織造使臣疏　徐恪

臣聞有國家者多輕東南而重西北及意外之患往往起自東南如漢之劉濞唐之龐勛元之末有方國珍輩是巳仰惟　聖明天縱德政日新紀綱昭明萬無此理但去冬彗掃天津正當東南分野天其或者以東南民力之竭故出此異以示警歟謹按晉安帝隆安四年冬十二月戊寅有星孛于天津占曰災在吳越晉不知謹後果有變具在本書可詳究也竊惟災異之見天心仁愛所在惟先事脩省以消弭之于未然則災乃爲福異乃爲祥爾今之南京幷蘇杭嘉湖等府卽古吳越之境

祖稅之出數倍于他州而紈綺錦繡之貢歲有常額上
供六宮之用下充四夷之賞近又差內臣往彼織造乘
輿服御所用無幾而工役科派所費不貲禁闈近侍勢
位尊嚴府縣奉承惟恐或後一應財物非天降地涌皆
民之膏血也若不蚤爲蘇息誠恐民不堪命怨讟由之
而起禍福倚伏不可預測大禹惡衣文王卑服千載之
下猶仰威德　皇上臨御未久春秋鼎盛方當躬行節
儉以身先天下奈何以服御之故遠遣內臣勞東南之
赤子乎伏覩　皇上卽位首頒明詔特載蘇杭等處織
造內外人員卽便回京是以宣布之日遠近聞之莫不

歡欣鼓舞以謂　聖德之厚燭知民隱曾未三載復此差遣無乃執事者之過非　皇上之本意也但愚民無知罔測所自未免有爲惠不終之嘆此微臣所以不避斧鉞冒昧而已乞　敕該部計議合無仰遵　明詔俯察下情仍將差去織造内臣取回餘剩絲料發與各府進作歲造支用仍令彼處巡撫巡按咨訪輿情凡可以輕傜薄稅息民養兵及防微杜漸之計悉聽舉行不作無益與民更始庶幾應天以實而災異可弭矣

白茆水利疏

楊舫

臣觀國家軍國之須仰給於江南者為多而江南錢穀之產亦惟蘇松常鎮嘉湖為最然錢穀非農田莫生農田非水利莫賴故吳中水利自古論之臣嘗考之經書驗之地勢有以知吳中之水無大於太湖而太湖納三吳之水衆流趨赴瀰為巨浸至三萬六千餘頃流為三江以入於海禹貢曰三江既入震澤底定即謂是也三江既湮其二而自宋以來生齒日繁沙艸日積橋梁塗堰日興下流因以日壅故水之來易以溢而流之去無所趨未免停聚其間漸為吳患間有塘港之可洩者亦

不能勝上流之巨也是以有宋范仲淹歐陽脩蘇軾朱熹諸儒皆嘗言之而至元任仁發尤爲詳備其見於文集郡志者悉可考也今太湖東路則有吴松江婁家河稍可通洩臣不敢汎舉但以太湖北道一路言之有大利於蘇常諸邑者無如白茆塘也白茆塘者元末僞周張士誠開濬於常熟縣之東南延長七八十里上接水名鮎魚口與昆城湖故太湖之水灌於東北諸湖蕩者皆入昆城湖由鮎魚口以達於塘而洩於江故上流奔衝之勢大而不竭是以塘水湍急潮汐往來洶湧迅激汜致深濶而汩蕩注洩益以通利百年之間蘇常地方

旱潦大有所賴今四五十年來鮎魚口與昆城湖俱被豪家雜種茭蘆茭蘆漸滿而淤泥漸積淤泥既積乃圍圩成田以礙水利由是塘與湖隔絶不通昔日注洩之利不復可得塘中灘淤日積而江濱之流沙漲阜橫絶於塘口使潮水無由出入塘漸淺塞而涉不濡脛矣於是境内諸邑之田旱則潮不能通雨則水不能出田禾渰槁兩無所恃前此二年大雨連旬腴田盡爲巨浸經年不得退洩人民飢餓以至賣妻鬻子棄親遺戚流離四散曠野無廬殍於塗殯於水者不可勝計皆此塘淤塞爲之祟也郡邑盈餘積出之糧數雖具而實不存況

宣德年間巡撫官周忱所興濟農倉且廢棄而無跡飢民何由而賑救之乎此有仁心者所不忍聞且見也是雖天災之使然而實則人事之未脩欲拯水患之慘於蘇者其可不急於是塘之濬乎去秋應天府鄉試策所以諄諄於此也然有識之士未嘗不念及之特慮開濬之者無長策耳或欲斬坦江口翻犀開挑則人力煩勞而塘中軟沙恒爲之患或欲別開一塘以通其流則傷田多而民間墓舍重爲之遷以故多計而不得施也臣嘗有說於吳中任水利之職者曰必先穿塘口之橫沙欠鑿鮎魚口昆城湖之對土凡昔皆水而今成灘田者

系其要害之處入[illegible]溝港使上下水潮直出直入通利而不滯乃於塘中倣宋時李公義濬河之法而酌量會損之其水之深處則用舟製鐵龍爪其水之灘淺處則以徒步而用鐵搭釘把之屬多起人夫給以糧器因潮落之時爬搜疏汨使沙泥騰攪不得停定皆成濁流下洩於江則沙去而水自深矣且量夫役多寡自下而上以次搜濬直抵湖口使深於今日淺時丈許乃止俟日後潮汐往來當自深潤如此則用力少而成功多是塘不患其不通矣其餘涇港之附近者皆須開濬如周張二涇口戈庄塘落星港洪蕭涇等處尤在所急至若石

橋岸壩之有礙水潮簾斷汪網之有節泥沙者必須毀拆務使衆流歸湖以達於塘由塘以達於江則太湖之水利而內境諸邑之旱澇皆有所濟將見禾稼成熟生民粒食而國賦有供矣伏望 皇上憫吳民之多難念國賦之由生下臣議於該部及吏部尚書王恕先因巡撫江南備達其情會議可否苟以臣之所言誠在所急特 敕撫按及水利官員會同鄉人耆老多方計議因時制宜即便督委府縣集工舉事務使水道通洩不爲民害則 國家幸甚生民幸甚

代都御史牟公論治蘇松水利疏　周木

臣謹奏為水利事臣聞古之為國者惟水事為重水得其利則貢賦有常而國用有恃也臣自巡撫江南以來見得蘇松二府稅糧比他處最重而水患視往年為多延詢父老皆云蘇松常鎮杭嘉湖七府俱當東南卑下之區而蘇松尤甚譬之釜焉蘇松則其底耳況又北枕大江東沿大海西含太湖其間支流別派若湖泖涇瀼蕩瀝浦瀆塘河溪港浜漕等水不可勝數其通江達海經流則太湖東一支直出松江嘉定為吳淞江又東北一支直出崑山太倉為劉家河又北東一支直出常熟

爲白茆塘常熟又北一支直抵大江爲福山塘水由太湖而泄于江海則患無由致矣緣被吳江縣一帶長橋挽路鰻塞太湖出水之咽喉以致上流無力而湖泖之淤澱積淤澱積則茭蘆葭生茭蘆葭生則湖泖之故道愈塞而上流愈遲緩無力不能衝滌海潮渾沙日漸停積而海口始壹塞不通矣海口不通一遇天雨連綿出泄不及則田與江河漲成一壑而患遂不可拯矣永樂中蒙　欽差戶部尚書夏原吉提督疏濬彼時惑于浮議僅能導其十之二三而患根終未拔也天順中巡撫都御史崔恭力排浮議濬導吳松緣奉行非人終不能

除其鯁塞而復其故道止開南沙洪一派由減水河而達黃浦以入海且黃浦專泄杭嘉湖之水尚欠通利豈能又泄蘇松之水乎況自南沙洪至減水河地勢繚遶紆曲非若徐公渡王阿別灣之可以直達于海兼之黃浦又非受水之處猶孟子所謂以鄰國爲壑也近來雖蒙

朝廷添置水利官員緣見役費浩繁未敢輕舉但今各河積久不開壅塞愈甚以故積潦經年不泄而腴田悉爲水壑何啻病腫之人胸噎便澁而肢腹浸漲病勢已極舍今不治其患殆有甚焉而不可支者矣臣聞其說而痛之遂按圖考志及訪彼中士夫之有水學者

與之講究則利害了然可照而無惑矣為今之計長橋挽路之制雖不可廢當參酌宋蘇軾所議千橋以決太湖之入江大河小港之舊規雖不可復當疏濬深廣以導衆流之入海上流奔湧則海口之渾沙隨輙滌去而不復積海口常通則水之患常少矣伏望 聖慈大念蘇松之冨國用所恃歲運兩京及外衛倉糧幾百萬石其他供輸餽給不可悉數而水患相仍公私凋弊深可痛惜乞 勑大臣一員會同 臣 等便宜處置總督蘇松等處一槩得利軍衛有司衙門官員公同踏看各處一應壅塞河道乘此農隙起倩軍夫相兼開挑驗口給糧

并行賑濟則一舉兩得官無妄費而民無妄役矣或有干礙軍民田宅去處丈量明白除給價庶乎上副 德意而下愜人情也

保留輔托大臣以抑權姦疏

蔣欽

臣等謹奏爲保留輔托大臣以抑權姦以安　宗社事竊惟天下之事有似緩而急似小而大者爲天下不可不預知而力辨之也蓋大臣一人之身似緩而小實係天下安危　朝廷得失非急而大者乎邇者尚書兼大學士劉健謝遷請乞致仕卽蒙　陛下俯賜俞允玆命一下非特臣等且駭且愕天下莫不驚心者蓋以劉健等歷事　四朝名歸元老當　先帝臨崩之日親受顧托之命叮嚀告諭留爲　陛下輔弼朝夕相與講論治道恢弘事業安固　社稷者　陛下正宜日召便殿

咨訪謀猷劉健等值此多事之秋亦宜鞠躬盡瘁歿而後已以濟國事艱難上不負　先帝遺命下不失元老宿德以收人心以安天下顧乃坐視國弛忍心避難悻悻然一奏上達　九重不待再辭三劄畧無眷戀飄然長往是何小天下輕　社稷如此獨不念　先帝之恩命乎且近月以來每聞　陛下視朝太遲遊戲無度常與內臣劉瑾馬永成等馳馬射箭市食擊毬劉健等身居輔導之官既無格心善策所以屢諫而力爭之以忤
聖意乃疎斥之彼職似盡矣而　陛下待大臣之道有虧此不可去一也觀劉健等奏內有　龍顏清減皆

內臣劉瑾馬永成等狎昵淫污之語以致褻戾　聖威
惟　陛下睿思之果有之與否此不可去二也翰扎
之臣天下倚重　朝廷柱石導　陛下以繼述引　陛
下以當道一旦罷之則於　先帝之命安在此不可去
三也自七月以來天變屢示災異迭出蒙　詔雖有脩
省之名而無脩省之實劉健等心不自安欲引咎自責
以消天譴　陛下誤許以歸則中二臣之計矣此不可
去四也又以劉健等恃有逆鱗忠言以觸　天顏肅怒
正所謂千人之諾諾不如一士之諤諤　主聖則臣直
也　陛下虛心獎勸以勵忠直之氣開納諫之門天下

善言自來書曰惟木從繩則正后從諫則聖今一蔽塞則讒諂日至　朝政日非誰與治理此不可去五也尚書入閣坐而論道爲　天子首相卽古丞相之職與天子共理天下者詩曰樂只君子邦家之基樂只君子殿天子之邦是也內外想望風采夷國視爲輕重去之則華夏動搖此不可去六也昔唐臣陽城裂麻宋臣司馬光等伏闕後世雖云戇率而直諫之體自如在當時以爲難得今劉健等固無骨鯁之誠亦以宰相諫而得名天下後世將以爲何如此不可去七也夫七不可去而去之遂二人挂冠朕印之深謀　陛下獨受疎遠大

臣之浮譽其如天下　宗社大計何其如　先帝輔托之命何其如　陛下繼述之大何惟　陛下思之且李東陽亦受　顧命大臣幸以　先帝遺詔見留一去一留自相違背則不可退休明矣劉健等先奏欲罷歸以遂權姦今之事恐姦人投石擠排以中傷之誠如所言矣君子小人迭爲消長去一小人則天下賢能進而治矣退一君子則天下讒佞入而亂矣矧去一大臣天下安得而無厲階内縱嬖倖肘腋恐因之而生變劉健等不失爲君子若劉瑾輩羣小人素無顧忌亦不敢肆爲今去之則權姦竊美内外不知也所以　先帝必俟數

十輩尚遲留顧惜不忍舍去伏望 陛下念 先帝付托之重惜元老輔導之勞收回 成命留劉健謝遷照舊辦事以安人心以固 社稷以抑權姦之漸以享皇圖萬萬年無窮之福實天下大幸臣等職居諫貟身寄耳目非爲劉健等二人臣等一身一家惟 陛下留意臣等不勝殞越待罪之至

又

臣謹奏爲急誅賊臣以正 朝廷以甦民命事臣嘗讀書庠序服孟軻君正莫不正之言誦仲舒正心正朝廷之論竊自許曰臣倘果廁跡於 朝 君或不正亦必

以是言啟之得正君以事固所願也而今日果於自許之言矣是豈天欲成臣之願乎亦豈　陛下欲成臣之志乎請以臣所痛心一事陳之劉瑾陝西一小豎耳　陛下腹心之爲左右耳目之爲便嬖股肱之爲忠良殊不知劉瑾悖逆之徒也蠹　國之賊也忽臣等保留輔臣以抑權奸矯　旨拏問受杖三十落職爲民矣然畎畝猶不忘　君況今待命衽席目擊時弊烏忍無言昨見河南淛江都布按三司官爵位隆重瑾輒假示　皇命每員索銀一千兩甚至三千兩五千兩者人皆寒心不與者則貶之貶之而去者有人矣與者則褒之褒之

而擢者有人矣　陛下獨不知耶知而用於左右是不知左右有賊矣得不以賊爲腹心乎又見刑科都給事中劉菃指　陛下暗於用心昏於行事而劉瑾削其爵提其體假示　皇命禁諸言官毋得妄生議論人皆寒心不言者失於坐視國難敢言者坐於非法重刑陛下今日如此他日可知待奸臣何如此其厚也待正臣何如此薄也以奸臣而用於前後是不知前後有賊矣得不以賊爲耳目股肱乎　臣等十三道　朝廷之耳目也　陛下之心腹股肱也不以　臣爲耳目而以賊爲耳目不以　臣爲心腹股肱而以賊爲心腹股肱一

測萬民失主一賊用權萬臣失望吞聲喪氣在在有人矣呻吟之聲動徹天地　陛下憒如不聞縱令劉瑾壞天下事壞國家事壞　祖宗百餘年事　陛下有何面目立於天地間乎萬世之下必謂　陛下爲不孝也爲無聽也爲昏主也今日　陛下所衣者何衣所食者何食此皆　祖宗之衣食所用者何人所得者何物此皆　祖宗之人物　陛下當聽臣言急殺劉瑾以謝天下再殺臣以謝劉瑾使　朝廷一正萬邪不能以再入君心一正萬欲不能以再侵今日之國家依然　祖宗之國家重　祖宗之國家則聽臣所奏輕　祖宗之國

家則聽瑾所欺欺之一字　陛下亦當痛心也臣臨書
揮淚老親亦不暇顧也待罪　午門不勝戰慄之至

又

臣謹待罪具奏請殺逆賊以慰內外人心事臣與逆賊
劉瑾生同天地一正一邪勢不相立一誠一僞分不相
關賊瑾穢名彰聞天下雖三尺之童聞劉瑾之名莫不
曰吾欲剝其皮也莫不曰吾欲啖其肉也又莫不曰吾
欲粉其骨也賊瑾蓄惡非一朝矣乘間起釁乃其本心
陛下日與嬉遊懵不知避內外臣民皆氷兢淵懼罔
不寒心臣向具奏一通待死　闕下又辱　聖杖三十

血肉淋漓九死而不死者也伏枕獄內又敢避死而不復請誅此逆賊以慰安天下乎賊瑾陰爲不軌反相已形臣願借上方劍以誅之也朱雲何人臣肯少讓之哉瑾之在左右卽安祿山之在唐也瑾之在前後卽秦檜之在宋也龜鑑在前臣請觀之殺一賊瑾以謝天下天下之人懽忭矣殺一賊瑾以謝後世後世之人懽忭矣殺一賊瑾以謝臣某臣某亦懽忭而稱快矣陛下允臣痛奏將臣以較瑾瑾忠乎臣忠乎將瑾以較臣臣正乎瑾正乎忠與不忠正與不正天下之人皆知之陛下之心亦洞然知之而不惑者也何難於臣而信任此

逆賊哉烏乎臣痛心也臣感頟也臣出痛心感頟之言而　陛下不以爲是　陛下爲何等天子哉臣骨肉都消滂泗交作七十二歲老父不顧養矣臣死何足惜但　陛下覆國喪家之禍起於旦夕是大可惜也　陛下先殺劉瑾以示天下梟首　午門使知臣某有敢諫之直而　陛下有誅賊之刑臣死亦得與龍逢比干同堂於地下矣萬一不死當轟轟烈烈做一好丈夫以定國家使天下知老父之有子如某知　陛下之有臣如某幸之幸也　陛下不殺此賊當先殺臣以謝賊臣何忍與此賊同立於　朝乎力痛申情萬一　垂聽不勝戰慄祈望之至

諫巡幸疏　陳察

臣謹題為昭德音以慰民心事臣聞志以成道言以宣忠詔其見王者之志其卹人也周其致用也悉古之聖人所恃以鼓舞萬民在于命令而已欽惟　皇上神武英雄聰明作后奉身儉素愚智兼容大有為之君也凡詔令之出天下莫不聳動歷服若令在卹民則所以下膏澤感人心以致太平者自不容已臣愚仰荷　厚恩久叨言責正德五年自愧待罪無狀懇疏休致詎意近年光生腐艸復臺省舉揚重辱　檄文徵致遂令迂拙再沐　寵光乃于正德十四年五月初二日仍擢今

職日夕顧名思義深圖別垢補山亦惟隨事箴規庶幾其萬一耳是用入道以來先陳五事已蒙行下各衙門議處矣重念今日大政殊非一端臣子進言宜先急務伏惟　皇上繼統守文十有四年矣固不必務爲高遠難行之事也但于身心言動間特加省治以守至正則一念之轉移即　聖德可新民物可安治功可赫增光

祖宗垂裕後昆可坐而策者惟正德十三年冬側聞

鑾輅巡幸西北人心皇皇罔知攸措臣自念曰殆因胡虜犯邊也外内重臣自當運籌折衝穆穆天子豈爲是耶比正德十四年春復聞羣臣進諫有過于訐直豢

被咎責者臣又念云　皇上巡幸一之謂甚屑肯不厭
勞煩又巡幸耶羣臣葢私憂過計耳既聞南京吏部等
衙門尚書楊廉等　題奏　聖旨責其不察事體眞僞
輕聽浮言煩擾臣益欣慰以自慶曰　皇上信不惑者
矣今而後臣工殆可無言矣及今臣經山東放於幾月
一帶河路地方見有結搆廠廳者曰此行殿候駐蹕
也見有編集人夫者曰此將以接　駕也至張家灣又
見有脩艌船隻者莫不曰此將候　駕出遊也臣愚亦
未敢信然意者　皇上聖明必不躭於逸欲必不惑於
妄壬必不忍久離　宗社疏遠　宮庭況近日責南京

吏部等官意義明白庸肯文爽前言以失民望耶比臣
入都下乃知　皇上深居九重方將日新德政不復輕
出是則向者道路見聞皆由下人無知過爲預備不免
煩擾細民耳延今日久中外宣知此意然亦殷脩船衍
夫仍前煩擾細民未得安生無由少沾德澤伏望　聖
明翻然轉念特賜　詔旨若曰乃今無復巡遊諸戶只
備悉從停免以惠元元如此庶使天下之人癁於力役
者因是得以小康且將曉然皆知　皇上克念作聖徹
戒無虞必將正心以正四方脩身以平天下謹守　祖
宗成法而傳祚無疆也豈特感人心於一時而已哉臣

惟愛國徵恍莫如獻替是以即諸聞見敬用開陳伏願
聖明詳臣此論有關國計早涣大號示天下不復逸
遊則民物幸甚
宗社幸甚臣無任祈懇之至

諫親征疏　　陳察

臣謹題爲重　宗社以眘舉動事臣聞舉動人君之大節四海望之以厚薄其情姧邪窺之以作止其惡聖王舉事必先審於謀慮眘於動作總天下之智以助聰明順天下之心以施教令用人而不自用故能居重馭輕以靜制動不示威而人畏之如雷霆不示明而人仰之如日月用力不勞而成功可大未有君行臣職輕身禦敵嘗試於兵戈之倥傯忽其舉動而可以爲帝王萬全之道也臣愚頑者竊意　皇上不復巡遊深爲民物慶幸嘗具本諷諫矣既蒙差往巡按雲南今日因赴　大

內侯領印批忽聞太監蕭敬傳奉　聖旨云江西寧王謀爲不法朕當親統六師奉天征討不必命將欽此臣驟聞之不覺惶悚不安竊謂此舉不可也誠以　陛下居帝王之尊上承　宗社下主臣民前有　祖宗創業之艱後有子孫無窮之緒是　陛下之身至貴也統兵遠征至危也以至貴而躬至危非極天下之不得已决不可爲也　陛下但宜清心寡慾視朝勤政不殖貨利不濫刑賞謹守　祖宗成法盡革近時弊政深悟旣往之愆或下罪己之詔揭君臣之大分聲討賊之大義誕告多方撫綏黎庶信任良臣運籌屈策分閫名將從宜

征討重其委寄責其成功期於罪人斯得勝從門洎以
惠南國以篤　皇祚固不必遠違　宗社輕離　廟堂
降屈　萬乘之尊下親一將之任跋涉艸澤履歷凶危
輕身於不測也借使如此即收全勝亦未足爲帝王之
武萬一未然將無少褻　天威示天下以輕舉乎抑
陛下以爲事情重大必當親征借使此外復有大變詎
能一一親征惟在振舉朝綱委任得人而已比諸臣凱
還固遵　廟謨仗　天威以能有成是諸臣之力即
陛下之功也而何必於親征乎　朝廷四方之極京師
諸夏之本　陛下遠討則居守尚無儲貳人心易搖幾

務曠於　上裁事必叢脞儻奸邪竊發黠虜搗虛爰有門庭之寇急欲調兵給餉孰敢擅專欲迎　駕請　旨又緩不及事今日誠宜熟思審處以圖善其後也而又何可親征乎伏望　聖明靜觀深省采納臣言特罷傳旨正位清穆居重馭輕一意脩德用人日新不已以上慰　宗社之靈下副臣民之望則不勝大幸臣愚待罪言責每切自訟未效犬馬失今不言非臣之分也亦非臣之志也是用論列　上干　天聽臣無任屏營之至

乞宥議禮諸臣疏　陳逅

臣謹奏爲逹孝思廣仁恩以昭　聖德以光治體事臣聞天子之孝不與庶人同故以愛親之心愛人則敵國頑民弗敢讎也以敬親之心敬人則近臣侍妾弗敢狎也愛敬盡於事親而德教加於百姓刑于四海然後能合萬國之歡心以事其先王謂之至孝恭惟　皇帝陛下光紹大統追崇本生采侍臣之謀議定百世之徽號固人子迫切之至情帝王制作之微權也已而頒示中外賚以洪恩天下之民飲河潤之霑濡廻餘生於枯槁者臣固不知其幾千萬人矣然一時議禮之臣獨以所

見不合上干　天威貶黜責逐輾轉窮途以至於今而未嘗收卹非所謂滿堂燕笑有向隅之悲者乎始者天下之人將謂　陛下假此動威以曲成大體耳今大禮積日已久而諸臣得罪如故是以人心囂然不能不北向引領庶幾　恩命之渙頒也竊惟古者君之於臣若父之於子保全愛惜無所不至故體國而奉公者必錄其功逆耳而犯諱者必原其心立異而黨同者必察其故緣忠而冒禁者必恕其責漆器始造諫者十餘人舜不以爲黨也西旅貢獒太保進眘德之訓武王不以爲訐也降逮後世此義間存若汲黯矯節而發粟鄧惲開

馬而拒駕劉栖楚碎首玉階呂公著封還除目凡若此
類可謂方命逆心干犯刑憲矣然當時之君深爲優容
或更加獎拔亦以其志在輸忠事非爲已故不以迹之
可惡而輒加罪焉所以和國家之脈而通上下之情也
今議禮諸臣皆經生腐儒守其師說不知時變一時憤
所發雖或傷於急切然心本無他罪亦可恕天地之大
何所不容臣願　陛下眚災肆赦弘布希潤之恩將議
禮以來因忠得罪謫官如呂柟鄒守益夏良勝鄧繼曾
季本陳相段續林應驄黃國用某等爲民如安盤馬明
衡朱淛王時柯某等充軍如豐熙楊脊王元正張翀余

翺劉寂黃待顯毋德純某等均　賜收用許其自效其因被杖責邂逅致死者量加優恤以慰幽冤于以廣愛敬之誠心收歡心於萬國則　聖孝昭彰天人協應興獻皇帝在天之靈所以昭格陰佑永錫祚胤者何如哉臣又聞宋宣仁太后嘗謂其臣范純仁曰卿父仲淹可謂忠臣當明肅垂簾時惟勸明肅盡母道明肅上賓惟勸仁宗盡子道夫當淹疏請還政之時明肅嘗不堪矣孰知異日為吾效忠身後者即斯人也哉故忠臣之議始終持正不敢負國而凡忘恩負義賣主規利者必平日阿諛順旨諂容苟合之士也今諸臣引義固爭若

非所以承事　陛下者但求之異日不可謂無范仲淹其人於是乎宥其狂妄諒其忠誠登之榮寵之列復其職守之舊則涸轍之鱗復沾泃沫矣自盡忠圖報者寧復自愛其力哉

陳新政六事疏　陳瓚

臣謹題爲獻愚忠以裨新政事臣一介寒士在先帝
時濫竽言官奉職無狀旋荷杖斥茲以先帝蠲眚
皇上推仁拔之畎畝列之首垣踰月以來思吐一言畐
曠蕩之恩而闇於當世之務罔知所獻然於事君之義
不容嘿嘿甘素餐之耻謹攄一得條六事一曰通上下
之交以圖治道二曰納匡救之忠以闢言路三曰黜近
習之誘以消厲階四曰正敷奏之儀以廣聖聰五曰
申勸戒之典以紓士氣六曰核循良之績以風民牧願
皇上特賜覽焉臣惟天子有代天之相則百官自正

百度自貞相臣之職大矣昔虞舜以禹益作股肱殷高宗以傅説作鹽梅蓋知其職之大故資之者甚切而待之者甚親不如是不足以合其交而成泰道也 皇上舉中外章疏付之於二三閣臣聽其裁决任相不爲不專矣然未聞一召見一訪問雖其不違只尺猶在萬里之遠也則裁决章疏不過一時應務之文而於 皇上之心志耳目未有涓埃翊贊之實上下不交莫甚於此願退朝之暇時 御便殿召此二三臣者從容陳聖賢之學講帝王之政使啟沃有機承弼無曠庶追起喜之風不失任相之道矣此今日臨御之首務首務舉而天

下之治可坐而定也故曰通上下之交以圖治道君有失而臣匡之臣之忠也臣匡君之失而君從之君之聖也故舍己從人者聖帝所以爲大惟言莫違者孔子謂其喪邦頃諸臣諫幸　藩邸矣諫輟講矣而　皇上曰有旨曰罷似以宴遊無損講讀無裨適已爲快逸耳爲忌推此則何成命之復可回何忠言之復可入哉臣謂二事者實以啟拒諫之端沮獻規之心非所以崇休德彰令名也肅王遂非明王補過願　皇上追悔　藩邸之幸深眷出入之節至於日講之儀曲從諸臣所請勿虛累月以惰厥脩則　聖志一新臣工奮竦隨事獻忠

者將爭先人矣故曰納匡救之忠以闢言路人主之與左右近習其勢甚親左右近習伺人主之欲而投之其機甚易人主一中其所投則誣上行私無所弗至其害甚大昔漢唐事勿論即　武宗初年馬永成劉瑾輩誘以擊毬走馬放鷹犬陳俳優諸伎日遊不足繼之以夜蠱惑信任遂至毒流海內幾危宗社語曰前車覆後車誡今　聖明御極萬無此慮但其萌不可不絶而其防不可不嚴方玆盛陽之月重陰蔽天畿邑之內積潦溢望室無全垣衢有溺人　臣愚以爲陰沴之象疑有憸邪細人以沉湎淫靡之慾營惑　聖心者此　皇天所以

示戒也伏惟　皇上炳離明以燭羣小之幽奮乾剛以杜迷溺之漸則陽德勝而陰邪伏休徵自應鴻業永固矣故曰黜近習之誘以消厲階古之帝王不出戶而知天下其道何繇亦以庶言庶事日陳於前無有　蔽焉耳今蚤朝奏事之制始自　英宗沖年即位大臣權一時之宜爲之非　祖宗故事也　祖宗朝天下政事君臣面決日昃不暇今縱不可遽復祖宗之舊而蚤朝所奏僅擬常行數條實涉彌文無關理道臣愚謂六卿之事凡大黜陟大會計大典章大兵刑工役四方大災異寇盜及臺諫諸臣大糾劾大建白俱以次持疏面奏

皇上朝罷宴居親閱諸疏乃下閣臣擬旨間有事體重繁者閣臣於擬旨外條列數語發旨內所不能盡之意簡易明白具揭附進以候　宸斷如此則　皇上不必徧閱天下之疏而大政得以日聞　睿資得以日攝若今所奏數條者已之可也故曰正敷奏之儀以廣　聖聽易曰遏惡揚善順天休命蓋聖人一遏一揚莫非順天之命而已不與也伏見　先帝遺詔褒録言事存歿諸臣及　皇上登極詔旨釐正卹典應予應奪一時持議奉行之臣亦可謂詳且確矣然尚或有湮於久而未悉或有泥於格而未舉者臣請得一一言之臣曰湮於

久而未悉者如大學士楊廷和當鼎革之際計擒巨兇江彬手挐　神器以歸　先帝龍飛一詔開四十年太平之基刑部尚書林俊首劾妖僧之姦繼抗逆藩之請聲振朝野望重華夷此二臣者咸以議禮不合引身求退眞得大臣以道事君不可則止之義雖經言官論舉該部覆詳未見超格旌異兵部尚書彭澤累平河南四川巨寇戸部尚書梁材清節重望表表一時一則與王瓊矛盾一則與郭勛參商而卹典不及原任吏部左侍郎何孟春議禮持正　特旨爲民杜門著書以道終始而言官偶遺臣謂廷和宜加隆贈與俊等俱應議以易

名之典臣曰泥於格而未舉者如兵部員外郎楊繼盛始劾仇鸞繼劾嚴嵩先見若蓍龜名言如金石　先帝雖罪其身而用其諫太僕卿楊最力抗監國之議功在社稷監察御史楊爵直指萬幾之本忠格乾坤一則死於杖下一則幽四十年右賛善羅洪先以言事謫歸讀書譚道爲諸儒生倡恬退自守終始一節而是數臣者咸以官秩未及　謚典莫加大非國家所以風勵臣節之意也況　先朝如侍講劉球之謚忠愍御史鍾同之謚恭愍繼盛等正與之合脩譔羅倫之謚文毅洪先又與相同臣謂直據實奏請俱予一謚以爲天下後世勸

至若原任總督楊某御史路某曲殺沈錬以媚嚴嵩三尺童子尚欲揕其胸而食其肉今沈錬已旌而楊某等不究士論猶有遺憾况楊某等先該給事中吳時來劾其誤國大罪刑部已議處死寅緣嚴嵩得脫臣謂宜勑法司拿解追究問擬應得重罪以為天下後世戒如此 皇上一舉措之間明威如日月雷霆而天下薦紳士大夫莫不快覩威舉矣故曰申勸戒之典以紓士氣

天子父母萬民不能獨慈萬民之衆乃以其事寄守令故守令者為天子父母斯民者也不慈其民者非民父母非天子良吏矣比年邦用太煩誅求太峻有司歲輸

後期罪譴立至故一時吏治相趨於猛蓋非猛不能歛非能歛不免於罪譴也今　皇上初服損好用之式須蠲租之詔天下方欣欣胥慶矣日者司農告詘請遣御史分行天下臣恐有司藉口又將紛紛以擾民而使民驚且走也宜行天下撫按官各諭所屬郡縣民令御史之遣督兇者止欲漕糧之及期查催者止覈已徵未解之欺獘凡細民宿負　聖主新蠲絶無濫徵以爽大信又戒守令不得望風生事其於安民急務似亦小補臣又聞之漢重循吏而卓曾之傳出以風之能動人也今守令貪殘者丁矣又廉靖之節有薄書之才次必實心

以拊瘝氓正已以移薄俗追淳古之治興弦誦之風上
也上者固不易得然跡臣所見亦有一二推之海內寧
無若人不加寵異之恩何以鼓天下之吏況肆　覲追
期淑慝當別宜并行撫按官各察所屬守令果有上績
如臣所云雖卑格不沒其賢雖一人不病其寡指實薦
揚與循例論劾之疏並進使銓曹咨訪無異臺諫詢謀
僉同即於察典既竣之後特請　皇上如　先朝賜幣
賜宴以示殊遇或年資既深留京顯陟則四方得於觀
聽者咸知　新天子意嚮而良吏作矣故曰核循良之
績以風吏治凡此六事臣極知鄙淺不足以塵　睿覽

猒務蕘之言聖人所擇伏乞　皇上兼採不遺以前三者斷自　聖衷以端治源以後三者　勑下吏禮二部詳議上請見之施行則於新政之助亦或有萬分之一矣臣無任戰懼懇祈之至

海虞文苑卷之十

邑後學張應遴選卿甫輯

疏

東南寇災請蠲恤疏　　嚴訥

臣謹奏爲東南被寇地方民困已極懇乞天恩特賜恤處以濟生靈以安根本重地事臣伏見陛下如天之仁覆育寰宇而於小民疾苦加志尤急臨御以來澇澤覃敷臣不能殫述即如頃歲薊遼以虜警告徐淮以河溢告畿輔以雨澇告陛下皆軫念而重矜之或發穀賑濟或遣使存恤他如平糶設粥以及散藥埋胔

凡所以惓惓爲民而解其窮厄者誠如父母之於赤子無所不用其心臣之私心竊以爲　陛下之於民隱苟未之知焉斯已耳苟知之而不亟拯之使得其所者非
陛下之心也今者東南被寇之地生靈塗炭極矣臣雖愚陋能不仰體　陛下愛民之感心而爲一訴其艱苦迫切之情於君父之前哉倭夷自嘉靖二十九年入寇瀏江黃岩餘姚等縣去年乃至蘇杭等府太倉上海等州縣是時臣　方蒙恩省親親在家嘗親見其事矣蓋此寇於民居稠聚之中鼓刀恣殺繼以縱火肆焚室廬民多橫罹鋒鏑羣投烈焰其壯者猶或狂奔自救然亦

皆失於故業雖僅免一時之淪喪而糊口無計終塡溝壑而其老稚者則委諸中路不能以顧其爲官府所召募弁素載尺籍爲兵者皆柔脆不教之民如驅羊攖虎盡斃於賊其稍有家業者日夜併力守禦供應軍需卽細民覓刀錐度日者或運解軍餉或裝載戎器亦多號呼以死而不能以自活其他賊所未經之地則皆聞風而怖空室而逃子棄其父夫棄其妻而臣於是時亦且奉臣父母遠避他所矣瘡痍滿目流離載道丘墟千里惟聞哭聲目擊耳聞痛心疾首自是倭寇滿載而歸自以得志比及今年益擁大衆自焚其舟爲深入之計始

攻松江次攻蘇州次攻浙江嘉湖揚州通泰之間如各
該地方撫按等官所奏報者勢益猖獗計其所殺傷燒
燬奔亾之慘蓋不知幾倍於 臣所親見之時聞之鄉人
逃生至京者皆云賊黨所據無地無之而地方之人則
枕骸遍野而蕩無人煙矣慘毒至此何忍名狀夫財賦
出於五穀而五穀生於三農東南地無遺利人無遺力
老幼俱作終歲勤動是以田畝所入公私皆賴今兵燹
之餘民幾無孑遺矣雖有戶田而誰與耕乎耕旣無人
而穀何自而得乎穀無所得卽饔飧之資無纖毫矣而
公家賦稅何所從出乎竊照每年過有水旱之災先期

農人告於有司有司聞於撫按撫按委官踏勘是實然後以奏於　朝下於戶部行於主計者而量其分數以免之令之災比之水旱之災何啻百倍蓋不待踏勘而後知者然而無告災之人矣有司無所據以爲請而撫按無所據以爲奏縱使撫按有司念及於此但令賊勢尚熾戎務方殷方將日夜禦賊之不暇而何暇輒及農人之事若臣今不陳於　陛下懇乞　天恩蚤下免稅之　詔縱地方事寧而稅期已及兌軍又且臨境臣恐有司不敢預必　朝廷之意而假斯民以法外之仁瘡痍者未甦而加之以捶楚虜繫者未還而繼之以縲絏

小民旣已失其常業無所藉以爲生而又懼不免於有司之法於是流移之民其善良者遠去其籍不思復還而其狡健者不肯甘心待死朝夕則皆起而爲盜或投入倭黨爲彼嚮導或隨入島中多其徒黨或招集本地無賴烏合成羣乘間竊發恣行刦掠若今無錫所報鹽徒之類亦旣已有之矣而況可驅之使然乎此其人亦非不自愛其身也亦非不有懼於　國法也其心以爲與其束手以待斃不若且苟得以活須臾之命卽使他日被獲而死亦猶愈於今日之卽死也是亦其勢不得已而然耳夫流移者去籍而不還則拋荒之田愈多而

益蕪狡健者驅而爲盜則倭黨日衆其勢愈益難撲卽使撲之而本地之盜乃不可勝詰矣紛紛之患將何時而息乎夫懼其田之益以抛荒則於流移之民不容於不招夫懼其盜之未息則捕盜之格不容以不設此其勢蓋不至於發公帑給公粟不已也則是今日之徵於民者有限之虛求而他日之出於公者不貲之實費利害之相去豈不明甚哉故臣以爲與其他日以在公之財而爲招集流移之用孰若捐今日之未收於民者以示勞來之意遂鼓舞其欲歸之心而因以安輯之與其迫徵於今日以速其爲盜孰若示之寬恤開其生業以

潛弭其爲盜之心而永爲吾力穡供賦之民臣非不知國家之賦定有常額不可輕議且目今西北仰供甚急司農經國方爾無措而胡可遽以捐之但今民困一至此極雖欲徵之必不可得而況利害相懸如臣所云然者若從而捐之則今年雖缺幾許之供而明年以往可不復失故臣所言不徒仁民之圖而實所以爲裕國之計不徒安養東南而實所以深爲乎西北者也臣亦非不知賊勢既寧之日撫按有司終以 上請但其時已晚無補於臣前所陳者且其所請亦不過因襲免荒事例於存留內乞得分數耳夫 國家起運之數大率

十之七八而存留之數則十之二三縱使存留之數盡
蠲亦不過十之二三耳其起運之數十之七八者必復
取辦於民也夫民救死不贍方且待賑而猶責之以七
八分之供與之以二三分之蠲是猶遍體殘矣而益之
以一毛臣不知其有濟於民乎否也臣嘗查得洪武年
間詔免太平等府夏稅秋糧不一而足夫當創造之
初百廢具舉豈無待於用者而何以數蠲民賦爲也蓋
天下甫定固當休養民生而此數郡者陷亂日久最先
師征供役浩繁民力猶竭是以不得不汲汲焉愚以仁
之也蓋嘗伏讀　太祖之詔有謂縱使不免亦無可徵

者至哉 王言誠見之明矣今日蘇松等處何以異於
太平等處而今我 皇上之仁亦何少異於 太祖之
仁臣誠願 陛下特敕該部查照東南未嘗被寇地方
其農人得以耕種如臣 祖遺薄田幸在瀕次未至全荒
者照舊徵賦外其曾經倭寇擾害地方見今無饘下戶
菜色阽亾者 敕令撫按有司設法賑濟其委係妨廢
農工田地暫將嘉靖三十三年夏稅秋糧一應起運存
留通行蠲免仍 敕該部作速行文撫按須示有司使
乘稅期未及之時張挂榜文使民通曉 陛下德意庶
幾良善不肯為盜之人知官府之不迫其稅而自幸其

生之尚有可恃稍稍膓息延望歸尋其故業於流離未
盡之餘而以其鋒刃之餘生盡力於畎畝則民之死者
固不可以復生而生者可不至於復死雖其巳嘗爲盜
及今將隨流者亦且飜然悔罪樂於自新以求並生育
於堯舜之世斯民生可永奠而　國計可永賴矣其江
淛淮揚鹽場地方今年倭寇所經之處竈丁之被害而
死徙者當亦不少合無一體寬恤　敕令各該官司賑
其存者召復其徙者以養其後則鹽課亦不至失墜矣
再照防患當先於未形而人情多弛於事後去年寇至
之時人莫不謂今惟變起倉卒是誠莫可奈何過此以

往必爲預備而今年之寇乃反加劇其狼顧失措坐受剝膚比之去年反覺尤甚此其故何也臣竊思之矣往年寇經之處民間已困而郡縣倉庫費且告竭比至寇去地方當事諸臣亦非不虞今日之必有此而欲爲之所也一應召募勇壯戍守要害置造戰船重懸賞格之類俱緣未嘗奏請不敢輕動錢糧是以束手無策竟至於此乃者　陛下特簡重臣調兵征勦　命戶部於起運錢糧內聽畱二十餘萬　敕令重臣便宜支用　陛下神武明見何以加焉今　天兵所臨威聲震動彼狂寇者必且計日而就擒矣但其餘黨在島中者一時亦

或不能盡滅來年事勢尚或可虞設若今年仍蹈故轍而一切支持目前不計深遠則來年之追視今年安知不如今年之追視去年也預備之圖誠所當講而欲圖預備必資錢糧臣愚以爲若今聽留數內足用則已倘尚未足容令諸臣詳計所費再行奏請以便展布庶幾事事有備永弭慮患而　陛下南顧之憂其釋矣乎再照調到各處之兵如狼兵長鎗手等項固爲驍悍可用但此輩貪殘之性不減於寇今　國家不得已而用之則怙其强勢而肆然侵掠於民所不能免者然使彼遠離鄉土棄室家之安而跋涉千萬里外出死力以赴戰

苟非豐其餽給優其賞賚亦何以足其欲而安其心今若錢糧果敷則欲厚此輩固無難者既厚此輩然後責令將領申明號令嚴加禁戢使之遇賊則戰賊退則安處空間以待調用凡其所資以爲費者一不得横索之民間其或有强暴不率者許小民赴告卽將軍法從事以警其餘則師徒駐境無乏食之憂而閭閻按堵無重擾之患此亦軍民兩利之策也臣本蘇人忝列侍從故敢輙以地方事冒昧上陳伏望 陛下留神采納萬姓幸甚

星變疏

趙用賢

臣聞天人相與之際微矣故人君欲求天心之格必求諸人心之安人心之所安即天理之所合其機幽渺而實捷於桴鼓是不可不脊也頃自天文示異彗出西南

皇上兢惕不遑下敕臣工同皆省懼一時言事者籍籍或以糾察大臣或以脩舉庶務固犂然具矣然臣猶以爲詳於小而未覩其大者也臣請不避斧鉞之誅爲

陛下一正言之臣聞賤臣扣心而飛霜庶女告天而風振夫以一人一事之微尚足感動天變況在君臣之交而道屬倫理之重者乎頃者輔臣張居正以父憂請

制疏至再三而　陛下留之再四臣每讀其疏輸誠寫
哀情淚竭盡無復可吐未嘗不爲之欷歔飲泣而猶不
能少回　陛下之聽者　陛下固以輔臣受　先皇付
寄之重係　社稷安危之機有不可一日而失所倚者
是至公之心也輔臣至以藉苫處塊啣哀茹痛而不能
不勉承　陛下勤懇之命者亦至公之心也然臣以爲
喪必三年自周公孔子以來未之有改世儒之所講説
民俗之所習安千百年來亦未之有改是非小節常禮
之云也自後世乃有以金革之事起其臣於衰經之中
此特權一時之緩急而有不得曲顧其臣之私者非先

王之法也臣自數日以來見輔臣瘠毀柴立形神摧獘臣私竊計輔臣之心欲更有所請則拂　陛下挽畱之意欲遂聽　陛下之畱而不一往則父子乖離之久有抱恨於終天而不容頃刻安者夫輔臣能以君臣之義效忠於數年而　陛下不能使其父子之情少盡於一日臣不知　陛下何忍於此也臣又按楊溥李賢在先朝時亦嘗起復然溥先以省母還家賢亦以回籍而奪情固未有不出都門而可謂之起復者也且　陛下所以不允輔臣之請者豈非謂　朝廷政令賴以參決四海人心賴以觀法乎今輔臣方負沉痛其精神之恍

惚思慮之迫切必有不能如曩日之周且悉而四海人心賴以觀法者又且以拘曲尋常之見疑之亦何能如曩日之敬信而承服是輔臣之勳望積之以數年而陛下敗之於一日　臣又不知　陛下何忍爲此也　臣以爲輔臣之抱痛抑鬱而不得伸是爲干天和而動星象之大者莫甚於此矣　陛下若垂憫輔臣則宜聽其所請暫還守制即萬不得已請如　先朝故事特敕禮官一員護送就道仍爲責限赴　闕如是則其父子音容之乖隔於十九年者庶幾洩其痛於憑棺之一慟輔臣之心既可以少安則天下之人心亦可以安而　陛下

所以處輔臣君臣父子之間庶幾備道而無遺議矣然
臣因是而感夫士氣之日靡　國是之不明也夫　國
家之設有臺諫所以爲紀法之司而任糾繩之寄者也
固非謂其阿意順　旨而將逢迎合之爲也今輔臣之
留　皇上主之既有成命矣烏用是嘵嘵者哉逐影附
聲希寵要榮背公誼而狥私情蔑至性而倡異議夫父
子君臣均人道所最重父死不奔喪同聲附和爲是脱
不幸異日有不肖者乘勢而竊位亦將循故事而爲此
附和乎　臣誠不知其可也　臣以爲人紀之所以植　國
是之所以定者固不特一時治安之計寔萬世治安之

討也　陛下不可不垂察於此且　陛下信輔臣之深
而畱之篤者豈非以在　廷之臣未有稱　陛下之任
使如輔臣者乎然堯舜不聞以五臣之共職而替其知
人之哲文武不聞以十亂之居列而纍其求賢之心亦
顧　陛下擇而用之者何如耳　陛下誠於　朝講之
暇悉心體采自內閣講讀以至部院大臣非時召對考
之行以察其心術之端邪委之事以稽其才猷之通塞
使人人得以所長自見當必有如輔臣者出於其間以
稱　陛下之任使如是則輔臣即去猶之其畱顧不愈
於以憂勞萃輔臣之一身使其乖父子之性傷天地之

和哉臣愚昧莫測於天人之際竊以爲當人心而合天心者其事莫大於此敢昧死以聞

申定國是疏（疏具會有阻之者不果上）　　趙用賢

臣某謹奏爲申定國是乞　賜罷黜以絶羣猜以全晩節事臣待罪南中三年矣伏見近來銓敘未盡當人心科埸未盡愜公論或假氣勢以排正論或攻諂諛以報私恩至使堂堂　朝廷乃爲營利固寵者聚窟而築壇級于其中竊爲憤懣則時時取往事讀之至宋臣范仲淹司馬光自爲小官日于天下之事知無不言言無不盡未嘗不掩卷嘆息今臣雖不才位居卿貳乃嘿嘿不敢吐一語實仰負　陛下所拔用而俯慚宋臣所以事君之道顧時方尚同謬引皐夔和衷之説互爲容隱自

濟其私以欺　陛下之視聽而聾瞽天下背誕無恥之徒片言示異立見猜疑一事見違暗加斥逐反覆鄙守正者爲干進目憂時者爲好名　臣是以徘徊呫嚅復以出位爲懼空言無補故隱忍而至今日　臣頃見邸報先該部臣趙南星姜士昌科臣王繼光萬自約等先後四疏皆齒及　臣名心竊危懼謂必且累　臣後有又接得少詹事黃洪憲辯疏給事中李春開參論南星士昌二疏洪憲疑　臣千里移書若有所挑釁春開語意大都言　臣與諭德吳中行南太僕卿沈思孝不當與薦而謂南星士昌譽鴟爲鳳則既以言及之矣而　臣復不言天下必

謂臣低頭就籠絡戀戀此三品而盡喪其平生臣何顏復敢見天下之士也數日已來又見給事中史孟麟刑部主事吳正志連章論劾春開及所授意承指諸人正志薄加譴謫孟麟求去伏蒙　陛下並皆留用以　陛下明秉日月豈不能燭諸臣建言之心與其互相攻擊之故姑兩存而並置之者臣有以知　陛下實難于重傷大臣之意寧使屈在下而勿使薄自上　陛下之厚諸臣至矣獨奈何諸臣之負　陛下哉臣聞　明主執是非之極隨之賞罰以御天下故天下服其公而莫敢以私自逞惟是與非同條而共貫則淆亂愈滋邪正愈

渾小人得以播弄唇舌而　朝廷之威福漸移而之勢重之地其究天下皆習非以爲是而莫知所底止嗟乎今人臣食君之禄受國之恩有不趨權門而欺　皇上者亦寡矣臣不敢遠舉亦即諸臣所條上者少别其是與非并明今者之紛爭其端在上而不在下惟　陛下垂譽臣請先言洪憲洪憲故與臣爲莫逆友昔年洪憲爲張居正所厚居正三子令其代作文課易服入幕外議籍籍臣愚不知結權貴之爲是而又爲故御史孫成名責臣不能匡窗友之過臣曾一言勸其少避形跡當色變遭其面斥即抵書詈臣造言當齚舌自殺自後詬

讟百端欺凌萬狀臣惟忍之及臣起官虞臣發其往事先遺書臣假田畫之責鄒浩累數千言刋布四方其實傷臣名行增臣愆尤臣能爲鄒浩田畫不如是矣當時有謂臣宜具疏　上聞又謂宜作一書解嘲臣其人不可犯且不足置對亦惟忍之迨後洪憲勢益張行益下其刺臣語多不伉然後天下始憐臣而薄洪憲諸臣論洪憲之贓私或未必是洪憲謂臣爲政府門生同年之親近天下皆知臣之見忤于時洪憲獨不知而爲此言則其他之作慝于冥冥而飾說于昭昭者自可類推臣恐洪憲之言斷爲非矣趙南星等條陳時弊多中機宜

御臣見居三品不爲不用不爲不重而亦列名薦中是以召春開之疑而啟其爭論之端春開之言未爲不是然張位沈思孝均一丁憂也沈鯉吳中行均一請告也皆諸臣薦語所及春開獨重刺思孝中行者蓋緣沈鯉張位雖德望隆重一時然未若思孝中行爲時所恨且又逆知鯉之守高必不必輕出位之去服闋尚遠時移事改未必遽出故幸免爲賜之詆耳不然則沈鯉張位亦嘗蒙不避之誚于前何不以一言明薦者之爲是耶春開又謂部屬不當奪舉刺之職訟言所舉之非是矣乃近日有薦龔楙賢鄭汝璧輩楙賢爲居正爪牙嘗疏

引伊尹太甲以致幾切此豈人臣之言汝璧爲選郎潦倒無賴雖居正亦惡而斥之春開既自負舉刺有權矣此獨不能爲同官者效一言哉何嘵嘵不平于二臣如此也且古有舉相而推陳平舉將而推辛慶忌史家以爲美譚此豈皆流落不偶廢閒不用者哉即如近者贊誦在位功德何疏無之而獨訾二臣所舉專于顯融偏于慕用其言似是而實非矣少卿艾穆守正不隨南星以常師穆故獨避之此正南星之公也何意乃病以爲私黃道瞻姜麟應等抗志苦節久沉下位春開責二臣之不及是矣然此皆以言忤　皇上者他若顧憲成諸

壽賢李楙檜薛敷教高桂饒伸何不類舉以爲言耶此可明其非矣臣往與吳中行艾穆沈思孝鄒元標同忤權相中行思孝之才局穆之介特元標之純正皆臣所不及臣獨偃然而居三品嘗芒刺汗背臣之被誚是矣然臣諗知中行思孝之爲人其輕發寡慮急于自見不能無過至其智識敏達操持廉潔斷斷勝于今之齷齪自賢而回面汚行以圖富貴者昔張位與中行同在國學嘗語臣自吾與吳同事半年未見其過舉但見其有不可到處臣識之不敢忘今思孝困頓饘粥閉門自守亦足垂憫且彼已塊然臣歎矣何爲肆口虛擲不遺餘

力耶此可明其非矣惟臣等得罪居正今在津要者感多恩居正之人又襲用居正故智以鈐天下之口而臣等又執一而不化故今日虞某人之進必敗若事何以阻之明日慮某人之言必敗吾體何以禦之使廟堂之心志日膠擾焉爲目前之亨用謀爲身後之子孫謀而國家用舍之柄一切逶迤以狥人　朝廷賞罰之權一切淆亂以從事　陛下何惜臣等數人不明著其罪示不復用始以安諸臣之心志令得以間暇或一籌國家之急哉臣聞邪正不兩立是非不並容孟麟與春開等同爲科臣議論互相矛盾致蒙　皇上下部詳看部覆

復爲兩可之說乃譽其微意則似右春開而左孟麟若謂孟麟之論黃洪憲出吏部右侍郎徐顯卿所使夫顯卿疎而好大洪憲密而善謀其智數不敵也孟麟臣雖未識面然知其不聽人指使也臣聞京師中頗有爲顯卿稱冤者吏部豈不能稍低昂以明告 皇上而姑以事不可知者嘗試于 君父之前哉然則議論之所以益煩此申上之處分未盡公也臣見數年已來諸凡以言觸時貴者始雖少示優容未幾而旋得外補臣恐孟麟輩必不爲年例不陞之參政且爲遠方之丁此呂王士性矣銓衡之重豈宜以妾婦順從之道居之哉臣心

知其非也臣又觀近日所以中傷善類者其法雖寬于居正而其術則又深于居正居正苟弗其意殺之而已黜之而已今則必巧加猜伺廣爲排陷如沈鯉之端方而加以鑽刺則寅緣卒自脩之强耿而加以傾危誣詭必使負不可解之責于天下而後已此此二者皆國之大臣也特不能委曲遷就而猶若此况下此者乎又况臣等乎此天下所以靡然向風一可百可一否百否而臣等欲自免于今之世不亦難乎陛下試觀沈鯉辛自脩之易于去及近時之被論屢屢而必篤于留者其故可推矣臣能心知其非也臣願陛下沛然發明詔

昭示是非如以應麟爲眞非則并趙南星等與臣皆宜
顯賜罷黜以慰諸臣之心如以春開等亦不得爲眞是
亦宜量加薄罸以爲人臣諂附阿黨不忠于國者之戒
陛下眷毋依違于可否之間爲巧于寵取者陰竊進
退之權以去也臣行能鄙下無一長可名兼之多病駸
尋兩年中乞休者三四矣仰荷陛下憐臣而留之臣
亦遲回而不遽决者徒以報陛下之心未盡毫芒又
時方仄目于臣疑臣之請去故爲難首復爾濡忍然臣
之心未嘗一日敢自安也今臣進此一言庶幾天下之
是非既明羣臣之邪枉自定陛下賞罸之大權不至

賦役疏

趙用賢

臣謹奏爲國家徵課屢虧東南民力久竭懇乞聖明亟賜平議以足國計以厚民生事臣竊惟財用者有國之大計未有不取之於民而足用者然欲其出之無窮是必其取之有制故善理財者不加賦而用自足非有異術也不索民以非分之征故惟正之共常足也彼不善理財者多其名色煩其科歛以爲取盈之計不知天地生財止有此數取足於雜項而反致虧於正額此民力之所以益竭而國用之所以常不足也臣考天下財賦東南居其半而嘉湖杭蘇松常此六府者又居東

南之六分他舟車諸費又六倍之是東南固天下財賦之原也乃自頃歲以來逋賦日積而小民之嗷嗷者十室九空轉死於溝壑者相望二者可謂交弊而俱詘矣
臣嘗與一二同志者今禮部辨事進士袁黃等考覽治革究極根株蓋知其原不獨在徵歛之日增而科派之無別是以使重者之益重其弊亦不獨在徵輸之日急而隱漏之多端是以使困者之益困當此時而不爲之一裁制撙節焉誠恐日甚一日民力愈不能供而國用愈致不足此非細故而已也臣頃伏見皇上詔書屢下惓惓欲公用不詘而民且足衣足食是皇上之明

深達於國計而又下憫夫小民之依雖堯舜之憂阻飢禹湯之懷兆民不勤於此矣顧臣敢終嘿嘿無一言以仰裨　聖治之萬一乎請條析其槩爲　皇上陳之

一曰議田賦之數夫有田始有賦凡予之貢賦未有不因於田之多寡惟田數未定而槩以糧數派征此侵漁隱蔽之所由生也臣查各省志書悉皆明載某府某縣土田若干貢稅因地若干惟蘇州府賦書通無土田數目秪據會計原議見在二款以爲徵派之則臣查會計錄諸司職掌會典所載蘇州一府洪武初官民土田九萬八千五百六頃七十一畝弘治間一十五萬五千二

百四十九頃九十七畝零比洪武原額增五萬六千七百四十三頃至萬曆六年蘇州府冊報共九萬二千九百五十九頃五十畝零比弘治又減六萬二千二百九十四頃四十七畝田有增減宜賦因之以爲盈縮矣今查戶部見派蘇州府實徵秋糧二百三萬八千八百九十四石七斗四升二合二勺比弘治僅增五百七十一石五斗及據蘇州府徵糧冊內則該平米二百四十七萬八千一百七十一石六斗六升三合七勺比部所派增四十三萬九千二百七十六石九斗二升八勺雖此加派皆係折耗輕齎板席等項非出無名然徵派之數

臣以爲即升斗無有不使　朝廷知者况四十四萬石而可使不入會計乎惟此數不入正額在　皇上則不知百姓有額外之輸其多如此在司計者動以江南尚有餘米可派而歲歲增加之不已也臣愚以爲宜將江南各府州縣土田開具實數應徵糧若干耗米若干務使田數與糧數均平畫一據實奏聞然後刊行書册永爲定規使百姓曉然知一定之法而不復困於加派之徵雖有姦宄亦無所容其欺隱矣

二曰議混派之獘臣惟江南田賦大抵盡定於先臣巡撫周忱之手當宣德初蘇州一府逋糧六七年約七百

九十萬石常松皆然恍至首詢利弊知官田係國初抄
没其稅至重民力不能辦民田起科止於五升甚輕又
其時大戶恃彊不出加耗偏累小戶故將民田每畝例
加耗米一斗有奇以通融官田之虧欠於是蘇州一府
增糧一百餘萬石通杭嘉湖蘇松常鎮共增糧四百餘
萬石謂之平米初年每正糧一石收平米一石七斗候
起運日酌量支撥次年餘多則令加六徵收又次年益
多則令加五爲止所撥運外有餘則入濟農倉以備賑
濟謂之餘米遇農民缺食及運夫遭風被盜脩岸導河
不等户糧凡官府織造供應軍需之類均繇里甲雜派

等費皆取足於此又屬郡有荒歉亦撥餘米以補不足蓋其時糧雖加於民而其補助餘積之利悉歸於民民自徵賦一石五斗之外漠然不見他役之及官府亦無科率之擾故甚便之其後戶部以濟農餘米失於稽考奏遣曹屬盡括而歸之官於是徵需雜然逋負始積矣然所括者止餘米耳猶未有他額外之徵紛紛如今日也是後供應不足復有均徭矣備用不足復有里甲矣又如京庫折絲絹南京庫農桑折絲絹起運馬草等類此舊徵之於山地者而今亦混於秋糧中矣又如驛傳馬役驛遞水夫戶口鹽鈔昔議徵之於均徭者而今亦

混於秋糧中矣近年又有義役料解帶徵兵餉役銀三項復計糧而派矣蓋自餘米歸官而額外之增視昔周恍所加百餘萬石不啻三倍矣臣查隆慶元年應天巡撫林潤奏乞復糧額事以蘇州等府廣德等州歷年加派數多乞要遵嘉靖初年舊額徵派戶部尚書馬森覆稱本部卷查坐派各省稅糧自國初至今有一定之額俱以夏稅秋糧馬艸爲正賦其餘各項雜派銀兩等役另立款項或照地科或計丁派或編入均徭或取足里甲原與夏秋糧艸正額無干惟是蘇州等府不分正賦雜派皆混入糧內徵收名曰平米雜派多則正額反纍

而不知者以加派歸咎戶部不亦冤乎合咨巡撫將各項錢糧不拘起存逐一清查要見每府夏稅小麥秋糧米各正若干內何項加重何項爲前舊額何者爲後加增送部查理裁定施行奉　聖旨依擬行欽此是江南糧額之混戶部已明言之於先矣第有司奉行不力無心力計算之人而奸徒猾胥幸其淆混而乾沒於其中故尚朦朧至今卒未有人任而一清之也　臣愚以爲宜勅下所司一遵　祖宗夏稅秋糧馬艸正額徵派不得復立平米餘米名色以滋那移高下之弊自正額之外其餘雜派徵輸或照地科或計丁派或編入均徭或

取足里甲明著定數勒成一書必使與正賦不相混雜
庶國有常賦而民無横徵之苦矣
三曰議徵税之則臣惟地有肥磽則獲有多少故制賦
之高下因之此百代之所不易也國初始平僞吳之亂
將蘇松嘉湖所抄入田地定爲官田糧有至八斗者蓋
照私租起科也其後民漸生聚墾荒成熟者名曰民田
悉報五升起科官民不均如此故積逋至於宣德而周
忱始一經理之官民之名固自在也嘉靖中嘉興知府
趙瀛建均田之策蘇州府知府王儀履畝清量於是始
定不等科則長洲縣三則最重者三斗七升五合吳縣

三則最重者三斗四升四合崑山三則最重者三斗三升五合吳江亦三則最重者三斗七升六合常熟四則最重者三斗二升太倉三則最重者三斗三升嘉定土稍瘠科則不等最重者不過二斗八升他松江嘉湖每畝率三斗有餘常鎮稍輕僅二斗而不足糧之重至蘇州而止矣當時耗米之出本以補官田之逋欠耳今槩一府之田而均攤其糧是槩一府皆官田矣何得復有所謂耗米者哉秖緣瀛初建議以行之一府不敢請免暫將耗米亦作正額通融計算各府效之不及詳考亦遂以耗作正且各省糧輕每畝不過數升即加耗米亦

不爲多今江南每畝科糧數斗而又加耗過半百姓其何以支也惟其有平米耗米二端爲之支吾影射故每年巡撫之派會計有於此縣增而彼縣減者有於此項多而彼項少者轉移變動弊孔多端不過資豪猾之詭計籠利耳又各府州縣悉有山地蕩田又有新漲沙田不等報官起科有重至一斗五升者僭制蓋以供馬艸絲絹或抵坍江拋荒之數也及臣查蘇州書冊內並不開報細數又稽之戶部亦無籍載可考如臣邑中止有猾胥一人世主其籍小戶有報公占江柵等項應開除者非重賄此胥不可得舉臣一邑而他邑可知奈之何

委良民之膏血而充奸徒之侵蝕也臣愚以爲宜　勅
下當事者逐府縣按田籍報如蘇州一府先列錢糧總
目後開某縣某則田若干該糧若干石各項加增若干
石必合總數無差其山地蕩田等項臣以爲不必有多
寡等則山地除高嶺大石蕩水除無人佃種外悉起科
三升或四升著爲定額仍不得加以耗米名色以致混
淆偏纍貧民其應供某項應補某項俱塡註明白總入
會計又如嘉定一縣地瘠不甚宜稻每派徵數嘉定縣
改折居多兑運白糧或多派各縣嘉湖二府往往踵之
此法一出府總縣總各操其權奸利不可勝窮伸縮在

合勺間而此輩之囊槖已狠籍矣上官無所究詰小民無所控訴是豈畫一之制哉錢糧重事未有數不歸一而能禁人之不侵欺者此江南今日極獘之政不容一日緩於釐正者也

四曰議蠲減之條臣惟　國家惟正之供歲有常制主計者方日緦緦焉慮所入之不足當所出矣是安可輕議減損也顧其浮濫不經利不歸於上而費乃獨貽於民者安可不爲之裁制也臣查得蘇州一府額辦驛傳馬匹銀二萬一千六百九十二兩零解赴山東北直隷以備買馬之用歷年積欠民間甚苦之又各省移文催

徵歲無虛月文書往來動有耗費其弊無窮且江南既
非產馬之地其税額極多何得復有此派今亦以耗米
尚餘之故復混入秋糧數中似非　祖宗舊制也即
朝廷錙此二萬金未必遽爲馬政之纍臣以爲是所宜
從寬減者也又如鳳陽倉麥五千七百石每石折銀四
錢鎮江府倉麥五千石每石亦折銀四錢臣查此二項
舊原解本色因彼處積麥無用乃改折色然京庫麥折
每石不過二錢五分而鳳陽鎮江乃折四錢江南米價
不過三錢而麥折乃至四錢此不可減而從京庫之例
乎又如江南水次并江北瓜淮水次正米每一石該盧

蓆一領以三分爲率本色二分蓆每領價一分二釐此不可少矣折色一分蓆每領銀一分米既巳折蓆價亦何所用乎又如　德府祿米一千石萬曆八年題准改折白米每石折銀一兩糙米一石折銀九錢又每石加脚耗銀二錢米既改折不應復有脚價今米一石折銀一兩二錢江南米價至賤是一石之價幾費民間米四石矣此脚價獨不可省乎又如　涇府　汝府養贍祿白粳正米各五百石　景府養贍祿白粳正米一千石此舊制所無皆泒之於餘米者臣以爲是當出於原所分封之國何以復偏累江南也獨不可議改泒乎又如

鳳陽府倉正米八千石揚州府倉正米一萬二千一百八十五石皆每石折銀六錢今正糧折銀每石不過五錢而此二處乃折六錢獨不可省而爲五錢乎又如近年額外撥辦料價銀蘇州一府該銀七萬三千一百三十七兩零內工部四司料銀止該三萬兩餘解脩淮河等用項年河流稍寧乃據以爲常而歲歲徵歛是獨不可以議停止乎諸如此類臣不能悉數然皆不係上供而可少寛之以蘇貧民者臣愚以爲宜勅下所司逐一詳計應去應減務虛心條議毋拘成案毋憚更張必使寛一分而民受一分之惠斯眞今日東南之大利也

五曰議偏重之派臣惟因地制賦賦之有厚薄者勢也
至於　國家有供應錢糧自宜計畝加徵何得照糧增
派也臣查各省田稅每畝三升惟江西淛東以斗計淛
西江南則以數斗計是各省糧一石可當田三十三畝
江南糧一石僅當田三畝耳以三畝之額而當三十畝
之派是不重者益加其重乎臣查供用等四庫蘇州一
府料價四千四百一十六兩零幾居天下十分之一又
近年新派工部四司料銀二萬九千一百七十九兩零
而河工脩理復四萬有竒幾居天下五分之一蓋皆以
計糧而派故偏重至於此極臣嘗籌之當今偏重之稅

非獨江南困也臣考光祿寺所派順天等八府及山東河南等處如每細粟米一石折銀一兩亦荳每石折銀一兩四錢芝蔴每石折銀一兩三錢五分小麥每石折銀一兩諸如此類率費民間三石而內庫之折要有加焉故北地之民自田賦外丁銀有每口出一兩者其困窮亦已極矣至如江南白糧每石自增耗舂折水脚車夫等費大約四石而致一石查得細米諸色荳并各省果品物料皆折銀解寺該寺自行召商買納夫此諸項可召商而買臣謂本寺白糧宜少高其折價而亦召商買納可也臣又考國初設上林等四署自棕園漆柏下

至瓜果皆取給於此遇有不足令買之民間歲用錢不過一千八百萬文鈔四百萬貫皆於天財庫關領正統間始會派各省直動支官銀收買至正德而後遂增至三十六萬餘今四署所供歲不過四千餘兩而園戶之口糧官吏之祿給又取於官帑則四署之設不惟無利而且有費矣臣愚以爲光祿之費係上方玉食之供自當與天下共之請　勑下該部總計天下田數七百一萬三千七十六頃又總會一歲應供諸料價數目每畝均攤大約每畝一分而足盡解光祿寺召商買辦則天下皆無雜派皆受輕糧之惠矣何至偏累畿內近省亦

何得照糧增派而獨重困於已疲之江南哉其上林四署乞盡法清查尚有餘利可歸官者仍入光祿以減各省之歲派誠今日之大利也

六曰議派剩之目　臣查天下稅數無有所謂派而未盡者止因蘇州府有耗米一項出之於民而不載之於籍卽如漕糧中所加四十四萬餘石折耗之多極矣非果有未科之田隱漏之稅也安得尚有派剩之米哉見今會計內乃有派剩米三萬八千一百三十四石三升每石折銀七錢該銀二萬六千六百九十三兩零解宗人府等衙門折俸蓋惟不算耗米故有此剩餘耳司計者

不能細加考求凡有所需皆加派蘇州不知派一分則曾取於民一分至於今而剝膚推髓皆此說基之也臣愚以爲宜 敕下所司詳考賦額果見餘在何處果見何項派而尚未盡者如果爲額外之目乞即與除豁不獨杜將來之濫派而亦可銷姦詭之隱蔽矣

七曰議白糧之運臣通按 國家歲派光祿寺及內庫各項白糧共二十萬十七石此正額也 皇上所得按籍而知也及查每石加白耗米三斗加二舂辦該米二斗八升夫船本色米四斗折色米四斗折銀二錢又車脚跟扛嘉湖每石六錢蘇松常每石四錢是白糧一石

所費民間米九斗六升銀八錢通正米爲四石餘始當白糧一石則此二十餘萬實爲八十餘萬矣此天下之所無而獨江南之所有民幾何而能勝也故近日有貼役之徵每糧一石通正耗又加役銀一分四釐民力愈困矣然至一僉當白糧解戶往往破家亾身蓋關津之留難閘淺之盤駁暑濕之浥爛風波之喪失日與炙爲鄰而又各鈔關之船稅臨清廠之帶甎船戶之抑勒水夫之索詐其苦千態既至河西務則有駁淺之損失既抵通州則有搬運之偷盜既到後門則鋪墊之費歲甚一日且呑聲而受痛矣此一白糧也而民之費如此民

之受纍如此　皇上之所不及知向來諸臣亦未有周知其苦而建言及此者臣愚嘗私籌之　聖祖開國金陵此數郡者在輦轂之下耳故白糧以民運今京師遠在三千里外豈意今日勞民至於如此也誠宜破拘攣之格　勑下所司會議其光祿寺白糧應均派天下折銀買納令江南軍運船不下數千艘臣以爲當兊運日卽令各衛所運官公同寄派每船應載若干量除其船價之半亦可以免貼役之派運軍到日別設科道官各一員收貯公所其後門等處加贈一照常年舊規收完轉納內庫無使又纍及貧軍而又於臨淸兊其帶輒之

㬥運軍亦且樂從如是則可以免觧戶之破亡而亦可寬江南百一之費所當亟於裁處者也

八曰議兵餉之實臣按國初沿海設諸衛絡繹相援專爲備倭計也嘉靖中倭夷内訌各港哨始募水陸兵列守一歲合用糧餉幷上司閲操犒賞脩船置械等項該銀七萬八百兩零内除寧國安慶太平三府協濟銀九百三十二兩九錢又太倉鎮海吳淞江三倉軍儲内扣省羨銀一萬一千六百二十三兩本府存留鹽鈔銀五千五百四十九兩六錢實該徵銀四萬九千五百六十三兩定派每石平米加銀二分自倭難至今三十餘年

歲歲加徵是歲歲被寇也吳民何以不困哉臣查蘇州府均徭冊內一款操江兵餉銀二千二百二兩留本府兵餉支用今不在扣除之內又每年防禦不過春秋二汛所開犒賞果皆無破冒之弊乎以七萬餘金之費養士幾何果在行伍而無影占之弊乎臣不敢必也臣又查各州縣差操民壯共二千四十名每名工食銀七兩二錢又該銀一萬五千四百餘兩今各州縣除守城雜差外不可以其半充防禦乎太倉鎮海二衛吳淞千戶所額設官軍果可使之坐堅城享厚餉而不效一力乎乃顧偏勞重賦之民又出養兵之費矣　祖宗之意矣

臣愚以為宜　敕下撫按計核兵數度海波無虞兵官從減更將鎮海吳淞等三衛官軍抽其精銳給以行糧春秋汛期委嚴明將領率赴應守信地協助防汛汛畢仍還各衛如入衛班軍故事亦可以省兵餉之派而并漸復　祖宗設衛之規所宜亟於講求者也

九曰議折銀之例　臣按永樂十一年　成祖皇帝更定京庫金花銀每米一石折銀二錢五分行之二百年無變矣今戶部議折往往以五錢為輕甚至七錢八錢如萬曆七八等年江南大水顆粒無收定議折銀皆是六錢原司計之意蓋以正米一石外有耗米四斗即折六

錢尚有二斗盈餘以爲加輕於民矣不知此四斗者本
係運軍折耗不入正數者也卽使全運　朝廷止得一
石耳顧議改本因歲荒乃更欲多折一錢以爲蘇息貧
民臣不知其何心也至於此外更加七錢入錢是耗米
初不入　朝廷今反因議折并運軍之所得而悉歸之
於官非恤民之意矣臣愚以爲宜　勅下戶部令每歲
議折悉從五錢之例不得復有增加以爲取盈之計則
不惟法制歸一而　朝廷亦無以愚使其民之嫌矣
十曰議存積之重臣按各省直府州縣率有存留錢糧
蓋所以備軍儲賑恤及官吏廩祿一應諸費所謂藏富

於天下者也臣查蘇州一府存留米二萬二千七百三十石零折銀七千七百二十六兩零太倉鎮海吳淞江三倉米五萬五千餘石銀一萬八千餘兩皆以供軍儲所留於各州縣者不過正米一萬四十石耳而官吏師生之給皆取足於此矣徵輸未及之數又包補於此矣以故一遇凶歉府縣官束手無策請賑於上而坐視下民之轉死者往往無及於事前此撫按贓罰未行起解地方一旦有緩急猶可借以賑救今悉括而上進矣又歲歲增益不足且曲法而取諸罰贖矣異時者府庫尚有纍朝遺蓄少者亦不下萬金自嘉靖末至於今不獨

無遺且或以來歲之徵應今歲之用日皇皇而不給矣
夫如是欲禁有司無爲分外之徵上官無設巧取之法
勢必不行矣臣愚以爲自今　國家有蠲貸之詔逕赦
起運本色或於別項少加寬宥無徒以量免存留爲名
庶幾百姓得沾實惠其撫按等衙門間有贓罰少餘者
悉貯本處以備賑荒之用積之數年府庫可望少充而
可無虞於水旱盜賊之警矣

十一曰議荒田之核臣按萬曆六年冊報蘇州府土田
共九萬二千九百五十九頃五十畝零比弘治已減六
萬二千二百九十頃餘矣及查近日徵糧冊內又有無

處荒糧平米三萬二千二百六十四石九斗九升每石折銀五錢該銀一萬六千一百三十二兩若數年之間報荒如此之多後更數年將何如耶卽有坍江名色可托以支吾然亦不過太倉常熟沿江之地有之耳 臣前所謂新漲之沙可補也蕩田之稅可補也何至竟委爲荒糧耶 臣聞其中獘不可窮有因坍一畝而報數百畝者有因無主拋荒田揑作巳業而以成熟田報拋荒者有因量田時身爲耆民將巳業謬作荒田詭免糧稅者以故荒田之糧皆歸於姧民而賠補之纍乃鈌於正額也且既云荒糧無處似宜從寬恤矣乃每石折銀五錢

彼熟糧本折各半而荒糧獨全折銀是熟糧反重於荒糧則以銀可侵漁而米難隱匿故耳臣愚以爲宜　勅下巡撫通查前後荒田數目要見何縣實荒若干因何錢糧無處何縣沿江坍去若干見今有無抵補委官踏勘逐畝清查明立界限開註區分其有以熟作荒隱蔽糧差者許本區首告勘實治以重罪然後總報糧數若果係荒糧無處即與開豁無得復混載書冊以滋姧胥詭寄之弊其裨益於民生國計非淺矣

十二曰議徵斂之期臣　聞徵科無善政自古已然矣然用一緩二則於緩急之中即可寓休養之道臣　觀江南

之所以日困者固由於賦稅之獨厚而亦以有司徵比之無序是以日迫而月索耳臣身在嘉靖中其時運軍率以二月畢兑三月始徵折銀江南民事四月方興民家此時多有餘積以備田工之費又其時米價差長少得餘利便自兑然其後憫運軍之守凍改兑限於十一月民得乘其有餘即以完官固稱兩便矣然兑運甫畢有司嚴限即追比折銀方收成日粟米狼戾不免賤糶至布種之日工本率取諸稱貸夏秋之間米價少高又出息而借食於人此小民所以愈不足也不知當兑運之畢所當急徵者特輕齎一三二六及板席等類此十

分之一耳何爲而遽嚴比通完乎此有司失於急之弊也又如京庫折銀此係上供正額所宜先於別項者臣查蘇州一府京庫折銀正米七十六萬四千八百二十六石零每石二錢五分該銀十九萬一千二百六兩零通一府計之特十分之二耳乃自萬曆六七等年猶有拖欠未解京者至使　皇上恩詔優免而京庫銀猶逐日徵此豈一府錢糧自七八年來尚未及三四分之數乎此有司失於緩之弊也臣往見大戶狡猾者輒賄囑吏書如名下應完銀百兩止將十數兩應比餘悉詭匿不登簿案不應比較小戶之願還者顧日受笞公庭雖

責其盡完曾不能抵富家一戶之拖欠也迨其後有司坐違限之罰而朝廷受虧課之纍職此之由矣臣愚以爲宜勑下巡撫將錢糧自夏税秋糧馬草正額外分别何項宜先何項宜後徵完即行逐項分解無得那借其京庫銀宜分四季徵解不如期者年終類奏罰治其比較簿籍亦宜頒降長格文冊一樣循環二本明開某戶應該糧若干各項該銀若干以十分爲率定限每月完納一分逐季倒换照驗所完分數必使無欠如是則吏書無所用其隱匿之私奸猾無所容其欺賴之術小民之輸完者且甘心焉而國課亦不至於虧損矣

十三曰議徭役之纍臣惟江南所以重困者財賦固極重而徭役之煩難益有以甚斯民之困者昔年巡撫海瑞嘗加意樽節議革庫役增脚價減驛遞夫馬省各廚傳供億費不貲其後條鞭法行民皆出銀以顧役少得休息而尚有一二偏纍者今江南諸役莫重於櫃頭蓋櫃頭之設管收一年錢糧若錢糧不完歲歲待役官府而又有移借之賠償火耗之賠出門皁之需索諸邑皆苦之而猶莫甚於松江以松江之櫃頭兼昔日之庫役也上司之供應鄉宦之交際郡縣之百費皆取足焉故有行賂一二千金而始脫此役者其重可知矣近者華

亭卯縣傳霈一切減去不煩櫃頭一錢民皆懽呼載道然恐霈既去而後來者復踵故轍也審如此條編之法果何爲者哉又沿海諸縣每至春秋二汛率報風汛大戶四名給與官銀積米水次汛畢仍將米糶價納官一出納虧折間動至破家今海上幸平何爲循故事而勞役小民也又每年各縣糧長點撥船頭解戶等樸差其中審無力者量免差役蓋以貧不能勝也然每名空役糧長量分數多寡派空役銀入官公用此果出何名哉又每年各縣派修龍衣船一隻輒用千金浮費居半大戶當此役者無不破產從事此舊制所未有者臣愚以

爲宜　勅下所司詳爲議處或如崑山縣定派每區撥
領袖糧長一名收銀一千兩周而復始無偏累一人或
每報一名幫貼一人以分其役其松江買辦應付仍照
各縣悉依條鞭法不得妄有誅求其餘如風汛大戶空
役修船諸襍派原係一時私意創建者悉與蠲除庶不
使重賦之民復罹重役之苦矣
十四曰議積穀之制臣惟積粟以待饑歉所貴出陳易
新要爲斯民之利耳非謂徒貯之無用貽地方以監收
之害也邇來郡縣在在積穀視多少以爲殿最法極嚴
矣然縣官取盈不免有科罰之擾斗級看守不免有盤

折之賠蓋藏不謹爲風雨所蝕管鑰不慎爲奸盜所侵賠累于典守者無窮矣及至郡邑水旱民饑流離曾不聞發斗粟以資賑濟徒聞今歲查盤折穀幾何明歲交盤賠穀幾何是使先王救民之良法乃爲弃於國中矣豈法之弊哉臣考歷代如常平義倉社倉之設皆以通有無化新故爲利甚大本朝獨以濟農爲名深識所重而今日之弊至于如此良由有司憚于出納之勞以爲吾僅守成數足報績而去而[illegible]司者委官稽考漫不省視不過一按文籍問徒數名罰贖入官而已臣恐考竟其實穀之在倉者有不爲灰燼幾希矣如是則不若併

其法而廢之猶可以免遺害于官民也且臣聞天津臨德等倉所積小米已逾六七年穀猶消耗如此況粟米乎臣恐亦徒有粟之名而鮮粟之用也天下之積弊類皆如此亦或處之者無術耳臣不敢遠舉漢宋之事如近日山東兖州府鄒縣知縣許守恩四鄉各立官倉將所積穀遇耕種時放散小民收成後擔赴就便倉口還官止補折耗三升有罪應罰贖者除開報上司外餘悉聽入粟故官廪充溢民不見有查盤之擾而坐饗借貸之利富豪大戶亦不得乘急而多取小民之息故鄒縣之民頌之如父母舉此類推則積穀之制未嘗不爲令

日利民之政也臣愚以爲宜　勑下該部將天下各府州縣見貯穀粟畧倣鄰縣收放成規不責民以花利不假吏胥以籠取之權水旱如何賑贍耕斂如何周給毋額握成數取具文案以圖塞責庶幾積穀不爲徒費其爲利益於民生非鮮淺矣臣智識短淺所得於見聞如此非敢必遽能盡其利獘之詳也亦非敢必遽能一一推行之而無遺也然補偏救獘之要足國裕民之本則已畧舉其要矣臣嘗譬之治天下如治家然善治家者其於良田美產墾植之必勤糞治之必力會算之必精而其撫恤農佃者亦無所不用其厚何者彼誠以爲衣

食之原出於此也今　國家之於江南固所謂良田美產也可　視其日就敗壞而不一爲之所哉此臣所以不容已於言也臣頃又伏見四方多水旱之虞如山東河南赤地千里自陝以西連年大旱延安慶陽平凉三府民幾無孑遺且挺而爲盜如山西近日所報礦賊流入境內是大可憂所當急爲賑贍庶幾無潢池之警他如湖廣江西自九江至淮揚一帶數千里衝決無遺而江南霪潦田畝淹沒近又以災報矣於此時而不議蠲貸則恐意外之變必至於不測苟議蠲貸則恐經常之費或至於不支此臣所以日夜憂思焦灼而不容已於

言也伏願　皇上憫念東南爲　國家根本重地亟下
公卿博議采擇臣言詳加處置盡剗浮溢之弊一施寬
解之仁無務積財於上徒置無用之地必使公利於下
勿成偏重之害則東南既安天下舉安東南之民既不
以横征而困則　朝廷之用亦不因逋税而或至於告
匱誠天下萬世之長利也臣不勝隕越待命之至

東南財賦甲天下至於今而民困極矣使東南人不
言誰當言者然試舉而叩之類如啞者啖苦而不能
言何耶其事如絲之棼而莫之解其弊如淵之重而
莫之窮也趙太史上爲　國憂下爲民憂憂之眞故

覈之勤覈之勤故得之詳使太史不言則又誰能言者以能言之臣逢憂民之　主而誠猶未感行尚有待讐之買千金之劍者秖爲獨知之契懷荊山之璞者竟成無當之卮豈斯民之不幸耶余旣如啞不能言而力又不能請於　上以行其言誠媿之矣顧經國大計不可使其泯泯遂梓而播之見今之吳中亦有抱先憂之志如希文者

邑人陳瓚識

水災請蠲疏

翁憲祥

吏科右給事中翁某爲東南重地洪水異常謹瀝血籲天懇乞　聖明大加蠲恤以存孑遺以消隱憂事職惟東南蘇松數郡幅幀幾何而歲輸　朝廷正賦幾當天下半實我國家根本京師命脉也故東南利病即係國家安危在　聖明所當瞬息顧念勿令此一方民少有失所乃自爲社稷計耳夫數郡賦重差繁靡有休息加以織造征榷紛紛雲擾剜肉醫瘡膏血幾盡然猶恃邇年以來未有十分重災又非遍地全災則或歉於夏熟復償於秋成或以彼之有餘稍濟此之不足所以小民

尚可支吾旦夕有司猶得竭力調停勿遺　皇上南顧憂實徼天之幸也詎意今歲昊天降割洪水爲災乃値從來未有之變乎職於五月間傳聞蘇松常鎭等處自三月終旬下雨越五十餘日晝夜不息各處城市鄉村水深數丈洪流倒峽白浪滔天田疇一望成湖室廬漂没殆盡人民沉溺屍骸塞川每數百里無復煙火不勝驚愕猶冀所聞未必盡眞乃昨辦事科中接得應天巡撫周某揭帖纚纚千言中間描寫情形與所聞靡不相符及詢南來人役面述地方顛沛之狀更有口不忍言筆不能寫者益不覺痛心隕涕嗟嗟吳民何辜天之降

災若此酷也大抵小民軀命所關國家賦稅所出惟有夏麥秋禾而夏麥成熟秋禾揷蒔俱在四五月間此時關係農事間不容髮假令霪雨之災或在二麥登場秧苗揷蒔以後則麥之已收者先可爲口實之需而秧之已揷者根蔕漸已堅固若地勢畧高處所儘力車戽猶或可救些須惟今年雨極連綿水極泛濫經歷兩月一毫不減而此兩月者正在麥未收秧未揷第一喫緊時節彼閭閻小民自去冬以至今年朝夕眼穿二麥冀得收穫以博一飽者既悉委之洪波巨浪中而今春入夏以來千辛萬苦稱貸經營指望栽秧落種爲終歲計者

一旦如江湖渺茫要無可下手處夏熟秋成一併罄完
欲捱至明年夏麥日期正遠將何以支況千餘里之內
被災處處相同卽欲倣古人所謂移民移粟爲苟且權
宜計亦不可得也聞三吳父老相傳皆謂此水百年未
見勿論　皇上御極以來卽嘉靖四十年之水民間至
今語及猶爲蹙額然猶未若今年甚者葢比時雖曰無
禾猶幸有麥比時有禾而被渰今不待有禾而已渰則
彼蒼所以盡民之生計者猶爲極烈眞堪痛哭耳見今
地方小民已死者身葬魚腹未死者奄奄待斃弱者棲
泊無所如林木之巢燕強者公行劫奪如攫食之飢鷹

人情洶洶大亂將作然賴　皇上仁明必有破格蠲恤民猶藉以自寬而目下又值農月停徵且未暇計及輸賦之苦故猶得忍須臾也轉盻秋冬復議正賦而民間既已無禾安得有米既已無米安得有銀不徵則有司無所逃罪徵則小民安所逃死此時光景不益可寒心乎夫三吳地方久爲國家外府在　皇上固當首加矜念在小民不敢望有息肩假令災患未甚地方官亦豈樂爲危詞輕瀆　聖明惟是今年之災至於理極勢窮隱憂叵測撫臣竭詞懇請固一字一實亦一字一淚也職待罪交戟四方災異例得以聞況變出梓鄉聞見眞

切何敢隱匿不爲萬姓請旦夕之命用敢瀝血陳情仰塵　睿覽伏乞　聖慈洞察深惟根本　勑下戶部備查往年全免事例大賜蠲恤勿泥尋常蓋　皇上欲安天下先安東南欲安東南必須蠲賦蠲則止於無賦而全感之天下尚可別項設處從長講求姑活此一方阽危之民將來猶得殫力以供國用若不蠲則吳民且立盡叟有意外不測之虞竊恐重地雖然天下不得帖席也孰輕孰重孰緩孰急在　聖明必有權衡而主計之臣爲國家圖久遠亦必有幹旋長策可以宣德意而安重地者無待職詞之畢矣職又惟水爲陰象乃近年洪

水之患不一而足又在都下及畱京以及東南財賦之
區天意所以警　皇上者不可謂不眞切諸凡用人行
政務求脩省之實俾海內仰見　朝廷舉動光明陽長
陰消庶回天意諸臣言之已詳第在　聖明一轉移間
職不敢多贅也職無任悚息祈懇待　命之至

遼事疏　趙琦美

題爲感激時艱敬陳膚議以佐邊籌以足　國用以固
邦本以攘外侮事臣於閏肆月間以奴酋竊發調允冏
馬至山海關比時臣具有末議以爲可不朝食而殄滅
此虜故未敢呶呶　上陳乃今歷三時而臣復調允援
遼浙兵之馬於通州則奴賊尚未有滅期　國威尚在
未伸也況星變地震屢屢示異臣祖父以來世受　國
恩不於此時陳之　君父之前則事君有隱非所以爲
人臣矣　皇上豢養臣身誠不異豢犬豕也有臣何爲
哉故雖以兵凶戰危仁人所隱書生談兵壯夫所嗤有

不暇避隱避嗤畫爲五條爲　陛下陳之臣聞固國之道必脩內治而後可以外攘故先之以內治師徒未舉餱糧隨之故次之理財軍食既足而後可以舉衆故次之以外攘進可以戰退可以守故次之以戰守士卒調習車馬堅壯故次之以士馬謹列於後以備採擇

計開

一議內治者夫內謐以外寧也外攘以衛內也內不謐則瓜靡外不寧則蝎蠹蝎蠹損皮毛蠹去而皮毛完矣瓜靡則潰爛而不可收拾也今日奴夷之訌所謂蝎蠹哉京城之內有禦人國門白晝肆刼其名把棍

每城各有數把每把多者百伍陸拾人少亦不下陸柒拾人一把中有小把頭數人數人中推一人最黠者爲大把頭每月一會人持錢伍拾文聚之大把頭所一人有事大把頭持錢打點餘則羽翼焉期必勝而後已平居每思風颶有事則難柔之矣然此輩皆壯武忘生桀黠機利之夫也不置之法足以亂悉置之法激以變莫若稽其爲首者勇捷者機巧者籍之使入行伍配以征奴厚廪餼之皆爲健兵豈不消京師隱憂乎山人遊客假文借詩干謁顯貴覘探是非妖蠱雌黄掠縉紳辭色陰陽之捭闔之榮其身而

肥其家其智足爲縱橫能足備嗚吠拔其尤而官使之散與金錢舌銛者游説智慮者決策勇力者驅兵用此豈不勝裸肱股角射御之悍夫乎別有閑的兒等老弱者什肆伍而强悍者什陸柒臣叁拾柒年賀正來京僞傳虜警一時九門皆閉親聞閑的等人喜曰操予來大家搶之語不逞之心雄於有日此不調停任其雄行都市一旦有警靖康汴城之禍可鑒也莫若五城乘此寒沍之時示以給衣給食之明文籍其精壯者編之入伍老弱者設法遞歸或餼之亦足消不逞之雄心也　京師三大營兵　祖宗舊制

原要番守邊所以習戰事也今借名侵糧者多行伍日虛錢穀日耗顧莫若選其精銳者萬人使守近京之邊叁月壹要卽以新調征遼之兵暫補調去之衆教閱三月汰其老弱稍給廩而還之留其强勇調之征奴三月竟而京營之軍萬人又出前戍放還如此幾年要番守戍則營軍有出戍之事而射影冒糧者自可絕迹矣法司五城圜扉之人絕有奇能之士暫爲寬假之令使效於征奴幸而勝功足以償罪不幸而鋒鏑之亦足消隱憂於圜土士司亦可寬顧慮於囹圄也九門早閉晏啟此非示强也祇示自虛爲奴

笑矣與其嚴啟閉不若慎盤詰入者查出者稽則奸人不得而混出入也稽查何如在嚴保甲之令申路引舊規而已九門可不禁夜矣輦轂之下竊刼時發　禁城之中往往殺人巡邏之不嚴夜行之不禁也向修往年夜犯之令群盜可消出入禁門必驗腰牌則何有盜殺之患於大都之中乎此禦之於城內之治也京城東有通灣西有鞏華三城皆有戍矣西北有諸山隘足可憑固獨東北一面空虛臣嘗承乏祭馬神於東壩出東直門三十餘里爲鄭村壩昔成祖大戰之地也舊有土城一區爲牧馬之所今廢

惟敗堞而已誠修其雉堞調三大營軍萬人以戍足爲京城犄角之勢控此一方足撑東北半壁之天復於京城四面豫搜其高陵林叢之地可以伏藏者先知之倘一日而有事則足以伏匿而扼賊之吭也以此自固是爲內强枝榦消蝎蠹壯元神何疥癬奴酋之足慮哉伏惟　聖裁

一議理財者夫禦捍安攘師之綦重舉衆卽戎貨之綦要故粒米餱糧不儲不軍蒭秣葸秆不積不軍衣甲器用不備不軍劍矛弓矢不利不軍酒漿醪醴不具不軍賓客往來遺諜行閒而惜金錢之費者不軍出

納惟吝握算惟嚴而計功估值者不軍故曰殺人如殺草使錢如使水又曰軍無財士不來軍無賞士不往然則軍固可使無錢而輕舉乎理財之道所宜講矣夫理財非曰開事例也事例開而賣一官一人入貲一人思取倍償千百人入貲則千百人思取倍償所從入者少所損民者多故事例非理財也非曰徵宿逋也宿逋徵敲骨瀝髓富民財竭貧民力殫壯散老塡易子而咬其骨決妻而飲其淚財貨未加多民心已加去矣故徵宿逋非理財也非曰榷關稅也關稅榷商避途物湧貴使工有積貨農有積粟貿遷不

化日中市虛故榷稅非理財也善理財者因勢利導因地取資不加賦不病民而　國用不匱矣六曹皆可以法取也吏之曹取之何如選人之考行頭一考不中便就賤吏賤吏入所不甘也有不甘者入十金再考郎三郎四五考焉皆得至再至三四五而入貲積一選可得數千金矣飛過海其已仕未仕方仕者歷年累積豈止數千人據牘細查已仕而罷休者方仕而在任者未仕而候選者各追其行頭之例銀限以三月過期不完繩之以律金錢入可無筭也戶之曹清筭節省鹽法茶禁是矣禮之曹清曹也何利可

與僧道度牒可講今　京師游僧道蓋以數萬計查
其度牒無者即勒其如例而納否則壯者籍之爲兵
弱者遣之歸俗亦可消隱憂而耗粒食矣行之天下
其利豈止數百萬而已耶兵之曹冏政之宜嚴也倒
失之納價當究子粒之歷年當查刑之曹紙贖是矣
工之曹錢鈔宜講也開墾宜求也齊之所以霸烹山
而已秦之所以王墾令而已彼區區一隅內供　宗
廟百官宮室飲食外應諸侯聘問朝覲會同修守戰
具一隅而足豈兩金乾汞之異耶開財之源而已開
財莫若錢幣兼行也錢之行無如子母便而省造大

錢一當銀五錢者一當銀一錢者一當一分者一當一者如是而行可以省銅值省工價源源滚滚爲不竭之府今惟兩京鑄造則造有限地銅價炭價皆不易舉臣聞川廣雲貴銅炭甚賤　朝廷誠命部臣十餘員即其地而鼓鑄一騎可負數千以度陸一船可載億萬以濟水水陸轉輸不一時載而達之　京師矣遵化鐵冶　祖宗因唐遼金元置廠每歲出生鐵四十八萬六千斤熟鐵二十萬八千斤鋼鐵一萬二千斤該用官銀幾柒千兩命工部郎中一員專董之武備所資鋼鐵取之裕如有志書可稽不知廢自何

年若復此廠或以備武事之用或以鐵鑄錢以二當一大約十四文抵銅錢七文其事省其費少且地近取効甚速皮幣所以輔金錢之不足自古行之卽今之鈔法也鈔之不行非鈔不可行也上不用而欲行之下也若納官而官受之則必行矣塩茶之引可行則錢鈔之法必通而不滯竊見遠方小官行無貲以赴任江南糧長解糧而鈌鋪墊一憑一批僅足償數十金此無他謂憑批必官司之急耳用鈔而許以納官當錢糧拾分輸叁則鈔必行矣兩者皆在上人意向耳東南輸粟數千里斷艫風火盜耗旱乾水溢皆

可爲虞北方之地荒者十之八九一意開荒自能足食近水者稻居陸者粟以至棗栗之利皆可克用誠意行之食自可足古之牧民必兼勸農　朝廷專重其事命重臣四出以董之田野荒蕪土地不闢雖循良如龔黃必罰如是斗粟三錢行可見矣又何必開例徵逋榷商爲哉足食足兵而民信之親君死長四夷可撻何至以撮爾一撮裔夷爲慮乎伏惟　聖裁

一議外攘者臣聞靖國安民　聖王不能銷鋒而治定亂弭凶岐周嘗興遏莒之師故兵者　聖世之所不諱況今建夷跳梁可無外禦之術哉世之談兵者豈

不曰兵多也將勇也器械利也糧草富也是謂象兵而非貞師也夫古之善言兵者不出孫武武之書十三始之以計而終之以用間其間作戰等篇所經緯而佐助之者也譬則五行土以承金木水火五德信以决仁義禮智而元亨利尤必以貞而幹之故土薄而四象不生信漓而四德不備貞失而元不能長善亨不能加會利不能和義間鈌而計不可行謀不可施敵形而我不知敵間而我莫乘敵進而我莫捍敵退而我莫尾敵行於無形無影動九天而行九地我倀倀乎終夜無燭備前則鈌後備後則鈌前上下四

芻無之不虛故遣大將與大旅不如用一間也槌牛
飽士日費千金不如用一間也故秦不吝數萬以賂
郭開漢王不惜金錢以間楚今兵調矣將遣矣衣甲
器械火資糧糗非不完具重臣宿將非不專任而起
廢也乃今日失撫順明日失撫安又明日失清河會
安矣豈眞奴酋之能之勇而我之昧且怯哉不明於
間而已武之言曰必先知其守將左右謁者門者舍
人索知敵人之來間我者故漢王謂馮敬雖賢不能
當灌嬰栢直尸尚乳臭故能滅魏是皆因間以知也
使昧昧焉與楚鬭捷不幾爲楚虜者幾希今不曰間

而曰天時曰陣法曰火器蓋孤虛旺相作氣之術也坐作進退用衆之法也煙火炮石長兵之利也不有甲子敗而甲子興者乎天時烏可尚乎徒能讀書不知兵變故井田丘甲一敗於王莽再敗於安石豈非法不可泥歟夫兵有長短刀劍短兵也戈戟短兵之長也弓弩長兵也銃炮長兵之長也皆殺人之利器也然所以殺人者我也非兵也今不講火人而曰火器是行火不必有因矣豈器眞能自運以刺人而殺之耶故言火器不若論火人矣且武之言以火佐攻必首藉風風之運火寧藉藥哉乾禾燥木皆火也纔

有焚原燎野之勢寧至輕耗火財乎多用火兵乎談兵而尚火器謂之不知兵可矣且奴非真善用兵者也善用兵者疾如風雨不可遏止今奴用兵九閱月而未敢長驅是拙兵也非巧兵也兵拙奴可虜而繫也奴可虜而肆無忌者我之不能也我懈而弛奴戒而銳以懈當戒以弛當銳驅羣羊以鬬虎鮮克濟矣莫若分新起諸將限之以地使保一方奴有所犯或以全師爲拒或出銳師以佐或斷其後或襲其國或衝其防或覆而待或衷其堅使其顧左不能顧右顧後不能顧前惑其心志亂其耳目越境入國奴嘗爲

客而勞保疆守界我嘗爲主而逸又不愛重貨以離其交而伐其謀奴且自固不暇矣卽不必北闗之戹其後奴且解辮稽顙之不暇又何狡焉啟疆以憑陵諸夏乎伏惟　聖裁

一議戰守者夫戰所以固守也守所以豫戰也守不固法弛而戰氣不作戰不疾氣索而備不容是故雁門之固寧非戰哉淝水之捷寧非守哉無椎牛飽士以作氣則林胡襜襤不滅無風鶴草兵以威虜則江東典午不延是故戰守合而形强戰守分而勢弱秦之戰所以崩宋之守所以亡今遼以積弊之國累敗之

餘敗軍之氣沒世不復一旦欲驅而戰是孤豚咋虎也豈有濟哉故雖徵師調將聚草積糧亦負雪填壑而已杯水沃洪爐也師克濟邪惟於戰守間定計則幾矣夫所謂守者必集諸帥於撫順撫安清河破敗之地列爲三營擇極鷙極堅極忍極勇極謀者居中營當敵之衝極協心極幹國極忘形骸極知緩急者列左右拒以接應無事出奇兵以撓虜權有儆因分地以堅守有率然之勢無膈膜之形復立一軍爲游騎以應援又列一軍埋伏以覆虜要以一軍襲虜之巢三營列而勢成游兵具而猝應伏藏備而賊不敢

以發機勦襲舉而虜知郤顧六師齊奮以戰則克以守則固橫行天下矣所謂戰者堅其壁清其野高其城深其池樓櫓完具礮石在架火砲充牣弓弩利具東作則耕以備儲農隙則獵以習藝習藝所以習殺習勇習膽也虜未至而吾兵吾農虜苟犯而吾民吾兵丘甲租庸皆是物矣然又必審諸將之性之情之勇之怯之謀之莽善戰善守善誘敵善綏衆剛者不可與剛者同處怯者不可與怯者同儕貪與仁而並用成壘智與詐而同處或詭勇與怒而共事釀債平居不可共事疆埸豈所同功哉在主將識其性調其

情則忌心忘忮心釋如臂使指中指長不見其長拇指大不見其大無名無用小指最小不見齟齬惟見相惜相憐而成捍禦之勢又復知虜以馬勝我馬弗及虜馬也虜不能步我步最勝虜騎也上砍人胸下砍馬足步之長技我用所長虜屈所短虜以弓矢勝我以火器勝弓矢短而火器長用長勉短弓矢弗及火器矣虜恃勇我恃謀虜恃同欲我恃和衷師克在和和則一心同則一利見利忘義同之爲病見難捐生和之爲貴而又使智使勇使貪使詐使愚使過惟其賢不惟其方眞不必借才異代湯武之伊呂卽夏

商之遺材也用不用焉耳用得諸將皆典王之侶用不得悉爲亡國之俘耳宋以水將劉師勇而陸用陸將張世傑而水用不盡其材之敗也南北兼濟智勇齊驅使之不忮不求則何用不臧哉至於大車可以任載而爲營壘武剛可以衝鋒而拒虜馬險地可以用火絕地可以斷餉山林可以伏匿平原可以接戰生生化化變幻須臾非成法可拘非執一可擬變而通之三軍之司命　國家之安危也伏乞　聖裁

一議士馬者竊聞國之大事在戎戎之克威惟馬則士與騎在善馭在調習在隱惜又在要于適用練習而

後士與馬調將與士安故可以與之生與之死而不畏危輕犯難也迺若驅市井而戰拉野馬而乘鮮不蹶上將而予敵矣人皆曰調兵征奴矣先馬徂征矣不知殺人非易事也不見夫割雞而手軟者殺巳委地雞猶走也不慣屠者血巳塗地豕猶突也非雞豕之屠割難乃庖厨之膽不習手不閑耳況虜非孤豚伏雌甲胄以當羽翮弓矢刀劍以當爪距可以不習之庖而求善刀之大用乎顧莫若以新調至之兵

朝廷使風力重臣親爲校閲或老弱或途病或幼小悉爲汰去則可杜耗糜金錢之患又留　京師校練

三月然後往戰卒靡不精而堅靡不破矣校練維何爲金錢令射中而爭利或爲蒐獮以爭前禽或去鋒刃布衣亜土以驗勇怯亜土試藝　高皇帝之舊法是爲眞練將必時士卒之饑寒知士卒之勞苦匪徒家丁厚撫衆卒異視也一視而皆家丁矣行糧必宜加厚異賞必宜常行敗群者戮刼奪者誅淫狠者殺賞前罰後何往而人心不奮不懼以如是之兵征不庭軒黃所以擒蚩尤也且下哀痛之　詔爲哭師之舉瘞撫順撫安清河之白骨文王掩骼埋胔何非親上死長之人億萬衆惟一心乎冀北多馬黃金臺下

豈無駿骨一則曰罔馬不堪戰一則曰營馬羸且踣
蒿目之慮誠非虛言不善轉化馬誠駑疲哉夫罔馬
之寄養民間民奉馬如奉親故馬無不肥腯傅碩是
所謂驕子不堪用也肥人不任馳騁也顧肥馬而堪
馳乎試觀肥人之馳也則喘汗而不任奔臕馬于平
壤一舍且噓噓氣盡津津汗流況騁足于山險窮日
于百里馬必斃矣此遼人所以謂罔馬未適征也三
營之馬貧軍日飼糟粕日驅而負載馬雖瘠瘠然然
筋力亦見露矣若善養之則馬臕復長以筋力之騎
茍得善養乘以衡鋒一一皆良馬也今日試選三營

馬之壯强者三千發之馬戸寄養三月隨選寄養馬三千以補營馬循環而轉馬皆受羈絡而任勞郎虜騎弗能支矣況乎馬戸一領寄養之馬必數年而免去是一馬有數年之累民不得休息今寄養營馬不過三月是以三月之勤苦而易數年之安暇營軍亦無倒失之患豈不利馬利民利軍利　國家征伐乎以練卒乘練馬載馳載驟賀蘭且平況彈丸之建州耶伏惟　聖裁上列五欵如果臣言稍有可採則涓埃不拒於海山芻蕘亦取於　上聖或少裨於安攘以佐滅奴之一籌是亦犬馬報　主上之心也臣不勝戰慄冐瀆威嚴之至

海虞文苑卷之十一

邑後學張應遴選卿甫輯

書啟

與緬宣慰那羅塔第一書　張洪

永樂四年夏五月緬宣慰那羅塔殺孟養宣慰刀木旦據有其地來進孟養職貢銀七百五十兩　詔却之秋七月以臣洪賫　勑諭之冬十月至其境以此書諭之

禮者天地之經而人是則天高地下君尊臣卑理之自然也地不居下臣不居卑則反常矣反常者禍必及之

是故賢者知此則必謹乎禮愚者昧此而欲慢乎禮此禍福之所由來也昔者周天子頒玉於晉侯晉侯受玉惰使者返命曰晉侯必亾自棄其命矣後晉侯果爲秦所虜齊侯會諸侯於葵丘天子賜之胙命之曰毋拜齊侯曰天威不違顔只尺安敢不拜下拜登受遂爲諸侯盟主由此觀之則有禮者昌無禮者亾可不謹乎切聞宣慰以蠻夷自居徃徃　朝命至偕倨慢不拜豈樂趨晉侯之亡而不欲齊侯之昌乎由是生於遐荒不聞先王之道如在墻壁之中不覩天日之光也前者使至覩宣慰爲蠻夷不足與言禮法聽其偃蹇以取禍乎則不

然以爲地無不可耕之土人無不可教之性是以懇懇爲宣慰言也譬君日本國在東海之東世無禮教近者使臣至彼諭之以禮其王源道義欣然聽從至今寵愛踰於他國宣慰能遵禮法亦承　天寵如源道義也今

天子之勑至宣慰宜率官屬出郊迎導至於正廳依儀行禮展讀畢即便如　勑奉行差人回奏此天下之通禮也是禮也非强之於外由其敬愛之心發於中故爲是節文以行其敬也人臣隆敬君之心則君茂待臣之禮豈惟身榮名顯而子孫黎庶亦獲康寧人臣肆傲慢之心則君興問罪之典豈惟身僇名辱而子孫黎庶

亦將無寧故齊侯晉侯之事可以爲鑑也苟以予言詳審而熟思之則知予心之愛於宣慰也爲不虛矣

與那羅塔第二書

前書至彼宣慰那羅塔遣其弟率舟來迎三十餘里既至館於江滸方議蓋樓選日然後迎　勑詢知前使至則那羅塔據其所居之樓別蓋艸樓北面令使者居之深懼辱　命故作此書以貽之

因爾故違憲章擅殺宣慰刀木旦父子占據地方大司馬伯廷臣咸請乞正九伐之法　天子憐爾愚昧遣使賚　勑諭之是生死而肉骨也爾宜匍匐迎接拜謁道

旁然後依儀展讀如　勑奉行庶幾使者得以陳爾恭
順爲爾祈命於　天子冀寧爾邦家今爾偃蹇倨傲
勑至而不謁使者就館而不省視而云俟爾蓋樓選日
然後迎接夫選擇者將以趨吉避凶反因此而獲戾是
趨凶而避吉也夫君臣之分如天尊地卑一定不易今
欲詭樓卑於爾居設案於彼將以迎　勑是使地居天
上天處地下果於抗　朝廷也使者有死而已不敢辱
命爾若不背　朝廷拆去艸樓設案於爾樓之正中
迎　勑開讀我則俟爾不然不過令使者空回耳必不
宣　勑于雖僕從間約量無阻遏之理行止之期矣爾

回報

與那羅塔第三書

前書至彼艸樓已成比其所居之樓卑二尺許雖令拆去尚不親出迎接數令東耖去説令彼出迎東耖等止稱不敢去説復作後書以貽之

前者諭爾禮法欲爾悔罪改過轉禍爲福雖云拆去牌樓至今不見親出迎接止云東耖等不敢去説夫堂皇天朝而小臣亦得輸其誠况爾蕞爾之地一酋長耳而存亾大計左右不敢言豈有是乎切爲爾不取也爾之存亾休戚在此一舉不於此時致敬盡禮以圖萬全

而欲重為狂妄以速罪戾豈保身之計乎夫屈於一人之下而伸於萬人之上者智之事也縱血氣之勇亟而無悔者愚之歸也吾與宣慰風土雖有華夷之分名位則比肩事　主欲爾之安不欲爾之危欲爾有禮以承天休不欲爾犯禮以干天憲是以懇懇為爾言之非求益於我也佇聞來報毋稽爾誠

與那羅塔第四書

前書至彼其宣慰那羅塔託疾令其弟率官屬出郊迎　勑至於所居之樓設案於中將　勑諭逐句講解令漢緬通事轉傳那羅塔聽受記囘稱刀木旦先

起兵侵其旬寨佉都邦殺虜人口邀截進貢又興兵
殺戞里聞我領兵救援奔至南的夫江敗殺其民不
欲歸彼殺其子來歸大卒皆遁辭也乃作書諭之
天生蒸民不能自治必降聰明仁聖作之君師萬方戴
之以立國兆民賴之而立命雖有絕倫之力高世之智
不敢憑藉犯寡以其有君也武王曰有罪無罪惟我在
天下曷敢有越厥志此之謂也　皇上繼承大統撫御
萬邦際天所覆極地所載罔不臣服分符剖契欲爾萬
邦子孫世守其土毋相侵害有違越者則討之　朝酌
其罪之輕重然後誅罰此萬世不易之典也今爾首干

國典擅殺孟養宣慰刀木旦父子占據地方而代輸差
發廷臣之典兵者請即行誅　皇上憐爾愚昧未聞禮
法故特遣使賫　勅諭之使者馳驅遠道衝冒寒暑以
底於爾邦不能具陳禍福皆咎於爾躬則使者之過使
者開誠無隱而爾聽或不聽則爾之自誤非使者誤之
也夫刀木旦與爾並受符印同爲宣慰彼若首亂加兵
於爾但當白之於　朝則問罪之師加於彼矣今刀木
旦奉使臣之命差人招諭戛里而戛里殺其所差之人
法所當討也爾與刀木旦同爲王官有鄰交之義不能
行義而反黨惡則是非曲直不待辨而明矣借使刀木

旦爲他人所殺爾不能援亦爾之罪况爾殺之刀木旦
旣殁其長子思樂發權撫其衆以候　朝命宜也而少
子刀落孟背兄以降父仇爾當執之以歸其兄則彼服
其義矣爾不能然又黨弟以殺兄將何以令其下乎旣
黨之矣又爲之代納差發將圖其地信義果安在哉使
爾討得行亦非爾福爾之接境亦有蠻夷爾之家居亦
有子弟他日蠻夷抗宣慰子弟殺父兄皆爾啟之也况
赫赫　聖明照臨下土豈能欺蔽乎　朝廷但知刀落
孟仍守孟養方遣使者諭之爾旣不待　朝廷之報虜
而併之矣其暴亂若此法將難容　朝廷幸不聞此故

不遣將而遣使臣亦爾之福也爾宜奉承　恩命亟召孟養諸酋回還將刀木旦子孫弟姪刀奔孟刀孟鄧刀悶孟刀落孟刀孟利混匾等送赴孟養同聽　勑諭交還地方人口金牌印信勘合了當急差闔孟一人如東吵者赴　京回話則爾緬甸有安全之理不然後必有悔將無及矣　朝廷爲此非爲孟養也將以禁遏暴亂使爾萬方有所依賴不相侵奪耳不然則彊弱相呑迭爲消長遠方赤子鞠爲匪人可勝嘆乎故興滅繼絶之恩非止及於孟養爾緬甸子孫亦蒙福利也幸詳審之

與那羅塔第五書

書至彼宣慰那羅塔使陶孟東眇來堅執前詞以爲
孟養夷民不欲歸彼殺其子思欒發其弟刀落孟繼
立復興兵與我讎殺其民怨叛不從執之來歸未奉
勑之先已將刀落孟幷刀奔孟等盡殺之矣並無刀木
旦子孫其金牌印信勘合等俱係刀木旦帶往戞里
征進敗死於南的兲江不知下落如蒙將孟養地方
撥付緬甸每年差發不敢欠少復作此書曉之
自爾奉　勑以來朝夕冀爾悔罪改過恐不能然復作
書委曲開導使者之心可謂至矣經今日久不聞一言
自責惟設遁辭文過此言不可達於朝也何以言之爾

言其子刀落孟復興兵與爾讎殺故擒殺之其民自歸於爾夫刀木旦興兵於外倉卒敗死理或可言其子刀落孟敗亡之餘自守不暇豈能興兵其不可信一也爾乘其衰弱利其土地領兵至於孟養虜而併之乃彊取力奪而云民自歸之其不可信二也既殺其父復虜其子前罪未已後罪復生恐非要福之言也又云其子刀奔孟刀孟鄧刀罕孟混區等俱已殺之此尤不可言也

朝廷之典罰弗及嗣賞延於世有罪止於本身有功垂於後嗣是以本邦犯罪止誅刀干孟一人其子仍為宣慰令刀木旦與爾同為王官爾專殺之其罪大矣復

云盡戮其子孫則爾罪當何如哉吾料宣慰必不爲此不過欲云孟養絶嗣無人可立冀得其地耳夫人民土地有所授受則可傳於子孫不然徒速禍耳　天子受命於天然後有天下諸侯受命於　天子然後有其國大夫受命於諸侯然後有其家今爾無　天子之命殺刀木旦以併其地欲　朝廷置而不問設如東眇無爾之命殺邦賴以食其邑則爾置之否乎夫賞罰者　天子之大柄所以制四海也有罪不敢赦無罪不敢伐如八百有罪命木邦車里討之車里伐其東木邦伐其西所得甸寨因以錫之所謂賞有功罰有罪也今孟養無

罪緬甸無功豈能奪彼與此吾知其必不可也爾又云孟養舊納差發歲辦無缺所言者利也非義也中國山海之利日進金百萬終歲大貲猶似山積視爾錙銖之利譬如塵沙百夷舊貢銀三百六十錠今盡蠲之止納一百餘錠爾之所知也奈何欲以利誘乎邊任代納孟養差發見差官送回聽候刀落孟分割想已知之矣若
朝廷不問是非但收差發將何以正天下乎所以不廢差發者何不過盡其事上之心耳豈爲是哉願弗復言此矣使者受　命諭爾不敢不盡言爾不奉　勑使者不能強之以力則大司馬有九伐之法在茲不復贅

請詳審之

　與那羅塔第六書

書至彼宣慰那羅塔差陶孟客省來云書上說的都是了只是刀木旦三次起兵殺我我不殺他他殺我了以此不及告知　朝廷起兵殺他了他的子孫委的已先都殺了如今死了的活不得我自差人赴京回話參詳前說不過欲稱孟養無人希望　朝廷遂與其地差據通事丘添保覘知那羅塔殺兄逐弟情由并轉令南甸百夷刀八蠻於班木賴差來百夷處潛訪彼處民情不樂從緬咸慕思倫發子三朋而

緬人亦問三朋有無見在故作此書諭之

竊聞王言如絲其出如綸其出如綍言天下敬畏之至雖小如大也今　聖諭諄諄爾不開悟使者再三譬說爾不省察恐爾獲戾故復盡言予聞朝論不一敢密告之今年鄧伯通引木邦獻捷說在着冷時有得冷差人來告爾殺兄收嫂又欲殺弟只要只要逃於木邦轉奔得冷乞　朝廷處之大臣舉爾殺刀木旦之罪欲議改封未定予至雲南都司思倫發諸子來拜沐都司指歪頭者名三朋謂予曰如今孟養子孫都被緬家虜去此是刀木旦外甥待伐緬時就立他爲孟養宣慰內外之

論如此恐爾終不得孟養徒取違　勑之罪耳今爾使
人赴　京回話倘若　天威震怒下令討違　勑者一
路海船從福建出海六十日可至冷一路海船從廣東
出海五十日至得冷就令得冷爲鄉導以伐其南一路
大軍從木邦入率木邦之兵以伐其東一路大軍從孟
養入就立三朋爲宣慰以伐西一路大軍由金沙江順
流而下以伐北備東擊西備南擊北雖有善守者亦無
如之何矣萬一　天恩深重曲法赦宥暫停問罪之師
止遣雲南軍馬送三朋爲孟養宣慰彼思倫發之子刀
木旦之甥遠近歸心夷緬帖服兼與木邦和協大甸連

枝三路同心合力以謀爾邦亦非緬甸之福與其得彊鄰孰若得蒻鄰孟養立則鄰蒻爾強三朋立則鄰強爾蒻然未必得此也姑借以爲譬耳予言止於此矣爾復不悟日夜必思吾言然無及也

右書至那羅塔大懼遣酋孟洛霞賫緬書方物赴闕待罪未行之一夕通事丘添保跪於榻前曰公有難敢告頃聞緬誅不善欲進毒於公或曰不若饋之饋而不受毒之未晚明日來饋公宜處之乃呼徐百戶丘添保曰明旦令彼來離水一丈汝輩亦集帳下在吾側當面遣之明旦那羅塔陳所饋於巳舟告曰

緬人不知禮以此物贖罪洪曰爾來饋我求安靖耶要不安靖耶那羅塔笑曰不安何饋洪曰饋即不安不饋即安吾將達爾言於　上若以饋免我我媿而不言言不聽不以私饋我我即敢言言亦無私有聽之理那羅塔曰汝不受饋又能達我言於　上若幸免當立廟祀公因大笑曰當立廟祀我乃不毒而還後聞緬甸立使臣廟未知然否不足爲重輕也

荅張宗海書

吳訥

宜壻來領七月一日教帖捧讀再三仰見吾丈年德彌邵識慮彌精欣羨欣羨某近來老態百出力衰任重況戇直有素謭陋四與已具一章旦夕奉上倘獲遂請尚當朝夕侍教以來寡過於没齒也所諭志書欲錄賤迹切念蚤罹艱苦讀書養親既無卓卓文行表見於邑里晚歲升　朝祿祿守職又烏有可紀之事業哉況晚節末路深恐難保昔人所謂死之日是非乃定詎不然歟然尊意不可虛辱錄去海虞雜詠諸詩倘得筆削入編則為幸也來示云前志人物無幾因憶宋代惟會丞相

懷爲最顯然急於聚斂壞當世破分良法得罪淸議元世百年習俗以富侈自豪若曹氏私租三十萬石勢傾郡邑淮冦入境一夕爲燼志中幸以此意垂戒於人人可也小壻輩切望時時以盛衰倚伏之理教戒之則某感德弗淺矣株守公宇所欲言甚多非聚首莫能旣不宣

與郭總戎書

桑悅

僕觀栢慶等郡徭獞爲賊其等有三曰眞賊曰激賊曰愚賊開旗吹角打村劫路以爲生理是名眞賊好利者擾之使不安其生好功者迫之使不得其所不得已據險以叛是名激賊小隙成讎於彼姓彼村有讎或畏其強也則殺其同姓異村以復之渠以流劫聞則不能辨矣是名愚賊大軍勦殺眞賊安戢激之與愚執而不化水旱之災悉由是召僕至融羅等邑十里之外皆爲賊藪因以理致其頭目諭以　朝廷威德激之與愚者隨力疏通其情或親至眞賊巢穴慰撫之不立崖岸如家

人父子歡然相接老幼班侍唱歌進酒挽留信宿而返

其武陽一崗生獲盈萬俱出向化其餘各寨來謁者多

願今秋自新計至西成必有新[redacted]增益曲突徙薪絶勝

厝火其下也僕蚤喪母有父年老別無兄弟奉養少立

微功以冀許國素志冀贖身以求自全著書爲樂足矣

足矣此外更無覬望麾下職專總轄必能爲　朝廷宣

德惠以綏服諸獞者管人之見不足爲麾下重也

復高開府書

桑悅

陳同甫云古之君子其達也待士今之君子其達也傲士世降俗衰上氣愈高下氣愈卑熟聞見囁嚅之言趦趄之步則以長言濶步爲迂且怪縱知僕虛名易目而視降陵爲阜猶與原絶處深淵地者其可攀援之乎今忘閣下之陵與已之淵奉數字之書扣門求見何前倨而後恭哉蓋知閣下爲古之君子也及蒙華翰推奬過甚僕何敢當奉翰自喜自慶僕素慕閣下而求見閣下亦素慕僕而渇于見兩已相知是豈偶然者耶僕嘗讀上下數千載之史見用世之士或鼎成而折一足或厦

成而缺三瓦鮮有全人古皆然今爲甚有爲世才臣提
朝廷數十萬師僅平小醜令人稱頌功德爲錄刻傳
四方僕一誦之深嘆其不學而無識也今讀閣下乞終
養及乞歸田二疏非惟其文至誠懇切與諸葛武侯出
師二表相表裏而歸田疏論平閩賊其擒賊首則云副
使劉誠之功論處置事宜則曰此鎮守巡按藩臬衆人
之見臨難不避成功不居功成即退出處之際鳳舉鴻
冥其不爲世之全人哉人之云全自古尚鮮況今世乎
有作　明一經垂示萬世者得此二疏照耀簡冊一
祖四　宗不與有光耶詩曰王國克生此之謂歟僕幼

習極物之學奉親命于　明主以自試往來京師十有餘年動輙得咎苟就微祿代耕今爲此職未敢自棄其身于無用之地到任以來誨人則舉學校之先務而不及科第私居之中有小樓一　名之曰乾坤一寄日玩天人理于其中又常以易書春秋合而觀之以見帝皇王霸之異如有用我執此而往猶可康濟斯民否則著書數篇以爲來世致　君之資外此不足爲閣下道也

與丁南湖書

王舜漁

渴欲屈尊同醉山水間昨見投刺亟令小僕烹雞治具秖是携果酒徃南關送施文峰了事而回途遇張立齋兄弟竹里衆親與立齋送行拉去抵暮登山悵悵而歸今接來翰云及謀葬守齋先生一節恤孤兒憐廉吏存友誼諸美畢具此意古人常見今人不復存齒久矣何幸于兄見之感仰感仰愚兄弟洎一二親知當相與協力成兄一段奇也積懐萬千盡祈面悉不盡

石溪憲副于乙未三月七日未時荅予此柬即日酉時弃世嗚呼此其絶筆也友愛之情道誼之語畱藏

巾笥永以感傷是歲是月念四日南湖一叟書

荅舜臣姪書　錢詔

晉嵒邑也吾姪發硎此邦而遊刃有餘才可知已迺猶以政務詢及寡昧老夫自分日薄西山處浮世能幾而欲強解人事第思當時羊祜杜預同守襄陽彼都人士思祜之深而思預之淺者則祜以恩勝而預以威勝也居官雖酬酢萬變大要主于愛民已耳若夫挾權勢以生怨讟不足計也惟賢者留意焉

上太宰陸公乞致仕書　丁奉

伏蒙以六科之論薦而公於汲引以毋舅之尊親而私於慰借大人之待不肖可謂仁義兩全矣乃必欲不肖之之官得非韓子所謂感恩則有知己則未耶夫六科之言特念某求全而被毀耳求全之毀聖賢皆然愚復何計况薦詞有謂爲人簡澹無有過舉夫中庸之道三澹簡溫而已愚何人斯乃以簡澹見稱於百職遂蒙六科合議而白之銓部覆奏而旌之　聖天子垂覽而然之兩京天下賢士夫切齒於毀我者至是則翕然以快之而愚亦自信自慰矣愚復何憾然且方命而不出者

正以簡澹乃德學之本非巧宦之術簡則逢迎趨走皆不能澹則紛華勢利皆弗屑若使抑而行之必發狂疾此貢禹所以不免冠而退陶潛所以不折腰而歸也且愚素志以簡冊爲娛著述爲業卽今三十八歲浮生脩短難期曷不堅守林泉以圖不負此志耶大人立賢之法篤親之情不忍棄捐不肖此生效報無堦但聞狄梁公爲相候問盧氏母姨欲官其子姨曰我惟一子不欲令事女主甘守貧賤公憮然聽之伏望以梁公爲例姑容上疏乞休幸甚幸甚載惟今日　聖朝雖非女主而宦官佞倖不減武氏之禍大人撥亂反正務以梁公爲

法尚冀功成身退彷張良赤松之遊尋裴度綠野之樂
此則不肖之所以效報者也遥望鈞慈無任懇戀之至

與鄒南皋書　陳瓚

當公未至時惟恐公不速至既至惟恐不速見既見則白璧之溫潤春風之和煦眞足以鎮人之躁而消人之邪乃知向以意氣求公特淺之乎知公者耳粹養卓識僕所心服乃月林明鏡之喻則要欲公愈加淬勵以需大用殆非謔語天之玉成聖賢多置之困窮拂鬱之地公之所以自待者當甚不小僕鄙人耳何能測公涯涘也太夫人亾恙乎聞邸舍卑濕甚請稍要爽塏者何如非匆遽不獲少將芹私而疊荷賜餞能無媿心乎役人告還艸率布悃臨楮不勝瞻遡

答王暘谷

章瑞安至得凾教累幅兼拜佳貺感甚媿甚僕素非適用之材叓乏逢時之術一旦起自田中甫二載而叨九遷郎僕亦莫知何以得此豈造物者故以樊籠羈人令不獲享鴻冥之適耶今聖世旁招蒲輪四出夙望如翁正恐不免湖山雖勝豈容常作主人言祠之廢僕輩惡得無罪第當時畧不與聞偃室無滅明之跡縱欲有言何由得進乎儻有繼翁而興者僕當爲之從臾耳

上兩臺

竊惟國家之賦東南居其六七東南之賦吳居其六七

以方數百里之地當縣官什六七之輸者踰二百年民力亦殫矣詎意今者天不厭災飢饉洊至寅歲螽賊害稼卯歲禾麥不登民間甑石無儲道殣相望時方徂夏且圖要生而東作南興淫潦不絕瓶罍之貲悉罄于播穀肱股之力又竭于桔槔耕夫餉婦束手無策惟有望南畝而長號闔柴門而自縊耳而且積餒成疷比屋疫癘一郵十室九病一家十病九亾吳民之可痛未有甚于今日者也夫人情疾痛必呼父母阽危若此不告于明公而誰告哉夫常賦之額不可少損大霈之幸不可再徼某等非不知之但無年則無食無食則無民無民

則邦本不固使不蚤爲拯援則溝中捐瘠旣爲可憐而掉臂之夫尤爲可慮此又明公異日之隱憂也明公試駕軒車一臨郊外則昔年禾黍之膏腴變爲魚鱉之窟宅室廬在浸有突無煙可爲痛哭流涕者茲其時矣夫歲之豐凶相間則可以昔之豐補今之凶地之高低相錯則可以移低之民就高之粟今則連歲無不歉之年千里無不水之地小民無終夕之謀而巨室亦鮮兼年之食矣伏望明公弘再造之仁濟非常之變以拯今日靡孑之民以終昔年未究之惠不特新稅大賜蠲除而舊課亦暫行停止某等無任哀懇祈望之至

寄示諸弟

陳瓚

邇來子弟羣居聚議無非酒食衣服遊戲之事未有一言及于治身幹家者以快意爲達生而無終歲之計以廢産爲良圖而忘始創之艱得罪先人而不知畏甘爲不肖而不知耻是誠何心可爲扼腕門戸衰頽殆將立見自今以往宜朝夕憂惕務守成業務去前癖向學者常念寒門單士多能自取甲第吾何可以駑下而自安謀生者常念委巷窶夫多能自致高貲吾何可以成業而自隳克儉克勤克奮克戒斯學亦可成産亦可殖而以慰祖父以裕後昆計無出此者矣

示謨兒

汝僻處山中肆力學業甚善但功名子嗣皆有數本不能忘情亦不可着意一着意便費力一費力便傷神矣此太可慮也若養得神完則力自强鵬飛熊夢直須時至耳我保我身以盡我年汝保汝身以竟汝志乃汝我第一義此外皆餘事也眞切之語汝其識之邇來屢得信頗慰自今家音中云體健善飯足矣

又

人生處世須教襟抱弘達一切客塵煩惱逃避不得者即時應去即時撥開不以纏縛此中則日日塵勞日日

寧靜不然將有許多煩熱塡滿胸臆發露面目欲求心身輕安何可得哉汝素曉此意必不落此坑塹但令內有嫁女事外有逋負逼迫俱不免惱懷者惟安心料理處之恬然爲妙韋君歸便附此

又

昨得一信知途中繫尾王舟甚是快利想只在端陽前後到家矣邇來精力覺稍增吾但以無心處世雖混跡風塵恰似天地間一無事人即日日奔走亦日日自在也偶見荆石公論文只要天機活潑盡洗俗套乃今日所尚邵蓮丘卷顧學海意欲首薦荆石亦甚稱之因第

三場小弱不得前列耳渠自謂平日深惡坊間文字絕不經目今閱渠全卷無一語涉煙餤氣眞顏美之資秀逸之才也寄囘一覽亦足少見時尚袁了凡亦許有窗稿尚未付來黃某囘附此

辭邑侯留中台召鄉飲書　孫樓

夫鄉飲者何　聖王所以貴德尊齒以教民讓以風邦人者也非徒爲飲食文具已也僕甞讀禮而繹其義讀律而玩其詞其象取諸天地陰陽其選取諸孝弟忠信苟非其人不與此數亦嚴且眘矣夫四境之内其號爲老者豈尠哉而得與邦大夫相揖讓酧爵於茲筵者僅僅數人焉蓋眘之也詎圖今日猥及不德僕聞之駭汗跼蹐漸沮却走幾無以自容而何以得此於臺下也無乃鄉校諸友謬舉以上於三師三師又過聽以上於臺下臺下亦復徇名借聽而猶未度其人可使與乎否也

乃僕之自分則已審矣僕五齡而孤上賴節母之保抱以有生又賴先祖繕部公之庭訓以有立壯圖不量亦嘗勉思自樹矣卒之公車七上而屢獻不收郡堂三載而知難自退祖武未繩母劬未報下慚家學上負　國恩僕誠大不肖人矣而胡敢與諸老相齒讓哉曩僕司理吳興叨與王介之列嘗拱聽司正之揚觶贊禮之讀誥蓋凜乎兢兢焉竊謂在筵者而茍少有媿乎其言將背若負刺股且栗矣而敢躬自蹈之耶彼諸友之所爲舉僕者蓋得其侶也而未暇核其實也僕之拙於謀生則見以爲廉靜疎於謁貴則見以爲恬澹貧不費交則

見以爲習禮老不廢讀則見以爲嗜學信斯言也亦曷足以當鄉賓哉而況乎佀是而實非也夫此何堂也此何宴也士之所模而民之所化者也而以一不德如僕者忝焉不反於唇必誹於腹矣抑聞斯禮也古出於公而今未必盡出於公也亦或有增年而進行賄而得者而卒不免於輿人之姍笑觀風使者亦復釐正而因革之法至嚴也即使僕趨命於今而或釐革於後其爲辱也甚於市撻此僕所以果於自審眘於始進而敢固以辭者也昔庚桑子之居畏壘也畏壘之民謀尸而祝之而庚桑子逃焉僕竊慕之矣倘尊命不回而必使致之

則僕且避於三舍之外更卜異日肅謝於兩觀之下耳卽令淫潦一甃歲復不登穀粱之資悉由民力苟省一席則減一席之費亦惟明臺裁之僕無任媿悚欣懇之至

答王觀察暘德書

張繼詩

老師解節鉞而歸掩關三徑一意著述自足千古第越江生色吳山顯然士民自離覆露瞻仰甘棠誰不懷思矧某自吾師鳴琴敝邑以來尤荷訢懞者哉邇者太夫人之戚水遠山長生芻莫致方深跼蹐頃辱千里雙魚素書跪啟曷勝主臣嗟嗟欵段下駟久困鹽車慙負孫陽而老師猶未忘剪拂耶捧誦之餘涕洟橫集詢及書院之廢言之可爲於邑殿堂門廡輪奐翬革孰非吾師上崇明祀下育人材德意而當事者逢承政府風旨旬日之間鞠爲艸萊且并某義助學田亦爲勢𡚱攘佃時

移物改瞬息滄桑大可悵恨聞郡中鶴山書院亦在斥賣之數而諸生中有輸價存之者抑何義利之喻相去霄淵也伏承下詢畧塵清聽惟老師讀禮之暇節哀加餐以慰太夫人在天之靈書院興廢付之煙雲過眼不必存于胸中也來鴻遄旋艸艸稟復瓣香一炷遙致几筵時因風便再企德音

答申相公書

趙用賢

辱老師手諭殷篤敢不銘心鐫骨銜感至意但某睽孤寡合自其夙性而抗浪愚戇時或至觸忌諱冒嫌疑而懵懵猶不自覺此得之父母所生似終不可易而之猥利蓋自審已非逢世之資久矣昨荷　天子徹照盆之明老師勤推轂之力起田中而還之故物不旬月而又擢之清華即木石猶知感動思所樹植以希報稱顧始至之日忌者側目嘲者反唇日自惴惴欲爲歸計亦非一日矣昨者同鄉之疑實出猜搆無足深辨即有之其公論在天下其是非在士大夫亦無足深懼自畏引匿

但念某往歲偶以孟浪致受淹抑海内哀憐見與遂爲清論所歸而不知者摩唇噏訾謂是當立異議操月旦相鼓誘以自矜其聲名不去後必且以樹立門戶招納權黨爲罪久一日則重一日或至不可解釋此一宜去且某之不才於詞藝道行無一可者謬厠詞垣實過其量今復躐次踰等駸駸榮顯每一造班行未嘗不鞠躬赧顔措身無地而不量者猶度之形色之外謂當希榮好進無有厭足不去則此疑終無以什此二宜去某賦性抗厲不能隨時俯仰又生平以妄語爲戒今在官途豈能鑿坏穴樹如夏馥申屠蟠倘少見眉睫便自成舋

不去則後之好爲譏中者借此端以相歸終無以自白矣此三宜去吾師責某以大義謂不當敝屣君恩是矣然古之人臣難進易退陳力就列不能者止明訓甚嚴某自量不才不勝其位卽退而處山澤能自脩檢以不負聖朝作養之仁亦使天下嗜進不已之徒使知果有輕去其官之人風俗或因此少勵人心或因此少回亦所以報　朝廷也故曰或去或不去歸潔其身豈必以居位爲報朝廷而決去者爲忘君恩耶此四宜去且某居老師門墻之末號爲入幕不幸又爲人所指屬其實無所可否而謬以爲有可否之權其實無所匡益而謬

以爲有匡益之責羣疑滿腹士憎多口此之聲跡烏可不深自隱匿此五宜去某之蹤跡甚孤地位又甚難處所幸老師斷然相信猶可托足今既開此疑端而復逡巡不止後之進者無窮殺人投杼慈母不免吾師與其戀一日之誼而留之孰與壞其終身之行而弃之耶此六宜去今者廟堂之上賢俊如林　天子方向意圖治天下事正可謂在吾師一念轉移廣引衆正從容導主上一出于正稍俟數年　聖心益定　聖智益集吾師得自展布光明俊偉之業必當超古絕今亦何所疑亦何至實天下之疑愚不肖一二人何所輕重而謂某忍

于一去足有益于師門哉某以此益滋懼不得不去之决矣夫有容德乃大此自處人已之迹言之亾金盜牛小小疑隙何足置意若事關名行道係出處又不得以此例論某年幾五十平居以廉恥自勵以名節自限出處之際審之已熟今天下多戀戀名場不能忍决借古人長厚之名以自文某甚所不取豈于此時遂自迷眩無所主持然某亦非好爲悻悻决去就于小忿以自快其胸臆惟老師灼亮俯徇下情艸艸奉復嚴命不宣

與張給事論時政書

趙用賢

冬杪匆匆爲別，延念迄今，未嘗不口誦心惟足下之厚我。竊寂者何其超越常態也！使者還，得足下五月七日書，所以撫教者既具，而懇款披心，又何其詳於憂國，而不難布聽於艸野如此。僕丘壑自閟，昧昧而邅屯屯而居，卽有所窺，不逾方寸，安能有所裨益明聽，而可備采擇於百一者？顧向來時事一主刻覈，民情離散，國本殄瘁，幾不可回。今幸一旦有更新之會，而二三元老方且虛懷延納，欲稍更以寬大，而漸紓其平居鬱積感慨之中。此天下之所日夜顒顒仰慕，而足下居可言之位，當有爲之時安可規規守常復自蹈疑畏之迹而不一爲之所也僕嘗上下古今嘗慨古之救弊者氣過於有爲則恒以激昂洩露反爲姦人之所乘而識不足以審所輕重則變置無序或因所當革革所當因近者失救時之宜遠者或反以藉朋黨之口而爲他日報復之地此誠國家治亂安危之大機何可不孰慮而深思也方今諸司之所共惋忿士大夫之所共詆訾以爲不可一日不少解者考成之嚴郵傳之禁進學之少三者而已然僕謂此雖不可不議而士大夫往往挾私所不便之心以爲盡非不可也考成一法使事機歸於　朝廷下吏

無所容其擁蔽不但可行一時抑且當垂百世獨驛遞裁減過當所當寬假於職官然至如往時之冒濫亦足深爲地方之擾入學名數之太寬所當少廣於甄收然至如往時之茹納亦足深爲學校之恥若所免驛遞編派之銀果寬及於百姓庸詎非實惠而督學使者果循每年一至之規則比今日額數苟少寬之亦已自足不必盡棄其說而循故所由也至如他所朘削恣睢偏任獨某醞釀於一心而改聽易視於天下者畧約數事一曰誅戮之過甚先王當春夏生長之日即有重罪不遽加刑蓋順時以養仁心也至其詳讞覆訊不厭三復今

乃不時處決豈無鍛鍊羅織含寃而駢首者又　闕廷
之外纍頭立槁者纍纍相比此得無土苴民命而傷天
地之和乎二曰征求之過急往歲兌糧多在正月以次
而輸及折銀民家少有積粟待時而糶陸續完官故不
甚困今卒在十二月中兌事甫畢即勒限償折銀之半
當粟米狼戾之時不得不賤比及耕耘資糧罄竭又不
得不資之借貸民安得以不益窮此雖有司奉行之無
法然亦廟堂峻急之令有以迫之也三曰括索之太盡
往時罪贖丁田等銀勢有不能盡征者官府亦從寬貸
今罪罰既解京有定數必不可少而縣官公費不得不

取諸此則當科罪之時或已及所不應而既罰之後追逮捕索係縲紛紛勢所不免丁田之餘錙兩在官小民以此覘兵折較爲差緩而官府獨急於此甚至不肖者假此以充槖裝而民之苦於追呼應接不暇又此兩者弘治正德中府縣庫藏恒積爲餘積嘉靖間始括以供用然猶不如今日之罄然也故地方少遇水旱賑濟束手無策倘異時一旦或有軍興將何以待此最所當裁議者也四曰督盜之太嚴夫冦盜之警自非盛世大同外戶不閉乃可免此令致民之窮極似驅之使盜而少有竊發即連章累坐期於必獲以故官府不得不假似

是者以塞責甚或少警則虛張其事巨盜則反隱匿而不以聞如足下所云京口諸變亦是左驗此亦最所宜調停者也五曰刺舉之不明近者廟堂之意旣一主於刻責撫按監司一切望風承迎有司少務於收養則指以爲疲軟一事不急於奉行則舉以爲刺謬卽如都中近所論劉同知及崑山令此兩人皆一時循良潔廉無他而得報如此推此具言其他可知雖有鸞鳳且化鷹鸇矣以故傑猾矯厲者得志而循良守職者坐受困屈吏治安得蒸蒸而元元何所慰養也六曰幽隱之不達治安之世所貴閭閻之情未嘗不徹於廊廟耳今一有

奏報則回避多端一有建置則採竊數種甚至水旱之災諱於燮理之無功匿不以實奏不獨小民之疾痛無由上致即縣官所苦郡不能顧郡守所苦撫按不能知獨一切取辦督責而已昨歲丈量一事大旨在清浮糧而主計之意乃在加糧以爲功故瘠鹵淄塗汙澤墝埆之地尺寸皆攤重稅即以敝邑一縣言之旣包坍江之糧三千六百餘石而額外餘出者復二千九十石安所多得若此恐一入會計遂成定額將來必至逃亡無餘愚民嗷嗷無所底訴近七月十三日之變颶風涌水人畜漂殺者無算田廬在內地者亦受衝決所餘無幾當

事者尚徘徊觀望不以馳奏大抵近年之災偏中於東南而東南應災之策如此此僕等仰屋長夜而拊髀於終日者也六者皆今日所最切於民似乎當識勢而亟反然反之大驟則彼所用事之人豈能帖帖若檕以前所謂三者亦舉以爲疵而遽更張之則彼亦得以藉口而重起其根株之畏蓋今士大夫之所共患者更之則迹顯而未必甚切於民惟於所謂六者而加意焉則伏於人情覘計之所來及其事隱而民之受惠實切此在二三元老一轉移間而足下開發左右安可不致力也僕往見熙寧元祐間事介甫新法如助役一節亦自便

民溫公既槩見其不可故亦從報罷又一日之間所罷保甲團教數事當時熙豐之黨實未盡去故得乘間而鼓其邪說遂至潰壞決裂不可收拾程伯淳言新法之行吾輩有以成之今日之事將無類此足下既有志亦宜眘所處而審行之幸甚淛中悍卒聞尚爾羈縻未得要領諸鎮兵大是嘵噭難制將來巨椶當遂兆此輩矣目今漕軍至吳必當有受其荼毒者去冬崑山縣官幾斃梃下竟隱忍不發況今挾此勢而洩其貪得之心將何所不至隱憂剝膚莫此爲甚足下既主兵議所以爲桑梓圖者幸并留神幸甚幸甚

海虞文苑卷之十二

邑後學張應遴選卿甫輯

書啓

上山西王相公書　趙用賢

某竊惰無狀春首曾以兩空函附賫疏者馳上顧辱先生裁教諄復何長者加意於疎遠如此而某乃負簡伉之罪於受知之門如此惶恐欲死某日者忽感暈眩之疾時作時輟猶冀靜攝可痊故疏已再具而輟止何圖小人福力短淺自頃十數日來瞋眩幾不能支度非旦夕可愈遂復有此請伏乞先生俯順微尚爲某宛白下

情亦既束裝待命矣如萬一不得請須上再疏恐來往躭稽亦并付去人順賫以行大要某不敢効世俗買重希高尚之名亦不屑如近來嘗試意向了局面勾當而已此惟先生能知某亦惟先生能信某爲不欺也南北荒旱時事可憂百千難盡病夫心熱易燥伏枕驚霍每念先生體國獨誠此時憂時當獨切將何以爲懷乃近得北中密信言先生再有論說深忤　上意亦且乞歸將得　允旨傳來語或未眞病中得此益自增劇然不諗先生言何事何以遽失　上心至此某嘗竊謂　主上雖少倦朝講用人行政率能任屬三四賢相公即未

必有轉圜之美亦不至有投石之拂今建言者勤於攻主闕而絀於言輔理似亦非易心之語某跡屬疏外見聞影響不敢浪及即據所傳邸報中一二亦往往私置疑駭本朝之設臺諫專於糾劾不法耳今一有言及大臣則臺諫羣然起而攻之雖同官亦自相矛盾不顧也挾臺諫爲重而蔽塞正論前代惟晚宋爲然乃最熾於今日矣自古疏入而已不報曰寢不行者皆得具載史冊誠謂一時大建白大綱紀雖或見阻於昏亂而令後世知當時亦有見遠察微補弊拯壞之術所繫不小故賈董衡向諸疏備於漢史者皆所未嘗經行至劉蕡

一策不過一落第舉子唐書亦備載其詞而不遺使在
今日其湮沒可知矣夫禁使不發抄是何心而又有申
飭之者是又何心也　國朝令甲使人人皆得盡言毋
令阻隔故雖遠者如振瑾近者如嚴張未嘗下　詔明
禁部屬不許言事獨創見於今日耳夫吾無可涅之跡
人亦何樂於言哉以此知非大公之體也開國至今二
百餘年未聞有請告居憂已甘退休而復遭論劾者即
使其果鉅奸宿猾猶將憫其廢棄而置之況加於海內
之名流哉欲絶其向進之階而豫爲折萌之論謂天理
人情所安乎氣節者厲世磨鈍之要機也故淮南悼一

汲黯而驕蒙之卿相折心於房綰彼誠慕其風而知戢也今一切佻立節者爲好異目守正者爲矯情惟取模稜軟媚者謂足以供吾之頤指而狎比之尊顯之郎間有拔及曩所嘗負峻節直諒者亦必覘其今日回面順旨之意何如然後驟貴久要以忻動天下此輩既皆海內所慕想且感恩誦德之不暇於是訑訑自侈其聲音而巧猾無恥之徒乘間鬬進天下靡然顧化而所謂眞氣節者折比而遠避此人心士習之所以日就頹靡也皆由　朝廷之威福務至公而不乘私意則不獨賞則爲勸而罰亦可以鼓舞羣志近年觸怒　主上者無若

潘公中丞一旦以河決難其治者遂起膺重任是皇上公喜怒之際絶無專主也乃如黄道贍孫如法久滯下位此猶曰負犯上之嫌也其直言忤時者或正推别用或遠調不遷或久扼不理藉一二摩切人主者詭托之於不可測之用舍而他干公議附私門者即有遷擢曾不逾時而清華躐躋矣郡縣佐屬年來苦加職者之多方稱壅塞乃使未嘗涉足吏承者一日得官餘千餘人以去猶務容納曰成人之美彼于久次不得者又何獨忍耶江李二知州迫使無聊不無失策然其心皆爲國其言皆務明法紀極力攻排以棄其人所猶汚其

行分宜之於楊忠愍江陵之於劉御史殺之而已不令其辱至此也史孟麟趙南星皆篤問彊志吳正志薛敷教饒伸高桂皆公正發憤未嘗敗名教犯官箴何攘臂切齒使之無以自容彼有縱貪漁侵法紀者何累劾不聽其去即去而猶使之有餘榮耶宇內名德如歸德沈宗伯餘姚趙司馬棄在田野薦牘且有不及而關西魏尚書清望絕羣臨海王侍郎謀猷出衆不及其未衰令一展布恐河清難俟矣意欲有所全活遂致停刑且八年因捄李中丞東而忍逐一君子西河之地幾半入虜惟務掩蔽養亂不知後日一蹶誰可收復貢市諸禁俱

廢輸邊錢若漏卮不知後日一有不繼何策可禦虜之無生心凡如此類病中不能盡憶亦不能盡焉倘先生肯可少逡巡焉庶幾望異日之改圖宗社之幸也某苟幸無死庶幾可爲太平之逸老實某之幸也左府經歷瞿汝稷尚寶少卿曾乾亨戸科都給事中王繼光車駕司主事王士騏皆卓然深詣不溷時俗先生幸括目遇之某不敢以私人進也歸田後不敢復通問貴要遂吐露至此聊得十一知先生諒某於形跡之外又必能庇某於安全之地他不敢強瀆也惟先生寬其罪而少垂聽焉幸甚

與繆岱山　　金澄

別來數日，心邇地遐瞻望浮雲信掩歡緒頃承鯉素開緘赧顏蓋相知固深相期實過胡克當之至欲根尋去處僕則未解也夫此世界雖云若海實即慧門無論業根未斷在人一覺悟間須知此身報身也此念妄念也一切煩惱依報依妄而生也既悟妄因幸勿執妄則即此迷途便是覺路隨緣順應而罔非法集矣是舉觸塵滯之境咸超凡入聖之階返照圓融要復何礙又何分於去住哉若厭苦求樂厭俗求真厭塵勞而求解脫竊恐離相取相終非實相祇以益障耳得男子身生中華地聞法王教未或究竟一番乃欲涅槃自在焉能遽免於五陰而直超三界耶願足下染汚之鄉泯清淨之想遵方等之規將自然解脫自證眞如努力幸甚辱示偈皆實際語但百尺竿頭尚須進步奚可便許自度乎至欲取坎塡離別自有說要期他日請正不盡

與瞿洞觀

禮意綢疊欽企有懐縹緲停雲徒眷寒谷不委别後道體若何禪悅滋味想得如如也邇承高操達孝慈帷抱一虛室冥其超理象獨契玄宗標合眞之妙與變俗之思草澤羈人覯斯法集何幸如之然實相無常隨緣普應

達順圓融曾悉照了否若見惑未斷即墮情緣證道路徑恐尚生岐雖欲恬澹息心將觸境壅滯愛杻憎枷一切形見謂能澄神方等之淵而揚襟蕭散之肆未敢信也蓋本來圓通冲虚妙粹凡染汚清淨悉非己有若己有之是名陰入故能濯累即謂洗心心不有礙則侵辱怨臨境一如虚徹靈明性相俱離即可了此大事外復何緣要俟修耶僕時有弊瘵尚俟鍼砭而心欲篤徹又故爲喋喋歲暮嚴寒願努力保愛春和要其傾倒不悉

寄陳司寇

澄投跡海濵猥蒙不棄頑劣結蓮社交偕修白業顧時

時傾吐肝膈不忘聖明今承召一出肅是風裁振茲國憲直道流聲洽於朝野澄因諒公素心貞淨不爲世福侵奪者也故以江南蒸庶之命懇望旦夕之蘇卽與無緣之慈以翊大有爲之主不期時更柄易事匪司存奚止民命不甚澄亦空言自罪矣然公平昔持握實乃摩尼寶珠應緣順逆諒無滯礙五刑紓民必使暴亂之息三德弼教必貽邦國之安若平反之數多亦大悲之所運也況位秩益隆天顏益近協恭贊襄足以悅安社稷致明主爲唐虞之聖挽世界爲安樂之邦此塵勞中不失靜勝者也且聞公謂此生不勉强後世悔何追夫世

出世間均是真心成君成身不殊法性離此心而有何勉强證此性而後世何悔乎伏願不捨現在而不著現在隨時提撕而隨分撥遣即大地有情之中轉大覺無上之位至望至望不採狂愚仰祈台炤不宣

報唐荆川

澄者環堵衡門經史爲業自惟無雄才奇節不足緩急於當路故退不緣彫琢以彌俗進不釋凝滯以釆榮而抓襟二十年分甘於勤苦之執乃承披涉草莱款焉瞻逅降心討問洽比如蘭寧不慷慨感槩剖析畢誠者乎故欲採樸遨之材備帟幕之數書教欿然僕知德矣但

威武之術從古所尚者有三其上者則以廟勝爲善箸籌爲奇談笑發機智勇無迹次則鈎連堅陣圜鬭利兵回戈染輪飛旆橫草下則掉舌摧鋒飛文禦寇解縱提衡風飈雲合然者或猶歉於全勝而况戎兵之無制乎故八卦五行之變車騎隊伍之聯亦據軒后之制管葛之文而心參史外之玄神發象外之秘耳至迺掄別郡材次品技巧指畫宗海撥測璣衡莫非鑒雅琴之絶散而侯識曲者之叓調也卽命握機權而成變化其可得哉况星光駒隙消茲齒髮之華蕙帶青衿困茲筆硯之陋戎心天象貽茲燕雀之憂方將以衣食之故寄諸醫

上之間辟閭里陟河山窺塞垣瞻宮闕脫畧風煙之外逍遥宇宙之表以遂平生之見聞宣壯懷之壹鬱斯已矣若夫一劒之佩一畫之竒從事徐徊係功尺寸嘗聞其效僕非敢然也方今春風迅起渤海揚瀾北泊淮揚南松浙閩千里蒼生心傷悼矣所獨賴賢豪戮力旁致異人叅縱前驅威稜遠慴俾島夷之跡無涸濁之爲憂鷦林之棲知搶揄之可樂不任翹首之望

復顧襟宇　　秦四麟

去歲榮歸重辱欵洽瀕行叓不得一餞抱歉至今如何可言項接手教深悉宦況黔中雖非善地丈誠不鄙夷其民而噢休之要以自展其素所挾持此適足以爲明時建立之資耳邑中邇來風景大異僕自耳順以來目惟杜門裏足間一行通衢見鮮衣渥顔高視濶步者無非豪門之僕居恒謂今日得意無如此輩蓋此輩狗其胸臆肆彼恣睢苞苴公行錄役不及有勢則附無勢則轉而之他而爲之主者方倚爲鷹犬恬不爲怪乃後來者叓甚耳叓數十年非盡驅不逞之徒咸入此黨勢不

止也令兄先生謹厚長者諸蒼頭長鬚皆退若不勝此無他表正則影直所漸靡者然也今邑中咸若兹何至如僕所云云耶悠悠之懷敢私布之丈以鄙言爲不謬否

荅嚴和宇

僕少爲帖括所束然無奈跅弛不能低首下氣俯從時輩以故坎壈不偶而性之所近獨于書畫中似窺一班又獲從鄉先老如五川楊公水嵒王公輩游稍聞緒論第僻處一隅兼乏同調無子長之遠覽茂先之博物而徒以獨往之見偏來之識漫加評隲以自愉快爲流俗

所挪揄久矣吾丈乃不弃菅蒯時賜俯詢雖不敢不竭其愚然亦殊不敢自信也居恒謂王弇州鑒賞少遜元朗何公元朗有四友齋叢說其中妙語頗多蓋弇州大元朗精兩公不妨雙美故自有辨也丈以爲然否邇來士夫往來非券契田宅則居間上官或通子錢以潤錙銖或托聲勢以資恐愒疇昔石交反成瓦解甫從傾蓋傻已入幕卽僕壯夫時所與交游稱相知者經年不通一刺而吾丈與僕郵筒往來無非平章翰墨品隲圖書可稱衆醉之獨醒雞羣之在鶴矣

與汝師趙洗馬

抱冲北還持所助斂親家維山葬金歸雖諸公之篤誼哉而紆虔義舉知兄首倡之功獨多澤及枯骨兄德至矣第小婿雲龍命蹇令歲雖倖得進學不知後日可能寸進報恩府于生前藉以雱于地下也僕緣此例要欲以一粒白豈投兄瓶中昨歲吾邑所中武舉名連斌者即應山之弟舊名元孫者也應山存日與兄交分差不薄此子亦昂藏七尺淹貫羣藝彎弧操觚無所不可文武雖兩途賢于别業遠也推念提携是在兄一掀指間耳僕計以爲維山之舉爲死者亦爲生者此子倘得成就爲生者亦爲死者而僕覬視于一死一生之間蚤夜

抑心寧無自慶之私乎一粲

荅莫廷韓

弱冠交好倏忽垂白每一思之眞如隔世兩接手教俯念勤重吾兄當世賢豪弟白首青衿無所税駕乃辱不遺昔崩置之齒頰何幸何幸來諭欲望弟高視濶步于風塵之外不知弟非復故吾矣年垂耳順萬慮都灰家本寒素偶爲外家所溷邑人遂以銅臭相覦覦此悠悠寧復有好懷耶假令弟止守先人清白卽不免寒餓而輕世肆志焉往而不得貧賤哉所謂聚十州之鐵鑄不得此錯也此可爲知己一道耳齊之居貧有諸郎足恃

陳孟嚴仲俱翩翩濁世稱其家兒定字轉南司成聞渠已不抵家即以下月赴任矣承詢及敢附聞之所需小説第僅得與周見心往還抄得數種聞渠已盡數付兄矣奈何借聽于聾耶艸艸奉復不暇詳諦尚俟有便盡所欲言

與張篁濱

自去歲良月一晤倏又改歲兩踰朔矣隙駒光陰迅疾如矢老景覺逾甚耳春來雨雪幾浹四旬城居猶不免珠桂之苦乃吾丈病處窮陬何以堪之每一念及輒通宵不寐古人大裘廣廈之慨定非徒托之吟歌者顧有

力者不能作是觀能作是觀者又苦力不勝此鮑焦所以立稿而顏闓所以鑿抷也奈何奈何吾丈伉爽博雅有尊翁風而彼蒼柷之迺爾謂天道常與善人直是湯語耶時為丈仰天長慨耳斗粟壺漿聊將問遺之私時下掃先父母塋當復至榻前一候

與張選卿　　　　　　　　邵鏊

彙文成刻感事也亦甚難事也願吾弟毋求備焉備有二義備體一也備人又一也備體不能得佳篇備人亦不能得佳篇今之選者于兩備中十得四五足以供玩賞志才賢而已矣其關係本邑事實者亦不能拘何者事實不可盡而文有盡拘事以徵文則拙者進矣且吾弟乘興傲笑而爲此拾散漫存梗畧原非以備事備人其有遺于所刻之外者且明任之而明言之何傷乎即他日吾弟自爲小序亦宜倣此意以塞議者之口可矣因接得管丈刻本心謂多有不堪賞者故爲此語以相

質然乎否也莊靖公文多可選者其批點昔年筆也亦不必盡然

寄譚明府凡同　　邵鏊

盖不肖通籍二十年不治他事往者數年幸供饘粥奉先慈以老巳得覩含斂歸土收半生淚近者數年則從台臺左右企悚先大夫千秋之業而巳夫指宮墻而風示履郊野而質成者伊誰賜哉向非台臺不肖何從吐口則疾病無巳時面目無安處隳先人之志而又不克其名不可以爲子矣嗚呼則又有經緯黼黻之遺神明肝膽之語庶幾與明禋之典並垂不朽者亦復數年艮苦考訂司空舊刻去厥訛舛增益詩篇勉次龕成使蒼頭抱以告于臺下詩文凡六卷殺青巳疾馳上不敢遲

滯以後海內知音者之許可故也嗚呼其又幸而臺下一言弁其首即祠堂之記不能先武林之賦不能後也別來經理一舟樓櫓畧具不覺巳過春半斯行也苟筋力未衰溝壑未遠秋淨月明豈其不可非僂爲不踐之言伏惟台臺叜有以慰之臨楲神往

與趙定宇書　　瞿汝稷

稷之歸以赤貧一無所薦于門下乃承寵錫燕餞層至疊出令人感刻無地日來老太翁神氣想益茂藥裹且盡棄去矣養生之道莫尚于虛無恬澹則眞氣從之少得其道則少勝人大得其道則大勝人驟至于妙則蹴有入無與羣眞並翔寥廓矣常念世間煩惱所最重處一總于虛則五熱頓入清涼境不移毫髮而苦樂頓異人所苦皆自苦苦無定相知無定相則樂矣顧習俗所謂樂無論聲色貨利即聖賢功業苟蹩躠踶跂而希齊皆苦也二程先生恒使人尋孔顏樂處當時孔子周流

不遇與顏子簞瓢陋巷時若仰企光被四表之烈且不勝其侘傺矣是知孔顏樂處無迹可求即簞瓢曲肱皆其迹耳有若無實若虛毋意必固我乃其能樂之方耶老太翁聲名赫日月令所不足者非名乃稷臨行時語稷侯玉體既康且銳意述作是固世所稱不朽之鴻業哉然于養生之道相背且老太翁于世所稱不朽者咸矣美矣無侯益寒于非益熱于火矣遠懷𢥞𢥞敢進瞽言不勝繾綣之至

上東溟管師書

瞿汝稷

頃嚴道澈自郡持老師垂荅劄尾微言娓娓五六千言所以提拯迷昏至矣感微大慈可勝銘刻植根既劣力學復不能純一有負鑪鍾耳稷往在丙寅丁卯中友明自中吳書院傳師語有小聖大凡二區之殊詰稷將安從稷對頗學小聖衆譁然笑之稷夷然安之爾時固已自審不敢妄覬爲廣大教化主矣及乙亥始執弟子禮于竹塘寺朝夕獲沾甘露之濡薮蒙稍得開釋而硜硜之度卒如故也是猶鯢鮒雖親對鯤鯨之噴薄何能奮數寸之鬐學聅天之鬛哉常分爲一麤奉法要之優婆

塞隨緣消舊業足以了此生矣至于宗門一塗蓋夙生
習氣嗜之眞如飢者于食以爲脩行惟此是眞菩提路
雖鈍根不能頓徹而日覺有味欲棄不能身旣在此着
脚徃徃向同志亦以此爲言巳眼未開盲説無益而卒
不可巳老師蓋乘願力之聖賢隱旣歷之頓悟而以漸
脩樹教者也稷直浮游漸脩之樊而仰希頓悟者也區
量懸别難可測量然區區所向徃又惡敢隱而不就正
唐宣宗嘗怪裴休眞儒者而訶其酷嗜浮屠法稷以爲
休嗜浮屠法未至固止爲休耳使其嗜之至不孔顔不
巳師謂一旦欲如南泉猛叅直透力量又餒故轉身還

入孔顏下學場中此纂詞也屡以爲孔子之發憤忘食顏子之仰高鑽堅其叅猶猛于南泉百丈師謂步南泉百丈而力不逮流于解勝行劣曷若子貢子輿之致知力行久當自徹此惡狂禪之虐飲而不欲學者復趨之路也稷以爲南泉之破家散宅百丈之垢淨心盡不住繫縛不住解脫其致知力行不在子貢子輿下蓋師教在融三而以孔矩圓世稷意在眞盡其一則不必復問三也豈敢軒輊于儒禪重輕于悟門行門意謂無問學儒學佛學老宜須得其眞苟得其眞不嫌人喚作一家貨未得其眞不能如師貫通而強效顰且爲三脚猫終

無用處五祖演常教人學涅槃堂裏禪豈待入涅槃堂而後學哉只在如今舉心動念行住坐卧着衣喫飯去處學若而今舉心動念行住坐卧着衣喫飯無不是到眼光落地何有不是若而今未能是却求眼光落地之是必無是處也至于一念頓超三祇圓行非兩歧也一念頓超者必不以三祇圓行者爲紆緩三祇圓行者必不以一念頓超者爲躐等一念即三祇三祇即一念若于此強生分別則十世古今始終不離于當念爲虛語于無限量法界中妄自限量矣敬承慈誨肅此畢露其愚以求斧削向辱須石經大學稷有質疑一艸亦以老

師有示不敢不盡心耳弁錄請正不具

海虞文苑　卷之十二

復張文學書

桑孝光

自與足下別音塵凋絕計十朔矣亦耳野人減景霞栖之樂乎許耳堪洗陶腰難折冥符至趣世復幾人野人作念累土爲垣誅茆成蓋招彼風月作我親朋曉起穿林樾中白雲影我足下流瀑聲我耳根回首山川煙莽一色比日停午村鳥調聲卉木交蔭因婆娑其下飯藜藿一兩盂已則挾兎罝肩魚網走栖塘過水西橋約野老共獵原澤間或操舟垂綸出沒煙浪得魚沽酒醉卧岸頭及醒月白蘆花身徧清影撫景會心隨意歌古詩篇三四闋不復音調乃循薜蘿徑東而歸此時誠不知

居諸屢耎纓組足樂也足下顧謂野人能之乎然此靡足爲足下道者足下穠氛盛麗嗢飫鉛華俾巳朽班楊再起今日千古大快一朝享之野人獨以考盤空谷魚鳥爲懽鄙矣矧幼習前聞淪喪十九幸不見棄足下教然以孝義文章目之績諸紈素令人媿嘆盈懷何可當也惟岑寂時把玩累日恍若與足下面譚用解長憶外附小詞二闋成之䟕想計不足以博足下一笑也不宣

與友人書

許重熙

某頓首孟凫雨若兄足下三四月前弟與足下輩浮白劇語相期以千里之志差足樂也今足下輩咸得一當以自奮而弟獨垂翅槅翼困于枳棘之中眉目改色塵土滿面出門惘惘無與爲歡入室咄咄秖聞長嘆又遭不幸天作霪雨原田無歲上下愁勞舉家慘戚恐馮衍負困之日殷浩書空之年未必若爾之燔灼也聊爲足下具陳鄉閭之近况以當抵掌可乎敝鄉故是水鄉東西南北接引巨湖廣縱千頃無端靡際前後左右環列潭澤芋藁攸積蘆荻所繁每迎春水漲向夏雨驟涉秋

潮盈僾爾陂池潛演湖脈通連舟行陌上水匝階下鄉
人過長川以爲岸沃茂艸以爲田水耕泥耨蟠首折膝
桔槔之聲恒與波濤相間洚水既退乃克有年因以浦
淺之處采蜯捕魚逐鱣刺鱉刈蒹葭以爲薪罻罠雉以
爲羞斗酒既熟隔籬相呼此亦田家之至妙猶足忘其
卑濕也自今春及夏淫潦浩汗溪水猥積渡泝無邊斷
岸靡徑疇圃不留潭壑爲一每風排雨注之夜吹滂沸
浪之晨騰波之所吞噬怒濤之所陊擊嶮嶮巇巇盡力
决勝回末陷陵飛流覆谷人呼地壞衆駭天崩愁鬼脇
息心驚慄久至于蛙潛沉竈菌產懸榻梁木生耳柱壁

蒙衣屋漏永滴夜床五遷霾氣鬱蒸晝衣三燎面垢落壁之塗目泣濕薪之淚家人慨嘆婦子啜泣誠足悲怛不可說也即令秦士高懷假一方以寄傲蒙叟知命托河伯以廣志猶恐衆憂繁會未便驅斥況乎慟嗣宗之哭感長沙之戚者哉弟自惟蒲柳之姿寡礪鍔之用歲復一歲逢此百罹命也如何五十爲壽行年已過半縱曰儀舌尚存秦錐猶在而日莫途遠河清能俟耶已矣孟梟雨若飛伏路岐從此分矣聚首之期將何日矣家居近況聊述如此想足下助我戚戚也某頓首

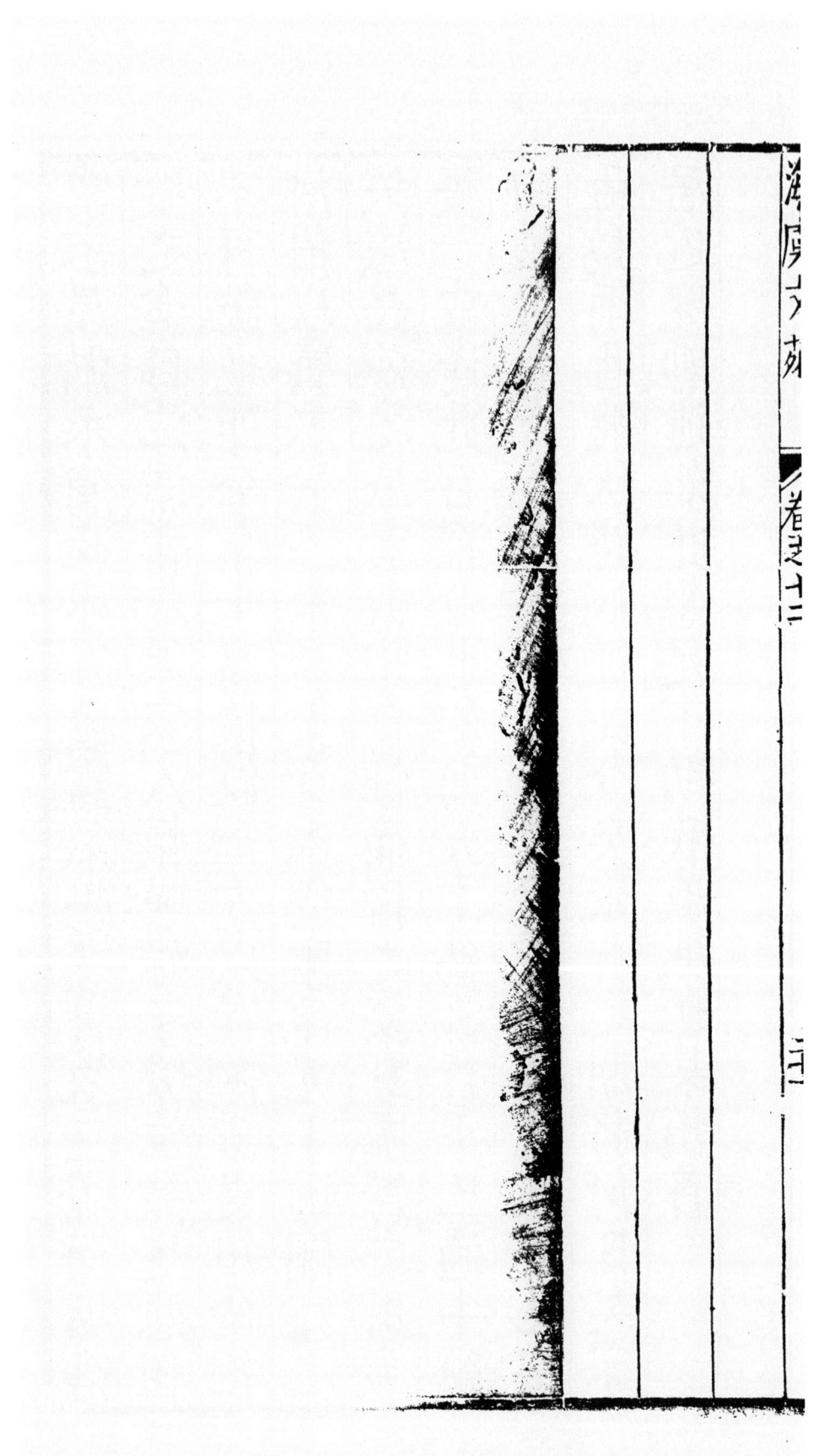

子雲之年西蜀子雲避安史之亂息肩於浣花谿上

兩雲字皆美字之訛

等語僕者

第三四頁仁度庇秀

海虞文苑卷之十三

邑後學張應遴選卿甫輯

記

南皋艸堂記　季篪

南皋艸堂者吾友綠先生原濟之所作也先生故居琴川上厭市囂喧厯塵鞅轇轕迺於此而卜築焉堂負邑城兩湖襟前一山帶右每天日淸霽則山光水色交映於目瑩若玻璃凝若螺黛而漁歌樵唱般起其間足以暢豁幽懷以發舒笑非心神淸曠善於理會者疇克領其趣哉而先生獨得之可羡也夫先生讀書養浩不嗜

勢利所交遊悉臞儒逸士相與詠歌徜徉以樂其樂視骫骳貪饕而富貴者不啻飛鳥之决背是先生不負艸堂而艸堂因先生亦有輝矣然作室覆艸古名人不以爲陋若孔明之於南陽周顒之於鍾山子雲之於西蜀往往皆然此賢人君子未遇於時聊以棲息云爾然而出處不同所志亦異孔明當漢運將移三國擾攘之際抱經濟大畧志存興復其於雲山固不屑也周顒初雖得隱操後仕宋欲歸而孔璋嘲之是於艸堂不得相終始矣子雲避安史之亂息肩於浣花谿上又復上雲安而走潭衡亦未能安於艸堂之久也之三賢出處如此

則豈知吾原濟者身際　文明忘情軒冕偃仰艸堂間盡其湖山之勝槃優游怡恱卒老於桑榆也事異勢殊後之人安知不以南皋艸堂歸重於先生如前脩也哉緑君原濟凝厚撝沖人也與予締交三十餘禩其相親相好之情終始猶一日君莫年厭屢居喧雜遂徙南廓離明之地背山臨流誅茆搆室儲書教子暇則課耕觀稼樂其桑榆之景因名其居曰南皋艸堂以寓怡然安養之天邑之士夫習子夏之學者皆發爲聲詩以艷之友人致泰和二令事丘仲野前教諭季仲怡既爲傳記暢其旨趣殆無餘藴矣君復持卷索

題額予又奚必贅言哉始書此識于簡末云

景泰壬申歲正月上澣前監察御史邑人章珪識

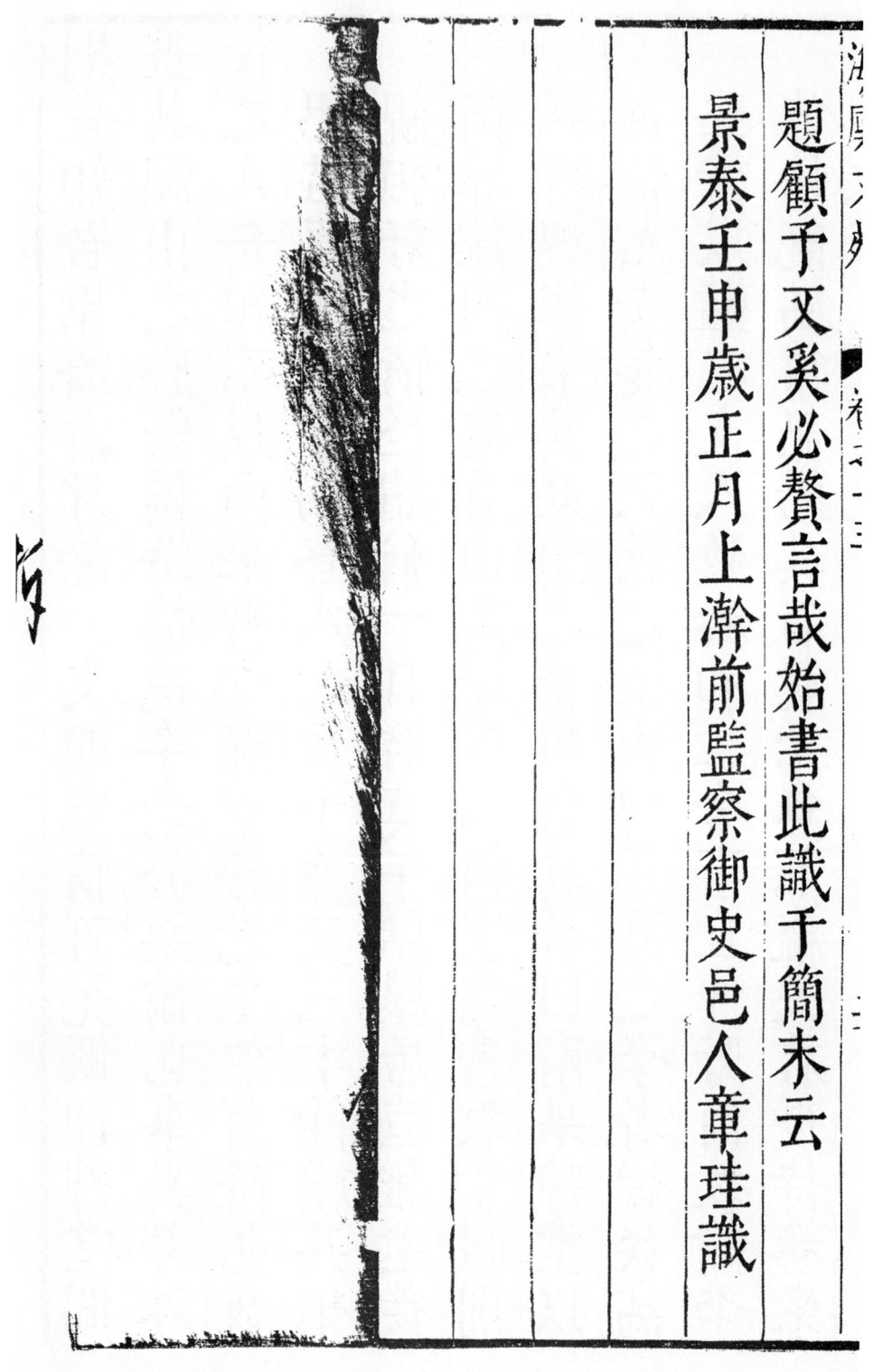

巡撫周滕二公生祠記　　繆樸

夫造化有陰陽人道有剛柔言乎其相濟也而惟撫民之政希尚慈祥取譬于烹鮮申命于保赤他籍所記大都類是此其故何歟蓋撫之爲言也將以寄命也嫗煦翼覆猶恐傷之況有所震暴凌噬乎若我巡撫周滕二公去惡釐弊惠澤流行者非耶周公忱始來開府江南知民運艱楚如吾邑每區點選富有力者一人名曰糧長綱部大糧直越天津往返動以禩計不捐軀即破室首請改運至瓜州官軍抵瓛領運然屬軍強民弱價費猶不貲也後又兵侍滕公昭繼奏罷瓜州之議令官軍

竟赴江南就便水次交兌而民困益甦矣土著仕虞徐宏者有槩于中曰我先世糧懲秋期永罹衛戍祖父瓜運繁灝靡有孑遺今周文襄出我湯火滕兵侍登我春臺稍稍薄有田廬保有妻子秋毫皆二公賜也乃以隙地爲址捐剏庵屋中奉佛像偏東設周滕木主西則置徐氏之櫪焉又慮香火之或湮也衣食闍黎守之推其心以爲香火永永則二公之祀亦永永矣仕虞眞不忘所自者哉嗚呼余因益歎撫循之難其人而民之忘其本者多也語有之曰古之仕者爲人今之仕者爲已夫惟其爲人也察其欲惡權其利害將無所不至矣夫惟

其爲己也掠取聲譽漁獵苞苴亦無所不至矣是故爲
人而無所不至也未去則民安之既去則民有餘思矣
爲己而無所不至也未去則民患之既去則民有餘憾
矣烏能使民之尸祝也又烏能使若任度之長子孫于
樂利之天而沒齒不忘也

重建空心亭記

李傑

虞山爲海隅之鎮發脉自北而西迤邐南邁其首則邑治在焉其中支最爲深秀以山形磅礴環抱靈氣所鍾也舊有寺曰破山今稱興福山下有泉出焉瀦而爲潭唐常少府詩所謂潭影空人心者也後人作亭其上實土潭心以爲亭基四周所餘不過數尺水源盡窒茂艸叢生邑大夫澶淵胡公命役撤去舊材屏除積土攘剔蕪穢瀹而深之清泉汩汩灌注冬夏常盈淵渟澄澈可燭鬚眉而天光日華上下交映瑩乎一鑑之空明也於是更樹亭於潭上飾以丹雘楹桷棟宇高出嵒崖老梅

古檜離立於前脩竹長松森繞於後遊於斯者倏然改觀而塵襟開豁萬慮俱消名之曰空心其亦稱情也已予嘗慨夫人心虛靈不昧方寸之間渾然一理何嘗不空迨夫私意横生一腔茆塞卑汚鄙吝惟利是計名雖爲人而其心之天喪矣此克巳復禮所以爲聖賢傳心之要也此空心一言所以有合於道而予有取焉者也夫爲吾儒者克巳之功至則天眞湛然若止水之無波雖日撓之而不濁又何必登斯亭臨斯潭而其心始空耶惟於遊覽之間而得進脩之益與夫流連光景者異矣故記之

詩冢記

丁奉

虞山之嵒極峻者名拂水水下注而上拂是嵒以水奇水之旁有三沓石怪甚是水以石奇工部錢公仁夫卜斯地冢其詩則嵒與水與石又各以其詩奇或曰工部好奇乎余應之曰不然蓋反本也惡著也順化也山以厥霘鍾吾土代出聞人令則有公焉夫惟公之詩藻爲山所鍾故其氣格如此嵒其波瀾如此水其意致如此石則是詩皆釀霘於山者也山特假公以鳴耳公以詩鳴數十載而悉其稿還之山得非反厥本耶詩如公既著矣而公且以書法顯其爲書法於稿也有孤高之筆

則亦氣格有淋漓之筆則亦波瀾有紆疊之筆則亦意致如是者數饒焉而以輝煌於人世不亦著乎惡其著則掩之誠是也造化之在萬物各爲塵刼然後已而古今翰墨亦無不然公此詩此書而此埋焉其先順此化矣乎於是或乃喜曰富哉斯言豈直破好奇之説耶反本者達生惡著者爲巳順化者敬天余又曰兹三者皆公夙學也遂錄之薦於公

遊石屋記

姚奎

泰山東數里許有石屋世傳碧霞元君煉眞之所予公暇欲往觀焉從者曰徑隘不可輿迺易服帽貂以韋帶結腰短策苣鞋命道士劉教弘爲前導行三四里無復蹊徑披蒙茸攀巉嵒傴僂而上愈進愈險下瞰巔崖驚汗浹背又三里盤旋轉一岡而石屋在望矣有羽士四人癯然而迓予青松絶壑間前牽後擁迺獲濟焉瞪目縱眺上有削鐵奇峰千朶前有夷地可半畝入其中窈然而深朗然而虛明石竇涓涓凝結玉柱大十圍高丈餘晶瑩可鑒崖有元君手印玉指宛然後有石床則元

君偃息處左偏一竅透絶頂頂有石樓可坐三四人氷滑不能升躋攀數磴而下力疲卧石床毛骨灑灑旁有聖水池清冽而甘不盈不涸下有石曰牛心甚奇怪又下有洗鶴灣深不可測一鶴鳴于上似與人聲相應和寔眞仙境界與塵寰迥絶人之遊泰山者毎以道左日窮爲畫于斯罕到孰知石屋之多奇廼爾哉石屋于惜乎遇之晩也嗟夫世之豪傑十固有終身未之遇者遇矣而晩奚病焉道左日窮以下入全用抗之石屋志文

七頁下　游石屋記　雪舟記

十　雪作士　雪執　雪作雪執

雪舟記

錢仁夫

余家小西湖上川澤多而田土少出入必以舟晨風夕月溪雲渚煙披抹吞吐益審知其味矣然習于常而輕玩之不以爲意也忽一日玄雲四垂微霰先集俄而大雪紛飛四野一白溪山改容林木變色正王晁所謂徧天地皆白玉合成使人心膽澄徹便欲僊去亦奇觀也善繪者可即此爲圖善吟者可即此成句余時玄巾素衣端坐蓬窗之下二三童子披簑帶笠或持篙或曳櫓順流而東下童子寒不能禁顧謂余曰雪埶方酣去家尚遠此有識者盍就宿焉余怪而斥之曰此豈小子所

能知哉四時之氣肅殺在冬所以收歛閉藏爲春三月
發陳之本當寒而燠將理失宜寒固非所宜避也吾方
欲放山陰之舟擬梁園之賦逍遥徜徉惟意所適必興
盡而後返向火乞兒其能知此味哉

登泰山記

宋良學

予癖雅好登眺虞山枕城西雖盛寒暑輒與客觴咏盤桓泉石每秉燭而返嘗感杜甫氏齊魯青未了句心切向往之嘉靖乙丑秋來總稅事始陟岱宗瞻彼岧岧目眩心惕應接不暇蓋山奠震位去地四十里許巔崖絶巘上逼霄漢氣肅而風勁雲蒸嵐噎頃刻異狀山之朝也煙光四凝峰巒隱見山之莫也俯瞰諸山環繞有若拱而立者有若趨而侍者有前而若揖者有却而若遜者近而若踞遠而若奔山之四顧也東觀日出西瞰秦晋南顧閩粤吳越之墟渺然天際孔子之登宜視六合而

小之至如古蹟名碑卧荊莽而剝蝕于風雨之侵者不能悉述其最著則秦之斷文唐之磨崖後三千年獲覩其書且以爲平日嚮往之心不可謂茲遊之無所遇也海内秀嶺霧嵒岩嶤窈窕若武夷雁宕之稱勝雲篆鳥文蹟紛糾結古昔先民之述作不及遇者何限夫好不好人也遇不遇天也好而遇者幸也不好者猶弗遇予方謀歸老于琴川之上將卧遊焉何適非好何好非遇耶作登泰山記

僊嵒記

桑悅

離王融城而南三四里有洞洞前有小江並造三石橋俗云人神鬼行之可笑洞門高三十餘丈猿猱不能上昔道士杜應然置鐵環嵒頂燃燈光照三十里今環尚存進洞高明軒豁石崖蒼然與雲氣相接從旁穿竅窕而入有小洞曰應化頗淺狹外爲壇三層置三清諸眞像稍曲折而進有結乳長二丈餘遠望儼如老子晏坐其間鬚眉皓然凝然不動有新浴非人意諸石獻奇旌幢擁列獅子居前烏猿居左靑牛卧於溪旁直前丹竈半破履跡如新水從安需潭界嵒而下漱石作潺潺聲

似誦五千言者相傳老子曾投丹其中飲者佰得高年故云壽溪用火炬直入寬廣如堂殿復從一石奧穿出縫隙下視洞見溪流曰水月洞天屨小石隄過溪而南崖邊有白石佇立如鶴又有一四平小石門嵌石壁[illegible]名兵書峽門巳缺一角少西攀律崪而上一穴通天[illegible]置竹梯其中上爲羊角寨羣[redacted]不靖居民則從梯而下避兵嵒中其芝田丹井聯絡布列循溪西行復從南北入沙磧積乳成屋戸牖玲瓏化工結搆奇巧入神又下溪滸而望嵒之盡處明露一竅乃以小舟從竅而出俱巨石敔齾其前涉流而北面西復得一洞垂乳如纓細

流一灣從洞前過至此如入老君之室卽李惟德所謂千萬年人蹟罕至者初洞以老君名又名靈君宋祥符中改今名張孝祥曾評是嵒爲天下第一仁宗賜御書百軸石像後建閣寶藏屢經兵火瑱函與閣俱付烏有數百年故物惟洞門左三角卷石上嘉定間守融州鮑粹然建亭其上如魯靈光之獨存屢猗斜復正疑有神護舊揷木版於嵒爲橋以度今版將腐人無敢過名亭從嵒名長沙易緩爲之賦碑藏嵒中如新刻洞凡數處惟應化有扁其他或名天葩或名乳[redacted]或名和光或名寒煙或名玉葩或名瑶構或名碧堂或名清奥奇石異

狀除前雄然定名外其他或名仙梯或名仙衣或名玲瓏或名金星或名蛇倉或名蓮花或名■山轉斗或名呂仙隱形或名鍾離觀泉或名尹喜現相各洞分支如仙室仙徑飛星壇釣臺棊臺雲臺放生池羅漢壁又不可悉數易曰仁者見之謂之仁智者見之謂之智此之謂歟嵒中碑刻甚多非數日不能盡觀畧可記者元祐黨籍碑韓魏公像及魏公所書老杜義鶻行端楷森嚴可敬可愛蘇黃字則散漫其中嵒前後俱村有警恃此洞爲長城不知没後一洞以舟而入者尤爲險固水涸時亦可活數十命垂白之老莫知其處

獨坐軒記

桑悅

予爲西昌校官學圃中築一軒大如斗僅容臺椅各一臺僅可置經史數卷賓至無可升降弗肅以入因名之曰獨坐予訓課暇輙憩息其中上求堯舜禹湯文武周公孔子之道次窺闗閩濂洛數君子之心又次則咀嚼左傳荀卿班固司馬遷楊雄劉向韓柳歐蘇曾王之文要暇則取秦漢以下古人行事之跡少加褒貶以定萬世之是非悠哉悠哉以永終日軒前有池半畝隙地數丈池種芰荷地雜植松檜竹柏予坐是軒塵坌不入胸次日拓又若左臨太行右挾東海而陰萬間之廣厦也

且坐惟酬酢千古遇聖人則爲弟子之位若親聞訓誨遇賢人則爲交游之位若親接膝而語遇亂臣賊子則爲士師之位若親降誅罰於前坐無常位接無常人日覺紛拏糾錯坐安得獨雖然予之所紛拏糾錯者皆世之寂寞者也而天壤之間坐予坐者寥寥不謂之獨亦莫予同作獨坐軒記

半畝亭記　　桑悅

桑先生於西昌學圃中洿爲小池深數尺濶尋丈畜以魚數尾雜植芰蓮蔆蒲凡數種縛茆結亭其上取晦庵朱子臨池觀書詩語中半畝二字名其亭時置酒亭中召門生徐威樂之威曰先生素默縈千古有陜隘八荒之心匪三溟之渾浩汗漭不足與胸吞吐而是涔蹄之水足潤目睫乎哉堙之攸宜先生曰子以天壤之間孰爲大乎莫大乎道而道寓乎心苟得其大者則是渾浩汗漭果足動吾視否耶於彼既不足以爲大而是半畝之中其活源則上接太虛雨降則波溢徑寸千里之曰

月三垣二十八宿之屬涵泳有餘而晦庵時天光雲影亦無不在微漸寸波足具全海其可以小之哉子求之於是有餘師威憮然曰君子之學博貴能約先儒云易六百三十四爻約於時之一字書四十二篇約於時中之半語詩三百經禮三百曲禮三千約於思無邪無不敬之二言然則三溟之渾浩汗瀁其不約於是池之半畝者乎君子沉觀於三溟收功於半畝則放之皆可爲海卷之皆可爲勺水會何大小之足云先生曰子誠告諸往而知來者可與言詩

新建先賢巫公祠記

陳寰

虞山者吾常熟鎮也其東南椒麓形勝猶倍丹崖青嶂溪河逆折縣城址故環之緣爲西關草井聯輳其椒有仲雍子游墓有老子祠麓有致道觀觀之西有嶽廟有張許關劉諸忠臣祠當觀廟間地稍隙鄉民據之列樹鑿壙次將葬焉嘉靖戊子冬巡撫荷峰陳公行縣至常熟先是吳公子游以縣之先賢故別立專祠於文廟左公旣謁文廟則謁子游祠見商相巫公咸與其子賢亦皆鄉賢設木主廡下乃退坐明倫堂進一高等生俾講巫咸故實旣畢復進一高等生俾講子游旣畢乃諭之

曰巫與子游世次前後若此令爾縣崇奉鄉賢而乃列咸父子於子游兩廡於義何如瞻享既忒神必靡寧此官府責也然事在學校亦漫無建請何耶諸生皆稱謝因再拜言曰昔宋嘉定間人治地青龍岡下得古碑鐫五大字曰商相巫咸冢皆古八分書縣令孫應時遂建祠宇碑記尚傳今青龍岡地雖莫可考然秖在山麓無疑於是爭舉鄉民壙地僭踰非制請毁爲祠甚當公乃付之縣令胡君君因出公帑償鄉民價命歸壙石畱其内門及堂廡橋道後建正殿以奉二木主前臨通衢作石門表曰商賢相巫公祠明年夏落成縣士夫及齊民

日相率往拜但見崇山幽林明秀森鬱高臺素壹與松林竹石相掩映莫不深副情佇慶忭頌美胡君與二令洪君熊君輩以寰先嘗從史官後請纂言述故鐫石祠中永示後世竊惟古稱鄉先生殁可祭於社若公父子則豈惟鄉先生乎哉昔者周公嘗告召公曰巫咸乂王家而朱子集楚詞註又謂公古之神巫聖賢稱論一以道言一以術言夫道有大小術有正邪道固可該術而術不外於道今如周公朱子所述則其道非小道術非邪術皋夔稷契之所行羲和仲叔之所明萬世而下欲以輔世相君與夫推玄運測化機者孰非巫氏家傳之

學哉有功世教如此雖天下皆祠殆亦非過況於所生之鄉而今且弗稱固宜當道諸君考世申義而不能已也嗚呼殷商之臣自伊傅外顯名後世者要不多見而孔門弟子江以南無聞焉今常熟海內一邑而商周人物已盛若此豈非東南之光乎爲縣後學者景行先哲求無仰玷將若何而可苟不能自振與時俗溷焉則東南西北來往具瞻身過祠下而心惟之能無靦然寡敬持是說以告夫同志者

常熟縣令永嘉王公去思碑記　瞿景淳

永嘉王公令常熟之二年乙丑銓部上其課于　朝徵入授駕部主事行之日士民奔擁送之者百里相屬去既久而猶睠睠不能忘也乃思最公行事之便民者勒諸石以示將來請記于余適余病冗弗克爲再踰年爲隆慶丁卯猶數移書請焉何士民之不釋于公也方公在吾邑時民譽之謌之猶或出于希冀之私乃令去吾邑久矣果何所冀果何所爲余于是而知公德入人之深今之民猶三代直道之民也夫爲治有經公豈能不役一人不刑一人破除法禁放棄稅額徒以小惠悅人

哉惟寬厚惻怛之意溢于科條之外故役人而人不以爲勞刑人而人不以爲怨久而益不能忘耳吾蘇壤地不數百里而財賦獨當天下之半民之供役者蓋已竭地之所出矣長民者征歛之緩急漫不爲之所又從而朘削之如之何民不窮以斃也公初令靖江仁聲流聳士民已顒然望焉既而移常熟下車之日首以廉潔爲僚屬先罷無名之征剔浮冗之蠹定役必差其產而奸猾不得以倖免征收必嚴其限而豪右不得以獨稽故自公視事官無課殿之罰而民免鞭撻之苦往時民苦役重多方計免比公在治巨室爭出應役以公能恤之

也公視聽精明加以詳審吏不能欺每决一獄輕重惟
允吏日抱案牘聽指揮不敢出一聲公堂無事箠楚敲
朴之刑恒屏而不用間以餘力飭公廨備規制作書院
祠先賢丈土田補虚税雖在邑不久未究所施而規模
弘遠矣夫爲治之道緩之則民慢民慢則國賦不登急
之則民殘民殘則國本不固公之令民平其役而嚴爲
之期上無逋税而下無病民使長民者率以公之心爲
心不徒操切以急一已之聲名民其有不安者乎故事
以課最征者多爲臺諫公獨補駕部士民竊以嗛銓曹
余獨謂公有父母天下之心用之大小公不能知惟知

盡吾心耳他日撫治江南以究公之志大慰士民之心余方日望之公諱杲字陽德别號暘谷嘉靖壬戌進士云

重建常熟縣城記

瞿景淳

姑蘇爲南都輔郡歲入之富甲于天下　國計每取足焉領州縣凡八我常熟居一其域北控大江東漸瀛海寔維府治後戶經畧疎密厥係匪輕縣故有城久廢不治每有寇竊居人不寧一時守土之臣與一二縉紳亦時議脩築多撓浮議幸事稍平輒棄置不復講率以爲常嗟夫天下無事則關隘盡除外戶不閉萬一潢池有警而城郭不備亦何以禁暴亂安黎庶哉我　聖祖肇造區夏四夷罔不臣服而濱海州域特設備倭官軍先事之慮盖如此邇來倭夷倡亂雖旋就撲滅而蜂蠆竊

發爲毒不少我一二縉紳迺以城事白邑令王公王公
讓曰城吾責也然不敢專將聽命焉迺白郡守林公林
公亦曰茲邑邇江而不城是延寇也迺遂進白巡撫都
御史彭公操江都御史蔡公巡按御史孫公巡江御史
汪公凡承　命秉憲有事茲土者皆以次白先是孫公
陳海防事宜以上海嘉定常熟俱界海濱係要衝而無
城可守已具疏于　朝迨縉紳議入彭公蔡公汪公僉
以爲然遂相與定計下其事于王公公迺卜以六月十
九日興事度基立表鳩工歛財量能授任先城丈許以
準其廢出納有稽勤惰有督拊之摩之課之責之趨事

之民罔不兢勸不數月而成城其西枕山麓迤北而東
而南則阻水爲固四向各門門各有樓旁爲水門四以
通舟楫虞山一門上據山岡仍冠以樓瞭望便焉襟抱
周密風氣益完近而察之則樓櫓內嚴溪山外周倉庾
獄市區分不擾遠而望之則連引吳會控制江海形勢
雄張隆然巨防登城四顧山若增高水若增深屹爲望
縣公廼告成事于諸公諸公各嘉廼績進而獎之維我
一二縉紳廼相率造于庭採民歌謠以爲公頌謂余職
載筆且獲與觀其成也屬余紀其事余謂非常之功固
非拘攣之士所能決即有過人之才非先有以服衆心

則亦不能决何也一蔽于私則羣議撓也邑城傾圯日久一旦作而新之功同創始且居民業已侵爲田廬不便改作故前令率以爲難王公初亦重此役然潔廉無私自下車以來剗削浮費不以一毫煩民城事既起雖錙金斂散必眘必明故令行而人不敢撓亦以其有以先服衆心也撫按諸公復相與協謀無復異同使公得展布四體以樹保障之績是皆可以爲决大策定大事者之法矣城周若干丈高若干丈厚若干尺費若干金王公東陽人以庚戌進士來令茲邑他善政不可勝書城其最大者云

南渚庵記

陳瓚

虞山綿亘數十里其絶頂爲拂水嵓嵓有神宮奉祀鞞沙門天王吳越女士望京鱗萃而禱者不啻楚之謝羅嵓之東南一牛鳴許有地曰南渚其地四阻水凡吳越女士自遠而來朝天王者其舟楫必經焉道人普儒思恢廣化蹟乃募諸淨信布金鬻地鳩材構宇料理甚勤未竣事而卒繼之者爲圓曉槃散帀中矢心竟業而圓明實佐之無何遂剏三宮其外則奉天王以涉斯宮者多以天王故也中宮則奉婆叟吉位稅像以此土緣深四衆所共嚴事也後宮則摹須摩提土寶樹寶池諸勝

妙境所以啟折攝之慧門闢般舟之靜觀也工既落成余升其區而有感焉顧語曉輩曰緣業之于人大矣至聖不能違而況其凡乎夫耆闍唱法南洲諸菩薩具力無畏以無緣慈度衆生于五道永劫無倦者數踰恒河沙而婆婁吉位稅國土去此南洲十萬億佛土若是其遠也而南洲之四衆嚮往婆婁吉位稅獨勤其神霈亦最著南洲諸菩薩莫與爲兩環須迷盧之四埵有四地居天其北埵乃鞞沙門四天王之功德威力無等差此方蓋當南埵毘留勒叉實王之而鞞沙門獨著是非緣業之合聖有所不能違哉漢高帝祀九天北曰玄天蓋

是時佛法未入中國不知北天王爲鞞沙門而以玄爲北方正色故因稱焉後玄天上帝之號昉此也然語北天王而不曰鞞沙門則不經至唐玄宗以安西之蹟炳顯詔諸道皆立鞞沙門天王像由是天王之像星羅于眞丹降及于宋而羽流有淨樂紫雲之語則猶之婆婁吉位之高洲妙莊也神無時而不顯然綴紫雲于黃帝之年是將以示信而益疑也隨所應度而現其身固無間于男女而稱妙莊于往劫是將以崇聖而實卑聖也嗟乎菩薩天王之跡傳久而且亂眞況緣業之本致哉然緣業之本致非難聞也未知思也非難思也未知脩

也十善天王之階也六度菩薩之因也稍涉教綱則聞斯語矣而何思脩之寥寥耶聞而不思思而不脩倀倀于緣業而莫知所擇顛仆三塗迴復八難甘心衆苦而不自求反雖有菩薩之慈天王之仁末如之何矣是故聖釋緣業則無以爲教凡釋緣業則無以爲學非獨天竺之教爲然此方在昔之教亦莫不然也易稱積善詩著求福書示惠廸皆諄諄于緣業矣木直陰直鐘弘響弘人能與于緣業而知所擇履天王之玄階行菩薩之妙因則須摩提土何遥哉何遥哉晚輩聞余言而躍然喜。爾鐫諸石以示來者且勒諸施資淨信名如右

丌冊庋記丌音基庋音詭　孫樓

庋物者負壁爲依一枝一梧于兩端以承片木狀若丌者則謂之庋蓋隘于居而多長物者之爲也余嗜書插架幾萬卷家所稱長物亦惟書最多貫中以韋護表以繭類疊于櫝藏亦珍矣思夫鼠蠹莫之能嚙濕暑莫之能浥曷若爽而塏之登諸重屋之上陳諸疎櫺之中樓之其庶乎而居無隙土羸無羨金未之能樓也嘉靖乙丑積賣文金若干緡以易東鄰隙土僅數武噫茲可樓矣于是南向爲樓者三楹高二十尺衡二十有九尺縱半之右之偏復爲一楹以階下上于是移所藏而藏焉

周遭高下通戶竇外罔非書者而余日讀于其中不知寥廓之爲廣吾樓之爲隘也斯樓也由邃閣傑構視之不啻若庋然然近市而阻河故宜喧而寂小材而善墁故宜陋而雅宅匪東益牕可北眠一枝而安即大廈不易矣樓以書建舍書則罔以名遂顏其額曰万冊庋客時有叩命名之義者余不勝答也爲之記

重建丹井書屋記

沈應魁

邑之虞山致道觀者舊爲乾元宮漢天師十二代孫道裕張君棲眞之所號招眞治焉治之前七檜斗列森拱石壇虬蟠鳳舞鬱秀千載治之東北隅故有丹井霧泉甲于天下張君僊去梁太子昭明訪之弗獲築爲讀書臺以標仰止嘗勒碑云張君自天監二年來遯此岫感夢于　聖祖顯異于潘洪道成丹秘井迄今存逮宋淳熙李道士則正濬井得石礮發視之丹化雙紅鴿飛入邑之尚湖　國朝初周君玄眞起廢加甓建亭其上而宋景濂先生重爲之碑銘今足徵也比歲倭夷跳梁邑

城晝閉民斧斤于薮林濭焉丘墟井且無主涸數年矣丙辰春仲予以禮曹考最南歸過視蕪蹟悵然欷戲試投九石探之瞥見丹光迸發如爍電飛燄騰躍井上又明日拜之則冷泉湧溢芳冽逾常聞者爭先綆汲倏焉再涸後予挂冠歸結侶尋幽無復以升沉爲意爰請于縣令馮公舜漁漫因井旁廢隙搆爲書屋數楹以棲遲其間石亭之敝者新之法堂之圮者餙之旁屋之侵者守之周繚垣墻環植卉竹而弱幹疎柯僅不爲惡少所睨頹宮陊宇旋亦蒨然生色移栽薮桂之辰立霑澍澤芟夷榛棘之阜數產異芝循井而上平坡軒爽亦刱先

人祠宇數壓以寓歲祀而迤邐高岡故有朗唫亭則鄉大老陸某肯堂葺之兩湖勝槩具在一睫予惟猿雀之與處麋鹿之與儕可風可月可琴可書可觴可歌可以譚玄可以洗心可與天者游可與萬籟息因扁其軒曰吾與以庶幾點也之意鳩工甃井復得霧液如亢旱之甘霖如桑田之滄海蓋徼福于神而知畀新之有時詎豈偶然者耶予杜門而謝客三稔于茲矣以問道爲先駟馬以葆眞爲飫萬鍾窮居而憂禹稷之憂屢空而樂孔顏之樂意者天其我知乎不然何丹霧感孚之特異焉故爲記之以竢夫龍沙八百之會畀湖七十之遊相

與一笑而證焉

郃北虞先生祠堂記

錢有威

魯叔孫豹稱人有三不朽謂立德立功立言耳三者得一雖久不廢是冨貴逸樂膏潤生前者有盡文章德業景鑠身後者無窮逹知卓識之士何去何從固宜有辨若我北虞郃先生得之矣先生受性特穎於學無不窺其爲文力追先秦兩漢雄深偉博不蹈經生兒稗語先余癸聲庠序余後進爲博士弟子鵲起與先生雁行角勝負余內心實服先生自以爲弗逮先生文辭古巳酉秋同應京兆選先生果名高等余獲廁先生後明年春同計偕上春官余不自意遂成進士先生藝不得售余

念先生才不患不逢惟落落非衆小獲者故且晚成譬於任公子釣先生將爲大鈎鉅緇以五十犗爲餌期年迺得必當聲震陵谷比挾其能戰藝長安中凡五上有司輒報罷竟淪落就廣文不得意踰年捐館舍豈不命也夫然以先生製業闡抉道秘振起風靡垂今六十年海内士操觚校讎明經射策若六尺以上誰其不家誦人習型式先生者又謂誰先生僅得一隸鄉書實不遭未能如毘陵震澤諸公取大物若掇者且我　明興設兩科網羅才俊二百三十餘年鱗次甲榜歲不乏人屈指能以文稱雄天下者其幾縱或聲擅詞壇必假巍峩

上第猶乘高疾呼應響自捷若遇彌屯文彌著有如先生者又幾是有先生之才固不意先生之遇獨嗇有先生之遇又不意先生之文獨傳兩不可幾斯亦奇矣且先生内行篤脩事親孝恤撫諸昆弟極恩守官持廉潔與人交不侵爲然諾朋儕有所托殉趨人困急不避險夷眞獨行古人之道其羽可用爲儀者先生於立德立言則既兼之惜也賫志阨窮功施不盡究於世若乃纘經艸昧闢江左之孤傳師表一時規模千禩厥功不在環谷白沙之下律三不朽先生可無媿焉豈與夫身殉名滅無所比數者等耶先生之嗣能世先生家承先生志

念先生才不患不逢惟落落非衆小獲者故且晚成譬
於任公子釣先生將爲大鈎鉅緇以五十犗爲餌期年
迺得必當聲震陵谷比掞其能戰藝長安中凡五上有
司輙報罷竟淪落就廣文不得意踰年捐館舍豈不命
也夫然以先生製業闡抉道秘振起風靡垂今六十年
海内士操觚校讎明經射策若六尺以上誰其不家誦
人習型式先生者又謂誰先生僅得一隸鄉書實不遭
未能如毘陵震澤諸公取大物若掇者且我　明興設
兩科網羅才俊二百三十餘年鱗次甲榜歲不乏人屈
指能以文稱雄天下者其幾縱或聲擅詞壇必假巍峩

上第拾

生者又幾是有先生之才固不意先生之遇獨當有先生之遇又不意先生之文獨傳兩不可幾斯亦奇矣且生內行篤脩事親孝恤撫諸昆弟極恩守官持廉潔與人交不侵爲然諾朋儕有所托夙趨人困急不避險夷眞獨行古人之道其羽可用爲儀者先生於立德立言則旣兼之惜也賫志阸窮功施不盡究於世若乃績經艸昧闢江左之孤傳師表一時規模千禩厥功不在環谷白沙之下律三不朽先生可無媿焉豈與夫身夙名滅無所比數者等耶先生之嗣能世先生家承先生志

又謂誰當作誰謂

且生內行篤修　生字上脫先字

奮藻青雲列官粉署直節勁氣爲時名臣先生可爲有
子先生黽勉令優游湖山間如昔所詠渡口流花云者
歲時歆厥祀可樂而忘歿矣

聖智堂碑記

顧雲程

瀛海耿侯之令吾邑也不朞月而奸弭蠹剔賦省刑清熙然稱上治矣乃蒐子游氏書院故址而鼎新之曰學道書院以羣士於學也已復蒐其旁隙地所謂射圃者而鼎新之曰聖智堂以羣學之士於射也其名曰聖智取孟氏巧力之說也夫士束髮讀古人書聞先王之道固將經綸宇宙自命入則秉圭執笏從容風議於廟堂之上出則投壺雅歌手不煩麾而天下謐如又何事操弧挾矢效武夫健卒之末技爲即謂志道據德之士不廢游藝夫亦時寄跡焉以附於一張一弛之義又安取

聖智之大名而文之意是不然蓋予觀今古強弱之數而深有槩於射之重也三代而前取士者必以射其舉於鄉也非射弗登其選於澤宮也非射弗與祭其封建諸矦也非射而中則不得爲矦舉國之縉紳學士無敢以文事詘武備者天下咸則而象之一旦有事人盡將也人盡兵也故中國之兵常強而常足以控夷狄故曰胡兵五而當漢兵一又曰射疏及遠則匈奴之矢弗能格也三代而後取士者或以制策或以詞賦或以經義縉紳學士口不言射而舉古人觀德序賢之業僅視爲武夫健卒之能事彼武夫健卒者睹縉紳學士之輕射

也亦相率而羞稱之甚者身爲將帥而目不識弓矢爲何物故中國之兵常弱而常爲夷狄所控蓋漢兵五而不能當胡兵一者有矣嗚呼魏晉以還槩可見矣故欲挽天下强弱之流而善制其勢則莫若重射天下之重制策經義已久而忽先之以射其耳目必駭則莫若明示以射之所以重明示以射之所以重則莫若究文武之同原而窮道執之一貫孟氏巧力聖智之説非其最深切著明者耶有意哉耿侯之揭以名堂也今夫射者游目於百步之外而握機於毫芒之内凝神注志雖天地萬物不能易也可不謂智乎及其心與手應矢與的

符動於天倪休於天鈞精至於無形妙至於不可思可不謂聖乎推此言之正巳而發不怨勝巳者可不謂仁不失其馳舍矢如破可不謂義其容體比於禮其節比於樂可不謂中和蓋行一物而六德備焉者射之謂也而尚可薄爲武夫健卒之能事乎有意哉耿侯之揭以名堂也自此堂既闢而學道者不妨學射無斁彈俎豆軍旅之説而廢男子之所有事學射者即所以學道無狎於佳兵不祥之器無狃於玩物喪志之戒則文武之分途可合道藝之岐徑可通行於一邑而訓於四方天下之轉弱爲强將自此始矣則所謂聖智堂者其殆與

學道書院並垂不朽也夫

其説以層層因果

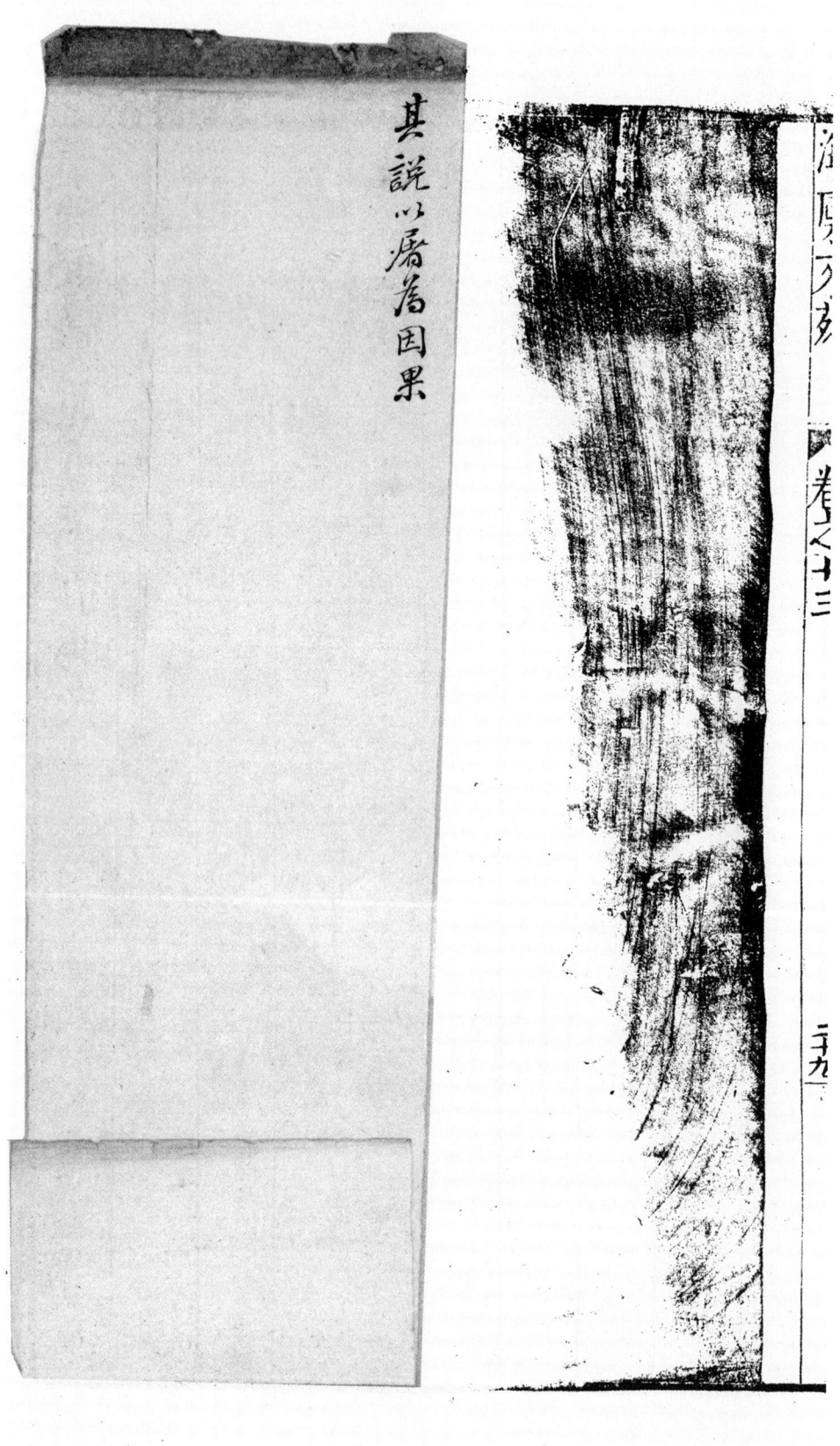

仙花觀記

黃時雨

百粵爲嶺南隩區瀕海通域外諸島夷而端州壤接蒼梧則百粵之咽喉也端城東三里許舊名小市頂者其地背負星嵒面臨端溮簇峰拱峙冉植森奇蓋端州一勝槩云曩當事者爲建文昌閣崇禧塔以攬其勝且控截下水符堪輿家之說無何有天竺僧瑪竇者與其徒杯渡入端附建仙花寺于左爲層樓以居其說以屠爲因果所供奉僉其土佛王端人日且濡染未數稔澳中諸夷偏袒裹糧奉竇上座而侈爲餽問噫嘻夫粵中華樂土也端又鎮城其剎宇非能爲重地樹儀表航海諸

徒又非我族類心膂衆也奈何令其倡左道以惑吾民卽不然私通禁弛得無啟之以釁萌乎督府劉公弭節之初蓋籌之熟矣迺議償直徙賣等而出之境仍寺舊址稍易其門扃規模復拓其東畔樹坊一座建堂五楹像祠純陽太白二先生于原樓之上下遂改寺爲仙花觀云或曰番僧之逐攘夷安夏至計也改觀以祀二仙何蓋純陽登唐制科兩膺縣令終南得道遂爲蓬萊首仙太白精孕長庚名高翰苑以詩豪舉迄今稱謫仙焉是皆本儒悟玄超生濟世視他仙之憑虛馳寂與世不相涉者殊科且太白七歲時曾從純陽受書後命曰吐番

遺書于朝舉朝莫辨獨太白譯其語以報蓋皆純陽所授則純陽固太白師太白得並祠耳先是嶺海諸寇並興公寢食靡寧移鎮誓師問仙籌計偶純陽太白二仙憑箕而告靡不中機又初秋會旱魃亦于攣章授純陽法雨大澍渥霑公益自抑損謂而靖寇而霖雨余曷能是實徼二仙之靈以奠我邊疆以甦我黎庶匪二仙奚牖予衷而底厥績也禮有功德于民者祀之剏寺名仙花若有預啟其機者即改寺爲觀以崇祀二仙也固宜不佞跡公此舉窺公至意所爲造福嶺海者抑何其宏遠莫可量也逖稽往牒討世道人心者靡不兼夷闢墨

夫固功彌宇宙名揭日月矣至如入粤者獨韓昌黎佛骨一疏聲施到今乃今去昌黎且千載何幸于公見哉當藷寇騷動嶺表時公彈寇坐籌東嚮西傾南指北折着定之日復崇上道間華夷桑固其垠宇而瀾廻乎人心莫非經畧邊陲碩畫傳云有非常之人然後可行非常之事公德威孚夷夏誠敬通鬼神擬之馴鱺開雲若出一軌葢精英注唇歆格于天宜其平寇應禱往無不利然皆不有其功歸之太空二仙之祀又且永藉仙霛以期洪庥于無既其淵識詎尋常可摩測哉公直隸霛璧人號節齋登嘉靖壬戌進士敭歷中外勁節徽猷莫

可殫述時雨親受橐鞬而幸逢斯覲之聿新也謹述以
記

海虞文苑卷之十四

邑後學張應遴選卿甫輯

記

舟記

邵蛩

虞山故有兩湖曰昆城尚湖云尚湖以爲子牙釣於此夫釣者爲名高乎哉何以稱至今也尚湖與昆城不類昆城在山之東一澤耳尚湖亘山數里而長譬之虞山人眉也尚湖人目也吳中人則侈言洞庭兩山之勝余嘗一登之蓋虞之西山湖得其似焉出邑之西城稍折而南到煙㭬深處東西水會斜當湖口有一門不爲雕

峻嶭蘿藤竹雜翳其間則余之鱸鄉是也鱸鄉始爲富人艸堂余以庚寅春厚直易之形勝風土轉移而具觀者曰太史公抽石室書事實自前人而指畫敘次頓令生色千載而下知有司馬氏耳其然耶余雖寠人哉則又貸金買田於湖之南曰藕蕩與鱸鄉實相向中流而視之兩在湖之腰舟經若其帶焉因爲理一舟使蒼頭操之時往來水上以五里盡湖山之勝舟成客有曰隘矣子之舟也廣不倍尋深不倍丈頗有進焉余笑曰夫靜躁廣狹不以境子知之乎往者余嘗乘舟浮漢江上下二千里盡室而行非不呺然大也趨逐在前驚憂在

後刻期而赴并日而馳吁斯斯之謂役矣余今之釋是役也夫煙波侶漁叟嗟此小艇月可得而窺之風可得而入之賓朋可兩罏茗酒具各可一硯可一書卷紙筆可數事余澹然於其中南沉則水之分多山且遠山不得而有我也北沉則山之分多水且遠水不得而有我也山水不有我我何有於舟舟又安知夫舟以外非舟之中乎則余之舟廣矣深矣子奚隘哉客無以應旣退因書爲舟記是爲壬辰歲五月旣望日

余性樂川觀每春秋佳日輙扁舟湖外凡所謂鱸鄉藕蕩杳渺虛無之勝罔不心醉而神會焉虛御泠然

便欲遺世殆不知有天地安知吾身又安知有册余抱疾别來四春空濛澹景晻靄清暉時於夢寐遇之寤後誦惟覺來之枕席失向來之煙霞語令人短氣茲覽麟武先生册記政如庾嵩讀莊子了不異人意復恍然置我賓朋之一也遂不辭而樂爲書之

道時甫嚴澍識

麟武邵先生作册記屬先大人書而先大人以數語跋尾書竟歸之爾時蓋壬辰仲夏也不兩年而先大人棄世又十六年而麟武亦爲故人嗟乎後先大人而亾者先生也後先生與先大人而不亾者此記此

書也錄適不勝嗚咽

男楷百拜識

海虞文苑　卷之四　三

餘適山房記

邵鏊

張子買地結廬虞山太子臺下數武而近門可以速客樓可以眺可以吟室可以寢圃可以藥可以花且竹其籬沼之間可以鶴可以魚秋霽之夕遠方之客三人來張子名在吳會間客聞而造焉覩其齋中之額曰餘適山房或曰張子儒生哉或曰固然或曰張子山人哉或曰非或曰張子異人哉或曰似之則就於其北里人亦無先生問之先生故不論士或曰張子者子之所與從遊也可無說焉先生曰唯唯客且退張子拱於其旁先生曰子私爲我言何以言餘言適曰足無餘不足乃餘

無餘不適餘乃適先生輾然笑揖張子而進之曰子之道幾矣吾試問子往者英英束髮曠然高視郎書生程督不足嚴者非子也耶曰然則又散千金產揮斥敝屣不一顧者非子也耶曰然則益務却伴行遊尋古列仙奇蹟空山無人庶幾遇之歸止於霧岀大石之間傲笑夷猶歲時不解於昆弟族人也者非子也耶曰然先生曰今之視昔也何若曰昔之餘者物今之餘者我去物者適我去我者適物有不同乎先生曰嘻子毋論積書積行躬雅道喜秘方活人諸種種在人覩記者積此志也子烏乎不窺造化之精順陰陽之調遊乎無始而入

乎無窮者哉張子曰遴不佞盖取諸樂天氏之成言會從婁江王元馭先生坐手書以貽也先生曰唐有白公明令有王公兩公其遺榮而葆性後先庶幾哉子曷師焉張子再拜請記斯語則小司馬墟蓮氏爲之書向者所稱亦無先生墟蓮氏之隱客也時萬曆在戊申歲九月之九日

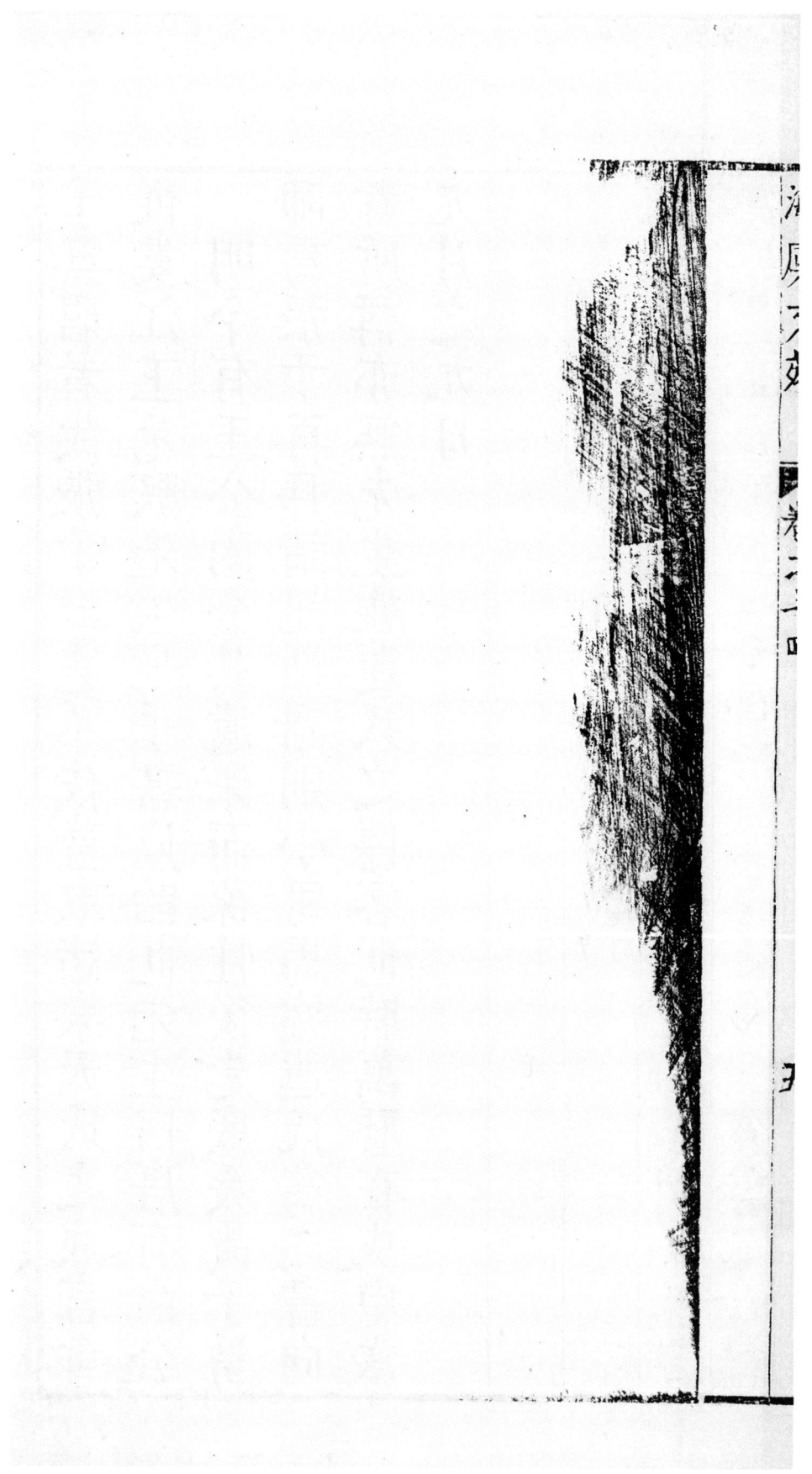

金山遊記

錢逵道

余家去京口蓋三百里而近云余自弱冠赴公車道出金山下數矣故嘗一再登臨第行色倥偬不皇遍歷乃未有單詞片語爲之品題厥勝者似爲此山缺典乃今冬轉官兖州取道歸省惟是父子祖孫曁諸兄弟聚首一堂洩洩然樂也暇則振屐虞山之陽倚棹奚水之濱越三月所若將終身已家封公讓余曰爾小子以吾二老人爲念哉如聞命不俟何吾二老人兩被章服受天子恩不淺所藉手爲報者獨爾小子在矧兖固大聖人之鄉而屬邑曹又爾小子起家之所乎固强之乃就

道家封公追送京口蓋四月之十有一日也於是携具侍家封公杖屨爲金山遊是日也秋風澹蕩水波不揚片帆挂葦迴流中放櫓之聲也江之聲也人之聲也梵之聲也嗒然相應上下瞬息間舟抵金山之左臂崖石纍纍如隕星崖上有僧曰旃林延客而上儒雅清淨無媿地主前導家封公詣龍游寺龍游者以宋眞宗夢游而賜額也仰見三寶莊嚴輝煌金壁老衲焚香指宕出殿門正面臨流大江環帶汪湧洶激獨此山矻然砥柱已非人境而筆架嵒特向山門瑩白蒼萃豈以遊者題書載筆故有此耶則將覷江口爲墨池而儻非如椽之

筆揮灑淋漓又安用此架爲也左出數丈有嵒枕江中爲雲根島俗謂之郭璞墓嗟嗟璞之墓在江左右浪傳二三十所眞贗果孰辨之者右轉有亭亭下龍井爲中泠第一泉呼童子汲而嘗之涼沁脾腑家封公謂余曰江水滓濁而此山出江中水獨甘列陸羽之言信不我欺也吾聞宦遊過此者山僧常提水至舟中爲贈豈寓意清澈欲官人若氷壺注水亦泠泠爲天下第一流耶逡巡躋數十丈則爲毘盧閣閣上凭欄一望長江拖練舟楫往者來者横架而斜飛者若飛燕在人掌中巧小殊甚閣之後殿五楹狀如坳堂殿中置書櫃所盛皆藏

經內有關西僧誦經盥洗示虔盤礴而降至祖師嵒中有裴頭陀洞聞之裴故相國公子也偶跡斯洞堅臥不起洞中垂嵒若虬廣不盈丈而好事者鑿白石肖像驟而卽之空濛窅曖儼如生人熟視乃辨其爲白石也或云唐貞元間裴公子開山得金數鎰是名金山亦一説也左右壁大書浮玉山三字不知何人手筆再轉曲徑崖石璘珣中一小亭扁曰攬雲旁有碣則曰留雲其上題壁者復曰霧雲從攬雲亭而北攀躋最高處爲吞海亭亭俱廢址中多玉石碣破碎不堪獨玉鑑堂三大字尚偃臥苔蘚間遥望海天聳焉在睫島瀾吞吐煙島橫

飛恍恍如千崖萬壑之巔也左肩脊委平處建浮屠七層矗青霄而直上家封公顧笑曰斯非所謂桂峯者哉一柱揷天亭亭物表又何必衡嶽七十二峯始稱大觀也迤邐而去廻廊縈結有千手觀音殿遠對江中一石凝峙呼爲善才嵒者其他如玉華峯妙高臺江天閣俱凌空獨存蟬脫塵埃之表使人心曠而神怡眞不覺天地爲郛郭吾身爲蜉蝣也若南面東轉廻廊曼延題咏繁涸採覽不暇如張佑樹影中流見鐘聲兩岸聞孫魴天多剩得月地少不生塵范仲淹煙景諸鄰斷天光四望開王安石天末海雲橫北固煙中沙岸似西興馮海

江流吳楚三千里山壓蓬萊第一宮諸什足稱絕倡而佛印遺書蘇軾大江東去詞及祝允明艸書張佑詩筆法琅琅鉤畫精秀余撫摩再四不能釋焉日既彷午游力稍倦庯林爲具齋黍出阿蘭之菜味苦而甘馨香異常雖白苣青精無以過之啖之稍稍氣力躍出問庯林曰景得無盡乎對曰試加餐有奇地尚有奇人於是從關王祠謁蕭晏二神歷華光廟廟亦嶮偉掌人問貲用者也凡涉者貫者禱悉應云崎嶔而升則爲無梁殿殿之口㭉四字云至此又奇殿凡五六層層布雲梯登絕巘規製巧幻高若蜃樓杳若蛟室香氣氤氳襲人客至則

童子供苦茗一杯壁間懸空滿像像極端師偉然一男子且以爲此必古人矣詢之乃一老頭陀尚存無恙也從遠方來登此山而愛之以爲當作檀那王於是出貲鳩材搆殿及禪堂計工算効動輸千金云是日也每遇一景則浮三大白而同遊諸子徙酌寺門又佐以酒令間以浪謔所進雜沓無算遂俱酩酊日華西墜榜人促歸而余猶牽家封公裾依依不忍別家封公正色讓之曰爾小子亟行毋却當今寰宇多事正臣子卧薪嘗膽之日古人絕裾叱馭謂何而奚必戀戀作兒女子態也吾二老人尚善飯毋以爲念余於是再拜別家封公暨

諸子扁舟而西家封公暨兩弟片帆東指仍由故道入京口矣臭煙溟漠踪跡遂分作金山遊記

藤谿記

孫柚

虞山横亘十八里其尾而西伏地數百武而阜者有小山焉二山之間䕺篁古藤翳然林水景色未鑿于榛薄之中者爲石巷村之支家塢一日往秦娥磵觀泉道經此相與友輩大奇之意以上古隱淪者所居非人間世也未蹟其地爲誰主己巳三月十五哭友人吴汝學墓復過此其爲主者負薪息陰佇立谿上余揖而前曰君爲誰而知谿之所者誰主也薪者曰茲塢者支吾其塢而之所者吾所也若問安出因笑謂曰世有去澆而還龎離羣而索居者余也余意在谿耳薪者曰若嗜之吾

棄之若取之吾與之若有之等有也請授券取償焉歸謀槖中金若干授薪者不幾月而擴地五畝不二月而荊莽薙沼渚石磵成不三月而艸堂甫就朞月而庖湢立三之年而谿之取勝者十得六七焉然不可無記以遺同好乃爲歷援以記其詳蓋逕之始也始于石塔庵五十步東北入老樹下蓽門磵戸曲逕委蛇編篁如席翠色障人五折而北至前溪左右莓枝蔓角動觸人冠旁有積蘚盈尺下上老藤如龍有伏地而蜿蜒者有蔽天而蜚騰者行人驚此輒欲走谿前一枝大五拱横偃谿上常倚之以望遠山隱見飛帆有無落日峯煙迷天

孤鶩于平原極目中度谿過石梁入柴扉短籬夾徑疎竹蕭蕭指顧間南北兩峯在村頭樹杪復七折而經寒香逕老梅二株雀枝低亞過者輙俯首或落帽磵中蓋磵邊秦娥環流艸堂自入林九曲由梅間乃下前溪梅下作臺如規可坐而觴者二十人對臺有桃李園紅白花開春風如錦復南度磵爲蔽桂軒軒外夫容沼沼上松龕三度磵而入西南道者爲飲虹亭虹以藤名怪過前溪大踰十約有五百年物下瀦以池照之影勢若呼雲吸霧上盤老榆二中垂觔枝參差倒挂間有麗人鞦韆戲醉而墜其中者藤下隙地蒔以山藥芋苗紫茄黃

獨復出而入東南道雙闕翼然西蕋珠室奉老氏鍾呂東曇華庵奉一古石佛衣褶類開元寺伽葉像庵前雙檀樹樹下石幢幡影寒泉淸梵時到蒲團間庵側爲古逸祠祠逸民仲虞子陵淵明浩然君復五先生淸風千古良竊企之復取道二一由石闌北徑轉東入廣除除南石垣甃梅花紋除北過御風橋跨澗躋階三級而上登藤谿艸堂堂之制三楹四柱兩室翼之入窗洞然霤以瓦脊以茀竹樹覆其上迴爲廊下瞰溪東望高隴布以松筠梅蕚南對虞山長松夭矯吐納雲霞北有喬林縹渺在小山東嶺廊之東南隅度溪以入修竹廚作蔓

廊高其首于堂之枸低其尾于厨之題薜蘿掩綠木闌施朱携燈夜過微見燭光時遞壺槳惟聞響屧聲耳東曰翦月窩以烹茶西曰澡躁所以沐浴曰脩竹厨以供山膳復北走一藤下石牀竹屏東登滄浪榭見山月矯出白雲初生西北至銷夏軒冷然亭亭俯大谿隔岸山田數畝皆秔秫岸廣六尺桃花百樹間以綠楊秋時夫容作霧如在紫絲障每夕煙朝雨荷蓑耕犢原隰高下遠落微茫中見樹色模糊聽蛙鼓吹一爐清供嗒然忘機至或凉月娟娟風來波蕩魫枕寒生或日暖煙消獨坐苔磯釣溪魚數尾以佐匏尊主人未爲不得也其諸

峯映帶一凭几而得之者東出小山數里而近爲鳳皇
山北出數里爲鷲山翠蛾如畫而煙組其間向由古逸
祠分道又東入一逕者嘉木四樹以小藤交枝爲戶過
遭廣庭植林檎橘柚芬香襲人過柚戶爲燠室複廊室
外梅花百樹間以紅綠趺室內古琴一石榻一詩騷易
傳南華左史下上三代漢唐隨意置所欲讀倦來高卧
去鳥夢覺幽出燠室復折而出究境門木香盈架榆栁
垂陰迤邐至疎籬流水老梅婆娑下過梅則方池平橋
灌木陰陰覆布橋上過橋則爲出谿路矣路通山陰道
上東南五百步松聲澎湃泉響如雷石壁西上九盤得

秦娥礀大石如砥可席而憇兩崖相峙巨石壓雲山陰萬壑爭流于此霖雨後白雲萬片如舒卷娥眉望江外諸山卽北固維揚令人有飛越蓬瀛意礀西復上百步得樵泉甘冽不下中泠蓋歲時采樵者所飲雖大旱不涸偶覓得之于以命名踰嶺而東或下覓路入項山白龍祠中峯山峯諸古刹皆極幽泬又有水簾龍井瑞石五丈崖此藤谿取道而東之勝也或由藤谿前徑出老樹下北行二百步至黃石橋沉扁舟行二里許南折湖橋湖橋乃黃公望昔者坐[illegible]之所橫鎖尚湖之濱而虞山北立爍若錦屏秋淸月出山色湖波精光湧鑠不見

氷輪而已察秋毫矣間拾枝松敲石火出靑錢買罾上鱸魚烹之以爲大白南復有蘆漪如雪夕陽孤笛煙雨薰爐樂而忘返更入南湖則煙波萬頃倒落夫容拂水凌霄劍門截道千奇萬秀不可冥搜此藤谿北入水而西從水之勝也夫谿以藤而益幽藤以谿而益勝且得湖山峯壑以佐其奇來遠峯大江以彙其幽絕信矣哉山川通氣神霧所棲不可誣也而亦必得人以剔之今藤谿之爲我有而我表藤谿以出之二者若胥相爲有雖不能類金谷平泉之豪奢輞川陸渾之幽致鹿門會稽之玄隱蘭亭竹林之雅會不猶類夫東牆之苦節北

郭之幽踪蒙莊之于漆園陳仲子之于於陵乎夫魚以水清而呴鳥以木嘉而鳴吾其托夫水清木嘉與鳥魚而相忘也是爲藤谿記

余入藤谿求問其所謂藂桂軒松龕飲虬亭者皆子虛之言耳燠室蕋珠古逸址自有之室輪廣才丈其餘深不能仞不知遂初作何立止夫長松爲盖盌柱爲幃竹色連空非取庇于窟室泉聲洗耳詎乞霧于古祠遂初若在當不以彼易此矣余悲遂初之始闢藤谿而不及見竹樹之成余承遂初之敝而不獲覩其人與其初搆也爲存其舊記使觀者得以考焉王

義之有言後之視今亦猶今之視昔牛山之感豈惟齊之君臣爽鳩若存若亾由晏子而有齊也言之不可以已如是斯余存記之意也夫顧雲鴻識

燕超堂記

陳禹謨

余適玉峯過孟餘王伯子齋頭有問伯子挈余之别業曲徑委迤竹木蓊鬱名花奇卉參差鬬妍登其堂則以燕超顏之余請名堂之義蓋寄情濠上采名柱下有味乎所謂燕處超然者也余笑曰人言孟餘超孟餘固自超於名堂見志矣時季思歸子在焉請互證超然旨季思子曰蓋聞蘭生而芳玉産而潔是以高明倬茂獨發奇秀道率天真不貽内疚朗乎若望舒燿景而焯羣星矯乎若翔鸞拊翼而逸宇宙也此伯子之槩也是所以名超乎抑賫以含珍爲貴士以藏器爲峻麟以絶迹標

奇松以負霜稱雋伯子方托此以棲遲借斯以偃仰快心於恬愉而無羨乎鞅掌此伯子之素也是所以名超乎抑憤俗者高不屑之韻遺世者抱獨知之契伯子方垢穢粱錦土石矦卿以名位爲糟粕以勢利爲埃塵紛拏不能盪其守靡麗無以滑其神此伯子之操也是所以名超乎伯子曰唯唯否否余曰詳哉季思子之譚超也而余有進於是者大都君子之道或出或處達人大觀任化昬曉故能爲處必能爲出者也能爲出卽能爲處者也自非燕處時特摽其所謂超然者於天壤間則其所展錯建豎槩可知已故夫展錯建豎翕赫炳燿於

當年者豈伊異人則燕處而超然者也伊摯之處莘也藐千駟重一介詎不超然哉而華夏與殷勳業爛焉自餘處傅喦處磻溪處隆中者類然乃知古聖賢豪傑未有不以其處之超成其出之超者也何也潛初飛五其致一也伯子搦管爲文則思超於文矢志脩行則思超於行行且先多士倫大魁而以其名超載高位樹偉伐而以其業超是且與古聖賢豪傑方駕而驅而超出於尋常倫伍萬萬也卽燕處之蓄積占之矣倘伯子名堂意乎伯子躍然喜曰善哉從季思之言可以處從錫玄之言可以處而出非二子不得我名堂意二子之於我

辟之艸木則臭味也顧與二子偕所以出處焉三子相醞釀於超然堂中者良久遂去而登馬鞍山踞文筆之上把臂論心余曰顧伯子燕處時無忘榮觀季思子曰亦願伯子榮觀時無忘燕處伯子再稱善曰當兩存之遂命余爲記

梅華廨記

錢希言

禹甸上游召分南國江襟吳會峽帶秦川寫巴字以三廻象丹形而千雉文木遠輸蜀客之帆檣蔽日柏梁重建漢家之宮闕連雲因資將作之需特設冬官之署職司空以水土供御府之金錢西越名流武林鼎族隱侯腰帶為梁室之詞臣詹事才情美盧家之少婦比玉則圭璋瑚璉論材則杞梓楩楠開燕寢而凝香過闕門而望氣歎宅邊衰栁曾訪羅含唫句裏梅華還如何遜謂衙齋樹繞南枝消息無聞即水部詩成東閣風流莫寫就蕭條之廢圃新宋寞之舊廬蒻蓋瓦之寒藤藝縈總

之芳樹斧斤畢集畚鍤偕興水痕落而素影離離露華溥而疎林漠漠隨風遠度分儛郎舌上之香帶雪先開映漢使署中之粉朱戶晝閒綺疏夜冷雕闌曲鎖羅幌對垂遠望則玉綴珠離近窺則寃迷夢斷友脩竹之檀欒霜簷競秀伴柔楊之婀娜煙渚爭妍金卮與玉柸交催橫邃將短簫俱和大夫權木臨流日課水衡錢參佐移牀乘興常題明月賦竹頭木屑寧辭運甓之勞馬淳牛溲總備藥籠之用嵇生駕命半爲相思卬令書來因憐游倦嚴節度之賢豪情敦縞紵劉將軍之儒雅愛篤緇衣適杜少陵拾橡之年正秦公子登樓之地酒攜樹

下亂越客之鄉愁思發華前問江南之春信況奉使尚淹乎行李而爲期已及於代瓜主臣不佞敢忘懷核之言叟僕未能聊頌調羹之事

藤谿山居記

顧雲鴻

辛丑春余自公車罷歸三閱月而往返陸行七千里江南春事皆于風霾躑躅兀夢中謝去旣達維揚解鞍小艇聞艎底水聲潺潺神爽欲飛矣抵家随屏跡于東林密娛室中室旣久曠不治會霖雨彌月上漏下濕縮足危坐坐日數十徙猶時時雨忽沾于書忽入于裓也旣晴稍得盤礴自縱而問慰者屨相及于門體爲之敝乃從元初于拂水山房余旣厭苦風塵寤寐谿山又應鬲爲煩所受奔走蒸濕之傷客于胸腹輳理間往來流徙無何遂病病益不喜見人而嫩者未已于是决欲自迸

幽僻之地矣一日體中小佳與元初諸兄觀泉秦娥磵元初因言磵之下可半里而遥有藤谿者故孫氏廢圃蒼藤老樹清泉廻溪邑最勝地也盍先訪之余舊曾過藤谿叩扉良久寂無應者竟不得入至是迷失故路以問土人要數問卒莫能名其處于是詢其傍近有名墓道轉輾相達最後乃得童子前導以游入門小池平橋高檢覆之清陰合離雲日鮮朗門左北通一墻缺敝屋三楹園丁所居也西通一道才容人蹤瓦礫蓬蒿薉地道窮有老藤數株托于高樹盤互糾加上閡天日藤下爲磵磵上爲隴隴上爲長松梅竹之屬水泉淙淙錯出

于敗岸石罅中下注于磵磵流夾竹間致足樂也循磵
而北有屋隤然縛三敗木爲橋登之三楹兩室扁曰藤
谿艸堂堂制庳小窺其室不任受几顧四周爲廊廊下
環爲谿以受磵入堂之北有竹千竿竹盡爲河藤谿尾
閭也堂南有老梅大幾斗偃覆谿上園丁指示余曰此
爲玉蝶梅其花實皆奇美是且甲虞山矣顧迫于園丁
所居不甚暢梅外有玉蘭二株大如梅梅西有栝子松
可拱松之西爲柏柏之西卽磵也從梅下東出有老檀
載藤覆于堂之簷隅竹百竿當堂東壁稍益東其地沮
洳篠箭被之南有桃李十數樹樹外爲圃北有小阜孤

立谿中松篁榆楠之屬交覆谿上不及溪之三丈有老梅婆娑與阜相直其益東則鄰家脩竹也其西有大榆成行自榆而西即堂北竹林矣循竹林而西道北出有敗屋蹲水上有右無左有前廡無後廡水即所謂竹畫爲河者河外爲田田盡爲小山小山左右皆山也自屋而西折有老梅梅之西有門臨溪溪外有大榆承藤上下如盤虬蔭甚清美客曰此孫氏藤谿前路也故横石爲梁假道鄰家以出入稍便登舟耳轉而南有老梅二株陰相交梅下爲規臺磵三面周之客曰此遂初記稱梅臺者也梅之南有松有桂然望見之耳其地盡爲茶

蘼薔薇及榛荊所罥不可行圃人避刺取便爲蹊蹊如結環矣余遂與元初諸兄還飲所謂老藤數株之下圃人進鍡筭佐觴且曰是東尚有隙地畝餘老藤在焉藤故二幹其一外向即今橫截道上者是其内向者兩榆承之鬻榆者斧榆因斧藤矣今存一榆以載藤猶斧離數創指諸藤曰是亦有謀犂以爲田者費不果也余愴然傷之同游沈仕叔謂余曰是廹欲售矣足下旣好僻若戀林泉不可遂爲藤谿主人乎歸三日而仕叔以其主來余因舉子錢如千授之有間謀所以爲山居者余謂堂之庳可墊而高室之狹當撤而搆堂并入前後

之廊則深室并入左右之廊則廣又東有藤竹西有隴上松梅之屬盡可窗也指園丁之居曰是宜撤撤而稍因其材立屋于李後之圃可以爲廚指老梅小阜之中曰是宜亭亭又宜艸指敗屋之址曰是宜堂堂以望遠且受風也指梅西小門之址曰是宜室豀外藤樹可戀也指老藤之下曰是亦宜室豀以此藤得名其下不可無坐處也顧面藤則室受斜陽斷溪尾爲小池池上植梧竹可以蔭也指溪北廢圃曰是宜爲園丁居居稍遠則內無兒女喧又圃西地虛不可無以實也營度既成以授蒼頭王計者扶微以爲屏屏成而徑出疏鑄以通

泉泉奔而溪駛延石以築垣垣立而規就斬竹以編籬籬設而防密蓋三月而粗具可以居經歲而益治可以適自是手自培植灌溉可以老方其欲就未就之際用數中絀如負重登峻阪者數武一息息少間復賈勇而升卒減產就之余之生計益拙而嬾癖之性亦有所託以自便念不可無記以紀其始末及徑路曲折堂室亭館之名乃操觚記之蓋藤谿當虞山南北之首距北闉可十二里西闉可十三里虞山與小山遠望如組至藤谿則兩山對峙谿在其中南對虞山之縱北對小山之衡也初自平橋入者池北及左右皆種竹入門折而西

當北垣之窟有雙樹並立余因以爲門入門北行左右石壁壁下皆脩竹榆梧通道其中道窮爲石洞洞西入南出虞山石崖老松忽蔽洞口如屏而立類趙承旨畫圖矣洞右爲圃左則竹也循竹而行復西折則映竹見懸泉折而北左龍右藤余向所還飲處也復北爲門入門爲除木橋朱欄由以升堂卽藤豁艸堂也堂今頗寬敞顏仍其舊其左个以卧起南北各四窗東六窗爲墻周之東北面盡竹南則老梅適當窗前元初乞余海棠佳本東植配之後有玉蘭老杏當花發時白雲鮮霞照耀研席南望前山約略如洞口所見室右小扉啓而出

可步庭際磐石臨流當老檀垂藤之下可坐可濯其右个以宴坐窓啟如左个西南周之以桂北設籬籬外竹色無際西見隴南見松柏松風泉流聲響相寒蓋左个宜春右个蕭散宜秋也從堂下東出一門有徑二一東南出者以通厨出壺漿于花間其北出者以登艸亭亭扁曰灌園所芟取山居前後道畧相均可以憩也既并入東鄰之竹三面綠沱映衣成暈南望青山一抹在老梅高榆之上而已自此西入雙榆盡竹林而北折為堂三間即所規以望遠受風者也顏曰平遠南望松蘿蒼翠窅窅北則原疇莽曠山阜明滅煙樹風帆自相映帶

畫家所作平遠者近之耳堂左有室以奉大士顏曰妙雲方丈所謂溪外藤樹可戀者也還出堂而南行過梅臺有叢桂二區皆磵環之挂之外爲小池池上長松數十前所僅望見之者此也道右有巃嵷磵竹箭亂插拱把諸藤攫拏翔舞此實潛浸老藤之谿谿磵所自合也松之外爲石磵磵凡二級其上級以受泉自山來者奔流跳沫傍激汪射遂初記言磵通泰娥非也其磵卽出自洞口所見石壁下巨石纍纍土人號曰獐潛以多巨石獐易潛也磵下級乃入竹磵行余鑿磵時得泉脉土中卽絕上流泉涓涓不竭無間暵澇磵上左藤右檀松

柏雜蔭艮可枕漱從磵上西行有室一顏曰古藤谿上即面對老藤者也自此出籬落則園丁所居取道西出華門即入舟路而藤谿之境窮矣其他虞山諸奇勝畢集步武間余不具論余維此谿故以僻見棄衆今獨以僻見收余故嘗屬之有力者可益飾治圃而圃廢今余力不足以治圃者而圃成嚮之瓦礫蓬蒿皆若故匿勝以俟余而余之病苦疲勞又若亟驅余以就圃者余于谿豈有夙緣哉詩曰考槃在澗碩人之寬獨寐寤言永矢弗諼夫寬何所不適而必在澗又何所不遺而曰弗諼此難言之矣故終之曰永矢弗告余安所得人而告

之適可自記以傳弗諼之義而已山居始事于辛丑之七月七日而記作于壬寅之七月二十二日亦以嬾故云

藤谿雪庵記

顧雲鴻

藤谿之勝莫如雪殘葉既下藤樹露骨詰曲玲瓏槎牙相倚積雪栖之皎如玉虬翔舞萬變爲觀甚奇谿東偏有池於山之麓池負如屏山瞰如鏡而余爲艸堂臨之遍受一山山自頂放踵嵓林峭蒨煙雨晦明樵蘇出沒纖毫落几硯間解衣兀坐松濤溥簷荷香浮檻竹樹四陰生翠欲滴入吾亭者顧而樂之余以爲得雪之勝宜尤莫如斯亭者然亭成之冬無雪焉凡園於虞山之下者皆負陰而抱陽冬雪始霽朔風正狂風止日暄殘雪已解而吾亭當山之盤折處山勢北抱吾亭南開雪處

山之陰受日既淺得風益壯每雪一過經旬不消而吾方豁達八窗朝瞰滿屋把酒彈琴却爐對雪斜陽到領萬樹銀搖片月流空千峯練晃想像其勝宜何如也余每當雪時周視谿藤狂走驚呼應接不暇及乎見晛悵若有亾拄杖池上從泥濘中矯首前山移時不能去以爲獨有待於斯亭不知亭成而有待於雪也蘇子瞻在黄州作堂東坡過在雪中繪雪四壁號曰雪堂其和子由之詩嘗以人生到處譬之雪泥鴻爪古之達人流行坎止心無繫着如此今吾亭處谿東偏在山池石坡之上又特以雪勝然亭成而不得雪而余甍猶有四方之

志焉今者日盤桓斯亭之中而亭之所勝者猶不可遇徒有隱几顧盻想像景光異日奔走四方還望吾亭欲如今之顧盻想像又安可常也耶憶昔之雪有待於亭今之亭有待於雪安知異日之亭之雪不有待於我也誦東坡之詩其亦可感也已余故雪其窗牖號曰雪庵而記之如此子瞻繫堂於雪以雪賓堂余繫雪於庵以庵主雪同爲幻觀又安在雪之有無也歟入吾亭者知夫勝之又有在也而相與想像之以當一笑焉可也

朗仲作是記將以亭待雪以雪待我則待者安窮余取其想像二字以幻無窮之勝於胸中則亭無不雪

雪無不有我在此亭此雪可挾之與俱即馳騁坉坌中若偃坐谿上矣朗仲亦許我作此觀否

瞿汝說跋

虞山記

張應遴

客有徵虞山佳勝如某峰之奇某壑之幽某蘭若之邃某名賢之跡多余所未悉者客曰昔康樂披綦安石着屐探奇抉隱即樵牧未至之谷必有跫然之音焉子夙抱向平之志馳神喬嶽結想蓬壺翩翩欲往而几席間丘壑寓目未徧安所謝煙霞泉石之癖哉余不能對暇日偕二三同志把臂入山自西歷北而一山景色畧收入奚囊中作虞山記按山海經註及朱長文所記虞山舊名烏目山宋李堪題烏目五詩則延福興福淨居永慶龍腋皆在詠中俗指西關外一土阜爲烏目非也山

枕縣治西北横亘一十八里峯巒起伏巖谷奇秀從清權坊拾級而升封而樹者子游墓耶按武城志亦有子游墓云然攷之傳記未嘗言其卒于官則枌榆首丘自當不誣其上爲仲雍墓墓左林樾蓊鬱殊深宫曰三元堂内有雪樵亭故宗伯李文安公像在焉澗水伏流滙玄壇祠前小池復溢出石潭中曰影娥川舊有亭臨川上曰館月更名仰高已圮轉而西爲初平石可坐數人小石洞深二三武旁有澗名石楪相傳仙人插楪石間遂成樹舊有石楪書屋今廢而傖父據之頗殺風景其下清真宫梁普通間所剏又西數十武周垣層臺有

亭翼然是爲梁太子蕭統讀書處刻遺像壁間而致道觀招真治古碑則統所撰也觀刱於天監二年天師張道裕藏丹於井化朱鴿飛入尚湖井水甘冽如吸沆瀣華清詩大藥已隨神物化寒泉猶在昔人非寄慨深矣正殿曰金闕寥陽縣官歲時習儀祝於此後爲紫薇殿祀玉皇環立二十八宿左廡肖雷神十二形甚奇偉右廡奉李烈士爲護法神故俗稱李王宮烈士長興人郎宋濟邸潘壬之變示夢理宗暨彌遠全霅川之民者今威稜助響特著吳中庭列虛皇壇古檜七亦昭明所植而嗣天師以神力移之蟠屈夭矯如龍如虬其三猶蕭

梁時物門高敞多豐碑頃歲弗戒於火悉化煨燼有草書古柏行紀陳節婦事李壯士傳紀李安禦倭保障功俱不可得見矣獨張與材書真風殿三大字不燬其朗吟亭莞爾亭雅集亭凌虛閣資石山房皆觀中名勝俱湮沒惟來雲閣東西雲堂尚在頹爽塏觀後古檜千章前代令所植號郎官栢甲寅冦變城中競伐爲薪邵北虞有詩悼之云花陰寂歷仙人井月色凄凉太子臺遊客還來啼鳥去夕陽多處重徘徊觀之外左爲故邑侯蒼野王公祠邑向未有城公築以捍島夷三月而成後竟以戰歿以歿勤事法當祀西爲商相巫咸祠要西爲

東嶽行宮南向爲殿者五東西向爲殿者二後依據曲前俯川原簷牙摩空規製宏廠正殿奉天齊仁壽帝及司命君崔府君旁列坐甲冑之將十貌頗雄古每仲春里社昇諸廟神朝謁賽會競侈鬪靡左右殿奉張東平許孚應關井繆劉節使都天傳奏諸神而東平廟前井品泉者謂在惠山虎跑之閒殿之後爲孫氏大石山房石倍於初平喬木掩映亭宇幽潔石罅中清泉一勺可供三四客爨茗試嘗味潛而甘名曰穀茶亦稱其實旁新搆地藏殿更上曰三皇閣閣後爲南軒前邑令羅池計侯暇集名士觴詠於此扁曰天開圖畫今改竹林菴

軒後峯頂平曠古祠曰乾元宮元祐中徐神翁弟子申元道植竹建菴而後人增葺之中曰清靜法堂有宋塑老子像鬚眉龐古前有亭覆雪井亦栩菴時所濬蓋受記於師所謂逢虞即止無雪則開者也左爲仲雍祠右爲張大帝廟及三烈婦祠三烈者其二如皋人盧氏母女皆有殊色市魁悅焉沉其夫於海欲亂之盧與女皆到死侍御陳廉得其事豪伏法其一爲張氏萬曆初以行露之嫌自焚故得並祀云有清風亭基在飲馬池中亭圮池存東有高阜突起曰齊女墓齊女即景公涕出而女吳者越絕書云死必葬我虞山之巔相傳死後化

爲龍飛去上建逵觀亭俯瞰一城萬家煙樹中雜以琳宮梵院浮屠九級亭亭于霄滿目如畫亭左最高處無障蔽故易毀舊有米南宮所書極目亭扁已不可得友人錢自損欲易爲望一齊亭頗當謝肅詩風廻江塹飛濤白天入蘇臺遠樹青句甚佳或以爲楊維禎詠見海亭者誤矣仲雍廟之北一墩若覆釜中空可入俗稱仙人洞隘陋不類天成而城外山巔類此者數十處或曰藏軍洞乃昔人設覆以伺仰攻者耳龔明之中吳紀聞則云太公避紂居海濱隱虞山作石屋居之故山前湖稱尚湖其所釣遊也又云古穴居遺跡未知孰是開州王

崇慶詩云蒼臺白石仙人洞明月清風老子堂則眞以爲華陽林屋之屬耶乾元宮後麗譙聳峙是爲虞山門門雖設不啓粉堞盤束凡一十四里半鎖山腰半圍闤闠山林廛市相錯如繡北虞詩湖上浮沙青入寨城頭新堞玉環腰頗能狀其勝循城而下桃西郭園池紆廣奇石嘉藹虛亭邃閣委曲映帶極林泉之盛是爲錢侍御汝贍之圃署倣王摩詰輞川之勝故遊者率稱小輞川云自西關而出城濠合流山塘殿橋橫跨四顧山色空濛波光瀲艷艑艒聚散簫鼓盈途酒帘飄颺於垂楊弱柳中應接不暇旁有周氏虞溪書院稍西而上有吳

王夫差廟夫差失地之君不當祠不知民何以尸祝之廟之後山爲鑿石者所蝕剗骨剝膚不堪仰視趙軒使者揭榜厲禁而鑿取如故里許爲沈氏園亭高臺脩竹稍足寄興今亦轉屬它氏過此爲孫氏墓名吾谷楸梧合圍冬時丹楓滿目最堪駐憩其旁爲周山人虛巖墓山人玉峯人風標秀舉詩篇俊逸生客於孫氏故殁而孫氏葬之墓旁後爲仙徃徃降乩作奇句尤未忘生時習氣乎又西爲程司空墓前列古榆長夏憩此炎暑盡滌而譚氏塋趾少宰園林木森茂亭石雅緻花晨月夕頗堪欣賞其上有露臺山居舊名高道禪居從曲徑透

迤入幽谷中兩峰環合長岡前蔽沈啟南詩山複岡廻
靜結廬林蹊生處我來初近燕僧月滄改造禪院庭除
明潔纍石栽花種種幽勝遊者流連忘返今漸圮其右
松林中有高道泉深五尺頗清冽又西爲錦峯書院嚴
文靖公祖塋也樓閣崇麗花竹繁植春時遊人肩摩踵
接前可艤舟兩旁居民稍成聚落院後舊有望湖臺凡
三層脩竹擁之登者從竹杪寄眺吞吐煙波拄頰西爽
眼界奇絶呂吾象詩落照兩湖霞蕩漾鎖煙叠嶂氣沉
浮今壞不復脩豈惜皇記平泉意哉墓左田中有溫泉
冱寒不冰地僻未經品題故遊客罕知由墓道東衢轉

西登山特爲險峻山中人爭致筍輿遊者乏濟勝之具賴此可代躋攀過半山亭石益奇境益勝仰睇絶巘數十丈層疊如雲俯瞰危澗峻坂如削人行山腰彷彿蜀棧崖上亙懸巨石欲墮不墮是名三疊石石壁谺然中開若劈曰劍門傴僂捫石而進恍入長房懸壺中從石罅閒盤旋出崖巔跱此望尚湖以南水錯平疇形如舞鸞其上爲劍閣侍御錢汝載所建榜曰無邊風月供嘲弄有主江山屬翦裁侍御遘難時怨家遂指此語謂蓄異謀引繩批根何異坡翁烏臺詩案哉閣今圮稍上爲見海亭址遠矚巨浸縹淼天際溢人心胸層巒曲磴旣

盡山頂平衍岡阜環護如一燕窩舊有禪菴嚴文靖公改建報國院貯永陵御賜畫像奉北極香火呂吾象詩寶地洞開傳籙閣錦峯憑結秘書樓正殿榜曰大羅天予兒時及見其覆碧琉璃今易以常瓦矣自春迄初夏大江南北諸郡士女畢集焚香膜拜燭影爐煙晶熒馥郁香稅所入佐縣官之急歲不下數百緡幾與泰安伍今稅已裁革大士碧霞定光茅君殿分列左右院之前澗水從石橋下湍流建瓴西壑中值西南風衝激則倒捲逆飛如萬斛蘂珠凌空飄灑是曰拂水巖昔人競稱李世賢無雲何處雨灑面作輕寒之句而黃勉之雲壁

懸垂漢風珠細拂霄故爲勝之又沈啟南絶壑雲扶將墮石谿崖風勒下奔泉尤膾人口而王元美風巖畫激諸天雨陰壑寒生萬樹濤遂爲勁敵西眺遠山如抹螺黛兩湖如夾明鏡林麓村落盈盈眉睫間誠茲山一大覲也稍西爲鴿翎峯又二里許爲寶巖灣有寺亦天監年剏倚山面湖如屏嶂圍繞有希辨禪師棲此淳化中召賜御書懸就章逍遥詠及聖惠方藏寺中建七級浮屠極莊嚴相傳泗州塔第一此第二今塔不復存而寺亦日爲有力者所壓絶勝槩則有王伯廣詩云平湖鏡淨中背貼青峰巒去郭二十里金碧輝波瀾傷荒落則

有桑民懌詩云石壁坐深雲繞榻於菟嘯罷月侵廊合二詩觀之寺之興廢宛然在目舊傳巫咸墓在寺基之東丘隴無迹可尋山中人爲予言有營壙得其斷碑載而沉諸湖即一古賢藏鬼處不可保彼錮南山石者何爲乎又稍西爲周家巖楊家巖奇石嶔巇不下劒門其上有纛旗墩蓋勝國時扼兵防守地也從此而下可達湖橋乃山塘入湖處橋介在山水間月出時山猶黯黑而橋下月光遍蒲如水晶萬道好事者樂遊焉元高士黄子久號大癡隱居山中時携酒造飲橋上瓶罄即投之水中至礙行舟亦大豪舉哉又里許爲藤溪巨藤數

株蜿蜒如老龍蟠結孫生禹錫結廬其間佳致不減魏仲先草堂沈嘉則題云澗壑逶迤穿石戸雲霞早晩住花房可按而圖也後轉而屬顧孝廉朗仲至此山盡水窮叚從北轉而南邐迤入城則自陳家澗始澗或訛稱秦陂長林翳日巨石層級雨後履巉巖聽潺湲噴雪奔雷頗愜遊賞其下七星墩叢篁灌木橫岡斷隴自非土著罕不迷途叚半里許曰頂山寺梁大同間石使君捨宅爲之舊有翠珉橋羽客臺烏翔石石門菴白雲泉碧菽園龍母池石雲徑今皆不可復覓雖占境淸曠而殿宇傾頹僧行二三人貧窘特甚孫禹錫詩鳥下荒厨窺

積葉僧持孤鉢洗寒流其蕭寂可知已寺產栗特珍美比常栗差小而輭掇之長寸許味甘美剖時作巖桂香氣號麝香囊張伯雨持寄倪元鎮有囊盛稍比來禽帖酒熟深傾蘸甲盃之句邑令郭南甘之悉命拔去曰他日必爲吾民之累其北臨澗有上方院瑞石菴今俱廢由寺前登山之半古木喬松挺秀成列巍然古刹是爲白龍祠白龍者天監元年五月居民蔣氏之女不夫而孕產龍飛去母悸而卒葬山足越七日風雷晦暝移至山上迄今五月內龍至省母居民恒見之宋南渡時顯迹稱海虞山龔皥助李寶舟師戰勝唐家島事詳元志

中澗底龍井方可丈許石闌圍之水深尺餘旱不加涸霖不加溢雨暘致禱奇驗有司春秋祭祀惟謹祠下小池時有朱唇白鰻遊泳其中殿中神像後有小碑乃宋邑尉紀回道人靈異事字體法米南宮可翫稍上爲水簾遠望若練龍祠之右爲中峰講寺梁僧月澄所建寺廢僧淨如重搆精舍數椽又其南澗中五丈崕雄偉奇峭李文安公詩逶迤一帶下山頭巨石平鋪水亂流稍南爲龜巖亦幽潔可遊而破龍澗者正觀十年龍鬬山裂血化爲石色踰代赭城中北山小菴前硃砂橋巨石就研可點染亦此澗所產也一說高僧講經山中龍化

人形聽法旣而現本形僧誦揭諦咒揭諦神與龍角力
龍不能勝破其山而去故高九萬詩有木枯曾鬬世龍
老觧分山之句其下破山寺初名大慈齊始興二年邑
人刺史倪德光捨宅爲之梁大同間改興福唐憂名破
山有高僧四在唐曰常達曰懷述在宋曰彥偁曰晤恩
而彥偁爲虎拔箭故有救虎閣伏虎橋云又有雷篆倒
書古桂庭植纓絡樹左開花右結實池產千葉白蓮莫
儔詩庭老樛枝翠纓絡池生並蔕玉芙蓉飛仙何意來
題柱開澗當年想鬬龍悉係實錄其曰通幽軒空心亭
蓋取唐常少府建詩名之今地而空心潭中產綠毛小

龜無尾殼螺皆他處所無也門外尊勝石幢刻經爲宋陸展書遒勁可觀近錢居士偁孝奉節母卞夫人之命傾貲營大雄殿其四高僧殿則僧洞聞所刱按咸淳間僧清珙號石屋亦虞產妙達寂光三昧殆並四高僧而五之矣澗之上有石屋可憩南谷中舜井泉其泉甘冽命名之義無攷上至山巔有維摩寺銀杏六株大可數圍枝榦蔽天緣陰匝地周以言詩殿覆千年樹臺封百尺陰寺僧庸狡規利遂伐其一惜夫緣樵徑曲折而下爲白墡洞蓋產滑石處寒泉一泓自石竇滴下淙淙不絕僧誅茅其傍下望喬松迴出林中者爲周孝子墓孝

子名容有至行乾道中歿而爲神顯化療軍中疫封靈惠侯此其父母葬處也其下洗馬池宋尹園練防江屯兵於此稍南有報慈院宋崇寧中建今廢而僅存一小菴猶仍其名又半里許爲桃源澗澗於北山稱最勝雨後泉聲磷磷鏘鏘若縱金戛玉湍飛下瀉兩岸桃花夾之不減武陵呂吾象詩五夜銀河天上落三春桃浪嶺頭翻澗上白衣大士香火院曰妙音菴陳少參錫玄以父莊靖公墓在其下建樓貯大乘全藏坐此聽溪聲挹山色何異聆廣長舌瞻清淨身哉循澗而下左爲趙參藩墓其右則陳莊靖賜葬墓錫玄所殫力營搆闌楯亭

館蒼松翠柏與前澗紅桃相映發四時携壺挈榼呼盧浮白其間者接踵又其南有谷曰天潭從石門入水木清華脩然隱者之居潭水不盈丈清泓不涸傍爲沈氏茂瓜丘古栢巖桂佳菓奇花充牣其中魚鳥飛躍蔚然濛泊間想自此由北關入城山麓間風旛相望菴院静室可遊目騁懷者不可勝紀而四月八日優婆夷爲浴佛會士女肩摩連袵蓋歲爲常云大抵茲山峻拔嶙峋之狀畢呈於西深巖絶壑之幽獨邃於北西有山塘縈繞尚湖襟帶青舫蘭橈紅粧滿載遊者多紛華靡麗之想北有脩竹清泉長林絶巘目襲空翠耳雜間關遊者

多考槃邁軸之想至于名園花石遞廢遞興仙釋精廬旋新旋圮緬懷今昔又惻然有餘悲焉披仙有言江山風月本無常主閒者便是主人若胸中洒然逍遙物外遇喧不擾處幽不寂一丘一壑領畧真趣又奚必遼境爲欣戚也煙雲過眼景物會心歸而纂燈錄之聊備好事者臥遊之藉云耳

天醫普濟院碑記　馮復京

吾友張君選卿既得請于邦君楊公著紉天醫祠曰是役也必屬筆古而嫺于辭者文麗牲之石汔可以示永永以命不佞惟不佞習君雅知其肇建所繇與其甌没鳩僝者也乃為辭曰

洵矣張君如圭如璠服膺儒術翊翊申申覼縷貫穿以昌其文乾端坤倪庨箁甜問周情孔思滭瀫傾寫鈆槧在懷揚扢作者韋縫急角索矍意下大始天元神冊眯眛精淪旭芔乃挈要𧝎洞見五藏支蘭瘢結鑱熨揲爪靜然弗屑知三全十復肉白骨長桑非人授扁禁方易

張學術鑿竅内藏君智無師夢眇以祥夢祥維何閶闔
排扇勞歷列鈌砰隱靈見洪頤覡髳韄畧倩淜危冠岌
岌朱芾黻爛須搓迉遟臚求此路指䜿四墉匪丹匪臒
書古道眞陰陽曆數迹從亢承色病有度養療節劑奇
咳葷句殣親跽讀色變黿遽治瘌分齊首疾刀圭旣寤
迥逹髣髴識之開幕規攔寂寥與謀於赫假哉肹蠁嘉
告退擬熒枯燿於焯錯亶神之休敢斁朝夕矦余下邑
編人繁富札瘥夭昬鮮其或壽匱神乏祀誰祈誰報君
蘊皦誠於茲獲饇皦誠維何新廟有作矱矩　京輦不
奢不約位綴如故靡煩里旅玄黙困敦橘陽郎敘殖殖

其庭虩虩其宇鐫鈲柯則堊榍鮮楚賢人之閒尸祝稷
社尸祝維何許氏高明玄都御史德業掍弁拨旆布斗
殤瘣疏平華陽高士詮次眞靈肘後百一探頤鈎沈是
皆天師岐跗合精帶瘒黎鞠顏戶國工厤列左右若在
朁宗豈繄一人罕湯證空將爲厲姓請命豫潟惟子也
才合經備藝惟子也仁建百世祀揭虔妥英邦有常臬
予嘉乃績銘詩牲繫勿替引之神虩滿濊

海虞令嚴陵宋侯去思碑　增

許士柔

嚴陵宋侯之令我虞也期年政通人和百廢具舉遠近樂之又明年侯以太夫人艱解邑務去虞之民于是相率悲慟遠送于野指其水曰此侯水也如此其湜湜矣指其樹曰此侯樹也如此其蔽芾矣指其穟穮耕耘者曰此侯夙昔教養之赤子也侯去我其誰生我育我矣遂一號引歸而丞許子請書峴山之石余維爲令之難也制人而亦聽于人故任心滋戾掣肘多虞自昔患之有能居其位平其政土地均法令行教化興是爲良吏故其在也人歌之其去也人思之而求所永之夫然後

碑之令侯之去其民之思而碑之也道固然也蓋侯之爲政也本之以慈惠載之以忠信而敷之以易直一切不務爲赫赫以矜才斷之名而耗地方之氣其初莅事輒取邑中事條件之孰巨孰細孰緩孰急講求實際需次舉行而後漸釐其弊如貢賦重務也病徵解則有六法之申令甲大綱也病疏翫則有七議之舉苞苴横而獄訟不平則絶請托徑竇多而胥吏不慴則清宂濫訓廸踈而士風不振則定課約歲時之有眚也則躬省誡廣醫藥凶荒之屢告也則恤流移節物費度民之所宜而次第措之内不嫌任心而外不苦掣肘此則侯之令

取以不遠而行其民不見可喜而肫肫焉沁心浹骨也而其最苦心者在覈減稅懲奸豪虞之地高倍下十七而其稅下倍高十七邑民請以國課羨餘量減汙萊重額而事屬署篆履勘不親有力者夤緣奸胥視賄上下倒置肥瘠是以國課雖虧而疲民未嘗有絲毫之益又俗尚險靡財力相窘其習變詐爲姦利者趧趧投跡官族匿名衿紳以恣其圍奪而快其陵暴當事卽繩以法輙忌噐不敢問而侯蒞事半載灼知其弊乃爲之巡行村落履畝親勘應減得減應復得復卽有力者從旁揶揄亦竟無如侯何而羨稅所存歲至三千餘金以供上

課其一切豪僕勢幹廉得桀黠者輒收捕服其辜而無
賴子衿爲侯所褫斥者踰年後尚以姦謀發難逮從吏
議徵侯早見而力芟之其爲衣冠恥孰甚蓋其不畏强
禦不避勞怨求利乎民槩若此其民之去而思之也不
亦宜哉史士桑曰頌德稱美非所以報知巳也以一方
之故而私明惠非所以示廣也余知之矣獨以久弊之
地一旦而庥侯休養枯者生瘁者甦而又奪之速去爲
侯之子民則相與觀侯之水蔭侯之樹想見侯之飲之
茇之也其何能巳于言耶其何能巳于言耶余緣是而
屬之石侯名賢字又希天啓壬戌進士嚴陵建德邑人

海虞文苑卷之十五

邑後學張應遴選卿甫輯

序

虞山遊詠圖序

張著

常熟治去西北若干步爲海虞山山行若干步爲東南前峰又若干步爲維摩嶺由是躡重巒踰疊巘西亘十餘里峻極拂水嵒然後漸趨于平壤焉且長江大湖映帶前後琳宮梵宇隱見林薄煙雨間其狀蓋與羅浮匡廬相爲髣髴觀者徃徃愜于所遇獨予以覊旅未獲造之去年冬十二月廿又五日海陵李君克敏來游遂率

所知者凡六人相與具杖屨取山徑訪招眞仙館登望湖亭弔仲雍故丘謁龍母祠旁及仙姑水簾諸洞逍遙空青寒翠之外始盡得其形勝既而還集周鍊師山房行酒賦詩君以山中古蹟命題會席前有萬年枝翹翠可愛遂取古人好風吹動萬年枝之句各探一字爲韻詩既成友人陸子善氏顧謂予曰諸君多江海之士是集不易得也願寫山爲圖附詩其上以識其事予其序之予聞晉永和九年羣賢會于會稽山陰之蘭亭列坐曲水一觴一詠放浪形骸之外右軍王羲之爲記錄其所述一時風流詞翰至今以爲盛譚每誦其文竊慨寥

寥千載之下無復能繼之者曾謂斯游敢以晉人風度爲比哉然是圖也青山白雲他日異域時一展玩某水某丘如在吾目某題某詠如見其人視晉諸公所以興懷陳迹將不獨出其閼典歟衆曰然于是作虞山遊詠圖序

和唐詩正韻序

張洪

襄城楊士弘集唐音行于世其論次以初唐爲始音盛唐爲正音晚唐爲遺響然初唐尚有六朝氣習體製未純盛唐則辭氣混厚不求奇巧自然難及晚唐則有意于奇語雖艱深意實短淺就唐音中此三等之異就三等中文人自爲異大抵盛名之下無虛士名之盛者其言工自餘互有得失永樂初嘗見朱中書季寧先生手抄五百家唐詩凡語意精良者已傳于世其不傳者可畧也今人學唐者多以三體爲法律詩貴乎敦厚渾融過巧則失之流麗絶句則貴乎字少意多淺近則失之

怨詈誦之皆能使人歆動有風人之體特所感有淺深
邪正之不同耳吾方致思于其間將求其善者為之師
而未能窺其奧監察御史張楷式之學優德贍心平氣
和將托聲詩以觀巳志摘唐音中律詩絕句盡和之里
生錢昌錄以示余三復之餘得其詞意即予所謂辭氣
渾厚不求奇巧自然難及者也上無六朝氣習下無晚
唐流麗得正音之體製者也凡予致思而未得者皆能
洞發其奧蓋以巳之志意酧酢盛唐諸名公雖不能一
一模範之要之自然一家之言可尚也巳若欲刻意求
勝則不出于自得也然美珪玉者必有溫潤之氣佩椒

蘭者必有酷烈之氣曾謂和唐詩者無唐人之氣習乎
有以予言爲不然旻讀質之思庵公云正統二年秋九
月九日致行在翰林院脩撰同脩　國史事承務郎東
吳張洪序

三行　董誤堇

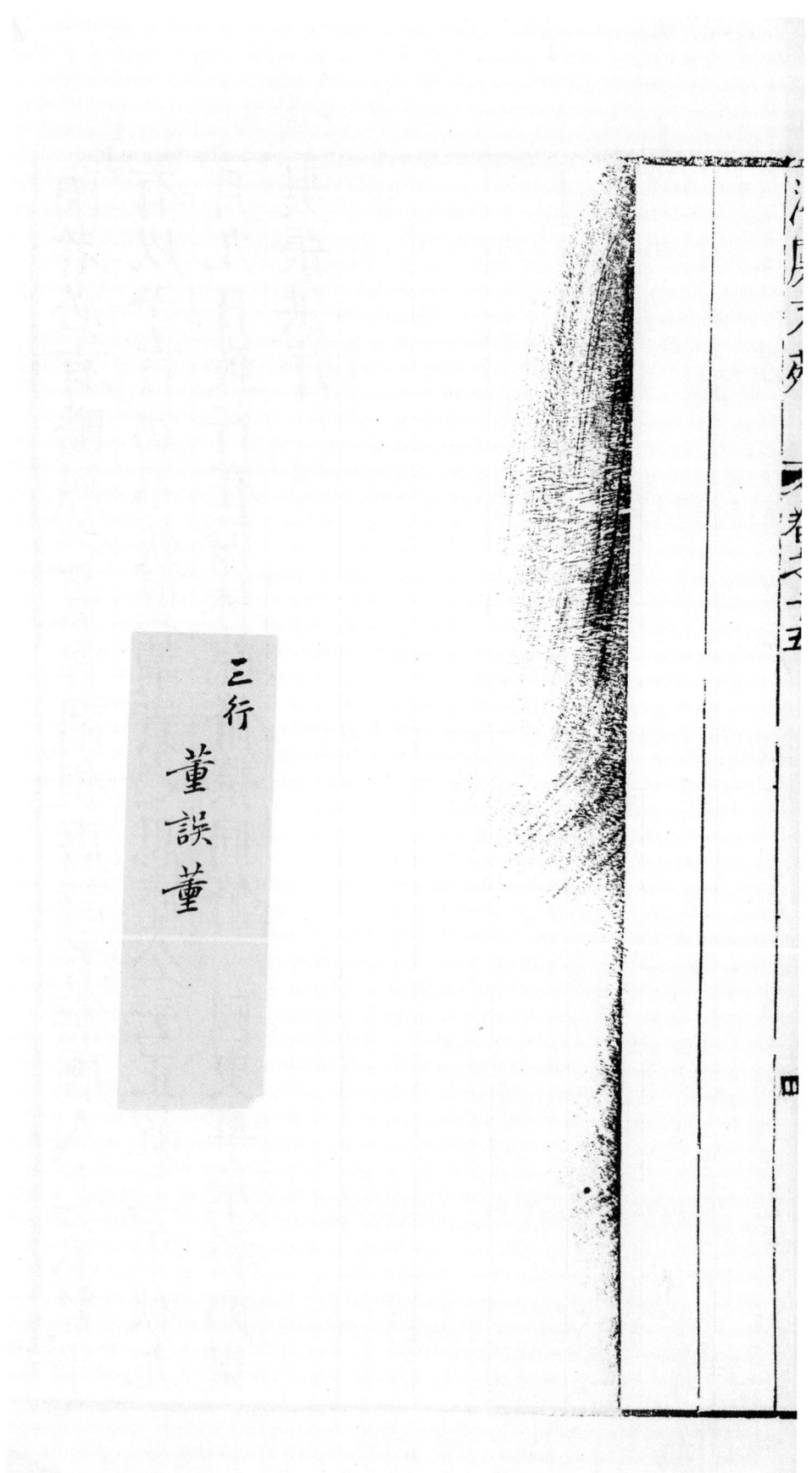

重刻素問抄序

桑悦

素問乃先秦戰國之書非黄岐手筆其稱上古中古亦一左証玩其詞意汪洋浩汗無所不包其論五藏四時收受之法吕不韋著月令似之其論五氣鬱散之異董仲舒郭景純叙五行災異祖之其論五臟夢虚所見之類楞嚴經説地獄倣之論氣運則可爲曆家之準則論調攝則可爲養生者之龜鑑擴而充之可以調和三光燮理陰陽而相君之能事畢矣又豈特醫而已耶使學醫者玩其詞而得於心庶能窮造化之源察風氣之異有以知病之所由感操其機行不迷窺其奥入可蹈尚

何病之不可治哉是書流傳既久簡編脱畧唐王氷亦常是正但頭緒紛挐指帰無的元儒醫朱丹溪始集爲天地陰陽等月以類相從約繁就簡名曰斜畧近世良醫滑君伯仁又鈔其書自藏象心脾氣脉之屬乃細介條理最便觀覽不可謂無功於醫者淛江大參表親周君近仁先以母宜人多疾篤意攻醫弟近德得伯仁之書於外家張以平處蠹侵鼠嚙魯魚亥豕不能成篇因補其闕畧辨其訛謬手自圈點遂爲善本以呈其兄巳而近德物故近仁痛其形容之莫覩而手澤之尚存迺捐俸繡梓以廣其傳謂余有親親之誼知近德爲悉宜

爲之序昔唐陸敬輿以内相外謫惟閉門集古醫方數十卷蓋陰寓澤物之意也近德資禀豪邁讀書力學孝友之行無媿浩翁幹蠱接物曲有條理少以葩經領鄉薦屢舉進士不第方謁選銓曹雖未見之設施識與不識者皆知其有拯物之才豈意天不假之以年竟賫志而殁所有傳者正賴是書之不泯不可悲夫雖然歐陽子有云脩之身矣不見之行事可也近德既有脩身之實而余又揭之以傳不朽若然則吾近德果真亡而與鳥獸艸木同澌滅者倫歟否歟千載而下欲知近德之行事當於其留意是書而求之

韻學集成序　桑悅

練川章先生名黼字道常別號守道平生隱居教授一不求聞達著韻學集成十三卷凡收四萬三千餘字每舉一聲而四聲具者自爲帙二聲三聲絶者如之仍別爲直音篇總考其字之所出前此未有也先生沒後十餘年其子晁將鋟諸梓時闔陽吳公克明適以名進士爲兹邑令一時大夫士咸祈其成吳公難之曰洪武正韻一書華江左之偏音美矣盡矣萬世所當遵守者也奚他贅爲僉曰是韻正所以羽翼　聖制也古今以韻名家者不一廣韻梁棟也韻會榱桷也我　朝正韻一書

擇衆材而脩正之廣居成矣兹又益之以龍龕諸韻外衛之以城郭内實之以奇貨覆庇後學之　不淺淺也且正韻之脩　太祖高皇帝運其成規授之宋濂輩以竟其事觀　大聖人之制作誠越千古而無間然矣帝王以萬世之才爲才有臣於數十年之以濂自擬兄遵舊規少加張皇亦何綺哉疑釋已遂募好事者經營其費適　欽差提督水利淛江按察僉事吳公廷玉案臨兹邑又力賛之人樂於助不數月訖工僉求余言弁諸首先儒有言爲文宜畧識難字南山詩三都甘泉等賦誦之多艱人于弗克成伸果字有異哉人異其字也是

韻一出向之商敦周彝化爲竹根康瓠入耳不嵬入目不懾何其快哉雖然字從何起乎起於聲韻也厥初天地未生聲韻具於太極天地既判聲韻寓於天地一陽之復聲韻萌也四陽之豫聲出地也聲韻既生形象亦著蒼頡之制字不過因其迹耳然制其一遺其十理之必然也千古而後惟邵子有獨詣之識其著皇極經世書以天聲唱而地音和之天聲平上去入地音開發收閉如多可个舌是有其聲而有其字者也古甲九癸是有其音而有其字者也然開宰愛下之○爲入聲古內仰下之口爲閉音其○其口有其聲有其音有其字哉

既無其字吾不得而悉字之邵子不得而悉字之蒼頡亦不而悉字之也而其聲與音終不亾也寄之喙焉喙相禺寄之竅焉竅相於或可辨或不可辨孰非全露未成之字者乎極而至於●於■然後去天地之體弃聲音與字俱無而復歸於太極矣執其圖則律呂之原在我由是精神通造化智識侔鬼神實易易也嗚呼非知道君子孰能識之學者能盡識先生已韻之字而復求大韻書於天地間則有得矣先生得於天者厚獲上壽乃絶其著是韻也苦心焦思積三十餘年始克成編不得吳公爲令而傳之又將付之烏有豈不深可惜哉天

之暫屈吳公所以永伸先生也吳公文章學行俱所宜
小試爲令恒以六事自責以公生明以廉生威邑八
大治此特其一舉手投足者云

卷之五

金文靖公北征前後錄序

桑悅

永樂八年十有二年　太宗文皇帝親征北虜出師者二臨江金文靖公實當帷幄之寄作北征前後錄江右大叅徹庵舒城秦公崇化既自爲之序復命予伸之以言俾龍泉令嘉興姜君學夔鋟梓以傳不朽予曰自古帝王之自將若宣王伐淮北之夷撥亂反正謂之定師定師者理漢高祖平城之役輕挑强胡謂之湯師湯師者挫隋煬帝唐太宗务大喜功皆有高麗之伐謂之荒師荒師在淫主則亂在英主則衂自是而後若宋太宗財力未贍卽欲收復燕雲謂之棘師棘師則不支至我

朝　太祖高皇帝聖神文武淨掃彌天之虜謂之滌世之師　太宗文皇帝仁勇奮發迅擒蘖芽沙漠永清謂之繼武之師滌世之師功貫百王繼武之師澤流後裔予嘗謂　太宗文皇帝以萬乘之尊不憚逐虜之阽危今觀此錄始知　聖躬龍潛之時凡虜地山川險要經練已熟而於焚龍城犁虜塞之策悉已素定於胸中且以正興師鐵騎百萬川湧山峙尚何醜虜之敢犯耶文靖藝營宿將白戰無前是錄之成當代絕筆百年承平邊塵不驚於是乎驗誠使伊傅居禁中頗牧在邊陲而又脩文德以堅中國之防吾有望天下後世此錄之無

續也於是乎書

常熟縣志序　　李傑

姑蘇爲南都輔郡而常熟其屬邑也倚虞山以爲城環江海以爲池實東吳要害之地其土膏腴其田平衍其物產殷盛若稉秫布枲魚鹽蔬果水陸之珍奇所以供國賦而給民用者充然有餘而不資外助自闔閭夫差雄據一方虎視諸夏而俗尚豪侈自泰伯子游禮讓風行文學化洽而人材彙出是固江南名區非特爲一郡六邑之冠而已惜前志毀于宋紹興兵燹自吳通上國以來二千餘年故實茲無紀載良可慨也慶元間縣令孫應時始一脩之元至正間知州盧鎮又復脩之然文

獻無徵遺軼不少若人物一類自漢迄唐寂寥無聞他可知已弘治丙辰慈溪楊侯來尹茲邑蒞政之初百廢具舉以邑志久不脩輯迺旁搜典記近取見聞詢遺老以正舛訛委文士以司考校于是山經水志之所述陳虔敗篋之所藏殘碑斷簡之所寓幾無留良矣編奏既成謂予為邑人宜有言以志顛末夫三代盛時九州山川記于禹貢天下圖籍掌于職方後世因之而郡國有書寰宇有志坤元有錄風土有記皆所以存古證今以為考求治具損益事宜之張本其于從政者不為無助而乃困于簿書期會之餘翫視此為不急之務豈吾邑

廢興必有待于通才卓識如楊侯者而後成也侯名子器字名父成化丁未進士歷任崑山高平二縣皆有異政茲以嘗道論薦叓任常熟其嚮用未易量也

古虞文錄序

楊儀

七檜山人古虞文錄者山人楊儀字夢羽少讀書七檜山房凡所聞見事文屬虞者輒手錄之及山人官水曹守直禁庭居多暇日擇其可傳永久者題曰古虞編令君宛丘沈公君敘尚古好文刻之以傳蓋特其所錄文也虞名數易今曰常熟矣曷不曰常熟而猶曰虞錄通古今常熟古未之稱不可以今名加古也虞古吳之一鄉曷不曰吳而曰虞虞之別於吳自仲雍始吳自太伯而下不復稱荊蠻此其例也錄文曷爲獨於虞山人虞產也境之外非所能謀焉耳錄不獨文山川人物城邑

咸在焉而曷獨以文行文者古人之遺編存焉從而錄之非自我出也若夫山川文物城邑其沿革臧否則非經大賢莫之能定山人既編其全將稅駕謀諸長老而後從事先之以文以見志也然則曷爲錄文不及當今名公作者方秉筆錄尚未敢定也山人自丙戌第進士今且餘十載列職春曹進班大夫爲王臣矣曷爲猶稱山人錄爲山人時編也錄文爲虞曷而繫於山人錄爲山人私編非志邑也山人自結髮知讀書至今所蒐羅古今文章爲虞者多矣其所增損刪定乃獨此世固有同志者尚亦諒山人之心哉

閱史遷論後序

王舜漁

有虞氏設史官作堯典而史於是乎始史以載事有一事則有一義義必待乎著明之者而論於是乎始凡論者得失同異爭鳴千古其莫若孔子一言以蔽之曰文勝質則史夫以文而勝質則毀譽多失其真幽顯或傳其誤是以篤論君子皆難泯於是非之一念也南湖丁先生壯歲登第選臺察以養母懇辭乞南曹越兩考致仕諫垣交薦銓部覆疏起擢先生高志隱居不出結廬尚湖濱翫對虞山日以撰著爲務每優游几案紬繹諸史而是非一念獨有得於淸心格古之意輙援筆成篇

積爲是帙其偉見英詞大柢本之綱常而彝之事蹟以求自得師於古良史之遺意呂東萊曰觀史者學問可以進智識可以高方爲有益然則先生之取益於史誠有所謂學問智識者矣先生有經傳臆言其詩賦雜文又有司封藏稿茲不復備論云

戒殺放生文序

嚴訥

蓮池上人少通六藝文成而紙貴洛城長練三車忍證而宗超葱嶺勇披毘梨之鎧掌握摩尼之珠當經禪暇懇切迷流于尸羅中特申殺戒蓋以血氣之屬莫不有知蜎蠕之倫無非同與充吾惡死之心豈宜戕物體帝好生之德用導昏衢夫惻隱之心人所共具封㛢之慘世所易明綢繆種族古今之致常然躑躅喪羣禽鳥之情何異乃蚑蚋嗜膚而生煩砧刀加物而靡恤刳彼膏胔充茲口腹反之于心予仁安在推之于報冤對奚辭既隨強弱而遞相吞食遂緣償負而長歷輪廻于是如

來燃慧炬于重幽拯羣苦于八難令斷殺因不纏惡果當茲末法久昧微言而禪師滌五欲之泥釋三有之網于音聲海鼓智願船濟彼胥溺臻于一眞猗歟吉哉法無分于頓漸入皆不二道靡間于聖凡信爲第一苟能循師不殺之戒而諦觀吾起殺之因爲生于霧知之心爲發于膚骨之體心本慈悲何因殘害體無覺識寧具貪嗔心忘則聲臭有所不知是嗜味者不由于體體寂則愛憎無以自起是好殺者不由于心二既無有中何從來故知身心本淨習惑妄纏得本淨之妙則此戒不由于外鑠解妄纏之蔽則大悲莫過于中心入三摩提

成等正覺由于是矣余少聞予輿遠庖之訓已深愛物之慈茲覽覺禪師戒殺之篇益重護生之念遂命兒摹刻廣世持流云

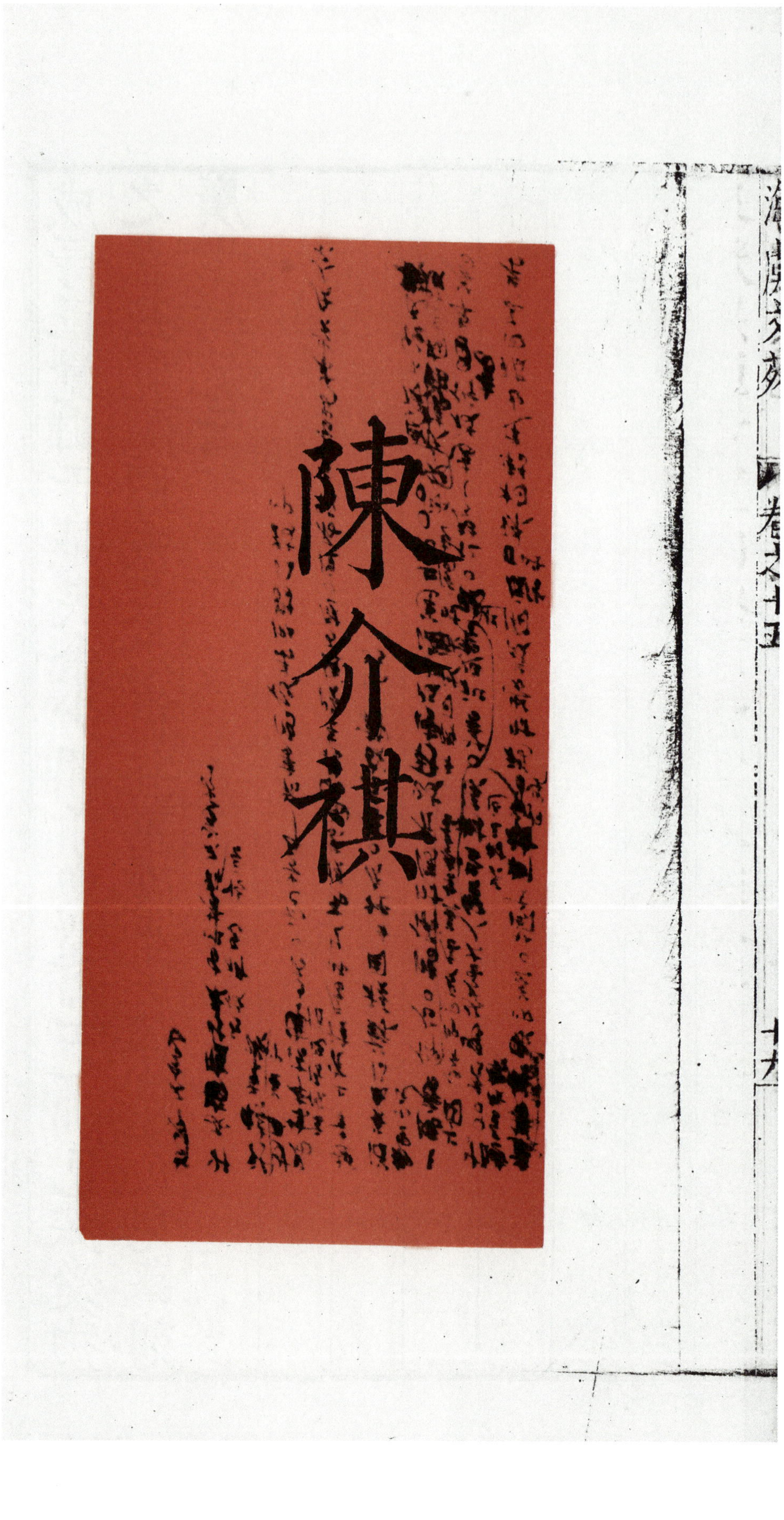
陳介祺

博雅堂藏書目錄序

孫樓

余髫不喜美雅嗜文籍暨長而嗜益甚似有僻者乃屈於貲不克致重購者致之猶難吳號文藪學士大夫聚書少亦不減鄴架復富而喜事諸帳中異帙向秘不傳者日托諸東顧吾邑北負僻壤或行世良久未獲披覩家自先考功高會而下故多藏書會中落靡有孑遺余生蓋三不遭矣而厥嗜彌堅謂癖也宜間米家船來余先衆以往推蓬恣搜買亦苦之或赴試薄遊兩都日遨列肆間一覩所未覩輒大叫喜不自禁若一旦獲拱璧恨相遇之晚與之直或倍其索弗恡寧縮衣食費以佐

[illegible]嘆切盖。蘭亭判[illegible]梅竹勞葭湖[illegible]可珠栒轄建玉珉回春花
[illegible]吾[illegible]。善祉延[illegible]。仁聲遠被，佇[illegible]早薦
上聞[illegible]大人賢勞[illegible]仰企。鳴[illegible]海運上[illegible]國保下[illegible]民[illegible]
[illegible]小民
[illegible]蘇稽困手[illegible]居。[illegible]武[illegible]矣。如
越年上宦[illegible]師生而[illegible]陸[illegible]。恒存[illegible]貴居大人
[illegible]歲[illegible]事何[illegible]對[illegible]叩
[illegible]
叶安[illegible]祈[illegible]不宣[illegible]

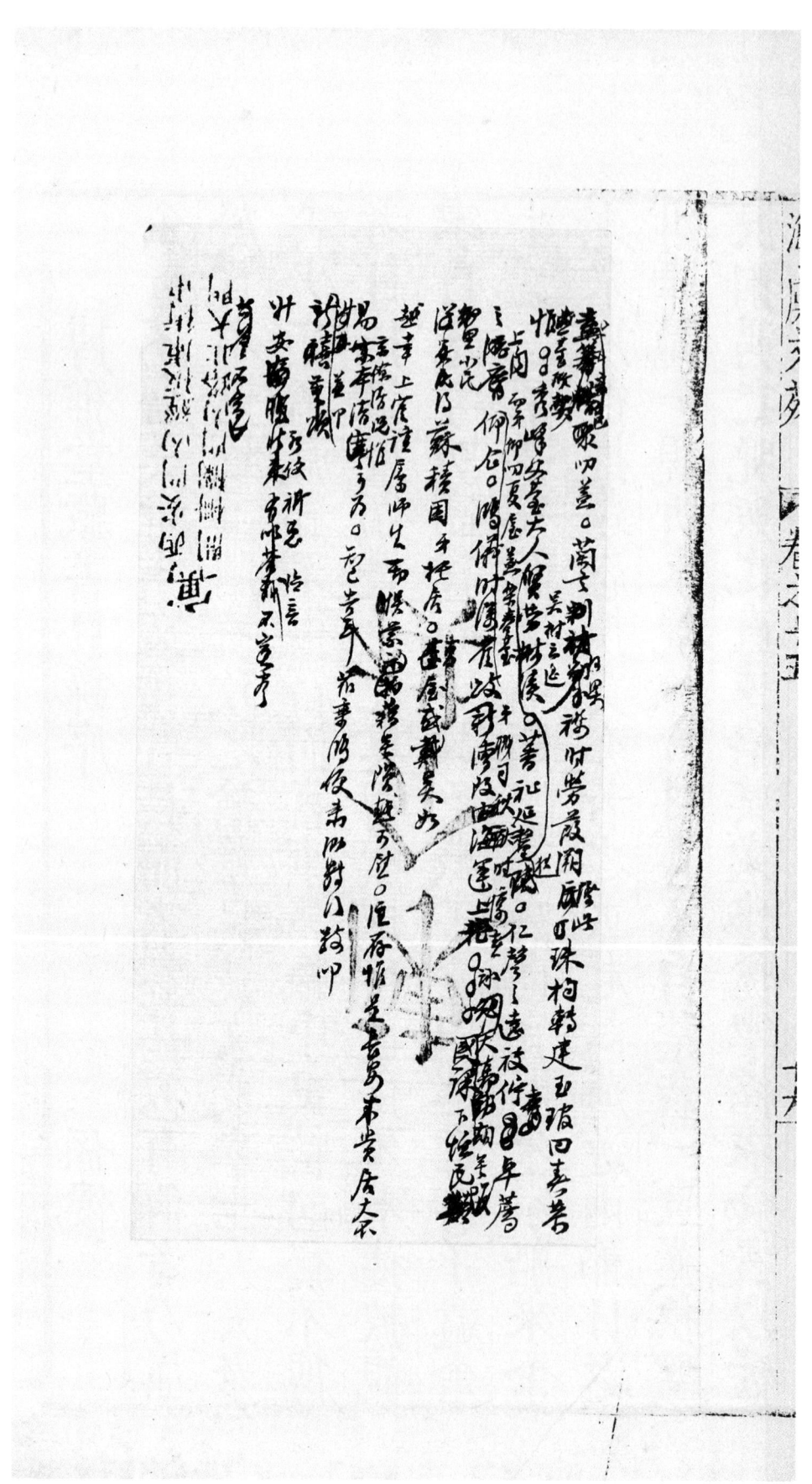

博雅堂藏書目錄序

孫樓

余髫不喜弄雅嗜文籍暨長而嗜益甚似有僻者乃屈於貲不克致重購者致之猶難吳號文藪學士大夫聚書少亦不減鄴架復富而喜事諸帳中異帙向秘不傳者曰托諸槖顧吾邑北奥僻壤或行世艮久未獲披覿家自先考功高曾而下故多藏書會中落靡有孑遺余生蓋三不遭矣而厥嗜彌堅謂癖也宜間米家船來余先衆以往推蓬恣搜買亦苦之或赴試薄遊兩都日遨列肆間一覩所未覩輒大叫喜不自禁若一旦獲拱璧恨相遇之晚與之直或倍其索弗恡寧縮衣食費以佐

之期必獲乃已既獲雖劇寒暑必諷之卒業家人曰月下春矣可食已夜向闌矣可眠已即附耳大呼君弗聞也君弟性亢而氣浮易解之亦易忘之其傑譔秀句犁然會心則默誦甚習君涉獵鹵莽則掩卷若遺比再入眼如未嘗諷者且方事舉子即諷無專功焉以故無國僑之博而類子長之疎嘉靖庚戌命梓人作鉅櫥六余類而疊之計向來貲致并交遊贈遺者殆逾萬卷咸躬自讎校手爲裝池錯簡脫幅百鮮一二雖麗謝牙軸而陋無絕韋視貧士之藏則已過矣嘗誦蘇長公寶繪堂記謂尤物留意終成禍水顧余之嗜與人殊癖於錢癖

於屐癖於左氏均癖耳孰清與濁緩與急哉今畜者不使棄來者不可期月積歲累或與七畧四部爭雄長余日兀坐其中手披心繹不知人間世叓勝此樂否異日者子能讀與否不者班諸族班諸友朋或輦而寘之學官藏之名山以俟君子罔俾吾書辱非其人越明年辛亥孟夏朔樂安文樓木天父書於拱辰堂中　夫經者聖人之書也尊莫尚焉羣儒闡之亦經之翼也乃錄諸經類第一　尚書春秋史之權輿乎［尚書爲紀傳之始　春秋爲編年之始］經載道史載事有史而其義昭矣乃錄諸史類第二　道隱而家處士橫議微言絕而衆言興矣其詭於道游

聖門者折之云爾乃錄諸子類第三　古之言簡今之言繁代變人殊枝葉澤而本則瘁矣稽世者慨之乃錄諸文集類第四　三百刪而世難乎詩矣然在心爲志匪詩曷宣觀風者猶有取焉乃錄諸詩集類第五　充棟汗牛窮年莫殫故叩列縷析作者勞焉覽者逸焉乃錄諸書類第六　蓋壤之內惟理不朽猗宋鉅儒理藉以闡而士習端矣乃錄理學書類第七　勝國而上粲然陳迹於皇　駿烈匪掌故者曷覩之然有野乘焉畧矣乃錄　國朝雜記類第八　齊諧志怪稗官薮書文之別流也然或理存焉聖人察焉乃錄小說家書類第

九　不出戶庭而周知天下者方輿之書是也學則博物致則宜民可無覩乎乃錄志書類第十　文爲經字爲緯同文之治王化攸存藝也云乎哉乃錄字學書類第十一　醫有生人之功焉軒岐蓋始之小道其可觀乎乃錄醫家書類第十二　小用鞭扑中用斧鉞大用甲兵聖王以輔治也不得已而不已也乃錄刑家書類第十三　兵家書類第十四　九流百氏畔道遠而句斷後世有述焉乃錄方伎家書類第十五　西方之教異端之渠魁乎而世儒多惑之火其書嚴矣哉存而不論可也乃錄禪學書類第十六而道書附之　方則有矩

圜則有規文獨無法乎哉而法則盡於古矣其操觚者之指南歟乃錄詞林書類第十七　大聖有作典章是存吾儕小人遵王之制焉已宸之章令甲疇得而伍諸乃特錄制書類而不序　國朝士凡三試乃服官試輒有錄文獻焉存乃錄試錄類附焉士以文進時有汚隆工拙係之乃錄墨卷類終焉右二錄蓺文之靡也不以上偶摹書故亦不序若經書時義仕宦筌蹄昨以爲妍今以爲媸對偶剽竊壯夫恥之雖多不載

壽繆母崔孺人九十序　陳子忠

隆慶壬申六月廿二日繆母大夫人之初度也母年高是歲閱九十春秋十矣其子姓先期致酒稱慶於堂下表姪施子年家姪陳子章子交往拜焉拜既更祝母之壽與西王母同夫繆本世德代有令人作士標準曾未嘗食其報昔者西庄先生以文學發身矣天弗假年乃不克爲一學博士君子惜之曰幸哉有子伯子道山先生仲子維山先生先後十齡有間而遒文麗藻實方駕乎機雲兢爽一時望形表而景從聆嘉聲而響附者曷可數也然而伯也數奇尚垂翼於賜路仲也命短遂折

角於龍門母氏寧勿眞懷茲者道山先生效張嵊之錯
采襲萊子之爛班其將以慰母心乎夫足於性者天損
不能入貞於期者時累不能遷徃延陵季子之左袒而
還封也隱痛深矣而季子竟享年百餘歲世傳以爲仙
豈惟民哉長松古柏淩風霜歷千歲而色不改膏液之
餘且化而爲苓凝而爲珀服之者可以長年繆之世德
如此母之賢如此而遭逢迺如彼是其數必有畸焉寧
知天不假以季子之年有待於伯子之榮進乎又寧知
伯仲之後人不有如松柏之茂爲苓爲珀者乎追惟吾
友維山抱負董賈之才淬厲倪匡之志庚午冬當與計

吏偕矣蘭膏繼晷務成其名力且頓有寛之者先生謝曰慈親之壽忽如過隙枯魚銜索不蠹幾何吾於此日誠慕其祿而輕其身嗟夫此其志誠可憫也天胡不祿而損其生傳曰說命有三一曰正命二曰隨命三曰遭命此非遭命也夫母令氣渥而體強齒雖耄矣而視聽不衰或孝誠之所致也嘻子也殤彭也壽彀也食難也收於古爲然吾惡能知其辨哉和之以天倪而因之以曼延斯可以振於無窮矣道山先生聞之逌然似有喜也又答焉如有失焉起謝曰請持是說以慰母心

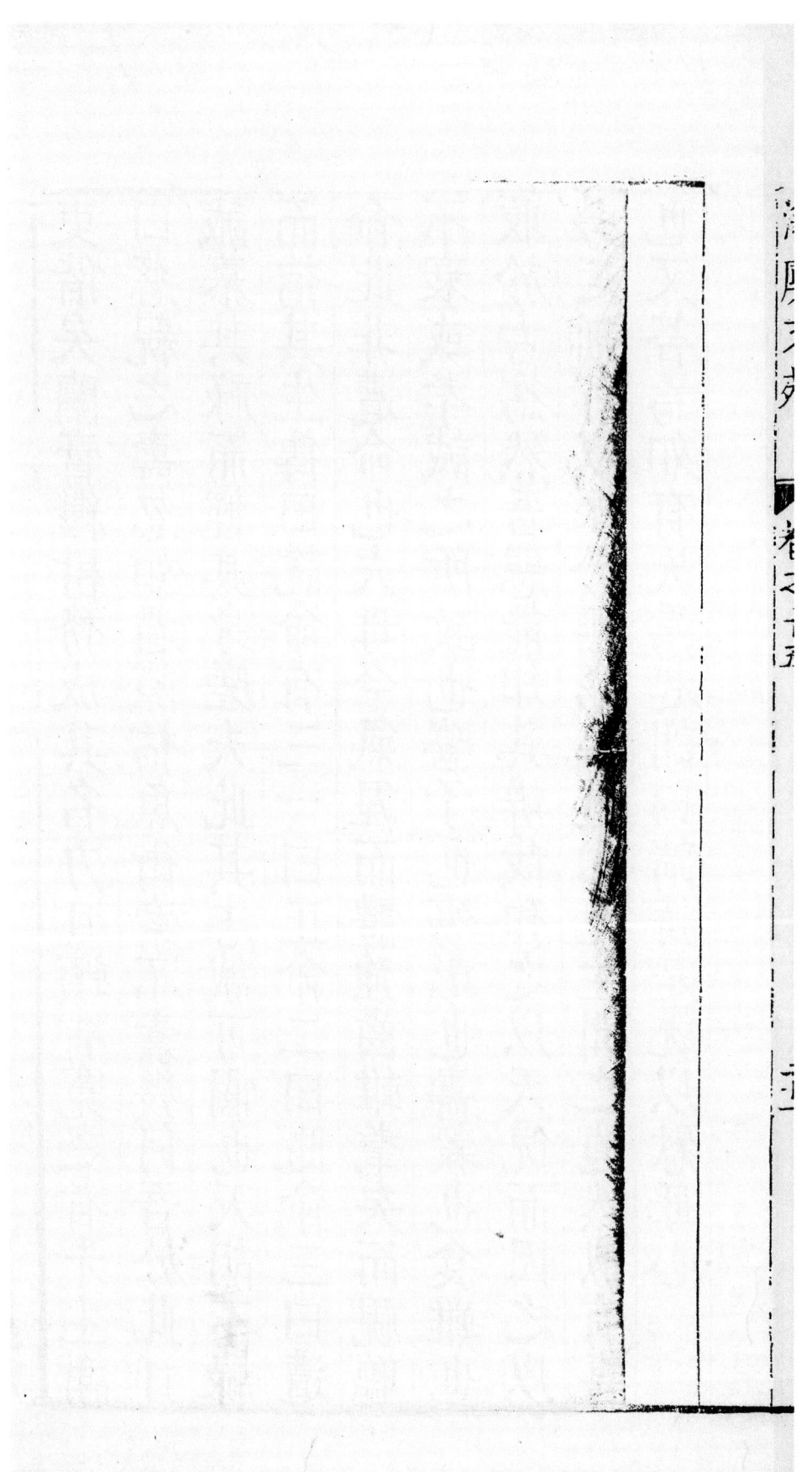

管子書序

趙用賢

管子舊書凡三百八十九篇漢劉向校除其重複定著爲八十六篇今亾十篇近世所傳往往淆亂至不可讀余行求古善本庶幾遇之者幾二十年始得之友人秦汝立氏其大章僅完整而句字復多紕錯乃爲正其脫誤者逾三萬言而闕其疑不可考者尚十之二然後管子幾爲全書夫五伯莫盛于桓公而管仲特爲之佐自其事羞稱于聖門而其言悉見絀以爲權謀功利學者鮮能道之及余讀是書而深惟其故然後知王者之法莫備于周公而善變周公之法者莫精于管子何者方

周之興去隆古沕穆之風未遠而後稷公劉其深仁厚澤又培之于數百年之久蓋風會旣啟而文明猶鬱周公起而當制作之任其法制之綢繆文章之繁猥諸所經畫莫不犂然具舉而天下且以鴻龐渾固之俗始嚮利于憲度著明之後故其法雖密而其服習者亦能安之而不悖周室旣衰諸侯日尋于干戈謀臣詧士競出其智力以相勝苟必競競于先王之約束而執不移等則勢有所格而其術必有所窮非救時之宜矣管子固天下才也豈其智不及此乎是故當其謀之于垂纓下衽之日者不過審舊法擇其善者而從之又其要則在

事可以隱令可以寄政使諸侯不予虞而吾獨安國富民以取盈于天下故其書如牧民乘馬幼官輕重諸篇大抵不離周官以制用而亦不盡局于周官以通其變令考其說所謂參國爲三軍者卽五兩卒旅之舊也因罰備器用者卽兩劑之遺也選士首以好學慈孝而且旦及于拳勇股肱亦興賢之故典也鑄幣藉以黃金刀布而並及于魚鹽鍼鐵亦圜府之舊章也他如五勢三准諸說不過積餘藏羨待之于國諸侯不服吾可以戰諸侯賓服吾可以行仁義蓋周公之法其樊然結約者要以率民于善仲直師其意不襲其故一更之爲截然

夷易而作民于戰故其言曰精時者少日而功多又曰
吾欲平卒伍脩甲兵而大國亦將脩之吾有攻伐之器
而諸侯有守禦之備是難以速得志此仲之所以立法
意也夫白刃捍胸則目不見流矢拔戟加首則十指不
辭斷明緩急之有所先也使仲當諸侯力政之日必欲
舉王制而井田吾民象刑吾法毋招權勇毋榷鹽鐵不
踰時而國且飽于敵矣安能以區區之齊伸威海岱而
成其一匡之績哉昔者蘇軾氏蓋論仲之變法而曰王
者之兵非以求勝故其法繁而曲霸者之兵求以決勝
故其法簡而直然則謂仲之用法異于周公之意則可

而謂其法之盡詭于周公則不可故曰古今遞遷道隨時降王霸迭興政由俗革吾以爲周公經制之大備蓋所以成王道之終管子能變其常而通其窮亦所以基霸道之始夫亦勢之所趨有不得不然者乎雖然非仲之輕于悖周也當太公之治齊五月而報政曰吾因其俗簡其禮至三年而伯禽之報政周公且訾之曰夫政不易民不有近曾終北面而事齊矣意者太公之治有不盡倣于周官而史蓋稱其通商賈之策便魚鹽之利人民歸齊齊稱大國蓋自太公而齊故以富強名于列國仲特因齊之故而脩業耳非一無所昉襲而創爲之

者也世之譚者曰帝降而王王降而霸自仲之說行一變而入于誇詐之習其末極于秦鞅盡去先王之籍而流毒天下遂以管商爲功利之首夫商君慘礉少恩卒受惡名于秦而仲之政飭四維固六親其論白心內業不可謂無窺于聖人之道而徒以刀鋸繩民如商君者故雖吾夫子亦且大且功而以如其仁歸之奈何躋鞅于仲也余懼夫讀是書者不揆其脩政立事之原而徒辱之以權謀功利使管子之所以善用周公者其道不明于天下也故爲之梓其書而復論著其大畧于篇首云

韓非子書序　　趙用賢

余讀韓非子書蓋喟然而嘆曰世道之趨于權譎也君臣之間相御以智而相傾奪以押闔抵巇之說也其至秦而極乎先王之道既熄諸侯各兢于詐力而列國之士各騁其機畧辨數以務尊安其國而榮顯其身當春秋之季所號稱良大夫者如晏嬰叔向公孫僑之徒其馳詞執禮往往相厲以仁義而相訓飭以忠儉信惠是猶先生之遺也至戰國而儀秦之徒始以其縱横之説勝言從親之固則諱其善敗之端語衡合之利則匿其恐愒之迹雖其揣摩馳鶩務出于其詭而要之陳形勢

之便利規情事之變合天下猶各以其說提衡而立故當時之君得士者昌而士之設智能批患難者亦使世主蒙其益而顯功名于天下蓋稍蠶食而及于始皇之身關東諸國既皆削弱無可倚以抗秦而士之爭趨秦者非得秦權則無以震讋諸侯而快其志非訐激其辭亦無以當主意而盡關遊士之口故于秦之說愈相軋而愈不勝卒足以亾其身余于非子有深慨焉夫非子固嘗與李斯師事荀卿斯自視以爲不如非矣及斯已柄秦盡用其所學非固以量斯之在吾術中而他所獨制恣睢上以塞聰揜明而下以拂世揜俗非之智又足

以先斯而逆其所必至故斯方以一法制明主威而非則曰當途之臣擅勢而環其私斯方以過黨與絶異趨而非則曰獨任之過將乘賢而劫其君當人臣憂死之不暇而虞其有田常子罕之厄且以大臣之一詞同軌于近習將使之行不法而化其主是皆斯之所醞釀鬱積以基亾秦之禍而非乃以疎遠一旦斥而言之宜乎犯斯之所甚忌而死不旋踵也昔者范睢羈旅入秦一言而合繼踵卿相夫昭王之明不及秦皇李斯之專不及魏冉非又始皇所願得與同遊者其才出睢遠甚而卒不免僇辱爲天下笑者睢當秦之盛親猶數年而始

海虞文苑　卷之十五

得盡發太后穰侯之私故其主信之不疑而讒邪不得以投其間非徒知振暴其短可以傾斯說而奪之柄而不知斯以干寵忌前之心挾狠戾無親之主乃欲自奮于說而投其必聽之會不亦難哉太史公蓋悲非之爲說難而卒不能以自免余以爲非之持說者甚工而其所以用術者則甚悖是其所以死也使非而幸緩須臾秦皇方且回慮易聽當有深計而不疑交爭而不罪者何以成沙丘之禍而斃一中非之所料如此哉非子書大抵薄仁義厲刑禁盡斥堯舜禹湯孔子而兼取申商慘刻之說其言恢詭放道無足多取然其意則悲廉直

不容于邪枉一切欲反浮淫之蠹而覈之功罪之當要亦有足采者嗟乎三代而後申韓之說常勝世之言治者操其術而恒諱其跡余以爲彼其盡絀聖賢之旨而獨能以其說擊排詆訾歷千百年而不廢蓋必有所以爲韓非子者在矣惡可忽哉惡可忽哉此書舊亾和玉姦劫説林凡三篇他所逸者通五十餘章今悉補次無闕

梵網經序

趙用賢

梵網經者如來所說尸波羅蜜令一切衆生斷諸惡趣遠離苦域而成正覺也謂之梵網者以大梵天網羅幢孔如無量世界一一差別如來法門亦復如是無量如是差別此尸波羅蜜於無量差別法中猶一幢孔也於此尸波羅蜜中復有所謂波羅夷以至滅諍八法則又一尸波羅蜜之差別也自八法展而為八萬四千律儀則又八法中之差別也故舉一尸波羅蜜而其差別要僕未易數況無量法哉此如來功德之所以不可量也學焉者而事以求之則千劫甃甓於威儀萬劫蹊跂於

細行烏能盡諸而法不然也竟一法而無量法皆竟也
而有所未竟者一亦未竟也試即夫波羅夷之殺戒言
之殺業斷而殺緣未斷不可謂竟也殺緣斷而殺因未
斷不可謂竟也殺因者非必殺之機作於心也心有所
任即殺因也心有所任則必有所取有所拂取則以每
以狥拂則以疾以忮每疾狥忮之緣作而殺業紛然矣
故心有所任即殺因也自因而之業猶自火而燄燎因
具而業未成猶之火然而燎未及物不可謂無燎也是
以殺因不亾則雖嚴踰聲珠堅踰盜艸殺戒未爲竟也
欲竟夫殺戒者必離於任任離而殺之因亾亦無因亾

解乃至寂滅不入寂滅境如是則一無所住一無所住求殺戒者不可得何有殺因也故一無所住而殺戒始竟矣一無所住非直殺戒竟尸波羅蜜無不竟也於檀無所不檀也於忍無所不忍也住斯懈無住則常精進也若沉若掉皆住之爲禪那病也無住則語默皆禪也有愚住也有障亦住也般若所由隱也無住則塵塵般若也究而論之無量煩惱皆以有所住而生無所住而度度無量煩惱即無量白法也非無住則一殺戒不能竟能無住而竟一殺戒無量法無不竟苦域以離而正覺以成矣一佛之一法如是佛佛無量法亦如是我釋

迦如來於蓮華臺藏說是經時千華環布華現千百億國國現一釋迦各同誦此經度微塵衆菩薩成正覺即斯義也故此尸波羅蜜指之爲無量差別法之一幢可也指之爲無量差別法之全幢亦可也知無量而不知其一未知夫無量也知一而不知其無量未知夫一也知無量之爲一入如來法流無馳河之困矣知一之爲無量遊普賢行海得隨風之安矣界公居東林寺以出經世所行本與藏卷校文多舛乃爲讎訛正疑且鳩諸淨信將梓以傳謀及余余因問戒之本公爲余言若此余灑然自快知竟一法爲竟無量法也時曇鸞菩薩

以八戒範世誡傳區中其教至矣而蔽蒙之民以菩薩之爲天下此其土直嗟乎此猶求窺夫戒之轍迹而况其眞乎聖無古今其教一也眞與丹此日之戒即覺樹昔日之戒也如循界公之言則人能於是八戒竟其一而可入聖位矣胡土直也遂請公合梓八戒并次所聞於簡末期覽焉者皆灑然自快如余獲聞於界公者云

重脩世譜序

錢岱

粤吾錢隸海虞譜凡四輯矣始栁溪公竹深公追宋光祿端仁爲始祖次友蘭公次虛庵公皆祖武肅而宗文僖而武肅以前直付之烏有嗟嗟不祖武肅則已武肅前莫可鏡則亦已而武肅大宗譜文僖慶系譜臚然具列烏得祖武肅而逸武肅之所祖者按大宗慶系謂吾錢出自少典衍于彭籛至周文王之師孚公而始受姓至漢冨春矦讓公而始居江東七十餘世之間煥若指掌矣遠乎武肅以降迄忠懿歸宋爲汴人五世而榮國公忱隨高宗而南爲台人又五世邁守通州長子千一

公元孫從焉會宋帝航海元兵塞路而邁且卒千一公旁皇海上不能歸台迺涉江僑居海虞之奚浦始爲虞人而五弟思孫憲孫奕孫文孫詒孫固在台也今台譜逸元孫歸虞之蹟而海虞譜不知有五弟亦復逸思孫等名彼此遍訛可供一剟甚則訛千一渡江爲南渡夫榮國至千一懸五世歷年百五十豈容亥豕魯魚一至是耶此宗祖之湮沒倒置所當亟爲表揚而釐正也者至子姓之綿遠無論若虎林若嘉禾若嚴陵若四明會稽若西江若雲若宛若鄞靡得而次即吾虞之星羅棋布于奚浦祿園仲橋慶安閘者以數千計婚喪燕會不

識面孔相陵相軋寖失家風則亦所當亟爲統宗而孝
渙也者岱抱斯痛日夕蒿心歸田以來蒐遺文訪故老
得十之五會五卿弟長新昌覓新昌宗譜見貽睹所未
睹得十之七歲甲午過武林渡錢塘訪會稽宗長諱之
選者盡出其國冊家乘面相參伍始獲縱目大全而向
所沿訛襲謬畜疑滋戚而未釋者一旦會心而滿志爰
得遡少典接武肅上下數千禩根枝瓜瓞圖籍衣冠忠
孝賢豪文章德業犂然具備此豈盡岱對越之忱昭格
先王先公亦先王先公在天之靈駿惠後人而令後人
得源源本本則詎惟岱之拜賜千億子孫實式有光或

猶謂少典彭籛若夢若覺此何以徵顧生非空桑林林總總何莫非神明之胄軒轅二十五宗為天下氏族之祖即宋歐陽譜祖高陽蘇譜祖帝嚳何嘗以逄逄而逸之矧岱之祖少典非岱祖之也武肅祖之也亦非武肅祖之也武肅之祖祖之也唐貞觀初詔天下貢氏族揚威將軍元脩錄譜上之弘聖王沛又嘗手錄先系貽之武肅則武肅之前固未嘗亡之譜至武肅闢土奠業記室若羅昭諫輩又多聞雲集其所詮次豈漫無憑者岱于是宗大宗慶系譜而入少典迄尚父尋譜之源也宗台州會稽譜而訂武肅迄千一正譜之訛也宗栁溪竹深

友蘭虛庵四譜而前人所未備後續所未收賢譜之遺也十五越歲而卒業敬付之剞劂氏俾吾錢家藏一帙盡睹古先而興起云嗟嗟學者溼蒐僻索至譚天雕龍而問身之所自來茫無以應問古先亦不知何人而漸滅盛矣艾斬先澤亦無爲貴學矣且令膚敏之輩不聞古先甚者生不肖之心而醜其家譽又何以對在廟而慰在天嗟嗟貸無能加于家譽矣凡後吾錢者儀刑在望毋虞隕墜斯獲于心哉斯獲于心哉

海虞文苑卷之十六

邑後學張應遴選卿甫輯

序

指月錄序

瞿汝稷

嵇叔夜好鍛阮遙集好蠟屐當其意之所適視世之他好雜陳於前無足移也此不必明哲第無二子之僻者皆能喻鍛與屐無足尚交嗤其失所好已而以二子之才之美方其跌宕鑪鞴婆娑火蠟之間雖窮極要眇以開之使勿好有嗑然而笑耳終不爲之移已及其旣喻則天地此鑪鞴也萬有此火蠟也孰足控摶孰足容與

程伯子浮雲堯舜之業以玩物喪志目輯錄五經語者意不若是乎人之好不齊乃或尊鍛而卑屐君屐而隸鍛不亦過乎予垂髫則好讀竺墳尤好宗門家言及歲乙亥夏侍管師東溟先生於郡之竹堂寺幸以焦芽與霑甘露開蔽良多旣而師則朝徹蟬蛻五宗掩耳不欲復聞予則沉酣於是恒語同輩聖人六藝之精蘊諸所訓詁非讀竺墳不能得其眞生於萬物之中而得爲人人而男男而知讀書於書知竺墳於竺墳知宗門是猶轂乳而得雪山之牛復能得酪於乳得生酥於酪而熟酥而醍醐哉雖有他好吾不移矣此正予跌宕鑪鞴婆

燹火蠹時語也於是在架之書率多宗門家言每讀之如一瓶一鉢從諸耆宿於長林深壑離人間世波濤際天埃壒蔽日予枕席此如握霧犀得辟塵分流之妙彼渟滀堀堁莫能我侵矣意適處輒手錄之當點筆意適雖珪組見逼必謝之兒穉牽挽必謝之寒暑之薄肌骨飢渴之迫臟腑有不暇顧肯復移意他好之雜陳耶僻而至是奚必人哦予固自嗤矣至乙未積錄有三十二卷適友人陳孟起見而誤賞焉孟起遂爲錄二本會有黃州之役過故里嚴道澈至齋中亦誤賞焉遂以孟起本遺之道澈遽欲授梓予笑曰此予嵇氏之鍛阮氏之

屐也凡所云意適者皆鴆毒也道之所以塞也予旣巳喻其僻矣予乃欲使有目者共嗤其僻耶堅止之逮辛丑予自昭武乞骸骨歸澈欲梓此意益堅且曰子謂此爲僻子則謂然然可以巳衆僻古之人不云乎惟楔出楔至爲發願偈率其弟姪若子梓行之予旣不能止遂不敢藏其僻爲次第緣起於其端題之曰水月齋指月錄水月幻也而云指月果有如盤山所云心月孤懸光吞萬象者乎吾不可得而知也其質之鑪鞴火蠟

送道夫陳先生典學鄱陽序

瞿汝稷

道夫陳子丱而離經則能析五鹿之角矣逮冠重席解頤之英爭下焉咸謂道夫第未當識者籍而當也金華石渠可坐致者顧屢試屢躓歲某某其文兩已遊于棅文之彀中而卒以數奇擯壬午貢于鄉　廷對首出天下士法當除愛道夫者計道夫久約必後豐強之就虎闈意庶得一當識者也已南試于酉北試于子卒無當也羈旅廓落因就除除鄱之司訓鄱地磽而隘職方之籍稱下諸愛道夫者相慼頻而道夫冏冏乎自適也道夫之在鄉黨寡所與而獨與無辱蔡子道澈嚴子豎汝

稷善蓬蒿徑中外是二三子無餘武也旦夕相靡以信相忠以言期覺以爲室德以爲輿出入翔息以善其生及道夫之除鄗汝稷方縻跡樞府時相往來間過稷曰人憂吾遇之塞而不知憂吾之無以教也子其有以語我我奚以爲教哉稷曰子亦率子之素耳夫教奚事爲之哉山之雲不爲莽而莽矣水之雲不爲鱗而鱗矣未有積于此而不感于彼者也未有無乎此而能著于彼者也今子之孝南陔白華之心也子之弟易衣同被之風也非型弗出于口非軌弗撰其譽不自以賢賢于今而恒媿有遜于古僶俛一世而不憂曳縰而歌晉乎其

不可囿■夸得而采榮以陽爲充鮮衣怒馬以過乎者率縻然以反不能傲乎所美乎又不自滿假旦夕迷陽是懼謂盡誕先登于岸哉率乎之素鄙之士有餘師矣矣事爲教且教而爲之者吾未見其能化即化淺矣彼扣角而溫風回艸木榮是爲之者也扣息而化謝矣若夫杓之貞于孟陬也甲拆沍融物熙熙而化不可勝數是豈爲之哉亦率其素而不息已耳乎而以乎之素端已于鄙陽不猶杓之貞于孟陬乎鄙之士苞乎露含屈軼之華者不藉乎而甲拆乎內有所韄外有所揵轢羈而不得達者不藉乎而沍融乎造物者能使乎不獲當

于識者而困子詎能遏子之素而使士無化于子乎士之化于子者且林林而起以子之素而化施于天下未可知也基是于卽期逃于識者而不得矣雖然此猶有所待是世所謂識者非吾與子所謂識者也是惟能識子之末而朱丹子轂云耳吾與子亦奚靳于是是吾與子雀蚊過目者也夫豪傑之士自審而得則前吾而伯皇栗陸後吾而刦石之既四海之內八殯之外凡同吾得者靡不合目而視合趾而行跡岐而神一如以水投水不可復分語識之至莫尚焉循是而索于之素俛仰宇宙諸豪傑之士盡子之識也世直未知而慭子之

無嘗也耶行矣予篠其素教罔不克遇罔不獲道夫曰
善命書于憕而載之行

經傳類編序 代邑博　鄧廷薦

常熟先賢子游氏闕里也流芳遺躅久而彌光以故膠宮之士多博碩不佞適傳其中嘗進諸士而諗之曰聖門七十子文學不乏子游爾曹其復有上淨菁華嗣績文學者乎夫道之燦然方冊者爲文博物而洽聞之之謂學當子游時典謨風雅卦繇丘索諸籍具在當亦勤劾三絶并包萬殊而後克成文學云耳今而曹顓顓一經旁睨他書無異生客秪貽伏臘金根之誚文烏乎稱文學哉諸士聞之矍然曰謹受教會不佞脩胡毋生言講帷中有張生者質對多所汎涉意其非顓顓者流居

無何獲覩其所輯經傳類編益信夫生之博雅有得於文學之遺而指南稅圃者功至般也夫經日月也江海也傳列星也九河也諸子百家是亦經傳之餘又爝火也支流也然總之熒熒汩汩莫可廢也第俗學困於綆墨限於欲速故披閱者多漏卮而佔畢者有逸矢張生囊螢淬志亾羊苦心特爲區分彙梓聯絡輻輳頓令微言奧旨畢獻睫前眞諦玄詮鱗次九右譬之開玉府於荊山而和璧種種啟珠淵於合浦而夜光累累豈非昭代一特靚乎黛諸士能藉手是編直探微妙得魚忘筌則文學之楨本也語云嘗一臠飫一味習一家掇一幟

兹數類編中詞有清者伯夷古也詞有華者毛嬙姣也詞有雄者嫖姚桀也詞有郁者計然富也詞有勁者荊卿敢也以此輔錯落於舌鋒可以折五鹿之角以此異縱橫於筆陣可以空萬馬之羣擅詞場掇巍科率繇是編羔雉之矣張生素好古篤志力行雖緼奇未偶而文籍自娛怡如也鄉邦雅重其操履博洽特其緒餘耳書林翁氏慕是編固請壽梓以公諸天下不佞曰善因爲一言以弁其端云

吾師玄洲張先生輯類編成屬鋈校而刻之行世久矣會書賈翁氏貧而鬻其板里中某竊易巳名噫嘻

無何獲覩其所輯經傳類編益信夫生之博雅有得於文學之遺而指南稅圃者功至般也夫經日月也江海也傳列星也九河也諸子百家是亦經傳之餘又爝火也支流也然總之熒熒汩汩莫可廢也第俗學困於繩墨限於欲速故披閱者多漏巵而佔畢者有逸矢張生囊螢淬志亾羊苦心特爲區分彙捽聯絡輻輳頓令微言奧旨畢獻睫前眞諦玄詮鱗次九右譬之開玉府於荊山而和璧種種啟珠淵於合浦而夜光累累豈非昭代一特覯乎儻諸士能藉手是編直探微妙得魚忘筌則文學之楨本也語云嘗一臠飫一味習一家擬一幟

玆數類編中詞有清者伯夷古也詞有華者毛嬙妶也詞有雄者嫖姚桀也詞有郁者計然富也詞有勁者荊卿敢也以此輔錯落於古鋒可以折五鹿之角以此翼縱橫於筆陣可以空萬馬之羣擅詞場掇巍科卒繇是編羔雉之矣張生素好古篤志力行雖蘊奇未偶而文籍自娛怡如也鄉邦雅重其操履博洽特其緒餘耳書林翁氏慕是編固請壽梓以公諸天下不佞曰善因爲一言以弁

十行　後當作后　二頁十五　諸侯分政疑是征　二頁十一行　其末極末當是求

吾師玄洲張先生輯類編成屬叅校而刻之行世久矣會書賈翁氏貧而鬻其板里中某竊易已名噫嘻

齊丘竊化書爲千古笑端今復見之耶先生敦倫尚
義著述種種並足傳世豈以一編重然其實不可沒
也偶閱臺山翁代邑博序文有感湯識戊申長至日
麟武鏊跋於井月庵

敘經言枝指

陳禹謨

莊生之言曰枝於手者樹無用之指也顧人知有用之用而不知無用之用知無用之用者可與譚枝指矣我
國朝以明經分科掄士而槩論之四籍四籍固士人鵠也蓋靡不注精而祈中焉其以英妙朓頡者毋論若遲解晚達之夫不即影纓魏闕竪立尺寸而惟是兀然墨守靡所寄托以自見於世則胡取矻矻窮經為第余識苦偏管不克翻為一家言姑退而證往志每得一則當四籍者輒丹鉛而標識之彙而成編命曰經言枝指嘗持詣白下猶園焦太史深見賞識且曰盍板而行諸

余曰不該不偏此余未卒業之書也頗有待焉既庋之者又數年乙未罷公車歸則悉出庋中藏理之益入者不啻十之七乃屬剞劂氏享帚緘石誠不自嗤其陋也夫道不可言言而非也四籍之有註脚支矣又胡假於是編枝指所繇命歟抑程正叔有云吾儕無功澤及人徒浪焉怳激歲月政恐作天地間一蠹惟是綴緝先聖人遺書庶幾有禮信斯言也是編倘亦有無用之用乎

凡五種　一曰漢詁纂　蓋聞三王祭川必先河後海而稽譚數典忘祖春秋譏焉何者重循本也自朱傳列於學官博士家爭囁談誦之而漢儒之註疏遂廢顧不

知註疏胡可廢也昔程泰之氏謂經文如水之源注則衍爲流派疏叜舉而條列之令倫理得以疏通此註疏義也漢儒以此濬洙泗開濂洛功詎不侈大哉最後紫陽不過闡而繹之而錯諸理豈其攘善爲尸名計乃後世用朱傳而至掩漢詁則幾乎沿流而忘其源矣得毋爲漢之鬼所揶揄且失紫陽意乎余自幼喜涉諸經疏每會心處輒劄記焉苦不得善本數以闕疑置之幸今

上右文允儒臣請校刻十三經凡十一載始竣余從計偕購歸喜得刊誤而訂疑也遂出所劄記者益之強半而題曰漢詁纂以示循本云

二曰譚經菀

蓋聞

張羅待鳥其中鳥者一目耳因是而設一目之羅則無時得鳥矣妄謂此譚經之切喻也夫譚經者中窾處政不在多卽片言可以居要因是而必欲晳經義於片言則疎矣今方內人習家持計無如四籍非見爲道義之淵海乎而僅僅括以紫陽氏一家言曰此足窮四籍之蘊也其與設一目之羅何異哉余不敏性頗嗜古人自經疏下至子史旁及百氏諸足鼓吹四籍羽翼紫陽者毋論徃喆今獻悉博采而賅存焉題曰譚經苑詎敢謂設天網以羅之亦姑庶幾於一目中之云爾

三曰引經釋

蓋聞片雨滴海合滄溟而不殊何者誠會其致

一之源也六經之道同歸自昔人言之矣余觀四籍中若易若書若詩禮旁引曲証未易更僕數彼其意義科指夫有所合之也間有斷章取義者質之本傳或互異焉余特粹漢宋諸儒之解隨篇章次之即訓詁家人自爲說辟之晉楚帶劍遞相詭反而余謂理初不二也爾雅不云乎九達謂之逵夫道亦九達之逵也學者誠反之致一之源則六通四辟無之非是緜義皇一畫遠子車七篇謂之心心相印可矣果且有二乎哉述引經釋

四曰人物槩　葢聞宣尼云誦詩讀書與古人期緜斯以觀乃知古之學者鑒古自證非徒誦說之爲兢兢

矣孟氏不云不知其人可乎姑舉四籍論聖喆狂愚畛分臚列豈非往事得失之林哉而童習白紛求所謂知其人者殆鮮余甚恫焉嘗漁獵百氏諸名隸四籍者稍稍錄之簡端善敗在前休懼在後具覽入心盤盂非遠乃次第因之篇章重解經且優參稽也中不敢憑臆見漫雌黄揣非任也命曰人物槩志畧也蓋業有詳之者矣

五曰名物攷

蓋聞儒者冠貟知天履方知地自非理絕區中事出天外疇非學人所當殫見而洽聞者顧六合綿邈庶類殷充有方之識各期所見即四籍中如明聖之述作帝王之經綸今昔之典故上之象緯下

之淵岳微之飛虛蹠實跂行喙息之類豈不犂然具也
試本厥所元或多懵如矣嗚呼名物迹也有所以迹者
存一物不知古人恥之忘其以格物之學或有當於識
心而踐蕺中所命爲儒者固不可以尠聞淺見自安於
篤陋哉於是乎有名物攷

琴譜彙序

嚴澂

自古樂湮而琴不傳所傳者聲而已今之聲五音固自諧而求之於文無當也自三百篇而下凡可歌詠者孰非文而求之於今之聲無當也故曰不傳然琴之妙發於性靈通於政術感人動物分剛柔而辨興替又不盡在文而在聲何者試使人誦詩雄者未必指髮而肅者未必斂容惟鼓琴則宮角分而清和別鬱勃宣而德意通慾爲之平躁爲之釋蓋聲音之道微妙圓通本於文而不盡於文聲固精於文也然則謂琴之道未嘗不傳亦可吾獨怪近世一二俗工取古文辭用一字當一聲

而謂能聲又取古曲隨一聲當一字屬成里語而謂能文噫古樂然乎哉蓋一字也曼聲而歌之則五音殆幾乎偏故古樂聲一字而鼓不知其凡幾而欲聲字相當有是理乎適爲知音者捧腹耳予邑名琴川能琴者不少胥刻意於聲而不敢牽合附會於文故其聲多博大和平具輕重疾徐之節即工拙不齊要與俗工之卑瑣靡靡者懸殊予遊京師遇太部沈君稱一時琴師之冠氣調與琴川諸士合而博雅過之予因以沈之長輔琴川之遺亦以琴川之長輔沈之遺而琴川諸社友遂與沈作神交一時琴道大振盡輿妙杼鬱滯上下纍應低

昂相錯戛唱迭和隨興致妍奏洞天而儼霓旌絳節之觀調溪山而生寂歷幽人之想撫長清而發風疎木勁之思鼓塗山而覯玉帛冠裳之會美瀟湘則天光雲影容與徘徊遊夢蝶則神化希微出無入有至若高山意到欝律岡崇流水情深瀰漫波逝以斯言樂奚讓古人又奚必强合以不經之文泿誚爲無本之聲哉予每靜而聽之輙怡然忘倦自以爲遊世羲皇甲辰歲予秪役邵武戛三年歸而社友之譜成矣予謂諸社友曰是足嘉惠將來若夫循聲合文以進於古之樂則俟有道者

序從兄枉峰封公嫂李宜人雙壽　錢世揚

贅偶子曰余讀從姪五卿所著兩大人乞言狀而有慨焉夫封奉直大夫枉峰公者於余爲五從兄弟而其年則八十高矣當奉直公之少也與余先君子及仲叔並居澥上並起家麟經思取青媲白以亢厥宗迺先君子及仲叔後先獲雋去而奉直公之爲諸生猶故也亾何先君子釋褐甫一載年未及三十奄然仙化而奉直公巋然大耋齒鯢背鮐其徤履善飯猶故也是奉直公之於名嗇而於壽豐也然奉直公竟以五卿貴兩邀　天子制玄冕冶服比於縉紳是奉直公之於壽豐而於名

未嘗齒也余少亦與五卿並起家麟經以文聞迺五卿通籍三十年而余之爲諸生猶故也是先君子之有子不若奉直公之有子也夫以先君子及余所遭際俱値其奇而奉直公父子斆居其贏人生脩短窮通何翅天壤哉是余所爲咨咨慨者也抑奉直公父子所居之贏微斆余萬不逮也諸二三兄弟少與五卿旦夕共筆硯者李伯樗有子楊廷立有子而孩而未獲雋也陳錫玄陳敬夫獲雋矣而未有子也且其兩大人亾一存者也五卿獲雋矣有子矣而既貴之親且具慶一堂也是奉直公父子所居之贏諸二三兄弟弗逮也以余耳目所

晴記鄉先生婦而其親猶大年者爲文靖嚴公其次爲莊靖陳公而莊靖之母弗逮養也人子乘時自豎獲鼎釜以榮其親既以祿養何論榮卑子輿氏謂父母俱存即南面王樂亾以易此况又壽豈弟祿洩洩融融稱奇遘乎哉吾宗昔有友蘭公年九十其子烏程公年七十一時並壽里中豔之迄今爲媺譚而友蘭公蓋奉直公從伯父也即以世壽稱海上繼自今引於亾疆疇能亘之豈余錢故籛鏗氏之苗裔必復其始乎余謂奉直公暨李宜人之年天祐之矣五卿曰异哉吾父母所遺之奇信如叔氏言是吾父母之純衷懿德淑而必昌而達

道幸而承之者也請授簡遒次其說命見謙益作歌歌之爲奉直公夫婦壽

虞山記序

錢世揚

余幼有勝情所至不輟遊而浮湛州里不獲如向子平禽子夏游屐遍五岳以爲恨然邑之奕奕作鎮者曰虞山陟其巔北眺大海兩湖當其前滉漾若鏡而塊石幽澗布履棊列至艸木蓊翳霞蔚雲興蓋山川相映發瀠蕩清嘉亦一方遊覽之名區也第山在吳北境往來者或尠而邑乘于往蹟多挂漏未收弔古者不亾鈌焉之慨余友張君選卿清貞有遠操時時寄情煙霞雲水間居恒謂吾意欲周廻宇內而茲山在杖屨中罔所攷覽何論其他迺博採簡冊所志耳目所睹聞詮次爲記前

繪以圖而騷人墨卿高言感藻附于末而成編余愛而讀之盖抱景者咸叩懷響者必彈翩翩乎敘事之選也夫文生于情者也情之所鍾而後有境境之所會而後有文許玄度性好佳山水而謝幼輿嘗云一丘一壑自謂過之藉令有所論著能無以其有之者似之也選卿少有儁才鼓篋游膠庠清芬蔚然猶精軒岐言他醫告術窮得選卿一刀圭輙起其所記虞山選義考辭徽徽溢目盖脩遠恬夷之致內足于懷津津乎其言之矣昔宗少文好游皆圖其所編睹者曰吾澄懷觀道庶幾臥而遊也選卿繪圖象形而識之以記讀之奚翅臥遊哉

且其垂文揚采藻思綺合大勝李文叔洛陽諸記夫洛陽之園得文叔而千載若新安知選卿之記出而茲山之表于一方者不遂與神山巨鎮並不朽于震旦也余不敏每欲擲筆未逮而選卿實先之遂不辭而爲之序

常熟文獻志序

管一德

吾吳自曾成公世始通中華而常熟文獻之傳則已肇于三代在太戊時則有若巫咸在祖乙時則有若巫賢父子相繼爲賢相商道復興而其後虞仲來游使天下後世曉然有味乎君臣父子兄弟之倫子游北學而天地文明之氣益廓大而章施之然則開吾吳者常熟也而開常熟者文獻也歷兩漢六朝三唐兩宋以逮勝國罕有聞人文獻稍稍詘焉于是靑烏家言始有謂虞山重濁琴河湮塞故其人多溫膴而寡才節余不佞則居恒歎詫曰夫夫遠稽漢唐宋而近志我明乎夫漢唐宋

吾無論明興以來其世治亂人忠邪可指數也獨　高
皇帝芟刈羣雄而我常熟柔脆不與于武功耳自是以
後一變而　文皇之靖難則黃鉞自溺于琴河再變而
英廟之北狩則程式殉難于土木再變而逆璫亂于
朝羣盜亂于野則蔣欽死諫唐天恩死守他如立朝則
李文安嚴文靖之正直忠厚陳莊靖趙用賢之耿介剛
毅奉使則張洪東入扶桑南窮緬甸言路則陳察上批
逆鱗下繩墨吏廉介則魚侃饘粥不給義俠則王鼎爲
友復仇藝苑則吳文恪之詳明瞿文懿之爾雅桑悅之
宏放楊儀之贍麗丁奉之淹洽邵圭潔之古練孫樓之

譬敏俱能潤色虞山增深琴水庶可以追巫公跡虞仲而俎豆言氏之旁以至近世脩文礪行之屬尤不可殫記然則常熟之文獻幾塞而重開者又自我明也吾不敢謂青烏家言是也邇者邑乘蕪缺垂且百年廢先民盛德不載滅世家賢大夫之業不述非後死者之責歟而秉筆之士相諉相推夫孟堅漢書大家可續董狐直筆執簡可書譬之一夫舉鼎負而趨耳謀及萬人又謀及寄徑之途舉將何日乎余故貧且賤今亦俛仰老矣進不敢望二巫之相業退不敢望子游之文學而尚友一念若自天成迺并包諸乘羅網舊聞僭爲纂輯有善

必書間有負俗之累者亦書甲是乙非者兩書唯稗官小說與夫後進譏彈之口則闕而不書不曲意雌黄亦不巧作塗飾蓋垂成而故宦子孫有以金幣嘗余者余笑謂魏收求金陳壽求米千古譚之猶爲嘔穢而顧以嘗披羊裘生君不知故人矣其人亦笑而去蓋分叟分漏凡六閱月而後成二百四十年文物衣冠燦然臚列藏之虞山傳之通邑大都雖不敢曰狐史庶幾不爲穢史乎題曰皇明文獻志不及明以前者前志已備不必復煩刪潤也先文獻者其說在義例中大都科第獨詳而名宦人物詩賦紀載以至山林隱逸蓽門圭竇之善

并而載之凡得十有六卷

卷之十六　十六

送會稽令翁兆和服闋赴京補任序　管一德

翁公兆和于五昆季中年齒最後而其脫穎也最先猶馬氏之白眉也抑不特最于家而已也蓋嘗一任鄒平以調繁去鄒平之士若民狂走若失再任會稽以外艱去會稽之士若民復狂走若失其治行最于齊最于越始公之徒跣而歸爲人後也已而還顧其所自生則生親湯藥殁親含殮彼此兩無憾而不匱之孝俾吾吳之俗士大夫營家急于營國其舍人子蹌蹌籍籍恣睢慓悍以患若其枌榆公四年讀禮澹漠如也舍人子重足歛跡廩廩如也自是月旦清而尸祝衆若忘其爲潁川

渤海之長而樂其爲仲弓爲彥方者其長厚且最于鄉令年秋雨制供閱行且赴長安而頫就及瓜之格邑之士若民亦復狂走若失相與歔欷而言曰予今倚南山而坐平原惟高陽主人是賴而去我何蚤也余應之曰而以爲蚤而安知夫雲中之無徬猶以爲莫也天下狠戾莫如齊紆宂莫如越自東事起而轆轤莫如兵餉自礦稅起而矍踢莫如中涓公徐理其亂繩而急斥其敗羣始如伏湛之于平原而民不徙既如西門豹之于鄴而民不煽又既如吳宥之于龍泉而民不擾固已耆然鬱然矣蓋又四年所而公躊躇愈滿技經肯綮之愈嘗

三年之後目無全牛數節之下解于迎刃天下之重六
得公不啻鄒平會稽之重于失公也公何可須臾待也
古人先親親而後仁民亦未嘗狥一鄉而忘天下天下
北走齊而南走越川陸異形舟車異宜文質異尚公既
以實心實政疾徐甘苦于其間能使軍興之督促開採
之騷屑不煩而就吾約束而又何蘄于他方宋郭奉世
兼治永新泰和而楊時歷知瀏陽餘杭蕭山三方皆稱
循吏無他治如永新則泰和無不理治如瀏陽則餘杭
蕭山無不理也公以治鄒平者治會稽即以治會稽者
治他方而又以三載之躊躇者批郤而導窾是必且最

于天下是公之重于得民亦不啻天下之重于得公也公又何可須臾待哉公聞之逡巡謝曰余愚夫官怠于宦成而名損于治郡得子言何敢不自勉遂戒行望長安去也

賀邑侯趙太室建公門序　顧雲鴻

蓋海虞縣治前舊爲大麗譙高且數仞置賁庸其上以嚴更而道其下爲公門焉俯瞰堂室如列几矣不佞自提抱時從父老觀于公則聞父老尤斯譙也曰術有五虚而是首舒之其占爲貧耗法不利于邑匪其君惟其士民不佞懷之四十年于今即無論往者寧是四十年之間縣大夫鼂夕出入焉士縉紳先生旅進旅退者冠蓋相望于其下而迄不上聞聞焉而懃以士民之不利爲秦越夫亦實維爰書稅課之煩日不暇給不則會計其攺爲之費無所取材不則其蒞治日淺者重以剏舉

虢民視聽其久者又有傳舍其廨之心旦莫㡿㡿幾解去舉皆曰無動爲大耳噫又何怪其四十年焉而愬以士民所不利爲秦越也南昌趙公以文無害自廬江攺令虞下車首立堂規以飭吏治明法紀以綏民生百姓欣欣人思叜始父老則或以公門爲請而公弗許也曰易所謂鞏用黃牛者此時哉日益務討其蠹鈌求其便利而次第布之勸課耕桑教戒多士申明鄉約訓練農兵調停繇役清覈冊籍勘恤災傷均平買賣禁止侵暴諸所沿革建置以興休其民者甚備三年境内大和訟簡民安盜賊衰止公因得以其游刃之餘發揚山川之勝

秀表章往獻之幽懿百廢具興赫有成績乃屬其耆才
而告之曰吾今則可以有事于門矣夫禮天子魏闕諸
侯臺門故周立皋應歌列大雅魯設兩觀譏載公羊今
以一邑之治而高厥閈閎巖辟霄霓以疑于象魏余雖
于是出入余實蹴焉余將撤其層構改而從于形家之
言以自傳詩人之義百姓聞命而喜可知也則公前是
已經紀其工食資用之所出削櫝署之因役于兵因糧
于饟因財于羨不煩一民不費公私升斗粟而奮甬雲
會鍛厲繼屬不日成之三門重階高卑得中華實適至
樓其左方以奠鐘鼓朱鳥蒼龍廻旋映帶百姓扶老挈

幼踴躍快觀天應以明于皇來牟膏于霡霂多黍多稌兆于凝綏厥效亦既遹著已余惟人情獨父母之于子爲之計長久則考卜其宅相聞有休咎則變之如有所不能免于懷也有事焉勞之子既胥命焉如有所不忍出諸口也君之于民則已緩矣公豈不知前此數百年令虞者之藉口無動爲大其智足襲也又非不知君之令如風雷即棘欲焉而民莫吾違也而必爲之攺且需三年者凡以爲士民計長久又不忍其目前之勞欲求所以無擾于公私算成而後發耳昔西門豹爲鄴發民治渠曰令父老子弟雖患苦我然百歳後期令父老子

孫思我言每歎息于斯人今安得有爲民計永遠如是者噫孰與爲之計永遠又使無患苦于目前者哉蓋家第某爲余言公往歲勘荒時身犯雨淖雖輿隸之所不至公必至焉每枵腹行數十里不得杯水父老言之皆爲流涕公之豈第慈厚發于至性天實篤之以祜兆庶者矣詩曰秉心塞淵騋牝三千夫門則于公何有哉

雲栖戒殺放生文序

顧雲鴻

戒殺非佛氏意也儒先聖人意也上古之世民未知衣食之原與禽獸混處盡力以相角幸而勝食其肉衣其皮不幸不勝糜其牙者亦不可數矣聖人既教民耕稼以爲之食織紝以爲之衣弧矢重門宮室以爲之衛民得免于禽獸之害而亦不復藉乎禽獸之利聖人常不忘與之並育而不傷故龍蛇至變悍也虎豹犀象至猛暴也禹與周公不過驅而放之遠之而已不盡其類而殲之也聖人之意蓋常主于不殺而民之習于禽獸之利害者以爲殺則利不則害則未可以不殺令也于是

爲制禮以重之曰國君無故不殺牛大夫無故不殺羊士無故不殺犬豕必有故而殺殺者蓋寡矣曰諸侯不合圍大夫不掩羣伐一艸木非其時曰不孝田不以禮曰暴天物夫子釣而不綱弋不射宿齊宣王不忍一牛孟子盛稱美以爲可以保民致王以是知聖人之意蓋常主于不殺也唯令以不殺之不得故爲禮以防其淫而世之淫于殺者因曰殺固儒先聖人之教魯人獵較孔子亦獵較因俗行化導民不爭而曰獵較固出自孔子豈不悖哉蓋吾觀五代之亂寇賊聚人爲糧頭會以鬲升斗老羸者幷骨舂之如破糠覈掃皮押乳誇爲美

羹嬰兒無知貫擲爲戲至今譚者竟悸寃捏肝腸痛楚而當時之人恬不知怪何罪何讎酷毒如此佛氏寃業報應之說當自不誣卽不然亦其人習于嗜殺如世人之習于宰屠耳今夫鳥獸失喪羣匹越日踰時反巡故鄉翔回鳴號躑躅踟蹰而有人心者乃聽其宛轉砧几之上挑擲湯鑊之中曾不動色鳥獸之視今人何異今人之視亂寇乎嗚呼一飽何甘衆生何苦報應果信行遂及身卽使不然所習如斯惻隱安在亦可懼矣且夫居今之世與古之習于鳥獸之利害者遠不相侔今之所日事宰割者雞鶩魚蝦生之既無害于人而其所戲

相踐撲者螻螘蟲蛾殺之又無利于巳夫人惟利害切身不可化誘耳非利非害習成殺機既戕物生又傷我性嗚呼亦可止矣此聖人可以不殺令民之時佛氏應機闡教故曰戒殺非佛氏意也儒先聖人意也嗚呼聖人以禮立戒佛氏以戒維禮令人恣饕以踰禮又借禮以毀戒亦殘賊縱肆甚矣夫破習莫如戒救殺莫如生假如亂離被掠之民有大力者破其械係出之刀鼎還見親戚啼笑相持讚嘆懽喜何可勝道應死之物放縱天淵復反林藪何異于此又有導師說法冤中開其慈心永不嗜殺投戈釋劍復見太平抑何善矣世人戒殺

普濟有情蠢蝡蠉飛物物得所豈非天地大生之德聖人一體之意乎嗚呼有人心者念徇執之苦思贖蕩之樂究報應之因通禮教之旨戒殺如赴殺放生如脫生厖不負雲栖老婆舌耳嗚呼戒放至易生死至悲可不念哉可不念哉是編刻者夥矣克靖兄梓之尤精彿氏因果已具雲栖所陳余論其合于吾儒者如此

研放

沈氏孝節世紀序

陳禹謨

世之爲人子爲人婦者甚無樂乎以孝節著也虞舜之底豫共姜之靡他皆處人倫之變以成令名非生人吉祥可願事也矧刲股而傷生哀死而殉身于生物兩無當則又惡在其以孝節著耶第人有至性不容以死亡怵不可以憂戚移屹然于風靡波蕩中皭然于滓垢塵埃外其有裨于人心世道良非眇小則寧任賢智之過興起予若婦于百世下哉怡靜沈公方年八歲時即刲肝療母疾母愈而已不傷人謂孝感所致程宋兩節婦綺歲孀居並以貞淑而才撫孤成立皆所謂有至性而

死亡憂戚不入其中者也自勵君憫世澤之弗彰裒集諸名賢紀述及詠歌之嫺雅者彙爲帙名孝節世紀尋欲授剞劂以垂永永而問叙不佞不佞曩讀史傳至忠孝節義事必整襟莊誦擊節嘆賞凜若有生氣焉廹手自勵君所裒世紀而仰止可知巳怡靜以純孝程宋以完節追踪昔賢模範百禩是皆可以鼓人心維世道而自勵急于表揚先德闡發幽貞亦並可嘉尚也詩曰孝子不匱永錫爾類又曰令妻壽母宜大夫庶士則孝節所著寧直爲沈氏光哉遂不辭而爲之叙

刻兩晉南北合纂後序 増　錢爾光

家侍御汝聘之田居也於子史稗雜亡所不闕夫其所酷嗜而精研者惟子長以下諸人書最而諸書中尤唐太宗君臣之兩晉書及李延壽之南北史最至鉛槧數易帣編幾絕取獨斷而筆削之刪志而存紀傳也即紀傳中又刪其人之無所短長者存其人矣又刪其事之無關法鑒者而語之蕪蔓猥瑣者且稍益以他書之藻采集翠成篇巍巍溢目令覽之者快然惟恐其盡非復嚮時兩家浮襍繁穢之文讀不欲竟者也題曰兩晉南北合纂梓而行之余不佞受而卒業焉而竊知家侍御

之寄懷遠矣今夫侍御公以瓌琦之材早歲明經取高第一膺劇郡李官選入爲侍御史兩按大藩埋輪攬轡風裁凛然當是時公方欲以用其所未盡者而駸駸筦樞要位台司功銘彝鼎卒爲權豪所側目中含沙以歸於是計然之策七不獲竟施于世而且用之家也迺置身丘壑之中垂情松菊之徑高廊曲閣甓椽雕楹拚以綠蕙綴以朱英屏列靚粧之伎女座繞珠履之賓朋擊鍾鼎食呼盧長飲絲奮肉飛奕棋高枕故夫春林吐艷秋月揚輝梧竹風生樓臺雪集公未嘗不拍浮酒池中以澆其壘塊而磨其壯心也彼其風情韵致有不與六

朝諸子異世而合轍者邪則公之所爲合纂也其所以寄懷遠也葢用于世吾且爲馳驅之太眞而用之家則吾爲沈宾之思曠矣用于世吾且爲惜陰之士行而用之家則吾爲慢游之康樂矣用于世吾且爲仲寶之芙蓉而用之家則吾爲元忠之藥果矣用于世吾且爲茂先之推枰而用之家則吾爲義潔之竟局矣用于世吾且爲醒時決判之思遠而用之家則吾爲解醒五斗之伯倫矣用于世吾且爲西山拄頰之子猷而用之家則吾爲北窻羲皇之元亮矣用于世吾且從道民之奢豪而用之家則吾精景豫之滋味矣用于世吾且列槐柳

　三二

之陸潘而用之家則吾結叔朗之盧魏矣用于世吾且畜東山之聲伎而用之家則吾造祖忻之蓮曲矣夫此數君子者卽顯晦殊跡而高情雅致不妨雙美顧侍御公以豐荒之穀玉而不得龍躍鳳鳴終爲伏鸞隱鵠其所以去彼取此也毋乃有幾微之不平介介于懷也乎余固知合纂之作也蓋侍御公之托寄遠也侍御公曰唯唯否否夙嗜二書不啻蘭英之適口第損益其辭焉以吾之餘瀝飲人而已矣子謂吾發憤而作如離騷呂覽之所爲也則豈其然乎不佞惶悚不復置對已侍御公曰吾終不弁髦若之言請書之末簡以示夫知我罪

我者

表忠錄序

陸化熙

忠義正氣爭光日月其人至能重一代剙在桑梓有不增輝而汪瞻者乎余少從先君子過忠孝坊問坊胡以得名先君子爲言某忠某孝已而過唐忠臣祠詣而示之曰是乃坊所爲名忠也是其人以辱邑抗劇冦瀕死彌勵致親屬殉以身者七人方之張睢陽官同壤也死亦比烈余雖穉爲之竦然乃其時祠趾已廢久而祠額几就湮矣邑令南昌趙公顧之興嗟請于直指何公鼎新廟貌屬其裔孫學聖守之一時士大夫靡不喟然嘆忠臣有靈非人所能泯滅也學聖乃謂此寔藉有鴻章

焉不泯之故既乞文翁太常樹碑祠側因輯贈祭　誥
狀與名公之詩歌傳紀次之成秩以示予予爲掩卷思
正德初年實惟閹訌于内盜乘以訌于外一時撥亂省
其靡然莫敢抗閹而將御史欽能錚錚再疏以死盜所
遼殘破致督臣縮朒用撫而挺身戰死者乃出一裨令
二公皆虞人也其死言死守不同不均于我虞山川大
有光哉當年　朝廷所以贈卹唐公視將公無大異若
乃以坊以祠並擅忠名僞廢而卒以典則唐公所得多
于將公矣今去唐公百餘年中土幸獲寧謐僅有敉焉
奴酋開釁三韓徵發半天下而當事弗克死敵乃甘死

法則唐公之得此名豈偶然耶展卷讀竟不覺三嘆書
而歸之

海虞文苑 卷之十六 三二

雲松巢集序

魏浣初

凡爲詩文而不發乎情根極乎性命雖摛藻如春華其味等嚼蠟有道者終懺之爲綺語遜謝之以成其爲文士而已然反是而叩之乎寂寞未免情爲格降性命爲理降不覺一種餕餡之氣板摺之態筆端舌本驅之而不能去而還爲詞賦家所厭兩者交譏若夫跡無破綻技有神通以我轉詩文不受詩文轉無意於傳而傳乃爲天下妙者其惟得禪家之三昧乎可以豎起拂子採取竿頭踢翻筋斗掀開窠臼粘情即情拈理即理而情不落魔理不涉障見者但以爲花之對鏡月之映川風

痕之過水鴻爪之踏雪云爾香山眉山並游戲此中白
之詩句句鍾情之至句句破情之癡晚年幾乎解脫而
文則竊不逮焉惟蘇爲戒和尚後身又能化身爲百千
萬億之東坡而無所不趣所以無所不絶吾邑嚴道徹
先生見地超曠自待亦昂藏丈夫爲佳公子即耻言王
謝子弟爲良二千石即又耻言宰官濂洛淵源曾與聞
嫡派丹經玄文亦旣叅柱下之微言授壺中之秘訣而
痛惡鄉愿之悞人以名黃白之術悞人以死目爲兩種
大盜有正席而問順風而請者笑曰吾弗知吾弗知
生平著脚似於禪雖老宿不能難也顧寧退而以學人

自居或呼之爲作家不學寔拾遇閒丘狀連吃饒舌亦第微笑其於世法也入鳥入獸應馬應牛上可陪玉皇下可陪乞兒故其於詩文亦然詩無問其爲漢魏爲唐爲宋元爲明文無問其似語錄似話頭似偈似街譚巷語而但取適我之與隨人之緣而止風流醞藉大都在白蘇之間先生得之於心也甚易如隨地而出之泉曰汨焉挹諸不涸之源而人欲得之於先生也亦甚易如中衢之尊斟飲而各望其腹士大夫山人求之應緇流羽客求之應鬻扇之嫗賣菜之傭皆可藉手立應嘗試之乎名山福地與人家之高堂素壁以至淫坊酒肆在

在有其渫輸之蹟然不見先生之自著自嘲自揮自掃乎白者是紙黑者是墨五色者是先生筆何者是道徹會得時則是集也真可作自度度人金針寶筏觀會不得依舊鏡花水月風痕鴻爪去也